傳承與創新

傳承與創新
中華傳播研究 40 年

李立峯、黃煜 主編

香港中文大學出版社

《傳承與創新：中華傳播研究 40 年》

李立峯、黃煜 主編

© 香港中文大學 2021

國際統一書號（ISBN）：978-988-237-217-7

出版：香港中文大學出版社

　　　香港　新界　沙田 · 香港中文大學

　　　傳真：+852 2603 7355

　　　電郵：cup@cuhk.edu.hk

　　　網址：cup.cuhk.edu.hk

Inherit and Inspire: The Past, Present and Future of
Chinese Communication Studies (in Chinese)

　　Edited by Francis L. F. Lee and Yu Huang

ISBN: 978-988-237-217-7

Published by The Chinese University of Hong Kong Press
　　　　　The Chinese University of Hong Kong
　　　　　Sha Tin, N.T., Hong Kong
　　　　　Fax: +852 2603 7355
　　　　　E-mail: cup@cuhk.edu.hk
　　　　　Website: cup.cuhk.edu.hk

Printed in Hong Kong

目　錄

第一部分　　中華傳播研究的 40 年發展

第四部分　華人傳播未來方向的展望

序一

汪琪

　　就像開車上路不能沒有後視鏡，任何一個學術社群也需要不時回顧過去──「鑑往」方能「知來」。本書代表的，便是作者們對華人傳播研究在過去數年、以至數十年間所展現學術風貌的描述、分析與評論，並且在這個基礎上，提出他們對於未來的展望。

　　特別可貴的是，這些分析不只透露出華人傳播學者研究主題的分布與數量，多位作者還點出了這些研究成果在華人以至於主流傳播學術的意義、價值與貢獻，例如中國發展傳播研究關注草根、強調底層實踐的取向（張國良），遙遙呼應印度學者近年頗受國際重視的庶民研究；學者對於香港媒體與政治變遷的分析，包括李金銓與陳韜文教授針對新聞媒體報導社會運動所提出的「抗爭範式」，以及區家麟博士提出的「結構性審查」概念如何影響國際傳播研究（李立峯）；華人計算機傳播研究以社會科學指導計算方法，改變了過去以計算方法指導社會科學的做法、並彌補過去論述與方法的盲點（張倫、彭泰權、王成軍、梁海、祝建華）；以及香港政治傳播研究在論述上走向跨學科、在方法上重視整合、視野上由本土而全球，和微觀化與深化的趨勢（徐來、黃煜）等。本書內容涵蓋的範圍遍及媒體傳播研究領域，作者又多為兩岸三地各個次領域的權威，因此對於任何一位希望一窺華人傳播研究貢獻與最新進展的讀者而言，它都會是重要的依據。

　　但如果我們認為出版本書只是要單純的「回顧」，就大大小看了編輯們的雄心。「回顧」只是途徑，真正的目的已經在書名標示清楚——就是要直接面對華人傳播研究問題的核心：由傳承到創新的路徑。在全球化與政府政策的帶動下，近年來華人傳播學者的研究發表在質、量與國際能見度上都大幅提升。然而和其他歐美以外地區的許多學術社群一樣，伴隨著快速增長的卻是一股焦慮感：一種「為他人作嫁」的疑慮，以及因本土理論論述無法開展而引起的不安情緒。這種焦慮感反映在過去眾多華人傳播學者發表的著作，以及舉辦的研討會主題，也在本書篇章的字裡行間迴盪。

　　由社會科學在中國的發展歷程來看，早在 1940 年前後，楊開道、吳文藻與潘菽等社會學與心理學學者，便已經表達對依賴西方理論的不滿，並提出「學術中國化」的呼籲。傳播研究起步較晚，有關中國化的呼籲與著作也遲至 1970 年代才出現。[1] 但過去數十年來華人傳播學界有關本土化、中國化與中國特色研究的討論從未消失：研究需要貼近自己生活的社會文化環境。這不只包括提出的研究問題；分析所依據的理論架構、甚至使用的方法都應該來自、並回饋到這片土地。理由很簡單：由歐美所發展出來的所謂「普世」理論反映的，其實是西方的價值與需求。正如後殖民論述所點破的，即便現代化之後影響力遍及全球，歐美同樣是世界中眾多「本土」的一個。[2] 很遺憾的，由於定義與標的模糊，過去相關論述經常陷於本土、本土化，以及中國化的泥沼中無法脫身。因此本書跳脫本土化論述的糾纏、直指研究與理論創新，毋寧是明智之舉。

　　有關本土化的辯論眾說紛紜，然而華人學者、包括本書作者對於一些現象的觀察與原則的重視，卻並非沒有共識，例如華人社會的特殊性、理論論述與知識產出的貧乏、居於弱勢的焦慮與危機感，以及創新與對話的重要性等等。其中李金銓教授在本書開宗明義第一章強調的對話，以及胡翼青教授所觀察到學術社群內部的溝通問題，更點出了創新的關鍵。

　　過去華人學界談創新，並不常注意到對話的重要性。實際上兩者關係密切，不僅僅因為對話讓我們看到自己的盲點、刺激省思，

而是整部歐洲思想史，以及包括傳播理論在內的社會科學論述，都可以說是經由對話發展出來的。以哲學語言來說，這種特殊的對話方式就是思辯法 (dialectics)。作為西方思考方式的骨幹，思辯法很少出現在研究方法或理論的教科書裡。在歐美的教育體系，思辯的地位等同華人傳統教育的孔孟之學，由小學階段開始就深植腦海、不需要在大學階段再大張旗鼓的提出來。不巧的是，我人吸取西方知識，注重的是專業知識技能，也就是大學與研究所階段的教育，如此不只遺漏了思辯的思考訓練，而且我們在小學與中學所打下的基礎，恰恰不利於思辯式思考。

思辯法源自希臘，通常由參與對話的一方挑戰對方的主張，評論他的證據是否完善，邏輯是否周延等等；同樣重要的，是提出自己的主張，並證明它「更勝一籌」。今天在法院及選舉辯論，我們都可以看到典型的思辯攻防。但對於華人學者來說，思辯方式的對話，卻有著說不出的彆扭。中國知識份子的修養首重謙和，然則思辯不但要求我們打破和諧挑戰他人，還要求我們老王賣瓜、說服別人自己的主張更優越。然則現實是，在西方學術的場子，確實沒有謙和的空間；沒有主張就沒有看法；如果對於西方觀點只有同意與接納、沒有看法，又如何對話、推展論述？

由歷史上看，對話絕不只在西方思想的進程中扮演重要角色。中國思想發展的黃金年代——春秋戰國百家爭鳴，各家之間的對話十分熱絡，攻防間所提出的各種主張，到今天依然精彩。此外，挑戰的對象不僅在社群內部，也可以超越時空。孔子推崇周公制禮作樂，然而經歷時代嬗變，對《周禮》他卻認為必須「因革損益」、絕不可照搬；[3]只要道理說得通，不合的就創新。華人學者不習於思辯法講究的挑戰式對話，大可走孔夫子的途徑，由體會、省思而創新。[4]不幸的是，漢武帝獨尊儒術；隋以降，儒學更成為科舉必考科目，士人們無不致力內化聖賢之學、改造自我。千餘年後，中國知識份子的「主體性」早已奄奄一息。當傳統經典的地位被科學理論所取代，在西方旗幟鮮明的「普世」論述面前，立刻落入不接受不行、接受卻也不很行的窘境。

事實上，將理論視為必須學習的「經典」，是忽略了一件很重要的事情，就是在思辯傳統裡，即便是通過無數嚴格檢驗的權威理論，也永遠是不確定、需要被挑戰、修訂、而且可能被推翻的。以對話形式進行研究的最終目標只有一個，就是將理論知識進一步推向科學真理。「永恆不變」與「放諸四海皆準」並不是理論的本質而是終極目標；而學術研究的目的，是讓它更接近這個目標——即便只接近了一丁點。西方的理論，因此並不是一雙國際標準版的皮鞋，研究的目的當然也不只是要檢驗這雙鞋合穿或不合穿。

在思辯脈絡下同樣值得注意的，就是只要邏輯清晰、理據周全，我們完全可以、應該、也被預期會根據自己的體會、經驗、所身處的時空環境，以及社會文化價值與需求——也就是我們的「本土」——來對他人提出質疑、挑戰既有的理論與概念，並建構自己的論述框架。這是希臘以來，所有西方學術中人一貫的作法。在現代化席捲全球之後，「西方」逐漸成為「普世」的代名詞；同一時間，「非西方」在不知不覺中，竟成為科學研究所需要排除的「特殊」。

近年後殖民論述有關「歐洲中心主義」的評論揭發了「普世」背後的西方偏見，然而主流論述的話語權卻仍然牢牢的控制在西方學界手中。因此要建立對話，即便我們希望對話的對象是其他學術邊陲、不是西方，也只有循此途徑。而要建立對話，華人學者勢必比西方學者多走一步路，便是透過文化轉譯，將傳統觀念、價值或獨特行為模式，以現在國際通行的學術語言帶入文獻脈絡。但即便多了功夫，在執行面上，由本土的「特殊」接壤「普世」論述，卻是順理成章：則「明鏡本無台，何處惹塵埃」；我人糾結於本土與普世之間的取捨，所為何來？

上面的質疑看似有理，實際上在主流論述的脈絡，一旦連我們自己也認了「本土／特殊」的大帽子，由特殊直通普世這件事就變成「國王的新衣」、能作不能說；要挑明了講不是不行，但必得先面對隱身西方傳統的另一大支柱：「二元對立」的思考模式 (dualism)。世界上主要的思想傳統，大多具有二元的要素，差異在兩者之間的關係。根據歐洲傳統模式，二元不但是互不相屬的兩個極端，而且彼

此對立，絕無妥協；特殊與普同如此、東方與西方亦然，正如英國詩人 Joseph Rudyard Kipling 廣被引用的詩句：「哦，東方是東方、西方是西方，這一對永不相遇。」[5] 在二元對立與機械主義式的框架之下，除了存在著宰制與被宰制的緊張態勢，二元之間的互動、互通即便不是完全不可能，也經常不被重視、接受，甚至是被隱而不宣的。[6]

和思辯法一樣，二元對立思考模式的影響力貫穿西方哲學與科學理論，期間許多學者的挑戰，始終沒能撼動它的主流地位。相對的，華人所習慣的思考方式，卻更傾向於陰陽的二元觀；一種「你中有我、我中有你」，兩者「相輔相成相生相盪」的靈活互動關係。換言之，中國二元的世界觀既不極端、也不對立。因此華人學者即便陷入本土／西方、特殊／普世的陷阱，也往往會依據自己習慣的世界觀來作判斷，認為任何二元或多元都可以經由互動而融合、匯流與相互滲透、兼容並蓄、化解對立。然而由僵化的二元對立觀點來看，雙方既是處於宰制與被宰制的緊張態勢，何來平等互惠的融合？何況融合與混雜並無不同？至於「中庸之道」，簡直就是學術上的「騎牆」。換言之，對於許多拘於二元對立思考的西方學者而言，這種論述基本上是沒有立場與主張的；意義不大、也不具說服力。

在歐洲思想史與社會科學研究文獻中，有許多論述可以證明，要破解二元魔咒絕非易事；但在概念上重新建構二元之間的關係，卻並非不可能。我在評論媒體研究所謂「主流典範危機」時，曾有闡釋與擬議（Wang, 2018），就不在此浪費本書篇幅。Kipling 上述那句流傳甚廣的詩句並不是他的結論；接下來他還寫了鮮為人知的兩句：「即便來自世界的兩極，當兩個強人遭遇時，東／西、界線、種族與出身都不具意義。」[7] 對於華人學者來說，中與西、本土與國際間的對立與差異可以是動力、也可以是阻力，但一切必須回歸學術研究的終極目標──創新。

正如本書的幾位作者指出的，創新是學科與學術研究的核心；創新不全然依賴對話，對話卻是創新主要的動力。不幸的是，面對新媒體爆發的年代，在傳播學界，理論發展停滯、溝通不良卻是常

態。不僅中西以及跨學科的學術對話有待努力，主流與華人傳播研究社群內部同樣出現溝通問題。有學者觀察到，近年主要國際期刊所發表的著作中不但少見理論論述，而且大多數學者對於別人提出的理論和觀點不是視而不見，便是不置可否；其結果是研究領域的分化與片斷化。[8]無獨有偶，胡翼青教授在他的篇章也提到，中國傳播學界有「自說自話、自娛自樂」、最後形成「碎片化的知識景觀」的現象。在這樣的大環境之下，有關本土化、特殊化與研究特色的討論也不例外。對於過去種種，黃旦教授感覺「談不上什麼交鋒」；一些「非黑即白式的你來我往，沒有對話」、甚至「論題壓根就沒有展開」；「三聲起身砲之後，一片寂靜」。[9]他的看法或許不中聽，卻是中肯。

上述主流與華人社群「失語」的情況容或相似，成因卻截然不同、所導致的後果也不完全一樣。對於華人學界而言，欠缺對話最令人憂心的後果，是在尋找傳承到創新的過程中重複地走冤枉路。前事不忘、後世之師；華人傳播學界對於產出理論知識的焦慮感不斷催生「自我檢討」，檢討卻萬萬不可次次均由原點出發。過去的幾年間，包括陳韜文、黃旦、黃懿慧等華人學者，都曾針對目前困境提出具體看法、也得到一些回應，這些討論都值得繼續推展。如何避免檢討過去所激起的火花在一次又一次的起身砲之後灰飛煙滅，考驗著我們的決心。

所有關於本土研究的討論，絕非否定現有成績；而是來自於「付出」應該得到「更有價值回饋」的信念。用 Robert T. Craig 的話來說，理論代表看法，[10]那麼無法產出理論，就是拿不出看法，也無由參與對話。除非我們決心集體與世隔絕、千山獨行，理論創新即便困難重重，也必須一步一腳印、堅定前行。然則起身砲之後的那一片寂靜，要如何打破？

華人傳播研究的成就，得來不易；過去百餘年，香港成為中西交會的門戶，在學術交流方面，也有人才薈萃、國際視野與本土資源兼具的優勢。十餘年前，香港中文大學與浸會大學的傳播學者攜手合作出版的中英文傳播學學刊與專書，很快便成為中外學界交流

的重要平台。這些刊物與著作支撐了研究動能、也引領論述方向；可以說充分發揮了傳播研究在華人世界對內、與對外發聲的功能。在維護華人傳播學界一次次自我檢討之後所爆發的火花、與推動對話與理論論述的發展，我對兩校學者建構的此一平台，充滿期待。

註釋

1 學界對於中國傳播研究的努力，一般認為起自余也魯教授在1978年所舉辦的研討會；不過在此之前，已經有一些學者開始默默耕耘，方鵬程在1975年在台灣出版的《先秦合縱連橫說服傳播的研究》便是一例。
2 這是後殖民論述提出的觀點，見 Charkrabarty（2000）。
3 「因革損益」出自《論語·為政》，即傳承（因）、革新（革）、揚棄（損）和創新（益）。
4 詳細說明請參見拙著《本土研究的危機與生機》（汪琪，2016）。
5 這一段詩句最早出現在 Kipling 在1889年發表的作品；黃旦教授（2013）也曾引用。
6 有關二元對立的討論，見拙著 Wang（2018）。
7 參見黃旦（2013）。
8 有關這個現象的討論曾經出現在多篇期刊論文，包括 Boromisza-Habashi（2013）、Corner（2015）與 Zelizer（2015）。
9 參見黃旦（2013）。
10 見註7，Boromisza-Habashi（2013）。

參考文獻

汪琪（2016）。《本土研究的危機與生機》。上海：華東師範大學出版社。

黃旦（2013）。〈問題的「中國」與中國的「問題」——對於中國大陸傳播研究「本土化」討論的思考〉。黃旦、沈國麟（編），《理論與經驗：中國傳播研究的問題及路徑》（頁35–60）。上海：復旦大學出版社。

Boromisza-Habashi, D. (2013). Which way is forward in communication theorizing? An interview with Robert T. Craig. *Communication Theory, 23*(4), 417–432.

Chakrabarty, D. (2000). *Provincializing Europe: Postcolonial thought and historical difference.* Princeton, N.J.: Princeton University Press.

Corner, J. (2015). The many spaces of theory: Perspectives on a dispersed future. *Communication Theory, 25*(4), 416–419.

Wang, G. (2018). Media communication research in the digital era: Moving beyond ontological dualism. *Communication Theory, 28*(3), 235–253.

Zelizer, B. (2015). Making communication theory matter. *Communication Theory, 25*(4), 410–415.

序二

朱立

　　任何行業都需要創新與傳承，才能永續，企業如此，學術研究如此，新聞傳播研究也不例外。

　　兩岸三地不少學子希望能躋身新聞傳播學科，以便學習和研究新聞傳播的理論與實務，說它是兩岸三地的「顯學」也不為過。各所大學的新聞傳播學院成立有早晚之分，但它們既有競爭也有合作，都希望能為新聞傳播的理論或實務盡力，為學科的創新與傳承出一分力，使學術或行業不斷進步而且永續下去。

　　文化是有生命的，創新與傳承正是使新聞傳播研究具有繼起生命的不二法門，懂得創新與傳承的文化不會被時間淘汰，反而會愈來愈豐富、愈來愈強。今天的社會學和心理學和以前已太不一樣，這是兩門學科都有創新與傳承的結果。雖然過了六十多年，新聞傳播研究仍然興盛，這都得拜創新與傳承之賜。這本選集的作者涵蓋兩岸三地學者，他們都很關心新聞傳播研究的永續，這是創新與傳承做得好之主因：作者對傳播具有深刻的了解，有了深刻的了解，談創新與繼承便水到渠成了。

　　簡單地說，沒有創新，就沒有傳承，兩者相輔相成。一定要傳承值得的東西，這個值得的東西就是創新，傳承了不值得的部分，就會愈傳愈糟，任何事物都會倒退，甚至衰亡。兩岸三地的幾家有歷史的學府的學術愈來愈強，能夠走向世界，與各地的同行一爭長

短或為他們所稱頌，早非罕事。這和1990年代前許多學府的新聞傳播學系只培養實務畢業生，是不可同日而語的，這也是創新與傳承之功也，這本選集就是華文新聞傳播研究受稱頌的原因之一！

創新與傳承不容易，兩者都是站在巨人的肩膀上，以今日之我向昨日之我挑戰，新的巨人會不斷出現，我們必須繼續站在巨人的肩膀上向前搜索，因為站得高，才看得更遠、看得更清楚，更能為中華傳播研究找到方向，為它的創新與傳承而努力。學者之間既有競爭，也有合作，使中華傳播研究能不斷創新、不斷傳承，而中華傳播研究也因此生生不息，永存下去。當然，要是懶得站在巨人的肩膀上看遠一些、看清楚一些，創新就不容易出現，減緩了傳承的速度，甚至沒了傳承。我們的新聞傳播研究來自西方，如果創新與傳承變慢了或是停止了，說不定它會和出現時差不多，而和西方一爭短長就更不可能了。當然，學者自己也可能變成巨人或小巨人，讓同行站在肩上而繼續創新與傳承，共同為華人的新聞傳播的研究而努力。

研究中華傳播的學者，精通外語的居多，這是好現象，表示中華傳播研究永遠有新的養分注入，只要肯吸收，就能保障中華傳播研究的創新與傳承。西方文化可以挑戰我們的思考，而自己祖先的古籍也有此功能，1990年後也有不少華人學者從古籍中找靈感和研究，他們無疑豐富了對新聞傳播的研究，可說貢獻不少。莊子看到魚兒游來游去，就說魚兒很快樂，旁觀的人就說你又不是魚，怎麼會知道魚快樂或不快樂，莊子答得也妙，他說：你又不是我，不可能知道我曉得魚兒快樂或不快樂。莊子的故事說明動物既有理性也有感性，人當然兼具理性與感性，因此研究傳播也該有理性與感性的思考。有時我們該用理性研究理性，但有時我們則該用理性研究感性。當然，我們也可用感性研究理性。然而什麼情況下該用「理性研究感性」或「感性研究理性」則要看我們的思考了，其實這也是中華傳播研究的創新與傳承，這件事並非易事，可說知固難行亦不易，而這正是中華傳播研究對整體傳播研究最可能有所貢獻之處。

童話故事裡《國王的新衣》中的國王固然笨到被裁縫所騙，但看熱鬧的人也未免太世故了，要讓一個小孩說出國王沒穿衣服的真

相。這個故事告訴我們，學者不應太世故，因認識太多同行而對問題視而不見，新進學者雖然涉世未深，但他們如敢胡言亂語，便在無形中為傳播研究的創新與傳承作出了貢獻。中華傳播研究源自西方，學術期刊裡華人學者的論文愈來愈多即為明證。

本書的作者，包涵兩岸三地，這些學者對西方以及中華地區的新聞傳播研究都有相當了解，他們分享了長期研究過程中得到的經驗，也看到了中華傳播研究尤需不斷創新，才值得傳承；唯有不斷地創新與傳承，中華新聞傳播研究才能永續，對整體的傳播研究才有貢獻。因此，本書非常值得一看，從中學習什麼值得創新、什麼值得傳承。當然，讀者也可能覺得本書沒有搔到癢處，或只搔到一部分癢處，沒有真正做到創新與傳承。有時候，只有部分做到或完全沒做到反而更能刺激學術思考，貢獻更大。做到了，我們只會喝彩，沒做到則令我們反思，受益反而更大。David Freud 倡議研究潛意識，我們看不見潛意識，卻無法否認它的確影響著我們，我們想了想，覺得他很有道理，潛意識值得細究，也為社會學和心理學研究開拓了一個新領域。中華傳播研究的學者受到了刺激，但這方面的發揮似乎還不夠。

新聞傳播係人類獨有的天賦，創新與傳承都不簡單，創新可能來自外來文化的衝擊，也可以是對自身文化深思的結果，當然，它可能先只有心血來潮，然後經過思考，才有創新與傳承。就企業言，創新意味著產品或服務變好、利潤變多，創新與傳承的職員也可能更為公司器重，因此企業的創新更有吸引力，它的效果往往是立即的，常常敲鑼打鼓唯恐旁人不知。傳承可以很快，也可以很慢。然而學術研究則不然，往往無聲無息，創新與傳承是種自我滿足，也就是心理學家Abraham Maslow所說的自我成就（self actualization），學者不太可能從創新得到即時的酬勞，只能在發表論文時，得到一時的快感，隨升級而來的加薪也可能不是立即的，何況說不定創新者本身早已升到了頂，也就只能自得其樂了，頂多也只和同行討論一下，過過乾癮。

創新與傳承常常是一體之兩面，有了創新，傳承往往隨之而至。沒有創新而只有傳承，那就是復古。新聞傳播研究復古是好

的，但新聞傳播研究本身也復古可就沒前途了。新聞傳播研究少說
也有半世紀了，你要是認不得它原本的樣子，這得歸功創新與傳承
使新聞傳播研究有了新生命。創新絕非標新，後者是立異，在學術
界是不會引起共鳴的，就算引起了，它也不會持久，因為這種「新」
往往缺乏依據，根本站不住腳，君不見學術論文都有憑有據，才經
得起時間和同行的考驗。

　　從這本選集看，創新與傳承的方法是多樣的；比較華人社會的
多元是一種方法，馴化（domesticate）引進的西方的傳播研究和使華
人社會的傳播研究從邊陲到中心的努力都是創新的方法。研究互
聯網絡、手機或未來出現的新科技都是創新。施拉姆（Wilbur
Schramm）是美國大眾傳播研究的大師和創始人之一，他在1977年至
1978年曾在香港中文大學新聞傳播系客座了一年多，1979年2月又
訪問了上海復旦大學和北京，將大眾傳播學引進了剛剛開放的中
國。在上世紀80年代的中國，施拉姆幾乎成了傳播研究的代名詞，
在創新與傳承之下，提到他的人愈來愈少了，而他自己恐怕也不認
識今天中國大陸的新聞傳播研究了。我們忘了施拉姆，而今天中國
大陸的新聞傳播研究也和剛引進的時候大不一樣了，施拉姆如果重
遊中國大陸和香港，見到自己以前沒見過的新聞傳播研究，說不定
遇到的年輕一代還沒聽過他的大名呢！雖然如此，我想他會為這新
面貌感到高興，見到新聞傳播研究在中國大陸和香港有了發展，他
也會感概萬千。沒想到他的理論竟發展到連自己都不認識了，但他
見到了進步，還是會高興的。

　　這本選集是一本以「傳承與創新：中華傳播研究40年」為題的著
作，是各位學者的心血結晶，無論你是否同意書中作者的觀點，他
們都有貢獻。說不定以後談新聞傳播研究的選集會和本書完全不
同，這也是新聞傳播研究創新與傳承的結果。我想這應該是好現
象，表示我們又向前走了一步，新聞傳播研究取得了新生命，還會
繼續下去。

　　其實，學術期刊裡的每一篇論文都在創新與傳承，論文未必提
到這些字詞，但新聞傳播研究的期刊能夠出版數十年而不衰，而且
種類與發行數量愈來愈多，這固然是因為學者愈來愈多，但也表示

新聞傳播研究是生生不息的。在本書之前、之後肯定還有許多其他
的選集，他們未必用上新聞傳播研究創新與傳承的字眼，但這些無
名功臣多半在課堂上默默地耕耘，做著同樣的工作。

新聞傳播研究有了優秀的接班人，我們是不必擔心這門學術的
創新與傳承的。

2021 年 2 月 28 日
完稿於澳大利亞布里斯本市瞥未居

導言

李立峯、黃煜

　　2018年，中國大陸不同院校舉辦了不少以「中國傳播學40年」為主題的學術會議。傳播學在中國發展已經有40年的歷史，這種說法是把中國傳播學的開端設定在1978年，因為在這一年，復旦大學的鄭北渭教授譯述了〈公眾傳播工具概論〉和〈美國資產階級新聞學：公眾傳播〉兩篇文章，把美國的傳播學引介到中國大陸（胡翼青、張婧妍，2017）。1978年也是中國改革開放之始，「中國傳播學」和改革開放同時出現，並不是偶然的。經歷了多年的紛亂後，中國社會和經濟要走向現代化，嚴謹的社會科學研究不可或缺。傳播作為社會發展的重要一環，理所當然也受到重視。

　　對香港和台灣而言，1970年代則代表著經濟起飛，兩地與國際的交往愈見頻繁，社會資源開始變得充裕。1977年，美國傳播學學科奠基者施拉姆（Wilbur Schramm，或譯宣偉伯）受其學生余也魯邀請，到香港中文大學擔任客座教授，並為中大新聞與傳播學系設立了哲學碩士課程。1978年，李金銓教授在美國完成博士學位到中大任教，而中大新聞與傳播學系哲學碩士課程最初幾年的學生，就包括了第一代香港最重要的傳播學者李少南、陳韜文和蘇鑰機。在台灣，正如蘇蘅在本書的文章中提到，1970年代有多位傳播學者在美國完成學業回台任教，同時，學者徐佳士率領其研究團隊，進行了具規模的台灣人民傳播行為調查，這些發展為台灣的傳播學教育及

研究打下了基礎。換句話說，在中國大陸、香港和台灣，1970年代均可以被視為現代社會科學意義下的傳播學的起點。

在這種背景下，香港中文大學新聞與傳播學院為其55週年院慶籌辦國際學術會議時，就決定以「中華傳播研究的傳承與創新」為主題。該會議由香港浸會大學傳理學院協辦，於2020年1月舉行。這本書的文章，大約有一半來自這次會議。除了這場會議的論文外，我們更邀請不同領域的專家學者撰寫文章，希望能夠覆蓋華人傳播研究發展的更多層面，探討更多問題。無論是這場會議或是這部文集，目的都是在審視華人社會中的傳播研究，整理其中最有價值的經驗和成果，指出不足之處，希望對學科的發展歷程作出具反思性的分析，同時為傳播研究的未來發展提供一些指引。在這篇導言裡，我們先簡介文集的內容，然後討論幾個有關華人傳播研究的重點問題。

結構和文章內容

本書分為四個部分。第一部分收集了三篇華人傳播學界領軍人物的綜觀性文章。李金銓從個人多年縱橫美國及中港台學界的經驗和觀察出發，討論在美國主導的傳播學界中，華人傳播學應該如何發展。李金銓強調華人傳播學應該具備「華人視野」，但這華人視野要建基於對具普遍性的學術原則和方法的掌握，要對西方學術成果有所理解並有能力跟其對話，同時對華人世界的內部差異有所認知和尊重。張國良以中國傳播學進入「不惑之年」為前提，提綱挈領地討論幾個學科發展的基本問題，包括傳播學有什麼特性、中國傳播學的發展動力是什麼，以及如何理解和分析傳播學的內部結構等。他的這篇文章替中國大陸傳播學研究作一個簡單的分類，亦討論傳播研究在本土化、國際化和整合化面臨的挑戰。陳韜文則討論華人傳播學中比較研究的發展，他指出比較視角可以讓學者更了解眼前現象的特點，所以往往是理論創新的來源，比較研究可以不同規模和方式進行。文章回顧了一些華人傳播學中較為突出的比較研究，

但作者強調學者不應單純是為了比較而比較，需要做的是在設計研究時清楚知道比較分析背後的問題和關懷。

本書的第二部分以地域為基礎，四篇文章分別回顧中國大陸、台灣和香港的傳播學發展，但四篇文章亦各有獨特的主題和切入點。劉海龍分析了中國大陸傳播學界多年來如何看待施拉姆對美國傳播學以至中國大陸的影響，他先回顧施拉姆在1982年的中國之旅，然後指出從1980年代到2010年代，大陸傳播學界對施拉姆的評價，由傳播學的奠基者和啟蒙者變為學科化和政治化的始作俑者，而這轉變折射出的其實是大陸傳播學界自身的危機意識和焦慮。胡翼青和張婧妍把大陸傳播學的發展分為前學科和學科化階段。理論上，學科化能提供合法性並有利學者爭取資源。事實上，學科化後中國傳播學的學術成果生產量有很大的提升，但學科化亦帶來功利主義和學科意識形態保守的問題。作者認為，在媒體生態變異下，以「媒介化」概念入手，有機會為大陸傳播學打開新局面。

蘇蘅採取量化內容分析的方式，檢視了三本台灣最具代表性的傳播學期刊從1987至2017年發表的論文，結果顯示，從題材到方法的應用，台灣傳播學研究均呈現多元化的發展趨向。研究地區除了台灣外，也有以香港或中國大陸為研究對象，甚至有關於其他亞洲國家的研究，顯示部分學者嘗試走出華人社會。李立峯對香港傳播學研究的回顧，則集中探討學者如何發展和尋找研究的普遍意義。他指出四種社會科學研究發展普遍意義的方式，然後討論每一類研究帶來的可能性和面對的挑戰，以及場景脈絡在每類研究中的位置，從中帶出了過去30年來香港傳播學研究最重要的一些成果和對國際傳播學界的貢獻。

本書的第三部分則以傳播學內部的分支和領域為基礎。篇幅所限，我們不可能覆蓋傳播學的所有領域，國際傳播會協會就有24個分部，另外尚有數個「興趣小組」，而且分部的成立往往有各種歷史和環境因素，24個分部不見得一定可以覆蓋所有值得被獨立出來考慮的子領域。但我們認為，第三及第四部分共十篇文章，既包括新聞學和媒體社會學等最傳統的子領域，也包括健康傳播等相對新興

的領域，同時覆蓋大眾媒體研究、新媒體研究以及不以媒體科技為定義基礎的組織傳播研究。

在這部分中，李紅濤和黃順銘分析了媒介社會學在中國大陸的發展，探討中國大陸學界如何選擇性地建構歐美傳播社會學的經典，並通過翻譯工作把部分著作「再經典化」。此外，這篇文章也帶有強烈當代性的研究實踐，媒介社會學被「馴化」為新聞社會學，為大陸內部的學術研究提供了有用的話語資源。與李黃二人的討論頗為相關，王海燕聚焦在中國大陸新聞學研究中對新聞專業主義的理解、探討和批判，她指出專業主義在較早期的研究中被視為新聞媒體的發展方向和目標，但在近年則被視為與馬克思主義新聞觀背道而馳的理念。大陸新聞學研究如何處理專業主義的問題，反映學術研究的發展如何受政治和傳播環境轉變影響。徐來及黃煜的文章討論和新聞學研究密切相關的政治傳播學，把論文焦點放在香港。他們指出香港的政治傳播學研究一直聚焦在新聞自由、權力重組、現實建構、新聞專業主義等主題上，而隨著政治和社會變遷以及新媒體的發展，政治傳播研究在香港是方興未艾，多年來亦生產了一些具原創性的概念和觀點。

郭建斌和姚靜探討發展傳播學，他們認為中國大陸屬於發展傳播學範疇的經驗研究並不算太多。他們從自己在中國西南地區進行的三個案例研究出發，指出西方發展傳播學中的經典研究結論並不完全適用於中國大陸，但他們認為中國傳播研究不應完全忽視西方理論，重點是如何在既有的學術資源和社會現實之間發展出新的理論。朱麗麗和蔡竺言回顧中國大陸的普及文化研究，除了點出如數字文化和遊戲文化等新現象和新議程外，也特別強調從「亞文化」到「後亞文化」的轉向，他們指出，大陸學者大都同意青年文化在過去一段時間漸漸失去對社會的批判性，變成了個性化標籤或一種集體狂歡，如何理解後亞文化的政治社會意義，是學界要面對的重點問題。

　　韓綱、張迪和胡宏超回顧 2004 至 2015 年中國大陸的健康傳播研究，並對比之前進行的 1991 至 2002 年的回顧。他們發現，傳播學者對健康傳播研究有更大程度的參與，這亦代表健康傳播在中國大陸進入了傳播學界的視野，但相關研究以解決實務問題為主，大部分並沒有運用特定的理論框架，造成了「傳播理論缺席」的現象。秦琍琍回顧了華人組織傳播學，在綜述組織傳播研究在兩岸三地的發展後，她提出了如何理解「在地」的問題，指出本土化不應是把華人社會視為單一整體而去與西方對照，而是要強調不同華人社會之間以至華人社會和「西方」之間的互動。作者亦介紹了其提出的，以組織素養、學養和修養作為基礎的知識框架。

　　在過去二十多年，互聯網的發展對傳播學帶來各種機遇和挑戰。徐敬宏、侯偉鵬、郭婧玉和楊波以內容分析法分析 CNKI 數據庫中關於中國大陸互聯網治理的研究文獻，展示了相關研究從最初對外國經驗的介紹和分析，進展至從中國本位對網絡主權原則的支持和倡導，再進展至對國際層面的互聯網治理的思考。不過，文獻仍然以思辯討論為主，經驗研究直至近年才較受網絡治理研究者的重視。曹小傑和李新關注互聯網研究中的跨學科合作問題，互聯網業已成為當代社會和人們日常生活背後的基礎建設，所以在人文與社會科學不同領域的學者都會研究互聯網科技的影響。不過，曹小傑和李新分析了中國大陸 16 本不同學科期刊中共 1,268 篇文章，發現跨學科合作的成果仍然非常少，他們呼籲傳播學者可以多參與跨學科研究。

　　本書把最後一篇文章單獨拿出來，放在「華人傳播未來方向的展望」的標題下。這固然不代表華人傳播學的發展只有一個方向，但計算傳播學作為一個較新的領域，是值得注意的。張倫、彭泰權、王成軍、梁海和祝建華的文章介紹了香港城市大學研究團隊的發展歷程和經驗，然後討論計算傳播學如何進入中國大陸，以及華人學者進行的計算傳播學又如何進入國際，作者指出，他們通過計算傳播學走進國際，靠的是順應媒體與社會轉變的大勢、認真做好研究工作和發展方法、通過合作借助外來的力量，以及不要偏離主流傳播學的關懷。

關於幾個主題的一些觀點

從以上的簡介可以看出，本書以「綜觀」、「地域」和「研究領域」為結構基礎，但每個部分裡的文章各有特色。要回顧一個學術領域絕非易事，本書有幾篇文章以量化分析的方法回顧特定地區或領域中傳播研究出版物的特徵 (蘇蘅、韓綱等、徐敬宏等、曹小傑等)，也有一些文章以學科的重心概念為焦點，如王海燕聚焦新聞專業主義，朱麗麗和蔡竺言花了較大篇幅討論後亞文化。另外有幾篇文章帶有知識社會學的問題意識，包括胡翼青和張婧妍對學科化的評判，李紅濤及黃順銘對經典化及再經典化的闡釋，劉海龍對大陸學界如何建構施拉姆的形象的分析，更有「學術界集體記憶」研究的味道。除此之外，本書也有幾篇文章涉及對特定研究路徑的推介，其中陳韜文積極推動的比較研究、曹小傑和李新提出的跨學科合作，以及祝建華及其團隊的計算傳播學，都是華人以至國際傳播研究重要的發展方向。

在多元的題材和路徑背後，也有一些主題貫穿在大部分的文章當中，其中本土化和國際化，始終是華人傳播學者念茲在茲的問題。正如本文討論華人傳播學發展時顯示，中國大陸、台灣和香港的傳播學的開展，都跟美國直接或間接相關，其中涉及的是學術著作的引介或人材的輸入。不過，華人學者大抵很快就發現，美國傳播學有其自身的研究議程，其理論也往往預設了美國式的民主政制和市場主導的媒體制度為背景，再加上中港台的媒體發展的發達程度跟美國有或多或少的差異。若華人學者把既有的傳播理論運用在華人社會上，未必能解答自身社會面對的最重要的傳播問題。因此，在華人傳播學界一直有聲音強調要發展出本土化的傳播學。事實上，自上世紀末以來，把傳播學真正的國際化或去西方化的呼聲，也出現在全球不同角落之中 (如 Curran & Park, 2000; Lee, 2015; Thussu, 2009)。

不過，正如本書中不少文章指出，本土化並非要完全忽視來自其他地方的學術理論和方法。不是所有西方學者提出的理論都適用於華人社會，但也不是所有西方學者提出的理論都不適用於華人社

會。一個理論在整體上不能被單純地套用到一個社會之上，不等於該理論沒有一些適用的或至少值得借鏡的部分。再者，理論都是理論建構的產物，社會學家 Richard Swedberg (2014) 指出，社會科學學者應該把關注點從「理論」(theory) 轉移至「理論建構」(theorizing)，華人學者在理解西方傳播學理論時，也可多留意理論背後的建構原則和邏輯，這些原則和邏輯應該有其普遍性。同樣地，社會科學研究方法有其普遍性，有時具體操作可能需要因應場景特徵而作出調整，但調整時也要根據研究方法背後的方法學原則。舉例說，華人學者可以嘗試從具體社會現象出發，從下而上的發展出在地的原創理論，但這樣做，也不外乎是從事西方學者口中的「grounded theory」而已，而 grounded theory 其實也有其原則和方法。

其實，一個學科發展得好不好，學術出版量只是很表面的指標，有沒有自己生產出來的理論和範式，也只是另一個表面的指標。直正的核心問題，始終是我們能夠對自身社會裡重要的傳播現象和議題，提供什麼樣的答案，在尋找答案的過程中，本土化和挪用他方的學術資源，並無衝突矛盾。進一步說，華人傳播學者要解答的問題，是否就一定只是華人社會或甚至只是個別華人社會的問題？華人傳播學能否為一些具普遍性的問題提供洞見？這裡就涉及華人傳播學的國際化的問題，但這裡所說的國際化，不是指如何借用國際學術資源，而是指如何把華人傳播學中得出的一些較具原創性的概念或理論觀點，通過恰當的抽象化後，讓它們成為國際傳播學的一環。學術的全球化本來就應該是一個雙向的過程，既涉及全球的本地化，也涉及本地的全球化。在本書中，李立峯對香港傳播學如何尋找普遍意義的分析、陳韜文對比較研究的功能的討論，祝建華及其團隊通過發展計算傳播學走進國際主流的經驗，都指向本地全球化的可能性和重要性。

有幾篇文章提到的另一個問題，是華人社會之間的內部差異。華人傳播學的倡議，基礎自然是華人的共同語化和傳統文化，但從一開始，兩岸三地的社會狀態、經濟發展和政治制度均有非常顯著的差異。視乎研究問題和焦點，兩岸三地之間的差異，不一定比個別華人社會和個別西方社會之間的差異大。舉一個例子，祝建華與

其合作者在1997年於*Journalism & Mass Communication Quarterly*發表
過一篇比較台灣、中國大陸和美國新聞工作者的研究，他們指出就
政治制度而言，美國和台灣屬同一類別，跟中國大陸不一樣；但從
傳統文化來看，中國大陸與台灣就屬同一類別，跟美國不一樣。於
是，他們在這項研究中把三者進行比較，進而分析政治和文化因
素，哪一種對新聞工作者的意識形態有更大影響。而他們的研究發
現美國和台灣新聞工作者的想法較為接近，即政治因素對新聞工作
者意識形態的影響更大（Zhu et al., 1997）。

　　如果說華人社會與西方社會狀況不同，因而有自己關注的議
題，那麼個別華人社會也可能有自身的議程。以政治傳播為例，台
灣作為民主社會，政治傳播研究有不少跟選舉和民意有關，到了香
港，如徐來和黃煜在本書中的章節指出，新聞自由和權力重組是80
年代以降香港研究的關注重點，到近十年，媒體與社會動員則隨著
社會運動的發展而成為研究焦點。在中國大陸，從90年代開始，無
論是關於新聞媒體改革的分析，抑或是對互聯網的政治影響的探
討，背後的問題都是政府如何在促進媒體商業化和科技發展的同時
維持社會及政治控制。更深一層的問題是威權主義政體如何演化，
不單是適應了媒體的轉變，甚至借助媒體轉變強化國家的力量。這
大概也是為什麼本書的文章其實大都沒有同時回顧兩岸三地的傳播
學文獻，秦琍琍對組織傳播學的回顧大概是唯一的例外。

　　這是本書的一個不足之處，也顯示了一個未來發展的方向：若
要發展華人傳播學，我們應該對兩岸三地的文獻有更系統的整理和
比較，找出其中的異同。進一步說，學者可以採取一種知識社會學
的路徑，嘗試整理及分析兩岸三地傳播學界之間的關係和互動，以
及這些互動如何影響各地傳播研究的發展。事實上，華人傳播學的
基礎不只是兩岸三地在語言和傳統文化上有共通點，也在於三地之
間的實際交流和互動。在過去十數年間，香港中文大學每年一月舉
行一次有特定主題的工作坊，讓兩岸三地學者可以就同一議題交
流，浸會大學和城市大學也有不同形式的學術活動，讓兩岸三地學
者共聚一堂。大陸學者訪台或台灣學者到大陸交流，也愈見頻繁。

這些活動和交流構成了什麼樣的學術網絡？這些網絡對傳播學的知識生產和知識擴散起了什麼樣的作用？這些交流互動的局限在哪裡？這些都是有興趣的學者可以在未來處理的問題。

以上的討論顯示我們並不認為這本書包含了所有值得分析和討論的問題與文獻，除了如何同時處理兩岸三地的傳播研究外，就研究領域和主題而言，雖然本書已在篇幅有限的前提下盡量包括不同類型的研究領域，但仍難免有所遺漏，特別值得指出的是，由於本書的目的之一在回顧過去的傳播研究，對傳播學有些最新的、並沒有太多成果和文獻的領域或主題，就並未觸及，例如傳播學在過去十年左右一個很重要的發展，可以稱為「後勤媒體研究」(logistical media studies)。簡單地說，傳播學的出現源自20世紀初大眾媒體的發展，無論是傳統的新聞學、運用實證方法進行的媒體效應研究，抑或是關注意義生產和商議的英國文化研究中，所謂「媒體」都是由機構、機構內的工作者，以及由他們生產的內容作構成。不少互聯網研究也是這樣看媒體，網絡2.0的出現可能改變了正規組織和機構的重要性，以及誰在生產內容，但更深層次的轉變是，數碼科技的發展使數碼媒體成為了社會生活中各種各樣的工作和實踐的工具，以至整個社會生活的基礎建設 (infrastructure)。以我們所知，也有不少華人學者已經開展了這方面的研究，但這些研究尚未形成一個可以「回顧」的領域，所以本書也未詳加討論。

無論如何，指出這些「漏網之魚」，並不是要貶低編者自己的工作或本書各位作者的貢獻，而是希望讀者能以開放和有建設性的批判精神閱讀本書的文章，希望本書的一些不足之處也可以啟發學術研究的發展。最後，由於時代動盪、社會轉型及科技躍進，我們建議華人傳播學者要設法「回到過去」，對歷史文化進行深度反思；構思研究時要「存同求異」，對不同地區的傳播學研究成果進行系統分析與吸納，並且應該「著眼當下」，從實際出發，帶著問題意識進行研究，逐步建立起中華傳播學的理論與模式，推動這一學科進入社會科學研究之前沿。

參考文獻

胡翼青、張婧妍 (2017)。〈中國傳播學40年：基於學科化進程的反思〉。《國際新聞界》，第40期，頁72–89。

郝曉鳴 (2017)。〈學術對談：數字時代華人傳播學術期刊的發展與挑戰〉。《傳播與社會學刊》，第41期，頁1–40。

Curran, J., & Park, M. J. (Eds.) (2000). *De-westernizing media studies.* London: Routledge.

Lee, C. C. (Ed.) (2015). *Internationalizing "international communication."* Ann Arbor: University of Michigan Press.

Swedberg, R. (2014). From theory to theorizing. In R. Swedberg (Ed.), *Theorizing in social science: The context of discovery* (pp. 1–28). Stanford: Stanford Social Science.

Thussu, D. (Ed.) (2009). *Internationalizing media studies.* London: Routledge.

Zhu, J. H., Weaver, D., Lo, V. H., Chen, C. S., & Wu, W. (1997). Individual, organizational, and societal influences on media role perceptions: A comparative study of journalists in China, Taiwan, and the United States. *Journalism & Mass Communication Quarterly, 74*(1), 84–96.

第一部分

中華傳播研究的40年發展

1

視點與溝通：華人社會傳媒研究與西方主流學術的對話[*]

李金銓

　　我曾經任教於明尼蘇達大學二十多年，深知什麼是「以美國為中心」的世界觀。一般美國人大概以為「國際」就是「非美國」，或是「美國以外的世界」，因此「國際」傳播就是「外國」傳播。所謂傳播學當然就是美國傳播學，不必標明「美國」，因為那是人人皆知的基本「常識」。講起新聞傳播，美國有世界的標準答案。今天在北美洲，我敢說沒有哪間新聞傳播學院不把「國際傳播」當成點綴品的——聊備一格，聊勝於無，可有可無，這就是美國高唱「全球化」聲中的一幅諷刺畫。「全球化」未始不是擴張美國霸權的飾詞。

　　四年一度的世界盃足球賽經過電視轉播，每每風靡半個地球的球迷，只有美國人無動於衷。美國人唯我獨尊，他們玩的那套美式足球決賽叫做「超級碗」(Super Bowl)，全國棒球決賽乾脆直呼為「世界大賽」(World Series)，世界是美國，美國就是世界。我參加的「國際傳播學會」，原來每四年(現改為兩年)挑一個海外大都會在希爾頓或喜來登之類的五星級飯店開一次年會，就是以美國學者為主、在國外例行熱鬧一番的世界大賽儀式。目前該學會外籍會員已快速攀升到一半，其中新會員以中國學者最多，但外籍會員增多並不等於學術範式的「國際化」，也許是更多人被「收編」從事「美國就是世界」式的研究。

　　美國的民主制度穩定，日起日落，天底下冒不出新鮮事，學者們關注的無非是體制內的一些技術問題，也就是如何完善美國的生

活方式，難怪選舉 (美式民主) 和消費 (資本主義) 的研究鋪天蓋地，
有的見微知著，但不少對外人來說恐怕是微枝末節、瑣碎無聊的，
鮮有成一家之言的學者。華人學術圈一時恐怕無暇專注於這些細微
的問題，至少得拿出一大部分精力在媒介與第三世界革命、體制改
革這些翻天覆地的宏大敘述。他們的問題也許「不完全是」我們的問
題，我們的問題幾乎「完全不是」他們的問題。我們侷促在全球學術
市場的邊緣，既不願意隨著他們的音樂指揮棒翩翩起舞，又渴望能
跟他們平等對話，如何是好？

多元的視野，多重的解釋

知識生產不是價值中立的。證據是最後的審判者，但證據必須
靠人識別和解釋。知識生產者總是受到興趣、背景、師承、學派、
政經條件——別忘了還有更大的時代氣氛——層層的制約，現象
學家稱這些制約因素為「相關結構」(relevance structure)。嚴格訓練使
人言之有據，反覆省思讓人明白偏見之所由，縱然如此，沒有人能
夠完全擺脫知識的盲點。克服這些盲點的第一步，就是正視這些
盲點。

我們得承認美國是世界體系的核心。美國學者看中國，好比站
在廬山之外看廬山，沒有傳統華裔學者的心理和文化負擔，的確出
現不少觀察敏銳、分析透徹的佳作，旁觀者清，而且他山之石可以
攻玉。但他們這個知識系統有獨特的偏見和盲點：一般美英學術界
和新聞界容易想當然耳，按照自己的現實需要和腦中的偏見，描繪
出以偏概全、自以為是的圖像。他們建構的當代中國，有太多東西
隨著國際冷戰的大氣候和美國國內的小氣候流轉，反覆顛倒而多
變，對中國的認知總是徘徊於浪漫情懷與懷疑抹煞之間搖搖擺擺，
覓不到持平點 (Lee, 1990)。

尤其是「文革」時期，許多美國學者和記者罹患「天真的革命浪
漫幻想症」，看到叢林的尖端，便當作天邊一片雲；抓住一些有限而
可疑的材料，居然就拼命建造封閉的理論空中樓閣，根本經不起起
碼事實的驗證，難怪風一吹就塌得片瓦不留。那個歲月正逢美國反

戰運動、學生運動、婦女運動、種族運動的高潮，毛澤東高呼「為人民服務」、「造反有理」，那些口號全給美國激進分子聽進去了，他們對國內社會怨懟的情緒一股腦兒投射到中國的「文革」，找到宣洩口，建構一幅浪漫而虛脫的想像。毛澤東的逝世象徵這種想像的破產，學術和媒介論述一時陷入完全否定的另一個極端。1980年代中期以後，美國媒介又把中國改革的勢頭解釋為「資本主義的勝利」，結果因為1989年天安門的血腥鎮壓，在1990年代再度陷入悲觀與否定。美國媒介塑造中國的形象，不僅反映中國的現實，也反映美國的現實，更反映中美關係的起伏。[1]進入本世紀以後，兩國不斷在調整崛起的大國關係，美國媒介的中國形象如同外交政策曾經漸趨穩定，不斷在探索，既有正面報導，也有摩擦。[2]

我們要求在互為主觀 (intersubjective) 的基礎上，建構多元 (plural) 而多重 (multiple) 的詮釋。多元而不單一，庶幾學術不被權力壟斷，不定於一尊。多重解釋才能曲盡其致，欣賞蘇東坡所說「橫看成嶺側成峰，遠近高低各不同」的景觀，避免簡單粗糙的理解。是非本無實相，互為主觀把問題適當的相對化，容許大家在寬容的詮釋環境裡尋找定位，並保持不斷的民主對話 (詳見李金銓，2019：15–63)。華人傳播學術圈應該趕緊建立相輔、相成、相爭的詮釋社群 (interpretive communities)。

「對話」要有「對手」，不能喃喃獨語。除非我們入乎西方學術霸權的核心，然後出乎其外，否則勢將沒有資格和他們爭鳴或對話。從知識論來看，局內人靠經驗與觀察求知，局外人以反省與詮釋見長，各有千秋，各具盲點。華裔學者看華人社會，更能解讀微言大義，更能掌握各種網絡關節，但這不是必然的或與生俱來的優勢。我們自己有許多文化包袱和思想弱點要甩掉，卻又偏偏習焉不察。所以，唯有裡裡外外虛心交流，放棄霸權形態，才可能截長補短。

所謂的「跨文化」：技術問題與宏大敘述

1970年代初抵美國，我在新興的傳播學門外張望，無意間接觸到一本《創新擴散》(1962)，當即驚為「奇書」。作者羅傑斯教授 (Everett

Rogers) 年方四十許，已紅遍半邊天。他地毯式搜集1,500篇相關實證研究，在第三世界做的研究愈來愈多，他整理出框框條條的理論假設，逐一歸納統計每個假設獲得百分之幾「跨文化研究」的證實。我頓時像觸了電，深為其科學客觀、條理分明所折服，何況他文字簡明，的確讓初學者有豁然貫通的錯覺。我不僅心嚮往之，甚至從學於他兩年。後來因別的因緣轉益多師，遂懷疑羅傑斯援引那些貌似客觀的「跨文化」研究，本質上莫非把深植於美國文化土壤的理論挪到國外去「再生產」，把理論背後的假設「世界化」和「自然化」，變的只是一堆代表某些現象的數字 (李金銓，2019：136–139)。

中國大陸的學者喜歡講「語境」，台灣學者稱之為「脈絡」，講得好。這個語境畢竟是受制於政治、經濟和文化脈絡的。一個時空背景下的學術偏流，可能躍居另一個時空背景下的主流，孰為主孰為客，要看社會怎麼建構它，真的沒有必然或絕對。此外，在不同的語境下，相同的概念可能產生特殊的意義，建立不同的因果關係。有人潛意識裡覺得，外國學者提供普遍理論，華人學者只能證明那個理論在特殊環境的真偽。果其然，我們搜集材料豈不只為給西方理論當註腳？我們學術成績薄弱，長期缺乏自信與自覺，接受強勢學術圈所界定的現實而不自知。

羅傑斯的《傳播學史：一種傳記式的方法》(Rogers, 1994; 中文譯本：羅傑斯，2002)，脈絡清晰，語言淺白，可惜淺出而不深入，對於傳播學與時代背景的聯繫，對於社會科學的動態發展都講得太簡略了。書寫得通俗化而不簡單化，清楚明白而寓意豐富，見樹又見林，談何容易？説起這類書，我以為柏格 (Berger, 1963) 的《與社會學邂逅》，實在無出其右者。

同時精於技術問題與宏大敘述的學者總是有限。其實不管專精於哪一邊，都是深刻的片面。我們需要一個成熟的學術環境，讓精於宏大敘述與技術問題的兩類學者相互啟迪、鞭策、印證。我無意把技術問題和宏大敘述黑白二分，宏大敘述必須以技術和證據為基礎、為襯托，技術問題最好有宏大敘述的關懷，它們彼此層層滲透，應該有辯證的聯繫。我一向尊敬那些把技術問題處理得乾淨俐

落的學者。任何人學好學精一套工具和方法，不憚其煩，費時費力，絕不簡單。工欲善其事，必先利其器，許多問題只能靠某些技術工具來解決。只是「利其器」以後，怎麼「善其事」？技術問題的背後是什麼？技術不應該只為技術而存在，成為一種學院內的嬉戲。反之，宏大的敘述不是放言空論，如果沒有堅實的證據和嚴謹的理路，說得再天花亂墜，還是「口水多過茶」，等而下之則是意識形態，不是學術研究。社會科學畢竟是經驗科學，受哲學的影響，但不是哲學。儘管學術研究和意識形態有千絲萬縷的關係，其間卻不能畫上等號。

我服膺米爾斯 (Mills, 1959) 的為學態度，他認為社會學者必須念茲在茲，結合個人的興趣和重大的社會議題，而且置社會問題於歷史為經、世界為緯的座標上。這個說法對「做怎樣的社會科學工作者」甚有啟示：從個人最深刻的經驗向外推，思考擴及普遍的社會現象，最後竟聯繫到一些根本的關懷，以至於發展成一種學術志業，那麼學術工作就構成一個整體，不是割裂。基本關懷 (例如自由、平等) 必是每個社會永遠存在而無法徹底解決的問題，需要因時因地從各領域注入新的內容和詮釋。社會科學屬於公共領域的自由獨立論述，一旦疏離於社會實踐，則滋長知識的專橫。社會科學工作者參與公共論壇有兩個角色，一是公民，二是專家；他們應該從專業視角對公是公非有所承擔，維護普世價值，但不能像傳統儒家士大夫享有泛道德的特殊地位。

鑑於當今眾聲喧囂的語境，我得趕緊澄清可能的誤會：我反對「假、大、空」。在華人傳播學術社群裡，許多人「論多證少」，有人甚至只論不證。他們沒有傳統樸學或西方經驗 (empirical) 的嚴格訓練，但憑拍腦袋以空話鋪成一篇篇「應該」(should) 如何如何的論文，獨獨說不出「是」(is) 什麼。然而未知「是」，焉知「應該」？他們只敢大膽假設，不肯小心求證。他們不但缺乏看問題的理論架構，也很少落實到技術的層面——包括建立嚴謹平實的論據，關照證據搜集、假設證明等一連串明辨的過程。技術不及格的人，且莫大言炎炎。環視當今華人社會的語境：中國大陸許多學者欠缺理論素

養，也欠缺樸實的技術訓練，太多聰明人盡講些華而不實的套話和空話，看起來「很有學問」，卻不願意踏實深入分析點滴的材料，經不起邏輯推敲和證據考驗；港台學者多半經過美國的學術洗禮，參考架構也容易流於美國式的瑣碎化和技術化，如不及時提升到對一些終極關懷的境界，恐怕只能勤於給西方理論當註腳；在美華裔學者為了讓主流思想和權力結構接受，可能自覺或不自覺地放棄批判的本能，但求附麗或同化其間。——美國社會和學術市場多元而未必開放，趨同 (conformity) 的力量極大，這一點早已為托克維爾 (Alexis de Tocqueville) 道破，所以長期在美國教書的人的確需要一點膽識和灑脫，願意學貓頭鷹站在邊緣位置冷眼旁觀，若即若離，獨來獨往。

法蘭克福學派諸子避二戰於美國時，與美國重實證主義的文化土壤格格不入。阿多諾 (Theodor Adorno) 最早寄居哥倫比亞大學，拉查斯斐 (Paul Lazarsfeld) 邀請他一起合作，希望用統計量化的方法驗證法蘭克福學派的社會理論，最後彼此的想法畢竟南轅北轍不得不分手。法蘭克福學派猛烈批評實證主義對其基本預設缺乏自覺。但他們也陸續學習一些實證方法，例如阿多諾在加州大學伯克利分校發展出一個量表，測量法西斯的「權威人格」。戰後他們當中多數回到德國，在面對論敵時，反而站出來為實證方法 (而不是實證主義) 辯護。他們希望用實證的技術闡發宏大的敘述。我贊成經驗研究，但反對實證主義。以前老師總教學生寧可小題大作，不要大題小作，以免空疏無當。但若把大題目分成許多小題目，緊密聯繫，每個小題目都做得紮紮實實，證據確鑿，論理清澄透澈，大題仍然可以大作，技術問題與宏大敘述無妨相輔相成。

「文化中國」的中心與邊緣

1980 年代，海外知識界提倡「文化中國」，其中以杜維明教授的闡述最受矚目，但也頗具爭議，隨著時代的變化他的解釋力更愈來愈受到質疑。為了表述方便，在此暫且借助它，以說明中國傳媒研究中心與邊緣的變化。「文化中國」的提法當然是相對於「政治中國」

和「經濟中國」的。政治、經濟和文化的互動關係，剝到最後一層也許糾纏不清，界限難分。特別標出文化中國，無非希望賦文化領域以較大的自主性，不讓政治經濟勢力獨吞公共領域，以致把文化邊緣化為一個「剩餘範疇」。經濟在商言商，利之所在，無堅不克；政治利益的短暫考慮夾著太多權謀恩怨，沒有永遠的敵人，沒有永遠的朋友，只有永遠的利害。唯有文化源遠流長，視野比較高亢，可以冷靜看問題。文化了解有助於打開政治僵局，但文化的意義在我看來是超越政治，相對獨立於政治而存在。

杜維明 (Tu, 1991) 把文化中國分成三個圈的象徵世界：第一圈除了中國大陸，還包括港、台、新加坡的華人社會；第二圈包括北美和東南亞的少數華人社區；第三圈則無關乎血統，凡在知識上促進對中國的了解，不管是學者、專家、記者、商人和實業家，都算是「文化中國」的成員。他說，對於當代「文化中國」的了解，這幾十年來貢獻最大的不是來自於核心的第一圈，而是來自最邊緣、最鬆散的第三圈，這就頗有後現代「中心即邊緣，邊緣即中心」的味道了。最內圈的中國大陸——以及台灣（至少在戒嚴時期）——由於學術和文化政治化，自主空間長期幾乎被擠壓得蕩然無存，在口號治學的歪風下，許多研究當代的學術文化轉變成意識形態和宣傳叫囂。三不管地帶的香港，經濟大，文化小，雖是整個「文化中國」的運轉站，但它的文化淺盤貢獻不大。

「文化中國」的第三圈，說穿了，最主要的基地還是在美國。當代中國研究和所有的區域研究一一被編織於冷戰所需的知識系統裡，都具有強烈的實用目的。這是美國學者觀察世界的基本「文法」，但千萬別一竿子打倒學術，貶之為維護美國帝國利益的工具。對我們來說，最難解的弔詭是什麼？一方面，我們理解的當代「文化中國」，直到最近20年多半拜賜甚至依賴於美國學術文化界的成果，否則眾瞎所摸到的中國巨象一定更殘缺；另一方面，美國社會卻普遍以為自己是世界的中心，彷彿別的國家存在只為襯托它的偉大，中國研究附麗其中，注定是一支邊緣的偏流，短期內（甚至長期內）很難進入主流的殿堂。中國研究倚重在文化中國圈最邊緣的美國，而它本身又在美國學術文化圈的邊緣，面臨一種「雙重邊緣」

(邊緣中的邊緣)的尷尬。當然，經過幾十年的努力，現在「第一圈」
的學術地位有日漸提高的趨勢。

除了中國研究的困境，美國主流傳播本身也有學科發展的問
題。傳播學界把「文化中國」(或「國際」)畫出雷達的範圍，姑且不
論；一般傳媒研究的理論關懷地平線未免太窄太低，又自外於社會
實踐，幾乎放棄公共辯論的話語權。坦白說，走出本行還有影響力
的傳播學者寥寥無幾；假如華人傳播學術圈照搬美國這套主流的東
西回去自己的文化脈絡，不加以思索改造，只顧一徑奮勇再生產，
那麼注定要淪入「邊緣的邊緣的邊緣」的命運，對於目前驚天動地的
社會變革，如果不是無動於衷，也只能默然旁觀。

美國傳播研究逐漸向內看

美國崛起於20世紀，取代了英法帝國主義而稱霸世界，美國佬
因此以為地球只繞著他們轉。美國打個噴嚏，全世界都得傷風。美
國人文化孤立主義的心理情結一脈相承，唯其政經勢力獨尊，一般
人覺得天下之大之「美」盡在於斯，沒有需要了解異文化的迫切感。
跟一般美國中西部和南部那些充滿奶油味的純樸農民說幾句話，你
立刻明白東京、南京、北京對他們都一樣遙遠而模糊。奈何當今社
會科學的思潮唯美國馬首是瞻，我們無法忽視它的巨大存在。三十
幾年前，我在美國校園碰到幾位德國來的交換教授，向他們探詢法
蘭克福學派的動態，不料他們迅速轉開話題。後來才恍然大悟，他
們根本不懂法蘭克福學派 —— 二戰結束以後，德國媒介研究沒有繼
承法蘭克福學派的學術資源，反而跟隨美國的實證主義亦步亦趨，
早就把「德意志意識形態」一筆劃出界外了。

1930至1940年代，芝加哥大學的都市社會學家們開闢了一些原
創的媒介研究，以杜威的實踐主義 (pragmatism) 為世界觀，他們把
媒介當作社會有機體的制度，聯繫都市化、工業化和大量移民引發
的迫切問題，例如帕克 (Park, 1922) 研究各移民報紙如何促進民族大
融合，處處表現了淋漓的溫和漸進社會改革精神。二戰以後，美國

的勢力如日正當中，社會學重心東移到紐約哥倫比亞大學，拉查斯斐發展的大型調查研究，受墨頓(Merton, 1968)的中距離理論(middle range)和結構功能論(structural-functionalism)引導，取代芝加哥學派，躍居主流，基本精神從批判改革變為給美國國力持盈保泰。結構功能論的政治傾向保守，但無妨大氣象恢宏的第一代大師，以及他們優秀的弟子們，分別領美國社會學界風騷達數十年。

後來整個美國社會科學過分追求專業化，忽略通觀通識，學術的崇山峻嶺紛紛變成了丘陵起伏，隔行如隔山，甚至連同行也壁壘分明，紛紛為技術化和窄化推波助瀾。最糟糕的是，實務傳統的新聞系開始引進傳播課程以後，學殖淺，拾人牙慧，一頭走入「天真的經驗主義」(naive empiricism)削足適履的胡同，凡是跳出它狹窄範圍的都不是問題。窄化到這個田地，社會批判的刀鋒磨蝕殆盡，研究旨趣和社會脈絡脫節，簡直坐井觀天，最多枝枝節節為權力機制(政府和商家)提供合理化的解釋(Hardt, 1992; Carey, 1992)。直到1960年代末，激進的社會抗議風起雲湧，少數學者正面挑戰保守的結構功能論，回頭去早年的芝加哥學派找靈感(但此時芝加哥和哥倫比亞兩所大學社會系的研究旨趣已經遠離媒介)，並期望借這座橋吸取歐陸的法蘭克福學派及其他左派的神髓。說到底，美國總以實證主義為基調，即使英國文化研究在1970年代中期以後陸續滲透到美國人文、社會科學各領域，它還是被吸納到自由多元光譜中的一點，始終是一支偏流，只能從弱勢的邊緣抗衡實證主義的支配霸權。

實證主義旨在把複雜的宇宙化約為最精簡的元素，並建立這些元素之間的因果關係。這是近代自然科學的主要方法，成果輝煌，有目共睹。但社會科學要是「完全」模仿自然科學，接受實證主義，最大問題是人間事除了客觀規律，還有一層一層的意義必須主觀闡釋。實證主義追求理論的普遍性(generality)，甚至把普遍性擴張成為放諸全球而皆準的普世性(universality)，不惜抹煞歷史的特殊性為「例外」，殊不知社會科學的「例外」有時比「常態」更富弦外之音。實證主義者也不太理會本體論和知識論，往往把看問題、看世界的「方法論」(methodology)簡化、窄化成為研究技術(methods)，以為這就

是檢驗「真理」的唯一或最後的標準。他們從頭起就凍結第一層次的根本問題，逐向美國自由主義和資本主義的基本假設靠近，並以這些假設為出發點和歸宿點，只顧在建制（establishment）的範圍內回答一些技術的問題。他們躲在「科學」的門牆下，關起宏大學術思潮的活水源頭，當然碰不出什麼辯論的火花。他們在既定的範圍內向內看，埋頭經營，山頭愈分愈支離破碎，連有意義的對話溝通都不可能。美國傳媒研究更是抽象層次低，理論薄，關懷窄，即使在實證主義的架構裡位階也不高。

什麼是美國的「主流」傳播研究？每個人繪的圖像多少不同，我無意言過其實，卻難免顧此失彼。我心儀的美國傳媒學者遍布各學科，基本上他們必須能見其大，又能見其小，宏觀和微觀並舉，經常縱橫幾個山頭或領域；其中有實證的，有非實證的，有反實證的；有自由派的，也有激進派的。我鍾意明尼蘇達大學退休同事蒂奇納（Phillip Tichenor）和他的合作者用尋常的調查方法和內容分析探討媒介產生的「知識鴻溝」（knowledge gap），不斷呼喚著社會公平。卡茨（Elihu Katz）涉及面更廣，舉凡媒介效果、「媒介事件」（media event）和有關文化帝國主義的辯論，均另闢蹊徑。舒德森（Michael Schudson）結合社會學細緻地分疏新聞史，斐然可觀。我佩服當年老師社會學家甘姆森（William A. Gamson）解讀權力和媒介話語。塔克曼（Gaye Tuchman）從現象學以濃筆重彩描述媒介如何建構新聞，季特林（Todd Gitlin）從「霸權」理論分析媒介對社會運動的建構，甘斯（Herbert J. Gans）以人類學方式研究記者、新聞機構和通俗文化，凱瑞（James Carey）從實踐主義堅持傳媒的民主角色，俱屬經典之作，其他的無法一一枚舉。這些學者多半是社會學出身，如果新聞傳播科系閉關自守，只讀「行內」書不旁騖，則必導致知識蓄水池的枯竭。可惜上面提到的這些學界領袖採取國際視野的少之又少。我涉獵大量英國學者的著作，以便告別「唯美（國）主義」，也借助它們接通歐陸的重要思潮。

英國社會學家紀登斯（Giddens, 1996, p. 4）說，美國學界過分專業化，只問耕耘自己的田邑，不管外面廣大天地的氣候變化，目光

愈變愈窄，關懷愈變愈技術化，因此社會理論的重心已經從美國渡海轉移到歐洲去。過去 30、40 年來，英國學者吸收德國法蘭克福學派、法國結構學派和意大利葛蘭西的文化霸權理論，又融合本土的激進思想，形成統稱為「文化研究」(cultural studies) 的傳統，與美式媒介研究一方面分庭抗禮，一方面互相滲透。有趣的是法蘭克福學派大師們俱屬文化精英，集中火力批評通俗文化和文化工業摧殘精緻文化的品味；英國文化研究大師多出身寒微，他們追求文化霸權的解放，並認為通俗文化和大眾媒介是文化霸權的重要製造者。

　　文化霸權的「壓迫點」大抵包括階級、性別、種族。但像文化研究這麼激進富生命力的取徑，都只看到階級，忽略性別或種族的壓迫。先驅大師威廉斯 (Raymond Williams) 出身威爾斯的鐵路工人家庭，學術旨趣聚焦於英國階級和「內部殖民」的壓迫，但他向薩依德 (Edward Said) 坦承「帝國主義」從未進入他的學術意識範圍，簡直令人匪夷所思。另一位大師霍爾 (Stuart Hall)，牙買加的黑人移民，一輩子環繞英國的階級問題轉，晚年才回頭認真反省種族、膚色的文化意義。可是，到頭來，女權主義者怪罪這兩位大師忽略性別的壓迫。最後，我不得不再指出兩點：其一，英國文化研究仍以歐洲為本位，並不是那麼國際化，不能簡單移植到別的文化土壤；其二，文化研究脫胎於文學批評的傳統，一般追隨者未免「文學」太少「批評」太多，何況文化批評也不應該限於意識形態的批評。總之，我們勤收西學，取精用宏，但切忌囫圇吞棗。這是一項艱難、漫長但又不可逃避的功課，只能靠整個學術社群長期努力。

華人的傳播學術視野在哪裡？

　　這個世界需要更多元的文化視野，華人學術圈哪天能夠了解美、英、法、德思潮的精髓，又能從社會母體共同提出原創的問題、方法和理論，哪天就可以建立主體性，脫離學術殖民地的境地，而站在平等的立場與強勢的學術傳統對話。「華人傳播視野」不過是一個籠統的簡稱，尚待仔細分疏甚至解構：

一，華人傳播視野建立於「共同民族文化」的基本假設上面。什麼是文化？我個人比較傾向於接受文化研究者的立場：文化是一般俗民過往生活 (lived) 的經驗以及他們日常活生生 (living) 奮鬥的過程，而不光是陳列或塵封在歷史博物館的文物，更不僅止於供奉於廟堂之高的一部部典籍。歷史上從來沒有統一而籠統的「華人視野」，將來也不會有。華人社會的生活經驗和傳播視野勢必多元、複雜而矛盾。但我不喜歡把東西解構到絕對或虛無的地步，毋寧相信文化有相對的穩定性和共同性。這個共同性又不能抹煞特殊性，這個穩定性是經歷動態變化的過程，不是靜止不變的狀態。用佛家語，就是展現「無常」之「常」，我們捕捉的正是「常」與「無常」的辯證性。

二、民族性不能定於一尊，不能壓抑民族內部次級團體的各種觀點，更堅拒以任何政權功利的霸道立場為準繩。中國大陸、台灣和香港的華人社會面臨殊異的國際政治經濟環境，內部條件的互動差別很大，即連三地傳媒研究的路向也是有同有異，頂多求同存異，不許霸權的文化籠罩一切。學術的原創力未必和地理面積的大小成正比。中國大陸內部的發展失衡，漢民族和少數民族、沿海和內陸的矛盾顯豁，廣州看到的中國和青海看到的中國是兩樣的。北京向「一國」的傾斜，正如香港對「兩制」的維護，這在媒介論述中看得很清楚。

三、在某些問題上面，「華人」的傳播視野未必是問題的第一要義，階級、性別和種族的觀點也許才是主要的矛盾。上海新貴的時尚向紐約或巴黎看齊，身不能至，而心嚮往之，翻一翻《上海一週》那些花花綠綠的名錶、LV皮包、化妝品、內衣和紅酒廣告也過足癮，社會心理學家說這是「替代式參與」歐洲小資的消費幻象。他們跟遼寧的失業工人、安徽的農民有多少靈犀默契？但碰到若干議題（例如民族主義），這些階級群體可能自動短暫會合，可見立場的分合因脈絡和條件而定。目前三個華人社會的媒介都依市場邏輯運作，盡量討好有錢和有閒階級，而忘記了弱勢團體在掙扎。

如何建立華人的傳播視野？我支持實證精神，但反對實證主義；正如我服膺科學，但反對科學主義。現階段且莫在先驗上決定

好壞，不要畫地自限，寧可抱著開放的心靈，百家爭鳴，不怕嘗試錯誤，而要爭取在摸索中總結經驗，庶幾經過長期實踐逐漸形成共識，琢磨出幾條切實可行的途徑。台灣社會科學學者嚴肅提倡本土化將近40年，如今已經建立了主體性的共識，但在知識論和方法論的層面分歧仍大（參考朱雲漢，2002；石之瑜，2002）。換句話說，他們已經明白「不要」走什麼方向，還沒有確定「要」走什麼方向。中國大陸近年對「社會科學本土化」的討論也日趨熱烈，郭中華（2020）仔細回顧大量文獻以後說：「社會科學知識建立在要素多元與有限普遍性的基礎上，具有『多元普遍性』的性質。」他認為只有認識這種知識結構才能化解「本土化」的癥結，然而他並未提出方法論的有效途徑。現有許多學者在嘗試各自的道路，假以時日，有的會從實踐中自然而然匯流在一道，有的則繼續堅持向自己認為對的指標邁進，這樣合力造就一個更豐富更成熟的學術環境。這是一條漫長的過程，快不來，急不得，但只要「主體性」的原則登上議程，就不會不分青紅皂白跟隨西方的流行之風搖擺了。

　　華人傳播學術圈已初步討論這個問題，可惜交集點不夠集中。在種種論述之中，祝建華（2001）主張先從本土實情出發，再從國際學術界「嚴格選擇直接相關而又能夠操作化的概念、命題或框架」，在這個基礎上發展出整合性的中距離理論。同為實證主義者，祝建華先從本土出發，不像往常一般人拿所謂的「國際」理論來套取「本土」經驗。國際理論為「體」、本土經驗為「用」的迷信不破，主體性的建立無期。接著，我們面臨另外一個問題：操作化必須經過化約（reduction）的過程，不是所有重要的問題都可以（或應該）操作化，就算要操作化，其程度也因知識論和方法論的取向而有粗細；人類學家、精神心理學家或文學批評家在剖析、解釋層次分明的意義時，未必可以（或必要）像經濟學家、社會心理學家那樣嚴格的操作化。前者畢竟以追求意義為第一要義，規律頂多是第二要義，追求「意義」的學科正逐漸影響媒介研究，卻不可等閒視之。

　　在方法論上面，管見以為：華人傳播學術圈除了熟悉實證主義，在現階段不妨多多探討韋伯式的卓識。韋伯（Max Weber）當然

不是唯一值得效法的，但韋伯式的方法出入於實證論和現象學之間，從社會演員的意義世界入手，然後由研究者居間引進理論和概念，以便在歷史中照明一層層社會演員的意義結構，幫助他們闡釋生活的世界，這個方法可以兩頭兼顧實證的因果（抽絲剝繭，執簡馭繁）和現象學的意義（多元、複雜甚至矛盾）。換言之，實證主義假設宇宙、社會只有單一的、可知的外在客觀規律，研究者的任務在於發掘這個客觀規律，文化特殊性只是普遍性的特殊「條件」或「狀況」，是異於常態的例外。現象學先注意不同群體建構不同的意義系統，然後研究者進場接通理論和這些意義系統的聯繫，但研究者只是第二性的助緣，不能取代社會演員的主要角色（詳細的討論請參考李金銓，2019：129–161）。

容我不嫌詞費，再次強調：現象學以「社會演員」為主，以外在理論為客，求取文化特殊性和理論普遍性的平衡，它可以救濟實證主義的偏枯，更應該跟它爭鳴個長短；而且它所建構的不是單一的現實，而是多元現實（multiple realities），其實有利於我們爭取主體性，有了主體性再尋求如何和西方學術平等對話。讓我打個不盡恰當的比喻來談主體性：中國歷史上以儒家和道家為主體來理解、吸收佛教，終至於儒釋道融合發展成為一家，互相豐富滲透，但從來不是視儒家和道家為客體去附會佛教，甚至替佛教充當補充的註解。換言之，儘管在交流的過程總有會合點，但原則上和順序上都應當以西經註我，不是以我們註西經。

在實際做法上，有人提倡整理古籍，只是實踐至今多半落得「牽強附會」四個字。閱讀古籍的能力一代不如一代，但這還不是最大的挑戰——如果是，我們可以結合多學科逆水行舟，截長補短。在我看來，有兩個癥結更棘手：其一，如果只看文本，強作解人，用現代的名詞附會古代的語脈，以致脫離整個時代背景和生活語境，終歸是非歷史的、片面的。其二，如果把「communication」看作廣義的「溝通」，定義可能大而無當，目前所見，用中國古籍勉強附會未必獲得同情而深刻的了解；但如果把它解作狹義的「媒介」（media），則近代中國報業於19、20世紀之交始自西方引進，中國

古籍對於探索媒介和中國現代性的啟示多大？我不敢妄言此路不通，但整理古籍是需要好好辯論的。當然，我們不妨擺脫古籍的束縛，走入華人社會日常生活經驗的肌理，從中尋覓深層的規律和變化，梳理並提煉系統的理論概念，然後與西方學術互相參照發明，得到廣義「溝通」的理解。社會學界（如黃光國、金耀基、翟學偉）對於人情和面子的現代闡釋是頗具深意的。

不入虎穴，焉得虎子？我看最實事求是的，莫過於平時深入了解「西方」（這個名詞尚待解讀）的主要社會理論、學科理論（例如社會學理論，有別於社會理論）的脈絡，熟悉它們的重大辯論，以儲蓄自己的學術理論資源。當我們面臨思考具體的問題時，則不妨先跳進去參照自己生存的場域，從中提出最有意義的問題，接著反芻平時留心的理論，一方面分析，一方面綜合，從小見大，知微見著。上焉者，如薩依德，提出了另類（alternative）和針鋒相對、分庭抗禮（oppositional）的解釋、理論和視野。中焉者更清楚燭照文化的特殊意義，並聯繫理論的規律。主流理論若通過了嚴格考驗，仍巍巍屹立，起碼證明它的文化霸權不足為畏。說來說去，最根本的在掌握文化脈絡裡的內在理路，然後援引外在理論，刺激我們思考問題，幫助我們解釋證據和意義。老實說，深入認識自己已經很難，透徹理解主要西方理論絕不容易，難上加難，欲踏出長途學術跋涉的這一程，需要有膽識，有訓練，有熱情，切忌浮誇。

我最怕聽到一些浮誇的講法。什麼要以「中華中心」取代「西方中心」，這是夜行人吹口哨自我壯膽，當真不得。其一，凡稱得上理論的東西必有普遍性和特殊性，不是誰可以一手包辦壟斷的。其二，社會科學是外來的，不是固有傳統文史哲的遺產，無論言語、敘述、思考方式，我們只能虛心學習，方期有所進境，才能把人家的學術系統「內在化」，變成自己的財富，然後在這個基礎上推陳出新。其三，唯有具備國際視野和比較眼光，才能知己知彼，成其大，成其遠，而不至於固步自封，自欺欺人。現在盲目批評西學的，妄稱西方這些東西我國古已有之，往往是那些不懂西學的人。其四，華人社會的學術傳統不穩固，不能傲然獨立，干擾太多，社

群太小，學術紀律和業績太薄弱，遠遠不足以創造一個有文化特色的視野，只配在邊陲的學術殖民地裡關起門來自鳴得意。其五，「中華」和「西方」的簡單二分容或有分析上的需要，但最後還是要彼此滲透，互相學習；反對西方學術霸權，不是為了建立另外一個霸權（先別說建立霸權得有實力，我從不相信西方霸權這麼容易打倒），而是追求一個具有文化特色而又有普遍意義的視野，在世界多元文化中爭取平等對話的權利，從爭鳴中促進彼此的了解。

華人傳媒研究社群的隊伍逐漸成形

美國學術界對於當代中國媒介的研究，最活躍的一度不在傳播領域內，而在政治學。傳統美國傳播學像鴕鳥，一味自我中心，凡是落在美國邊界以外的制度統稱為「國際傳播」，欠缺世界體系的視野，許多著作看不出理論的關懷。而中國傳媒研究只侷促在國際傳播的一個小角落。同時，美國對中國媒介的關心主要集中在政治和政策的層面，政治學家把中國媒介黨國喉舌作為了解政治鬥爭和外交政策的窗口。這個觀點沒錯，只是窄了些。這十多年來，傳播研究受到多元學派的挑戰，新一代的學者人才輩出，對中國媒介的了解已經逐漸成熟了。1980 年代以前出版的著作姑不置論。回顧 1980 年代初，英國人霍金斯（Howkins, 1982）自詡寫成第一本根據實地訪問中國媒介主管和記者的書。當時，我寫過一篇書評，稱之為「非書」（non-book）。作者對中國政治文化的隔閡實在到了驚人的地步。當時，剛從「文革」牛棚放出來的驚弓之鳥，面對狐疑的外國問探，除了開留聲機重複官方濫調，不知還能說些什麼？中國政治鬥爭慘烈無情，只有官方在事後揭發政敵的黑材料最可觀；倘若當時有人讀 1979 年驚心動魄的《人民日報》，左手批「四人幫」，右手批「凡是派」，保證寫得出比霍金斯更有勁的著作。

1980 年代末，密蘇里大學新聞學院的韓裔教授張元鎬（Chang, 1989），乘為中國記者培訓之便，由學員搜集官方資料，編撰《中國的大眾媒介》一書，了無分析和批判的精神，更未聯繫中國的政經變

化與矛盾，讀來索然無味。這兩本書所寫的如果是美國媒介，絕無問世之日。

　　中國傳媒研究不再「賣野人頭」了。但美國社會科學各領域對當代中國的建構，無論議題、旨趣或是資源，一向由美國的學術要角一錘定音。華裔學者好不容易開始在發言台上贏得小小的一席之地，頂多與有榮焉地當個資淺夥伴（junior partner）。儘管無法撼動原有的霸權，華裔學者對自己所最關心的問題不再缺席，不再沉默，更不必唯西方觀點為觀點了。他們一時得不到主流學界應有的重視，但這是沒有辦法也不必太計較的事。他們正在培養一個有形無形的學術社區，遵守一般的學術紀律，大家用文化中國的角度，既分頭而又共同提出一群有意義的問題。這樣經過數十年的學術薰陶，努力不懈，可望逐漸形成一派獨特而深邃的學風。

　　我這篇文字反覆提到對話和交流，何嘗不是反映弱勢者的焦慮？我們急，人家不急。只有我們建立高標準的學術社群，拿得出漂亮的東西，人家才不能漠視我們的聲音，我們才能在全球化的脈絡找定位。華裔學者來自文化中國的各地區，又在西方學府接受嚴謹學術傳統的洗禮，各欠了兩邊深厚的知識債。他們必須拒絕「義和團」式的坐井觀天，夜郎自大。友朋之間許多卓然有成者，初步帶來可喜的信息，證明中國傳媒研究和學術潮流接得上軌，可以為有意義的對話鋪路。學術的內緣因素為主，「國際」肯定與否還在其次。人家喝采不喝采，既非操之在我，便毋須耿耿於懷。

入乎霸權，出乎霸權

　　18、19世紀是英法帝國主義的世紀，20世紀美國取而代之稱霸天下。在冷戰期間，「美國社會科學」（如現代化理論）除了擴張為「社會科學」，又於正統學術之外設置所謂的「區域研究」（area studies），像螺絲釘般被編納於冷戰知識工業的體系內，為現實利益和政策需要服務，成為域外的野狐禪。區域研究者酷似學術情報員，對一個國家或地區範圍內的東西什麼都懂一點，理論興趣在其

次，以至於被專業學科認為不登大雅之堂。冷戰期間各區域行情的冷熱，宛如寒暑表的上下，凡是美國安全和利益之所繫，那個地方便突然行情看漲。1970 年代間，中美兩國輾轉為關係正常化探溫，中國學的經費不至於捉襟見肘，及至中國神祕的面紗揭開，中國學的地位急轉直下，從顯學頓入冷門。挨到冷戰結束，拉丁美洲和俄羅斯研究都面臨相同的困境，甚至連「區域研究」的存廢也成了問題，學界爭辯是否該讓它回歸主流學科的建制。冷不防爆發 911 恐怖襲擊事件，美國忙著進兵直搗窩藏恐怖組織頭子的阿富汗。儘管山姆大叔曾積極介入阿富汗對抗蘇聯的侵略，這時卻猛然發現沒有幾個專家能對這個神秘落後的山國說出個所以然。反恐救了「區域研究」一命，一時廢不了。

　　嚴格說來，美國本身的社會科學其實也是「區域研究」，只是這個詞意已經給綁架了，特指從美國的眼光看第三世界所得的知識。冷戰結束，美國的政治經濟軍事力量更獨霸全球，但它在人文學和社會科學的霸權卻一直受到歐洲的挑戰，也逐漸為許多第三世界學者所抵制。華人傳播社群欲向霸權爭取發言權，必先擺脫區域研究的窠臼，踏入「以區域為基地的研究」(area-based studies)。[3] 老實說，挖掘華人社區的材料，不是為了取悅西方國家的知識工業。我們應該吸取人文學和社會科學的理論創新和研究方法，接通區域的經驗意義，對話溝通。唯有不亢不卑，對具體的經驗現象提出原創的解釋，既照顧理論的普遍性，又充分顯豁文化的特殊性，在各層次展現同中有異和異中有同，最後才能向支配的結構爭鳴。這是從本土出發，超越本土，進而與世界接軌最切實的一條道路。

　　薩依德 (Said, 1978, 1993) 對「東方主義」的學術業績最具啟發的意義。他的觀點深受到早期傅柯 (Michel Foucault) 和威廉斯的影響：傅柯認為話語 (discourses，或譯為論述) 本來就是社會建構，背後有權力的關係在主導；威廉斯 (Williams, 1977) 闡揚葛蘭西 (Gramsci) 的「霸權」(hegemony) 理論，強調文化分析必須著眼於主流、另類和敵對意識在日常實踐當中互相「爭霸」(becoming hegemonic) 的動態過程，也就是看主流意識如何吸納、削弱或聯合非主流的意識，以

及非主流意識如何抗拒、顛覆主流意識。秉此，薩依德 (Said, 1978) 先分析英、法、美帝國主義者在兩三個世紀間對中東建構了各種符合它們利益、想像和偏見的論述，再從根本批判它們為列強服務的「東方主義」的文化霸權。在另一本書中，薩依德 (Said, 1993) 的視野從西方列強在中東建立的文化霸權，延伸到第三世界抗拒、顛覆西方列強的霸權。他的著作逼著所謂的學術主流回應戰帖，更為後殖民主義的理論開啟新河。

由此可見兩點：一，薩依德的成就代表孔恩 (Kuhn, 1970) 所闡述的範式 (paradigm) 變化：當正統的學術範式 (假設、概念、定律) 碰到相悖的零星證據時，往往歸之於「例外」；但如果例外出現愈來愈多，不能隨意抹煞，這時窮則變，變則通，有原創性的學者修正幾個根本假設，改變大家對世界的看法，嶄新的範式於焉誕生，成為「新正統」，影響所及遍布整個學術社群。二，薩依德是卓越的文學批評大家，畢生從未教過所謂的區域 (中東) 研究，但他從文學跨越縱橫許多領域，自由自在，不拘一格。他向來反對那些「向內看」的專業學者坐井觀天。

問題與結構

一位教哲學的朋友說我屬於脈絡學派 (contextualist)，我想了一想，欣然接受。我常覺得社會理論很少有絕對的是非，通常是角度變化，觀點自然不同。在一個脈絡之「是」，可能是另外一個脈絡之「非」；在同一個特殊的脈絡裡，甚至可能亦是亦非，端看條件、時間、議題而定。為了減少一些可能的誤會，容我喋喋不休，再補充幾句話：我不贊成絕對化，只有基本教義派才會無限上綱，結果就是看問題僵化、教條而失準。我相信是非無實相，所以要把問題「適當」相對化，但不是漫無邊際、「絕對」相對化。要之，我反對絕對化，也反對「絕對」相對化。假如世界上果真沒有什麼深遠價值值得護衛，學術工作豈不成了不折不扣的犬儒虛無？即令「無常」還是有「常」的一面，而那個「常」在我看來就聯繫到民主、自由、平等這些

基本價值上面了。這些基本價值應該萬古長青，我們配合時間和空間的脈絡不斷給它們嶄新的解釋。所以我主張要「相對」的相對化，千萬別連根拋棄那些基本價值，別把基本價值虛無化。辯證看問題，我們才不會陷入絕對化或「絕對」相對化的兩極陷阱。

我前前後後一直強調建立華人社會的主體性，又強調對話與溝通，完全沒有排外的意思，更反對閉關自守的保守心態。吸收西學，接受學科紀律和標準的檢驗，這些都是不待贅言的。然而對話權和溝通權不是天賦的，如同民主只能靠弱勢者不懈的爭取，不能靠強勢者的施捨或讓渡。鑑於西方長期佔領學術霸權，我們需要發揮文化的特殊性，去消解它們（也是我們）「西方就是世界」的世界觀。我們爭取普遍性和特殊性的平衡，反對以西方壟斷的普遍性來壓抑甚至取代我們的特殊性。在世界的脈絡裡面，許多人視為必然（普遍性）的「西方」經驗，其實可能只代表歷史或地理的偶然（特殊性）。以「西方」本身而言，摩爾（Moore, 1967）指出英國、法國和德國走過的現代化道路截然不同，提利（Tilly, 1975）也說西歐在18世紀建造民族國家的過程未必能複製於當代的第三世界。沒有普遍性不成為科學，但究竟什麼是社會科學的普遍性絕非一成不變，值得我們常常停下來思考一番。自然科學只有規律的問題，社會科學卻牽涉規律和人文意義兩個問題，所以社會科學界需要而物理學界不需要強調華人的主體性。總之，我們希望從文化的特殊性彰顯理論的普遍性，使華人學術社群為世界學術提出重大而獨特的貢獻，彼此平等對話（李金銓，2019）。

呈現並貫穿《超越西方霸權》（李金銓，2004）的主題者分成三部分：理論視野、歷史經驗、世界脈絡。

首先，在理論視野部分，我綜合比較自由多元和激進馬克思的政治經濟學，文章取名為〈媒介政治經濟學的悖論〉，正是表達上面所說脈絡化的觀點。我寧可把這兩個看似矛盾的取徑看作一種靈活的、變化的辯證關係，而不是黑白兩元對立，所以我試圖把它們脈絡化、相對化。我認為，激進馬克思的政治經濟學集中批判市場資本，用來分析西方民主國家的媒介壟斷非常犀利；但在國家機器強力支配經濟秩序的社會裡，激進派理論似乎隔靴搔癢，因為市場至

少部分是制衡政權的力量，自由多元學派的說法反而富有洞見。但是中國大陸和港台的權力和資本都在急遽重組，我覺得這兩個理論矛盾不安同時交錯存在。當然這三個華人社會有同中之異，異中之同：中國大陸的市場自由化是否造成權力與金錢奇異的勾結，使媒介陷入雙重異化的境地？台灣在解嚴以後，政治的壓制力量逐漸從媒介撤退，但市場扭曲的壓力不斷加大，自由派和激進派的解釋都有部分道理。香港的主權回歸如何與市場秩序互動，對媒介自主性產生什麼影響？

　　我在此試圖擬出一個粗淺的綱領，如果一定要問我偏向哪一個政治經濟學的取徑，我的答案是：一，先看哪一個說法比較符合經驗；二，再看哪一個說法在特殊脈絡裡面更能促進民主。[4] 追究到最後，自忖帶有西方意義的自由左派或社會民主色彩，一邊反叛專制政權的壓迫，一邊對抗經濟腐蝕勢力的宰制。這也是許許多多權力邊緣的知識分子所站的立場。當然，有人會覺得我太右，有人會覺得我太左，怎麼標籤無所謂，因為左左右右也沒有實相，取決於觀察者本身的位置所在。請先考察我的學術工作是否合格，再計較立場不遲。立場不同的人可以爭鳴，可以聯盟，可以對抗，也可以求同存異。

　　與此脈絡一致的則是述評幾個社會理論（自由主義、黨內改革派馬克思主義，和新左派），看它們如何詮釋中國大陸經濟自由化和政治制約的矛盾，以及對媒介解放的意義。我想讓宏大的社會理論和中國大陸的現實做有意義的對話（dialogue）、協調（accommodation），或對峙（confrontation）。社會理論勾勒「理想社會」的遠景，又有解釋社會、批判社會的作用。自由民主的概念源自西方，但現在已經是普世價值，也是人類共同的願望，雖然每個社會和時代可能賦予不同的內涵。我還只在綜合分析、解讀重構「西方」社會理論的階段，踏出的步伐很小，思想不成熟，但對於交流與對話倒一直心所縈繫，對於建立「主體性」也無時或忘。

　　接著，在歷史經驗部分，我收錄了八篇文章，都是針對三個華人地區的媒介的個案研究，包括：（一）中國大陸的「共產資本主義」和民族主義的建構、美國精英媒介對華政策的「建制內的多元主

義」；(二)台灣報業與民主變革的辯證關係、電視文化的政經矛盾，以及有限電視如何受到國家控制、科技顛覆的影響與對文化自主的含義；(三)香港媒介結構與政權變化的政治經濟悖論、美國媒介對香港回歸的議題建構。以上的個案研究互相引證，旨趣總離不開媒介與權力的交光互影。它們記載歷史的一鱗半爪，都是我親身經歷和體會的，在我卑微的生命中是不可磨滅的印記。

最後，在世界脈絡部分，我則述評喬姆斯基(Noam Chomsky)和薩依德，並論述中國大陸媒介的民族性和世界性，企圖聯繫中國傳媒研究與世界脈絡。

歸根結柢，我們的視野應該既是華人的，也是世界的。《超越西方霸權》企圖從政治經濟學和社會理論兩條路入手，嘗試從「文化中國」看世界，從世界看「文化中國」，聯繫普遍理論與具體情境，隨時爭取對話和溝通的可能。這種對話「既迴響著悠久的歷史傳統的回聲，又同時受到當代人和當代語境的取捨與詮釋」(樂黛雲，2002：24)，而且也要用現代性語言在世界文化語境表述獨特的文化風格與價值。我除了分析中國大陸的媒介變化，也檢查台灣的媒介與民主轉型的顛簸歷程，以及香港的媒介與主權回歸的互動，這三個華人社會所編織的光譜，所提供的比較視野，相信是彌足珍貴的。我希望民主、自由、平等、解放的命題貫穿全部的篇章。我贊成後現代主義戳穿一些虛妄浮誇的、教條的全稱(totalistic)命題，但倘若因此而無限上綱，甚至把民主、自由、平等、解放這些宏大敘述都一併解構，則將不知置學術關懷於何地？

註釋

* 作者按：本文原為李金銓《超越西方霸權》(2004)一書的代序，茲略加修訂，以報答本書編者邀稿的雅意。(按：該書經過大幅修訂後將再版，台北：時報文化，2022。)必須聲明，我十多年來持續對這個問題做了進一步嚴肅的思考，請參考李金銓《傳播縱橫：歷史脈絡與全球視野》一書(2019)，試圖從現象學提出以在地經驗聯繫全球視野的途徑。

1 總結美國媒介對華報導，見Lee (1990)。美國媒介1970年代對華報導，見Song 及 Lee (2014)；1980年代的報導，見Song及Lee (2016)；1990年代的報導，見Lee (2002)、Song 及 Lee (2015)。
2 校按：在特朗普總統當政期間，中美爆發貿易戰，新冠肺炎由中國蔓延到美國乃至全世界，美國指控中國的擴張主義造成安全威脅，兩國進入政治、科技和意識形態的全面衝突，乃多年來所未有。美國民眾有高達七成對中國有負面的看法，兩國政府以牙還牙，以嚴厲措施對待對方記者，媒介報導又復劍拔弩張 (2020年11月21日)。
3 這個名詞借自 Prewitt (2002, p. 8)。
4 必須指出，自從習近平上台以後，不斷壓縮中國新聞和言論自由的空間，並違背「一國兩制」的宗旨在香港施行嚴厲的「國安法」，使包括本書在內的理論思考和經驗結論都必須重新審視。

參考文獻

石之瑜 (2002)。〈從東方主義批判到社會主義本土化〉。《二十一世紀》，第74期，頁74–84。
朱雲漢 (2002)。〈社會科學本土化的深層問題〉。《二十一世紀》，第74期，頁64–73。
李金銓 (2004)。《超越西方霸權：傳媒與文化中國的現代性》。香港：牛津大學出版社。
李金銓 (2019)。《傳播縱橫：歷史脈絡與全球視野》，台北：聯經出版事業股份有限公司。(簡體版，北京：社會科學文獻出版社)
祝建華 (2001)。〈中文傳播研究的理論化與本土化：以受眾及媒介效果的整合論為例〉。《新聞學研究》，第68期，頁1–22。
郭中華 (2020)。〈社會科學知識坐標中的「本土化問題」〉。《開放時代》，第293期 (5月號)，頁101–120。
樂黛雲 (2002)。《跨文化之橋》。北京：北京大學出版社。
Berger, P. (1963). *Invitation to sociology: A humanistic perspective*. Garden City, NY: Doubleday.
Carey, J. (1992). *Communication as culture: Essays on media and society*. New York: Routledge.
Chang, W. H. (1989). *Mass media in China: The history and the future*. Ames, Iowa: Iowa State University Press.
Geertz, C. (1963). *The agricultural involution: The process of ecological change in Indonesia*. Berkeley, CA: University of California Press.

Giddens, A. (1996). *In defence of sociology: Essays, interpretations, and rejoinders.* Cambridge, UK: Polity.

Hardt, H. (1992). *Critical communication studies.* New York: Routledge.

Howkins, J. (1982). *Mass communication in China.* New York: Longman.

Kuhn, T. S. (1970). *The structure of scientific revolutions.* Chicago: University of Chicago Press.

Lee, C.-C. (1990). Mass media: Of China, about China. In C.-C. Lee (Ed.), *Voices of China: The interplay of politics and journalism* (pp. 3–29). New York: Guilford Press.

Lee, C.-C. (2002). Established pluralism: U.S. elite media discourse about China Policy. *Journalism Studies, 3*(3), 383–397.

Merton, R. K. (1968). *Social theory and social structure.* New York: Free Press.

Mills, C. W. (1959). *The sociological imagination.* New York: Oxford University Press.

Moore, B. (1967). *Social origins of dictatorship and democracy: Lord and peasant in the making of the modern world.* Boston: Beacon.

Park, R. E. (1922). *The immigrant press and its social control.* New York: Harper.

Prewitt, K. (2002). The social science project: Then, now and next. *Items and Issues, 3*(1–2), 1, 5–9.

Rogers, E. M. (1994). *A history of communication study.* New York: Free Press.

Said, E. W. (1978). *Orientalism.* New York: Pantheon.

Said, E. W. (1993). *Culture and imperialism.* New York: Knopf.

Song, Y., & Lee, C.-C. (2014). Embedded journalism: Constructing romanticized images of China by U.S. journalists in the 1970s. *Chinese Journal of Communication, 7*(2), 174–190.

Song, Y., & Lee, C.-C. (2015). The strategic ritual of irony: Post-Tiananmen China as seen through "personalized journalism" of elite U.S. correspondents. *Media, Culture and Society, 37*, 1176–1192.

Song, Y., & Lee, C.-C. (2016). Perceiving different Chinas: Paradigm change in the "personalized journalism" of elite U.S. journalists, 1976–1989. *International Journal of Communication, 10*, 4460–4479.

Tilly, C. A. (1975). Western state-making and theories of political transformation. In C. A. Tilly (Ed.), *The formation of national states in Western Europe* (pp. 601–686). Princeton, NJ: Princeton University Press.

Tu, W.-M. (1991). Cultural China: The periphery as center. *Daedalus, 120*(2), 1–32.

Williams, R. (1977). *Marxism and literature.* New York: Oxford University Press.

2

中國傳播學的不惑之惑
——寫在傳播學引入中國40年之際[*]

張國良

不惑之年的反思

所謂「不惑」，指一個人到40歲，對人生規劃或前景應該沒有什麼大的疑惑了，這裡，藉以形容一個學科發展了40年，也應該比較成熟了。當然，學科與人相比，「壽命」長得多，但其過程類似，總要經過誕生、發育、成熟、衰亡等階段，只不過，對學科來說，依靠的是一代又一代的人加以傳承、發揚和光大，而學科一旦成熟後，只要適應時代潮流，就可以延續很久。

幸運的是，我們目睹並參與了傳播學這樣一個新興學科在中國大陸從無到有、從小到大的過程。時至今日，有許多事實可以證明，它不再幼小，而跨入比較成熟的階段，無論院系數量、師生規模、成果品質或社會影響，在中國大陸的人文社會科學領域，都達到了平均水準以上，似乎對得起「不惑」之稱謂。[1]

然而，經過40年發展，我們對一些基本問題迄今仍存在著疑惑，包括：傳播學在中國的發展為什麼這麼快？傳播學有什麼特性？傳播學是人文科學還是社會科學？傳播學與其他學科之間的邊界是什麼？傳播學的研究對象是什麼？傳播學的研究取向與趨勢如何？這些問題，或眾說紛紜，或無人問津，或看似已有答案，卻經不起推敲。

不惑中之惑：對學科特性的審視

對以上問題，我一直以來，也未深思熟慮。為此，近來通過學習和思考，提出以下觀點，以期拋磚引玉（參見張國良，2018、2019）：

傳播學在中國發展的四個動力

傳播學在中國的發展，似有四個主要的推進力量：政治層面（新聞改革，1989年之後轉變為輿論監督、輿情管控）、經濟層面（市場機制）、技術層面（網路崛起）、文化層面（創意驅動），它們先後出現，互相影響，並產生了融合、疊加效應。[2]

從目前看，這四個動力依然都在發生強勁的作用，尤其是日新月異的傳播技術，扮演著「領跑者」的角色，因此，傳播學的前景看好，有著充分的現實依據。

圖一 傳播學在中國發展的四種推進力量

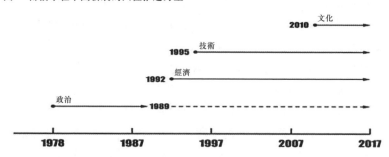

傳播學的三個特性

依我之見，傳播學有三個主要特性：

I. 科學性

作為社會科學學科，相對於人文學科而言，這裡的一個根本差異在於學科目標，一追求普遍性（發掘社會規律），一追求獨特性（豐富人生意義）。

當然，這種差異不是絕對的。「普遍」中包含「獨特」——共性從個性中提煉出來，反過來，通則又為個體服務，由此也就體現了人文關懷，因此，不能簡單地認為社會科學缺乏「人文」精神，從「以人為本」的角度看，社會科學與人文學科一樣，都是以人為研究對象和服務對象的「人學」；而「獨特」中也包含「普遍」——各個國家、民族、區域、群體的文化再多元、再多彩，根底卻是一致的，即人性的表達和張揚，從這個角度看，人文學科又具有了某種「科學」（普遍）性質。

我曾比較傳播學與新聞學（由文學脫胎而來的人文學科）的各自特點如下：前者科學性、基礎性、理論性強；後者人文性、應用性、實務性強，它們的強項、弱項，恰好互相對照。值得一提的是，有人認為新聞學屬於社會科學，理由大致有：一、新聞指向真實，與文學指向虛構不同，二、新聞學不也探究社會規律嗎？其實，皆為誤解。

其一，為實現豐富人生意義的目標，人文學科的任務之一是「描摹」現實（在此基礎上「闡釋」意義，與此相對，社會科學的任務則是「描述」和「解釋」），其手法包括：真實/具象（如新聞、歷史、攝影、寫實繪畫等）、虛構/抽象（如小説、詩歌、音樂、舞蹈、寫意繪畫等），可見，新聞是其中的一個組成部分。

其二，作為學科的新聞學，整體而言，以實務（即如何「描摹」）為主，而缺乏自創或原生的理論（無論是「闡釋」還是「解釋」），僅有一些新聞特性、新聞價值方面的觀點。需要指出的是，確有學者使用了其他學科（如社會學、心理學、傳播學）理論來研究新聞現象，但嚴格地説，那就是其他學科的研究了，如新聞社會學，就與文學社會學一樣，屬於社會學的分支學科或研究方向——我們並不能因此而稱文學為社會科學吧。

II. 時代性

作為新興學科，相對於傳統學科而言。傳播學適應了人類傳播技術空前發展的歷史潮流和時代需求，因而，獲得了格外引人注目的成長，突顯了其時代性。

正如祝建華 (2019) 發現的那樣：從國際核心期刊 (SSCI) 的期刊增長和論文發表數量看，1997 年以來的 20 餘年間，在所有社會科學的 50 個學科中，傳播學的發展速度高踞榜首。

III. 交叉性

作為橫向型學科，相對於縱向型學科而言。我將人文社會學科劃分為以下三種類型：

一是縱向型學科：主要研究社會結構，即生產與分配問題 (皆具產品性)，如經濟學、政治學、文學、藝術學等；二是橫向型學科：主要研究人類特性，即溝通與整合問題 (皆具工具性)，如語言學、心理學、傳播學、管理學等；三是綜合型學科：試圖把握整個社會結構和人類特性問題，但力不從心，不得不分化為哲學 (形而上層面)、歷史學 (形而下層面，著眼過去)、社會學 (形而下層面，著眼當下) 等。

圖二 人文社會科學學科的三種類型

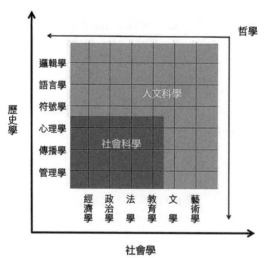

在這個框架裡，社會科學與人文科學的分野也就一目了然。這裡，有兩個座標：

　　一個是縱向座標，就橫向型學科而言——從左側、自上而下地觀察主體的變動，是偏重個人還是偏重社會？即：由邏輯學至管理學，趨勢為（內化於）個人→（外化於）社會，前者（個人）屬於人文科學，而後者（社會）屬於社會科學，顯然，心理學是一個分水嶺，因其部分地實現了從個人向社會的外化。

　　另一個是橫向座標，就縱向型學科而言——從左側、自左向右地考量產品的性質，是產出物質、制度產品還是產出精神產品？即：由經濟學至藝術學，走向為物質→制度→精神，前二者（物質、制度）屬於社會科學，而後者（精神）屬於人文科學。

　　至於綜合型學科，總的來說，哲學、歷史學更多一些人文性，故被歸為人文科學，社會學更多一些科學性，故被歸為社會科學。

　　總之，人文科學重在探索人生意義，社會科學重在解決社會問題，各有不能替代的價值，理應互補相助。

區分傳播學與其他學科的兩個標尺

　　傳播學與其他學科之間如何劃分邊界？似應有兩個標尺（其實，任何學科莫不如此），一是研究對象（即傳播現象，作為必要條件），二是學科理論（即傳播學而非其他學科的理論，作為充分條件），兩者不可偏廢。[3]

　　如果只執著於後者（學科理論），自我封閉、畫地為牢，如很多學者指出，確實可能發生「內卷化」的弊端，但如果只熱中於前者（研究對象），置後者於不顧，一味地搬運其他學科的理論，而自身無任何創新，則也可能造成「外卷化」（這是對「內卷化」的概念反其意而用之，即依附其他學科）的偏向，對此，不能不察。

圖三 學科邊界劃分（或分支學科構成）的兩個標尺

A（研究對象）+ B（學科理論）= AB（分支學科或研究方向）
示例：新聞現象＋傳播學理論＝新聞傳播學
傳播現象＋心理學理論＝傳播心理學

　　一般來說，對社會學、心理學等基礎學科的理論，各個學科都借用得比較多，這本身無可厚非，但跨學科的學習和借鑒，必須以創新為目標，否則，勢將徒有學科交叉之名，而無學術探索之實。

　　就傳播學而言，這種情況，一是容易發生在橫向型學科領域，包括語言學、符號學（思維材料）、心理學（思維過程/溝通基礎）、管理學（整合過程），因為它們與傳播學一樣，關注人類特性 —— 溝通與整合問題，這就給人以一個錯覺，似乎它們等同於傳播學（溝通過程/整合基礎），而其實不然。我在括弧裡標註的文字，就顯示了它們各自不同的特性；二是還容易發生在以探索精神產品（即各種資訊）為己任的整個人文學科領域，因為人們往往有這樣的認識 —— 說話、寫作、繪畫、作曲、唱歌、講課，不都是傳播行為嗎？

　　試舉一例，有一本題為《新興修辭傳播學》（陳汝東，2011）的著作，除了第一章對修辭與傳播的關係略有涉及之外，通篇都是修辭學的內容，卻冠以傳播學的名稱，這樣的著述，其對於傳播學（非修辭學）研究的貢獻究竟何在？相信大家自有判斷。[4]

　　之所以產生此類現象，一是由於近年來傳播學成了「顯學」，對其他學科產生了較強的吸引力；二是如前所述，在「橫向型學科」和人文科學各個與「傳播」、「資訊」密切相關的學科領域，比較容易混淆它們與傳播學的界限。

　　如何解決這個問題呢？一是如上所述，明確把握區分學科邊界的標尺；二是如下所述，重新審視傳播學的主要研究對象。

構成傳播學研究對象的一般規律

　　傳播學的研究對象，既不是傳播現象的特殊規律（如語言學、符號學、文學、藝術學等學科的研究對象），也不是全部規律，而只可能或者說只應該是傳播現象的一般規律。

　　我們以往對傳播學研究對象的認識，失之籠統、片面，通常的表述為：人類（或社會）傳播活動（或現象）及其規律。

　　事實上，人類傳播活動古已有之，在傳播學興起之前，難道就沒有開展過對傳播現象的研究？答案當然是：有！人類對各種傳播現象的研究早就開始了，並催生了許多學科 —— 對語言傳播、符號

傳播、文學傳播、藝術傳播的探索，形成了語言學、符號學、文學、藝術學；對宗教傳播、政治傳播的思考，構成了宗教學、政治學的重要部分；對新聞傳播、廣告傳播的興趣，孕育了新聞學、廣告學；而對傳播之心理因素、社會因素的關注，構成了心理學、社會學的重要部分，等等。

可見，以傳播現象為研究對象的學科早已有之，且為數甚多，但它們都不是傳播學，緣由何在？一是傳播現象的「跨界」特性使然──既然傳播無處不在，無時不有，貫穿在各種現象之中，則引起各個學科的注意和興趣，就可謂是理所當然；二是傳播學的「後發」態勢使然──既然先行學科已產出了眾多對傳播現象的研究成果，就不能把傳播學的研究對象僅僅籠統地表述為傳播現象了。

一言以蔽之，對傳播學的研究對象之正確表述，應為：人類（或社會）傳播活動（或現象）的一般規律。

所謂一般規律，即通用於各種傳播現象的規律（最典型者，莫過於解析傳播結構與過程的5W公式），而非只適用於某種傳播現象（如語言、文學、藝術、新聞等）的特殊規律。需要補充的是，傳播學的三大分支學科，即大眾傳播學、人際傳播學、組織傳播學，又有一些主要適用於各自範圍的規律，可稱為準一般規律，這些規律並非一定不能適用於其他範圍和領域，但多少需要加以調整或拓展。值得注意的是，互聯網時代的到來，為它們的整合和提升，提供了良好的契機。

圖四　構成傳播學主要研究對象的一般規律和準一般規律

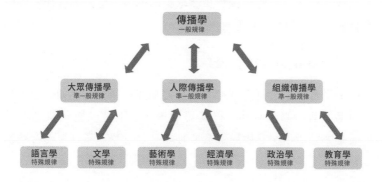

縱觀傳播學的形成過程，我們可發現以下兩個特點：

其一，人類對傳播現象的認知，與其他方面的認知類似，也遵循了從特殊到一般、從具體到抽象的路徑。為此，以往各個相關學科雖然從各個維度、層次，或多或少、或深或淺地研究了各種傳播現象，但受時代局限，未能從整體上把握，也未能在更高的抽象水準上加以概括。

其二，以往各個學科對傳播現象的研究，集中於5W中的傳者、受者(心理學、社會學等，考察其作為人 —— 個體或群體的特性)、資訊(語言學、符號學、文學、藝術學等，考察其各種形式和內容的特性)，而相對忽略了媒介(儘管先有報紙、出版研究，後有電影、廣播研究，但基本上局限於具體業務層面)和效果。

何以如此呢？一是媒介技術有一個漫長的積累和發展過程，直到近幾十年，才出現整體性的重大變革；二是效果研究受到需求不足、制度落後、方法缺失等因素的抑制，也就不可能在這些問題解決之前發展起來。

綜上，人類長期以來在傳播研究方面的努力，在某種意義上，可謂「擠佔」了傳播學的「地盤」，但與此同時，也為傳播學的誕生和成長，留下了一定的空間，奠定了多元、厚實的基礎。否則，人類的科學殿堂裡，也就沒有傳播學的一席之地了！

通過對傳播學研究對象的重新認識，至少可得到以下啟迪：

I. 進一步釐清傳播學與其他學科的關係

在此基礎上，我們今後對相關學科的學習、借鑒與合作，可望更有自覺性、針對性、建設性。

II. 進一步明確傳播學的學科邊界

這有助於我們辨認那些原不屬於傳播學的研究，例如：傳播心理、傳播倫理、修辭技巧、符號規則等，並不是說這些領域不重要，而是必須認清，它們原屬於心理學、倫理學、語言學、符號學等學科。

如此，也就破除了一個流傳甚廣的「迷思」：傳播學好比是一個「筐」，什麼都可以往裡裝。凡立志在交叉領域有所開拓者，都應認真思考，如何避免停留在「搬運」、「串門」乃至「炫技」的狀態，真正實現跨學科創新的目標。

III. 進一步把握傳播學的發展方向

據此，對傳播現象的一般規律、整體脈絡、全局動態、宏觀趨勢的探索和把握，以及對媒介技術（其重點當然不是技術本身，而是技術的社會功能與影響，這又與傳播效果高度契合）、傳播效果（其不僅與媒介，而且與傳者、受者、資訊乃至整體環境密不可分）研究的深化和拓展，理當成為重中之重。

惑中之不惑：對研究取向的考察

令人欣慰的是，無論自覺還是不自覺，40年來，就中國傳播學的研究而言，一種比較確定的方向感形成了，那就是基於學科特性，尤其是科學性，而生發出來的「科學化」研究取向或發展路徑，即：以實證研究為主，以業務、批判、傳統、歷史、思辯等研究為輔。它們交互作用，大體構成了當下中國傳播學研究的景觀。試分述如下：

實證取向

這裡的「實證」與「經驗」同義，與「思辯」相對。它固然是一種研究方法，但內涵寬泛得多，至少還包括以下意思：(1) 理論的，即非應用的（目標）；(2) 建設的，即非批判的（立場）；(3) 現實的，即非歷史的（對象）。

這一取向中，並非全然沒有應用、批判、歷史的成分，但以理論、建設、現實為主——這也適用以下論述的各個取向。其研究重心是，傳播（媒介）對社會的影響。

我曾考察中國傳播學專業期刊論文在1978–2007年、2008–2013年的發表情況（皆來自「中國知網」數據），發現：就研究方法而言，運用思辯、實證、綜合這三種方法的論文，從65%、21%、14%變化為56%、27%、17%，也就是說，使用實證方法（包括部分使用實證方法的綜合方法）的論文逐步增長為四成多（44%）。[5]

回顧四十餘年前，即1978年起步時，實證取向的研究幾乎為零，可見，這一變化儘管還不如人意，但實已堪稱翻天覆地。

業務取向

這裡的「業務」與「實踐」近義，諸如：媒介經營管理、傳播技術變化等方面的討論，其方法多為思辯的，目標多為應用的，立場多為建設的，對象多為現實的。其研究重心是，傳播（媒介）自身的運行規則和效能。

如果說，實證研究大多能達到創新的目標，則業務研究更偏重的是介紹和總結，包括對海外研究動態的介紹、對本土實踐經驗的總結等，這樣的作業固然必要，但顯然不足以構成學科研究的主體，因其學術貢獻有限。

批判取向

其主要特點為：方法是思辯的，目標是理論的，立場是批判的，對象是現實的。其研究重心是，社會對傳播（媒介）的影響。這一取向的研究自然有其價值，但至少需要正視兩個難點，並努力加以克服：

其一，如何準確地把握國情來開展批判研究，因為發達國家學者對本國弊端的批判，並不完全適用於中國；

其二，如何避免為批判而批判，也就是說，儘管「批判」是一種立場，但作為學者的初衷，在我看來，仍應當是「建設」。為此，在指出問題的同時，既要固守實事求是的科學態度，又要提供一些解決問題的思考，方為盡責。

在此意義上看，所謂批判研究和實證研究，其實是互相相容的，前者「破中有立」（即為立而破），後者「立中有破」（即先破後立──原本無破也就無立）。

傳統取向

其主要特點為：方法是思辯的，目標是理論的，立場是建設的，對象是歷史的。其研究重心是，傳播（媒介）與社會在歷史上的互動。

需要說明的是，這一取向並不等同於歷史研究。如後所述，歷史研究以實證方法為主，事實上，除新聞史外的古代傳播史很難書寫，原因之一是資料匱乏，原因之二是傳播活動與經濟、政治、文藝等各種活動尚處於未分化狀態，就是說，傳播媒介尚處於不發達狀態。也正因此，很難從古代傳播活動中抽象出一般規律來指導當代傳播實踐，這不僅對中國而言，對其他國家而言，也是一樣──何以印度、埃及等傳承了古老文明的國家，並未見其有出色的傳播學研究？道理就在這裡。

在此，也需要破除一個「迷思」，即宣偉伯（Wilbur Schramm，亦譯為「施拉姆」）（1983）的一段話：「（我們）看見中國長春的文化，和她悠久的藝術傳統，總免不了會肅然起敬。……（這一傳統）要是有一天能用來幫助西方人了解自己的工藝知識，增深我們在實驗方面的體會，該是多麼好的事。」

他的這段話語想必是真誠的，並往往被理解為中國傳統文化在傳播學研究創新方面大有可為，但其實我們更應視之為「激勵」，而非「證據」，因為，證據只能來自事實。當我們說中國傳播實踐或思想豐富時，泛泛而談是可以的，如果認真起來，如通過比較世界其他主要文明或國家，試圖證明何者更加豐富時，則不得不面對以下事實：

其一，文明古國各有千秋，難分伯仲，且大多盛極而衰；其二，宋朝以後的中國也命途多舛，文明雖未斷絕，但日趨封閉、保守，傳播制度與觀念的變革、傳播技術與媒介的發展也隨之停滯，

而被西方列強超越；其三，直到20世紀初，「德先生」和「賽先生」
(即作為理論和實踐創新前提的民主意識、科學觀念) 傳入中國，才
迎來了復興的曙光。

綜而言之，古代文明受到各種限制，不可能發展出成熟、系統
的傳播思想和先進、完備的傳播技術，這是我們不能苛求古人的，
因此，傳統文化雖可作為當代學術的思想資源之一，但在探索普遍
性 (描述＋解釋) 方面，不宜期望過高，或許，與歷史研究結合而注
重獨特性 (描摹＋闡釋)，是一條可行的路徑。

除了以上四種較多的取向之外，還有兩種相對較少的取向，
即：歷史研究、思辯研究。

歷史取向

這一取向的研究，以實證方法，為實現理論目標，取建設立
場，對傳播的歷史展開研究，可視之為另一種類型的實證研究。其
研究重心是，傳播 (媒介) 的歷史演變及其規律。

思辯取向

如果說，歷史研究已屬不易，則思辯研究更是難上加難，這一
取向的研究，以思辯方法，為實現理論目標，取建設立場，對傳播
的現實加以思考。其關鍵在於，如何克服「就事論事」的局限，達到
「就事論理」的境界，可視之為處於批判研究另一端的「建設」研究。
其研究重心是，傳播 (媒介) 的現實變動及其規律。

表一　中國大陸傳播學研究的六種取向

☆ 或 ★	實證	業務	批判	傳統	歷史	思辯
方法：實證/思辯	☆	★	★	★	☆	★
目標：理論/應用	☆	★	☆	☆	☆	☆
立場：建設/批判	☆	☆	★	☆	☆	☆
對象：現實/歷史	☆	☆	☆	★	★	☆

總之，實證取向已成為當下中國大陸傳播學研究的主流，這並
非偶然，而是由學科特性 (內因) 和社會需求 (外因) 共同決定的必然

走勢。不言而喻，業務、批判、傳統、歷史、思辯等取向也都有各自的價值，形成了多元互補的生態，一道為學術繁榮和社會發展而貢獻智慧和能量。

在惑與不惑的交替中前行

如果說，傳播學研究的實證化，其實質是科學化，則與此並行的發展趨勢，還有本土化、國際化、整合化等。簡論如下：

本土化

首先，無論實證或其他取向，都以解決中國問題為主，在此意義上說，傳播學的本土化很早就開始了，但學界關注的課題，究竟是否全面覆蓋了那些緊迫、重要的領域？同時，我們在建構既有中國特色、又有普遍意義的理論方面，究竟做出了哪些具有創新性的貢獻？尚待深入省思。

這裡，有必要討論一下，究竟何謂「創新」？又何謂「本土特色」？

在日常研究中，我們無不感到「創新」很難，其原因何在？一是後發態勢導致，即前人把容易發現的規律都總結了，愈到後來自然愈難；二是學科特性使然，即傳播學的主旨在於發現普遍性規律，而不在於表現特殊性個案。

通常，愈是人文領域（更明顯的是藝術領域），愈容易創新，且部分學科兼有創作的技能和路徑。如：以中國風景或人物為對象，寫一首詩，或畫一幅畫，就獲得了獨特性和創新性（當然，作品的水準高低又當別論），越是社會科學（更明顯的是自然科學），則愈難以創新，且無創作的技能和路徑。如：以中國媒介或受眾為對象，僅描述其如何活動，是構不成創新性成果的，只有在此基礎上，給出解釋，對已有觀點、理論有所質疑、拓展（此即「部分創新」，相對容易，也是日常研究實踐的主要功能），或更進一步，提出具有普遍性的新觀點、新理論（此即「完全創新」，十分困難），才可稱為創新。[6]

由此可知，這裡不適用「愈是本土的，愈是世界的」之思路（它對人文科學是適用的），而適用「愈是世界的，愈是本土的」之邏輯。傳播學固然誕生於美國，但其他國家的學者也做出了重要貢獻，如加拿大的伊尼斯、麥克盧漢，英國的威廉斯、霍爾，德國的諾曼等，但他們的學說，並不僅僅適用於加拿大、英國和德國，而大體適用於世界各國，具有普遍意義，惟其如此，其「世界性」的貢獻才得到承認，同時，也被打上「本土性」的印記——人們稱之為加拿大的「多倫多學派」、英國的「文化研究學派」、德國的「傳播效果研究典範」。

如此看來，所謂「本土特色」，可理解為以下三個層次（難度逐步提高）的要求：

1. 以中國傳播實際為研究對象

這是一個自然而然的過程。

2. 得出的研究成果符合中國實際（僅有部分創新）

能有的放矢、切實地為中國傳播事業服務。

3. 得出的研究成果符合世界實際（不僅有部分創新，還實現了完全創新）

能創造出新穎、獨到、超越前人的觀點和理論，既為世界傳播事業服務，又為世界傳播學術增益。

迄今，在前兩個層次上，我們已取得了一些成績，在後一個層次上，還有待努力。

國際化

其次，由於傳播學來自美國等發達國家，國際化或者說我們與世界各國同行之間的交流，自然一直如影隨形，在此過程中，持續優化著本土研究的前沿性、規範性、原創性。不過，就學界的現狀而言，仍多少存在著對其意義認識不足的問題（如視之為可有可無或無足輕重的權宜之計）。

事實上，國際化的實質在於：見賢思齊、追求卓越，我們惟有與國際同行展開同台競爭與合作，才能攀登學術高峰，建設名副其

實的一流傳播學科。為此，必須改變「井蛙觀天」和「夜郎自大」的心態，始終堅持並不斷加強與各國同行的積極互動，取長補短，合力發展。

整合化

最後，就整合化，或者說與其他學科、領域的對話而言，重要任務有三：

一是回應互聯網時代的巨變，有效融合內部的三大分支（即大眾傳播、人際傳播、組織傳播）學科，進一步提升傳播學的整體性、科學性、時代性；二是如上述及，正確處理傳播學與外部的各個相關學科之間（交叉性與主體性、跨界性與創新性）的關係；三是大力推進學界與業界（不僅指狹義的媒介、傳播或通信行業，還包括廣義的各行各業）的交流、合作，通過理論與實際的密切聯繫，不僅實現學術創新的目標，而且，體現服務社會的初衷。

綜上所述，積40年來的經驗和教訓，中國大陸傳播學界的主要心得和努力方向，大體可概括為：學術本位（目標）、實證多元（方法）、全球視野（對象）、人文情懷（立場）。

也可以這樣表達，40年來的主要變化如下：在學科目標層面，以引介性、應用型研究為主，轉向以創新性、理論型研究為主；在研究方法層面，以思辯（其實大多是缺乏理論深度和經驗確證的主觀議論）為主轉向以實證為主；在研究對象層面，從囿於本土（就本土言本土）轉向兼容本土與世界（既以本土觀照世界，也以世界觀照本土）；在學人立場層面，從偏重工具理性轉向均衡價值理性與工具理性。這樣一條道路，由於符合歷史潮流、社會需要和學術規律，因而，愈走愈寬，前景美好。

在結束此文時，我深深感到，「不惑」總是相對暫時的，「惑」則是長久存在的，或許，這就是學術的常態，也是學人的宿命，我們惟有在惑與不惑的交替中，勇往直前！

註釋

* 本文曾發表於《現代傳播》，2021 年第 2 期，頁 30–35。

1 我曾統計了一些相關數據（皆來自「中國知網」），包括：專業期刊論文年發表數，從近 300 篇（1979 年）增為 48,000 多篇（2017 年）；專業期刊論文總被引率，從 11%（1979–2007 年，低於中國文科整體平均水準的 20%），躍升至 31%（2008–2013 年）、43%（2014–2017 年）。參見張國良、張巧雨（2015）。

2 這裡對圖一略加說明：除政治動因方面由新聞改革轉為輿論監督、輿情管控之外，經濟動因方面由計劃經濟轉為市場經濟的變化，對於傳播學在中國大陸的「起死回生」具有決定性作用，因為，如果仍實行計劃經濟，則以資訊市場為前提的傳播學就必定是多餘乃至妨礙的因素，1992 年後，在廣告的滋養下，媒體自身成為一種獲利豐厚的行業，媒介經濟以及媒介經營管理也相應成為傳播學的熱門研究領域；稍後的 1994 年，中國大陸接入互聯網，技術動因開始發力，並與政治、經濟動因相互交織，對傳播學的發展和壯大，起到了強大的推動作用；2010 年，中國政府將文化產業確立為國民經濟支柱產業，此後，文化動因也對傳播學產生了日益顯著的影響。

3 按此規則，如果一項研究的歸屬，只劃分給一個學科，理當以「學科理論」為標準，但在學科交叉風行的當下，一項研究往往被一個以上的學科「共用」，此時可採取的方案為：凡符合「學科理論」標準（充分條件）者，可稱「首屬學科」，凡符合「研究對象」標準（必要條件）而不符合「學科理論」標準（充分條件）者，可稱「次屬學科」。不過，似有一個例外，即歷史學，由於任何社會現象及學科都有其（連接現實的）歷史，因此，兩者理應並重，如傳播史，既屬於傳播學，也屬於歷史學，可謂主次難分。

4 其目錄如下（陳汝東，2011）：第一章〈修辭傳播學〉；第二章〈視覺修辭學〉；第三章〈建築修辭學〉；第四章〈宗教修辭學〉；第五章〈修辭倫理學〉；第六章〈比較修辭學〉；第七章〈公共修辭學〉。

5 這兩組數據皆為依據高被引率論文而得出的結果，研究方法相同，故可比較。需要說明，其中雖未區分傳播學與新聞學，但近四十餘年來，中國新聞學和傳播學研究的主要理論和方法皆來自傳播學，即，傳統的新聞學研究已在很大程度上融入了「新聞傳播學」研究，故可視之為相當於傳播學研究的大致情況。參見張國良、張巧雨（2015）。

6 需要指出，我們對學科屬性的理解，也切忌絕對化。在學科交叉盛行的背景下，一門社會科學學科如果與人文學科交叉，自然就有了人文（作為次屬學科的）「面向」，反之亦然。如對於民族誌傳播研究或媒體人類學來說，「描摹」和「闡釋」就成了其主要工作，因為它們歸屬的文

化人類學，性質介於歷史學、社會學之間，總的來說，更偏重人文性。任何一門學科的理想狀態，應是：主幹（首屬學科）強健、枝葉（次屬學科）繁茂。

參考文獻

W·宣偉伯（1983）。《傳學概論 —— 傳媒、信息與人》（余也魯譯述）。香港：海天書樓。

祝建華（2019）。〈從獨家壟斷到競爭性多頭主導的傳播學國際化市場結構〉。《傳播與社會學刊》，第50期，頁187–246。

張國良（2018）。〈中國傳播學40年：學科特性與發展歷程〉。《新聞大學》，第5期，頁36–44。

張國良（2019）。〈再論傳播學的學科特性〉。《江淮論壇》，第5期，頁131–135。

張國良、張巧雨（2015）。〈中國傳播學研究近況實證分析〉。《現代傳播》，第9期，頁27–33。

陳汝東（2011）。《新興修辭傳播學》。北京：北京大學出版社。

3
從比較視角看中華傳播的研究與創新[*]

陳韜文

概念理論的貧乏

傳播學發展已有大半個世紀，研究人員增長迅速，但滿意傳播學理論發展者卻不多見。據Walter、Cody和Ball-Rokeach (2018) 就世界傳播學旗艦期刊《傳播學刊》(*Journal of Communication*) 70年來所發表文章的分析，作者們所探究的理論概念可謂歷數十年而少變，當今最流行的十大理論概念還是大家認識多年的framing、cultivation、agenda setting、social learning theory、third-person effects、uses and gratifications等。這似乎印證了李金銓教授 (2012) 前些年的感嘆：從他入行到快將退休，大家所熱衷討論的仍然是同樣的一些理論概念，期間產生新的洞見並不多見。上述理論概念當然曾經一度是創新、有其值得探討的地方，但我這裡所關注的不在於個別理論概念的內在價值，而是傳播學理論概念總體發展不足的問題。西方傳播學的理論概念發展尚嫌不足，後起的中華傳播研究更瞠乎其後，彼此也未能平等對話。中華傳播研究產量30年來有頗大的增長，但是論新的理論概念，尤其是具有跨文化影響力的理論概念，更見貧乏。

目前世界傳播研究由西方主導，不少學者先後呼籲傳播理論要「非西方化」、「國際化」和「本土化」(如Curran & Park, 2000; Thussu,

2000; Lee, 2015）。無論具體用詞及指向為何，他們都是有感於源自西方社會的傳播理論有歐美中心主義的傾向，把歐美的脈絡視為當然而不自知，對它們在非西方社會的適用性存疑。所謂本土化，首先是指建基於本土社會的原創理論概念（陳韜文，2002）。這種原創理論概念可能是源自在地社會的獨特性，也可能是有關社會現象並非獨特，也同樣存在於其他地方，只不過是為本地研究者首先發現而已。本土化其次是指把外來理論應用於本土社會時可能因為社會的特殊性而對有關理論作出的補充、修訂或否定。不管是哪一種本土化，都是理論概念的創新。

要改變理論概念貧乏的現象或加強理論概念本土化的關鍵均在於理論概念的創新。只有創新，傳播研究才可以跟上世界的發展；也只有創新，中華傳播研究才更能促進傳播理論的發展，促使東西方更平等的對話。如何才能讓中華傳播研究有所創新？這個問題的解答牽涉到多種因素的互動作用，包括研究文化的培養、教研體制和研究資源的配合等。簡要言之，創新需要一個側重創新的研究文化。在此文化的熏陶下，研究者所看重的不在於背誦傳承多少，而是創造發明了多少。教研體制是否支持鼓勵創新也是問題所在。從教研機構的獎懲規定，以至發表渠道的取向，對創新都有激發或壓抑的作用。是否有足夠資源當然也是創新的重要條件。不過，有關資源不限於物質金錢，也包括人才能否發揮群聚效應。由於以上問題牽涉面比較廣，不是我在這裡所能全面討論的。我主要是想回到研究的內在邏輯本身，探討一下比較取向如何可以促進傳播理論概念的創新，並以多個實際的研究計劃加以說明，藉此引起華人學者的比較自覺意識，加深大家對比較思維及比較傳播研究的興趣。

在深入探討以上問題之前，我應該說明，我這裡所說的「比較取向」，並非單指兩個或以上社會系統的正規比較研究，也包括單一系統研究中的不成文比較思維（implicit comparison），包括同一社會系統的歷時比較、跨地比較、跨事件比較。換言之，比較思維可以應用於不同層次，從單一社會系統研究的概念化、提問、假設及理論各個環節，到兩個或以上社會的正規比較研究。後面我將分別論及。

理論創新的自覺追尋與華人社會

傳播學的基本使命，就是創造符合現實的理論概念，增加我們對社會現實的了解。創新可說是學科發展的生命。沒有創新，不是社會停頓就是理論已然僵化。理論概念的創新可以源自對現有理論的綜合、分析和推論，更可以是源自我們對新生現象的觀察和理論建構。由於人類行為及社會形態不斷變動，是以理論概念也要不斷創新（陳韜文，見羅文輝，2012）。理論概念的建構多是現實變動的反映，有一定的滯後性，故也一定要與時俱進。不少現存傳播理論是出自70、80年代的西方民主國家，當時的政治、經濟、社會、文化及科技條件跟今天已大有不同。世界格局已由冷戰對立轉到東歐解體、全球化、恐怖主義突襲、中國崛起，以至到了今天西方與中國又再走向敵視對立。不少國家的經濟都因全球化等因素而重構，財富重新分配。多國社會的政治走向兩極分化，社會難言共識。傳播環境翻天覆地，由大眾傳媒主導的穩定世界轉為多元分化的數碼時代。周遭環境變化如此巨大，如果今天還完全照搬當年的理論概念，難免有脫離現實的危險，是以不少西方傳播學者也感受到挑戰，自覺尋求新的出路（Bennett & Pfetsch, 2018; Entman & Usher, 2018; Sparks, 2018; Kraidy, 2018）。

中華傳播研究者處於高速變化的社會，其理論危機感應不會小於西方同行。華人社會中，中國大陸、香港和台灣三地在過去30、40年都經歷過重大而急促的社會變遷。簡言之，中國大陸經歷文革，走出激進主義，實行改革開放，引入市場經濟、實行官僚體制改革、加入世界經濟大循環，一躍而成為東方強國、世界第二大經濟體，其國際影響力不可同日而語。中國的傳播基礎建設更見高速發展，已建成高度集權但技術先進的傳播網絡。香港經過漫長的政治過渡期，回歸後實踐「一國兩制」也已有二十多年，一直保持世界金融、航運、商貿中心的地位，但香港人對民主自由自治等權益備受侵蝕感到十分不滿，爭取權益的大型社會運動此起彼伏。香港曾是亞洲傳播中心，名重一時，但隨著中共對港政策的收縮，新聞及

言論自由現已大幅倒退，香港的傳媒以至社會整體日漸失去昔日的活力。台灣最大的變動是由威權制度轉化為民主政治，出現兩黨輪替執政，民間社會生機旺盛，新聞自由更史無前例地蓬勃興旺，網絡傳播盛行。不過，由於海峽兩岸關係緊張，經濟發展停滯不前，國際關係萎縮，備受統獨問題困擾。無論是大陸、香港或台灣，社會變遷的幅度和速度，不可謂不大。傳媒處身其中自是深受影響。華人社會的變動相對於歐美諸國只有過之而無不及，理論創新的可能性以至對理論概念的創新要求自是不遑多讓。

中華傳播研究除了滯後於現實的問題外，很多時候視歐美研究潮流為研究的最前沿，亦步亦趨地跟隨。長期不自覺地樂此不疲，我們的創新意識會受到無形的抑制。現存的傳播理論概念絕大多數源自西方社會，這是歷史的自然現象，無須介懷。不過，久而久之，有些人以為西方先進社會才是理論概念創新理所當然的溫床，才是知識前沿之所在，反而對華人社會所蘊藏的創新潛力和前沿性視而不見。

這裡試舉兩個例子加以說明。

全球傳播研究的一個主題是文化帝國主義問題，其中一個焦點是探討文化全球化與本土化的關係。關於這一點社會學家Robertson (1995)在90年代借用日本人的概念而整合出流行一時的「全球本土化」(glocalization)的概念，指現代文化是文化混雜的結果，個中同時涵蓋全球化與本土化。回頭看，我們可以問：這個理論概念可否出自華人社會研究者？我覺得完全有這個可能性，因為華人社會很早就出現東西混雜的文化現象。譬如，美國《花花公子》(*Playboy*)等雜誌在80年代就有內容中外混合的香港中文版本，誠然是「全球本土化」的一個現代寫照。事實上，文化混雜的現象在其他華人社會以至別的後發國家早已有不少，問題是當地研究者有否率先加以理論化概念化而已。民國時期的「摩登上海」所蘊藏的全球本土化現象應該數不勝數。在政治方面，當馬克思主義傳到中國時，經過一個適應與本土結合的過程，最後演變出中共所推崇的毛澤東思想，以鄉村包圍城市的策略取代城市工人階級起義的主張，這也何嘗不是

一個政治思潮全球本土化的重要案例？可惜的只是未曾有學者及時概括出一早已經出現在中國社會中的全球本土化現象。

　　社會運動研究的一個主要問題是組織及參與形態，而傳播學者特別關注的是個中傳播的作用。Castells（2012）對於新興的社運以「網絡社會運動」（networked social movement）加以概括，而Bennett及Segerberg（2013）也以「聯結行動」（connective action）跟傳統的「集體行動」（collective action）加以區分。香港回歸以來大型社會運動不斷發生。2003年轟動一時的五十萬人反國安法大遊行，以至之後所發生的一連串要求民主自由的遊行示威與及2014年轟動一時的雨傘運動，它們所呈現的是一種自發組織的「人民力量」（people power）表達形態，也或可說是香港版本的「網絡社會運動」或「聯結行動」（Lee & Chan, 2011），又或者是「集體行動」與「聯結行動」的混種（Lee & Chan, 2018）。這些發現充分說明香港社運的「先導性」是無容置疑的，問題只在於學者能否及時進行研究和概括出恰當的理論。到了今天香港的反修例運動，它所呈現的是像流水、沒有大台領導的橫向網絡組織形態（Lee, Yuen, Tang, & Cheng, 2019），隱然有帶動世界社運潮流的跡象，無疑為研究者提供了另一個理論概念創新的機會。相關研究尚在進行中，我們或可拭目以待。

　　從上述例子可以看到，類似的社會現象差不多同時出現在西方與華人社會，為各自的研究者提供同樣的理論創新起點。我們切勿假定歷史的線性發展，以為西方社會發展在前，所蘊藏的理論概念一定更具先導性。事實上，隨著全球化、數碼化、民主化等等因素的普及，愈來愈多社會變動會同時出現在世界各地，大家都要面對相似的問題，故此不可低估華人社會研究的先導意義。此外，在全球本土化的作用下，不少社會現實本身已經是一種全球化的結果（globalized reality），在多方面已是本土全球的混合體（hybridity），蘊藏著兩個或以上的文化痕跡，自然也帶有因混合而來的先導意義。

　　華人社會值得研究的地方不完全因為它們的前沿性，有時更在於它們的獨特性。這種獨特性可能是因為社會結構、文化傳統等因素所造成，也可能是特定時空的產物，應該也是社會科學理論創新

的土壤。說到獨特性，中國大陸無疑是這方面的佼佼者。事實上，由於有不少社會關係、現象、觀察似乎並不適用於中國，故有「中國例外論」（Chinese exceptionalism）之說。雖然此說有其爭議的地方，但也顯示出中國確有不少獨特的地方，不容忽視。社會科學不少理論和概念都是源自西方過去的歷史、或是西方相對落後的地區，及發展中國家。由此可見未曾被理論化、概念化的社會現象，不管是來自西方東方，都是理論概念創新的基本材料。我們更不要喪失對華人社會的先導性和獨特性的自信，更不應該妄自菲薄。

比較是理論概念創新的起點

比較可以說是研究方法中的一個最基本的步驟，也是創新的起點，貫穿從概念生成到理論建構整個過程。創新首先講求的是研究者的求新意願，因為求新能啟動我們的觀察力、聯想力和想像力，使我們把新的現象和相關的理論概念連接在一起考量比較，從而有所發明創造。這個比較的過程，固然可以發生在正規的比較研究，同時也可出現在單一社會系統的研究裡（Chan & Lee, 2017）。無論是正規的或是單一系統的非正式的比較，可以是社會系統的前後對比，或是橫向比較。透過這些比較，社會模式的轉變及其存在的條件會變得更明晰，而理論概念的創新也變得更可能。比較可以激發我們的理論思維，從而增加研究過程每一環節的理論性和創新性。比較可以使我們提出較有理論意義的問題，因為比較性思考讓我們對傳播現象的共性和特性產生更敏銳和深刻的認識，從而發掘出有關研究的新意及重要性。就算是個別社會的研究，如果我們運用比較思考，自覺把問題放到不同的社會背景中去考察，甚至進行思想實驗（thought experiment）（Smelzer, 1976）加以對比，這樣我們對有關概念、提問、假設、理論及其存在條件的了解會變得更透徹，從而更有可能創新，看到新的洞見。

比較是理論概念創新的必要過程，沒有比較就沒有理論概念的創新。就以基本概念的生成來說，也離不開比較這核心活動。即便是「媒介」這樣最常用的概念，我們也是從不同的傳播活動中比較歸

納出來，繼而以媒介一詞泛指傳播中的中介。一旦中介的概念成為「媒介」，它以後就成為我們分析報章、電視、電台、互聯網或是其他未來傳播方式的基本概念。再以近年甚為流行的「迴聲室效應」（echo chamber effect）為例，我相信研究者也是比對不同個人選擇訊息的結果，從中看到不少人只熱衷選取與己相符的訊息，以至最後演變成一個像「迴聲室」那樣相對封閉的訊息系統。人們在社交媒體盛行時代，對迴聲室效應特別關注，大概也是歷時比較的結果，因為在互聯網時代，迴聲室效應更是明顯。

　　比較思考可以應用在單一社會系統研究的多個環節，除了對概念化有所助益外，對提問、假設、理論、重要性發掘各個環節的創新都有裨益。我記得我在80年代中唸博士時，香港剛進入回歸的過渡期，傳媒受到一定的衝擊，遂以香港傳媒與政治過渡的互動作為博士論文的主題（陳韜文，2002）。如果單把焦點放在香港的政治動態上，論文自是停在新聞分析的層次，說不上什麼理論貢獻。在理論化的過程中，我想起像辛亥革命、中共革命、蘇俄革命等權力更迭都有導致傳媒重構的情況，於是進行了簡單比較思考，繼而把論文的提問定為：當社會的權力結構更替時，新聞範式如何作出改變？香港回歸是一特殊案例，其特殊的地方在於其權力結構的重組是漸變的，不像其他革命劇變。另一個特殊的地方是香港開放自由的系統將會在「一國兩制」安排下受到一個集權國家的制約。以上新的提問使研究的理論意義有所擴充，其重要性也較容易被國際學者理解。這個研究的核心概念是新聞範式（journalistic paradigm），它的產生也是比較的結果（Chan & Lee, 1991）。一種比較是香港傳媒內有左（親共）、中（非政黨控制）、右（親國民黨）之分，另一種是世界上至少也有專業主義（professionalism）和鼓吹新聞（advocacy journalism）之分。為了包容不同新聞觀存在的事實，所以我們以較高層次的概念——新聞範式——來加以概括，意指新聞工作者的世界觀、新聞價值、行為規範和心中新聞典範的總和。

　　另一個受惠於比較思考的研究是我與茅知非（Chan & Mao, 2017）對中國大陸採用資訊透明度（information transparency）的研究。中國大陸對處理非典肺炎（SARS）及細顆粒物2.5（PM2.5）的資訊政

策起首是封閉的，有別於香港及西方諸國，其後才隨著國內外形勢的轉變而趨向透明，逐步與世界看齊。我們因而有此提問：一個國家對跨境危機的資訊反應是如何形成的？經過比較思考，我們把中國的政策反應看作是資訊透明度全球化與本土結合的問題，是世界傳播同步化 (communication synchronization) 的現象，也是對全球化現實的一項研究。這個研究另一比較角度是探討非典與微塵不同性質的議題，如何影響國家的資訊政策。根據中國的案例，我們提出民族國家對跨國危機的反應模式，以此分析國家特性、國家安全及合法性考慮、跨國媒體、國內媒體、全球機構及專家社群、在地機構及專家社群等因素，如何互動才導致傳播同步化的現象。由於非典比細顆粒物 2.5 所構成的危機急逼許多，外部力量 —— 包括跨境媒體、機構及國家 —— 對中國所構成的壓力也明顯較大。這項研究是單一社會系統的研究，但是它的提問與理論化則是借助內外比較的結果。

我上面說過，比較有時也何以促成洞見的產生。請讓我用另一個例子說明這一點。中國大陸改革開放以來，新聞學者中的一個爭議是新聞專業主義 (journalistic professionalism) 是否存在？對中國是利是弊？對比西方的專業主義，陸曄和潘忠黨 (2002) 發現中國的專業主義處於萌芽、碎片化的狀態。至於利弊問題，學界則眾說紛紜。從西方批判學派的角度看來，專業主義只是權力的附庸，應該受到批評解構。另一說法則從比較的角度出發，認為專業主義有附和權力的傾向，但是在中國的專制體制下則有一定的解放性，有其相對進步的意義。後面的說法，無論我們贊成與否，不能不說是一種洞見，而這種洞見是從比較出發，把現象放回原來的社會脈絡而考察得出的。

一個研究的重要性很多時候是透過研究的創新貢獻來加以說明的，要找出創新之處，新舊比較、跨地域比較或是歷時比較應是不可缺少的思考。沒有這些比較，創新的意義並不容易說清楚。基於同樣道理，不少國際學報、出版社的編輯或評審者對單一社會系統的研究，都有要求作者就其發現，對比其他地方的案例，從而找出

發現的獨特性和普遍性。這種比較是以已發表的研究或是作者對其他社會的認識而作出的比較辯證，從而發掘出當中的新意。

比較思維當然也適用於正規的比較研究。比較研究在知識論及方法論上有其優勝之處，對創新也有促進作用。傳播學的理論概念源自社會脈絡，是特定時空的產物 (Chan & Lee, 2017)。無論是新理論的建構或是既有理論的檢測，研究的目的就是要同時找出理論概念成立的社會條件。沒有比較，研究者較易傾向把理論概念存在的條件視為當然。比較可以讓我們確定有關理論概念的普遍性及特殊性，從而知悉它們的條件性。比較是非常重要的，因為一旦條件改變，所謂規律也會改變。我們對理論概念成立的條件了解愈多，創新的可能性便愈高。由此觀之，比較研究不一定在追求放諸四海而皆準的規律，而在探求出脈絡因素與傳播現象的因應關係，以及脈絡因素如何形塑不同變數之間的關係。理論是我們對社會變數之間關係的概括，透過比較研究可以產生新的理論，也可以對既有理論進行檢測，從而探知它們的真偽或適用性。幾位比較傳播研究的先行者就曾說過，比較研究可以為舊概念帶來新定義，建構跨越時空的新概念，帶來新的研究提問，甚至開闢新的研究路徑和焦點 (Blumler, McLeod, & Rosengren, 1992)。比較研究牽涉到兩個以上的社會系統、文化系統、或歷史時期的比較，它使研究能超越個人層次的分析，引入系統層次的變數作為對比分析之用，從而增加我們對傳媒系統組織的認識，這方面的功能不是單一社會系統研究所能達致的。

因為比較研究有它的優勝之處，不同時代皆有出聲呼喚大家多做比較研究的學者（例如：Edelstein, 1982; Blumler, McLeod, & Rosengren, 1992; Esser & Hanitzsch, 2012）。在《傳播學刊》2018年出版的傳播學回顧專刊 (Qiu & Fuchs, 2018) 裡，也有多位學者透過縱向和橫向的比較思考，不約而同認為一些經典的理論概念也有更新的必要。在 Bennett 及 Pfetsch (2018) 心目中，西方的民主制度、公共空間及媒介的傳統關係已然變質，一些視為當然的理論概念如 gatekeeping、framing、indexing、agenda-setting 等現在都要加上一個

網絡化或新的闡釋。Entman 及 Usher（2018）也不約而同認為在上述新的環境下，他們過往關於框架分布的理論也流於簡單，必須把 platform、algorithms、digital analytics、ideological media、rogue actors 等因素加進去才能回應當今新的現實。沒有前後或是橫向的對比，我相信上述學者不容易作出如此深刻的觀察。

從知識論的角度看，實證取向是比較傳播研究的出發點。這當然首先是因為實證的觀點能夠為研究者提供探索現實最可行及最有效的取徑。其次是因為實證邏輯是最能溝通研究合作者的語言。這裡所指的實證觀點，不是指所有研究一定要量化，否定質化研究的絕對實證主義，更多是指論述必須講事實證據，分析要符合實證邏輯。明乎此，以歷史方法、田野觀察法或其他質化方法進行的比較研究都是可取的。新世紀以來最有影響力的一項比較研究就是由 Hallin 和 Mancini（2004）合著的《媒介系統比較》，而歷史方法就是他們所用的主要方法。由此可見，比較研究的好壞不在乎方法是定量或是定質，而在於問題的意義和答案的說服力。

比較研究的邏輯並不太難掌握，因為它跟實證邏輯是相通的。用量化的語言來說，它所強調的是透過控制變數來確定其他變數與變數之間的關係（Smelzer, 1976; Ragin, 1987; Wirth & Kolb, 2004）。透過比較研究，我們一方面探討變項間的關係是否同時存在於不同社會，也分析何以同一關係在不同社會會有強弱之分。由於比較的系統可以多於一個，研究的分析單位可以是地域或國家，所以社會系統層次的變數也可以納入比較當中，從而探究不同層次的因素如何對研究的對象產生作用。

這裡不是詳細討論比較方法的地方，只能簡介一下。根據 Ragin（1987）的劃分，比較研究的方法取向主要可以分為三類：一是從比較的角度來探究單一的社會系統，是一個系統性的比較描繪（systematic comparative illustration）；二是以小樣本為主的個案取向研究（case-oriented comparative methods）和以大樣本為主的變數取向研究（variable-oriented approach）。較多為學者採用的是個案取向研究和變數取向研究，或者是兩者的混合使用。

　　個案取向的方法，所根據的邏輯基本上就是 J. S. Mill（1967）所說的相同法（methods of agreement）和差異法（method of difference），根據個案之中的異同比較事物的關係。個案取向較為適合複雜及詳細的比較研究。變數取向的比較研究很多時候是大樣本的，可以把樣本國家的特性化成系統變數，讓研究者可以用統計方法來檢驗有關假設或探討有關提問。以上兩種方法各有利弊，同時也出於實際資源的考慮，很多學者採取的是一種混合策略，即是從個案取向出發，以其異同組成取樣的根據，在個案中所收集的則是大量的變數資料，從而對相關現象作出比較。不管是那種比較研究，當中的邏輯無非是透過控制變數來確定變數與變數之間的關係。要解釋比較研究中發現的差異，如果是量化研究，很有可能是透過統計控制分析來進行或是結合脈絡化和邏輯思辯來完成。

　　由於比較研究會牽涉到兩個以上的社會系統、文化、或歷史時期的對比，其中一個核心問題是彼此之間的對等性（equivalence）和可比性（comparability）的問題（Landman, 2000; Smelzer, 1976）。對等性問題分為多個層次，包括社會系統、概念、量度方法、取樣等。如果不對等，比較就無法入手，因為所看到的差異，可能不是真實的差異，而是不對等所造成的。所以，比較邏輯所要求的是研究對象不同層次的對等性。有了這個基礎，事物的異同才變得真正可比。

　　雖然對等性是比較研究的一個恆常挑戰，但如果研究團隊對研究對象及比較方法有足夠的認識的話，問題不難克服。現就概念和樣本的對等性舉例說明，其他可作如是觀。

　　概念有時受到地域文化的限制，雖然表面是同樣的概念，但是兩者的意涵並非一致，如果不分彼此的應用會導致錯誤的解讀。例如，新聞研究中新聞自主性（news autonomy）的概念，港台兩地或有不同的譯名，但觀念接近，是指新聞工作者的專業自主的程度，是新聞工作者所珍惜的空間。不過，此一概念在中國大陸尚未定型，有些人會想到這是新聞工作者偏離黨國宣傳路線的「獨立性」，不見容於新聞界。如果在三地問卷中不分彼此的以「新聞自主性」收集資料，因為個中的歧義而造成結論偏差的危險自是不可忽視（羅文輝、

陳韜文等，2004）。其中一項解決的方法是把自主性的定義操作化，然後列出各項相關指標，要求受訪新聞人員逐項回應，從而增加資料的可比性。

抽樣也有是否對等的問題。比較研究的結果會受抽樣方法的影響，因此應依據研究目的設計對等的抽樣方式。回到中港台三地新聞人員比較研究的例子（羅文輝、陳韜文等，2004），由於三地的社會結構、幅員和媒介結構差異甚大，抽樣方法需要因地而異。在媒介結構簡單的香港，我們使用的是系統抽樣。由於大陸的複雜性，我們採取多階集群抽樣，先以經濟發展程度和地域所組成的抽樣架構抽取省份和直轄市，再從中抽取城市，繼而抽取被選中城市的媒介，最後才在各媒介新聞人員中抽取系統樣本。台灣的抽樣架構的複雜性介於香港與大陸之間，也要經過多階集群抽樣抽出具有代表性的樣本，只不過抽樣的層階並沒有大陸那樣複雜。三地採取不同的抽樣方法，目的就在增加樣本的代表性和可比性。

可比性是否成立是進行比較研究的前提，進一步要探究的是社會關係的比較。社會科學基本上探討的就是社會關係，而社會關係也可看作是變項間的關係。變項間的關係是否存在？其關係是強還是弱？這是一般研究需要回答的問題，也是比較研究必須回應的問題。透過比較研究，我們一方面探討變項間的關係是否同時存在於不同社會，也分析為何同一關係在不同社會卻有強弱之分。在比較研究中解析差異則較為困難，因為社會系統之間的差異很多，如何歸因往往需依賴研究者的「功力」。研究者的功力取決於他們對研究和統計分析的了解程度，也受制於他們對社會和主題認識的深淺。如何以研究和統計方法來驗證社會關係的知識，可以透過學習和實踐來掌握。但研究者必須深刻了解有關社會和研究主題，才能把統計發現置於社會脈絡（contextualization），從而給予合理的闡析。

以上分析，旨在說明比較是理論概念創新的一個核心過程，有比較才能創新。但是反過來說，有比較也不一定有創新，比較不是創新的萬靈聖藥，還要有求新的自覺和其他條件的配合。比較也可以促進單一社會系統研究的創新，包括概念化、提問、假設、詮

釋、評價、產生洞見等各個環節。比較研究在方法上有它優勝的地方，是探索理論概念的條件性和系統變數作用的不二之選。同樣，如果研究者的創新意識不強，甘於做重複性的研究，那麼比較研究也難以在創新方面有重要的貢獻。

比較研究的可行性及趨勢

正式的比較傳播研究在90年代之前甚為罕見，進入新世紀以來則發展迅速，雖然基數並不大，但是每年所發表的論文則以倍數增長 (So, 2017)。隨著世界學者交往日趨頻繁，世界學術文化趨近，互聯網四通八達，學者之間的弱關係 (weak ties) 變得十分普遍，比較傳播自是日趨重要，大有帶動世界研究潮流之勢 (Chan, 2017)。就以華人社會而言，上述促進比較傳播研究的條件是顯著存在的。中港台三地、新加坡以至海外華裔研究人員在過去20年來透過會議、交流、教育或者合作，彼此已形成強弱不一的網絡關係，而學者的研究範式也頗為接近，要從中找到對口的研究合作者並不太難。現代華人社會的網絡發達，學者之間無論是以文字交流的，或是以影像面談的，都已變得非常方便，可謂天涯若比鄰。經過新冠狀病毒大流行的洗禮，大家透過網絡來座談、上課和交流已習以為常，真正生活在被網絡壓縮了的時空，這樣無疑大大減少了研究合作者跨地域商議的成本。在研究經費方面，華人社會的處境也相當不錯，往往要比歐美國家充裕。中華傳播研究者的視野和經歷都比較開闊，對其他華人地區以至別的國家多少都有所認識，這也為比較思考和比較研究提供了有利的條件。相對而言，現在較為欠缺的是比較研究的意識和追求。不過，隨著上述有利因素的發展，再加上研究者的投入，比較思考及比較研究的興起是指日可待的事情。

有些學者對比較傳播研究有一種難以高攀的想像，以為資源負擔重，或者以為一定要有國際影響力的學者才能結隊前行。事實上，比較研究並沒有想像中這麼困難 (Chan, 2017)。我在這裡想舉幾個例子說明比較研究並非遙不可及，而是一般研究者力所能及的。

　　我在香港中文大學有好幾年任教一門叫「全球與比較傳播」的博士班必修課，每次皆要求學生交一篇原創的比較研究學期論文。我印象最深的是有一位同學在學期結束時交出一份香港與美國大學生的比較研究報告，專門探討政治效能感（political efficacy）如何影響臉書（Facebook）使用和政治參與行為之間的關係。他徵得在國際傳播協會年會僅有一面之緣的美國博士生的合作，分別在馬里蘭大學和香港的大學進行抽樣問卷調查。事後，他們把文章修訂發表，除了獲得 AEJMC 頒發的一個最佳論文獎外，最後還登載在著名的國際學刊上（Chan & Guo, 2013）。如果一位沒有什麼人脈、資源的博士生，在相當緊迫的時間內尚且能完成一項優秀的比較研究，我相信一般學者如願意的話，他們也能做到。這個案例表明，比較研究並沒有像一些人想像中要求很強的人脈和豐富的資源，最重要的反而是研究者有否比較研究的意識和對提問是否有深刻的認識。

　　比較研究可以應用在學期論文，也可以應用在國際超大型的研究上。一個較為人知的是以色列傳播學教授 Akiba Cohen（2013）所領導的 17 個國家地區的國際電視新聞比較研究。他們主要是透過內容分析來比較世界各地的公營電視與私營電視如何報導國際新聞。另一個是德國新聞學教授 Thomas Hanitzsch 所領導的 67 國的新聞世界研究（Worlds of Journalism），目的在比較世界各地新聞工作者的新聞文化（Hanitzsch, Hanusch, Ramaprasad, & Beer, 2019）。在此之前，他也領導過一個 21 國的記者調查（如 Hanitzsch & Berganza, 2012）。由於這類大型比較研究計劃龐雜，需要很強的協調力。它們主要是利用互聯網、專門工作會議等方式來進行；研究經費則主要由團隊成員各自負責。雖然研究者對量化研究的理解並非完全一致，但彼此的基本認知是接近的，故也可以協作成事。由於他們能建立比較研究的網絡，是以最終能以可控的成本，完成傳統難以想像的大型比較研究計劃。

　　無論大小，上述幾個案例旨在說明，我們千萬不能小看當代進行比較研究的可行性。重要的是我們必須有用比較的方法來解答問題的意識，這樣便能借用各種或強或弱的關係建立比較研究網絡，

為比較研究奠下成功的基礎。事實上，由於互聯網的蓬勃發展和社交媒體的普及，無論在世界各地進行網上調查或是收集網民各種電子足跡，都比從前方便不少，對未來的比較研究應有重要的促進作用。

華人社會比較研究的實踐

比較的方法可以應用在世界不同的國家地區。不過，就中港台三地華人社會而言，它們不僅跟西方社會有不少分別，其內部差異也很大。從傳播制度而言，中國大陸實行的是政治集權，傳媒是黨國的喉舌；台灣是一個擁有新聞自由的民主體制；香港則是一個非民主但相當長時間內曾有過新聞自由的地方。中港台三地好像是世界多種社會類型或新聞體制的縮影，而當中的相同點及矛盾正好為我們提供了三個不可多得而資料豐盛的社會實驗室和比較場地。無論是為了理論概念的創新，或是為了檢驗和修訂西方的理論概念，華人社會的比較研究都應該大有可為。當然，我在這裡所倡議的比較研究取向，並非囿於中港台三地的比較，也應包含華人社會與世界各國的比較，甚至世界各國或文化系統之間的比較。事實上，中華傳播研究者的理論視野不應該只限於華人社會，而是面向世界的。我們進行比較研究不是為比較而比較，而是為了特定研究目的而進行。具體比較國家地區的選擇則是根據提問及研究設計的邏輯來決定。

以前比較傳播研究在國際上是講多做少。這20年來，比較傳播研究增長顯著，可謂成了一種趨勢。期間內，以華人社會作為比較研究對象的研究也有所增加。我想在此舉幾個實例進一步說明華人社會比較傳播研究的可行性及可取性。我選擇這些例子，主要不是因為它們是什麼完美創新之作，而是它們皆為認真的比較研究，又是我所熟識的，談起來較得心應手一些。這些研究應有其不足的地方，但批評檢討並非我這篇論文的目的。我只希望我的介紹能引起大家對比較思維及比較傳播研究的關注和興趣。如有人從中受到一點啟發，那將是喜出望外的收穫。

　　我首先想介紹的比較研究是關於香港回歸的國際報導。香港於1997年7月1日回歸中國，那是世界矚目的大事，我們預期將有數以千計的新聞工作者雲集香港採訪報導。那時我和李金銓、潘忠黨和蘇鑰機都是香港中文大學的同事，大家感到回歸是一個透過比較研究探討世界各地新聞範式的黃金機會。我們遂選定中國、香港、台灣、美國、英國、加拿大、日本、澳洲的重要傳媒，收集它們回歸前後的相關報導，以作內容分析和文本分析之用。此外，在回歸日那一個星期內，我們分頭訪問相關外來及本地七十多位記者，從而增加對他們報導手法的了解。

　　分析架構上，我們 (Lee, Chan, Pan, & So, 2002) 把國際新聞看成是一個複雜的比較論述系統，個中的論述框架受到事件的性質、新聞架設 (news staging)、新聞議題、馴化/全球化、炒作/本質化 (hyping/essentialization) 等因素及過程的影響。比較研究的結果多種多樣，不能在這裡逐一談及。簡單歸結一句，那就是：一個事件、多個故事。回歸日下著滂沱大雨，中國傳媒說下雨是一洗百年國恥，而英國傳媒則借此暗喻光榮撤退的離愁。美國關注的是回歸後香港的民主自由的前景，日本傳媒關注的是回歸後香港及中國的經濟轉變。總之，各地傳媒對香港回歸一事的關注的重點、報導框架，以至訪問對象都顯示出頗大的差異。這種差異不但存在於東西之間，也存在於東西內部。中港台三地的報導差別也很大，中國的報導是慶祝回歸的凱旋式報導，香港傳媒所反映的更多是前景的不確定性，而台灣則是對一國兩制的疑惑。透過比較，我們可以看到在全球化的過程中，各地的新聞範式尚未如一些學者所預期的趨同歸一，國家邊界對國際新聞報導的影響還是很大。在國際新聞的製作過程中，外派記者主要還是從既有的新聞範式出發，把香港回歸的事件「馴化」為編輯及受眾所容易理解和接受的新聞故事。在這個全球化的時代，香港回歸成了世界媒介奇觀，傳媒都盡其所能地標榜事件的重要性和戲劇性，但是傳媒的報導角度則是以國族利益、意識形態、文化傾向為依歸。由此可見，世界各地的新聞範式並沒有隨著全球化而變得一致，很大程度還是眾聲喧嘩。

　　新聞工作者一直是新聞研究的一個中心對象。中港台三地同文同種，但由於政治及傳播制度不一，新聞人員的新聞觀和表現的異同自是備受關注。祝建華、Weaver、羅文輝、陳崇山、吳薇 (Zhu, Weaver, Lo, Chen, & Wu, 1997) 是第一批從比較的角度來探究三地新聞人員的學者。他們比較的對象除了中國大陸和台灣外，尚包括美國，是三地新聞工作者問卷調查資料的二次分析 (secondary analysis)。由於三地的政治制度及文化特徵有異有同，他們得以依照個中的異同組合來進行比較。他們基本上是從新聞專業主義的研究傳統出發，探討哪一層次——社會、組織、個人——的因素對新聞工作者的傳媒角色的看法影響最大，同時也想比較三地社會特性中究竟是「政治系統」或是「文化傳統」的因素對新聞人員的新聞觀念更具決定性影響。透過比較，他們發現影響新聞人員對傳媒角色看法最重要的是社會政治層次的因素，其次是組織因素，最微不足道是個人因素。至於第二個提問，他們發現「政治決定論」比「文化決定論」更能解釋三地新聞人員對傳媒角色看法的差異。

　　關於中港台三地更有系統及大型的專門研究則完成於90年代末期。當時我和香港中文大學多位同事——潘忠黨、李金銓、蘇鑰機、陳懷林、魏然——和台灣政大教授羅文輝，合力對三地新聞工作者的新聞範式進行比較研究。我們具體的研究涵蓋範圍包括新聞人員對媒介角色、新聞價值、專業倫理、工作滿意度和新聞典範等概念的看法。每一專題都有研究的框架，這裡不能逐一細說。總的來說，研究的主要焦點在於探討新聞人員的新聞觀的結構及成因。我們在三地以問卷抽樣調查的方式收集有關資料。透過比較，我們發現，中港台的主流新聞範式雖然在各方面的表現並非完全一致，但大體上有相互呼應的地方、可謂自成一體 (羅文輝、陳韜文、潘忠黨、蘇鑰機、陳懷林、李金銓、魏然，2004)。總的來說，大陸和香港的新聞範式相差最大，台灣則介乎兩者之間。在新聞知識論方面，三地的新聞人員都認同新聞是客觀世界的反映，卻對新聞能否反映現實，以及事實和觀點能否區分等問題則看法不同；其中又以大陸新聞人員較不相信新聞能反映現實，也比較不相信事實與觀點

可以區分。至於新聞價值，儘管三地新聞人員對新聞準確性和客觀性等新聞價值的看法相近，但對新聞的全面性、新意和獨家性等評價則差異頗大。這些發現顯示出，新聞範式或有超越社會和組織的一些共同原則，但是有關原則的運用則受到社會和具體情境的影響。在倫理態度上，三地新聞人員對接受新聞來源的不同饋贈觀點不一。最敏感的是金錢饋贈，三地新聞人員對此均認為不可接受。但是，當被問及金錢饋贈是否為普遍現象時，大陸新聞人員認為這種現象普遍的比例遠高於香港同行，台灣新聞工作者則介於兩者之間。這顯示出，三地新聞人員對新聞倫理的標準在態度上相當一致，但在實踐時則因具體環境不同而出現頗大的差異。當我們把這些差異脈絡化，即是讓新聞人員提供解釋的時候，他們大多是歸因於三地的貪污和法治狀態不一所致。

除了新聞生產者研究外，另一個焦點是新聞消費（news consumption）。過去十年，用手機看新聞已成了世界潮流，華人社會的年輕一代更是如此。魏然及羅文輝（Wei & Lo, 2021）有見於此，乃就上海、香港、台北、新加坡四個城市的大學生手機新聞消費展開比較研究。他們收集資料的方法是以問卷調查為主，輔以焦點訪談，在2010與2017–2018年先後分兩次進行。研究的提問包括：究竟人們如何及為什麼收看手機新聞？手機新聞消費有什麼效果？社會環境如何影響手機新聞的消費及效果？最後的問題跟科技決定論的爭議有關，從中可以探究社會環境或是通訊技術的影響更具決定性作用。

分析架構方面，他們結合了手機新聞消費的動機、過程和效果，使用及滿足理論、新聞互動等理論，界定出影響新聞消費的因素及過程。手機新聞消費方面分為五個面向，包括動機、消費、投入消費（engaged consumption）、感知（perceptions）和獲取知識（knowledge acquired）。經過對比，他們發現四地的大學生在消費模式上有相近的地方。例如，手機新聞的消費隨著手機的普及而有所增加，而較能激勵人們消費手機新聞的是守望環境的動機及對手機新聞的好處預期。手機新聞消費能夠引發新聞參與（engagement with news），突顯出手機的互動性、社會性和參與性。消費愈多，參與愈

多。不過，手機新聞消費所產生的效應卻隨社會環境變化而有所不同。譬如，上海大學生是最熱衷新聞消費的一群，但是他們對國際政治知識如美國與朝鮮關係的認識卻最少。上海和新加坡的大學生傾向相信手機新聞較為可靠，但是對手機新聞缺乏政治多元性卻多所批評。他們認為這種差異是因為四地在新聞自由及訊息可及性的差別所造成。透過系統的對比，他們發現就算是同樣的手機新聞、類似的消費模式，所造成的效果卻因社會系統因素不一而有所不同。總的來說，手機新聞的消費很大程度是資訊科技被社會形塑的結果。

上述比較研究都不是為比較而比較，而是在設計時已自覺要解決一些新的提問，有其特定的目的。它們一方面比較同一現象是否出現在不同的地方，更重要的是從異同中看到脈絡因素如何影響特定現象的表現，從而分析系統層次因素對傳播的影響。

以上研究都是與新聞研究有關的。比較研究當然可以應用在大眾文化、健康傳播、公共關係、廣告、政治傳播等方面。以健康傳播或全球傳播為例，現在肆虐全球的新冠狀病毒，正是不少學者有興趣研究的題目，而比較研究的取向對此議題特別適用，可以大派用場。單是以帶口罩的行為為例，華人社會一般很容易接受這是防疫的必要動作，但歐美社會則頗為抗拒。一個看似科學的防疫措施卻引起截然不同的反應，個中原因為何？如何受到傳媒，以至政治、文化、歷史等因素的影響？這是發人深省的問題，而比較研究則是找尋答案最恰當的方法。疫情大流行期間，在隔離狀態中人們如何重組生活？怎樣保持社會連接？傳媒的作用是否會因社會組織形態而變化？又譬如疫症流行期間，謠言、假新聞充斥社交媒體，它們是關於什麼的？從何而來？如何傳播？對受眾有何影響？這些又如何受到社會系統的影響？這些問題都是很有意義的問題，如果在華人社會中進行比較研究，又或者也把歐美國家拉進來一起比較，研究的寬度、深度和新意都會有所拓展。由於疫情是世界性的，各地都受到衝擊，不少學者都有相近的研究需求，這無疑為比較研究造就了比平常更有利的環境。

結語：中華傳播學的想像

回顧中華傳播學過去幾十年的發展，無論是教研機構、師生數目、研究產量，均可謂發展蓬勃。但新理論概念，尤其是具有跨文化影響力的理論概念，可謂貧乏。要提高華人社會傳播研究對世界傳播學的貢獻，並促進東西之間更平等的對話，必須提高研究者的創新意識和比較意識。

創新首先源於研究者的求新意願，因為求新意願能夠啟動想像力和聯想力，使我們把相關的現象和概念連接起來，從而提出新的理論或洞見。相反，缺乏求新意願，滿足於重覆性研究，結果只會加深理論概念的貧乏狀況。在全球化、現代化、數碼化等趨勢衝擊下，華人社會經歷高速的變遷，理論概念必須有所更新才不會落後於社會現實。華人社會脈絡本身有其獨特性及前沿性，所蘊藏的理論概念創新力可以媲美歐美各國，我們不可妄自菲薄。這種自信，不是出於民族主義的要求，而是因為我們相信歷史並非線性發展，華人社會自有其先導、獨特的地方。

為了創新，我建議大家採取一個比較研究的取向，多運用比較思考及多做比較研究。這裡所說的比較取向，不一定是指正規的比較研究，更多是指可以應用在單一社會系統或個別事物研究的比較思維。這種比較思維可以應用在概念化、提問、假設、理論、研究重要性發掘等各個環節。比較研究則在知識論上有其優勝之處。無論是為了理論概念的創新、為了檢測理論概念的適用性，以及為了找出社會脈絡或社會系統因素對傳播的影響，比較研究都是非常恰當的選擇。

國際上比較傳播研究的發表愈來愈頻繁，已成為一種趨勢。比較傳播研究不單是可欲的，也是可行的。中港台三地同文同種，但政治制度及傳媒結構差異頗大，無疑是比較研究的天然場地。由三地出發，再與世界各國進行比較，也是比較研究應該走的方向。誰跟誰比較？最終是取決於研究問題所需要的研究設計和資料的可及性。不過，我們對中港台三地最為了解，資料的可及性也高，而三地的傳播問題又是我們關注的焦點，如從三地著手比較研究或進行

比較思考，當屬自然之舉。

　　傳播學源自西方，西方學者是傳播研究的先行者，這是毋庸置疑的。不過，從比較的角度看來，美國的傳播學只是一方之學，源自中港台等地華人社會的傳播理論概念也是一方之學。東西兩地即使學有先後，但社會脈絡沒有先天高低之分，關鍵在於研究是否有所創新，是否能夠增加我們對社會的知識。我相信從比較角度完成的研究更能與世界學術界平等對話。我們應以平等及獨立思考的態度對待自己及西方的研究，不搞拿來主義，也不固步自封。國際學術界最關注的是理論概念的創新，只有理論研究創新，本土傳播研究才可以跟世界學術進行更有意義的對話。我們如果有足夠的求新熱情，加上比較視角的自覺運用和其他研究主客觀條件的配合，我們對中華傳播研究的美好想像自是可期。相反，假如我們連學術自由這種創新的基本條件都不存在，卻又滿足於重覆性或行政研究，結果當然會是另外一番景象。

註釋

* 　本文曾發表於《傳播與社會學刊》，第 56 期，頁 225–250。

參考文獻

李金銓 (2012 年 4 月 19 日)。〈海外中國傳播研究的知識地圖〉。取自 http://www.icenci.com/Interview/2012/0419/534.html。

陳韜文 (2002)。〈理論化是華人社會傳播研究的出路：全球化與本土化的張力處理〉。張國良、黃芝曉 (編)，《中國傳播學：反思與前瞻》(頁 125–145)。上海：復旦大學出版社。

陸曄、潘忠黨 (2002)。〈成名的想像：中國社會轉型過程中新聞從業者的專業主義話語建構〉。《新聞學研究》，第 71 期，頁 17–59。

羅文輝 (2012)。〈創新傳播研究的追尋：長江學者陳韜文的學術理念〉。《傳播與社會學刊》，第 20 期，頁 1–10。

羅文輝、陳韜文、潘忠黨、蘇鑰機、陳懷林、李金銓、魏然 (2004)。《變遷中的大陸、香港、台灣新聞人員》。台北：巨流出版社。

Bennett, W. L., & Pfetsch, B. (2018). Rethinking political communication in a time of disrupted public spheres. *Journal of Communication, 68*(2), 243–253.

Bennett, W. L., & Segerberg, A. (2013). *The logic of connective action*. New York: Cambridge University Press.

Blumler, J., McLeod, J., & Rosengren, K. (1992). An introduction to comparative communication research. In J. Blumler, J. McLeod, & K. Rosengren (Eds.), *Comparatively speaking: Communication and culture across space and time* (pp. 3–18). Newbury Park, CA: Sage.

Castells, M. (2012). *Networks of outrage and hope*. Cambridge, UK: Polity.

Chan, M., & Guo, J. (2013). The role of political efficacy on the relationship between Facebook use and participatory behaviors: A comparative study of young American and Chinese adults. *Cyberpsychology Behavior and Social Networking, 16*(6), 460–463.

Chan, J. (2017). Research network and comparative communication studies: Practice and reflections. In J. M. Chan & F. L. Lee (Eds.), *Advancing comparative media and communication studies* (pp.241–256). London: Routledge

Chan, J., & Lee, C. C. (1991). *Mass media and political transition: The Hong Kong press in China's orbit*. New York: Guilford Press.

Chan, J., & Lee, L. F. (2017). Introduction. In J. M. Chan & F. L. Lee (Eds.), *Advancing comparative media and communication studies* (pp.1–11). London: Routledge

Chan, J., & Mao, Z. (2017). The global-local communication synchronization: China's response to the SARs outbreak and the air pollution crisis. In J. M. Chan & F. L. Lee (Eds.), *Advancing comparative media and communication studies* (pp.171–203). London: Routledge

Cohen, A. (Ed.) (2013). *Foreign news on television: Where in the world is the global village*. New York: Peter Lang.

Curran, J., & Park, M. (2000). Beyond globalization theory. In J. Curran & M.-J. Park (Eds.), *De-westernizing media studies* (pp. 3–18). London: Routledge.

Edelstein, A. (1982). *Comparative communication research*. Beverly Hills: Sage.

Entman, M. R., & Usher, N. (2018). Framing in a fractured democracy. *Journal of Communication, 68*(2), 298–308.

Esser, F., & Hanitzsch, T. (2012). On the why and how of comparative inquiry in communication studies. In F. Esser & T. Hanitzsch (Eds.), *The handbook of comparative communication research* (pp. 3–22). New York & London: Routledge.

Esser, F., & Pfetsch, B. (2004). Comparing political communication: Reorientations in a changing world. In F. Esser & B. Pfetsch (Eds.), *Comparing political communication: Theories, cases, and challenges* (pp. 3–22). Cambridge: Cambridge University Press.

Hallin, D., & Mancini, P. (2004). *Comparing media systems*. New York: Cambridge University Press.

Hanitzsch, T., & Berganza, R. (2012). Explaining journalists' trust in public institutions across 20 countries: Media freedom, corruption and ownership matter most. *Journal of Communication, 62*(5), 794–814.

Hanitzsch, T., Hanusch, F., Ramaprasad, J., & Beer, A. (Eds.)(2019). *Worlds of journalism: Journalistic cultures across the globe*. New York: Columbia University Press.

Kraidy, M. (2018). Global media studies: A critical agenda. *Journal of Communication 68*(2), 337–346.

Landman, T. (2000). *Issues and methods in comparative politics: An introduction*. London: Routledge.

Lee, C. C., Chan, J., Pan, Z., & So, C. (2002). *Global media spectacle: News war over Hong Kong*. Albany, N.Y.: SUNY Press.

Lee, C. C. (2015). International communication research: Critical reflections and a new point of departure. In C. C. Lee (Ed.), *Internationalizing "international communication"* (pp.1–28). Ann Arbor: Michigan University Press.

Lee, F., & Chan, J. (2011). *Media, social mobilization, and the pro-democracy protest movement in post-handover Hong Kong*. London: Routledge.

Lee, F., & Chan, J. (2018). *The logics of protest in the digital era: The Umbrella Movement in Hong Kong*. Oxford: Oxford University Press.

Lee, F., Yuen, S., Tang, G., & Cheng, E. (2019) Hong Kong's summer of uprising: From anti-extradition to anti-authoritarian protests. *China Review, 19*(4), 1–32.

Mill, J. S. (1967). *A system of logic: Ratiocinative and inductive*. Toronto: University of Toronto Press.

Qiu, L. J., & Fuchs, C. (Eds.) (2018). Special issue: Ferments in the field: The past, present and futures of communication studies. *Journal of Communication, 68*(2), 219–451.

Ragin, C. (1987). *The comparative method: Moving beyond qualitative and quantitative strategies* (Chapter 3–5, pp.34–84). San Francisco: University of California Press.

Robertson, R. (1995) Glocalization: Time-space and homogeneity-heterogeneity. In M. Featherstone, S. Lash, & R. Robertson (Eds.), *Global modernities* (pp.25–44). London: Sage.

Smelzer, N. (1976). *Comparative methods in the social sciences*. Englewood Clifffs, N.J.: Prentice-Hall.

So, Y. K. C. (2017). Mapping comparative communication research: What the literature reveals. In J. M. Chan & F. L. Lee (Eds.), *Advancing comparative communication research* (pp. 1–11). London: Routledge.

Sparks, C. (2018). Changing concepts for a changing world. *Journal of Communication, 68*(2), 390–398.

Thussu, D. (2000). *International communication: Continuity and change.* London: New York: Arnold.

Walter, N., Cody, J. M., & Ball-Rokeach, J. S. (2018). The ebb and flow of communication research. *Journal of Communication, 68*(2), 424–440.

Wei, R., & Lo, V. (2021). *News in their pockets: A cross-city comparative study of mobile news consumption in Asia.* New York: Oxford University Press.

Wirth, W., & Kolb, S. (2014). Designs and methods of comparative political communication research. In F. Esser & B. Pfetsch (Eds.), *Comparing political communication: Theories, cases, and challenges* (pp. 87–114). Cambridge: Cambridge University Press.

Zhu, J., Weaver, D., Lo, V., Chen, C., & Wu, W. (1997). Individual, organizational, and societal influences on media role perception: A comparative study of journalists in China, Taiwan and the United States. *Journalism and Mass Communication Quarterly, 74*(1), 84–96.

第二部分

兩岸三地的傳播研究

4

施拉姆與中國傳播研究：
文化冷戰與現代化共識[*]

劉海龍

　　1982年4月底5月初，威爾伯‧施拉姆（Wilbur Schramm）進行了一次被稱為「中國傳播學的破冰之旅」（余也魯，2010）的、從廣州至上海再到北京的學術之旅。傳播研究者都認為此行對中國傳播學的引進產生了深遠影響，2012年施拉姆訪華40週年之際，《新聞與傳播研究》還刊登了專題聚焦這事件，但是對於他究竟如何影響、為何能產生影響，多數敘述還停留在想當然的層次，缺乏深入推敲。同時，這些研究多數就事論事，孤立地把這訪問看成是偶然的學術交流，缺乏從全球政治的宏觀視角的分析。例如施拉姆第一次訪問中國，其起因並不是向中國介紹傳播學而是普及電化教育，這兩件今天看來完全不相關的事情之間的聯繫是否偶然；如果不是，有何必然性？再比如近年來頗多人對施拉姆的身份及為情報部門服務的行為有所質疑，但這樣一個積極參與美國全球冷戰的「反共分子」為何積極與中國接觸？同樣地，如果說文革後的中國學界認為施拉姆在《傳媒的四種理論》裡對社會主義制度不友好，為何中國的學者包括政治領導人竟會接受這麼一個對社會主義存在偏見的資產階級學者的學說？類似的問題還可以繼續提問下去。

　　在評估施拉姆與中國的傳播學關係之前，首先需要弄清事實性的問題。魔鬼藏在細節裡，施拉姆中國之行中的三個容易被忽略的細節，可以成為我們繼續深入研究的起點。

施拉姆中國之行的三個細節

第一個細節是施拉姆此行的最初目的並不是向中國大陸普及傳播學，而是應廣東省高教廳廳長林川的建議、華南師範大學的邀請，1982 年 4 月下旬在廣州開辦為期一周的全國「電化教育講習會」（羅昕，2017；李運林等，2012；余也魯，2010）。社科院新聞研究所、復旦大學新聞系得知這消息後，便趁機邀請施拉姆等人順便訪問北京和上海，這才有了施拉姆 4 月底到 5 月初的中國之行。

1978 年後，中國教育管理部門希望借助新型電子媒體技術，解決高等教育師資落後的問題，為百廢待興的經濟建設提供技術人才。這需求正好與施拉姆等人所大力提倡的發展傳播學不謀而合。儘管在當時中國大力提倡的「四個現代化」中剔除了發展傳播學所說的「政治現代化」維度，但在經濟和社會層面卻以西方的「現代化」路徑設計為模板。所以，認可西方近代以來「現代化」發展路徑和以電子技術為導向的發展傳播學解決方案，構成了傳播學引進中國的前提條件與語境（Lin & Nerone, 2016）。余也魯將他與施拉姆的廣州講座以及後來他在蘭州的講座編輯成《傳媒‧教育‧現代化：教育傳播的理論與實踐》，收入高等教育出版社的「電化教育叢書」（宣偉伯、余也魯，1998），留下一份重要的中國早期傳播研究文獻，也為我們提供一條被忽略的中國傳播學起源的線索。

第二個細節是施拉姆此行不僅在幾所大學和中國社科院新聞研究所講座並座談，當社科院新聞所的接待者詢問他想去哪裡參觀時，他提出了一個令接待者意外的請求——會見中國的國家領導人。今天當我們逐漸了解施拉姆的政治經歷後，會體會到這要求背後的微妙意涵，但是當時的接待者恐怕並未對其動機有什麼質疑，而是苦於如何才能讓來訪者滿意。巧合的是，那時薄一波的兒子正在社科院新聞研究所攻讀國際新聞專業的碩士研究生。因為有這層關係，當時負責財經與科技事務的副總理薄一波接見了施拉姆夫婦和余也魯。薄一波在接見中指出，中國也應該設立這樣的課程，應該召開一次會議來討論這個題目（余也魯，2010）。他還對傳播學的

起源及作用非常感興趣，當天半夜打電話給安崗，請他把自己對中國傳播學起源的見解轉告施拉姆和余也魯(曉淩，1982)。在意識形態堅冰並未完全打破的1982年，公開談論「西方資產階級的」傳播學還是會冒一定的政治風險。比如中國人民大學的張隆棟在課堂上講傳播學時，就會讓學生暫停錄音。1983年復旦大學籌辦的第一次傳播學國際學術討論會在即將開會之前因為政治問題突然取消(李啓，1997)。在這樣乍暖還寒的政治環境下，國家副總理的指示無疑給研究者們吃了定心丸。就在施拉姆來訪當年的11月底，社科院便召開了第一次西方傳播學座談會，並在會後編寫、翻譯了一批最早的傳播學普及讀物。這兩件事之間的聯繫並不是偶然的，余也魯所説的「中國傳播學的破冰之旅」名符其實。因此，如果在國際冷戰的大背景下重新審視施拉姆的中國之行、包括他主動提出的接觸中國政治高層領導人，它就不再單純是一次跨文化的學術之旅，還是跨越冷戰的兩個意識形態陣營之間的政治之旅。施拉姆異於普通學者的行為就變得耐人尋味。

　　然而施拉姆的思想傾向並沒有逃脱剛經歷過文革大批判的中國學者的如炬目光，他們的政治敏感讓他們在接觸施拉姆前就對其懷有敵意。第三個值得注意的細節是當時中國學者對於施拉姆學説的選擇性感知和解釋框架。有記載的他與中國大陸學者第一次深入討論傳播學是1982年5月3日在中國社科院新聞研究所的座談。面對這樣一個「傳播學的集大成者」(余也魯語)，討論本應集中在傳播研究上，但是當時引起大陸學者熱烈討論的卻是1956年施拉姆在《傳媒的四種理論》中所撰寫的蘇聯一章中把社會主義蘇聯列為威權國家(林珊當時譯作「集權國家」〔韋爾伯・斯拉姆，1980〕)。這讓香港學者余也魯十分不理解，他認為大陸學者把半個小時浪費在這個他覺得不重要的問題上，「可惜了這麼寶貴的時間」(余也魯等，2012)。據參加這次座談的學者回憶，施拉姆本人並未對自己在書中的政治立場做什麼辯解，而是虛心地説這本書再版的時候會將大家的意見吸收進去(根據本文作者對陳崇山、徐耀魁的訪談)。當然，這本書後來也未修訂過。另一個當時令參加者印象深刻的問題是陳崇山提

出的，她向施拉姆求證「從群眾中來，到群眾中去」和傳播學裡的「反饋」是不是一回事。施拉姆給予了肯定的回答（余也魯等，2012；徐耀魁，2012；陳崇山，2012）。這兩個問答頗具象徵性，暗示了文革後的過渡時期中國學術界對於西方理論的矛盾態度。一方面延續了冷戰的政治思維，對意識形態的差異和國族利益十分敏感；另一方面，又急切想得到西方的認可，希望從科學的普世性中尋找與世界接軌的可能。

以今天的後知之明看，被余也魯視為浪費時間的問題並非毫無意義，它揭示了傳播學以及施拉姆在中國接受史的另一面。除了話語模式的差異外，隱藏在背後的政治問題，尤其是學術政治的問題值得放到全球冷戰和後冷戰背景下重新審視。

從「宣偉伯」到「冷戰專家」

如果考察施拉姆在中國傳播學術界的形象，會發現一個非常戲劇性的現象。早期他被尊為「傳播學的集大成者」、「中國傳播學的啓蒙者」，余也魯還給他起了個頗有深意的中文名字——「宣偉伯」。[1] 但是近年來由於對學科化的批評以及美國「新傳播學史」（Jefferson, 2008）的引進，施拉姆一轉眼突然成為了眾矢之的、罪魁禍首。為何會出現這現象，如何理解它？這是本文試圖回答的另一個問題。

總結起來，國際和國內傳播學術界對施拉姆的評價主要有以下幾種：

傳播學的奠基人

施拉姆的學生坦卡德認為，施拉姆「在定義和建立傳播研究及理論這個領域方面，比其他人做得更多」（Tankard, 1988, p. 11）。施拉姆在生前建構了「四大奠基人」的神話（胡翼青，2007：59），但是羅傑斯則認為這四位施拉姆欽定的「奠基人」實際上還夠不上奠基人的稱號，只是「先驅」（forerunner），而真正的奠基人（founder）是施拉姆本人。「如果他對於這個領域的貢獻能夠以某種方式被取消的

話，那麼就不會有傳播學這樣一個領域了。」(羅傑斯，1997：501)借著羅傑斯所寫的那本膾炙人口的《傳播學史》，這說法深入人心。

施拉姆創建了第一個傳播學博士項目，建立了第一個傳播研究所，編寫了第一本傳播學的教科書。但是需要注意的是，施拉姆所建立的學科化的「傳播學」並不包括歐洲大陸的批判傳統，甚至也不包括北美本土的芝加哥學派、政治經濟的傳統以及以修辭學為代表的人文主義傳統。同時，這建制化的「傳播學」也不為另外一些反對學科化「傳播研究」者所接受。因此，「傳播學」並未「一統天下」，當然這個「奠基人」也就未必被其他門派尊為開山祖師了。

20世紀70年代末到80年代，大陸的傳播學研究者深受余也魯所譯述的《傳學概論》(1977、1983)的影響，基本也接受了「傳播學集大成者」這說法，導致中國研究者長期忽視施拉姆版本傳播學以外的傳統(劉海龍，2014)。

中國傳播學的啓蒙者

對於中國的研究者而言，施拉姆除了是傳播學的「奠基人」以外，還有另一重「啓蒙者」的角色，這可說是對施拉姆的第二個評價。

除了中國大陸的學者比較熟悉施拉姆那趟「傳播學進入中國的破冰之旅」對中國傳播學產生了重要影響外，就連領先大陸一步的台灣和香港的傳播研究也要直接或間接感謝施拉姆的「啓蒙」。1963年施拉姆的學生，同時也是第一個拿到傳播學博士學位的華人朱謙進入台灣政治大學新聞研究所任教。他所從事的「電視與兒童」研究，是台灣當時第一個傳播定量研究。他在深坑等地進行的有關傳播與個人現代性的大規模調研，是台灣傳播學史上的一個里程碑。同時，施拉姆所倡導的「大眾傳播與發展」對第三世界的學者也產生了很大的感召力。因此朱立認為台灣以及開發中地區早期的傳播學者在接觸大眾傳播理論及從事相關研究者，都在很大程度上受到「宣偉伯」的感召與影響(李傑瓊，2013)。

施拉姆的另一位學生余也魯先後創建了香港浸會大學傳理系和香港中文大學的傳播學系。1977–1978年施拉姆親自到香港中文大學擔任了一年多的客座教授，還企圖在那裡創建亞洲第一所傳播學

院，雖然因無功而返，最後憤而提前歸國（客座教授原計劃任職三年），但是其言傳身教依然對香港的傳播研究產生了重要的影響（余也魯等，2012；王彥，2017；李金銓，2015）。

施拉姆對大陸新聞傳播學界的影響更是被反復提及。陳崇山在一篇紀念文章〈施拉姆理論對我的指引〉中提到施拉姆不僅肯定了她的北京受眾調查的指導思想──黨的「群眾路線」就是傳播學所説的「反饋」，使這充滿政治風險的研究得到中西兩種權威性話語的背書，而且對抽樣調查的方法提供了具體指導（陳崇山，2012）。參加了施拉姆座談會，後來負責組織第一次全國傳播學座談會的徐耀魁認為，施拉姆在新聞研究所的講話，「對新聞所和我個人研究傳播學來説，起到了某種『催化劑』的作用……我國傳播學研究主要對象是施拉姆學派。無論是理論，還是方法，都離不開施拉姆劃定的圈子。研究者所寫的文章或出版的書籍，基本上都是對施拉姆學説的轉述或闡釋。換句話説，中國傳播學研究深深地打上了施拉姆的烙印」（徐耀魁，2012：11、13–14）。

冷戰專家

2017年《脅迫之術》被譯成中文出版（克里斯托弗‧辛普森，2017），這本前調查記者所寫的帶有揭祕色彩書在原版出版23年後被介紹到中國，意味著傳播學術研究與政治的關係重新引起中國學者的關注。該書不僅回顧了傳播學的起源與美國政府、情報機構、戰爭宣傳的關係，而且重點寫到了施拉姆與CIA和軍方資助的心理戰項目密切相關。該書還提到了那個余也魯認為浪費寶貴時間的問題：施拉姆參與寫作的《傳媒的四種理論》最後一章將蘇聯傳播系統看作威權傳統系統是否證明冷戰政治對學術產生了影響？

不過真正對《傳媒的四種理論》中的意識形態問題進行深入討論與批判的是《最後的權利》。與從學理上對四種理論進行糾正的《比較媒介體制》一書不同，此書將《四種理論》中「理論」視為「冷戰思維」的產物，認為其不是真正意義上的理論，不僅在學理上站不住腳，在政治上也充滿偏見與矛盾。因此這本書雖説是四個理論，但其實真正的主角只有一個──英美的自由主義理論，其目的就是論證該

理論的正當性。本書對於施拉姆的批評也不遺餘力，直指他與美國情報部門關係曖昧，充當情報部門和軍方的「御用文人」，推行文化冷戰（約翰‧尼羅等，2008）。

耐人尋味的是，《最後的權利》的作者團隊均來自施拉姆建立第一個傳播研究所的伊利諾伊大學傳播學院。施拉姆曾經在此接受了大量CIA和軍方委託的項目，並且還給繼任的院長奧斯古德介紹了一個CIA的委託項目（1960–1963），此事1977年被《紐約時報》曝光後成為美國學術界的醜聞（Glander, 1999）。國內學者曾注意到伊利諾伊大學傳播學院以席勒、麥克切斯尼、凱瑞等為首的教師們後來在研究進路上「遠離施拉姆」（陳世華，2010），但是沒有注意到這次集體清算。1983年北京社科院座談會上張黎等人的質問和這本書中的言辭相比，則顯得溫和多了。

另一位研究美國傳播教育的學者Glander（1999）則把傳播教育的起源放到了冷戰的背景中考察，他通過檔案中的碎片信息作為線索，證明施拉姆曾積極參與CIA、美國空軍、國防部等機構的研究任務，他甚至還向國務院建議派一系列富布賴特學者到歐洲進行情報調查，推動教育與宣傳的融合。

在這些研究者眼中，施拉姆儼然是一個披著學者偽裝的情報人員，他不僅通過研究為美國的全球冷戰獻計獻策，同時他的許多研究本身就是宣揚美國價值觀的所謂「文化冷戰」的一部分。

學科化的始作俑者

學過傳播學的中國學生在講到傳播學學科特徵時，時常把施拉姆關於「傳播學是一個十字路口」的判斷掛在嘴邊，論證傳播學的開放性。但是充滿諷刺意味的是，不少研究者指出，正是施拉姆本人推動了傳播學的學科化。

「傳播學是一個十字路口」的表述出自於施拉姆1959年對貝雷爾森的「傳播研究正在凋零」判斷的回應。貝雷爾森認為隨著拉斯維爾、拉扎斯菲爾德、勒溫和霍夫蘭為代表的大師紛紛離開，傳播研究進入到了一個停滯不前的時期，這個領域看不到未來。施拉姆當然不能認同這個說法。但是細心人注意到，貝雷爾森說的是研究方

面缺乏突破，施拉姆卻顧左右而言他，沒有提出證據說明傳播研究的理論在發展，而是列舉了自己繁忙的學術日程，輔導待答辯的博士、參加學術會議，說明這個領域的現狀遠非貝雷爾森危言聳聽的「驗屍報告」所言。這些所謂論據說明的是學科興旺發達，而非學術。因此彼得斯認為貝雷爾森的批評書生氣太重，只看到了傳播研究理論的貧乏，而忽略了施拉姆所領導的體制化運動的上升（Peters, 1986）。

雖然施拉姆與貝雷爾森對傳播研究的現狀和未來的判斷上存在分歧，但卻在「傳播學四大奠基人」問題上取得了驚人一致。隨後施拉姆在臨終前未完成的傳播學史的手稿（威爾伯‧施拉姆等，2016），以及中國之行的演講（威爾伯‧施拉姆，1982）中不斷建構這敘事，為學科化提供「起源神話」。

中國學者一向對傳播學的學科化充滿熱情，但是近年來也有不少反思的聲音。在對施拉姆的批評中，學科化是一個重要的議題。例如伍靜（2011）認為，施拉姆作為學者比較平庸，是典型的「二傳手」。他的影響並不來自於他所做的研究，而在於他在促進傳播研究在美國高等教育中的制度化過程中所扮演的角色。胡翼青（2012）則認為施拉姆是專家型知識分子的典型、混跡學術江湖中的政客。必須揭穿中國學界流行的施拉姆「神話」，因為施拉姆對傳播學學科化造成今天各個方面的危機。

忽略

和批評相比，把施拉姆放在一個無足輕重的位置，甚至完全忽略他的存在可能是對他更大的否定。確實，如果只考慮傳播理論的學術層面而不是學科政治問題的話，施拉姆的貢獻乏善可陳。對於量化效果研究傳統而言，他只是個追隨者而非引領者，更引人注目的是拉扎斯菲爾德、霍夫蘭、卡茨、麥庫姆斯等真正為效果理論做出過貢獻的學者。因此，無論是主導範式的代表者還是主導範式的批判者，關注點似乎都放到了哥倫比亞學派、芝加哥學派、批判學派的差異與衝突之上，施拉姆反而成為一個可有可無的邊緣人物。

於是在吉特林批判傳播學主導範式的經典檄文中（Gitlin, 1978），以及近來政治經濟學派的丹·席勒書寫的傳播理論史（丹·席勒，2012），帕克、普利2008年編寫的傳播學「新歷史」文集（Park & Pooley, 2008），法國學者麥格雷撰寫的傳播理論史裡（麥格雷，2009），都難覓施拉姆蹤影，這與早期中國學者及中文教科書中所塑造的「集大成者」相去甚遠。

施拉姆與冷戰政治

由上可見，關於施拉姆的評價問題可謂聚訟紛紜，各方攻其一端不及其餘。知人論世之難，在於必須在具體的生活史，以及更抽象的政治史、全球史、知識及知識分子史的脈絡中，全面理解。僅用今人的觀念及標準衡量，難免失之公允，更重要的還是將思想放置於其產生語境，還原行動者本人的意圖及背後的話語行為（昆廷·斯金納，2005、2018）。施拉姆的職業生涯、傳播學的起源，以及在中國的擴散，都離不開全球冷戰史的大背景。而在目前國內施拉姆的敘事中，恰好這塊重要的拼圖是缺失的，導致長期以來對施拉姆及傳播學的認識都流於表象。

造成這現象的主要原因在於國內對於西方傳播學史的書寫嚴重依賴施拉姆—羅傑斯這個傳統的敘事，從《傳播學史》到《美國傳播學的起源》，對四大奠基人及施拉姆的敘述都抽離了社會語境，成為從個人努力與成功角度撰寫的勵志讀物，或者傳播學科從無到有的慶典史，卻很少討論其背後的知識社會學邏輯。

或許是為尊者諱，或許是檔案資料掌握不足，羅傑斯在《傳播學史》裡迴避了施拉姆及其所倡導的傳播學與冷戰政治的關係。大量證據說明，施拉姆與美國情報部門的關係非同一般，他所說的傳播研究除了單純的學術好奇外，還與美國的全球冷戰戰略與國家安全有著密切的聯繫。

1941年12月15日，日本偷襲美國珍珠港的第八天，施拉姆寫自薦信給負責政府宣傳的統計局局長Archibald MacLeish。施拉姆在

艾奧瓦大學負責作家工作坊時，曾邀請知名作家來講座，並建立了私人關係，其中也包括詩人 MacLeish。在信裡，他直陳「這場戰爭和之前戰爭不同，是場宣傳戰」，並主動請纓建立全國性的高校宣傳網絡。這封信得到 MacLeish 的賞識，他進入二戰的戰爭宣傳機構事實與數字辦公室 (OFF) 及戰爭信息辦公室 (OWI) 從事宣傳工作。從1939 年開始，MacLeish 還同時擔任了五年的美國國會圖書館館長。因為以上機緣，施拉姆得以參加了拉斯維爾組織的國會研討班，接觸到了一群為國家服務的頂尖社會科學家們，並受到啟發，在 1943年在艾奧瓦大學新聞系建立傳播學的博士項目。

在轉到伊利諾伊大學後，施拉姆的傳播研究所在學校裡變得舉足輕重，他更加積極地與國家對外宣傳機構、情報機構與軍方密切合作，承接大量研究項目，並為美國新聞署 (USIA) 編寫了培訓教材《大眾傳播的效果與過程》(Schramm, 1954)。此書是傳播研究最有影響的教材之一，以 5W 理論和信息論為基礎，搭建了早期傳播理論的主要框架。這期間施拉姆還應隸屬於美國空軍的 Human Resources Research Institute (HRRI) 的邀請，親赴韓國漢城 (現首爾) 實地調查了兩個月，研究朝鮮戰爭時期共產黨的心理戰，並與 John W. Riley 合作編寫了《赤軍奪城：共產黨對首爾的佔領》(Riley & Schramm, 1951)。這本書本身幾乎沒有什麼學術價值，只是編譯了各行業民眾對共產黨統治下生活的自述。與其說它是一本學術著作，不如說是一本揭發共產黨宣傳的宣傳材料，單單美國國務院就購買了 1 萬冊 (Glander, 1999)。

1951 年 11 月施拉姆再赴韓國，進行 USIA 委託項目的研究。1955 年他與 Hideya Kumata 共同撰寫了未正式出版的《關於宣傳理論的四篇工作論文》(Four Working Papers on Propaganda Theory)。其中施拉姆參與了德國納粹宣傳理論 (二作)、英國的宣傳概念 (獨著)、蘇聯的「心理」戰概念 (獨著) 三篇。《脅迫之術》中文版曾將這文集誤譯為《傳媒的四種理論》(克里斯托弗・辛普森，2017：126)。這兩個研究報告確實有一定聯繫，施拉姆這篇關於蘇聯心理戰概念的論文成為《傳媒的四種理論》中最後一章〈蘇聯的共產主義理論〉中的初稿。儘管當時中國學者並不知道這些內情，但是憑藉幾十年階級鬥

爭培養出的敏銳政治嗅覺已經讓他們覺得其中有些不對勁。因此，施拉姆在來中國訪問時因為這篇文章被中國學者「鳴鼓而攻之」，也是事出有因，不是余也魯感到不解的「無妄之災」。當然，對施拉姆的冷戰立場不滿的除了文革後的中國學者，還有前面提到過的他所創建的伊利諾伊大學傳播研究學院的學者們。

1977年《紐約時報》爆出伊利諾伊大學傳播研究所接受中央情報局 (CIA) 19.3萬美元項目的醜聞，但是《時報》沒有繼續深挖，其實在幕後為第二任傳播研究所所長奧斯古德與中央情報局牽線搭橋的神祕人物正是第一任所長施拉姆 (Glander, 1999)。

1973年施拉姆從斯坦福大學傳播研究所退休，又轉任夏威夷大學東西方文化研究中心主任至1975年。該中心1959年由美國政府資助。冷戰開始後，地處美國與日本之間的夏威夷及夏威夷大學便主動承擔起溝通美國與東方文化以及軍事遏制的職責，力圖成為莫斯科友誼大學那樣的政治－學術機構 (Klein, 2003)。在政治與文化上影響亞洲就成為這個中心設立初期的核心使命之一，施拉姆的就任也就不是一件單純的學術事件，而具有了政治意味。

二戰期間，美國的知識分子糾結於自由主義與國家利益的衝突，許多追求價值無涉的去政治化的社會科學家由於懸置價值，反而更容易受到外部因素的左右，在社會潮流的影響下，將國家利益置於學術研究之上 (Garry, 1999)。在二戰之後，出於慣性，對國家安全懷有責任感的一批美國社會科學研究者們又將共產主義作為新敵人，成為在全球推廣民主和現代化的十字軍。除了為國家服務這潮流外，二戰後美國知識界還有另一個新變化。戰後通過的G.I.法案將大量軍人吸收進高校，進一步強化了社會科學研究者與軍方及政府的聯繫。

施拉姆恰好是連接這兩個潮流的典型學者。他從本科到作為青年教師留校，一直從事文學研究，但是在戰爭來臨後，便毅然放棄了人文傳統，轉向社會科學。這突然轉向頗讓人困惑，但也並非無跡可尋。Glander認為主要原因是施拉姆受到了新人文主義的影響。Norman Foerster對施拉姆影響巨大，而他正是新人文主義者白璧德 (Irving Babbitt) 的學生。新人文主義堅信通過培養精英，可造就一個

有秩序的良好社會。在這樣一個按人的才能劃分的等級社會中，只有通過有教養、有卓越見識的精英耐心的說服與教育，才能改變無知的大眾，引導社會走向秩序。因此無論是施拉姆為軍方和政府服務，還是積極地向世界推廣傳播學，這樣的崇高目的讓他忽略了這些行為造成的其他後果 (Glander, 1999)。

Glander 提供了一個思想史的解釋，但是也忽略了白璧德新人文主義思想中對於科學主義的否定。新人文主義的「新」相對於文藝復興的人文主義而言，主要不是反抗神權，弘揚人文精神，而是力圖拯救在自然科學觀大行其道的現代社會中趨於淪落的人性 (鄭佳，2015)。這似乎不能解釋為什麼施拉姆會對崇尚科學主義的實證主義的皈依。更關鍵的是 Glander 的觀點只解釋了內在動機問題，未解釋外部的現實條件問題。施拉姆因為治療口吃，一直對心理學比較關注，在艾奧瓦大學讀博期間有兩年跟隨心理學家 Searshore 學習，還親身接觸到勒溫及其理論，受其人文主義心理學影響。他對於心理學及社會科學研究方法的學習，也改變了他的知識結構與思維方式，為社會科學的轉向做了知識準備 (Cartier, 1988)。

美國社會科學固有的一些特徵，也成為施拉姆等熱心的社會科學家捲入全球文化冷戰的重要原因。19 世紀末以來效法自然科學而建立起來的美國社會科學力圖建立價值中立的解釋，但其元話語並未擺脫意識形態的影響。羅斯將其歸結為「美國例外論」，並且發現它會不斷地改變立場，以適應社會環境的變化 (多蘿茜・羅斯，2018)。在全球冷戰的背景下，美國例外論則變成了自由、民主是美國的特性，美國有責任擔負起在全球抵抗共產主義的擴張，推廣自由、民主的任務。為了實現這點，則必須以美國為樣板的現代化理論，改善全球各國，尤其是發展中國家民眾的生活水平，在此基礎上引導其走向民主，防止因為經濟惡化產生底層革命而倒向共產主義陣營，「打破北京和莫斯科的一個危險神話，即只有共產主義能變革欠發達社會」(雷迅馬，2003：88)。

施拉姆積極地為軍方服務，研究蘇聯的宣傳，同時又積極地參與發展傳播研究，也是出於類似的動機。羅傑斯發現：「施拉姆對國

際傳播產生興趣的另一個理由是他的強烈的愛國主義情感，它與這樣一個信念連在一起，即對於美國來說，第二次世界大戰後的主要問題在於它與蘇聯的『冷戰』衝突，在於第三世界發展的有關問題，美國外交政策在當時將這些問題限定為與蘇聯爭奪拉丁美洲、非洲、亞洲人民的心靈和精神的一場鬥爭」(E‧M‧羅傑斯，1997：494)。

　　無論是1964年施拉姆撰寫的《大眾傳播媒介與國家發展》，還是1976年他與現代化理論的代表人物勒納合作編寫了《傳播與變遷》(*Communication and Change*) 一書，都在強調發展大眾傳播對於國家現代化、民主化的重要作用 (施拉姆，1990；Schramm & Lerner, 1976)。他來中國最初講授的電化教學，其目的也是通過當時最新的媒介技術 (至少對中國而言)，提高民眾的文化素質，為實現現代化與民主化準備條件。余也魯後來把他們的講義編成書，其書名《傳媒‧教育‧現代化──教育傳播的理論與實踐》正反映了這目標 (宣偉伯、余也魯，1988)。

　　同樣地，施拉姆熱心地來到中國推廣傳播學，放到這個大的背景下才能深入理解。他所建立的中立的傳播學科本身也是二戰後興起的現代化理論的體現。20世紀初逐漸建立起來的傳播學相信世界存在客觀規律，可以通過嚴密的科學與方法，發現傳播背後的不變的模式。但是這不假思索的對自然科學的模仿使得研究者們錯誤地將「一種特殊的社會發展形態說成是符合自然法則的」(雷迅馬，2003：108)。而且辯證地看，這做法也反過來塑造了現代化理論發明者和推廣者的自我形象，既強化了美國的獨特性，也強化了作為全球思想和現代化引領者的形象。因此，推廣傳播學就成為這「帝國使命」的一部分。

表一 施拉姆主要學術活動一覽

所在機構	時間	職務	主要活動
愛荷華大學(University of Iowa)英語系	1935–1943	寫作教師	• 1939起出任作家工作坊負責人 • 1942 ¬1943 參加事實與數字辦公室(OFF)、戰爭情報辦公室(OWI)、國會研討班 • 1942 小說獲得「歐·亨利獎」
愛荷華大學新聞系	1943–1947	系主任	• 1943 創建傳播學博士項目
伊利諾伊大學(University of Illinois)傳播研究所	1947–1955	所長、校長助理	• 1949 出版《大眾傳播》(Mass Communications) • 1951 出版《赤軍奪城：共產黨對首爾的佔領》(The Reds Take A City) • 1954 出版《大眾傳播的過程與效果》(The Process and Effects of Mass Communication)，為美國新聞署(USIA)培訓教材 • 1954–1955參加國家安全諮詢委員會(The National Security Council) • 1955參與撰寫《關於宣傳理論的四篇工作論文》(Four Working Papers on Propaganda Theory)
史丹福大學(Stanford University)傳播研究所	1955–1973	所長	• 1956出版《傳媒的四種理論》(Four Theories of the Press) • 1963出版《人類傳播科學》(The Science of Human Communication) • 1964出版《大眾傳播媒介與國家發展》(Mass Media and National Development)
夏威夷大學(University of Hawai'i)東西方文化研究中心	1973–1987	主任、教授	• 1973–1975 出任東西方文化研究中心主任 • 1973 出版《男人、訊息和媒介》(Men, Messages, and Media: A Look at Human Communication) • 1976 與Lerner合著出版《傳播與社會變遷》(Communication and Change) • 1977–1978 出任香港中文大學客座教授 • 1982 訪華 • 1984出版《傳播概論》(Men, Women, Messages, and Media: Understanding Human Communication) 中文版

現代化共識

如果說施拉姆是出於美國國家利益和冷戰意識形態進行知識輸出，為什麼沒有得到輸入方的抵制？如果將「現代化」話語視為葛蘭西所說的「文化領導權」（hegemony），它又是如何在妥協中建立起來的？

從引進者的角度來看，文革後增強國家經濟實力、改善民眾生活水平成為保持社會主義政治制度穩定的當務之急。以鄧小平為首的領導人清醒地看到這現實，重提「四個現代化」的口號。無論是美國還是中國，都敏銳地意識到「現代化」是保持國內穩定與國際秩序的重要途徑。中國把美國「現代化」理論中的政治因素剝離後，將其視為普世的發展道路（Lin & Nerone, 2016）。

研究現代化的學者Arnason (2000)認為，其實在共產主義的意識形態中，本來就蘊含著科學至上的理性主義，相信可以按照規律對社會進行整體規劃。在與資本主義陣營的競爭過程中，同樣將資本主義所看重的經濟、科技、教育等指標視為發展的目標。因此社會主義版本的現代化觀念與資本主義現代化觀念有許多相通之處，作為資本主義動力的經濟與技術被社會主義的理性計劃進一步強化。

在這觀念影響之下，傳播學等社會科學被認為與自然科學一樣，是中國實現現代化的重要途徑。社科院新聞所還在美國現代化理論的基礎上，進行了大規模的實證調查，研究傳播和大眾媒介在中國現代化意識普及中的作用（陳崇山、孫五三，1997）。當然，中美語境下的「現代化」話語存在著巨大差異。在美國學者和政府看來，現代化是民主化的前奏，是國家發展的必由之路，也是保持世界秩序、塑造美國世界領導者形象的重要一環。這話語背後包含了西方中心主義、美國國家利益等政治訴求。而中國的現代化則是希望通過經濟和科技的發展，增強國家實力，穩固社會主義制度。基於這個動機，中國展開了向西方學習的運動，宣傳部門也希望學習西方的宣傳手段為社會主義服務。比如胡喬木就在新華社的講話中號召在國際新聞報導中要學習美國之音和BBC的宣傳手段（孫旭培，

1994）。儘管雙方口中的「現代化」的最終目的恰好相反，一個是「和平演變」，一個是「反和平演變」，但是卻在「現代化」這概念上達成了共識。施拉姆的來訪和傳播學的引進，恰好就在這個結合點上具備了天時地利人和的條件。

對於中國學者而言，「現代化」這去政治化的概念也具有雙重優勢。一是施拉姆版本的「傳播學」推崇科學的量化研究，得到了想擺脫政治干擾的中國新聞學者的青睞（劉海龍，2007）。二是「現代化」契合了「振興中華」這愛國主義口號的要求，延續了中國儒家的知識分子使命與國家命運的傳統，為文革後重建國家與知識分子關係提供了基礎，因而迅速被官方和知識分子接受。

在知識的建構上，來自馬克思主義傳統的新聞學概念與來自美國的傳播學概念被相互轉譯，強調其共通性的討論壓倒了其差異性的區別。甚至為了弱化傳播學的「資產階級學術」背景，研究者們主動地將其與黨的新聞理論和宣傳理論劃上等號。這既是為了便於中國學界理解接受，同時也是基於政治上的考量。例如鄭北渭認為美國傳播學的一些理論完全可以和黨的新聞理論中宣傳報導的觀點一一對應（表二）。李彬（1990）則提出傳播學就是宣傳學。因為二者都「圍繞著信息的傳輸和效應展開研究，而且研究的方法和目的也完全一致⋯⋯二者是一碼事，根本不存在屬種關係，如果說傳播學是穿衣戴帽的『個人』，那麼宣傳學就是脫去衣帽的同一『個人』」。

陳崇山（2012）則在施拉姆在社科院的座談中，以自己的北京受眾調查為例，介紹了其背後的群眾路線思想，即「從群眾中來，到群眾中去」，新聞報導要反映群眾意見。她詢問施拉姆這是否就是傳播學中所說的「反饋」。在得到首肯後堅定了進一步研究的信心。趙月枝（2019）則認為這比附將中國共產黨對於馬克思主義傳播理論的重大貢獻抽離了其歷史和現實意義，和資本主義廣告理論中應用的「反饋」完全是風馬牛不相及。可以看出當時為了在短時間內建立共識，這兩種「現代化」理論的「轉譯」過程其實充滿了誤解與曲解。

表二　鄭北渭（1982）列出的西方傳播研究與中國共產黨宣傳經驗的共同之處

	西方傳播學觀點	中國的宣傳報導觀點
1	傳播是社會信息的流通；人際的信息交往	教育群眾，發動群眾，對群眾進行宣傳（堅持辯證唯物主義與歷史唯物主義觀點）
2	傳播的模式和過程	從群眾中來，到群眾中去，往復循環
3	傳播媒介	階級輿論工具
4	傳播職能：互通信息，順從引導輿論，提供教育、娛樂	互通信息，順從引導輿論，提供教育、娛樂
5	傳播的「有限效果」論	政策需要宣傳、貫徹，但從根本上說，威力在於政策本身，宣傳自身的效果是有限的
6	傳播學中的「意見領袖」或「級或多級傳播」	往往通過代表性人物、領導人、幹部、先進分子、積極分子、民主黨派負責人發表意見、影響群眾
7	傳播學中的回饋學說	小組講座吸收意見，開調查會、座談會；來信來訪，意見調查，徵求意見，群眾反應

　　但是這共識是暫時的，有兩個原因導致「現代化共識」的消逝。一是後現代主義及後殖民主義對現代化理論中包含的西方中心主義的批判，導致現代化理論難以為繼。二是現代化理論在第三世界的實踐過程中並沒有達到理想的效果，中東、非洲及拉美等國家並沒有如期走上美國設計的路線。隨著中國經濟實力的增強，國際地位的上升，「現代化理論」便無法容納中美雙方不同的訴求，在中國謀求話語權的時代，美國「現代化理論」背後的政治因素突顯出來（趙月枝，2019）。施拉姆身上所體現的西方中心主義和冷戰政治便替代了科學、現代化，成為中國新一代學者關注的焦點。

　　在社會科學與全球冷戰政治交織在一起的大背景下，我們才能更深刻地理解中國傳播學引進的整個外部環境及施拉姆在其中扮演的看似矛盾的角色。他一方面對共產主義充滿敵意，積極為軍方和情報部門獻計獻策，但另一方面又熱心幫助整個中華地區建立現代的大眾媒體傳播網絡以實現國家的現代化，介紹傳播科學解決知識資源的匱乏。這兩個看似衝突的動機在文化冷戰的語境下，被統一在一起，都是在為一個實現全球「民主新秩序」的更大的政治理想和

藍圖服務。為什麼施拉姆想要在香港中文大學建立覆蓋整個東亞地區的第一個傳播學院，為什麼他主動要求會見中國的國家領導人，以及為何要將傳播學作為新聞學的最新發展階段推銷給中國的新聞研究者，結合上述語境，這些做法後面的微言大義就容易理解了。

上述分析很可能會引起兩種截然相反的反應。一種認為中國的學者以小人之心度君子之腹，惡意揣測施拉姆的動機，抹煞了施拉姆對中國傳播學早期發展所起到的重要推動作用。另一種看法會認為施拉姆是美國情報機構的幫凶，他所建構的「傳播科學」也是帝國主義進行文化侵略的陰謀。

這兩種看法都存在非此即彼的錯誤，忽略了現實的複雜性，更重要的是混淆了直接原因和間接原因、主觀動機與社會條件。正如馬克思所言：「人們自己創造自己的歷史，但是他們並不是隨心所欲地創造，並不是在他們自己選定的條件下創造，而是在直接碰到的、既定的、從過去承繼下來的條件下創造」（中共中央編譯局，2009：470–471）。社會科學需要描述的是更大的文化背景和社會因素的影響，而不是基於行動者的個人動機做簡單的倫理判斷。正如雷迅馬所觀察的那樣：「我們不必為了證明現代化意識形態的確在起作用而去尋找陰謀和欺詐的例證。大多數現代化理論家樂觀地認為，美國倡導的民族國家建構能夠戰勝貧困幫助民主政府的形成，能夠提高全球的生活水平，能夠保障個人自由，所以他們也真誠地相信防止『民族解放戰爭』和促進『發展』是並行不悖的」（雷迅馬，2003：109）。

研究者的職責是闡明行動者的洞見與不見，以及這些行為背後的意識形態或社會語境。施拉姆有熱心提攜後發展地區，充滿個人魅力的一面，但同時作為冷戰時代有愛國情懷的知識分子，也受到當時美國社會科學中彌漫的現代化理論及科學至上的意識形態的影響，相信自己的行為在客觀規律的保駕護航下能實現更大的正義。我們要看到施拉姆的行動意圖，同情地理解，但與此同時，對其深信不疑的意識形態，又要保持警惕與批判，這兩者並行不悖。回顧歷史，不是為了政治清算，更重要的是通過發現施拉姆與中國傳播學引進的被遮蔽的一面，反思今天中國傳播研究的問題。

施拉姆之鏡與視差之見

從宏觀語境理解了施拉姆與中國傳播研究的關係之後，接下來要回到本文的問題：為什麼40年來中國傳播學界對施拉姆的評價會經歷這樣一個戲劇性的轉折？如果以施拉姆為鏡，這前後迥異的判斷，折射出我們看問題的視角與中國傳播研究的觀念發生了什麼變遷？

一般而言，除了論者的政治立場、個人利益和群體身份等明顯主觀因素外，學術人物的評價還受以下幾個非主觀因素的影響。一是時空語境的影響。所謂此一時彼一時，從邊緣地帶看問題還是從中心—邊緣的整體關係看問題，結論會完全不同。從落後的學習者的角度看施拉姆，自然是將其視作正面的啟蒙者，若是從邊緣—中心的不平等關係和冷戰政治的語境來看，他可能就會淪為可疑的冷戰專家。

二是受評估的對象和標準的影響。具體來說是從學術研究的視角評價，還是從學科體制或學術政治的視角評價。若是考察施拉姆原創性的學術研究成果，那麼隨著時間的推移，對他的評價會愈來愈低。在今天仍然在使用的原創性的傳播理論和概念中，幾乎看不到施拉姆的貢獻。他的主要貢獻是綜述性成果（如教材和主編的文集），隨著新研究的不斷湧現，對傳播研究認識的深入，這些成果也會逐漸成為學術史料，只有少數對傳播學術史感興趣的學者才會關注。

三是歷史敘事的元話語的影響。在經歷了語言學轉向之後，歷史敘述本身不再被看作是透明的中介，史料會受到情節與結構的影響（海登‧懷特，2004）。用學術進化的情節、英雄推動歷史發展的情節來敘事，會對施拉姆評價甚高，但是若用衝突的情節來敘事，則會突顯政治對學術的滲透，學術淪為冷戰工具的一面，施拉姆甚至會被視為失節文人。

所以與其說我們在評價施拉姆，倒不如說施拉姆這面鏡子折射出我們如何「看」待世界的眼光及關注的焦點。所以更應該被質問的是：我們在談論施拉姆的時候，究竟是在談論什麼？

從學術貢獻上看，施拉姆無論是在當年還是在現在，都算不上頂尖人物。他的主要成就在於創建了「傳播學」，將傳播研究在美國高等教育體制中建制化，並且將這學科推向像中國這樣的後發展國家。[2] 因此，對施拉姆的評價是與他力主創建的主流傳播學科[3] 緊密地聯繫在一起的，甚至可以這麼說，施拉姆就是主流傳播學的一個人格化的具身符號。

首先他是公認的傳播學學科化的真正「奠基人」。其次，他進行了大量為權力服務的政策諮詢性研究。再次，他的民主價值觀比較曖昧，一方面要向全世界推廣民主，另一方面又對內對外堅持精英立場，協助掌權者利用傳播對民眾進行說服控制，而不是從民眾的利益出發爭取其權益。最後，推崇「科學的」研究方式，以量化的實證研究成果作為唯一的可靠知識來源。而這幾點，均是主流傳播學的顯著特徵。

大陸學者對施拉姆的不滿，除了最近興起的 —— 主要是左派學者 —— 從政治的角度對他參與文化冷戰的批評外，更多的還是對他所創建與代表的主流傳播學科的不滿。施拉姆在傳播研究學科化的過程中言行並不一致。一方面他提出「傳播研究是一個很多人經過但是很少有人逗留的十字路口」；但另一方面他卻致力於將其建制化，並在與貝雷爾森的爭論中，將學科發展作為一個領域是否充滿學術生命力的重要標誌。

傳播研究學科化的積極一面顯而易見。它的品牌效應和組織化的運作能夠帶來更多的社會資源。更重要的是它能帶來學術共同體強烈的身份認同感，產生學術上的號召力，吸引優秀的學者與學生投身於該領域，乃至產生一種布爾迪厄所說的學術場域的「幻象」的感召，情願為之奮鬥，或者至少能夠得到一種確定的安全感。

當然，對傳播研究學科化的弊端的批判亦不絕如縷。這首先基於「傳播」現象的高度滲透性，或者換句話說，傳播觀念本身就是現代性的重要組成部分，我們已經無法站在傳播之外思考現實，它已經成為了不同學科的「公海」。因此，任何一門學科宣稱將其孤立地加以研究，都是一種自不量力的做法。這將導致對傳播問題的討論

出現「內眷化」的現象，話題和視野愈來愈狹窄 (李金銓，2019)。同時在20世紀初統一學科的目標下，將關注點單一的信息論引入傳播研究之中，從概念體系到思維模式都被局限在工程學提出的以追求效率為目標的信息概念下，失去了對社會的價值關懷。學科化還會帶來政治對學術的干擾，為了現有體制對學科的認可而與權力積極合作，學術研究的目標被維持學科正當性的手段所替代，於是為了塑造學科的不可替代性和社會影響力，學術界積極與政治權力與商業權力合作，損害了研究的自主性。有些激烈的批評者甚至提出傳播研究學科化的目標根本是虛幻的，所謂的學科化也是一個假象籠罩下的空殼。經過幾十年的發展，傳播學科從來沒有達到當初承諾的目標，既沒有達成共識的研究範式和方法，也沒有達成共識的理論，呈現出理論貧乏的狀態，甚至在研究對象上都存在極大分歧 (Peters, 1986)。傳播學科理論資源駁雜，缺乏整合與共識，畫地為牢，如果它自稱是一個學科，那麼也是一個破碎的學科 (Craig, 1999)。

因此，近年來中國學者對施拉姆的批判，與其說是在批判施拉姆，不如說是源自於自身的危機與焦慮。中國傳播研究的學科危機感既是全球傳播研究共同體對新媒體技術衝擊的一種共同反應，同時還具有自身的獨特政治關切，這種關切的來源相當複雜，包括處於上升期的邊緣區域對中心區域傳統遊戲規則的不滿，東方對於西方一百多年來在亞洲霸權的反抗，以及冷戰時期共產主義陣營對於之前失敗的文化冷戰的反思，還有其中最重要的，是政治對學術自治的干預。這其中的主體也多種多樣，甚至是兩種或多種身份混雜在一起。其中既有自由主義者對學術獨立的擔憂，也有左派學者對西方全球文化霸權與文化冷戰的批判，也有後殖民主義者對西方中心主義的反思，同時還有民族主義者對全球學術格局和原有全球政治格局的不滿。因此，這些對施拉姆的批判與其說是針對施拉姆，不如說是在表達對中國傳播研究的擔心和焦慮，而施拉姆身上恰好將傳播學科與諸多學術政治問題集中在了一起。施拉姆還是那個施拉姆，但是評估者所在的環境和心態已經發生了滄海桑田的變化，

反映在談論的對象上，就是施拉姆從啓蒙者轉變成了學科內眷化的源頭和冷戰專家。

然而批判不是無根的，均存在一個視點或者主體性的問題。儘管對世界的思考需要不同視野之間相互對話、補充，實現「視域融合」，但是如果喪失了自己的體驗與視角，那麼思考與批判就會變得虛無，喪失其現實意義。值得注意的是，國內學者的批判幾乎原封不動地沿襲了歐美學者，尤其是美國批判學者的立場。無論是對學科化的反思，還是對學術研究成為冷戰政治的組成部分的揭露，這些批判對於國家的想像與中國的現實存在較大隔閡。比如對於受政府資助與學科化批評就與中國科研教育體制不兼容。在中國高校及社科院，缺乏基金會和中立機構的支持，很難要求學術研究完全不受到任何政府的資助。學科化更是教育生存的前提，如果在教育部的學科評估中排名靠後，院系生存都會面臨嚴峻壓力。同樣的，西方左翼學者批評施拉姆為冷戰和國家利益服務，向世界推銷傳播學，但是從前面的分析中可以發現，若採用發展中國家的立場，施拉姆的啓蒙作用不可忽視，其形象就會顯得不那麼黑白分明，評價也會更加辯證。

於是我們在中國的學術界就可以看到這樣的怪現象：一方面批判施拉姆的傳播研究學科化、學術為政治服務，另一方面卻自相矛盾的大搞「學科建設」，積極為各類機構的項目服務。批判的武器永遠代替不了武器的批判，同樣的，對施拉姆的批判也永遠不能代替對中國傳播研究學科化與政治化問題的批判，後者恐怕更具有現實意義。甚至在討論傳播學科的問題之前，中國還要解決更大的學術與政治的宏觀問題。

因此，如果要重寫傳播學的歷史，那麼它的前提必須將寫作主體的「視差之見」[4]考慮在內：重寫了什麼，重寫誰的歷史，基於何種歷史語境？正如卡爾所說，過去和將來都是「準現在」的一種延長，歷史的書寫方式取決於它對我們當下的關懷和意義（卡爾・貝克爾，2012）。這可能是我們重估施拉姆之前反躬自省，首先要解決的問題。

註釋

* 本文曾發表於《新聞與傳播研究》，2020年第6期，頁92–109。
1 余也魯以施拉姆 (Schramm) 名字中的「r」不發音為由，認為中文的「施拉姆」是個誤譯，正確的讀音應該接近「宣」。「偉伯」則是Wilbur的諧音。
2 可以注意到，英國、法國，甚至日本，都沒有接受美國式的傳播學科，而有意與其保持了距離，甚至對其多有批評。
3 這裡的「主流」，指的是吉特林意義上的傳播研究的「主導範式」，主要是以實證效果研究為主的管理研究，見Gitlin (1978)。
4 「視差之見」是齊澤克 (2014) 提出的概念，本意是指無法相互轉譯的、對抗的觀察視角。這裡借用了這個概念，但並不強調範式的衝突，而是強調主體間由於立場和觀察視角導致的差異。

參考文獻

E・M・羅傑斯 (1997)。《傳播學史：一種傳記式的方法》(殷曉蓉譯)，上海：上海譯文出版社。(原書Rogers, E. M. [1994]. *A History of communication study: A biographical approach*. New York, NY: The Free Press.)

中共中央編譯局 (編譯) (2009)。《馬克思恩格斯文集 (第二卷)》。北京：人民出版社。

丹・席勒 (2012)。《傳播理論史：回歸勞動》(馮建三、羅世宏譯)。北京：北京大學出版社。(Schiller, D. [1996]. *Theorizing communication: A history*. New York, NY: Oxford University Press.)

王彥 (2017)。〈香港新聞傳播學界的成名與想像 (1927–2006)──專訪台灣政治大學名譽教授朱立〉。《國際新聞界》，第5期，頁87–110。

卡爾・貝克爾 (2012)。《人人都是他自己的歷史學家：論歷史與政治》(馬萬利譯)。北京：北京大學出版社。(原書 Becker, C. L. [1966]. *Everyman his own historian: Essays on history and politics*. Chicago, IL: Quadrangle.)

伍靜 (2011)。《中美傳播學早期的建制史與反思》。濟南：山東人民出版社。

多蘿茜・羅斯 (2018)。《美國社會科學的起源》(王楠等譯)。北京：三聯書店。(原書 Ross, D. [1992]. *The origins of American social science*. Cambridge, UK: Cambridge University Press.)

余也魯 (2010)。〈傳播學及「中國傳」在中國的破冰之旅 (1982–2002)〉。王怡紅、胡翼青 (主編)，《中國傳播學30年》(頁609–619)。北京：中國大百科全書出版社。

余也魯等 (2012)。〈中國傳播學研究破冰之旅的回顧 —— 余也魯教授訪問記〉。《新聞與傳播研究》，第 4 期，頁 4–9。

克里斯托弗・辛普森 (2017)。《脅迫之術：心理戰與美國傳播研究的興起 (1945–1960)》(王惟佳等譯)。上海：華東師範大學出版社。(原書 Simpson, C. [1996]. *Science of coercion: Communication research and psychological warfare, 1945–1960*. New York, NY: Oxford University Press.)

李金銓 (2015 年 9 月 30 日)。〈兩段中大的香港因緣〉。《中華讀書報》，07 版。

李金銓 (2019)。〈傳播研究的「內眷化」：簡評美國主流研究的典範與認同〉。李金銓，《傳播縱橫：歷史脈絡與全球視野》(頁 75–108)。北京：社會科學文獻出版社。

李啓 (1997)。〈傳播學與中國〉。《國際新聞界》，第 3 期，頁 47–51。

李彬 (1990)。〈傳播學即宣傳學 —— 兼論傳播學在我國的發展方向〉。《鄭州大學學報 (哲學社會科學版)》，第 3 期，頁 71–77。

李傑瓊 (2013)。〈北大新聞學茶座 (30) 台灣政治大學朱立教授談忘掉大師？記住大師？—— 宣偉伯教授其人、其事、其學〉。《國際新聞界》，第 6 期，頁 175–176。

李運林等 (2012)。〈我國教育傳播理論的建立與發展 —— 紀念宣偉伯、余也魯來華南師範大學講學 30 週年〉。《電化教育研究》，第 11 期，頁 11–16。

昆廷・斯金納 (2005)。〈觀念史中的意涵與理解〉(任軍峰譯)。丁耘、陳新 (主編)，《思想史研究 (第一卷)：思想史的元問題》，南寧：廣西師範大學出版社。

昆廷・斯金納 (2018)。《國家與自由：昆廷・斯金納訪華講演錄》(張新剛譯)。北京：北京大學出版社。

威爾伯・施拉姆 (1982)。〈美國「大眾傳播學」的四個奠基人〉(王泰玄記錄)。《國際新聞界》，第 2 期，頁 2–4。

威爾伯・施拉姆、波特 (1984)。《傳播學概論》(陳亮等譯)。北京：新華出版社。(原書 Schramm, W., & Porter, W. E. [1982]. *Men, women, messages and media: Understanding human communication.* New York, NY: Harper & Row Publishers.)

威爾伯・施拉姆等 (2016)。《美國傳播研究的開端：親身回憶》(王金禮譯)。北京：中國傳媒大學出版社。(原書 Chaffee, S. H., & Rogers, E. M. [Eds.].[1997]. *The beginnings of communication study in America: A personal memoir by Wilbur Schramm.* Thousand Oaks, CA: Sage.)

宣偉伯、余也魯 (1988)。《傳媒・教育・現代化 —— 教育傳播的理論與實踐》。北京：高等教育出版社。

施拉姆 (1990)。《大眾傳播媒介與國家發展》(金燕寧等譯)。北京：華夏出版社。(原書 Schramm, W. [1964]. *Mass media and national development: The role of information in the developing countries.* Stanford, CA: Stanford University Press.)

約翰‧尼羅等 (2008)。《最後的權利：重議〈報刊的四種理論〉》(周翔譯)。汕頭：汕頭大學出版社。(原書 Nerone, J. C. et al. [1995]. *Last rights: Revisiting four theories of the press.* Urbana, IL: University of Illinois Press.)

胡翼青 (2007)。〈傳播學四大奠基人神話的背後〉。《國際新聞界》，第4期，頁5–9。

胡翼青 (2012)。《美國傳播學科的奠定》。北京：中國大百科全書出版社。

韋爾伯‧斯拉姆等 (1980)。《報刊的四種理論》(中國人民大學新聞系譯)，北京：新華出版社。(原書 Siebert, F., Peterson, T., & Schramm, W. [1956]. *Four theories of the press.* Urbana, IL: University of Illinois Press.)

孫旭培 (1994)。《新聞學新論》。北京：當代中國出版社。

徐耀魁 (2012)。〈施拉姆對中國傳播學研究的影響——紀念施拉姆來新聞研究所座談30週年〉。《新聞與傳播研究》，第4期，頁9–14。

海登‧懷特 (2004)。《元史學：19世紀歐洲的歷史想像》(陳新譯)。南京：譯林出版社。(原書 White, H. [1975]. *Metahistory: The historical imagination in nineteenth-century Europe.* Baltimore, MD: Johns Hopkins University Press.)

陳世華 (2010)。〈遠離施拉姆：伊利諾伊大學傳播研究所的歷史軌跡〉。《國際新聞界》，第4期，頁13–16。

陳崇山 (2012)。〈施拉姆的理論對我的指引〉。《新聞與傳播研究》，第4期，頁14–18。

陳崇山、孫五三 (1997)。《媒介‧人‧現代化》。北京：中國社會科學出版社。

麥格雷 (2009)。《傳播理論史：一種社會學的視角》(劉芳譯)。北京：中國傳媒大學出版社。(原書 Maigret, É. [2003]. *Sociologie de la communication et des médias.* Paris: Armand Colin.)

斯拉沃熱‧齊澤克 (2014)。《視差之見》(季廣茂譯)。杭州：浙江大學出版社。(原書 Žižek, S. [2006]. *The parallax view.* Cambridge, MA: MIT Press.)

雷迅馬 (2003)。《作為意識形態的現代化：社會科學與美國對第三世界政策》(牛可譯)。北京：中央編譯出版社。(原書 Latham, M. E. [2000]. *Modernization as ideology: American social science and "nation building" in the Kennedy era.* Chapel Hill, NC: University of North Carolina Press.)

趙月枝 (2019)。〈否定之否定？從中外傳播學術交流史上的3S說起〉。《國際新聞界》，第8期，頁6–37。

劉海龍 (2007)。〈「傳播學」引進中的「失蹤者」：從1978年–1989年批判學派的引介看中國早期的傳播學觀念〉。《新聞與傳播研究》，第4期，頁30–36、96。

劉海龍 (2014)。〈中國傳播研究的史前史〉。《新聞與傳播研究》，第1期，頁21–36。

鄭北渭 (1982)。〈關於傳學的若干問題〉。《新聞學會通訊》，第13期，頁6–13。

鄭佳 (2015)。〈新人文主義〉。《外國文學》，第6期，頁99–107。

曉淩 (1982)。〈他們精心治學 ——余也魯教授陪同宣偉伯博士在京訪問的日子〉。《新聞學會通訊》，第14期，頁23。

羅昕 (2017)。〈被忽視的登陸點：施拉姆、余也魯廣州講學35週年的歷史考察〉。《國際新聞界》，第12期，頁22–33。

Arnason, J. P. (2000). Communism and modernity. *Daedalus, 129*(1), 61–90.

Cartier, J. M. (1988). *Wilbur Schramm and the beginning of American communication theory: A history of ideas.* Unpublished dissertation, University of Iowa.

Craig, R. T. (1999). Communication theory as a field. *Communication Theory, 9*(2), 119–161.

Donsbach, W. (2006). The identity of communication research. *Journal of Communication, 56*(3), 437–448.

Garry, B. (1999). *The nervous liberals.* New York, NY: Columbia University Press.

Gitlin, T. (1978). Media sociology: The dominant paradigm. *Theory & Society, 6*(2), 205–253.

Glander, T. (1999). *Origins of mass communications research during the American Cold War: Educational effects and contemporary implications.* Mahwah, NJ: Lawrence Erlbaum Associates.

Jefferson, P. (2008). The new history of mass communication research. In D. W. Park & P. Jefferson (Eds.), *The history of media and communication research: Contested memories* (pp. 43–69). New York, NY: Peter Lang.

Klein, C. (2003). *Cold War Orientalism: Asia in the middlebrow imagination 1945–1961.* California, CA: University of California Press.

Lin, C. & Nerone, J. (2016). The "great uncle of dissemination": Wilbur Schramm and communication study in China. In P. Simonson & D. W. Park (Eds.), *The international history of communication study* (pp. 396–415). New York, NY: Routledge.

Park, D. W., & Pooley, J. (2008). *The history of media and communication research: Contested memories.* New York, NY: Peter Lang.

Peters, J. D. (1986). Institutional sources of intellectual poverty in communication research. *Communication Research, 13*(4), 527–559.

Riley, J. W., & Schramm, W. (1951). *The reds take a city: The communist occupation of Seoul.* New Brunswick, NJ: Rutgers University Press.

Schramm, W. (1954). *The process and effects of mass communication.* Urbana, IL: University of Illinois Press.

Schramm, W., & Lerner, D. (1976). *Communication and change: The last ten years—and the next.* Honolulu: The University of Hawai'i.

Tankard, J. W. J. (1988). Wilbur Schramm: Definer of a field. *Journalism Educator, 43*(3), 11–16.

5

中國傳播學的老故事與新進路：
學科化探索與知識型轉換

胡翼青、張婧妍

　　如果將1978年鄭北渭先生在《外國新聞事業資料》第一期上譯介的華倫‧K‧艾吉的兩篇論文〈公眾傳播工具概論〉和〈美國資產階級新聞學：公眾傳播〉作為開端，傳播學在中國的學科化進程已經走過了40餘年。選定這種敘事起點，並不是因為鄭北渭先生是中國最早譯介西方傳播學的學者，而更多地是因為自此以後，儘管其發展道路幾經坎坷，傳播學再也沒有真正中斷過，「總地說來一直處於專業化的進程之中」（胡翼青，2009）。1978年至今，本土傳播學學科化全面、持續展開，無論是研究的專業化、人才培養的專門化還是學科社會地位的社會認可度，都有不同程度的進展。

　　時間的推移可以幫助敘事者重新思考歷史，並生成新的視角。比如此前筆者傾向於把傳播學的發展劃分為三個主要階段：「1978年到1989年是傳播研究的萌芽階段；1990年到1997年是傳播學科地位確立的階段；1998年至今是傳播步入快速專業化進程的階段」（胡翼青，2009）。理由是：「在1990年以前，學者們主要關心的是如何將西方傳播理論引入中國為新聞體制改革服務，這是一個前專業化的階段；20世紀90年代以後，學者們將關注的目標放了大眾傳播研究如何實現理論化、本土化這些問題上，於是學科的專業化開始萌芽；1997年底傳播學二級學科的地位確立以後，大量專職研

究者進入這一場域，學科專業化進程大大加快」（胡翼青，2009）。
然而在今天看來，這種分期的缺點逐漸暴露出來，其實從學科建設
的角度來看，真正的分水嶺只有一個，那就是 1997 年。這一年，國
務院學位委員會和國家教育委員會聯合頒布了《授予博士、碩士學位
和培養研究生的學科、專業目錄》，傳播學成為具有授予博士學位資
格的二級學科。儘管傳播學在 1989 年以後漸漸落入低谷，1993 年以
後又漸漸復興並因此在 20 世紀 90 年代初形成一個明顯的轉折點，但
從 1978 至 1997 年，總體上都可以被看作是傳播學的前學科時期，其
學術發展的樣貌與 1997 年之後有著明顯的不同。有鑒於此，以二級
學科確立的時間為起點，將傳播學科發展劃分成兩個階段，更符合
中國傳播學科發展的實際情況。傳播學在中國的 40 年，可以看作兩
個階段：傳播學的前學科階段（1978–1997）與傳播學的學科化階段
（1998–2018）。

　　學科場域是一種兩重性構造，學科發展必須在兩者之間達成平
衡：「在社會層面，它是一種專業意識形態的構造，核心的遊戲規則
是權力……另一方面，學科也是一種認識論的構造……核心的遊戲
規則是學術創新」（胡翼青，2012：266）。任何學科的學科特性都會
因為其知識更多地偏向社會應用或偏向學術建構而有所不同。傳播
學的學科合法性是被官方確定的，而並非是因為學理的自主原創和
足夠成熟而自然而然形成的。也正因如此，中國傳播研究的學科化
進程主要是由外部力量而非內部力量所趨動，由此也使得這種學科
化的過程有著非常獨特的邏輯：它更容易受到外力的擾動而缺乏與
之相對抗的內在自主性。也正是這種邏輯造就了中國傳播學的獨特
樣貌。

　　2018 年，反思經歷過完整 40 年發展的傳播學已再次成為凝聚中
國傳播研究共同體的主調。這種理論自省開始觸及一些以往傳播研
究中「理固宜然」的前提和基本概念，從而為傳播學打開了全新的問
題域。可以說，此後的傳播學研究，正在逐步勾勒出一種正在迫近
的「知識型轉換」。如果說過去 40 年，研究者對中國傳播學「自我」
的想像，是一種主要參照於「西方」和「其他學科」兩個他者而成長起

來的「鏡中我」，那麼當下嶄露頭角的一種新趨勢，就是建構本學科
獨特的問題域和提問方式，形成傳播學獨立的研究視角。學界對此
提出的方案之一，就是要突破被大眾傳播研究所桎梏的「媒介」想
像，從技術哲學的層面，重新定義這一本學科的核心概念，繼而從
空間隱喻的角度，對「媒介化」過程給予更為深入和充分的討論。

中國傳播學的前學科階段：1978–1997

資源匱乏，人員稀少，是這一時期傳播學研究隊伍的重要特
徵。雖然從20世紀80年代初開始，各大學就陸續恢復或新建新聞傳
播專業，但這些專業的主攻方向依然是新聞學，而整個20世紀80年
代活躍在傳播研究領域的學者不超過30位。儘管如此，這一時期該
領域學者的激情與堅持，仍然為中國傳播學的後續發展奠定了基調
與格局。20世紀90年代初始，一批更加年輕和更加專門化的傳播學
者迅速在各個大學成長起來，為傳播學後來的學科化進程奠定了良
好的基礎。

這一時期的傳播研究，除了表現出局部突破的態勢，還表現出
較為明顯的政策導向。20世紀80年代傳播研究的突破主要集中在行
政管理、社會治理和經營管理的框架範圍內，如受眾研究、新聞傳
播體制研究、傳媒政策研究和公共關係研究等。儘管這一時期的研
究不乏概念、方法、學派和理論體系上的討論甚至論爭（參見王怡
紅、胡翼青，2010），但研究的主要目的還是為了推動政治和社會的
變革或改良而非學理的創新和知識體系的建構。相對來說影響較大
的研究，如20世紀80年代初的「首都受眾調查」、「七屆全國人大代
表和政協委員對新聞改革的態度調查」、「全國新聞界對新聞改革的
態度調查」等（陳崇山、彌秀玲，1989），都是在為推進新聞改革和
新聞法治建設做鋪墊，這些研究甚至可以被看作是一種由傳播學界
發動的民意測驗。社科院新聞所的沈如鋼當時對中國傳媒體制的研
究就極具代表性。他指出中國的傳媒體制存在著五個方面的問題，
黨、政不分；人治而非法治；集權過多、統得過死、干涉過寬；有

些方面不按新聞規律辦事；報酬上的平均主義和「大鍋飯」。他設想通過新聞立法，強化中華全國新聞工作者協會的領導方式，建立起「人民民主型」的新聞體制 (沈如鋼，1986)。這種情況雖然在 20 世紀 90 年代初由於政治生態的變化而有所調整，但這一研究理路還是存續下來。套用布爾迪厄的場域理論不難發現，早期中國傳播研究的理論場域，受到政治場域的深遠影響，獨立性和自主性偏弱。這一場域的自律性較弱與其缺乏學科建制的保障不無關係。

在這一時期，理論的引進是學者們關注的最重要工作。美國實證主義傳播學影響深遠，這種自我標榜為科學的傳播研究範式，與 1979 年之前的 30 年中新聞學者們使用的方法和路徑大相徑庭。它所使用的一系列研究方法更能夠引發高度認同。祝建華在《新聞大學》上發表的一組關於傳播學研究方法的介紹，在當時就引發了很多關注。這一時期很多本土研究者在接觸到西方的傳播研究方法後被深深吸引，對以往中國新聞研究的科學性表示了質疑。美國的主流傳播理論，尤其是受眾研究和效果研究的成果同樣令人著迷，幾乎所有的效果理論在當時都已經陸陸續續進入中國學界的視野。有趣的是，由於 1979 年達拉斯・斯麥茲對中國的訪問，其實傳播政治經濟學和文化研究的思想當時在中國的幾本新聞傳播刊物上也有介紹，甚至波茲曼對電視的批判也已經呈現在中國學者面前，然而，與主流傳播學命運完全不同的是，這些具有批判學派色彩的理論直到 30 年後才真正被納入中國傳播學者的知識版圖 (見附錄一)。

不過儘管西方傳播學理論和方法引人入勝，這一時期的學者們仍然傾向於將其納入有中國特色的傳播理論框架中，建設中國傳播學科體系的討論如火如荼。這一點在 1986 年召開的第二次全國傳播學研討會上顯得尤其明顯。到了 20 世紀 90 年代，傳播學本土化「是否可能」與「何以可能」成為爭論焦點。一批學者建議「通過大量挖掘中國文化 (包括傳統文化和現代文化) 中關於傳播方面的財富，促進傳播學的發展，最終創造出集東西方文化精華之大成的傳播學」(鍾元，1994)。這就是延續至今的關於建設華夏傳播研究的主張。然而就在同年舉行的第四屆全國傳播學研討會上，有學者指出了這其中的內在東方主義的風險：「以獨立獨行相標舉的本土化，本質上也

許恰恰顯示出西方話語的支配性」(李彬，1995)，「始終缺乏一種(與西方理論)對話的氛圍和勇氣」(王怡紅，1995)。

　　總的說來，1997年之前的中國傳播學人，憑藉著自己的現實關切和興趣在進行學術研究。然而，由於物質性的缺乏和學科地位的不確定性，這些研究都無法形成規模。至於「本土化」研究，那只能是一個美好設想。1997年底，傳播學學科地位被官方確立，學科化的大幕終於拉開。

中國傳播學的學科化階段：1998-2018

　　學科的物質性基礎一旦被奠定，研究隊伍的數量增長和研究平台的升級便不可阻擋。科班出身的學者不斷增加，具有海外教育背景的學者和畢業生的介入也進一步促進了中國傳播研究的專業化，學者們比前學科時代更加注重學術規範和學術倫理。專業學科點的建設及其大規模招生，也為傳播研究提供了一大批閱聽人，對傳播學研究水平的提高起到了積極的推動作用，同時還為傳播學研究隊伍的不斷再生產提供了基礎。專業學科點的建立，也意味著傳播學有了自身的專屬空間與發展平台。大量資源因而可以通過這一平台注入學科建設。縱向科學研究經費以幾何級數增長(見圖一)，傳播業為傳播研究提供的大量橫向經費和培訓經費，出版和發表空間的不斷擴張，各種學術組織紛紛成立。這些資源的注入，極大地改善了學者的研究條件，為學術交流創造了更多機會。

圖一　國家社科基金新聞傳播學科年度立項數量圖

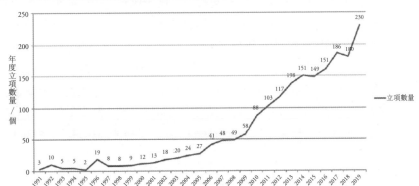

在學術成果方面，這一時期的中國傳播學在成果數量和涉及領域方面都有較大突破。進入 21 世紀以後，論文、專著、教材和譯著數量一度以幾何級數增長。在論文方面，2008 年前後，即使用最苛刻的標準來測量（不算書評、綜述和應用傳播學如廣告、公關和媒介經營管理的論文），新聞傳播類核心刊物（CSSCI）上發表的傳播學論文年平均數量都超過 120 篇，約是傳播學萌芽階段年平均論文數量的六倍。2008 年以後，傳播學在更多綜合類 CSSCI 來源期刊上開闢了陣地，每年傳播學論文發表量超過 200 篇。專著和教材方面，1998 年前出版的傳播學專著與教材加在一起都不到 40 本（周偉明，2008：1–37）。而在這一階段，每年各大出版社出版的傳播類專著，數量就足以超過在傳播學前學科時代出版的傳播學專著的總和。但上述成績與譯著出版相比還有相當差距。進入 21 世紀，大批西方傳播學教材與傳播學專著被系統譯介到國內，成套地出版。這些譯著緊跟西方學術前沿，有時幾乎可以做到與西方的發行同步。諸如媒介環境學等思想流派，幾乎所有作品都被翻譯進來，使研究者可以全面把握一種思想的系譜和脈絡。

也是在這一時期，傳播學的理論研究視野得到了極大的拓寬，研究方法變得豐富多彩，而傳播學分支學科的研究也全面開展。

就理論研究而言，這 20 年來，傳播學理論資源從空間到時間都得以較大地擴展。從空間上講，學者們的視野開始從實證主義轉向後實證主義，又漸漸關注到作為後實證主義對立面的諸多文化批判思潮上。法蘭克福學派、文化研究、傳播政治經濟學派以及後現代主義的學者們開始為這個學科耳熟能詳。近些年來，隨著社交媒體技術的興起，與媒介技術相關的理論漸漸成為傳播學研究關注的熱點。這是理論空間拓展的又一典型範例。從時間上看，學者們的視野越過了實證主義的傳播學奠基人們，從重新發現芝加哥學派開始，重新評估了杜威、帕克、庫利、李普曼等人的傳播學貢獻和其影響，同時也對施拉姆所確立的四大奠基人提出了質疑，帶動了研究界對傳播思想發端的聚焦（黃旦，2005）。學者們用知識社會學等新方法對一些舊有經典進行再解讀，深化了對於經典理論的理解（見附錄一）。

　　研究方法的多樣化運用和在某一時段的流行同樣不容忽視，「科學」和「人文」的方法都在不斷發展，同時也構成拉動傳播研究向前發展的兩翼。在「科學」方法一方，西方經典實證研究中形成的一些關鍵性效果理論，在這一時期被本土學者代入中國語境下，通過內容分析和問卷調查等量化方法進行驗證。但也有反對者認為這種模仿無助於中國傳播學研究的本土化，也看不到理論創新，價值不大。儘管目前仍有不少年輕學者嘗試用西方經典量化方法解決新問題，但學界普遍認為這種方法存在較大局限性。社交媒體的興起，使傳統的量化研究方法面臨挑戰。先是社會網絡分析的方法得到重視，並被運用於網絡傳播研究，後是大數據方法的先進性被傳播學界所認知。大數據挖掘在2010年以後開始成為受人關注的量化方法。在此基礎上，計算傳播學研究逐漸受人關注，正在成長為傳播學的學術前沿。而在方法的「人文」面向，人類學方法與社會史、觀念史的方法不斷成熟。2003年以後，郭建斌對獨龍族媒介使用的田野研究逐漸引起了學界的關注（郭建斌，2005）。傳播人類學的方法開始逐漸影響到傳播學研究。此後這一類研究方法向任何具有空間意味的領域擴散，關於新聞生產的田野研究和網絡民族誌也在國內受到重視。文化史所聚焦的集體記憶研究也受到了關注。周海燕等學者以這種獨特的方式講述了延安時期的新聞社會史並強調了集體記憶對研究的重要意義（周海燕，2014），李紅濤和黃順銘等學者則將其運用到關於南京大屠殺的集體記憶研究中（李紅濤、黃順銘，2014）。與傳播人類學研究相似的情況還包括話語分析和符號學等人文方法，它們也正在傳播研究中發揮愈來愈重要的作用。

　　與國外一樣，傳播學的分支領域在這20年中開始蓬勃發展，這是學科專門化的一個必然特點。早年就已經具有相當良好基礎的發展傳播學在這些年蔚為大觀，成為農村傳播研究的主要理論視角。隨著傳播全球化的趨勢，跨文化傳播研究日益突顯其重要性。在「非典」以後，一直無人問津的健康傳播研究成為熱點。這些年來健康傳播已經成為傳播學發展最快的分支領域之一，而大量海歸的加盟則使健康傳播的研究愈來愈國際化。同樣的情況也發生在國際傳播、環境傳播和科技傳播領域。

當然，這一時期值得大書特書的進展，是學者們對自身研究和西方理論局限性的自反性思考，已經在傳播研究中漸漸扎根。從陳力丹等學者每年度的綜述中可以看出，對學科發展和學科範式的反思性研究幾乎每年都是受到高度關注的話題，有力地提醒研究者們注意學科化的負面後果（見附錄二）。

中國學者對待西方理論的態度也在悄然改變，開始習慣於挖掘傳播不同學派學者的思想譜系，並開始關注其他學科思想家的傳播思想，用各自的概念工具和方法去解構西方學者對西方傳播理論的輝格史解讀。這在一定程度上改變了研究者面對傳播學理論知其然而不知其所以然的局面，使碰撞、批判與對話變得順理成章。西方理論再也不是教科書般的經典，更不是理論神話，而只是一種需要不斷反思其適用性的認知框架。當然，這種解構、質疑和批判並沒有改變我們對西方各種概念、理論和方法的依賴，而且這種與西方思想的對話並不成熟，但應當說是一種進步，是一種學術自覺的開始。

40 年的回顧與展望：進化抑或循環

在 2018 年回望 1980 年代初的傳播研究，毫無疑問任何人都會感慨社會進化的力量。無論是著述數量和研究隊伍，還是研究領域和學術水平，從任何一個方面來評估，這 40 年的傳播學研究已經取得了長足的進步。然而這只是表象層面的直觀。這種繁榮是否僅僅是因為資源的注入和隊伍的專業化而被賦予了「可見性」？這種繁榮有沒有導致學術理念的內涵式發展？

從陳力丹對歷年新聞傳播領域重要文獻的梳理來看，並不能說新理論資源的引入力度不夠。然而與這種亂花漸欲迷人眼的熱鬧形成反差的，卻是知識產出的單薄。大量相關的論文基本還是停留在概念描述和理論介紹的層面，沒有在此基礎之上進行進一步的研究拓展與問題挖掘。而這一點，恰恰是學科化的可能後果之一。

學科化是一把雙刃劍。大量資金注入與學者隊伍的擴充是傳播研究不斷繁榮的根本原因。但資源不是中立和透明的，它會對學科

產生形塑和導向的作用。資源也是追求回報的，因此它必然追求目標的達成與運作效率，容易形成學術的社會動員效應。與其他社會科學場域一樣，各傳播學專業點的競爭結果將直接影響到資源的分配，其結果就是：量化指標成為衡量學科發展優劣的唯一標準。量的追求所能獲得的回報遠遠超過質的追求，而質的追求的風險又遠遠大過量的追求。因此，工具理性、行政導向、急功近利的問題成為了傳播研究的痼疾。

具體說來，學術之外的目的在傳播學的領域總是強於學術目的本身，導致的結果是對策性研究遠比基礎性研究更受歡迎。中國的傳播理論基本都是舶來品，根本就談不上有什麼本國的基礎理論，但我們似乎比任何國家都善於應用現成的理論提出對策，而往往對耗時耗力的基礎理論研究避之不及。傳播學當然要注重應用研究，但如果沒有理論創新的興趣，那可以應用什麼呢？應用半個世紀前的理論解釋當下無異於刻舟求劍。如果更深一層去追究其中知識主體的工具理性價值取向，就更讓人感到擔憂，因為工具理性本身是專業化進程不斷深化仍然無法解決甚至會不斷加重的問題。

功利主義的後果，常常會使研究者忽略一些真正重要的問題，比如什麼是傳播理論、什麼是傳播學的獨特視角。這些問題在前學科化時代並沒有經過充分的討論，混沌一片，而到了學科化的時代，大家又無暇思考、討論並形成相對一致的共識。導致的結果是，今天中國傳播研究所使用的理論幾乎都是關於媒介受眾的社會心理學理論、關於媒介組織的公共管理或經營管理的理論。去掉這些，所謂的傳播學理論便所剩無幾，所謂的傳播學視角更是不知所云。

另外，學科化的結果還導致了學科邊界的封閉。布爾迪厄想通過場域理論說明新聞場域為什麼總是封閉和保守的，這種情況在新聞傳播學研究中也普遍存在。由於只關注自己的專業、研究對象和學術圈層，許多傳播研究者常常坐井觀天。這主要體現在兩個方面：

其一是學者團體內部欠缺良好的溝通、傳承和認同，容易封閉在自己有限的視野中。研究主體常常自說自話、自娛自樂。這固然與傳播研究的領域較為分散有關，但也與學科理論積澱不夠有關。

不僅本學科不同代學者之間，就是在同一代學者之間，基本沒有什麼可以對話的場域和語境。其結果必然是，中國傳播研究無法形成自身的思想譜系，缺乏傳承，而僅僅是一堆碎片化的知識景觀。

其二是無法與社會公眾和其他學科形成有效對話。由於理論闡釋能力的欠缺，即使本學科的研究者很有新聞敏感性，但他們類似常識的觀點並不能真正引起公眾的興趣，也很少能引發其他學科學者的關注。傳播研究者只把自身的研究焦點放在媒介和大眾文化景觀上，容易忽略由此引發的一系列社會現象和深層社會結構問題。由於傳播理論通常並不深深植根於哲學和人文社會科學的理論礦脈之上，因此既無法深入，也無法淺出，在重大社會事件面前只能說一些「完全正確的廢話」。

如果承認面臨的這些問題，對未來的傳播學研究就應當抱有審慎樂觀的態度。如果我們不直面自己所存在的頑疾，中國傳播學的歷史將仍然是循環的而不是進化的。「當前的確是討論新聞傳播研究的一個上好時機，但要有新的基點和思路。我們不是再爬從前的那座山，修葺從前的那座廟，而是需要新的想像力」（黃旦，2014）。

40 年之後：重識「媒介入射角」

回顧過去 40 年中國傳播研究對自身的反思，兩條尋找「自我」的主線清晰可見：一是尋找作為「本土」的自我，二是尋找作為「傳播」的自我。相比作為「本土」的自我，講清楚何為「傳播」的自我或許更加令人頭疼，其中隱含的擔憂也來得更為深層和普遍。缺乏核心研究問題和知識壁壘的憂慮，在這一領域尋求專業化的道路上始終如影隨形，以至於在今天看來，傳播學依然經常被其他人文社會學科視為一個多種知識交叉的「十字路口」和開放地帶，而缺少屬於自身的清晰的思想傳統。在這種背景下，通過重述「媒介」這一司空見慣但卻鮮少深入思考的核心概念以建構「傳播視角」，成為 2018 年以來本土傳播研究發展中愈發清晰的特徵。

　　繼美國主流傳播研究範式全面掌握學術話語權以來，傳播研究者頭腦中關於「媒介」的想像基本可以等同於各種具體的媒介技術形式、內容及以其為中心形成的組織，即一種功能性的「實體」。這樣的「傳播研究」，最大的問題在於一方面討論了大量與傳播無關的內容，例如媒介法學、媒介產業經濟學等等，然而另一方面又絲毫體現不出傳播的獨特視角，將傳播研究降格為實用性的類自然科學或社會工程學。這不過是結構功能主義和行為主義的思路又延伸向了最新的媒介，以不變應萬變地把新事物納入自己的解釋框架中。因此真正能夠提供一種本學科視角的「媒介研究」，需要「在認識論上把媒介看作一個意義彙集的空間，在方法論上把媒介理解為一個抽象的隱喻」（胡翼青，2018）。就此而言，媒介技術的視角可能更適合作為當下傳播研究的先導研究。

　　海德格爾和斯蒂格勒等的技術哲學、西歐與北歐的媒介化理論等新的理論資源在這種背景下先後注入本土傳播研究，不僅激活了傳播思想史和媒介史的想像力，也圍繞「媒介化」打開了一個新的問題域。除了關於媒介理論本身的引介和討論，借助這種新視角對傳播學經典理論進行重新解讀，或者從中國歷史本身之中挖掘「另類」的媒介史實踐，也成為近年來的熱點。

　　總的來說，轉向「媒介」概念的空間面向成為傳播學發展的新契機。2018年以來，借助於新的理論資源，更多本土研究者意識到技術不應被簡單視為一種工具和手段，而是一個裹挾著新時間秩序並邀約新社會關係的意義空間。當它們向我們徐徐展開，帶來的遠不僅是原有社會生活的「升級」和「優化」，而將涉及一系列深刻而複雜的經濟、文化和社會結構變遷，甚至重構人類對自身的根本看法。這在某種程度上，也可以被視為一種發生在傳播學領域中的「知識型轉換」。正如黃旦所說的那樣：「應將媒介確定為傳播學研究的重要入射角，這不僅僅是為了糾正傳播研究重內容、重效果而忽視媒介的偏向，更重要的是，我們認為從媒介入手最能抓住傳播研究的根本，顯示其獨有的光彩」（黃旦，2019：13）。

　　存在於特定時空與社會維度之中的各種具體知識，通過彼此連接成一個更大的觀念和思想集群，將自身同科學史中其他可能的知識形式區分開來。福柯以「知識型」來形容這種聯結。剛過不惑之年的中國本土傳播研究，正在孕育一場認識論層面的革命。傳播研究的一個重要時刻正在漸漸向我們靠近。

　　以往的傳播研究，在人與媒介技術之間預設的是一種帶有理性主義色彩的主客二元關係。人使用工具、創造技術，而媒介是眾多工具和技術中的一種。VR虛擬現實、人工智能等當下技術自身的演變趨勢和技術哲學帶來的全新認識論，讓研究者注意到技術帶來的不僅是工具性的進步，而且還因此重新建構了人與社會之間的關係。媒介不僅是展現者，而且是組織者。媒介的物質性理論、行動者網絡理論、媒介可供性理論等一系列新的理論視角正在成為構建這種新知識型的基礎。

　　對於既有知識型的反思和解構，還幫助我們敞開了一些從未深入思考過的問題領域，也讓以往不被視為嚴肅知識的東西獲得了重新被討論的機會，例如傳播中的「身體」問題。孫瑋認為，媒介與人正日漸融合，人的存在正在成為一種互聯網賽博格，並日漸變成節點主體。媒介正在「從一種工具的界面變成了一種皮膚和生物膜的界面，即『有機用戶界面』」，它力圖實現與用戶生活全方位的對接與滲透，最終讓賽博人的日常生活無時無刻不與媒介相關，讓這個節點主體從無下線的時刻，永無脫網之日（孫瑋，2018）。「怎樣把身體重新放回到傳播中」成為了一個再次引發緊迫感的問題。而劉海龍通過強調彼得斯《對空言說》中被忽略的「身體在場／不在場」問題，試圖在媒介技術發展史中增加一條與身體相關的線索。在這種梳理中，他提出古希臘時代人類關於「完美傳播」的想像強調身體必須在場，而自奧古斯丁以降的唯靈論傳統中，身體被建構成傳播活動必須跨越的阻礙，而19世紀電報、電話等現代科技使人終於真正實現了身體可以不在場的傳播情境後，卻弔詭地激發了人們對於傳播中身體在場的渴望（劉海龍，2018）。

　　施拉姆的「十字路口」是傳播學研究者家喻戶曉的隱喻，直到他逝世三十多年後，中國傳播學或許依然站在十字路口上。不同的是，這次大家並不焦慮學科何以可能，而是將注意力真正放到研究範式改變的討論中。自此而始，它將成為未來一段時間中國傳播學理論發展的趨勢。當研究者們開始關注媒介技術，並進而關注由媒介技術改變帶來的社群方式、社會關係和知識類型等一系列變革時，形成本學科獨特「傳播視角」的前夜或許就已悄然降臨。

參考文獻

王怡紅 (1995)。〈對話：走出傳播研究本土化的空谷〉。《現代傳播 —— 北京廣播學院學報》，第6期，頁10–13。

王怡紅、胡翼青 (編) (2010)。《中國傳播學30年》。北京：中國大百科出版社。

李紅濤、黃順銘 (2014)。〈「恥化」敘事與文化創傷的建構：《人民日報》南京大屠殺紀念文章 (1949–2012) 的內容分析〉。《新聞與傳播研究》，第1期，頁37–54、126–127。

李彬 (1995)。〈反思：傳播研究本土化的困惑〉。《現代傳播－北京廣播學院學報》，第6期，頁7–9。

沈如鋼 (1986)。〈試論我國新聞體制改革的目標模式〉。《新聞學刊》，第3期，頁35–36。

周海燕 (2014)。〈媒介與集體記憶研究：檢討與反思〉。《新聞與社會研究》，第9期，頁39–50、126–127。

周偉明 (2008)。《中國新聞傳播學圖書簡介》。上海：復旦大學出版社。

胡翼青 (2009)。〈專業化的進路：中國傳播研究30年〉。《淮海工學院學報 (社會科學版)》，第4期，頁84–89。

胡翼青 (2012)。《傳播學科的奠定：1922–1949》。北京：中國大百科出版社。

胡翼青 (2016)。〈重塑傳播研究範式：何以可能與何以可為〉。《現代傳播》，第1期，頁51–56。

胡翼青 (2018)。〈顯現的實體抑或意義的空間：反思傳播學的媒介觀〉。《國際新聞界》，第2期，頁73–84。

孫瑋 (2018)。〈賽博人：後人類時代的媒介融合〉。《新聞記者》，第6期，頁4–11。

郭建斌(2005)。《獨鄉電視：現代傳媒與少數民族鄉村生活》。山東：山東人民出版社。

陳崇山、彌秀玲(1989)。《中國傳播效果透視》。瀋陽：瀋陽出版社。

黃旦(2005)。〈美國早期的思想及其流變——從芝加哥學派到大眾傳播研究的確立〉。《新聞與傳播研究》，第1期，頁15–27、94–95。

黃旦(2014)。〈對傳播研究反思的反思：讀吳飛、杜駿飛和張濤甫三位學友文章雜感〉。《新聞記者》，第12期，頁40–49。

黃旦(2019)。〈辨音聞道識媒介〉，引自傑弗里·溫斯洛普–揚(2019)。《基特勒論媒介》「媒介道說」序。(張昱辰譯)。北京：中國傳媒大學出版社。(原書 Geoffrey Winthrop-Young.[2011]. *Kittler and the media*. London: Polity Press.)

趙汀陽(2018)。〈人工智能「革命」的「近憂」和「遠慮」：一種倫理學和存在論的分析〉。《哲學動態》，第4期，頁5–12。

劉海龍(2018)。〈傳播中的身體問題與傳播研究的未來〉。《國際新聞界》，第2期，頁37–46。

鍾元(1994)。〈為「傳播研究中國化」開展協作——兼徵稿啟示〉。《新聞與傳播研究》，第1期，頁34–38。

附錄一　傳播理論熱點話題（2009-2018）

領域 年度	傳播理論研究	具體內容
2009	重讀經典	通過重讀《社會傳播的結構與功能》，提出既有傳播研究僅關注5W模式的做法窄化了拉斯韋爾的傳播思想，並通過反思並不見得存在的「魔彈論」如何在研究者標榜自身效果理論創新性的過程中作為假想敵被建構的過程，批評了生硬套用美國效果理論解釋中國問題的做法。
	傳播政治經濟學	在傳播研究中「重新發現」傳播政治經濟學，通過討論從「文化工業」向「文化產業」概念的變遷，呈現20世紀70年代中期傳播政治經濟學的批判視角從宏大敘事轉向對傳媒業實踐和具體文化現象的分析。
	文化研究	著重討論伯明翰學派關於亞文化如何被主流文化收編的論述。
	符號學	結合消費社會理論，討論當代信息傳播中的符號崇拜與符號迷思。
2011	媒介環境學	麥克盧漢百年誕辰引發對其「媒介即訊息」、「冷媒介」等概念對傳播研究啟發的再討論。
	文化霸權理論	以對概念翻譯的討論為起點對葛蘭西文化霸權理論進行語境化解讀。
2012	經典理論重讀	施拉姆訪華30週年紀念之際反思以「四大奠基人」為基礎的學科史書寫。介紹經驗主義效果研究理論最新動態，並對議程融合、第三人效果等經典理論中的具體結論進行一系列再次驗證。
2013	編碼解碼理論	對霍爾編碼解碼理論形成的理論史回溯；對關於受眾的民族誌研究進行了一系列討論。
	媒介環境學	梳理媒介環境學學派在中國的引進與傳播；在繪製這一學派知識譜系的過程中對萊文森等具體學者的思想進行討論。
2014	重讀經典	通過重讀《媒介事件》與《作為文化的傳播》釐清「媒介事件」與「傳播的儀式觀」概念，而斯圖亞特·霍爾逝世引發對《編碼/解碼》再次關注。
2015	傳播的儀式觀	通過追溯凱瑞「傳播的儀式觀」思想形成脈絡及其人類學知識背景，與上一年通過重讀經典對「傳播儀式觀」概念的釐清形成學術交鋒。
2016	新聞場域理論	將布爾迪厄的場域理論運用於對新聞生產的討論。
	媒介化理論	借卡斯特和第二個芝加哥學派關注西北歐的媒介化社會理論，深入討論德布雷的媒介學理論，介紹德國媒介技術哲學等學派並一起延續至今。
2017	效果研究經典理論	基於本土經驗資料，對議程設置理論進行驗證，並分別以大眾傳媒和社交媒體為背景，對「第三人效果」、「意見領袖」等具體假說進行補充和拓展。

領域＼年度	傳播理論研究	具體內容
2018	效果研究經典理論	結合具體實證研究所聚焦的環境、性別、互聯網政治參與等特定主題，繼續討論「第三人效果」、「沉默螺旋」、框架理論等在當代媒介技術生態中的適切性。
	新聞生產理論	繼續結合布爾迪厄的場域理論，討論新聞生產與新媒體內容生產的問題。回顧與反思經典新聞生產社會學理論。

附錄二　傳播反思熱點話題（2009-2018）

年度 \ 領域	傳播理論研究	具體內容
2009	傳播研究自身反思	將傳播研究視為一個處在特定時空中的場域，繼而討論其中的知識生產與作為行動者的傳播研究者。
2010	傳播研究自身反思	對傳播研究中本土經驗與西方理論間相割裂的現象進行了反思；指出對社會環境和社會實踐高度敏感反映傳播研究自主性程度低。
2012	傳播學科反思	反思傳播研究主流範式中的科學至上主義以及對人本身的忽略。
	反思結構功能主義	通過對與中國傳播學發生與展開密切相關的結構功能主義進行知識考古，探討超越這一框架的研究可能性。
2013	本土化研究反思	既有本土研究在東西方間人為建構的壁壘阻礙了中國傳播研究在世界範圍內的理論生產進行對話。
2014	傳播學科反思	《新聞記者》組織學界翹楚圍繞傳播學在中國發展的反思及其進路探討進行筆談。
	傳播學史反思	受國外傳播思想史研究中「修正史學」影響，對既有傳播思想史敘事進行解構與重新建構。
2015	收視率研究反思	從文化研究角度對「收視率」概念的形成與運作邏輯進行分析；提出不能將電視市場亂象簡單歸結於對收視率的追求。
	傳播學科反思	探索傳播研究的哲學根基與人本主義之根；在關注經驗事實與追求數據之外增加傳播研究中對歷史視野的關照；增強傳播研究多元視野與本地化知識之間的對話。
	思想史研究反思	繼續解構傳播思想史主流敘事，重訪思想史書寫「灰色地帶」；重新審視大眾傳播研究中「受眾」觀念的形成與變遷。
2016	重思媒介的形式	跳出媒介內容桎梏，重思媒介技術形式本身如何在結構性層面就已參與人類社會基本制度的建構，從物質性維度探討「媒介化」問題。與此呼應，城市傳播也從媒介技術形式重組時空感知的角度，討論媒介如何再造都市地理景觀與文化形態，而媒介地理學則開始關注「場所」、「距離」等空間維度本身在社會行為中發揮的中介作用。
2017	重思人與技術關係	延續上一年「媒介化」理論激發的視角轉向，探討媒介技術形式本身作為一種物質性基礎對人類文明的塑造與約束。在此基礎上重新推敲隱含在以往傳播研究中有關人與技術關係的預設。
2018	反思傳播中的「身體」	人工智能、虛擬現實與增強現實等新技術引發關於「具身性」問題的討論，相應帶來對傳播研究中人類主體性的重新定位。

6

台灣傳播學術研究30年變貌：以1987–2017年學術期刊為例

蘇蘅

研究背景和研究目的

　　傳播研究已經成為專業學門，主要有賴傳播學者投身學術研究，推動學門發展與成長，研究出版雖然僅是學術工作的一環，但也是奠定學術基礎、彰顯學術生活的重要面向（Sullivan, 1996, p. 40）。西方傳播學術於1940年代進入建制化；1960年代後期、1970年代初快速發展（Pooley, 2008）。不過，歐美以外的傳播學術研究也漸受注意，亞洲地區如新加坡、香港、韓國、台灣和中國的傳播學術研究重要性也與日俱增。

　　台灣傳播研究基本上追隨西方腳步，1940年代拉查斯斐（Lazarsfeld）發現美國總統大選選民投票必須借助一些居中的「意見領袖」這種人際之間的傳播來達成，被稱為「兩級傳播」。皇甫河旺於1970年醫生採用新藥的碩士論文，即採「兩級傳播」進行研究；徐佳士（1971）的〈「二級或多級傳播」理論在過渡期社會的適用性之研究〉顯示台灣傳播研究移植美國傳播理論的傳統。

　　1970年代起台灣傳播研究快速起飛，原因有三：首先是受美國傳播學術訓練的楊孝濚等學者於1973年陸續返台，在各大學教研究方法與傳播理論；其次，1970年代國科會開始積極推動社會科學研究，有助傳播研究的發展；第三，學者徐佳士於1974年起領導研究

團隊，進行台灣地區民眾傳播行為系列調查，奠定實證研究在台的
基礎（臧國仁、汪琪，1993；朱立、羅文輝、蘇蘅，2011）。翁秀琪
（2001）曾提出，台灣傳播研究為「在地的思維、全球的實踐」典範，
勢必以「在地」的傳播問題意識為本，並將研究與實踐深耕於建制化
的傳播教育制度與課程中，方能使久居邊陲的台灣傳播與研究獲得
主體性。

除了上述因素，教育機構設立和學術期刊創辦也促進學術發
展。台灣1980年代以前以政治大學新聞系為研究重點大學，1980年
後，政大、輔仁大學、政治作戰學校和中國文化大學陸續設立研究
所，90年以後，新聞傳播教育蓬勃發展，共有24所大學設置70個新
聞傳播相關系所（朱立、羅文輝、蘇蘅，2011），奠定學術研究基礎。

政府投注研究經費於傳播領域，提升研究重要性。學術期刊所
佔份量更舉足輕重（So, 2010）。台灣傳播學術期刊和學術生產及表現
關係密切（翁秀琪，2013），1980年以前，台灣只有兩份新聞傳播學
術期刊，限制學術發表和生產力發揮。1990年代以後，國科會正視
學術期刊對學術生產及學術表現有重要影響，當時台灣定期出版的
新聞傳播學術期刊已有14份（朱立、羅文輝、蘇蘅，2011）。

隨著新聞傳播研究社群成長，傳播研究進入百家爭鳴，並發展
出類似西方的SSCI期刊收錄名單和評選制度，稱為TSSCI（Taiwan
Social Sciences Citation Index），即「台灣社會科學引文索引」的英文縮
寫。這份名單由科技部人文社會科學研究中心依據「台灣人文及社
會科學引文索引核心期刊收錄要點」，建立台灣社會科學核心期刊
引用文獻資料庫收錄的期刊，有助學界以客觀評估出版的重要社會
科學期刊有何影響，從期刊內容可知道台灣社會科學研究人員的研
究績效，刊登的論文也被認為有一定的學術貢獻與水準（黃秀端，
2010）。

國際學術界亦認為學術論文的主題和引文具有重要意義。從引
文數量和量化分析，可看出傳播領域的學術訓練方向和其結構
（Reeves & Borgman, 1983; Rice, Borgman, & Reeves, 1988; So, 1988），
也可看出傳播學門和主要領域及次領域的發展情形，甚至特定學者
對該學科的貢獻及影響（Lin & Kaid, 2000; Trillo-Dominguez & de

Moya-Anegon, 2008)。不同國家的學者也用美國境外的期刊來分析其他國家地區的研究環境，如 Chan、Zafar 及 Abbasi (1998) 對巴基斯坦的研究、Lau (1995) 分析英文期刊的中國傳播研究、Ha 及 Pratt (2000) 比較中國學者和非中國學者對大中華地區的研究，可看出不同學術土壤中有不同研究發展軌跡。

本文以台灣傳播學界三本主要 TSSCI 期刊《新聞學研究》、《中華傳播學刊》、和《傳播研究與實踐》的期刊論文作為分析對象，不過台灣這項 TSSCI 資料庫也收錄香港的《傳播與社會學刊》，但因《傳播與社會期刊》由香港傳播學術界主編，對象及定位和上述三份期刊不同，故不納入本文分析。

本文分析期間為 1987 至 2017 年。以 1987 年為起點，主要因為 1967 年創刊的《新聞學研究》，早年無匿名評審制度，稿件多來自邀稿或研究生文章，水準參差不齊；直到 1987 年政大前校長陳治世推動該刊的學術專業化，採行國際投稿制度及匿名審查，故本研究以 1987 年為挑選論文起點。《中華傳播學刊》於 2002 年由中華傳播學會出版；《傳播研究與實踐》由世新大學傳播學院於 2011 年創刊，亦為獨立的學術論文發表園地，三份 TSSCI 期刊有一定學術水準，適合用於研究。故本文研究目的如下：

1. 三份期刊呈現什麼學術研究歷史縮影，主題變化和「傳播」的概念為何。
2. 三份期刊顯示台灣傳播學者有哪些學術貢獻和學術機構的生產力。
3. 三份期刊 30 年來有哪些轉變，如前所述，顯示傳播研究如何發展及面臨何種挑戰。

文獻回顧

傳播學術研究的發展背景

學界探討傳播研究走向，關心以下幾個問題：(1) 不同期刊的研究題材的定義和範圍以及期刊定位為何，以突顯期刊的區隔和在

次領域的重要性，例如，*Journal of Communication* 關心「傳播理論、實踐與政策的研究」和「傳播領域中一些明顯的問題與議題」，*Communication Research* 關心「所有層次的傳播過程研究」，特別是「闡釋與測試能夠解釋傳播過程及其結果的模式」。*Human Communication Research* 致力「增進對人類符號互動的知識與了解」。這幾份期刊顯示期刊各有其不同定位，涵蓋的研究興趣和主題對傳播和跨學科知識有更多延伸和銜接。(2) 如何進行研究？哪些方法有助研究蒐集資料，貼近傳播學者「關切的人類生活面向」，這些方法如何從次學科的基礎出發，且最能剖析傳播問題 (Golding & Murdock, 1978)。

　　Bland 等 (2005) 發現，兩種因素影響學院的研究生產力：個人意願和機構的制度。個人意願包括個人願意花在研究的時間和精力、價值觀和自我效能感與內在的行為動機 (Hardre et al., 2011)。制度面的影響，則有 (1) 學術機構要有清楚的組織目標，且能設定想達成的期望目標；(2) 組織強調研究生產的重要性；(3) 組織提升與支持常態化的研究活動；(4) 團體氛圍鼓勵研究與激發思考；(5) 容易接觸研究網絡並發展和專業的關係；(6) 易獲得包括人力資源在內的資源(如有很會做研究或知識淵博的同儕，容易找到研究助理、研究生)和其他資源(如時間、資金、研究設備，和知道如何發表研究成果)；以及 (7) 非正式的 (例如讚美、公眾認可) 和正式獎勵 (如鼓勵獎金和行銷) (Bland & Ruffin, 1992)。另外，教師表現和評估標準是否和研究產出有關，不同機構也有不同激勵從事研究的措施 (Hardre & Kollmann, 2012)。

　　近年華人傳播學者在國際學術期刊的論文顯著增加，一方面是部分華人學者嘗試擺脫自己國家(或華人社會)體制和社會政治約束，專攻國際期刊論文，追求國際學術界的肯認。也很可能因為有些大學認為學者主要職責在發表研究，才算對所屬大學有貢獻 (Hardre & Cox, 2009)；論文發表數量多少帶給學者和學校國際學術聲望 (Chen, Gupta, & Hoshower, 2006; Hardre & Cox, 2009)，亦使學者和學校均重視學術發表的重要性。

傳播研究回顧與探討

　　Berelson於1959年在 *Public Opinion Quarterly* 發表〈傳播研究的現狀〉，被視為討論傳播研究主題及涵蓋範圍的第一篇論文。這篇論文重視研究方法和研究取向的相輔相成，也提出四個具代表性的研究方向：Lasswell代表的政治取向、Lazarsfeld的調查法取向、Lewin代表的小團體研究取向，以及Hovland代表的實驗法取向（Berelson, 1959, p. 2）。

　　1983年Schramm發現傳播研究出現更多元的主題，包括：社會變革、商業與產業的關係、政治權力和政治組織、富裕國家對電信的主導與影響、跨文化和國際關係、年輕人社會化，以及許多其他主題（Schramm, 1983, p. 16）。無論Berelson，或後來的Schramm，傳播研究主題多呈現跨領域的多元取向，美國是公認的國際學術中心，歐洲為第二中心（Curran & Park, 2000; Ha, 2015），美歐之外，亞洲逐漸成為第三股重要力量（So, 2010）。

　　回到台灣，羅文輝分析1966年至1995年間《新聞學研究》318篇論文發現，台灣新聞傳播研究呈現三種典範：社會科學（46%）、詮釋與批判（4%）、文獻評述（51%）。而且實用性研究比例偏高，理論性研究偏低（朱立、羅文輝、蘇蘅，2011）。祝基瀅（1987）從研究主題看，1985年以前以傳播與社會變遷為最常見的主題（12.64%），其次為受眾研究（10.91%），再次為媒介表現（9.77%）和傳播政策（9.19%）；研究方法以抽樣調查法最多（70.87%），次為內容分析（10.68%），以及文獻研究（9.71%）。于心如、湯允一（2000）也發現，台灣以社會科學典範取向的傳播研究，主要以信息來源為焦點，質化與量化比例相近，詮釋典範的各個研究焦點則分布得較平均，批判典範也以信息研究為多。翁秀琪（2011）分析1984–2009年的國科會專題研究計劃，發現大眾傳播研究為主導，不過資訊科技、新聞學、文化研究及廣告行銷的比例上升。

　　再從參與的學術機構來看，臧國仁、汪琪（1993）發現，早期是政大新聞系所一枝獨秀：1964–1986年之間，133項研究中116項

(87%) 由政大新聞系、所教授負責，20 年間有 7 人每人至少完成 10 項研究 (共 98 項，佔 74%)，早期研究資源分布極不平均。臧國仁、汪琪 (1993) 指出，早年研究經費多倚賴政府，但政府要求的研究很多為政策制定需要而提出，對於知識累積未必有太大貢獻。不過，因為國科會資助的研究至少經過一定評審程序才提供經費，仍生產一定研究成果。

研究取向影響學者採用的「研究方法」，也讓人們了解探究問題及獲得資料的過程是否符合學術的嚴謹度要求 (Serenko, 2013)。Zheng、Liang、Huang 和 Liu (2016) 研究亞洲 SSCI 期刊 20 年間的論文，發現從 1995 到 2014 年間，新科技興起帶來研究方法改變，南亞地區學者使用質化多過量化，東亞學者為量化多於質化，東南亞學者的質化量化方法各佔一半，重視科技效果的研究者，傾向採用量化方法。Van Osch 和 Coursaris (2014) 認為從研究方法可看到學術社群重視的是概念探討或實證研究，亦可理解研究者希望產生什麼知識的思考。學刊存在和制度化，深深影響研究成果生產和發表，學刊發展不但對研究水平提升至關重要，且期刊論文能反映學科研究的實際情況 (So, 2010)。

台灣傳播界有代表性的學術期刊相繼出現，提升傳播研究水準。章英華 (2002) 與熊瑞梅等 (2007) 指出，台灣傳播學門納入《新聞學研究》、《中華傳播學刊》、《傳播與社會學刊》、《傳播研究與實踐》為「主客觀評價因素分數」排序第一級的 TSSCI 期刊。四份期刊中，創立最早的《新聞學研究》由政大新聞研究所獨立支撐，早年為半年刊，1987 年轉型為專業學術期刊，1999 年 1 月起改為季刊；由於投稿論文數遞增，成為華人地區出版最穩健的新聞傳播學術期刊。《中華傳播學刊》於 2002 年創辦，為半年刊，2005 年由 TSSCI 收錄。《傳播與社會學刊》是整個華文傳播社群的重要學刊，2006 年 12 月創刊，一年四期，發行地區和對象是四份期刊中最廣，亦獲國際傳播學會 ICA 承認為附屬期刊。2011 年創立的《傳播研究與實踐》，由世新大學新聞與傳播學院出版，2014 年獲得 TSSCI 收錄。

本文選擇《新聞學研究》、《中華傳播學刊》、《傳播研究與實踐》三份期刊論文以觀察台灣傳播研究的產出與表現，主要因為這三份

期刊是台灣最具影響力的專業期刊。《傳播與社會學刊》由香港中文大學新聞與傳播學院中華傳媒與比較傳播研究中心與浸會大學於2006年創辦，編輯和學術市場定位與前面三者不同（蘇鑰機等，2013），故未納入。據此，本研究提出以下五個研究問題：

RQ1：三份期刊論文呈現的台灣傳播研究主題為何？有何特色？有何異同？

RQ2：三份期刊論文的作者和所屬機構為何？有何特色和異同？

RQ3：三份期刊論文的研究方法、關注的媒體、和研究地區為何？有何差異？

RQ4：三份期刊論文中的研究篇幅和引文數目為何？有何差異？

RQ5：不同期間的三份期刊在研究主題、作者、研究方法有何差異？

研究方法

研究對象與期刊來源

本研究選擇TSSCI收錄的《新聞學研究》、《中華傳播學刊》和《傳播研究與實踐》三份期刊的論文作為分析對象，先從期刊網站取得全部論文資料檔，包括題目、全文內容、作者和參考文獻，建立論文資料檔後，排除非學術的編者序、座談會、書評等文章，僅以純學術論文為對象，進行內容分析。

研究方法及樣本編碼

研究以內容分析進行，一篇論文作為一個分析單位，每篇論文須包含論文作者資訊、論文基本資訊和研究內容三項目，由三位受過編碼訓練的政大傳播學院博碩生進行編碼，完成編碼表後，於2017年12月進行編碼員訓練及前測，正式編碼於2018年1月31日開始至3月25日止。

三份期刊於 1987 至 2017 年間納入分析的論文是：《新聞學研究》共有 95 期、560 篇論文；《中華傳播學刊》從 2002 年創刊至 2017 年有 32 期 214 篇論文；《傳播研究與實踐》從 2011 年創刊至 2017 年七年間共 14 期 77 篇論文。共計「符合編碼條件」的論文總數為 851 篇，《新聞學研究》560 篇（66%），《中華傳播學刊》214 篇（25%），《傳播研究與實踐》77 篇（9%）。

研究領域、研究方法與地區編碼

傳播研究論文列入編碼的項目包括研究領域、研究方法、研究的媒體及研究地區。

1. 研究領域：分為主要與次要領域，參考國際傳播學會（ICA）、美國新聞與傳播教育學會（AEJMC）、國際媒介與傳播研究學會（IAMCR）三個學術組織劃分的傳播學研究領域，並加入台灣本土關心、特殊的類目，總計有新聞學、傳播科技、文化與批判研究等 43 個領域。

2. 研究方法：分為內容分析、調查法、實驗法、二手資料分析、訪談法、焦點團體、田野觀察法、文本/論述分析、回顧研究、混合量化方法、混合質性方法、混合量化和質化方法、個案分析、其他等 14 種。若論文為非實證研究（即沒有資料數據），則歸類為「不適用」。有些論文屬於文獻評述回顧，列為「回顧研究」。

3. 研究的媒體：分為報紙、雜誌、電視、廣播、電影、網際網路、行動媒體、電玩遊戲、其他、混合等 10 類，另考量社群媒體崛起，再將「網際網路」分為網路整體、社群媒體兩項子類目。若論文為非實證研究，則編碼為「不適用」。

4. 論文研究地區：分為台灣、香港、中國大陸、新加坡、日本、韓國、其他亞洲國家、美國、歐洲、其他、混合、中國/台灣等 12 個國家和地區。若論文為以純理論或以網路空間為研究對象，編為「不適用」。

論文與引文的研究變項

論文引文項目參考蘇鑰機等 (2013) 之編碼表，略加修訂以符合研究旨趣。論文的內容分析以單篇論文為分析單位，變項分為「作者訊息」、「論文基本訊息」。

1. 作者訊息：含括作者人數、作者姓名、性別、職稱及所屬機構。

(1) 作者姓名和人數：本研究對每篇論文的作者姓名編碼，也統計作者人數，以了解研究合作情形。

(2) 職稱：採用蘇鑰機等人 (2013) 的分類，分為教授、副教授、助理教授，學生細分為博士生、碩士生、大學生，而研究員、學人或業界工作者歸類為「其他」。

(3) 基本資料：性別和作者所屬機構，如某某大學。另將不易辨別者歸入「無法分辨」類別。

2. 論文基本訊息：包括：論文發表年份、發表期刊、頁數、語種、引文數目。論文頁數範圍從標題頁到該文有文字的最末頁，或期刊自行標示的頁碼為準。撰寫語言分為中文、英文、其他三類。本文也統計論文參考文獻引用篇數，早年期刊以資料完整者為主，引用多為文後註，不予採計。

編碼者信度係數

本研究先抽樣十分之一、共 56 篇論文，進行編碼者內在信度分析；只針對人工編碼容易發生歧異的「內容領域」、「研究方法」、「研究媒體」做信度檢測，前測時發現內容領域的編碼結果較分歧，主領域和次領域分開計算信度只有 0.68，後來將主領域與次要領域合併計算，信度提高到 0.87，研究方法為 0.97，研究的媒體為 0.95，均符合編碼者信度要 0.80 的要求。

資料分析

研究領域特色與異同

RQ1：三份期刊論文呈現的台灣傳播研究主題為何？有何特色？有何異同？

三份期刊加總後，佔比最多的為新聞學，新聞學研究的次主題可分為新聞專業倫理和新聞再現。第二多的是新傳播科技，不過隨科技演進，傳播研究有不同關懷，早期將「手機」視為新傳播科技，中期把「網際網路」視為新科技，近期開始有「虛擬實境」等研究；排第三的是閱聽人研究。

表一顯示《新聞學研究》30年來研究主向和期刊不同定位，整體來看，刊登論文以新聞學相關研究最多，和國外研究結果相近；第二是文化與批判研究，和羅文輝研究結果發現「詮釋與批判」為前三種典範類似。可能是1987年以後，國科會社會學門(含社會學、社會福利與社會工作，及傳播學三個次領域)鑑於從事文化研究的學者逐年增加，國科會在社會學門專題研究計劃複審會議中，增列一名文化研究專長的複審委員；另一本刊載文化研究的期刊《文化研究》於2010年成為 TSSCI 期刊。因而使文化研究的影響力持續擴大(翁秀琪，2011、2013)。傳播科技、大眾傳播和閱聽人的論文分布相當，可知《新聞學研究》刊登的論文主題很多元，所謂的「傳播」領域概念也廣泛和分散。

《中華傳播學刊》仍以新聞學研究居首，傳播科技相關的研究次之，該刊的「傳播科技」範圍廣泛，從數位電視、數位新聞、移動式媒體，到數位敘事、人機互動研究甚至網路空間的哲學反思；第三名也是閱聽人研究，包括大眾媒體的閱聽人、社群媒體環境下的閱聽大眾如何受影響或如何活動。

第三份期刊《傳播研究與實踐》同樣以新聞學為最大宗，其次是與《中華傳播學刊》相同的傳播科技，第三是文化研究與批判。

三份期刊綜合比較，可發現《新聞學研究》收錄與傳播史相關的文章較少，卻有比例最高的傳播哲學論文；《中華傳播學刊》刊載最

多「廣告」研究，也是三本期刊刊載最多「種族與族群傳播」主題的期刊；《傳播研究與實踐》的「視覺傳播與藝術」是三者中比例最高的。可知三份期刊除了主流的新聞與傳播研究、傳播科技論文最多，第三以後的論文主題也多類似，大眾傳播、文化與批判研究都受關注，惟《傳播研究與實踐》有較多媒介生態學研究。

表一 三份期刊的研究領域比較（複選二項）

新聞學研究			中華傳播學刊			傳播研究與實踐		
研究領域	次數	百分比	研究領域	次數	百分比	研究領域	次數	百分比
新聞學	147	13.1	新聞學	47	11	新聞學	25	16.2
文化與批判研究	83	7.4	傳播科技	41	9.6	傳播科技	16	10.4
傳播科技	63	5.6	閱聽人研究	29	6.8	文化與批判研究	12	7.8
大眾傳播	63	5.6	文化與批判研究	19	4.4	媒介生態學	9	5.8
閱聽人研究	63	5.6	大眾傳播	17	4	大眾傳播	7	4.5
政治傳播	59	5.3	媒介生態學	17	4	傳播教育研究	7	4.5
媒介經營管理	39	3.5	修辭學與論證	16	3.7	傳播史	7	4.5
修辭學與論證	39	3.5	廣告	16	3.7	不適用	6	3.9
傳播法規與政策	37	3.3	傳播史	15	3.5	視覺傳播與藝術	5	3.2
媒介生態學	36	3.2	政治傳播	14	3.3	傳播法規與政策	5	3.2
媒介倫理	36	3.2	傳播教育研究	14	3.3	傳播哲學	5	3.2
媒體教育研究	35	3.1	不適用	13	3	閱聽人研究	5	3.2
傳播政治經濟學	33	2.9	媒介經營管理	13	3	社群與參與傳播	4	2.6
傳播哲學	26	2.3	族群與種族傳播	12	2.8	流行傳播	4	2.6
社群與參與傳播	24	2.1	社群與參與傳播	11	2.6	修辭學與論證	4	2.6
其他	285	30.3	其他	134	31.3	其他	33	21.8
總計	1,068	100	總計	428	100	總計	154	100

參與研究的作者和所屬機構特色

RQ2：三份期刊論文的作者所屬機構和作者特色為何？有何異同？

I. 作者所屬機構

　　總計來看，政治大學刊出論文最多，佔36%，其次是分散在各校、業界、及研究機構加總的「其他」共有28%。觀察個別期刊的差異，中正大學在《傳播研究與實踐》比例較多，台灣大學在《中華傳播學刊》的比例較高，其他大學很分散（請見表二）。

表二　三份期刊的研究機構統計

新聞學研究			中華傳播學刊			傳播研究與實踐			合計		
所屬機構	次數	百分比	所屬機構	次數	百分比	所屬機構	次數	百分比	所屬機構	次數	百分比
政治大學	297	40.9	政治大學	87	29.9	政治大學	16	18.4	政治大學	400	36.2
世新大學	45	6.2	世新大學	35	12	中正大學	8	9.2	其他	307	27.8
中正大學	27	3.7	台灣大學	22	7.6	世新大學	7	8	世新大學	87	7.9
交通大學	25	3.4	交通大學	20	6.9	中國文化大學	5	5.7	交通大學	49	4.4
台灣大學	24	3.3	台師大	15	5.2	交通大學	4	4.6	中正大學	48	4.3
美國的大學	20	2.8	中正大學	13	4.5	輔仁大學	4	4.6	台灣大學	46	4.2
輔仁大學	19	2.6	中國文化大學	8	2.7	銘傳大學	4	4.6	台師大	33	3.0
淡江大學	18	2.5	玄奘大學	6	2.1	玄奘大學	3	3.4	中國文化大學	27	2.5
台師大	18	2.5	中山大學	0	0	中山大學	0	0	輔仁大學	23	2.1
中國文化大學	14	1.9	元智大學	0	0	元智大學	0	0	美國的大學	20	1.8
銘傳大學	8	1.1	南華大學	0	0	南華大學	0	0	淡江大學	18	1.6
中山大學	7	1.0	美國的大學	0	0	美國的大學	0	0	玄奘大學	16	1.4
玄奘大學	7	1.0	淡江大學	0	0	淡江大學	0	0	銘傳大學	12	1.1
南華大學	6	0.8	輔仁大學	0	0	台灣大學	0	0	中山大學	7	0.6
元智大學	5	0.7	銘傳大學	0	0	台師大	0	0	南華大學	6	0.5
其他	186	24.9	其他	85	29.1	其他	36	41.5	元智大學	5	0.45
總計	726	100	總計	291	100	總計	87	100	總計	1,104	100

　　《新聞學研究》作者來自 76 所台灣和台灣以外的大學、研究機構（如中央研究院）及其他，也有 44 位業界作者投稿。《中華傳播學刊》作者來自 48 所台灣和台灣以外的大學以及國外學術機構（如傅爾布萊特學人），另有 9 位業界作者。《傳播研究與實踐》作者來自 29 所海內外大學以及研究機構如國家教育學院等。

　　早年三本期刊有許多論文作者來自「美國的大學」，多是當時還在台灣以外的求學學者，其次有來自香港的作者，如香港中文大學、香港浸會大學、香港城市大學等，可知不少海外華人學者重視台灣的發表園地。另有相當比例作者來自中國大陸，也有少數來自日本、韓國、新加坡、馬來西亞等國的華人學者。

II. 職稱

　　三本期刊以「副教授」為最大宗，比例約三成到四成不等，教授為 25.1%，略少於副教授。學生身分以「博士生」者為主（9.6%），《新聞學研究》和《中華傳播學刊》刊登博士生論文較多；三本期刊都有來自業界及研究機構的研究員，佔 8.7%。

III. 單一作者或多位作者

　　三份期刊的單獨作者或合著情形為何？《傳播研究與實踐》作者為一人的比例最高（88.3%），其次是《新聞學研究》，該刊單一作者佔 79%，近八成。《中華傳播學刊》的單一作者為 72%，但《中華傳播學刊》的兩位作者共同發表篇數為三份期刊中最多，佔 22%，二位作者以上最多的是《中華傳播學刊》，佔 78%。三份期刊的作者多以一人為主，與他人合著的論文平均不到三成。可知單一作者是台灣傳播研究主要撰寫來源，學者合寫論文的現象不如台灣以外的常見。

研究方法、研究的媒體和研究地區的異同

RQ3：三份期刊論文的研究方法、關注的媒體、和研究地區為何，有何差異？

I. 研究方法

總體而言，文獻評述與回顧的研究類型的比例最高，共226篇（26.6%），其次是文本與論述分析有132篇（15.5%），第三是調查法61篇（10.6%），焦點團體最少，只佔0.2%。

研究嘗試扣除回顧研究再計算，可以發現三份期刊論文皆以質化方法為主，但三份期刊比例分布不同，《新聞學研究》量化論文122篇（33.9%），質化研究197篇（54.7%），質量混合方法共41篇（11.4%），質化方法最多。《中華傳播學刊》論文採質化方法的有90篇（60%），量化為45篇（30%），混合質與量方法的有15篇（10%）；質化方法比量化多一倍。《傳播研究與實踐》質化方法更多，高達90篇（91.8%），量化研究有6篇（6.0%），混合質與量方法的有2篇（0.2%）（請見表三）。

《新聞學研究》刊登的論文以質化方法較多，包括文本/論述分析、混合質性、訪談法、個案研究、田野觀察和焦點團體，佔31.5%，量化方法為21.6%，但混合方法也佔了13.7%。《中華傳播學刊》研究方法前三名都與《新聞學研究》相同，值得注意的是《中華傳播學刊》許多論文是利用台灣「傳播調查資料庫」以二手資料進行分析，佔8.9%，包括整期的專題論文。《傳播研究與實踐》和前兩份期刊類似，以回顧研究以及文本/論述分析為主，「個案分析」居第三名佔14.3%。

表三 三本期刊的研究方法統計

新聞學研究			中華傳播學刊			傳播研究與實踐		
研究方法	次數	百分比	研究方法	次數	百分比	研究方法	次數	百分比
回顧研究	151	27	回顧研究	55	25.7	回顧研究	20	26
文本/論述分析	89	15.9	文本/論述分析	29	13.6	文本/論述分析	14	18.2
調查法	69	12.3	調查法	19	8.9	個案分析	11	14.3
質量混合	41	7.3	二手資料分析	18	8.4	二手資料分析	8	10.4
內容分析	38	6.8	內容分析	17	7.9	訪談法	7	9.1

新聞學研究			中華傳播學刊			傳播研究與實踐		
研究方法	次數	百分比	研究方法	次數	百分比	研究方法	次數	百分比
混合質性	32	5.7	訪談法	15	7.0	混合質性方法	5	6.5
不適用（非實證）	26	4.6	質量混合	15	7.0	其他	4	5.2
訪談法	25	4.5	混合質性方法	14	6.5	內容分析	2	2.6
其他	23	4.1	個案分析法	10	4.7	實驗法	2	2.6
個案研究	22	3.9	其他	7	3.3	調查法	2	2.6
二手資料分析	21	3.8	實驗法	6	2.8	質量混合	2	2.6
實驗法	11	2	焦點團體法	4	1.9	不適用（非實證）	0	0
田野觀察法	6	1.1	混合量化方法	3	1.4	田野觀察法	0	0
混合量化分析	4	0.7	不適用（非實證）	2	0.9	混合量化方法	0	0
焦點團體	2	0.4	田野觀察法	0	0.0	焦點團體法	0	0
總計	560	100	總計	214	100	總計	77	100

II. 研究的媒體

三份期刊的論文研究關心何種媒體，結果研究最多的非媒體本身（30.1%），而是理論或傳播哲學反思。其次是報紙，佔16.9%，可看成「報紙」的紙本特性和有資料庫保存，取得方便，成為重要的研究對象，框架分析、論述分析、內容分析都是常用的方法。「混合媒體」為第三多，可能是媒體近年匯流走向的關係。「電視」為第四多，「網路」為第五，但網路加社群媒體也有12.8%，可知網路研究逐漸受重視。研究最少的是「廣播」或「行動媒體」，兩項各只有0.5%。

整體來看，三份期刊研究的媒體排序和分布相當接近，報紙、混合媒體和電視研究分居前三名。《傳播研究與實踐》和另外兩本相仿，但研究社群媒體的比例為三者之最，可能因為這份期刊的成立比較接近社群媒體成長的同一時期。

III. 研究地區

三本期刊均以台灣為主要研究地區，65.2%論文以台灣作為觀察地區，其次是「不適用」或「非實證研究」，有14%，例如「網路公共領域」這種非實體地區的探討。

　　《新聞學研究》以台灣為主要研究地區有61.8%，其次是「不適用／非實證」，包括理論發展的探討、傳播哲學的思辯、或網路空間的討論，佔13.4%；第三是中國大陸 (8.8%)，《新聞學研究》的中國大陸學者研究大陸地區的報紙或電視為主，為三份期刊最多，再次為混合地區 (6.8%)，多屬於對兩岸三地的研究，再次為美國 (2.7%)，和香港 (2.5%) 地區。《中華傳播學刊》中最多的研究地區也是台灣，159篇 (74%)，第二是「不適用／實證」的研究 (14.5%)，第三也是中國大陸 (4.2%)。《傳播研究與實踐》的地區分布與另兩份期刊相似，台灣有50篇 (64.9%)，不適用為16.9%，第三為美國，佔5.2%。

　　三份期刊研究地區分布都以台灣最多，《新聞學研究》納入最多其他地區的研究論文。另外，中國大陸 (7.1%) 加上香港 (2%) 為研究區域近一成，其他亞歐國家佔3%，三份期刊都有跨華人跨國的特色。美國也是關注的研究地區，可能因為台灣學者多有留美背景，以美國地區為主的也佔2.4%。

研究論文篇幅和引文數目

RQ4：三份期刊論文中的研究篇幅和引文數目為何？有何差異？

　　從歷史發展來看，三份期刊每期論文篇數和頁數不盡相同：《新聞學研究》一開始每篇論文頁數較少，但1993年以後論文頁數持續增加，在三份期刊中平均頁數最多，單篇最多達78頁。《中華傳播學刊》一直到2007年以後頁數就沒有太大變動，每篇維持在35頁左右，單篇最多有65頁。《傳播研究與實踐》創刊至今，論文平均頁數是三者中最少的，2015年以後頁數維持在30頁，單篇頁數最長有57頁。

　　但是論文引文數隨著時間明顯增加：《新聞學研究》論文最少引用0篇文獻，最多引用242篇；《中華傳播學刊》論文最少引用3篇，最多引用130篇；《傳播研究與實踐》最少引用11篇，最多117篇。2015年以後三份期刊引文數接近 (表四和圖一)。

表四 三份期刊每篇論文的頁數和引用統計

	新聞學研究	中華傳播學刊	傳播研究與實踐
單篇最多頁數	78	65	57
單篇最少頁數	4	12	10
平均頁數	33	35	28
單篇最多引用	242	130	117
單篇最少引用	0	3	11
平均引用篇數	47	56	48

圖一 頁數成長30年的變化圖（以年平均觀察）

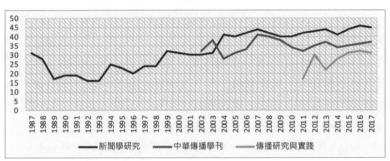

圖二 引用篇數30年的變化圖（以年平均觀察）

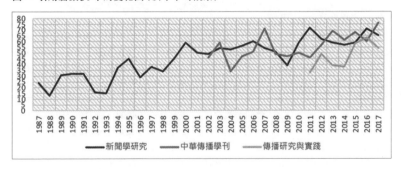

不同期間的三份期刊在研究主題、作者、和研究方法的異同

RQ5：不同期間的三份期刊在研究主題、作者、研究方法有何
差異？

I. 研究主題和主題數量

　　本研究以十年為一個時期，分成三個階段分析研究主題、作者
和研究方法的差異。第一個階段只有《新聞學研究》，第二個階段加
入《中華傳播學刊》，第三個階段再加入《傳播研究與實踐》。

　　新聞學方面的研究30年來持續受到重視，研究角度包括「新聞
專業與倫理」和「新聞再現與社會文化景觀」；和第一階段比較，不過
第二階段的傳播研究開始從新聞學、媒體教育、政治傳播，轉向到
市場驅動新聞學、大眾傳播，和文化與批判研究，顯示學者從新聞
實務面，轉而關心台灣新聞媒體現象和問題，帶入更多理論和文化
與批判分析。第三階段，明顯看到傳播科技(新媒體)重要性提升，
此外傳播科技研究升至第二，文化與批判和閱聽人研究依然重要，
但是與新科技相關的社群與參與媒介生態研究也更受重視，其他次
領域論文成長，顯示傳播研究更加開展和多元(表五)。

表五　三階段研究主題的比較

1987–1997			1998–2007			2008–2017		
研究主題	次數	%	研究主題	次數	%	研究主題	次數	%
新聞學	46	13.5	新聞學	80	14.3	新聞學	93	11.6
媒體教育研究	21	6.1	大眾傳播	41	7.3	傳播科技	90	11.2
政治傳播	20	5.8	文化與批判研究	35	6.3	文化與批判研究	69	8.6
閱聽人研究	19	5.6	修辭學與論證	30	5.4	閱聽人研究	49	6.1
傳播政治經濟學	18	5.3	閱聽人研究	29	5.2	媒介生態學	44	5.5
媒介倫理	18	5.3	政治傳播	23	4.1	政治傳播	32	4.0
傳播法規與政策	17	5.0	媒介經營管理	20	3.6	大眾傳播	30	3.7
大眾傳播	16	4.7	傳播史	20	3.6	社群與參與傳播	28	3.5
媒介經營管理	14	4.1	傳播法規與政策	19	3.4	修辭學與論證	25	3.1
傳播科技	12	3.5	傳播科技	18	3.2	媒體教育研究	21	2.6
媒介生態學	12	3.5	族群與種族傳播	15	2.7	廣告	20	2.5
不適用	21	6.1	不適用	34	6.1	媒介經營管理	20	2.5
其他	108	31.5	其他	194	34.8	其他	281	35.1
總計	342	100	總計	558	100	總計	802	100

　　再分成三階段觀察研究主題的數量，三份期刊的研究領域愈來愈多，從早期的16個主題，到第二階段的23個主題，第三階段變成28個主題。

　　進一步來看，從圖三可以看出新聞傳播延伸出更多研究課題，「傳播」研究概念變得更複雜，也更具有跨領域特色。例如第一個階段有文學、刑法、隱私權、經濟學等跨領域議題，但數量很少；第二階段增加較多心理學方面的傳播研究。第三個階段繽紛多彩，出現更多心理學、史學、法律、社會學、經濟學的研究，甚至可以細分至認知心理學、創傷壓力、貪污等社會現象。

　　反之，有幾項次領域研究在第三階段反而大幅減少，分別是大眾傳播、修辭學與論證、與健康傳播。大眾傳播開始減少的原因可能在於「媒體匯流」和「分眾」的重要性與日俱增。修辭學與論證和健康傳播的減少，可能是因為其他新議題出現，吸引更多傳播學者投入。綜上，傳播研究領域多元和跨領域走向明顯，新媒體研究也持續增加；傳播研究雖是多元典範並立，但傳播史、傳播哲學等研究萎縮仍值得注意。

圖三 三份期刊研究主題數量變化（以年平均觀察）

II. 作者和機構分布

　　30年來，以政大作者數量最多，但出現持續下降趨勢（62.4%；35.5%；27.3%），其他大學的作者和論文數持續增加，表現亮眼的

是世新大學，第二、三階段均居第二 (9.5%；9.4%)。第三為交通大學 (63篇)，第四為台大 (51篇)，第五是中正大學 (46篇)。台灣師範大學與中國文化大學論文數在第三階段也不錯。除了世新外，國立大學整體論文量比私立大學稍多 (請見表六)。

表六 三階段的論文刊載機構比較

1987–1997			1998–2007			2008–2017		
學校	次數	%	學校	次數	%	學校	次數	%
政治大學	118	62.4	政治大學	139	35.5	政治大學	143	27.3
美國大學	10	5.3	世新大學	37	9.5	世新大學	49	9.4
輔仁大學	7	3.7	中正大學	18	4.6	交通大學	35	6.7
淡江大學	4	2.1	台灣大學	17	4.3	台灣大學	34	6.5
台灣大學	2	1.1	淡江大學	15	3.8	中正大學	28	5.3
中正大學	2	1.1	交通大學	14	3.6	台師大	24	4.6
英國大學	2	1.1	輔仁大學	11	2.8	文化大學	14	2.7
其他	44	23.2	其他	140	35.9	其他	197	37.5
總計	189	100	總計	391	100	總計	524	100

另外，三個階段的作者職稱都以副教授最多 (35.3%；26.9%；32.4%)，其次是教授 (24.1%；23.3%；26.8%)，第三是助理教授 (4.3%；20.2%；18.8%)，副教授成為論文主力。博士生有所下降 (11.2%；13%；6.7%)，傳播研究總體生產力以副教授和教授為主，博士生減少的現象也值得注意。

III. 研究方法

三階段研究採用的研究方法變化較大。第一階段以回顧型研究與調查法最重要；第二階段「回顧型研究」依然居首，質化方法的文本/論述分析重要性提升，調查法降至第三。第三階段的文本/論述分析升至第一，次為回顧型研究，第三為混合質性方法，第四是內容分析。

30年來，「論文回顧評述」在台灣歷久不衰，可知部分學者偏好綜觀理論文獻的基礎與發展，來探討主導典範的變化，解釋學理與研究應用的意義。文本/論述分析在第二和第三階段都很重要，可能和部分學者受到語言學、符號學或文化研究的啟發，相當重視媒

體訊息、訊息話語分析及產出的社會文化環境有關。值得注意的
是,近年學界認為混合質化方法在看問題、分析和深度解釋,有助
擺脫量化限制,混合方法亦可互補以提升研究效度和意義討論,因
此混合質化方法的比例在第三階段躍至第三(請見表七)。本研究統
計也發現,研究方法愈來愈多元。第一階段用到六種研究方法,第
二階段增加到10種,第三階段則提及12種研究方法,可知研究方法
運用種類愈來愈複雜多樣,也反映或許多重研究方法有助研究新主
題。研究方法更為重要。

表七 三階段的研究方法比較

1987–1997			1998–2007			2008–2017		
研究方法	次數	%	研究方法	次數	%	研究方法	次數	%
回顧研究	58	33.9	回顧研究	94	33.7	文本/論述分析	83	20.7
調查法	35	20.5	文本/論述分析	34	12.2	回顧研究	74	18.5
不適用/非實證	26	15.2	調查法	25	9.0	混合質性方法	37	9.2
文本/論述分析	15	8.8	質量混合	25	9.0	內容分析法	32	8.0
二手資料分析	8	4.7	內容分析法	20	7.2	調查法	30	7.5
個案研究	7	4.1	個案研究	15	5.4	訪談法	30	7.5
質量混合	5	2.9	訪談法	15	5.4	質量混合	28	7.0
其他	17	9.9	其他	51	18.1	其他	87	21.6
總計	171	100	總計	279	100	總計	401	100

IV. 研究的媒體

　　傳播研究重視的媒體以報紙為主,報紙在三階段都是第一,但
持續減少(19.3%;17.2%;15.7%);混合媒體在第一和第二階段佔
第二,可知研究者喜歡做媒體比較研究。排名第三的電視受重視程
度持續增加(11.7%;13.6%;14.5%),網路在第三階段躍居第一
(15.7%),和報紙相當。近十年,社群媒體很快引起新的研究興
趣,第三階段升至4.2%。

論文篇幅和引文的長期變化

　　30年來台灣傳播學術期刊容納的論文篇數持續上升,第一階段
刊出171篇,第二階段出現第二份期刊,論文數成長到279篇,第三

階段三份期刊共刊出 401 篇。每篇論文的頁數也從早年平均 21.68 頁到第二階段的 33.91 頁，變成第三階段 37.35 頁，引文數從平均 30 篇、51 篇到 56.26 篇。

結論與討論

綜上，台灣傳播研究有如下四項特色和挑戰：

傳播研究領域走向跨領域的構連

台灣傳播研究雖深受美國新聞傳播學發展影響，但也與新聞傳播學府成長，各自設立具不同特色的科系有關。例如政大 1987 年設廣告系，次年再設廣電系，1989 年成立傳播學院，同年，中國文化大學成立新聞傳播學院，1991 年世新大學改制成立傳播學院，包括新聞、傳播管理、視聽傳播、印刷傳播及公共傳播等五系，同年台大成立新聞研究所，交通大學成立傳播科技研究所，1993 年中正大學成立電訊傳播研究所，不同大學學院的不同定位，帶給傳播研究更多對話和多元發展的機會，研究課題、概念、主題或研究方法也都有繽紛的建樹。

台灣新聞傳播學者留學美歐的比例最高，三份學術期刊分析結果亦反映這種趨勢，新聞學、文化與批判研究、閱聽人、媒體教育、政治傳播、新傳播科技研究比例較高，皆和歐美研究主題若合符節。

研究方法質化居多，打破西方量化主導思維

比較三份期刊的研究方法，發現研究方法逐漸打破西方思維。第一階段到第三階段的質化方法如文本論述分析、混合質性分析與訪談法持續成長。第三階段更出現許多新興研究方法，例如社會網絡分析、鉅量資料分析、語料庫分析以及文字探勘技術等研究社群

媒體的新方法。另方面，台灣傳播研究也用到心理學的精神分析、民俗學方法論、機緣分析、類型化分析。台灣的傳播研究由量化方法轉向質化，和國際重要傳播期刊重視量化方法 (Ha et al., 2015) 不盡相同，有可能是台灣很多傳播學者從英國返台任教，研究方法轉向歐陸重視的質化方法。而不同論文所採納的研究方法無論量化或質化，都應和其研究主題一起做更細緻的探討，才能描繪哪些量化或質化方法在台灣傳播研究是應用的主流，哪些方法又應用不足，這樣才對未來新媒體研究的課題和方法更有助益。

單一作者發表研究比例高，不利未來團隊合作的研究

根據分析，三階段的傳播研究重鎮仍以政治大學居首，但投稿量逐漸減少。隨著世新、中正、交大等傳播學院建制另外的次領域，研究版圖開始變動，不會只拿外國理論作為台灣研究參照。不過，台灣學術論文單一作者居多數，顯示台灣研究者喜歡單兵作戰。但由於新科技需要更多科際整合和跨域合作，除了和西方傳播學界對話，台灣本身不同領域的學者如果有更多對話討論，對傳播學開拓新研究領域，以及發展超越傳播研究的框架，將更有幫助。

期刊的研究區域既本土也國際，有助跨域研究

觀察統計，三份期刊的論文固然多以台灣為研究地點，但三份期刊還有許多關於中國大陸、港、澳、日、韓、新加坡、馬來西亞、甚至卡達的研究，可看出台灣學術期刊海納百川；即使研究台灣以外的區域問題，甚至不同文化社會體系的傳播研究，都可能成為台灣傳播期刊的重點，和汪琪 (2014) 指出「(學術) 研究最終目的是：提出自己的看法，與國際主流對話，進而尋求本土現代學術研究的『普世價值』，以及對自身角色疑問的解藥」，不謀而合。尤其新科技研究，有必要集思廣益，才能聚合更多不同領域的研究者進行新視角的研究。

研究限制

本研究未能就期刊論文的理論進行探討，為研究限制之一。台灣和香港多項對傳播論文的回顧或實證分析，均發現社會科學典範、詮釋典範及批判典範在當今華人傳播研究扮演重要的角色（于心如、湯允一，2000；朱立、羅文輝、蘇蘅，2011）。本研究發現，不同研究主題的研究者關注的主題、理論與研究、以及研究方法三者息息相關，研究理論典範的變化值得進一步研究。

其次，30年之間這851篇論文累積近四萬筆參考文獻，未來如能對參考文獻的作者、所屬期刊、領域進行編碼分析，有助得知作者在撰寫論文時引用哪些領域的文獻，及了解不同子學科的傳播研究如何運用本學門和其他學門的知識作為基礎。

建議未來納入更多期刊論文進行分析。這三份期刊雖為 TSSCI 傳播期刊，能看到台灣傳播研究部分面貌。由於台灣學者發表傳播論文管道不限於這些期刊，還有《台灣社會學刊》、《資訊社會研究》、《文化研究》，或其他非 TSSCI 學術期刊如《傳播文化》；另外《傳播與社會學刊》甚至英文國際期刊也有不少台灣傳播研究論文。建議未來擴大分析範圍和對象，納入更多學術期刊論文分析，以窺見全貌。

參考文獻

于心如、湯允一（2000）。〈台灣傳播研究典範之分析——以1989–1999為例〉，中華傳播學會年會論文。

朱立、羅文輝、蘇蘅（2011）。〈新聞傳播學〉。王汎森、趙永茂、劉翠溶、周濟、章英華、陳芳明、林惺嶽、漢寶德、呂芳上等（編），《中華民國發展史：學術發展（下）》（頁487–509）。台北：聯經出版事業公司。

汪琪（2014）。《邁向第二代本土研究：社會科學本土化的轉機與危機》。台北：台灣商務印書館。

皇甫河旺（1970）。《專業資料傳播的過程——新竹縣五鄉鎮醫生採用新藥之研究》，政治大學新聞所碩士論文。

徐佳士（1971）。〈「二級或多級傳播」理論在過渡期社會的適用性之研究〉，《新聞學研究》，第8期，頁7–37。

祝基瀅 (1987)。《我國新聞學與大眾傳播學研究現況之分析》。台北：政治
　　大學。

翁秀琪 (2001)。〈華人社會傳播教育的回顧與願景：台灣經驗〉，中華傳播
　　學會年會論文。

翁秀琪 (2011)。〈台灣傳播領域學術研究素描：以 1984–2009 年國科會專題
　　研究計劃為例〉。《中華傳播學刊》，第 20 期，頁 117–142。

翁秀琪 (2013)。〈學術期刊與學術生產、學術表現的關聯初探：以台灣傳播
　　學門學術期刊為例〉，《傳播與社會學刊》，第 23 期，頁 113–142。

章英華 (2002)。《社會學門專業期刊排序》。台北：中央研究院社會學研
　　究所。

黃秀端 (2010)。〈如何讓 TSSCI 期刊接受論文刊登？〉，「撰寫碩博士論文與
　　投稿學術期刊」論壇，取自 http://www.ntpu.edu.tw/~pa/news/93news/
　　attachment/940524/940524-3.pdf。

熊瑞梅、杜素豪、宋麗玉、黃懿慧 (2007)。《社會學門專業期刊排序》。台
　　北：國立政治大學社會學系。

臧國仁、汪琪 (1993)。〈台灣地區傳播研究的回顧與展望〉，「1993 年中文傳
　　播研究暨教學研討會」論文，台北。

蘇鑰機、王海燕、宋霓貞、呂琛、茅知非、區家麟、程曉萱、黃佩儀、張家
　　麒、董卓文、趙萌萌、鄭珮、鄧皓文、譚麗珊 (2013)。〈中華傳播研究
　　的現況：誰做甚麼和引用誰〉，《傳播與社會學刊》，第 23 期，頁 31–80。

Berelson, B. (1959). The state of communication research. *Public Opinion Quarterly,*
　　23(1), 1–2. doi:10.1086/266840

Bland, C. J., & Ruffin, M. T. (1992). Characteristics of a productive research
　　environment: Literature review. *Academic Medicine, 67,* 385–397. doi:10.1097/
　　00001888-199206000-00010.

Bland, C. J., Center, B. A., Finstad, D. A., Risbey, K. R., & Staples, J. G. (2005). A
　　theoretical, practical, predictive model of faculty and department research
　　productivity. *Academic Medicine, 80,* 225–237. doi:10.1097/00001888-2005
　　03000-00006.

Chen, Y., Gupta, A., & Hoshower, L. (2006). Factors that motivate business faculty
　　to conduct research: An expectancy theory analysis. *Journal of Education for*
　　Business, 81, 179–189. doi:10.3200/JOEB.81.4.179-189.

Curran, J., & Park, M. J. (Eds.). (2000). *De-Westernizing media studies.* London:
　　Routledge.

Golding, P., & Murdock, G. (1978). Theories of communication and theories of
　　society. *Communication Research, 5*(3), 339–356.

Ha, L., & Pratt, C. B. (2000). Chinese and non-Chinese scholars' contributions to
　　communication research on Greater China, 1978–98. *Asian Journal of Communication,*
　　10(2), 95–114.

Ha, L. (2015). Self-citations and increasing influence of our research on other fields. *Journalism & Mass Communication Quarterly, 92,* 285–291.

Ha, L., Hu, X., Fane, L., Henize, S., Park, S., Stana, A., & Zhang, X. (2015). Use of survey research in top mass communication journals 2001–2010 and the total survey error paradigm. *The Review of Communication, 15*(1), 39–59.

Hardre, P., & Cox, M. (2009). Evaluating faculty work: Expectations and standards of faculty performance in research universities. *Research Papers in Education, 24,* 383–419. doi:10.1080/02671520802348590.

Hardre, P. L., Beesley, A. D., Miller, R. L., & Pace, T. M. (2011). Faculty motivation to do research: Across disciplines in research-extensive universities. *Journal of the Professoriate, 5,* 35–69.

Jia, H., Miao, W., Zhang, Z., & Cao, Y. (2017). Road to international publications: An empirical study of Chinese communication scholars. *Asian Journal of Communication, 27*(2), 172–192.

Khan, F. R., Zafar, H. A., & Abbasi, A. S. (1998). Mass communication research as a social science discipline: Status, problems and opportunities. *Asian Journal of Communication, 8*(1), 111–131.

Lau, T. Y. (1995). Chinese communication studies: A citation analysis of Chinese communication research in English-language journals. *Scientometrics, 33*(1), 65–91.

Pooley, J. (2008). The new history of mass communication research. In D. Park & J. Pooley (Eds.), *The history of media and communication research: contested memories* (pp. 43–69). New York: Peter Lang.

Reeves, B., & Borgman, C. L. (1983). A bibliometric evaluation of core journals in communication research. *Human Communication Research, 10*(1), 119–136.

Rice, R. E., Borgman, C. L., & Reeves, B. (1988). Citation networks of communication journals, 1977–1985: Cliques and positions, citations made and citations received. *Human Communication Research, 15*(2), 256–283.

Schramm, W. (1983). The unique perspective of communication: A retrospective view. *Journal of Communication, 33*(3), 6–17. doi:10.1111/j.1460-2466.1983. tb02401.x.

Serenko, A. (2013). Meta-analysis of scientometric research of knowledge management: Discovering the identity of the discipline. *Journal of Knowledge Management, 17*(5), 9. doi:10.1108/JKM-05-2013-0166.

So, C. Y. K. (1988). Citation patterns of core communication journals: An assessment of the developmental status of communication. *Human Communication Research, 15,* 236–255.

So, C. Y. K. (2010). The rise of Asian communication research: A citation study of SSCI journals. *Asian Journal of Communication, 20*(2), 230–247.

Stewart, T. D. (2002). *Principles of research in communication.* Boston: Allyn & Bacon.

Sullivan, S. (1996). Scholarly publishing: Trash or treasure? *Australia Academic & Research Libraries, 27,* 40–46.

Van Osch, W., & Coursarie, C. K. (2014). Social media research: An assessment of the domain's productivity and intellectual evolution. *Communication Monographs, 81*(3), 285–309.

Weber, K. (2011). Measuring faculty productivity. In J. C. Shin, R. K. Toutkuoshian, & U. Teichler (Eds.), *University rankings: Theoretical basis, methodology, and impact on global higher education* (pp. 105–121). New York: Springer.

Zheng, P., Liang, X., Huang, G., & Liu, X. (2016). Mapping the field of communication technology research in Asia: content analysis and text mining of SSCI journal articles 1995–2014. *Asian Journal of Communication, 26*(6):511–531.

附錄一　三本期刊研究領域統計總表

研究領域	次數	百分比
新聞學	219	12.9
傳播科技 (新媒體)	120	7.1
文化與批判研究	114	6.7
閱聽人研究	97	5.7
大眾傳播	87	5.1
政治傳播	75	4.4
不適用 (非實證)	72	4.2
媒介生態學	62	3.6
修辭學與論證	59	3.5
媒體教育研究	56	3.3
媒介經營管理	54	3.2
規劃與政策	53	3.1
傳播政治經濟學	47	2.8
傳播史	45	2.6
媒介倫理	43	2.5
傳播哲學	40	2.4
社群與參與傳播	39	2.3
廣告	33	1.9
族群與種族傳播	30	1.8
語言符號與社會互動	29	1.7
流行傳播	29	1.7
人際傳播	27	1.6
其他	26	1.5
兒少與媒體	24	1.4
視覺傳播 (藝術)	22	1.3
科學傳播	22	1.3
女性主義研究	21	1.2
全球與跨國傳播	21	1.2
媒體素養	20	1.2
組織傳播	19	1.1
健康傳播	16	0.9
跨文化傳播	14	0.8
環境傳播	13	0.8
風險社會與傳播	12	0.7
遊戲研究	7	0.4
資訊系統	6	0.4
公共關係	6	0.4
電信	6	0.4

研究領域	次數	百分比
家庭溝通	5	0.3
運動與媒體	4	0.2
LGBT研究	3	0.2
教學與發展傳播	2	0.1
非語言傳播	2	0.1
宗教與文化	1	0.1
總計	1,702	100

7

尋找普遍意義：
香港傳播研究的經驗和貢獻

李立峯

　　香港大專院校的新聞與傳播院系有50多年的歷史，但早年的傳播院系設置與社會條件，並未即時孕育出現代社會科學意義下的傳播研究。直到1970年代末期，美國傳播學大師施拉姆（Wilbur Schramm）到香港中文大學任教，並為該院校創設了傳播學碩士課程。同時，李金銓於1978年在美國密芝根大學博士畢業後加入中文大學的團隊，傳播學研究才在香港有較為正式的發展。到1980年代中後期，藉著如陳韜文、李少南等第一代香港本土學者學成歸來、香港社會現代化帶來的基礎建設、香港作為國際都會帶來的國際聯繫、1997年回歸以至香港社會變遷本身所帶來的各種重要研究課題，傳播學在香港有頗為高速的發展。多年來，香港傳播研究在國際學界上可以説有不太符合比例的能見度和影響力。直至2020年為止，國際傳播學協會（International Communication Association）的會士（Fellows）之中，有七位為華人學者，其中三位長年只在香港的大學工作，兩位分別在香港及美國的院校有長期工作的經歷。另外，我們也可以用一個簡單的出版物統計來顯示同一點。從2000年到2019年，在 *Journal of Communication*、*Communication Research*、*New Media & Society*、*Asian Journal of Communication*、*Media, Culture & Society*、*Journal of Broadcasting & Electronic Media*、*Human Communication Research* 和

Journalism and Mass Communication Quarterly 共八本期刊之中，在 Social Science Citation Index 數據庫裡，題目（topic）提及「香港」的有 76 篇文章，題目提及中國但不提及香港的有 308 篇，提及台灣的只有 58 篇。數值上，關於中國大陸的研究仍然是多數，但香港只是一個面積細小、有 11 所大學和有幾百萬人口的都市，文章數量為中國大陸的四分之一左右，是「不合乎比例」的。

若計算作者地址，香港學界的國際能見度就更加明顯，在 2000 年到 2019 年之間，身處香港的學者共替上述 8 本期刊貢獻了 191 篇文章，身處中國大陸的學者提供了 134 篇文章，身處台灣的學者則貢獻了 75 篇文章。若果要求題目及作者地址均包括香港，亦即是由身處香港的學者發表關於香港的傳播研究，8 本期刊在該 20 年內共有 55 篇文章，題目及地址均包含中國大陸的則有 66 篇，題目及地址均包含台灣的只有 36 篇文章。

香港傳播研究的國際能見度比中國大陸或台灣的傳播研究的國際能見度高，固然不等如身處香港的學者一定比中國大陸或台灣學者優秀。相對於大陸和台灣，香港並沒有本地的學術期刊，香港中文大學新聞與傳播學院和香港浸會大學傳理學院在 2006 年才合作出版《傳播與社會學刊》，另外，中大新聞與傳播學院在 2008 年才出版 *Chinese Journal of Communication*，但這兩本刊物分別面向大中華及全球學界。事實上，關於香港社會和媒體的研究在這兩本期刊所刊出的文章中，並不佔很高的比例。同時，香港是一個國際都會，香港的大專院校也追求自己的國際地位。所以，大學在評核教職員表現時，非常強調教職員能否在（頂尖）國際期刊發表論文（Lin, 2009）。可以說，身處香港的學者是「被迫」面向國際的。大專院校內部的制度和運作，在一定程度上解釋了香港傳播研究的國際能見度。

值得首先指出的是，高度國際化不全然是一件好事。近年，香港社會和媒體也出現過一些「香港研究是否已死」的討論（鍾耀華，2015）。其中一種觀點是，過分單向地追求國際發表，會使本地學者不願花精力和時間對一些本地社會最重要或最基本的問題去進行基礎研究。另外，國際學術界有其熱門的研究議程和流行的學術理論

和概念，但這些議程和概念，跟本地現象和問題可能有或大或小的落差，學術分析在套用國際學術界的概念和理論時，可能會扭曲本地的現象。簡而言之，「能在國際期刊發表」和「能促進對本地社會的了解」，雖然不能說有矛盾，但也不完全是一回事。

不過，本文並非要探討「國際化」對本土研究的利弊，上面的討論只是指出「香港傳播學界傳統上高度面向國際，所以國際能見度較高」這個事實。而這事實所附帶的一個效果，就是身處香港進行研究的學者，可能較常面對「自己的研究有何普遍意義」的問題。這問題可能在面對國際期刊的編輯和評審時出現，可能在國際會議或演講中出現。從這一點出發，本文並非要對過去數十年的香港傳播學研究做一個系統的總結。本文要討論的是，關於香港社會的傳播學研究如何發展自己的普遍意義和對國際學術界的價值？在過去30年間，香港出產了哪些對國際學術界較有影響力和較有貢獻的傳播研究？

普遍意義的不同解讀

在探討上面的問題之前，我們要對何謂「普遍意義」作出一些詮釋。在某種意義上，追求普遍性是無可厚非，甚至的確是重要的。如果香港的研究發現只適用於香港，那麼為什麼其他國家地區的學者要閱讀有關香港的研究呢？不過，不同的學術傳統對普遍性可以有不同的理解。就本文的目的而言，筆者想粗略地指出四個理解普遍意義的方式。

首先，傳統實證社會科學研究強調通過量化方法，尋找變項與變項之間的關係，這些關係應該具「普遍性」，意謂這些關係應該放諸四海而皆準，例如傳播學中的第三人效應理論 (third-person effects) 指出，因為人有保衛自我的傾向，人們傾向認為媒體對他人產生較大負面影響，對自己則不會有太大負面影響，而對媒體效應的認知可能會影響對媒體審查的態度或其他行為。近40年的第三人效應研究，建立了很多這種關於人們如何評判媒體影響的「法則」，這些法

則在不同社會都是成立的。這類研究對國際學界的貢獻，在於其發現應該適用於任何社會（至於研究者如何說服別人接受這點則是一個挑戰）。也因此，當研究者進行這類研究時，研究的設計在大部分情況下都是去場景化（de-contextualized）的，寫文章時也不會對社會場景有詳細的描述。

　　固然，進行實證研究的學者發現，很多變量與變量之間的關係並不是放諸四海而皆準的。兩個變項之間的關係可以建基於其他條件，這些條件可以是個人層次的，例如媒體使用和知識增長往往在教育水平高的人們中有更強的關係，因為一般情況下，教育水平高的人從媒體吸收知識的能力也較高。但這些條件也可以來自人們身處的社會和文化，例如在沉默的螺旋理論中，抱持著屬於少數的觀點的人，可能較不願意公開表達自己的意見，但抱持的觀點屬多數與否和表達意欲之間的關係，可能在集體主義文化較強的社會中較為明顯，在個人主義文化較強的社會中則較弱。於是，第二種令研究具備普遍意義的方法，是把場景視為具理論意義的變項，需要被概念化和操作化，研究者要建立的不是一套放諸四海而皆準的法則，而是一套包含了場景差異在內的法則。在不同場景中進行研究，以至進行同時包含多個場景的比較研究，變得更加重要。

　　上述兩類研究的普遍意義都跟確立變項之間的關係有關，但學術研究帶來的概念或理論上的突破，不一定涉及變項之間的關係。一些重要的學術研究成果在於提出一個普遍存在而極具文化或社會意義的現象，並對該現象進行概念性的討論，使現象變成具普遍理論意義的東西。例如哈伯馬斯對公共領域的結構轉型的分析，除探討了資本主義下社會文化的轉變如何影響公共性的體現之外，其研究最基本的重要性，就在於把公共領域（public sphere）或公共性（publicity）發展成為一個社會和政治分析的重心概念（Habermas, 1989），縱使不同社會不同年代中實際存在的公共領域型態不一，但作為一個抽象概念和「反事實理想型」（counter-factual ideal），批判公共性（critical publicity）可以被用來作為評判任何社會的公共傳播的標準。值得留意的是，要達到生產具普遍性概念的效果，研究者也需

要在理論建構時去場景化，令生產出來的概念脫離非常特定的社會背景而存在。

　　當然，公共領域這種概念在多大程度上適用於分析所有社會，是可以商榷的。使用批判公共性作為概念基礎來批判威權主義國家的公共傳播，不一定很有意義。就像變項與變項之間的關係並不常常放諸四海而皆準，世界上也不一定有一套適合所有社會和場景的關於社會和媒體運作的理論和概念。在社會科學研究中，另一種把在地經驗和現象普遍化的路徑，是把它們轉化成適用於某類型特定社會的理論和概念，例如非洲和南亞背景的學者發展出後殖民主義理論，來分析他們身處的社會狀態，或者上世紀70年代，不少南美學者發展出依賴型發展 (dependent development) 理論，解釋第三世界國家在經濟發展上遇到的困境 (Cardoso & Faletto, 1979)，這些研究和理論發展的特色，是它們一方面嘗試使在地經驗更具普遍性，但把發展出來的理論的適用範圍規限在處於特定狀態中的社會。這種研究可以說是把場景理論化，即是說它們的目標就在於發展出適用於某一類社會場景的理論。

表一　四種社會科學研究的普遍意義

路徑	對場景的處理
1. 尋找變項關係的普遍法則	去場景化
2. 尋找變項關係的場景條件	場景操作化
3. 把現象發展成普遍適用的概念	去場景化
4. 發展關於特定類型社會的理論	場景理論化

　　表一總括了上述四種發展研究的普遍意義的路徑以及它們對場景的處理手法。有兩點要在這裡說明。首先，來自不同學術傳統的學者對這四條路徑的重要性大概會有不同看法，但本文的討論不建基於對四條路徑孰優孰劣的判斷上。第二，誠然，以上的文字只是一個非常粗略的整理。要在知識社會學和社會科學哲學層面去探究「普遍意義」的問題，需要比上面的討論深入得多。但就本文而言，表一整理出來的路徑可以幫助筆者討論香港過往的傳播研究如何發展出其普遍意義，以及對傳播學研究本身作出了什麼貢獻。

常態科學裡的香港傳播研究

在很多社會科學領域中，嘗試尋找變項之間的關係的普遍法則，往往意味著參與到 Thomas Kuhn (1996) 所說的常態科學 (normal science) 和既定範式 (paradigm) 之中。在實證社會科學研究裡，一個「理論」的初型往往只是一條或幾條簡單公式，例如媒體議程會影響公眾議程，或者媒體對世界的描述會塑造人們對世界的基本認知。固然，理論之所以重要，是因為它們在處理一些重要的社會及媒體現象，而提出的「公式」背後有一套重要的原理、觀點和假設。研究者發展該理論，就是基於理論的原理和假設，或加入新的理論觀點，然後發掘更多、更細緻的變項關係，豐富人們對該社會及媒體現象的理解。在常態科學中，知識的累積就像拼圖，每個研究就是拼圖的一小塊，所有研究加起來，就成為一幅碩大的圖像。

在這種意義上，香港的傳播研究也確實替不少理論範式提供過很多有趣的研究結果，例如 Willnat 及 Zhu (1996) 以回歸前過渡期內的中英爭拗為例，以時間序列數據展現媒體的促發 (priming) 效應。Willnat (1996) 把第三人效應和沉默的螺旋連結起來，其研究發現，第三人效應會影響人們對周遭民意的認知，因而影響到意見表達的意欲。Chen、Guo 及 Su (2020) 則探討網絡議程設定、選擇性接收和意見劇目之間的關係，該研究發現網絡議程設定效應跟人們有否進行選擇性接收有關，而選擇性接收對人們的影響，則不只在於人們自己會抱持什麼意見，也在於人們會如何認知站在對立面的民眾的意見。這些研究，各自為個別理論範式作出了一些貢獻。

不過，當關於一個理論或課題的研究愈來愈多，累積的知識也愈來愈多時，研究者要為該理論再加上重要的新資訊，會變得愈來愈不容易，久而久之，研究所處理的問題可能變得愈來愈狹窄，甚至給人「鑽牛角尖」的感覺。所以，若要通過參與發展既定理論範式而對傳播學產生較重要的貢獻，早期介入是重要的，亦即是當相關現象、課題或理論剛開始出現時就進行研究。以一個較近年的研究為例，互聯網和社交媒體的興起帶來有關迴音廊現象的討論，一些

學者擔心，網絡傳播會出現巴爾幹化（cyberbalkanization）的現象，人們只跟意見相近的人溝通，結果只強化自己的意見，促使社會上民意的兩極化（Sunstein, 2017）。就著這個問題，陳仲康和傅景華把網絡數據和民調數據合併分析，建構一個網絡巴爾幹化程度的指數，然後展示出網絡巴爾幹化的程度和民意兩極化的程度的確有因果關係（Chan & Fu, 2017）。該研究的貢獻，第一是率先以整合層次的數據分析網絡巴爾幹化程度對民意兩極化的影響，第二是在方法學上展示了如何建構一個網絡巴爾幹化程度指數，第三是顯示了網絡巴爾幹化程度指數也是可升可跌的，網絡巴爾幹化不應被當成社交媒體的必然效果。

可以指出的是，當國際傳播學界的研究議程仍在一定程度上被美國傳播研究主導時，身處亞洲的學者在一般情況下也許會有一點滯後，但偶然也會有例外的情況。近十幾年來，隨著智能手機普及，流動傳播（mobile communication）成為了一個非常重要的領域，但流動電話在香港的普及化其實比在歐美國家來得更早。事實上，最早有關流動電話使用的研究，有不少正是在香港進行的，其中梁永熾和魏然早在2000年就已經以使用與滿足為理論框架，探究人們為何使用流動電話（Leung & Wei, 2000）。根據Google Scholar，到2020年6月為止，該篇文章共被引用超過1,200次。梁永熾早年一些關於流動電話或網絡通訊程式的使用研究，也是該領域裡被高度引用的文獻（Leung, 2001, 2009）。

不過，除了介入一個理論範式或研究問題的時間外，香港研究要向國際傳播學作出特別貢獻，也可以嘗試集中分析一些既具備普遍性，同時亦在香港較為突出的現象。例如上面提到，社交媒體和民意兩極化是近年政治傳播和新媒體學者非常關注的問題，小林哲郎在2020年出版的一篇文章中，就從社會心理學角度出發，指出社交媒體會否使意見兩極化，其實視乎人們的身分認同，擁有單一身分認同的人在使用媒體時會傾向選擇性接收，而他們的社交媒體使用會使意見變得兩極，但擁有混合身分認同的人在使用媒體時沒有明顯的選擇性接收，他們的社交媒體使用會使意見變得沒有那麼兩

極 (Kobayashi, 2020)。一方面，自從 80 年代，香港人的身分認同是香港研究的重點課題之一，其中一個中心問題就是香港人在多大程度上同時認同自己是中國人 (Lau & Kuan, 1988)，但另一方面，單一身分認同與混合身分認同之間的差異，是一個具普遍理論意義的現象。小林哲郎的文章就利用了這點，以香港案例增進了大家對社交媒體如何影響民意兩極化的了解。換句話說，將本地社會的顯著現象跟具普遍意義的概念問題掛鈎，是增進本地傳播學研究對國際傳播學研究的貢獻的一個重要方法。

比較研究與香港研究

傳統社會科學嘗試尋找放諸四海而皆準的法則，但不同社會在政治制度、歷史發展、文化價值和社會結構上均可以存在或大或小的差異，真正放諸四海而皆準的法則不一定有很多。不過，不同社會之間的差異可以是有其邏輯及系統的，政治制度或文化價值等可以是一些現象或變項關係出現的條件。舉一個新聞學研究的例子，Cohen 等學者在 90 年代中已經指出，一個社會的新聞機構在報導國際新聞時，會傾向把國際新聞本地化，讓本地受眾更能了解每一則國際新聞的重要性和意義，或令遙遠國度所發生的事情變得對本地受眾而言較為有趣 (Cohen, Levy, Roeh, & Gurevitch, 1996)。其後，不少在不同國家進行的研究，均重複展現國際新聞本地化的現象 (Alasuutari, Qadir, & Creutz, 2013; Ruigrok & Atteveldt, 2007)，李金銓等對國際媒體如何報導香港回歸的分析，也強調不同國家在進行報導時使用各自的國家稜鏡 (national prisms) (Lee, Chan, Pan, & So, 2002)。

不過，是否每個國家的新聞機構，都會在處理國際新聞時進行同樣程度的本地化？若否，有什麼因素會影響到本地化的程度？基於一個包括香港在內的 17 個國家和地區所進行的國際新聞比較研究所得數據，Lee (2015a) 發現，如果一個國家的民眾對國際新聞的興趣愈大，那個國家的新聞機構在報導國際新聞時愈不會傾向將新聞

內容本地化。這結果顯示，本地化是新聞機構在回應對國際新聞興趣不大的民眾時所採取的一種補足策略，當受眾本身對國際新聞感到興趣時，本地化的需要反而不大。

Lee (2015a) 的研究結果指向民眾特徵對特定傳媒現象的影響。但如前所述，比較研究也可以發掘出一個社會在宏觀層次上的特徵如何改變特定變項之間的關係，亦即是說社會特徵如何成為條件變項 (conditioning variable)。Lee (2009) 對電影獎項如何影響美國電影的亞洲票房的研究是一個例子。建基於媒體經濟學和國際傳播中「文化折扣」(cultural discount) 這個概念，Lee (2009) 發現，在統計上控制了製作成本及放映時段等因素之後，獲得跟戲劇情節或演出相關的奧斯卡獎項的美國電影，在九個亞洲市場中得到的票房比其他美國電影得到的票房要低，這結果可以通過文化折扣的概念去理解。更重要的是，這個「戲劇類獎項」和「票房」之間的負相關，在不同市場中強度不一：在文化上跟美國距離愈遠的市場中，「戲劇類獎項」和「票房」之間的負相關會更為顯著，這也是用文化折扣這概念可以解釋的結果。

以上提及的兩個例子，均顯示了比較研究的價值。值得指出的是，比較研究也可以幫助研究者更好地了解自己身處的社會的特徵。例如香港也參與了由德國學者Thomas Hanitszch發起及統籌的「新聞的世界」(Worlds of Journalism) 比較研究。該研究在2013至2015年於超過60個國家地區進行了第二波新聞工作者調查。研究結果顯示，香港新聞工作者自我評估的自主程度，在所有國家地區中排尾三。進一步的分析顯示，一個國家地區中的新聞工作者自我評估的自主程度，跟該國家地區的新聞自由程度有關，也跟該國家地區中的新聞工作者的平均年資有關。不過，這兩個因素只能非常局部地解釋香港新聞工作者的低自主程度。香港新聞工作者實際上自我評估的自主程度，比根據新聞自由程度和從業員平均年資所預測的自主程度要低得多。當用圖表來表達時，香港甚至明顯地是一個離群值。簡單地說，就是香港新聞工作者的自主程度「不乎尋常地低」，而這一點是通過比較研究才能發掘出來的 (李立峯，2016)。

參與比較研究，也是讓本地研究的普遍意義更為明顯的一種方法。隨著資訊科技的發展、國際交通的便利、各地學術機構對國際化的重視，以及隨之而來的國際研究人員網絡的建立，比較研究在過去十多年來有長足的發展 (Chan, 2015)。當然，較大規模的比較研究始終不特別常見，不是每位學者都有機會參與到這類研究之中。而且，從另一角度看，在一個大規模的比較研究中，每一個作為「個案」的國家地區，都只是一個「數據點」而已，它被包括到研究中與否，其實不會對研究結果產生太大影響，例如在上述的例子中，就算那個關於美國電影的亞洲票房的分析不包括香港，該研究大抵也會得出同樣的結論。就算新聞的世界比較研究不包括香港，我們還是可以從數據中得出自主程度如何受新聞自由程度和新聞工作者年資影響。

因此，這一節的重點不在強調比較研究本身。重點是，所謂具普遍性的知識不一定在於人們能否在不同場景中找到共通的現象，場景的多元性是社會現實，而這場景的多元性如何影響媒體與社會現象，也應該是普遍知識的重要成分。縱使在單一特定社會進行研究時，研究者也可以謹記比較邏輯，著眼於該社會場景的一些特徵，並嘗試在設定研究假設或詮釋研究結果時把社會場景的特徵考慮在內。

普遍現象的概念建構

所以，除了參與既定範式以內的知識累積，一個地方的學者若能建立一些具普遍意義的學術概念甚至理論，其對國際傳播學的貢獻可說是更為重要。例如沉默的螺旋由德國學者Elizabeth Noelle-Neuman通過在德國進行的研究發展出來。而在由香港傳播研究發展出來的學術概念中，抗爭範式 (protest paradigm) 可以說是最成功地對國際傳播學研究產生影響的例子。

抗爭範式是由陳韜文及李金銓在80年代初發展出來，用來形容及解釋新聞媒體如何報導社會運動的概念 (Chan & Lee, 1984)。兩位學者先由批判政治經濟學出發，指出主流媒體嵌入於社會的政治經

濟結構之中，媒體會協助進行社會控制，所以往往會有親建制的偏向。傳統上，社會運動是位於社會邊緣的人採取制度以外的渠道和方法，對主流社會的價值、既定的社會結構，或現存的政策作出挑戰。因此，主流媒體會傾向對社會運動作出負面報導，方式包括把抗爭者描述為特異和不正常的人士、強調抗爭行動裡一些最激進和危險的行為、報導大量使用親建制人士為消息來源、對社會運動背後的理念少作報導和探討等。

陳韜文和李金銓固然不是率先指出傳媒有負面報導社會運動的傾向的學者，在一個較為籠統的層次上，兩人的理論觀點跟 Todd Gitlin (1980) 對美國媒體如何報導民權運動的經典研究是一致的。但抗爭範式這個概念的優點，在於它恰當地概括了主流媒體對社會運動的報導的主要特徵，它讓研究者可以有效率和扼要地分析媒體內容以及這些內容對民眾態度的影響 (McLeod & Hertog, 1998)。

有趣的是，抗爭範式這個概念並沒有立即受到其他傳播學者的高度重視。筆者在社會科學研究索引 (Social Science Citation Index) 裡作關鍵字搜尋，發現在 2009 年或以前，只有 3 篇文章在標題或摘要中提到抗爭範式這個概念。不過，在 2010 年至 2014 年，在標題或摘要中提到抗爭範式的有 9 篇文章，到了 2015 至 2019 年間，相應數字上升至 22 篇。這上升趨勢背後大概有兩個主要的原因。首先，在世界各地，社會運動和集體行動在過去 20 多年成為愈來愈顯著的現象，在 2010 年前後，佔領華爾街、阿拉伯之春，或香港的雨傘運動等令很多學者更關注到媒體與大型社會抗爭事件之間的關係。隨著學術界對社會運動研究愈來愈重視，對用來分析媒體與社會運動的關係的概念也自然愈來愈重視。第二，隨著社會運動在世界多個地方的常態化，不少學者指出，媒體不再必然地對社會抗爭進行負面描述 (Cottle, 2008)，另類媒體的興起也使社會運動的媒體形象更加多樣化 (Harlow & Johnson, 2011)。但正是因為媒體對社運的報導方式變得多樣化，更多學者嘗試探討有什麼因素會影響媒體如何報導社會運動，抗爭範式作為一個既有概括性又容易操作化的概念，在這些研究中扮演了重要的角色 (如 Lee, 2014; Weaver & Scacco, 2013)。

抗爭範式這個例子可以説明幾點。首先，香港的在地研究的確可以通過對現象的抽象化，配合既有的理論觀點，創造出具普遍理論意義的概念。這個過程在一定程度上也需要去場景化，使到抗爭範式作為一個抽象概念，其意涵並不建基於香港社會的特徵。不過，一個從本地研究發展出來的概念能否得到國際學術界的青睞，也難免依賴於一些環境和時機的因素。另外，學者自己以及其所屬學術群體如何推廣一個理論或概念，也可能會影響該理論或概念的流傳程度，但這不在本文的討論範圍之內了。

抗爭範式固然不是香港傳播學研究所得出的唯一有普遍意義的概念。近年另一個值得留意的概念是「結構性審查」（constitutive censorship）（區家麟，2017）。自從過渡期開始，媒體自我審查一直是不少香港傳播學者關注的問題。李金銓對自我審查的定義，強調的是新聞工作者為了向權力中心獲取利益或避免懲罰，對新聞內容進行修飾或改動，甚或忽視一些重要的新聞資訊（Lee, 1998）。不過，自我審查向來難以被證實，因為當相關爭議出現時，新聞工作者不會承認自己有審查的行為，而外人難以證明一篇有問題的報導到底是審查的結果，是真心的錯失，抑或只是不同新聞工作者的新聞判斷有差異而已。另外，亦有香港研究指出過，所謂自我審查，多是整個新聞機構內部運作的結果，而不純粹是個別新聞工作者的行為（Lee & Chan, 2009a）。在這個背景下，區家麟（2017）從後結構主義學者的論述借用結構性審查一詞，指出審查可以是一種嵌入於結構中的和常態化的狀態，具體一點說，就是新聞機構如何通過資源調配、人手配置、流程設置等，令具批判性的新聞報導難以被生產出來。結構性審查應該可以用來分析不同社會中均會在不同程度上出現的機構內部審查狀況，值得各地的新聞學者多加重視和借用。

適用於特定社會的理論建構

從 80 年代開始，香港進入回歸前的過渡期，同時，港英政府推行代議政制民主化，香港經歷了政治體制的變遷。正如 Lee 及 Chan

(2009b)在回顧香港政治傳播研究時指出,歐美民主社會的政治制度和架構相對穩定,政治傳播學可以集中分析在一個既定制度框架下出現的事物和現象,但對香港學者而言,研究政治傳播,不能完全迴避政治體制的變化如何影響政治傳播現象本身。

就著這個課題,陳韜文及李金銓在80年代進行的一系列研究,提供了一個分析媒體與政治變遷的理論框架(Chan & Lee, 1991)。他們指出,媒體和政治經濟結構密不可分,媒體始終有向權力中心靠攏的傾向。這意味著兩點。第一,當一個社會的政治權力愈分散,媒體不用向單一的權力中心靠攏,媒體享有的自主和自由程度也會較高。第二,當一個社會的政治權力發生轉移,媒體的取向和表現也會有相應的轉移。把這兩點應用到香港,那意味著,由於過渡期裡有一個中英二元權力結構,新聞媒體在80至90年代可以享有高度的自由,但隨著回歸來臨,權力結構變回一元,新聞媒體便會出現向新權力中心靠攏的跡象。在理論層次,陳、李二人建立了一個以三個重心概念為基礎的分析框架。首先,權力中心會用各種方法籠絡媒體,嘗試對其施加影響力及控制,陳、李二人稱此為「籠絡政治」(politics of cooptation)。第二,為了自身的利益和安全,媒體會嘗試適應新的政治結構和環境,跟新的權力中心合作,或至少不跟新的權力中心對抗,陳、李二人稱此為「適應政治」(politics of accommodation)。第三,也是最有趣的,媒體變遷不會是簡單和直線的轉變,媒體的運作受到各種力量的左右,包括市場、民意、媒體機構之間的互動、新聞工作者的專業理念等。當有重大事件發生時,市場、民意以及專業考慮可能使媒體抗拒向權力靠攏,在一段時間之內局部還原到原本的狀態,陳、李二人稱此為「復原政治」(politics of regression)。

陳、李二人在90年代初的理論框架較重視「結構」的影響,上層的政治結構轉變是主要的自變項,媒體轉變則是依變項。李金銓在回歸後早期對香港傳媒狀況的分析,則更強調媒體機構和新聞工作者的能動性(Lee, 2000),更強調不同行動者之間的動態互動,如何塑造媒體和社會的變化。李金銓指出,香港媒體同時面對政治壓力和專業及市場考量時,發展出一套策略禮儀(strategic ritual),讓新聞界可以同

時應對政治壓力和保持自己的公信力。這觀點後來亦被其他學者一直用來分析香港的新聞自由在回歸之後的動態演變（Lee, 2007, 2015b）。

以上對於媒體與政治變遷的分析，也是香港傳播研究對傳播學的主要貢獻，相關的理論框架和概念有一定的普遍意義，不過，並不是因為它們適用於所有社會，上述研究處理的問題是媒體與政治變遷的關係，所以其所發展出來的理論及研究結果，特別適用於經歷重大政治變化的社會之中，而 80 和 90 年代的香港則是這類型社會的一個重要案例，可以被視為一個讓學者檢視相關課題的社會實驗室（Chan & Lee, 1991）。

廣義而言，學者在香港進行研究時，可以建基於對香港社會整體的一種概念性了解，例如在回歸後至 2020 年間，香港可以被視為一個變遷中的社會（transitional society），在政治制度上可以被視為一個混合政體（hybrid regime）（Levitsky & Way, 2010），在經濟和社會發展上可以被視為一個全球城市（global city）（Sassen, 1991），放到威權主義國家如何跟全球新自由主義接軌的問題上，則可以被視為一個「例外空間」（Ong, 2006）。若從這些基礎出發，在香港進行研究，就是對關於這些類型的社會的理論作出貢獻。

從這個角度出發，另一個值得提出的例子，是馬傑偉對衛星現代性的分析（Ma, 2012）。馬傑偉的研究表面上針對香港普及文化如何影響中國社會，以及在回歸前後移居到香港的大陸人如何適應及融入香港的生活。但他把這些問題放到文化全球化的脈絡中去理解。他指出，文化全球化並不是直線地由「西方」或「北方」去影響「東方」或「南方」。在全球化的歷程中，一些城市和地方會成為中轉點，這些中轉點先行受到現代文化或西方文化的影響，在其身處的區域也率先發展出一種相對地沒有那麼脫離區域文化傳統的現代性，而通過媒體和普及文化產物，這些中轉點會向區域內的其他地方和城市輸出那一種已經經歷一定程度的本地化的現代性。所以，一個區域內有很多地方和城市其實並不是直接向西方「學習」現代性的，他們的學習對象往往是區域內的那些衛星中轉站。在傳播學以外，香港也有社會學者討論過香港作為全球城市的特徵（Chiu & Lui,

2009），而馬傑偉的論述，可以為向來較為聚焦政治經濟問題的全球城市理論，補充媒體和文化意義的部分。

結語

本文以香港傳播研究的國際能見度為切入點，指出本地研究要為國際學術界作出貢獻，需要解答研究的普遍意義的問題。文章進一步提出四種讓研究具備普遍意義的方式，然後以不同的例子説明，香港傳播研究對國際學術界作出了什麼樣的貢獻。這裡，筆者要指出的是，這篇文章只是因應其重心和結構，重點地介紹了一些筆者個人認為較為突出的香港傳播研究。文章提到的只是香港傳播研究的一小部分。無論如何，雖然我們很難將學術貢獻量化，但筆者相信，對一個只有幾百萬人口的彈丸之地而言，香港傳播研究的貢獻可算是非常顯著的。

作為結語，筆者希望再闡釋一下普遍性和場景特殊性的關係。現代社會科學意義上的傳播學由美國主導，雖然90年代之後，傳播學界已經有過很多去西方化或國際化的討論（Lee, 2015; Park & Curran, 2000），但美國主導這一個特徵並未完全消失。華人社會的學者常要思考借用從美國或西方發展出來的理論來分析在地的現象，而一些學者則會強調個別華人社會的特殊性，強調西方理論不一定適用。這個判斷固然是有道理的，但強調自身社會的特殊性應該只是理論發展中的一個步驟，最終目的仍然應該是一些具備某種普遍意義的知識。亦即是説，在進行研究時，關注及強調自身社會的特殊性，可以使研究者避免因強行套用西方理論而扭曲在地現象，產生脱離真實的學術成果，但若研究者不再進一步重新將在地現象普遍化，生產的知識不會對其他國家地區的學者有意義，這不只會在實際上影響研究的國際能見度，更重要的是研究的確稱不上對普遍的學術知識有貢獻。

也要澄清的是，強調普遍性和強調特殊性可以是並行不悖的，一個研究的結果可以一方面有具普遍性的地方，同時有指向在地特

殊性的地方。好的傳播學研究應同時具備兩者。在理想的狀態中，學術寫作和發表渠道可以有多樣性，面向在地讀者的文章可以較高舉現象的特殊性和研究對所身處的社會的意義，面向國際讀者的文章則強調普遍意義。

參考文獻

李立峯（2016 年 10 月 20 日）。〈在全球比較研究中，看香港新聞工作者的自主程度〉。《明報》，第 A29 版。

區家麟（2017）。《二十道陰影下的自由：香港新聞審查日常》。香港：中文大學出版社。

鍾耀華（2015 年 11 月 19 日）。〈大學走向國際，香港研究卻走向死亡？（上）〉。《端傳媒》，取自 https://theinitium.com/article/20151103-hongkong-hk studies01/。

Alasuutari, P., Qadir, A., & Creutz, K. (2013). The domestication of foreign news: News stories related to the 2011 Egyptian revolution in British, Finnish and Pakistani newspapers. *Media, Culture & Society, 35*(6), 692–707.

Cardoso, F. H., & Faletto, E. (1979). *Dependency and development in Latin America*. CA: University in California Press.

Chan, C. H., & Fu, K. W. (2017). Relationship between cyberbalkanization and opinion polarization: Time-series analysis on Facebook pages and opinion polls during the Hong Kong Occupy Movement and the associated debate on political reform. *Journal of Computer-Mediated Communication, 22*(5), 266–283.

Chan, J. M., & Lee, C. C. (1991). *Mass media and political transition*. New York: The Guilford Press.

Chan, J. M. (2015). Research network and comparative communication studies: Practice and reflections. In J. M. Chan & F. L. F. Lee (Eds.), *Advancing comparative media and communication research* (pp. 241–256). New York: Routledge.

Chan, J. M., & Lee, C. C. (1984). Journalistic paradigms on civil protests: A case study of Hong Kong. In A. Arno & W. Dissanayake (Eds.), *The news media in national and international conflict*. Boulder. Colorado: Westview.

Chen, H. T., Guo, L., & Su, C. (2020). Network agenda-setting, partisan selective exposure, and opinion repertoire: The effects of pro- and counter-attitudinal media in Hong Kong. *Journal of Communication, 70*(1), 35–59.

Chiu, S., & Lui, T. L. (2009). *Hong Kong: Becoming a Chinese global city*. New York: Routledge.

Cohen, A., Levy, M. R., Roeh, I., & Gurevitch, M. (Eds.) (1996). *Global newsrooms, local audiences*. London: J. Libbey.

Cottle, S. (2008). Reporting demonstrations: The changing media politics of dissent. *Media, Culture & Society, 30*(6), 853–872.

Gitlin, T. (1980). *The whole world is watching*. CA: University of California Press.

Habermas, J. (1989). *The structural transformation of the public sphere*. Cambridge, Mass.: MIT Press.

Harlow, S., & Johnson, T. J. (2011). Overthrowing the protest paradigm? How the *New York Times, Global Voices*, and Twitter covered the Egyptian Revolution. *International Journal of Communication, 5*, 1359–1374.

Kobayashi, T. (2020). Depolarization through social media use: Evidence from dual identifiers in Hong Kong. *New Media & Society*, advanced online publication. https://doi.org/10.1177/1461444820910124

Kuhn, T. (1996). *The structure of scientific revolution*. Chicago: University of Chicago Press.

Lau, S.-K., & Kuan, H.-C. (1988). *The ethos of the Hong Kong Chinese*. Hong Kong: The Chinese University of Hong Kong Press.

Lee, C. C. (1998). Press self-censorship and political transition in Hong Kong. *Harvard International Journal of Press/Politics, 3*(2), 55–73.

Lee, C. C. (2000). The paradox of political economy: Media structure, press freedom, and regime change in Hong Kong. In C. C. Lee (ed.), *Power, money, and media*. Illinois: Northwestern University Press.

Lee. C. C., Chan, J. M., Pan, Z., & So, C. Y. K. (2002). *Global media spectacle*. Albany, NY: State University of New York Press.

Lee, C. C. (Ed.) (2015). *Internationalizing international communication*. Ann Arbor: University of Michigan Press.

Lee, F. L. F., & Chan, J. M. (2005). Political attitudes, participation, and Hong Kong identities after 1997. *Issues and Studies, 41*(2), 1–35.

Lee, F. L. F. (2007). Strategic interaction, cultural co-orientation, and press freedom in Hong Kong. *Asian Journal of Communication, 17*(2), 134–147.

Lee, F. L. F. (2009). Cultural discount of cinematic achievement: The Academy Awards and U.S. movies' East Asian box office. *Journal of Cultural Economics, 33*(4), 239–262.

Lee, F. L. F., & Chan, J. M. (2009a). The organizational production of self-censorship in the Hong Kong media. *International Journal of Press/Politics, 14*, 112–133.

Lee, F. L. F., & Chan, J. M. (2009b). Making sense of political transition: A review of political communication research in Hong Kong. In L. Willnat & A. Aw (Eds). *Political communication in Asia* (pp. 9–42). London: Routledge.

Lee, F. L. F. (2014). Triggering the protest paradigm: Examining factors affecting news coverage of protests. *International Journal of Communication, 8*, 2725–2746.

Lee, F. L. F. (2015a). Domestication of foreign news considered comparatively: Variable applications and relationships with audience interests. In J. M. Chan & F. L. F. Lee (Eds.), *Advancing comparative media and communication research* (pp. 204–223). New York: Routledge.

Lee, F. L. F. (2015b). Press freedom and political change in Hong Kong. In G. Rawnsley & M. Y. Rawnsley (Eds.), *The Routledge handbook of Chinese media*. London: Routledge.

Leung, L., & Wei, R. (2000). More than just talk on the move: Uses and gratifications of the cellular phone. *Journalism & Mass Communication Quarterly, 77*(2), 308–320.

Leung, L. (2001). College student motives for chatting on ICQ. *New Media & Society, 3*(4), 483–500.

Leung, L. (2009). User-generated content on the internet: An examination of gratifications, civic engagement and psychological empowerment. *New Media & Society, 11*(8), 1327–1347.

Levitsky, S. & Way, L. A. (2010). *Competitive authoritarianism: Hybrid regimes after the Cold War*. New York: Cambridge University Press.

Lin, A. (2009). Local interpretation of global management discourses in higher education in Hong Kong: Potential impact on academic culture. *Inter-Asia Cultural Studies, 10*(2), 260–274.

Ma, E. (2012). *Desiring Hong Kong, consuming South China*. Hong Kong: Hong Kong University Press.

McLeod, D. M., & Hertog, J. K. (1998). Social control and the mass media's role in the regulation of protest groups: The communicative acts perspective. In D. Demers & K. Viswanath (Eds.), *Mass media, social control and social change*. IA: Iowa State University Press.

Ong, A. (2006). *Neoliberalism as exception*. Durham: Duke University Press.

Park, M. J., & Curran, J. (Eds.) (2000). *De-Westernizing media studies*. London: Routledge.

Ruigrok, N., & van Atteveldt, W. (2007). Global angling with a local angle: How U.S., British, and Dutch newspapers frame global and local terrorist attacks. *Harvard International Journal of Press/Politics, 12*(1), 68–90.

Sassen, S. (1991). *The global city*. Princeton: Princeton University Press.

Sunstein, C. (2017). *#Republic: Divided democracy in the age of social media*. Princeton: Princeton University Press.

Weaver, D. A., & Scacco, J. M. (2013). Revisiting the protest paradigm: The Tea Party as filtered through prime-time Cable news. *International Journal of Press/Politics, 18*(1), 61–84.

Willnat, L. (1996). Mass media and political outspokenness in Hong Kong: Linking the third-person effect and the spiral of silence. *International Journal of Public Opinion Research, 8*(2), 187–212.

Willnat, L., & Zhu, J. (1996). Newspaper coverage and public opinion in Hong Kong: A time-series analysis of media priming. *Political Communication, 13*(2), 231–246.

第三部分

傳播學不同分支領域的
發展和創新

8

再思華人社會組織傳播學的在地發展
與實踐

秦琍琍

前言

　　20世紀末，以西方思維框架為主流的傳播學研究，逐漸揚起東方的學術視野與聲音 (Miike, 2002)。而亞洲的華人傳播學者除了持續進行本土傳播學研究的回顧與整理外 (李少南，2002；李金銓、黃煜，2004；翁秀琪等，2001、2004；孫旭培，2006；須文蔚、陳世敏，1996；陳韜文，1992；臧國仁、汪琪，1993；汪琪、臧國仁，1996)，也漸續推展華人傳播學門的擘畫與討論，以及華人傳播理論的建構和打造 (汪琪、沈清松、羅文輝，2002；陳國明，2007；陳韜文，2004)，以期華人傳播研究能在全球化與本土化的張力中走出新路。

　　源起於美歐的傳播學雖有近百年歷史，但長久以來對於學門的正當性、傳播本質為何的存在論，以及傳播知識如何擷取與建立的知識論等問題，一直存在著論辯與歧見。某些人認為這是傳播學門無法擺脫的宿命，缺乏厚實的核心知識和本體論以與其他歷史悠久的學門並陳；但也有學者認為無論是從 Kuhn (1977) 所說的「學門」定義或 Craig (1999) 所說的「領域」概念來看，傳播學理論與研究的內涵，從來都是跨領域、眾聲喧嘩與反身性的 (秦琍琍，2010)。

　　陳國明 (2001) 曾以樹來比喻傳播學領域，樹的主幹就是「傳播」，而樹上長有六大枝幹：人際傳播學、小團體傳播學、組織傳播

學、公共傳播學、大眾傳播學與文化間傳播學。其中除了關注媒體
與閱聽人研究的新聞學和大眾傳播學外，其餘的研究領域皆屬於口
語傳播學門 (speech communication) 的範疇。這種 Deleuze 與 Guattari
(1988) 所稱之現代性最具特色的樹枝狀知識觀，或許難以完整勾勒
傳播學界領域 (interdisciplinary) 的本質、或是在後現代社會中貫穿且
多元的跨領域 (transdisciplinary) 形貌，但此種懷抱二元邏輯 (binary
logic) 的現代知識體系思維，恰也印證了傳播學在美國的發展，一直
是大眾傳播與口語傳播的並陳並重與分庭抗禮，反觀在台灣與大陸
等華人傳播社群的發展，則一向是偏重於新聞學與大眾傳播的教學
和研究。

　　如此，當華人傳播學者意欲發展「華人傳播」時，除了應進行像
是當年美國傳播學界分別在 1983 與 1993 年的 *Journal of Communication*
中，連續兩次傳播學門的大型對話，以對華人傳播的知識論和本體
論有所討論外，更應對各個傳播次學門的現狀發展進行盤點與分析
(Gouran et al., 1994; Lowery & DeFleur, 1988)，以拆解二元論的對峙
與展現知識延展脈絡的動態與複雜性，進而結合傳播各次領域的知
識，以在數位時代中形成有效解決問題、解釋現象和行動實踐的新
知識。

　　事實上，兩岸傳播學者近年曾分別針對媒體傳播、口語傳播、
組織傳播、公共關係、乃至健康傳播等傳播次學門或是研究領域在
當地的發展進行耙梳 (見李金銓、黃煜，2004；李秀珠，2004；胡銀
玉、胡河寧，2008；徐美苓，2004；秦琍琍，2000、2006、2011；
黃懿慧，2004；趙雅麗，2004等)，但回顧的範疇多限於在地的發
展現況而缺乏對於其他華人社會──特別是兩岸三地的整體觀照與
探討。

　　組織傳播學在華人社會的發展經歷了發酵、分歧，以及建制各
種過程，而組織傳播學在地化發展的內涵，除涉及學術主體性的覺
察，更要能在本土社會與組織脈絡中實踐出來。西方學者 Jones 等人
(2004) 曾提出 21 世紀組織傳播的發展面臨著理論與方法論的創新、
倫理面向的強調、研究分析從微觀到鉅觀層次的挪移、新組織結構
與科技的發展、對組織變革的了解，以及組織多元化的探究等六大

面向的挑戰。然而，西方對此學門發展的反省之於我們又是什麼？華人組織傳播學的發展，一方面跟西方同樣必須面對一個整合領域如何發展成為獨特學門的挑戰；但另方面則更在於能否建構出有別於西方觀點與在地特色的完整知識體系（秦琍琍，2011）。

回應上述思維，本文主要對台、港、陸兩岸三地之組織傳播學的發展與實踐作一回顧與檢視，以勾勒組織傳播學在華人社會的發展軌跡、反思華人社會組織傳播學的在地發展與實踐、並析論未來教學與研究發展的想像藍圖，以為華人學者發展非西方的組織傳播學奠基。主要研究問題與目的為：(1) 檢視組織傳播學在兩岸三地華人社會的現況、發展與流變為何？(2) 探究華人社會組織傳播學的基礎和特色為何？(3) 並藉由前述兩點的討論，再思組織傳播在華人社會的實踐和發展，以期對華人社會組織傳播學及研究所面臨的挑戰提出建議，並進一步發展出華人社會組織傳播學的教育與實踐方案。

組織傳播學與在華人社會的發展現況

華人傳播學近幾十年雖呈現多元化發展，但仍以大眾傳播與媒體研究為重心，對語藝傳播、人際傳播與組織傳播等研究則仍屬缺乏（胡銀玉、胡河寧，2008；孫旭培，2006；陳世敏，2002；秦琍琍，2000、2011；趙雅麗，2004）。然而隨著科技發展與全球化浪潮的席捲，兩岸愈來愈多政府機構、民營企業與非營利組織體認到組織溝通的重要性，紛紛求助於學界以開設各種教育訓練課程；另一方面，在管理學系與相關商學科系中，組織溝通也仍是必要課程之一，只是多從功能論視角，將傳播／溝通視為達成組織目標和人力資源管理的工具、或是組織運作和領導的技巧，缺少從建構主義乃至後現代理論中對於組織和傳播本質的看待，組織傳播僅僅只是組織管理運作的配角。

這樣窄化的理解或定義組織傳播，其實也常於傳播學者們的論述中出現，傳統功能派學者（functionalists）、通則論者（covering-law theorists）、和從事變項分析者（the variable analytic scholars）認為，理

性的經濟目標乃為學門研究重心，這種現代性論述強調的規律與秩序，組織乃為工具性目的而存在的物件，目的通常是更有效率的獲利或是其他組織發展目標，因此傳播多被討論成具有掌控與說服內涵的資訊（information），在通則論、系統理論和溝通技巧理論三個面向，研究主題圍繞著上司／下屬溝通、順服取得、網絡、權力與掌控，以及公眾關係等發展。持此觀點者一如早期社會學者般認為，由於人們持有某些相同的心理特性、且身處相同結構性質的社會與組織處境，因此有著相對一致的普遍行為模式，且無法擺脫外在既存的社會與組織結構形式的制約。

Deetz（2001）曾指出當代西方對於組織傳播學概念化的三個面向：其一是視組織傳播為一學門（discipline），致力於回顧與展望學門的歷史和發展，並從中爬梳何為／何非組織傳播；其次是視傳播為存在於組織中的現象（phenomenon），如此，任何討論組織中傳播現象的研究都是組織傳播，但因不同理論對於何謂組織、何謂傳播有不同見解，因此在定義組織傳播為一跨學門領域（multi-disciplinary field）的同時，常常將對理論的論辯窄化至討論方法論的差異上；第三種視角則是視傳播為描述與解釋組織的方式（descriptor），因此傳播學者所進行的組織研究是與心理學、社會學、人類學或是管理學等其他學門有所區隔的一種獨特思考和理解組織的方式。

最後一種對於組織傳播的概念，凸顯符號互動的組織過程（process of organizing through symbolic interaction），在 1980 年代初期逐漸萌生。學者們將眼光從強調經濟活動轉而聚焦於組織的社會活動，在人類學家 Geertz 文化的論述、社會學家現象學與符號互動論的思想，以及詮釋學和質化研究方法論的激盪下，從詮釋取徑出發的組織文化研究，將過往只重視管理者的研究旨趣，轉而至關懷組織中許許多多他者與文化群體，這種理解「被研究者之理解」的雙重詮釋與溝通「關於溝通」（metacommunication）的複雜過程，需要在組織場域中進行實際田野調查，以從表象進入深層的文化理解。這樣，組織成員不再只是研究對象而是組織中的行動者，組織傳播學則是對人們日常組織生活場域與互動活動的研究，其意涵不僅在於

從傳播去理解與詮釋組織、更突顯出組織溝通與論述的本質,乃在於界定個別組織成員與群體的自我和文化。

　　若再推進,西方組織傳播學更發展出以Marx意識形態的批判和Habermas溝通行動論為兩大軸線,注入對於意義形構的批判理論,以及由後現代主義的對話論點(dialogic perspective)所迸生的斷裂(fragmentation)、文本性(textuality)和抵抗(resistance)等概念。植基在Bourdieu、Derrida、Lyotard、Foucault、Baudrillard、Deleuze和Guattari等人的哲學思維上,更多聚焦於微觀的政治過程,以及權力和抵抗連結的本質(Calás & Smircich, 1991; Mumby & Putman, 1992),宰制在此有別於批判學者所言,乃成為流動的、情境的、沒有場域或起源的,故而研究強調異識(dissensus)的生成與在地/情境(local/situated)的理解。此種後設層次(metalevel)的探討,一方面將組織傳播學門中對於行動與結構張力的核心論辯,從結構決定論轉至真實建構論;另方面亦將傳統對於解決組織秩序問題(problem of order)的討論,導入到對於組織控制問題(problem of control)的探究(秦琍琍,2011)。

　　前述組織傳播學概念化的幾個面向,正反映出此領域研究範疇和主題的移轉。長期以來,組織傳播學者持續對於營利企業、非營利組織、非政府組織、政府機構、工會、社會運動等各類型組織的形構(organizing)、工作,以及溝通相關的問題探究感興趣,早期以社會–經濟為框架的思維,自然不脫植基於市場之上的資本主義運作邏輯,近年研究範疇則漸次拓展至以新的想像與形態,從實踐中觸及社會和組織問題(Kuhn, 2017)。當社會和組織問題經由傳播所觸及和解決時,則傳播無法只簡化成訊息傳遞(messaging)、組織成員無法不談其能動性(human agency)、組織也不再只是恆常穩定的結構(stable and enduring structures)(Kuhn, 2017; Mumby, 2016)。因此,組織傳播學的研究範疇應進化至解決當代資本主義所伴隨的實務問題上。

　　梳理西方組織傳播學門的發展和流變,對於我們有兩個層面的提醒和啟發:一是須對西方組織傳播學門發展有全盤了解與對照,

方能精準析論華人組織傳播學的發展與流變；另方面，建立一個思考框架以進一步梳理華人社會在地知識建構與實踐的企圖，亦須經由完整掌握組織傳播學門典範的轉移與內涵而達成。植基於此，以下分述兩岸華人組織傳播學的發展與現況。

台灣組織傳播學的發展與現況

以台灣而言，秦琍琍（2000、2011）和李秀珠（2004）曾分別對台灣組織傳播學之發展和現況進行過全面的檢視分析，秦琍琍（2011）以國外對於組織傳播定義與領域範圍為篩選原則，依據各校系所網頁、國科會網站、全國碩博士論文檢索系統等資料搜尋，重新回顧自1989到2010年間傳播類博碩士論文時，發現論文題目與關鍵字中有「組織傳播／溝通」、「溝通模式」、「組織文化」、「上下行溝通」、組織中「傳播型態」，以及組織中「領導與溝通」等的論文就有55篇；至於國科會專題研究則有十個、兩篇書籍專章、一本專書，以及五本翻譯的教科書。此一結果較李秀珠2004年所指出，該時期僅有九篇期刊文章、八個國科會專題研究、一篇書籍專章、一本專書以及50篇的碩博士論文以組織傳播為主或是相關主題的產出有所進步。

本研究將文獻回顧時間拉長至2019年，以關鍵字中有「組織傳播／溝通」、「領導溝通」、「組織論述」、「組織／企業文化」，以及「上下行／上下司溝通」等關鍵字重新檢索傳播學門論文與研究計劃，發現這30年間，博碩士學位論文有76篇[1]、國科會專題研究19個、三本專書、五篇書籍專章，其中博碩士論文關鍵字詞頻最高的為「組織文化」。雖然近十年來組織傳播相關領域的研究成果有明顯增加，但台灣目前專精組織傳播之學者不僅為數仍少，且因對「組織傳播」之定義與領域範圍的認定不同，使得一些相關研究仍以其他領域登錄。

組織傳播學於台灣的發展過程中，固然在工業教育、企業管理與行政管理等學門的期刊中，皆可發現相關研究，但嚴格說來，在傳播學門中，政大新聞系之鄭瑞城、彭芸以及淡江的趙雅麗等人，可說是「組織傳播」在台灣早期發展之關鍵人物。這幾位學者雖然在學術社群中之定位仍以新聞與大眾傳播為主，但其早期相關研究與

論述，確實為組織傳播學在台灣之發展奠下基礎（秦琍琍，2000、2011）。

在教學方面，根據近五年各校傳播相關科系網站與教育部全國大學一覽表網址資料[2]整理後發現，目前台灣各大學院校的傳播相關科系中，研究所除了台大、國防大學政戰學院與南華外，其他各校多設有「組織傳播」或相近之課程。其中交大、中山、輔大、世新等校除教授「組織傳播」外，並設有組織行為、傳播管理、媒介（經營）管理以及傳播科技與組織等相關課程；而在大學部方面，亦有半數學校將「組織傳播」或相關課程列為選修，其中唯有世新口語傳播暨社群媒體學系[3]，將該課程列入必修科目中。而各系所之授課師資，除少數學校外，多由具有博士學位之教師擔任。此外，因應數位媒體匯流的時代趨勢，包括世新大學博士班在內的一些系所，將組織傳播和傳播管理相關課程，融入了更多新科技和新媒體的內容。

若以專書來看，自1983年起，陸續有鄭瑞城（1983）所著的《組織傳播》，與陳昭郎所譯的「組織傳播」專書（羅傑斯，1983）出現。及至今日，雖已有多本教科書（李茂政，2008）、專書（秦琍琍，2011），以及專書章節的出現（李秀珠，2004；秦琍琍，2006、2010、2016；秦琍琍、李長潔、張蓉君、徐靖詠，2015），惟相較於其他傳播學門，此類書籍仍多為翻譯著作或是僅止於適合大學部程度的教科書（Andrews, 1999; Slaught, 2002），在實證研究、理論建構與核心知識的奠基上，仍顯單薄。其中秦琍琍（2011）所撰之《重·返實踐——組織傳播理論與研究》一書，將組織傳播學視為是一門關乎人們日常組織生活場域與互動行為的學問，研究焦點為人們如何在日常組織情境中經由傳播／溝通得以存有並展現人性（humanness），並從在地實踐的脈絡探討組織傳播在華人社會的發展。

另一方面，以上述關鍵字檢視自1979到2019年間台灣出版的期刊論文，則可發現有991篇論文，其中發表於TSSCI期刊的有152篇。這些核心期刊論文研究主題從1990年前後聚焦人際溝通結構與人際互動觀察組織，到關注組織承諾、組織氣候與工作滿意度等變項與組織績效，再到近十年強調組織變革與企業形象的認同研究的

發展，除呼應西方組織傳播研究的相關主題的演變外，組織文化也一直是研究的主要議題。而從研究取徑來看，則仍以量化實證和質化詮釋為大宗，批判取徑和後現代的研究幾乎付之闕如。

在學術人力方面，台灣除已有數位專攻組織傳播並在國外拿到博士學位的學者外，世新大學傳播博士學位學程（原傳播研究所博士班）亦提供相關專業領域，畢業生中已有數人以組織傳播為主修領域完成博士論文的撰寫，這些年輕學者的專長領域除企業文化、決策過程、組織內人際網絡以及跨國企業與傳播等，更跨展至媒介管理、公共關係與科學傳播（李長潔，2015）等相關領域。此一學術人力的增加與研究領域之擴展，對此學門在台灣的發展造成質與量的提升。

秦琍琍（2000、2011）在兩次對台灣組織傳播學門現況進行檢視時，曾提出三點看法，對照本次回顧分析仍然適用，顯示組織傳播在台灣的發展並未有長足進步：（1）台灣並未同步當代傳播學域中多元與跨學門的成熟發展，仍以新聞學與大眾傳播研究為主流，本土學者對於傳播各次學門的領域範圍以及學科階層的認定，應採取更為全觀的視野，以整合傳播學門中各次領域的分歧，面對全球化、媒介匯流和科技發展等新時代的挑戰；（2）雖然組織傳播逐漸被人所認識與重視，且有許多學術研究分跨組織傳播與媒介管理、組織傳播與公共關係、組織傳播與媒體從業人員研究、乃至科學傳播等範疇，但因學術背景與師承之故，將組織傳播排除在外；（3）自1995年後，台灣組織傳播學的發展在數量和研究主題上均有所擴張，像是傳播科技與組織溝通、組織內外部電腦中介溝通，以及與行銷傳播扣連等面向，也陸續在各傳播研究所論文中出現，而數篇以組織傳播、組織文化與當代社會文化關聯性的研究顯示，台灣人的組織傳播模式與工作價值觀已逐漸轉變，呈現出在儒家思想、道家思想、日本殖民文化與西方文化交互衝擊動盪下所衍生出的一種特殊形態（李美華，2004、2012；Chin, 1994, 1998）。

多篇研究顯示，台灣社會文化之形成雖深受傳統儒家思想之影響，但在發展過程中因受西方思想衝擊，以及在特有之地理與歷史

發展等種種因素交互作用下，不僅在人格特質、社會行為、價值信念、管理方式與溝通模式上產生了不同於傳統儒家倫理的性格總和；同時，也因在儒道思想之融合並西方文明思潮的調和與衝擊之下，衍生出當代台灣本土特有的文化與發展經驗（Chin, 1997a, 1997b; Yang, 1986; Yum, 1988; 李美華，1999、2015、2016；沈孟湄，2012）。在台灣華人所具有的組織真實與經驗，既不同於西方社會，也不同於中國大陸、香港或新加坡等其他華人社會，呈現獨特的在地意涵。

大陸地區及港澳的組織傳播學發展

傳播學在中國經歷40年的發展，而組織傳播作為傳播學的重要分支學科，在80年代傳入中國後逐漸受到大陸高校的普遍關注（胡銀玉、胡河寧，2008）。2000年以來，眾多新聞傳播學院以及管理學院都已開設組織傳播學課程，愈來愈多的學者進入了組織傳播研究領域，組織傳播研究成果多有生產（陶紅，2010）。

組織傳播在大陸的發展，大致經歷了引進、形成和發展三個時期（胡銀玉、胡河寧，2008）。從1988年引進後，林瑞基在1991年出版《組織傳播》一書，於此階段相關文章主要在介紹此一學門與相關理論，這是大陸第一次出現「組織傳播」的概念；而自2000到2004年，胡銀玉與胡河寧將此時描述為組織傳播的形成期，此時期除有教軍章和劉雙（2000）編纂的《組織傳播》，以及2002年張國才的《組織傳播理論與實務》專書出版外，陸續亦有七篇相關文章產出，主要為梳理組織傳播在中國的發展與方向；從2005年起則進入初步發展期，根據胡銀玉與胡河寧的統計該時共有35篇研究文獻產出，胡河寧在2006、2010年分別出版《組織傳播》和《組織傳播學——結構與關係的象徵性互動》；顧孝華於2007年出版《組織傳播》；此外復旦大學謝靜則分別於2013、2014年撰有《組織傳播學》和《傳播的社區——社區構成與組織的傳播研究》兩本書。其中謝清果和郭漢文於2011年所出版的《和老子學管理：老子的組織傳播智慧》，雖非典型學術著作，但卻是非常具有華人色彩的一本組織傳播書籍。

　　自1984年至今的三十多年間，回顧985和211工程等重點高校，以及中國科學院、社會科學院等研究院所的學位論文，發現論文題目與關鍵詞中有「組織傳播／溝通」、「領導溝通」、「組織論述」、「組織／企業文化」，以及「上下行／上下司溝通」等博士論文在新聞與傳媒學門中有八篇、碩士論文則有161篇；而自2000年以後，關於組織傳播的專書有八本，另有七篇書籍專章以及四本翻譯書籍。

　　從胡銀玉與胡河寧（2008）對於組織傳播在大陸的發展與回顧中可看出，自2005年起學科發展脈絡已成形，相關知識在該社會中也漸被重視。從研究題與研究方法上則可看出，大陸內地的研究主題也已從組織內部的下行、上行和非正式傳播的面向（顧孝華，2007），拓展至新科技對組織運作的影響（劉利永、徐占品，2019）；而研究的組織類型也囊括了教育組織與各種企業（曹殿輝，2018；潘琳，2015）；此外，研究的典範也漸從實證學派進入到文化詮釋觀點對於意義建構的重視（胡河寧，2010；陳力丹，2016）。

　　香港地區則有浸會大學在其傳理學院傳播系（Communication Studies）中，首先設置組織傳播學程，從學科建制的面向來看，香港與澳門是中西會合的樞紐，國際化的程度較兩岸深，嫁接國外傳播學門的發展也顯得更暢達，尤其是香港幾所高校將組織傳播或企業傳播設為專業方向與學位學程。除香港中文大學、浸會大學、澳門大學與澳門科技大學除均開設相關課程外，其中以香港浸會大學開設的組織傳播及相關課程架構完整，是目前兩岸四地高校課程資料中開設數量最多、涵蓋範疇最完善的科系；此外，香港中大新聞與傳播學學士課程亦呼應市民社會發展，開設有非營利組織傳播相關課程，與台灣世新大學口傳系和博士班課程設計理念不謀而合。

　　而在地理環境與師資專長為中、英文雙語的環境下，香港多數教師的論文是以英文發表於美國的期刊中（見Liang, 2014; Sheer, 2010; Sheer & Chen, 2004; Song & Chen, 2007等），此外，香港大學的研究生歷年來亦會在中華傳播學會年會或是中國網路傳播學年會等大型學術會議發表相關論文（如劉雙，1997等）。而在今年《傳播與社會學刊》中亦刊出一篇由中美兩方學者針對組織傳播學發展新路徑進行對話的文章（王茜編，2019）。

　　大陸地區直至1992年才將組織傳播編入國家學科目錄。至2002年，中國科技大學科技傳播與科技政策系將組織傳播列為傳播學碩士研究生的學位課程，並將之作為傳播學碩士學位的培養方向之一。2002年以後，廈門大學、復旦大學、上海交通大學、南京大學、浙江大學、上海交通大學等眾多學校陸續開設了本科生或者研究生的組織傳播相關（如企業傳播、媒介組織經營管理等）選修課程，其中上海交通大學和復旦大學直接開設「組織傳播」和「企業傳播」課程。2007年9月，第一個組織傳播研究所成立於溫州醫學院；同年陝西省傳播學會成立，該學會除了強調組織傳播研究的緊迫性外，並把組織傳播研究作為學會重點推動的工作之一；此外，2005年在北京成立的中國傳播學會，下設有體育傳播專業委員會和組織傳播專業委員會。

　　綜觀大陸地區的組織傳播學發展，雖然受限於研究者背景過於多元與知識缺乏深化，使得知識產製與學科確立仍有努力空間，但近年來在量與質的提升上有極明顯的突破。大陸學者除發表於新聞傳播類期刊和大學學報如《新聞與傳播研究》、《現代傳播》、《新聞大學》等，亦於2006年《今傳媒》雜誌率先開闢「組織傳播研究」專欄，為大陸組織傳播開闢了影響更為深遠的發表平台。該專欄以發表針對企事業單位組織傳播的案例分析文章為主，雖然實務導向的內容並無法承載深度的理論內涵，但此舉突顯了當地社會對於組織傳播實務知識的需求。此外，相關研究主題除呼應新媒體時代的需求外，亦逐漸展開如張國良（2018）所呼籲的強化跨學科的整合，以打破組織傳播學與大眾傳播學之間長期以來無形壁壘的努力。

　　類似於台灣組織傳播學的回顧發現，胡河寧（2010）在〈中國組織傳播研究30年述評〉一文中指出大陸組織傳播學的發展應重視以下三點，如今看來也仍然適用：（1）大陸學者對於理解並探討組織傳播本質和學科核心內涵的把握上仍充滿歧見，有人將組織傳播與公共關係並列、有的認為組織行為應從管理角度視之、也有人將其窄化為組織中的資訊傳播活動，但上述定義基本上都偏離甚至是對組織傳播學科的一種「歪曲和誤導」，呼籲學界應準確地論述組織傳播的核心內涵；（2）組織傳播乃為一門跨學科的知識，因此研究方法以及分析層次的

多元是當代大陸組織傳播學者應重視的議題，研究者除需要整合的知識外，並應妥善運用質化與量化的研究方法，以聯結鉅觀與微觀層面的組織傳播過程；(3) 組織傳播應用層次的理論模式必須強調「本土經驗」，大陸的相關研究應該在理解和掌握西方組織傳播理論精髓的同時，創新出有中國特色的組織傳播研究的理論模式。

從文獻分析與回顧來看，兩岸華人社會的組織傳播研究即使在發展過程中面臨不同的矛盾與挑戰，但兩岸學者進行反思的心得都指向學術研究的主體性和本土經驗的重視，而就後者而言，台灣相關研究顯然因島內多元文化與族群意識的抬頭，在組織文化或是族群文化 (如客家族群、原住民等) 的內涵與認同上有所深耕；反觀大陸，近年許多研究著墨在新媒體的語境下，進行組織傳播和大眾傳播相關議題的探究。這些相似與差異除了呈現兩岸傳播學界對學門正當性的持續思考外，亦反映出組織傳播理論的建立與運用應植基於在地社會的真實中。

華人社會組織傳播學的基礎和特色

對於學術主體性的反思除在知識論面向上掌握研究情境外，更應致力於建立一套知識詮釋架構；在本體論上，學者亦應進入華人社會的脈絡情境中，探究「組織」與「傳播」的本質及意涵為何；而在價值論的面向上，則應進入當代華人文化價值的思維體系，對於組織真實進行描繪與勾勒、並與西方乃至世界非華人地區對話。如此，方能更貼近與精確地形繪在地者的組織生活，據以建構概念與理論、彰顯在地特色。

目前既存的華人組織傳播研究，主要是將傳播理論放入組織脈絡中，然而正因傳播理論的多元與分殊，特別是兩岸三地傳播學門發展偏重新聞與大眾傳播，致使相關研究多著墨於應然分析並提供解決方案，而缺乏描述性的實然分析，以及對於為什麼有此現象的探討。事實上，在地特色的彰顯，意味著應避免單一論點與方法論的狹隘局限，且能從不同的角度探討當代彼處人的工作與生活場

域，並解決其中的問題。如此，則引出兩個基本問題：誰的在地？與為何在地？

華人傳播：誰的在地？

　　黃懿慧 (2010) 指出所謂的華人傳播是植基於華人文化之意義建構與分享的行為，因此華人傳播研究指的是在華人社會所觀察的現象，或是植基於中華文化所呈現出的華人角度理論或觀察。然而，在探討何謂「華人傳播」乃至「華人組織傳播」時，重點並非只在定義「華人傳播」和「文化」，真正需要深思與論證的前提是「華人」(Being Chinese) 與「華人文化」(Chinese culture) 的本質 (秦琍琍，2000)。這些年來華人文化在台灣、港澳、大陸乃至新加坡，早已發展出各自的脈絡與意涵，何謂華人乃至華人文化在兩岸三地，自有傳承與變遷；在探討文化時，若只圍繞在現有文化定義的整理，而不對全球化／在地化的視野與關係進行梳理，則顯然無視於文化的動態性，也缺乏從知識論和本體論建立一套知識詮釋架構的可能。

　　華人傳播之興起，正因為我們認為文化對傳播行為的牽制與影響，是不能全盤將西方學說移植到東方社會，而嘗試著從中華文化的角度提出不同的論說，包括從儒家、道家、佛家、與法家對華人傳播行為的影響，試圖建立傳播學內不同概念且適合解釋東方人思想與行為的理論。但是華人文化在海外、在台灣、在港澳、和在大陸實自有其發展脈絡與異同處，因此一味的「移植」與「挪用」西方的理論與方法固不可取，但將華人文化視為對照於西方文化的普同整體，而忽略從主位研究的概念檢視各個研究場域的歷史與社會發展、並描述在地的特殊文化與其意涵，不僅侷限我們對於華人社會文化真實的了解，亦無法說明各個華人社會文化的異同處。

　　組織傳播為一跨學門領域，在學科發展的過程中，除必須界定範疇與內涵外，亦須具體的將傳播本質與當代組織現象做一聯結。而為了更了解人類在組織情境中的各樣活動、認知與態度，以及真實的建構與維持，研究課題勢必包含個體、人際關係、社會性互動、組織制度與架構、文化，以及整體的社會文化結構等層次，而

這也正是傳播學門一向以來所關注的核心焦點。此種以研究課題(或主題)為導向的看法，固然具備了目的性與實務性的特質而突出實踐學科的特性，但也相對降低理論建構與理論導向的能力；不過，也正因此特質，使得組織傳播得以兼容社會科學與人文學科的理念傳統，而能有一個更廣闊的空間進行論述與研究，如此反而突顯理論建構的真諦－實踐與應用 (Craig & Muller 2007; Littlejohn et al., 2017)。

在地研究取徑與關懷有許多方法可以使用，陳世敏 (2002) 即提出以中國傳統之方志學來進行華人社群研究以貼近在地實情，此與組織民族誌 (organizational ethnography) 來探究在地組織文化與真實的理念相通。組織民族誌是一植基於民族誌研究的田野調查取徑，在理論建構與研究取徑的本體論與知識論等層次屬於闡釋典範。此深受人類學、現象學、與解釋學影響的研究取徑，雖存在多元方法與論點，但其意涵總不外乎自研究者對於「組織成員理解」的理解過程中，來探究組織與社會文化體系中的各種意義。

準此，「文化」固然為華人組織傳播研究的基礎與特色，但21世紀的組織傳播學研究亦必須植基於當代組織情境的變動中，因為組織生活，充滿了矛盾、掌控，以及充分反映出人心與人性，因此在探究組織真實與文化的過程中必須要採取一個反身性的論點 (a reflexive approach)，以掌握隱藏於其中的矛盾與衝突。換言之，當代組織生活是多元世代共有、多元聲音並陳的，新世代組織成員的世界觀與工作觀，不像其父母輩般視「工作」為生命中最重要的價值，當人生不只有工作、人的價值不在於隸屬於哪個組織、人不需要一輩子只待在一個組織時，傳統組織激勵與控制員工的策略將不再適用；在現代性與後現代性並陳眾聲喧嘩的社會組織中，組織型態、溝通結構、管理者角色和科技使用都在快速轉變，傳統功能性的視角亦將無法完全適用。

然從前述分析顯示，華人傳播學者目前對於組織傳播的認識，多停留在視其為組織對內與對外溝通的定義，如此雖突顯溝通技巧性的實用功能，卻欠缺對傳播本質與內涵的彰顯。華人組織傳播學研

究的分歧，反映了學者對於組織實體與傳播角色的不同認知，以及對於理論建構和研究取向關注的匱乏。正因著對於「組織是什麼？該如何運作？以及該如何被研究？」等答案缺乏梳理，自然從理論到實務面，也缺乏對於什麼是既存的（what is out there）（即實務或是本體論）、它應如何被知道（how it can be known）（即理論或是知識論），和前述兩者之間的關係應為何（what is the nature of their interrelationship）等思辯的關懷。

Berger 與 Luckmann（1967）多年前就曾指出社會與組織的構成都是人們日積月累的經由固定的行為模式所形塑出來，並且視這些行為模式為理所當然的繼續遵行。如 Giddens（1979）在其結構化理論中所謂的結構之雙重性般，常被引用來說明人們一方面在社會與組織中受到結構的框架與限制；但另方面人們在此系統中所說所做的結果又會再回去影響、衝撞、與重新形塑結構。在這樣一個限制與衝撞的形塑過程中，傳播的本質即是一個不斷建構與再建構組織真實的過程。因此，傳播不只是組織運作的工具、也不僅停留在達成組織效能的技巧層面，Eisenberg 和 Goodall（2001）就指出人類組織生活的內涵，即是在個體的自我展現／創意與社群的框架／局限中尋求平衡，而這樣的過程唯有透過傳播互動方可達成。

若將組織視為「對話」，則組織中的傳播不僅是文本（text）的論述與交換，更是情境（context）的勾勒與建構。組織傳播並非是單純的線性或互動性，而是一個流動（fluid）、眾聲喧嘩（multi-vocal）、展演（performative），以及永無止境（never finished）的過程（秦琍琍，2011）。也因此，組織應如對話一般，容許差異性的存在，而不企圖去解決、克服、或是整合這樣的歧異，如此方有可能匯流出新的組織管理和權力運作的可能性。

當我們從一個「對話」的取徑來檢視知識與認同時，那麼本土組織傳播學研究的發展重點，就應該是一方面在華人社群的土地上，努力發展出多元的研究取徑與成果，以建構出一套本土組織傳播研究的體系與理論架構；另一方面也應致力於將發展出的知識體系與全球的知識體系做一扣連，因為本土組織傳播研究體系與理論的建

立，就如同自我的確立與認同般，只能定義出我們今日是如何(who we are today)，但若能透過不斷與全球體系學術社群的對話，則我們更可以確立對於未來想望(who we can become)的主體性(秦琍琍，2011)。這也正是李金銓在其縱橫東西方傳播學術生涯50年，語重心長地指出「傳播研究一方面必須深入華人社會的特殊文化肌理，一方面要能在普遍理論上和西方對話」(李金銓，2019：158)。

華人組織傳播：為何在地？

黃懿慧(2010、2017)除定義華人傳播外，並指出應對「華人傳播研究主要的研究取向為何？」「華人傳播研究應建構『普遍性理論』(global theory)抑或專注於解決『有意義的在地性問題』(meaningful local problem)？」「華人傳播之本質在世界觀、理論預設與研究方法上，是否有其特殊性？」以及「理論建構所需關照的前提問題為何？」等議題進行思維。同樣的，這些問題在討論華人組織傳播學時也應被關照。本節將從文化詮釋的視角，對部分提問進行拆解。

以Geertz為代表的象徵—詮釋學派，認為文化並非單在於人們的腦海中，而是存於社會演員們所使用的公共意義裡(Geertz, 1973, 1983)，是由共享的符號與意義所組成之系統。這些共同意義，根據Geertz所言，主要是用來詮釋人們共有的經驗和指導他們的行為與互動。這正是《文化的詮釋》開宗明義所指之「如韋伯所說，人是一種將自己置於自身所編織的意義之網上的動物，此意義之網即是文化，因此分析文化非是追尋法則的實驗科學，而是一種尋求意義的詮釋科學」(Geertz, 1973, p. 5)。

Geertz眼中的文化是鑲嵌了符號表徵的意義系統，提供人們社會真實與行動依循的參考架構，因此即使文化與社會結構應有所區隔，但仍需兩者一併運作與檢視，如此，文化方能銜接起人類生物性特質與面對複雜變遷的社會性需求這兩端間的落差，這才是以行動具現的文化之意(秦琍琍，2012)。因此，文化意義往往是特定的與在地的，是人類因時制宜所創造出的各種意義系統，這種特定文化中產生特定義意的特定模式，並無優劣之別，只是「眾多案例中的

一個案例、諸多世界中的一個世界 (a case among cases, a world among worlds)」(Geertz, 1983, p. 16)。

　　雖然，Geertz 所主張的地方知識蘊含文化封閉性的預設，但用意並非在於全盤推翻文化普同 (cultural universal) 之說，研究文化的目的乃在於發掘到最適切的意義解讀脈絡，透過此脈絡呈現事物讓人得以了解，並展現此種「複雜的特定性」(complex specificness)，或「情況性」(circumstantiality) (Geertz 1973, p. 23)。這樣看來，任何在地的文化，乃是一種關係與意義的框架，框架的構築固然是動態的，但建構框架的素材必然同時包括了在地與跨地域的元素，這樣，跨文化與跨地域的溝通與理解才成為可能 (秦琍琍，2012)。

　　Geertz 從《文化的詮釋》到《地方知識》，提出的是一種從日常常識、地方知識到普遍性知識的多重轉化之途，而非依循傳統功能論的方式來看世界。這暗示了一種認識論上不得不然的反身性，要徹底理解在地人的行為，必須要運用當地人的世界觀來詮釋，不能僅以研究者所帶西方社會文化的預設去做判斷。這樣的思維，正是華人傳播研究的基礎與核心所在。

　　從本體論而言，Geertz 認為文化真實的存在，不僅是意義之網，更是以行動具現的文本之姿共享存在著。然若過度執著於本體論，則在定義是什麼與不是什麼之時，文化就只能侷限成為某種樣態的存在。同樣的，若過度僵化的定義何謂華人文化乃至何謂華人傳播時，便只是以數學性或邏輯性的理解方式來回答問題，忽略文化的詮釋並非只是一種將他者文化或概念翻譯為我們所能理解的狀態，而是一種後設評述 (meta-commentary)，一種思考與文化具現行動相互涉入的過程，意義在此方不斷的萌生 (林文源，2007)。如 Clifford 所說，文化的詮釋權是不斷競逐與迸生，而「如果『文化』不是一個靜待被描述的客體，它也不會是一套靜待被專斷性解讀的統一符號與意義。」(Clifford, 1986, p. 19，轉引自蔡晏霖，2011)

　　Geertz 所推波助瀾的詮釋學轉向 (interpretive turn)，影響了包括傳播學在內的當代社會科學與人文科學走向，無論是傳播學門的詮釋學轉向或是傳播的文化取向，皆深受 Geertz 之說啟迪，因為其文

化概念的精髓即是傳播的，Kraidy與Murphy（2008）更認為此視角亦有助於全球化傳播（global communication studies）的發展，並指出這亦有助於了解在地—全球的傳播過程中，全球化如何被協商並進入在地脈絡的動態過程。

這種在地－全球既是特定又是多元的動態關係，也能為華人社會（組織）傳播學本土化的議題，提供新的思維。秦琍琍（2012）認為，華人社會傳播學的本土化，並非要以一種功能論的方式來定義與分類、且將所有華人社會視為一普同的文化來與西方對照，而是要強調「華人社會」與「西方社會」在傳播研究中的互為主體性，且非只把西方社會視為華人社會知識生產的客體。

如此，則身為台灣的傳播學者，在地進行傳播研究的最終意義或許不在於把台灣「翻譯」成華人社會，也或許不在於把華人社會「翻譯」成台灣，而是如何透過整體華人社會更理解台灣、或是透過台灣去理解其他華人社會、乃至世界。這點自然也可以套用到大陸、香港或任何華人社會傳播學者對此議題的思考上。從看見自己到理解他人，華人社會傳播學的本土化，意謂著應凸顯華人社會傳播研究的地方性脈絡，而各個華人社會也必須思索自己獨特的知識生產條件。

從在地思考、到跨區域理解、乃至與全球對話，華人社會（組織）傳播學本土化的發展，或許該先反思一個「為何在地」的根本問題（秦琍琍，2012）。華人社會傳播學本土化的目的，自然不是在進行一種民族主義式的反西方動員、或是一味的獨尊地方知識（蔡晏霖，2011），而是應透過對歐美理論框架的反思來地方化傳播學知識、並正視現況的挑戰與思考跨越之道，如Geertz所主張的，乃在追求以描述差異性的方式來理解差異、並進而透過理解差異來達成跨文化與全球知識的構連。

再思組織傳播在華人社會的實踐和發展

組織傳播學以傳播學門次領域之姿的發展與應用，在西方已臻成熟（Cheney, 2007, p. 80），從實踐的角度來看，當全球化的組織

運作與工作型態席捲而來時，組織溝通實務的重要內涵也以問責（responsibility）、明確（conciseness）、專業（professionalism）與誠懇（sincerity）來思考訊息的產製、傳遞與實務運用（Marques, 2010），此種乍看似在強調組織溝通品質的實務分析，其實蘊含了自 Deway 從實用主義談實踐與行動（1916／1944，見 Taylor & Van Every, 2000）、到強調透過溝通互動以建構組織的詮釋取徑（Putnam & Pacanowsky, 1983）以降，所彰顯的反身性實踐（reflective practice）思維。

「實踐」（practice or praxis）在社會科學乃至哲學上非新概念，某些學者甚至以「實踐的轉向」（practice turn）（Stern, 2003）稱之，然於今日來看組織傳播學在華人社會的現況與發展，則仍可賦予新的意義。秦琍琍（2011）以「重‧返實踐」（re-turn to practice）為書名，從華人社會在地的組織傳播知識發展中，檢視學術理論與實際組織運作的扣連，即蘊涵著建構一個知識框架的企圖，此亦呼應 Fairhurst 和 Putnam（2004）所倡「扎根於行動」的論點（grounded-in-action perspective），以及傳播建構組織論（CCO, communicative constitution of organization）（Ashcraft et al., 2009）之說。

當代西方組織傳播學的發展，明顯從理論、取徑、到研究方法，都呈現出眾聲喧嘩的多元態勢，儘管學者們對於傳播和組織的關係（communication-organization relationship）有不同認知，但在本體論上視組織為其成員溝通實踐的產物，進而在知識論的面向，勾勒與探究組織生活的流動性與動態性（Putnam & Mumby, 2014），確實為組織傳播研究邁進 21 世紀，開啟了新的篇章。此思維一方面構連了個體微觀角度的日常組織溝通互動、與鉅觀角度的跨組織社會意義系統；另方面也因應傳播科技的發展與媒介化的進程，讓組織傳播學者重新思考個體與組織的關係，以及物質性與組織形構的關係（the relationship between materiality and organizing）（Vásquez & Plourde, 2017）。這除意味著應正視組織形構鑲嵌於社會文化中不可分割的情境作為，也顯示當代組織形構的複雜與多面向，且持續與科技（物質）相互纏繞關聯著（Ashcraft et al., 2009）。這些思維也為下述組織傳播在華人社會的實踐和發展，帶來新的契機。

組織素養與實踐社群

　　既然有效溝通與互動是新世紀職場人才必須具備的基本能力，組織傳播學的內涵也應被視為是現代社會公民所須具有的一種素養。這種從傳播觀點所提出的「組織素養」，不同於從管理者的角度出發以提高組織效益為基本前提、並關注如何有效激勵與掌控的傳統管理學及組織學的實證觀點，「組織素養」的概念，乃視傳播為組織建構與再建構的核心過程，因此，當組織成員愈能掌握傳播時，則愈能因應組織中各種角色的扮演與轉變，以建立關係、完成任務、達成目標、共享意義或是形塑文化。

　　如此，則組織傳播學應關注個體與群體如何超越結構的束縛與限制，而創制實踐的形式以達成多重的想望與目標。Brown 和 Duguid（1991）就主張應將組織視為是實踐社群，以解決個人主體性與組織結構性的對峙。實踐社群強調人類行為與社會情境之間的合作，雖然「社群」原有地域之意，指特定地理位置的一群人，但更深層的內涵則為一種特殊的社會關係，這種關係包含了持續的互動、共同的興趣，相互依賴與歸屬的認同感，以致能夠形塑特定的價值文化體系並存於參與者心中；另方面「實踐」則是指這一群人因有共同利益與願景，而形成對彼此工作有幫助之共同目標，如此方有實踐的意涵（杜拉克、梭羅等，2003）。

　　將「素養」（literacy）運用到組織傳播學中，乃因當代組織生活中亟需要培養一種能夠運用、辨識、學習與實踐自身所處之組織環境的能力，這即是所謂的「組織素養」（秦琍琍，2011）。當組織中個人能藉由學習以掌握與生活世界的關係，為自己做出生活中更具有主權的抉擇時，那麼從過去、現在、與未來時間序列的意義上來看，個體的存在便從過去的單調穩定到現在的無奈掙扎，轉而邁向了開放式的未來，使得主體在此時被賦予了積極的能動性。

　　如此，當「組織素養」概念落實在教學時，其教育目標除了傳授包括人類傳播、組織與管理理論、組織行為與組織傳播學在內的相關學說與技巧外，更應在社會感知、訊息設計、互動管理、與倫理責任等四方面培養與提升學生的知能（秦琍琍，2011）。這些知能不

只點出當代組織成員應該做什麼（what people do）的技巧面行為，更包含了應該如何去做（how people do it）的倫理面與知識面向的行動。組織素養的培養啟蒙了組織成員對於自我行動的關注以及如何在傳播過程中聯繫組織的整合作用，非單指個體的行為或是技能，乃是關乎個體人格特質與態度的作為。

　　無論是組織中的情感面向、文化與認定、甚至是倫理與道德的維繫，都指涉了組織素養在當代的重要性，這除是一種解決問題的理性思維或科學性知識，也是一種「知於行中」（knowing-in-action）的實踐與反思。這樣一來，此實踐與反思的能力不僅能扣連個體與組織、亦能跨越不同的專業與職業。

從學養到修養論華人組織傳播的發展與契機

　　「素養」強調一種人類本質素樸性的顯現，「學養」（learned wisdom）所注重的則是知識學習與深化的過程。把「組織素養」進一步完善為「組織學養」，是要將屬於相對較穩定的素質與能力，提升到較為動態、全面、多元與跨界的彈性狀態，以面對變動的組織生活世界，因此包括組織成員、組織本身、甚至是組織研究者都應投身學習的過程（秦琍琍，2011）。當處身華人社會中組織傳播這個正在發展的研究領域時，研究者其實必須持續地反思以保持彈性的研究視野，並盡可能的將其在科技快速發展與文化多元共存的當代延展開來。

　　秦琍琍（2011）從科技、文化、論述、與實踐四個面向來勾勒，因為這些面向蘊涵著跨學門／學域間的對話與知識的統整：（1）從科技面向來看，傳播科技——特別是網際網路的發展，改變現代組織形貌也改變了組織成員對內與對外的傳播行為、模式、方法與媒介使用，因此，從人際、團體、組織、與跨組織等層次中，探究傳播科技之於組織成員訊息處理過程、語藝形塑、關係發展、組織認同、文化建構，以及對外部環境溝通等議題的影響與現狀，有其重要性與迫切性；（2）從文化面向來看，全球化下組織文化相關議題更為突顯，因為文化的建構、認同、展現、解讀、與批判，都必須在

本土的組織情境下進行，因此主位途徑（emic approach）的民族誌研究有其重要性，也能為華人社會的組織傳播學拓展更多元的視野；(3) 從論述面向來看，可以從兩方面思考華人社會組織傳播研究的未來走向，其一是結合語藝研究與論述分析等方法，使語藝從以往強調分析公共演說的文本研究，延伸到可以運用在各種組織傳播情境的互動性分析，其次，由於論述強調語言的使用（language in use），自然將我們對傳播的關懷轉到實踐的面向上，這種對於日常言說行動（talk-in-action）的探討，有助於我們對於組織溝通中的意義協商、互文性、認知，以及反身性有更多了解；(4) 從實踐面向來看，華人組織傳播學者除應建構更多關於規範和倫理等面向的實務性理論外，更應透過組織傳播教育的體現，反思知識實踐的可能性，這即是「組織素養」的概念。

台灣社會學者葉啟政近年對結構—行動的兩難困境，提出了「修養」的解決之道。他引用日本社會思想家青井和夫所說：「我們認為只要變革社會經濟體制，就會自然而然地成為嶄新的人的類型，似乎並非如此。只要我們停留在『日常生活世界』的境地，僅靠變革社會就不可能塑造出更高層的人來」（青井和夫，2002：173，轉引自葉啟政，2008），指出我們若想在日常生活中得到層次的提升，必須是要經過「修養」的。因此，秦琍琍（2011）在其專書中，提出將組織傳播「素養」與「學養」再往上挪移到「修養」的層次。

在強調個人主義的當代，葉啟政（2008）以「修養」說明這個源自於人本身的努力過程，證成人之主體能動性之可能。Linstead 將組織生活比喻為一系列被動與主動的讀寫活動，組織成員既是讀者也是作者，終其一生在巨大的互文結構中邊讀邊寫，書寫自己也書寫他人、閱讀自我也閱讀組織（Linstead, 2001），這亦表明了一種主體在組織中綿延的生成過程，具有修養的組織人在一連串的實踐學習過程中，主動地聯結起多元、流動、層疊的複雜世界。

從素養挪移到修養的討論，猶如 Foucault 後期在「生存之美學」（an aesthetics of existence）中所展現的一種從關懷自身、到省察他者，而至一種普遍性社會實踐的概念（高宣揚，2004；許宏儒，2007），

此種「自身修養」、「自身實踐」與「自身轉化」的概念（蔡慶樺，
2005），強調行動與互動、乃至反思與創新的作為，就是回歸了人的
主體與存在，不僅消融個體能動與組織結構的矛盾對峙，也跳脫傳
統對「學門」討論，而以一種新的視野來看待組織傳播學術領域的存
有（秦琍琍，2011）。

結語

「人能否脫離組織？」答案恐怕和「人能否不溝通？」一樣是否定
的。我們的一生是由一個又一個人際網絡所接續起來，人類社會亦
是由一個又一個的人際網絡構築而成，這由人與關係所連結出來的世
界，一方面以科學、進步與理性的姿態被經驗著，另方面卻又充滿著
不穩定、不確定與感性，而在工業化的生產過程裡，種種現代性對個
體自我與生活形態所產生的影響，都是從人們組織生活的層面所窺
知。這種掙扎狀態點出組織生活本質以及相關學說核心，即能動─
結構的兩難困境（agency/structure dilemma）。因此，組織傳播學不只是
關乎組織的傳播結構、行為、科技與模式，更是彰顯人們如何在組織
中透過符號互動來展現人心與人性，以及建構真實與文化。

西方組織傳播學發展自20世紀轉進到新世紀，已漸由植基於
Giddens結構理論的結構化取徑（structuration approach）（McPhee &
Zaug, 2000）、組織即論述形構（organizations as discursive constructions）
（Fairhurst & Putnam, 2004; Putnam & Fairhurst, 2015），以及另一學派
Montreal School的傳播建構論點（CCO）所主導，從而一路迸生出詮
釋、批判、與後現代等觀點的研究，不僅拆解了傳統功能派能動─
結構的兩難與對峙，彰顯溝通互動與組織結構形塑與再形塑（shaping
and reshaping）的變動（becoming）本質，也打破了學者對於組織微
觀、中層與鉅觀溝通層次文本研究的線性思維，而由多元組織社群
實踐（multiple communities of practice）的後設文本（meta-text）所取代
（Putnam & Fairhurst, 2015），這對於探究當代跨越時間與空間的工作
型態、組織溝通與實踐的網絡化、科技物質性所帶來的影響，以及

組織文化與在地情境的動態構連等，都帶來新的可能和洞見。如此，則「華人社會有自己的組織傳播學嗎？」答案似也昭然若揭，只是首要面對的挑戰在於知識的產製和實踐，以及學理論述的建構。

　　源起於實務的需求、也以實踐為依歸的組織傳播學，在西方和華人社會的發展如同許多應用學門般，多致力於知識與概念性的探討，以及問題的分析和解決，並在教學上強調組織傳播能力（communication competence）的培養，卻少有能將視野拓展到創建轉化的實踐（transformed practice），以提升到更為專業藝能實踐（expert craft practice）的努力（Salem, 2018），這除了知識的產製和運用外，Tracy 和 Donovan（2018）認為還需要實踐的智慧、反身性的批判思考與在地即興的思維等，這即迴響也呼應了本文從華人思維所提出的素養、學養和修養的主張。

　　儘管仍缺一方沃土，但回顧與展望華人社會組織傳播學門的發展，華人社會對組織傳播實務知識確實有所需求，只是兩岸三地傳播學者對於組織傳播知識的產製與實踐，有著類似卻也不全然相同的挑戰，這種朝著 Deetz（2001）所謂在地／迸生知識（local/emergent knowledge）的努力，除了讓我們能知其所以然更接近在地的文化與真實外，亦能呼應徐來、黃煜（2017）所提，從當下實際出發，帶著華人傳播研究的問題意識去研究的「著眼當下」之說。這樣看來，在全球化與數位科技匯流的新媒體時代，華人組織傳播學的建構與發展，顯然有著實然與應然的驅動！

註釋

1　博碩士學位論文篇數主要以世新大學和政治大學為前兩名。
2　台灣大學一覽表網址：https://ulist.moe.gov.tw/。
3　該系於 2020 年改名為「口語傳播暨社群媒體學系」。

參考文獻

Kathleen Slaught（2002）。《組織溝通個案教材》（鄭伯勳等譯）。台北：遠流。（原書 Slaught, K. [1999]. *Management communications cases.* n.p.）

Patricia Hayes Andrews（1999）。《組織傳播學》（潘邦順譯）。台北：風雲論壇。（原書 Andrews, P. H., & Herschel, R. T. [1996]. *Organizational communication: Empowerment in a technological society.* Boston: Houghton Mifflin.）

王茜（2019）。〈職業、差異與復原力：關於組織傳播學發展新路徑的對話〉。《傳播與社會學刊》，第48期，頁1–22。

李少南（2002）。〈傳播學在中國的觀察與思考〉。張國良、黃芝曉（編），《中國傳播學：反思與前瞻 —— 首屆中國傳播學論壇文集》（頁125–145）。上海：復旦大學出版社。

李秀珠（2004）。〈組織傳播：源起、發展與在台灣的現況〉。翁秀琪（編），《台灣傳播學的想像》（頁265–304）。台北：巨流。

李金銓（2019）。〈中國傳媒研究、學術風格及其他〉，《新聞學研究》，第81期，頁163–194。

李金銓、黃煜（2004）。〈傳播縱橫：學術生涯50年〉，《傳播研究與實踐》，第9卷第1期，頁131–163。

李長潔（2015）。《科學傳播社群中風險文化的形構與實踐：從組織論述看氣候變遷》。世新大學傳播研究所（含博士學位學程）博士論文，台北。取自 https://hdl.handle.net/11296/5d6m2n。

李茂政（2008）。《團體傳播與組織傳播》。台灣：風雲論壇。

李美華（1999）。〈比較在台美、日跨國廣告公司之組織管理與組織文化〉，「1999傳播管理新思潮研討會 —— 傳播、資訊與通信之整合」論文，高雄。

李美華（2004）。〈公共電視集團的運作與經營：淺談節目規劃與組織文化〉，「公共電視集團的想像與實際民間研討會」論文，台北。

李美華（2012）。〈電視媒體集團的組織認同與組織文化：以東森媒體集團與旺旺中時集團為例〉。銘傳大學「2012新媒體傳播產業發展趨勢研討會」論文，台北。

李美華（2015）。〈台灣客家廣播媒體之組織資訊傳播科技的使用研究〉。「交通大學人文與社會科學研究中心104年學術研討會」論文，新竹。

李美華（2016）。〈客家傳播專題討論 —— 台灣客家廣播媒體之組織資訊傳播科技的使用研究〉。「中華傳播學會2016年會 —— 騷動20創新啟航」論文，嘉義。

杜拉克、梭羅等（2003）。《知識優勢》（林宜瑄、李鴻志譯）。台北：遠流。（原書 R. Ruggles & D. Holtshouse (Eds.). [1999]. *The knowledge advantage.* Dover, NH: Capstone.）

汪琪、沈清松、羅文輝(2002)。〈華人傳播理論：從頭打造或逐步融合？〉。《新聞學研究》，第70期，頁1–15。

汪琪、臧國仁(1996)。《傳播學門規劃報告》。行政院國家科學委員會專題研究計劃成果報告。

沈孟湄(2012)。《從慈濟人文志業看宗教傳播的文化建構》。世新大學傳播研究所(含博士班)博士論文，取自https://hdl.handle.net/11296/9q88fc。

林文源(2007)。〈從鬥雞到實驗室：詮釋實作理性的開展〉。周平、楊弘任(編)，《質性研究方法的眾聲喧嘩》(頁19–48)。嘉義：南華教社所。

林瑞基(1991)。《組織傳播》。湖南：湖南文化出版社。

胡河寧(2006)。《組織傳播》。北京：科學出版社。

胡河寧(2010)。《組織傳播學：結構與關係的象徵性互動》。北京：北京大學出版社。

胡銀玉、胡河寧(2008)。〈我國組織傳播研究的發展歷程 —— 20年來組織傳播研究綜述 1988–2007〉，取自《今傳媒》http://media.people.com.cn/BIG5/22114/52789/125048/7407741.html。

孫旭培(2006)。〈中國新聞與傳播研究的回顧〉。取自《中華傳媒網》，http://media.people.com.cn/BIG5/40628/41747126.html。

徐來、黃煜(2017)。〈「向何處去？」、「倚何處立？」與「以何為本？」：新媒體時代中華新聞傳播學(刊)的發展前景與格局〉。《傳播與社會學刊》，第41期，頁251–275。

徐美苓(2004)。〈健康傳播研究的回顧與展望 —— 從國外到台灣〉。翁秀琪(編)，《台灣傳播學的想像》(頁479–542)。台北：巨流。

秦琍琍(2000)。〈組織傳播的源起與發展現況〉。《新聞學研究》，第63期，頁137–160。

秦琍琍(2006)。〈建構/解構組織 —— 現代主義、後現代主義與本土組織傳播學研究的再思〉。成露茜、黃鈴媚(編)，《傳播學的傳承與創新》。台北：世新大學出版。

秦琍琍(2010)。〈口語傳播概論〉。秦琍琍、李佩雯、蔡鴻濱，《口語傳播》。台北：威仕曼。

秦琍琍(2011)。《重‧返實踐 —— 組織傳播理論與研究》，台北：威仕曼。

秦琍琍(2012)。〈從「意思」到「意義」看 Geertz《文化的詮釋》與傳播研究〉。《傳播研究與實踐》，第2卷第2期，頁209–228。

秦琍琍(2016)。〈組織傳播〉。郭貞(編)，《傳播理論》(頁401–440)。台北：揚智。

秦琍琍、李長潔、張蓉君、徐靖詠(2015)。〈從組織溝通、公眾溝通、與媒體互動探究科學社群的傳播模式〉。莫季雍等(主編)，《科學傳播》論文集。台北：台灣科普傳播事業發展計劃—計劃辦公室。

翁秀琪(2001)。《台灣傳播學門之回顧與展望》(國科會專題研究計劃成果報告，NSC 2420-H-004-008)。台北：政治大學新聞系。

翁秀琪（主編）（2004）。《台灣傳播學的想像》。台北：巨流。

高宣揚（2004）。《傅科的生存美學》。台北：五南。

張國才（2002）。《組織傳播理論與實務》。福建：廈門大學。

張國良（2018）。〈中國傳播學40年：學科特性與發展歷程〉。《新聞大學》，第151期，頁36–44。

教軍章、劉雙（2000）。《組織傳播》。黑龍江：人民出版社。

曹殿輝（2018）。〈淺析新媒體時代高校行政管理組織傳播〉。《新聞研究導刊》，第18期，頁242–244。

許宏儒（2007）。〈自身、他者與教育：傅柯的「關懷自身」概念與他者之間的關係〉。《台東大學教育學報》，第18卷第2期，頁105–130。

陳力丹（2016）。〈組織傳播的四類理論〉。《東南傳播》，第2期，頁29–31。

陳世敏（2002）。〈華夏傳播學方法論初探〉。《新聞學研究》，第71期，頁1–16。

陳國明（2001）。〈海外華人傳播學研究初探〉。《新聞學研究》，第69期，頁1–28。

陳國明（2007）。〈中華傳播學向何處去〉。《傳播與社會學刊》，第3期，頁157–174。

陳韜文（1992）。〈香港傳播研究的回顧與前瞻〉。朱立、陳韜文（編），《傳播與社會發展》（頁417–442）。香港：香港中文大學新聞與傳播學系。

陳韜文（2004）。〈理論化是華人社會傳播研究的出路〉。陳國明（編），《中華傳播理論與原則：全球化與本土化的張力處理》（頁45–54）。台北：五南。

陶紅（2010）。〈組織傳播學：中國組織傳播研究的創新之作〉。《今傳媒》，2010年第3期。

須文蔚、陳世敏（1996）。〈傳播學發展現況〉。《新聞學研究》，第53期，頁9–37。

黃懿慧（2004）。〈台灣公共關係學與研究的探討：1960–2000〉。翁秀琪（編），《台灣傳播學的想像》（頁441–476）。台北：巨流。

黃懿慧（2010）。〈華人傳播研究：研究取向、辯論、共識與研究前提〉，《新聞學研究》，第105期，頁1–44。

黃懿慧（2017）。〈華人傳播研究新路徑之探索〉。《傳播與社會學刊》，第41期，頁v–x。

葉啟政（2008）。《邁向修養社會學》，台北：三民。

臧國仁、汪琪（1993）。《傳播學門人力資源的現況分析 —— 1993》。行政院國家科學委員會專題研究計劃成果報告。

趙雅麗（2004）。〈台灣口語傳播學門發展之綜論〉。翁秀琪（編），《台灣傳播學的想像》（頁115–164）。台北：巨流。

劉利永、徐占品（2019）。〈新媒體時代組織傳播與大眾傳播的關係衍變〉。《新聞知識》，第2期，頁13–15。

劉雙 (1997)。〈國有企業的組織傳播文化與組織效益〉。「中華傳播學會年會」論文，台北。

潘琳 (2015)。〈新媒體環境下民間公益組織傳播實踐研究〉。《上海商學院學報》，第 4 期，頁 111–116。

蔡晏霖 (2011)。〈思索「地方知識」〉。《亞太研究論壇》，第 54 期，頁 202–212。

蔡慶樺 (2005)。〈重拾主體──傅柯與泰勒的倫理自我〉。「第一屆台東大學人文藝術研討會」論文。台東：台東大學。

鄭瑞城 (1983)。《組織傳播》。台北：三民。

謝清果、郭漢文 (2011)。《和老子學管理：老子的組織傳播智慧》。北京：宗教文化出版社。

謝靜 (2013)。《傳播的社區──社區構成與組織的傳播研究》。上海：復旦大學出版社。

謝靜 (2014)。《組織傳播學》。上海：復旦大學出版社。

羅傑斯 (1983)。《組織傳播》(陳昭郎譯)。台北：國立編譯館。(原書 Rogers, E. M., & Agarwala-Rogers [1976]. *Communication in organizations*. New York: Free Press.)

顧孝華 (2007)。《組織傳播論》。上海：交通大學出版社。

Ashcraft, K. L., Kuhn, T. R., Cooren, F. (2009). Constitutional amendments: "Materializing" organizational communication. In J. P. Walsh & A. P. Brief (Eds.), *The academy of management annals, Vol. 3* (pp. 1–64). London: Routledge.

Berger, P., & Luckmann, T. (1967). *The social construction of reality*. Harmondsworth: Penguin.

Brown, J. S., & Duguid, P. (1991). Organizational learning and communities of practice: towards a unified view of working, learning, and innovation. *Organization Science, 2,* 40–57.

Calás, M., & Smircich, L. (1991). Voicing seduction to silence leadership. *Organization Studies, 12,* 567–602.

Cheney, G. (2007). Organizational communication comes out. *Management Communication Quarterly, 21*(1), 80–91.

Chin, L. (1994). *Keeping the faith: A metaphor analysis of cultural transformation in China Airlines.* Paper presented at the Texas Conference on Organizations, Lago Vista, TX.

Chin, L. (1997a) *Bridging the past and the future: An ethnographic study of a Chinese/Taiwanese organization during a time of change.* Paper presented at the Annual Meeting of the Western States Communication Association, Monterey Bay, CA.

Chin, L. (1997b) *The talking culture of TECO: Communication patterns of a Taiwanese organization during a time of change.* Paper presented at the 47th Annual Meeting of International Communication Association, Montreal, Canada.

Chin, L. (1998). *The impact of organizational culture on organizational conflict: A field study at Ford Lio Ho in Taiwan.* Paper presented at the 48th Annual Meeting of International Communication Association, Jerusalem, Israel.

Craig, R. T. (1999). Communication theory as a field. *Communication Theory, 9,* 119–161.

Craig, R. T., & Muller, H. L. (2007). *Theorizing communication: Readings across traditions.* Thousand Oaks, CA: Sage.

Deetz, S. (2001). Conceptual foundations. In F. M. Jablin & L. L. Putnam (Eds.), The new handbook of organizational communication: Advances in theory, research, and methods (pp. 3–46). Thousand Oaks, CA: Sage.

Deuleze, G., & Guattari, F. (1988). *A thousand plateaus: Capitalism and Schizophrenia.* (B. Masummi, trans.). London: The Athlone Press.

Eisenberg, E. M., & Goodall, H. L. (2001). *Organizational communication: Balancing creativity and constraint* (3rd ed). New York: St. Martin's Press.

Fairhur, G. T., & Putnam, L. L. (2004). Organizations as discursive constructions. *Communication Theory, 14*(1), 5–26.

Geertz, C. (1973). *The interpretation of cultures: Selected essays.* New York: Basic Books.

Geertz, C. (1983). *Local knowledge: Further essays in interpretive anthropology.* New York: Basic Books.

Giddens, A. (1979). *Central problem in social theory.* London: Hutchinson.

Gouran, D. S., Hirokawa, R. Y., McGee, M. C., & Miller, L. L. (1994). Communication in groups: Research trends and theoretical perspectives. In F. L. Casmir (Ed.), *Building communication theories: A socio/cultural approach* (pp. 241–268). Hillsides, NJ: Lawrence Erlbaum Associates.

Jones, E., Watson, B., Gradner, J., & Gallois, C. (2004). Organizational communication: Challenges for the new century. *Journal of Communication, 54*(4), 722–750.

Kraidy, M. M., & Murphy, P.D. (2008). Shifting Geertz: Toward a theory of translocalism in global communication studies. *Communication Theory, 18,* 335–355.

Kuhn, T. (2017). Developing a communicative imagination under contemporary capitalism. *Management Communication Quarterly, 31*(1), 116–122.

Kuhn, T. S. (1977). Second thoughts on paradigms. In F. Suppe (Ed.), *The structure of scientific theories* (pp. 459–482). Chicago, IL: University of Illinois Press.

Liang, H. (2014). The organizational principles of online political discussion: A relational event stream model for analysis of web forum deliberation. *Human Communication Research, 40*(4), 483–507.

Linstead, S. (2001). Rhetoric and organizational control: A framework for analysis. In R. Westwood & S. Linstead (Eds.), *The language of organization* (pp. 217–240). Thousand Oaks, CA: Sage.

Littlejohn, S. W., Foss, K. A., & Oetzel, J. G. (2017). *Theories of human communication* (11th ed.). Long Grove, IL: Waveland Press.

Lowery, S. A., & DeFleur, M. L. (1988). *Milestones in mass communication* (2nd ed.). New York: Longman.

Marques, J. (2010). Enhancing the quality of organizational communication: A presentation of reflection-based criteria. *Journal of Communication Management, 14*(1), 47–58.

McPhee, R. D., & Zaug, P. (2000). The communicative constitution of organizations: A framework for explanation. *The Electronic Journal of Communication, 10*, 1–16.

Miike, Y. (2002). Theorizing culture and communication in Asian context: An assumptive foundation. *Intercultural Communication Studies, 11*(1), 1–21.

Mumby, D. K. (1997). Modernism, postmodernism, and communication studies: A reading of an ongoing debate. *Communication Theory, 7*, 1–28.

Mumby, D. K. (2016). Organizing beyond organization: Branding, discourse, and communicative capitalism. *Organization, 23*, 884–907.

Mumby, D. K., & Putman, L. L. (1992). The politics of emotion: A feminist reading of bounded rationality. *Academy of Management Review, 17*, 465–486.

Putnam, L. L., & Fairhurst, G. T. (2015). Revisiting "Organizations as Discursive Constructions": 10 Years Later. *Communication Theory, 25*, 375–392.

Putnam, L. L., & Mumby, D. K. (2014). Introduction: advancing theory and research in organizational communication. In L. L. Putnam & D. K. Mumby (Eds.), *The Sage handbook of organizational communication: Advances in theory, research, and methods* (pp. 1–18). Beverly Hills, CA: Sage.

Putnam, L. L., & Pacanowsky, M. E. (Eds.) (1983). *Communication and organization: An interpretive approach*. Beverly Hills, CA: Sage.

Salem P. J. (2018). Transformative organizational communication practice. In P. J. Salem & E. Timmerman (Eds.), *Transformative practice and research in organizational communication* (pp. 109–129). Hershey, PA: IGI Global.

Sheer, V. C. (2010). Transformational and paternalistic leaderships in Chinese organizations: Construct, predictive, and ecological validities compared. *Intercultural Communication Studies, 19*, 120–141.

Sheer, V. C., & Chen L. (2004). Improving media richness theory: A study of interaction goals, message valence, and task complexity in manager-subordinate communication. *Management Communication Quarterly, 11*(1), 76–93.

Song, Z., & Chen, L. (2007). A qualitative study of organization hero stories in two Chinese companies. In *International and Intercultural Communication Annual* (pp. 259–288). Thousand Oaks, CA: Sage.

Stern, D. G. (2003). The practical turn. In S. Turner & P. Roth (Eds.), *The Blackwellguide to philosophy of social sciences* (pp.185–206). Malden, MA: Blackwell.

Taylor, J. R., & Van Every, E. J. (2000). *The emergent organization: Communication as its site and surface.* Mahwah, NJ: Lawrence Erlbaum.

Tracy, S. J., & Donovan, M. C. (2018). Moving from practical application to expert craft practice in organizational communication: A review of the past and OPPTing into the future. In P. J. Salem & E. Timmerman (Eds.), *Transformative practice and research in organizational communication* (pp. 202–220). Hershey, PA: IGI Global.

Vásquez, C., & Plourde, M. (2017). Materiality and organizing. In C. R. Scott & L. K. Lewis (Eds.), *The international encyclopedia of organizational communication* (pp. 1–21). Hoboken, NJ: Wiley and Sons.

Yang, K. S. (1986). Chinese personality and its change. In M. H. Bond (Ed.), *The psychology of the Chinese people* (pp. 106–170). Oxford: Oxford University Press.

Yum, J. O. (1988). The impact of Confucianism on interpersonal relationships and communication patterns in East Asia. *Communication Monographs, 55,* 374–388.

9

「馴化」媒介社會學：
理論旅行、文化中間人與在地學術實踐[*]

李紅濤、黃順銘

我是在從事新聞學研究的過程中自然而然地「出軌」，勾連到社會學和政治學的某些領域，從而踏入了所謂的「媒介社會學」領域。

——夏倩芳自述

舒德森、凱瑞、塔克曼等學者對我來說應該是這個領域具有啟蒙性的人物，他們讓我意識到可以從社會的背景下考察新聞（體制、行業、產品、生產等等問題）。

——王辰瑤自述

引言

在1980年代的中國大陸學界，媒介社會學基本上以「新聞社會學」的面目出現。它曾在百廢待興的社會學重建計劃中聊備一格，譬如著名社會學家費孝通1981年在中國社科院新聞研究所演講時就呼籲建立新聞社會學，以「進一步豐富社會學，進一步辦好社會主義報紙」（葛嫻、陸宏德，1982）。不過，這一時期對新聞社會學更持久的倡議還是來自新聞學界內部，特別是在1980年代後期，湧現出了一系列引介和論述新聞社會學的文章（童兵，1986；徐培汀，

1988；喻國明，1985；張希聖，1985）。論者們主要以當時的蘇聯新聞學界為師法對象，希望藉此改善宣傳或新聞傳播實踐，完善新聞學的學科體系並提高其學科地位。一些新聞學者積極嘗試「採用社會學實證方法……進行……受眾調查和對傳播與現代化的研究」（孫瑞祥，2004：65），這既沿襲了當時蘇聯新聞社會學對受眾和輿論調查的強調，也呼應著當時中國自身對新聞改革和體制改革等問題的關切。

然而隨著時間推移，80 年代對新聞社會學的引介和倡議卻並未作為一種知識資源和遺產而得以沉澱、發揚與繼承，不僅相關著作乏人問津，而且當代討論也極少回溯到這一原點。自 90 年代以降，尤其是新世紀頭十年，中國大陸學界將目光更多投向了英美國家。其中堪稱知識社會學意義上的重要時刻就有：1989 年，英國學者大衛·巴勒特（David Barrat）的《媒介社會學》被翻譯出版；1997 年，潘忠黨（1997a；1997b）引述 *Making News* 的核心概念以描述與解釋中國的新聞改革；十年之後，*The Whole World Is Watching*、*Making News*、*Deciding What's News* 和 *Discovering the News* 等美國新聞社會學「黃金時代」的經典著作推出中譯本，而與此同時，傳統新聞業的衰退和新媒體的崛起也激發出一系列「重訪」黃金時代的研究實踐和學術活動。

無論是中譯本的出版，抑或中國學界對英美經典著作的引介與挪用，還是中國學界在此基礎上展開的「經典」想像和「當代」實踐，都多少在「馴化」源自英美等西方國家的學術傳統，並激發出了不同的在地學術實踐。本文所說的「馴化」，與一般意義略有不同。這是因為，馴化往往預設著積極的意圖和主動的意識，不過，在中西學術碰撞的過程中，不僅存在著「為我所用」的主動意識，也存在由學術隔膜所導致的錯位和斷裂。正是個體和世代層面的主動和被動實踐，勾勒出馴化的複雜面向，共同形塑著理論旅行的過程及其後果。在本文中，我們既不打算梳理和再闡釋經典理論（白紅義，2020）或英美媒介社會學的研究傳統（陳陽，2018；李紅濤、黃順銘，2020），也無意回顧本土媒介社會學的發展軌跡與產出（張志安、章震，2018）。我們將從知識社會學的視角出發，運用理論旅行視角和文化中間人等概念，通過對媒介社會學者的問卷調查和深度

訪談，考察中國學界如何想像與實踐媒介社會學，以此探究媒介社會學跨越時空的「旅行」和「馴化」。對媒介社會學的個案討論，有助於理解中國傳播學領域的發展脈絡，特別是「中西之間」的關聯，更好地把握傳播學乃至社會科學的知識生產邏輯和機制。

具體而言，本文將回答下列問題：(1) 中國傳播學界在過去 30 年間如何引入媒介社會學？翻譯和引介過程強化了哪些傳統，又遮蔽了哪些路徑？(2) 中國學者如何想像、繪製媒介社會學的地形圖？這種想像如何與媒介社會學的理論旅行相呼應？文化中間人在此過程中扮演何種角色？(3) 新聞傳播領域的學科場域、學術合法性及媒介研究的社會語境如何形塑對媒介社會學的「馴化」以及在此基礎上所展開的知識生產活動？

理論旅行與文化中間人

愛德華・薩義德（Edward Said）(1983, p. 226) 在〈理論旅行〉開篇即寫道，「觀念和理論跟人和批評流派一樣，也會在人與人、情境與情境以及時代與時代之間旅行。文化和知識生活通常會受到這種觀點流通的滋養，並由此得以維繫」。他將理論旅行分為四個階段：理論的起點或與此類似的發軔環境、理論的穿越距離、特定的接受或抵抗條件，以及觀念經改造或吸收後在新時空環境中佔據新的位置。

理論旅行無論是「有意或無意的影響、創造性的借用，抑或全盤的挪用」，都是文化生產與消費中無法否認的事實，「必定牽涉到與起點不同的再現和制度化過程」(Said, 1983, p. 226)。因此，研究者應努力闡明特定理論在跨越時空中的具體旅行形式，探討理論的力量在此過程中所經歷的變化。薩氏在追溯「物化」概念從格奧爾格・盧卡奇（Georg Lukács）到盧西恩・戈德曼（Lucien Goldmann）的旅行之後指出，後者對前者的改寫「貶低或降格了物化理論，降低了其重要性，在某種程度上馴化了它」(Said, 1983, pp. 234–236)。原因在於，「當人類經驗第一次被記錄並被賦予理論闡述時，其力量源於與真實歷史環境之間的密切聯繫，並由後者有機激發。而後來的理論版本之所以無法再生出那種原初力量，是因為情勢已經平靜下

來，已發生改變，理論由此被降格和削弱，變成了一種相對溫吞的學術替代物」(Said, 2000, p. 436)。後來，他在〈理論旅行再思考〉(2000)一文中做了些自我修正。他在分析盧卡奇的理論對於西奧多‧阿多諾(Theodor Adorno)和後殖民批評家弗蘭茨‧法儂(Frantz Fanon)的影響之後指出，特定理論可能因在新的政治和社會情境中被再闡釋而重煥活力。

理論旅行從起點到終點並不只是一種簡單的時空跨越，而往往會有一系列中介機制在推進或阻礙著這種旅行，文化翻譯便是其中之一。因為「如果理論是在旅行，那一定需要借助於翻譯。……不止語言層面的翻譯，還需要文化翻譯」(Davis, 2014, p. 216)。在中國新聞傳播學科的發展中，學術翻譯就扮演著至關重要的角色(黃旦、丁未，2005；黃雅蘭，2019；劉海龍，2006；Qiu, 2016)。特別是，傳播學就是經由1980年代以來的「西學東漸」之旅，才得以真正進入中國。對此，可從兩方面來評價學術翻譯的影響軌跡。一方面，學術翻譯要進入乃至鑲嵌到中國的「在地」學術語境當中。從上世紀80年代到新世紀初，學界的翻譯工作致力於「構建學科知識地圖」(黃旦、丁未，2005)，著重引進綜合性的教材與通論，研究性專著則不多。另一方面，學術翻譯的確影響到了本土學術研究的開展、研究領域的建立，乃至新聞傳播學科的走向。早年對於麥克盧漢的引進和媒介環境學的發展、近年學界對雷吉斯‧德布雷(Régis Debray)的翻譯和媒介學的開展，便是著例。

那些通過翻譯活動而架起中西之間的橋梁者，用皮埃爾‧布爾迪厄(Pierre Bourdieu)的話來講，就是理論旅行中的「文化中間人」。最初，他用這一概念來描述新興的小資產階級，這些人產生於「各類有關呈現和再現的職業(如銷售、市場、廣告、公共關係、時尚和裝飾等)」(Bourdieu, 1984, p. 359)，「其中最典型的是電台電視台文化節目的製片人或高級報紙和雜誌的評論人以及所有的作家型記者和記者型作家」(Bourdieu, 1984, pp. 323–324)。布氏視文化中間人為一群「需求商人」(Bourdieu, 1984, p. 365)，他們通過溫和地操縱品味，既形塑特定商品和實踐的品味，也界定和捍衛著新的階級群體在社會中的地位(Smith Maguire, 2014, p. 16)。

後來的研究者則更多地關注文化中間人在文化生產與消費中的角色。他們將文化中間人看作是「時尚引領者」，界定當今市場中何為高品味和酷文化（Matthews & Smith Maguire, 2014, p. 1）。文化中間人在「文化商品的生產和消費者品味的生產之間充當中介」（Smith Maguire & Matthews, 2010, p. 407），憑借自己在特定文化場域中累積的專長，影響消費者對品味和價值的感知與判斷（Smith Maguire & Matthews, 2012）。因此，文化中間人堪稱「專業的」時尚引領者和「合法化的權威」（Smith Maguire, 2014, p. 21）。

經濟全球化進程的加速和跨國文化流動的日趨頻繁使得文化中間人的中介工作往往成為「跨國文化中介化」之其中一環。無論是服務於歐洲各國電視台的電視節目買手（Kuipers, 2012），還是台灣留法獨立法式甜點師傅（林宜潔，林怡潔，2019），皆為跨國的文化中間人。他們充當國際生產者或全球文化與在地消費者、國際和國內文化場域的中介，參與到「選擇、協商與翻譯」（Kuipers, 2012）的過程之中。

我們不妨將學術理論的旅行視為一種特殊類型的跨國文化中介化。其中，編輯、譯者等人都頗似電視節目買手，他們共同把關哪些理論能跨語際旅行，哪些著作有機會以另一種語言擺上在地學者的書架。因而，藉由文化中間人的概念，我們有望使旅行起點和終點之間的某些中介機制從「不可見」變得「可見」，從而更好地理解媒介社會學的理論旅行之軌跡、機制與後果。

研究方法

本文是一個混合式研究，綜合運用問卷調查、深度訪談、歷史文獻分析等多種研究方法和社會網絡分析等分析策略。

鑒於媒介社會學並非一個邊界清晰的領域或學科，因此我們懸置對於媒介社會學的先在理解，轉而採取「自我認同」和「他人認可」的研究策略。也就是說，只要某人自認為或在同行看來從事的是媒介社會學研究，那他/她就屬於本研究的潛在研究對象。

我們對中國大陸媒介社會學者展開問卷調查，旨在了解他們對歐美及中國媒介社會學的理解、判斷及其所從事的研究。問卷始於

一個基於自我認同策略的過濾性問題（「媒介社會學是否是您的研究領域？」），終於一個基於他人認可策略的推薦性問題（「如果請您向我們推薦幾位大陸的媒介社會學者作為本研究的調查對象，您會推薦誰？」）。問卷共包括「基本信息」「媒介社會學的接觸與理解」與「媒介社會學的學術實踐」三部分。其中，第二部分請調查對象界定媒介社會學、列舉研究議題、列舉歐美重要的媒介社會學者、列舉最好的歐美媒介社會學著作、追述接觸媒介社會學的經歷、列舉中文學界重要的媒介社會學者、列舉最好的中文論著，而第三部分則請他們敘述自己相關的研究工作，包括翻譯、引介、研究等。

調查的執行過程如下：首先，根據我們對媒介社會學領域的了解，邀請我們認為從事相關研究的學者參與調查。只有兩位受邀學者對過濾性問題給出了否定答案。其次，邀請問卷最後一題中被他人提名的學者參與調查。第三，系統收集近五年 (2015–2019) 發表的「媒介社會學」文獻，並以這些作者為線索，補充調查對象。通過這三種方式，最終 62 位學者完成了問卷，其中包括 16 位教授、25 位副教授、18 位講師、1 位副編審、1 位主任編輯以及 1 位博士生。

我們以多種方法分析調查數據。例如，針對調查對象所提名的中外媒介社會學者和中外媒介社會學論著，我們在以詞雲圖展現其基本分布狀況的同時，也以社會網絡分析來展示其共現網絡 (co-mentioning networks)。量化數據統計由 SPSS 和 UCINET 完成，而詞雲圖則由質化軟件 ATLAS.ti 繪製。

我們對六位媒介社會學者做了深度訪談，其中既有資深學者、中生代學者，也有新生代學者。具體的訪談問題雖然常常因人而異，但都是圍繞他們對媒介社會學的理解及其學術實踐而展開。訪談均為面訪，時長在 1 到 2 個半小時之間，事後對訪談錄音都做了逐字轉錄。此外，我們還就某些特定的議題，與國立政治大學李金銓教授、威斯康辛大學潘忠黨教授、復旦大學曹晉教授、北京大學出版社某位資深編輯進行了非正式的交流，了解他們擔任譯叢顧問、主編、責編的有關情況。我們還收集了大量公開出版的文本和未公開出版的文獻材料，既包括媒介社會學論著與譯著、引介新聞社會學或

媒介社會學的文獻，也包括與它們相關聯的「副文本」，譬如譯叢序言、譯叢策劃案以及論文後記。

必須說明的是，本文作者也在從事媒介社會學研究。作為領域中人，我們在尋找調查和訪談對象時獲得了諸多便利，然而這也很可能帶來了某些獨特後果。尤其是，當調查對象在列舉問卷中有關中文學界重要作者和重要論著時，難免自覺或不自覺地多給我們幾分薄面。因此，我們鄭重提請讀者諸君，審慎以待與作者有關的調查結果。

媒介社會學的「經典」想像

為勾勒當代中國媒介社會學者對西方媒介社會學的理解，我們請調查對象列舉「歐美國家媒介社會學領域中的重要學者」和「心目中最好的歐美媒介社會學著作」，結果發現，他們對歐美媒介社會學的想像呈現出相當顯著的集中化趨勢：第一，學者的國別以英美為核心，尤以美國雄踞支配地位，而曾在1980年代被引介的前蘇聯學者則根本沒進入當代中國學者的閱讀—接受視野；第二，在研究領域或議題上，「新聞生產社會學」居於核心，幾乎成為「媒介社會學」之代名詞；第三，中國學者的想像呈現出強烈的「經典化」趨勢，資深學者和上世紀70、80年代（即所謂「黃金時代」）出版的著作佔據中心，而當前活躍的新生代學者和新近論著則相對邊緣。

在62位調查對象中，除1人未列舉歐美重要媒介學者之外，最少者提名1人，最多者提名23人，被提名者的平均值為6人（SD = 4.14）。作答者共提名歐美重要媒介社會學者372人次，牽涉到103人，詞雲圖直觀展示了被提名者的基本狀況（見圖一）。其中，被提名2次以上者45人，3次以上者27人，而10次以上者僅6人。邁克爾·舒德森（Michael Schudson）被提名次數最多（50次），提名比例高達82.0%；蓋伊·塔克曼（Gaye Tuchman）次之（48次），提名比例為78.7%；接下來則是赫伯特·甘斯（Herbert Gans，32次）和托德·吉特林（Todd Gitlin，31次），提名比例也都超過半數，分別為52.5%

圖一「歐美國家重要媒介社會學學者」詞雲圖

和 50.8%。這四位學者加在一起，佔比超過總人次的四成（43.3%）。
此外，前十名的被提名者還包括芭比・翟利澤（Barbie Zelizer，13
次），曼紐爾・卡斯特（Manuel Castells，10次），詹姆斯・卡倫（James
Curran，9次），斯圖亞特・霍爾（Stuart Hall，9次），伊萊休・卡茨
（Elihu Katz，8次）和尼基・厄捨（Nikki Usher，7次）。另有兩點值得
指出：前十名中，除卡倫和霍爾外，都是美國學者；十人當中，除
厄捨為近年來活躍的新一代學者之外，均為若干年前即已確立了令
人矚目的學術聲望的資深學者。

在頻數分析之後，我們進一步考察被提名學者的「共現」關係，
即由不同作答者列舉的媒介社會學者交織而成的共同提名的關係狀
況。這是一種「網絡」關係，我們可通過共現網絡中某些人被穩定或
偶然地共同提名，圖繪作答者們眼裡媒介社會學地形圖的輪廓，或
者說他們對歐美媒介社會學的整體理解與想像。全部103位歐美媒
介社會學者的共現網絡如圖二所示。整個網絡非常稀疏，密度僅為
0.28（SD = 1.20）。我們不妨通過節點的不同大小和邊的不同寬度來
直觀展現被提名者共現關係的基本特徵。首先，只有舒德森、塔克
曼、甘斯、吉特林與翟利澤5人的共現強度達10次以上，其中強度

最大值 (41次) 發生在舒德森與塔克曼之間。其次，在提名5次以上的12人中，前十名共現強度在5次以上。第三，有62人 (60.2%) 共現強度在2次以上。第四，另有40人 (38.9%) 共現強度僅為1次。最後，尤爾根‧哈貝馬斯 (Jürgen Habermas) 是圖中唯一的孤立點，因為他不僅只被一位調查對象提名，而且也是該調查對象的唯一提名。總體上，處於網絡外圍的被提名者與其他人的共現頻率較低，愈向中心移動，彼此之間共現強度則愈高。

圖二「歐美重要媒介社會學者」的共現網絡

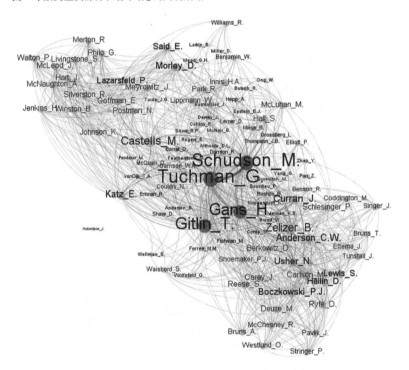

除了學者之外，論著也是勾勒調查對象如何經由「閱讀」行為來理解與想像媒介社會學領域的一個重要維度。我們請調查對象列舉「心目中最好的歐美媒介社會學著作」，並註明所閱讀的語種 (即外文原版還是中譯本)。除3人未作答之外，59位調查對象所列舉作品最少1個，最多14個，平均4.3個 (SD = 2.59)，詞雲圖直觀展示了歐美

圖三「最好的歐美媒介社會學著作」（中、英文版）的詞雲圖

媒介社會學論著的提名狀況（見圖三）。調查對象共列舉作品252次，牽涉到85個不同的作品。其中，七成作品只被提名1次（70.6%），提名2次以上者僅有25本書（29.4%），僅有下列五本著作提名達10次以上：塔克曼的《做新聞》（*Making News*，46次），舒德森的《發掘新聞》（*Discovering the News*，30次），甘斯的《什麼在決定新聞》（*Deciding What's News*，27次），吉特林的《新左派運動的媒介鏡像》（*The Whole World Is Watching*，22次），以及舒德森的《新聞社會學》（*The Sociology of News*，11次）。

在對被提名作品做共現分析之前，我們先做了兩個技術處理：一是將同一著作的中英文版合併，統一採用英文標題；二是為避免作品標題在網絡圖中互相遮擋而無法察看，僅保留提名在2次以上的作品標題，其餘以編號代替。提名作品的共現網絡如圖四所示。這是一個比前述「學者」網絡更加稀疏的網絡，密度僅為0.17（SD = 0.92）。同樣以節點的不同大小和邊的不同寬度來直觀展現提名作品的共現關係之基本特徵。首先，僅有4個作品共現強度達10次以上，強度最大值（28次）發生在 *Making News* 與 *Discovering the News* 之間。其次，有6個作品共現強度在5次以上。第三，在提名2次以上的25個作品中，其中21個（24.7%）共現強度在2次以上。第四，另有64個作品（75.3%）共現強度僅為1次。最後，雖然圖中的節點1（*A Social History of the Media*）與節點19（*Historicizing Online Politics*）之間存

在1次共現關係，但它們與其他任何節點之間均無共現關係，這意味著有且僅有一位調查對象提名了這兩本專著。整個共現圖因這兩個節點的存在，成為了一個「非連通圖」。

　　對比圖四與圖二可發現，處於「學者」共現圖與「論著」共現圖核心位置的節點之間具有高度的對應關係。綜合學者和著作的提名頻次與共現網絡結構，可得出兩個基本結論：其一，在中國學者對於媒介社會學的理解中，專注於新聞研究的學者和聚焦新聞生產的著作佔據核心位置；其二，中國學者對歐美媒介社會學的想像存在強烈的「經典化」趨勢，即上世紀70、80年代出版的「經典」著作——尤其是被翻譯引進的著作——主導著媒介社會學的地形圖。

圖四「最好的歐美媒介社會學著作」共現網絡

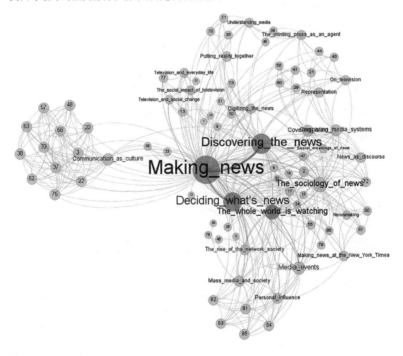

媒介社會學的再經典化

對於調查對象圍繞歐美重要媒介社會學者及其重要著作所展開的上述想像，有必要置於媒介社會學「理論旅行」的時空脈絡與學術過程中加以檢視。這些經典著作之所以進入中國學者的閱讀／接受視野，並不僅僅是其歐美影響力的自然延伸或滲透，還經歷了一番跨越時空的「再經典化」過程。與中譯本的引進相呼應，中國學者對媒介社會學的想像受到翻譯過程和文化中間人的深刻影響，還表現出了明顯的代際差異。結果，中譯本在中國大陸重構出一個以少數著作為核心的新聞生產的經典傳統，並在新世紀的中國大陸激起了嘹亮回響；這也反過來簡化或窄化了經典傳統內在的複雜性與多元性，甚至有可能割裂經典傳統和當代研究的拓展與延續。

我們對提名在 3 次以上的 13 種著作及其中譯本的出版信息進行統計（見表一），發現除 *Digitizing the News* 尚無中譯本之外，其餘都已推出中譯本。這些中譯本表現出了相當的滯後性。相應的英文原著最早出版於 1978 年，最晚出版於 2004 年，而中國大陸推出的中譯本均出現在新世紀頭十年，尤其是在 2006–2010 年這五年出現了一波翻譯潮。原著與譯著的時間差最短 5 年，最長 31 年，半數在 10 年以下，半數在 27 年以上。隨著時間的推移，原著與譯著的時間差正在越縮越短。

表一　13 本媒介社會學著作的出版信息

序號	英文書名（提及頻次）	著（編）者	年份	中譯本書名（提及頻次）	年份	出版社
1	Making News (12)	Tuchman	1978	做新聞 (34)	2008	華夏
2	Discovering the news (5)	Schudson	1978	探索新聞（繁體） 發掘新聞（簡體）(25)	1993 2009	遠流 北大
3	Deciding what's News (7)	Gans	1979	什麼在決定新聞 (20)	2009	北大
4	The Whole World is Watching (4)	Gitlin	1980	新左派運動的媒介鏡像 (18)	2007	華夏
5	The Sociology of News (0)	Schudson	2003	新聞社會學 (11)	2010	華夏
6	Media Events (3)	Dayan & Katz	1992	媒介事件 (5)	2000	北廣
7	Mass Media and Society (3rd ed.) (2)	Curran & Gurevitch	2000	大眾媒介與社會 (3)	2006	華夏
8	The Rise of the Network Society (0)	Castells	1996	網絡社會之崛起（繁體） 網絡社會的崛起（簡體）(5)	1998 2003	唐山 社科文獻
9	Comparing Media Systems (0)	Hallin & Mancini	2004	比較媒介體制 (3)	2012	人大
10	Covering Islam (0)	Said	1981	遮蔽的伊斯蘭（繁體） 報道伊斯蘭（簡體）(3)	2002 2009	立緒 上海譯文
11	Digitizing the News (3)	Boczkowski	2004	無	N/A	N/A
12	Newsmaking (1)	Roshco	1975	製作新聞（繁體）(2) 簡體無	1994 N/A	遠流 N/A
13	Television and Social Change in Rural India (0)	Kirk Johnson	2000	電視與鄉村社會變遷 (3)	2005	人大

這些中譯本為中國學者搭建起了通往歐美媒介社會學的橋梁。調查發現，在總的提名頻數中，中譯本和英文原版各佔178和73次，前者是後者的2.4倍。對於高頻著作而言，中譯本的橋梁作用更加明顯，譬如 Discovering the News 和 The Whole World Is Watching 的中英比都在4倍以上，而 The Sociology of News 的所有提名都指向中譯本。此外，Newsmaking 在大陸並無簡體中譯本，其3個提名中的2個指向了台灣的繁體譯本，顯示出一條從美國到台灣再到大陸的理論旅行軌跡。

學術翻譯幾乎總是會牽涉到對原著的揀選問題，因此經由中譯本構造起來的知識地圖便不是英文原版的簡單投射，必然受制於文化中間人的「中介」作用。以被提及頻次最高的幾本著作為例，《發掘新聞》和《什麼在決定新聞》由北京大學出版社納入「未名社科‧新聞媒介與信息社會譯叢」，而《做新聞》和《新左派運動的媒介鏡像》則由華夏出版社納入「傳播‧文化‧社會譯叢」。李金銓和潘忠黨分別擔任了這兩個譯叢的「學術顧問」和「策劃和海外聯繫人」，他們的文化中間人角色之一便是選擇書目。在譯叢一的總序中，曹晉坦言李金銓「多次推薦了不同於實證傳統的若干傳播研究論著」。而舒德森、塔克曼、吉特林等人也的確深得李金銓 (2003) 的欣賞，稱他們是出身社會學、不過度向內看的學者。譯叢二的想法則醞釀於1996年的第五次全國傳播學研討會，會後潘忠黨很快草擬譯叢方案，遴選出 Making News、Deciding What's News 和 Inside Prime Time 等24部著作。可惜，由於版權等原因，這個原始書目上的著作並未能悉數引進並翻譯出版。

李金銓、潘忠黨二人均在美國取得博士學位，先後任教於香港和美國，又都致力於與中國傳媒相關的研究。「橫跨中西」的學術位置，讓他們可以從中國的在地學術發展需要出發，強調譯著對中國學界的建設意義。潘忠黨在最初擬定的「譯叢策劃案」中指出，國內學界此前對傳播學的介紹「缺乏系統，缺乏超出教科書的專著；我們對於大眾傳播學的研究還處於摸索階段，缺乏研究的範例作參考」，因此為了「將傳播學的介紹與研究推向一個新的高度，我們必須介紹一些學術專著和研究範例型的著作」[1]，以此突顯譯著的「跨文化的『移植』價值」（譯叢總序）。當然，版權問題也會影響到書目構成。曹晉稱，「因為版權問題，本套譯叢未能囊括所有關鍵性的媒介社會

學研究論著」（叢書總序），遺珠之憾就有邁克爾·古雷維奇（Michael Gurevitch）等主編的論文集 *Culture, Society and the Media*（1982）和漢諾·哈特（Hanno Hardt）的 *Social Theories of the Press*（1979/2001）。[2] 而在譯叢二所規劃的首批書目中，*Making News* 和 *Inside Prime Time* 都赫然在列，但由於版權洽談問題一拖再拖，致使前一本遲至 2008 年才面世，後一本則只好換成了同一作者的另一本代表作（*The Whole World Is Watching*），中譯本名為《新左派運動的媒介鏡像》。這種書目替換對當代中國學者心目中的西方重要媒介社會學作品的想像產生了顯著的影響：《新左派運動的媒介鏡像》被提名了 18 次，其英文原版被提名 4 次，而 *Inside Prime Time* 僅被提及 1 次。

　　翻譯引進為某些中國學者經由中譯本來建構有關西方媒介社會學或新聞生產的經典化敘事提供了機會，然而這種敘事未必太靠得住。因為它很容易忽視經典的同代人及其作品，從而影響到學界對媒介社會學的整體性理解。一方面，經由翻譯建構的經典傳統以美國為中心，英國及其他歐洲國家的學者、著作及學術傳統則相對邊緣。譬如，與甘斯和塔克曼幾乎同時甚至更早的英國學者霍爾、傑里米·坦斯多（Jeremy Tunstall）、彼得·戈爾丁（Peter Golding）、菲利普·埃利奧特（Philip Elliott）和菲利普·施萊辛格（Philip Schlesinger）的媒介社會學作品都未被翻譯，也就難以進入中國學者的想像視界。回到美國場景內部，馬克·菲什曼（Mark Fishman）、愛德華·愛潑斯坦（Edward Epstein）與利昂·西加爾（Leon Sigal）等人的著作也因未有中譯本，而不為中國學界所熟知。另一方面，經由翻譯構造出來的經典傳統更多聚焦於媒介社會學的「黃金時代」（Tumber, 2014），而對經典傳統的歷時性發展則缺乏足夠把握。第一波新聞生產研究聚焦於組織或機構分析，而該傳統在 1990 年代的重要發展是帶入了「文化」因素，翟利澤乃代表人物之一。翟氏雖然也被我們的調查對象列為最重要的媒介社會學者之一（位列第五），但其相關著作卻沒能進入「論著」共現網絡的核心圈，其 *Covering the Body*（1992）和 *Remembering to Forget*（1998）僅各被提及 1 次。究其原因，恐怕既跟著作提名的經典化趨勢有關，也跟她的作品無中譯本有關。結果，

就導致了「本土媒介社會學學術焦點對某些傳統的放大和對其他路徑的遮蔽」(黃典林，2018：70)。

值得指出的是，這些著作原本是在特定社會、文化與學術語境下生產出來的，且彼此之間具有清晰的、自然發生的歷時性線索，但它們作為譯著卻以一種人為的、時間壓縮性的、批量的方式引進中文學術界，必然帶來「歷時性」與「共時性」的張力關係。一方面，這體現在媒介社會學著作在我國影響力的「滯後性」。以四本經典著作 —— *Making News, Discovering the News, Deciding What's News* 和 *The Whole World Is Watching* —— 在中文文獻中的引證趨勢為例，從1990年代以來到2019年，它們在中文核心期刊上的總引用次數分別為326、212、203和226次，其中早期都只是被零星引用，大規模引證始於新世紀頭十年後期，而此時距這些著作原版的出版已有30年之遙。為更清晰地了解翻譯對引證趨勢的影響，分別統計英文原著與中譯本的引用狀況。在全部967次引用中，42.4%(410次)指向英文版，57.6%(557次)指向中譯本。除 *The Whole World Is Watching* 的英文版引用略多於中譯本之外，其餘三部的中譯本引用量均高於英文版，其中 *Discovering the News* 中譯本引用量是英文版的2倍。圖五展示了總引用量較高的兩部著作(即 *Making News* 和 *The Whole World Is Watching*) 在過去25年間的引證趨勢。圖中有兩點值得特別指出：其一，中譯本的出現(即圖中的虛線起點)構成了兩本著作理論旅行的重要節點，此後這些著作開始被大規模引用；第二，中譯本的出版也在某種程度上提升了原版的「能見度」。英文版引用量在經歷早期緩慢的自然增長之後，於2010年前後陡升，其中 *The Whole World Is Watching* 的英文版在過去兩年甚至一度超越中譯本。

圖五 *Making News* 和 *The Whole World Is Watching*（中英文版）的引證趨勢

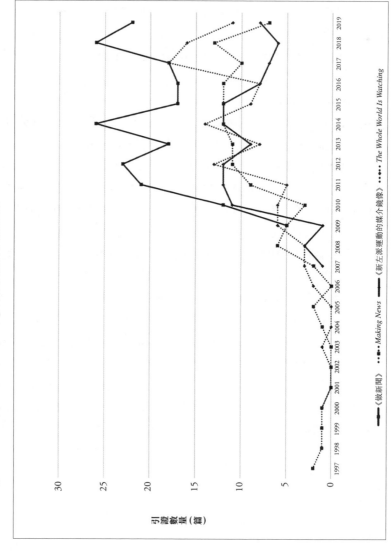

——《做新聞》　……■……*Making News*　——《新左派運動的媒介鏡像》　……●……*The Whole World Is Watching*

　　另一方面，譯著的大規模出版對我國學者而言，可能構造出某個重要的分水嶺，使得此前與此後的學者們接觸與想像媒介社會學的渠道和軌跡存在顯著差異，進而導致學術視野、理論傳統、問題意識、方法路徑等方面的代際差異。在研究性著作的中譯本大規模出版以前，對媒介社會學感興趣的中國學者只能要麼依靠綜述式的譯作，例如1989年出版的巴勒特的《媒介社會學》中譯本(受訪者G)，要麼則依靠由橫跨中西的文化中間人所搭建的個人化渠道。譬如，陸曄在90年代中後期通過赴港訪問、赴美訪學、與海外華人學者合作等渠道，在陳韜文、李金銓、潘忠黨等文化中間人的引介下，對歐美媒介社會學的接觸日益增多。她說，「(1997年)我去中大訪問，那時候李金銓老師還在那裡……CC在中大和回到明尼蘇達大學之後陸續向我推薦的一些書……第一塊內容是跟整個的新聞和社會建構有關的，這就是我們說的媒介社會學的這一塊……李金銓老師他給我的這些readings對我的幫助確實是非常的大。」[3]

　　而有的學者受制於語言因素，只能透過既有的中譯著作或論文來接觸和想像歐美的媒介社會學圖景，有時視界局促也就在所難免。2009年，芮必峰(2009：7)在博士論文中對「西方關於新聞生產的研究」所做的文獻綜述，基本上建基於兩篇他認為「既具代表性、又具權威性」的綜述性文獻：一是舒德森的〈新聞生產的社會學〉，二是博伊德─巴雷特的〈對媒介職業和職業人員的分析〉，分別收錄於《大眾媒介與社會》(中譯本2006)與《媒介研究的進路》(中譯本2004)。他之所以選擇這兩篇，是因為收錄它們的這「兩部編著都……出了中譯本……省卻了我這個英文水平有限的人閱讀原文的辛勞」(芮必峰，2009：6)。

　　及至2010年前後，媒介社會學著作的中譯本大批進入學術市場，有些甚至成為了學術「暢銷書」。舉例來說，《發掘新聞》先後印刷5次，而《什麼在決定新聞》共印刷4次，兩本書的總印數都在1萬冊以上。[4]相應地，過去十年來，新一代的學者則更多地通過譯著及其「副文本」來展開常規化接觸與挪用。一位85後學者回憶道：「其實當時《做新聞》的內容給我留下的印象倒不是特別深，反而是黃旦老師的〈導讀：新聞與社會現實〉，讓我感覺驚艷。」[5]此外，中國大

陸高校這十年間國際化程度大為提升，海歸學者成批湧現，這也在深刻改變著中國學界想像與實踐媒介社會學之軌跡。

媒介社會學的「當代」實踐

將經典著作翻譯引進中國，進而影響到中國學者對媒介社會學地形圖的想像，這只能算是媒介社會學理論旅行的前半程。後半程則是，中國學者將源自歐美的理論資源、概念工具以及方法「拿來」，就在地的媒介或傳播現象展開對媒介社會學的「馴化」。這種馴化發生於三個知識層面：第一，中國學界對媒介社會學的想像與實踐大體上局限於新聞傳播學術界內部，研究者們希望借助媒介社會學的知識資源，提升新聞研究的知識含量與合法性；第二，與對媒介社會學的經典想像有關，中國學者的學術實踐主要圍繞中國傳媒轉型、新聞業特別是新聞生產議題而展開；第三，在新聞生產社會學內部，與英美媒介社會學突顯出的「批判性」不同，中國學界將英美理論作為「建設性」的話語資源。這種建設性體現在兩個層面，在學術研究層面，以客觀性和新聞專業主義理念為核心的概念經由理論旅行進入學術界和業界的視野和話語體系，充當了與宣傳體系相對照的觀念系統，為新聞改革和新聞業發展謀求可行路徑。在學科建設層面，媒介社會學也為傳統新聞學增加了理論養料和領域合法性的根基。換言之，媒介社會學的知識和制度旨趣並不是批判新聞業的專業意識形態，而是充當新聞業和新聞學建設的「磚瓦」。有趣的是，儘管這一波馴化與上世紀80年代引入「新聞社會學」在背景和研究焦點上大相徑庭，並且隨著新聞傳播學科實質上的制度化，學科建構的訴求也已不那麼迫切，然而豐富新聞研究的理論資源和強化新聞研究合法性的追求仍然貫穿於媒介社會學的在地實踐過程之中。

媒介社會學在地學術實踐的兩種輪廓

對於中國大陸或中文學術界中的媒介社會學實踐，我們須先大致釐清一個問題，即誰在從事何種媒介社會學研究？對此問題，自

然有不同的回答方式，譬如可以分析相關學術研討會的參與者及其作品，也可分析學術期刊上媒介社會學論文的作者及其作品，而每一種回答方式都能揭示其中的部分面向。這裡，我們則通過本次問卷調查中調查對象所提名的「重要媒介社會學者」的身份及其心目中「最好的媒介社會學成果」來回應這個問題，試圖勾勒媒介社會學在地學術實踐的兩種輪廓。

先來看在地學術實踐的「學者」輪廓。面對我們的問題（「列舉幾位中文學術界（指中國大陸、香港和台灣）中媒介社會學領域的重要學者」），除2人未提名之外，其餘60人共提名了415人次，牽涉到77名不同學者。他們最少提名1人，最多提名24人，平均6.9人（SD = 4.44）。被提名次數介於1到34次之間，半數學者僅被提名1次（51.9%），平均5.39次（SD = 8.24）。

被提名學者的共現網絡如圖六所示，這是一個較為密集的連通圖（密度 = 0.62，SD = 1.77），說明調查對象對於媒介社會學的研究隊伍具有較高共識。這裡以節點的不同大小和邊的不同寬度來直觀展示被提名者之間共現關係的基本特徵。第一，共現強度達10次以上的被提名者不足兩成（13人，佔16.9%），其中強度最大值（21次）發生在李金銓與潘忠黨之間和李紅濤與黃順銘之間，後兩人的共現關係是他們長期學術合作關係的一種反映。第二，共現強度在5次以上的被提名者不足四分之一（18人，23.4%）。第三，共現強度在2次以上的被提名者不足一半（37人，48.1%）。第四，半數被提名者的共現強度僅為1次（40人，51.9%）。必須說明的是，本調查的目的不是為被提名者排座次，而是為了展現媒介社會學者的大致輪廓。因此，與其說處在共現網絡核心圈的學者們「更重要」，毋寧說他們折射了調查對象對於媒介社會學者身份的基本判斷。

由被提名學者及其共現網絡，我們得出如下觀察：首先，從代際角度看，50或60世代的資深學者在網絡中佔據非常重要的位置，但70、80世代也正在變得非常活躍。第二，從地區角度看，網絡中的大多數學者為中國大陸學者，但也不乏香港和海外華人學者的身影。除李金銓、潘忠黨、陳韜文、楊國斌等資深學者之外，李立

峯、邱林川、林芬等香港新生代學者也在網絡中處於較中心的位置；相比之下，被提名的台灣學者多為資深學者，且相對邊緣。這或許跟近年來陸港學界交流遠比陸台交流頻繁有關。第三，最重要的是，與前面的觀察相呼應，在媒介社會學者(特別是共現強度較高的學者)中，絕大多數是新聞傳播學者，共現網絡中的社會學者只有趙鼎新、黃榮貴、周翼虎等少數幾位。

圖六「中文學術界重要媒介社會學學者」的共現網絡

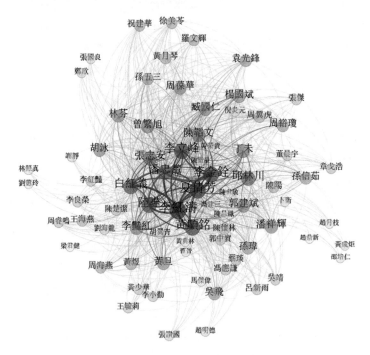

可見，媒介社會學的在地學術實踐更多發生在新聞傳播學領域內部。換言之，中文學術界的媒介社會學實踐更像是新聞傳播學界向外尋求理論資源的努力，而非社會學界拓展或延伸其邊界的過程。我們有必要將這個觀察放到新聞傳播學與社會學的學科互動場域當中來理解。一方面，從社會學角度看，中國大陸高校中的社會學系在1952年院系調整中整體撤銷，直到70年代末才開始恢復。近

30年的中斷使得中國社會學界不可能有機會像美國社會學界那樣，留下1950年代的輿論和傳播效果研究以及1970年代的新聞生產研究這樣輝煌的學術遺產。在80年代重建社會學的過程中，雖有費孝通等學者呼喚「新聞社會學」，社會學界卻並未取得多少媒介社會學的研究實績。這或許是因為，有太多重要的傳統社會學分支亟待重建，對新聞／媒介社會學之類的新興領域實在無暇他顧。

另一方面，從新聞傳播學角度看，對於媒介社會學的倡導、推動與實踐或與新聞傳播學科長期以來的理論貧瘠以及由此而來的學術焦慮有關，這促使一些研究者將目光投到學科之外，試圖從媒介社會學乃至社會學尋求更為豐富的理論資源。這種焦慮與求索貫穿本文開頭所論及的80年代對「新聞社會學」的引介，也影響著90年代早期的治學者。例如，陸曄回憶道：

> 我自己應該是中國較早的一批新聞傳播學科的博士生 …… 當時那些做新聞學研究的老師 …… 很多都是三性一統五性一統，在這種情況下，你就覺得那東西它特難展開 …… 我真正開始意識到，就是說這個世界上有挺好的一個東西叫媒介社會學的時候，其實是舒德森的 *Discovering the News* …… 媒介社會學是舒德森自己的定位，他覺得他做的是 media sociology。我就覺得這東西比傳播學更打動我。[6]

又比如，夏倩芳也經歷了從新聞學向外求索的過程。她說：「我是在從事新聞學研究的過程中自然而然地『出軌』，勾連到社會學和政治學的某些領域，從而踏入了所謂的『媒介社會學』領域。」不過，她強調這不僅僅是時代因素所致，也牽涉到「新聞」現象的特質和新聞研究的本質，因為『新聞』和『傳播』並不是一種相對獨立的社會實踐，它與政治、經濟、社會和文化等各種實踐深深地牽連，因此，將『新聞』從廣泛的社會牽連中抽象出來進行研究幾乎是不可能的」。[7]

再來看在地學術實踐的「成果」輪廓。我們請調查對象列舉他們心目中中文學術界 (指中國大陸、香港和台灣)「最好的幾項媒介社會學成果」，目的同樣不在於排座次，而是根據調查對象的「認受」來把握媒介社會學的典範作品。除 10 人未作答或明確列舉之外，52 人提名了作品。其中，所提名的作品數量介於 1 到 11 個之間，平均 3.9 個 (SD = 1.90)。他們總共提名作品 204 次，牽涉到 92 個作品，提名次數介於 1 到 28 次之間，平均 2.2 次 (SD = 3.52)，其中三分之二的作品僅獲得 1 次提名 (67.4%)，2 次以上者 30 個，10 次以上者僅 2 個。陸曄和潘忠黨 (2002) 的〈成名的想像〉所獲提名最多 (28 次)，即被半數以上受訪者提名 (53.8%)。除此文之外，海外華人學者還貢獻了 3 部高頻作品——李金銓的《超越西方霸權》、邱林川的《信息時代的世界工廠》和楊國斌的《連線力》。可見，海外華人學者不僅在媒介社會學「再經典化」過程中扮演著文化中間人角色，而且也在在地實踐中發揮了重要示範作用。

這些提名作品構成了一個非常稀疏的共現網絡 (見圖七)，密度僅為 0.09 (SD = 0.39)，將它與圖六相比較可以發現，雖然調查對象對在地學術共同體的構成共識度較高，但對在地典範作品的共識度卻極低。為避免作品標題相互遮擋，我們僅標註提名在 3 次以上的 14 個作品名稱，其餘以序號表示。仍然以節點的不同大小和邊的不同寬度來直觀展示被提名論著之間共現關係的基本特徵。首先，共現強度在 5 次以上的作品不足一成 (7.61%，7 個)，其中強度最大值 (8 次) 發生在〈成名的想像〉與《記憶的紋理》之間。其次，共現強度在 2 次以上的作品不足四分之一 (23.9%，22 個)。第三，共現強度僅為 1 次的作品佔四分之三 (76.1%，50 個)。最後，有 4 位調查對象的提名作品與其他人的提名作品之間毫無交集，其中三人的提名作品各自構成一個小小的「派系」(clique)，而另一人因只提名 1 個作品，遂成為了一個孤立點 (節點 81)。它們使得這個非連通圖分裂成了五個「組分」(components)，從這種破碎性中也能直觀地看到共識度水平之低。

圖七「心目中最好的中文媒介社會學作品」的共現網絡

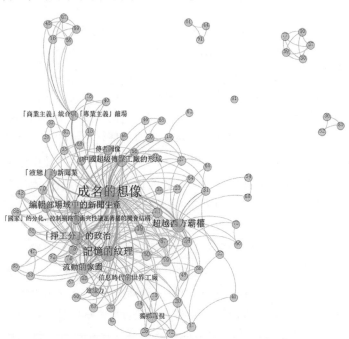

　　與對歐美媒介社會學作品的「經典化」想像不同，中國學者對在地媒介社會學作品的判斷則呈明顯的「當代化」趨勢。在所有被提名作品中，最早的是台灣學者陳世敏的教科書《大眾傳播與社會變遷》（1983年版），潘忠黨1997年發表的〈大陸新聞改革過程中象徵資源之替換形態〉和〈「補償網絡」：作為傳播社會學研究的概念〉則是最早的論文。在提名3次以上的14個作品中，有9個於最近十年（2009–2018）發表或出版，另5個則於上一個十年（1999–2008）發表或出版。導致這種當代化趨勢的原因或許很多，譬如：中文文獻無需翻譯引進，研究者可及時追蹤在地的媒介社會學研究前沿；調查對象受「近因效應」的影響，填答問卷時更容易回憶起新近的研究成果。不過，當代化趨勢表明，媒介社會學在地研究還相對缺乏經過時間沉澱的經典作品。

在地學術實踐的「建設性」取向

圖六的「學者」共現網絡和圖七的「作品」共現網絡也向我們透露出一些有關「媒介社會學何為」的線索。雖然圖六的共現網絡表明，某些學者的研究領域延伸到了新媒體、健康傳播、新聞史、文化研究、傳播政治經濟學等不同議題，但我們似乎仍可以說，媒介社會學的「當代」實踐大致是沿著這樣一條主線展開的：理解中國傳媒或新聞業的轉型。該主線前後相繼的核心議題包括新聞改革、媒體政經架構與新聞生產機制、新聞專業主義的興起與衰落，以及中國網絡社會的崛起。這一概括當然會冒過於簡化的風險，但它大體勾勒出了中國大陸媒介社會學在地實踐的軌跡和知識累積，也與其他研究者的觀察和判斷相吻合（黃旦，2018；黃典林，2018）。

實際上，中國媒介社會學實踐一開始就建立在轉譯、借鑒、挪用歐美經典傳統的基礎之上，但同時也在與中國的在地情境——譬如國家—社會關係和新聞改革議程——展開對話，令它們得以在知識立場或學術風格等方面馴化英美媒介社會學，特別是將後者對於媒介建制及其意識形態運作的批判轉化為一種建設性的話語資源。舉例來說，為解釋中國新聞改革中的體制改造問題，潘忠黨（1997b）在融合塔克曼的「事實性網絡」（web of facticity）和奧斯卡‧甘迪（Oscar Gandy）的「信息補貼」（information subsidy）兩個概念的基礎上，提出了「補償網絡」的概念。事實性網絡旨在揭示「社會主導意識形態在社會實踐中運作的形態，表述的是新聞生產過程中的權力關係」（潘忠黨，1997b：37），而補償網絡則強調，新聞改革中重組的「社會關係網絡具有『補貼』新聞生產的意義」（潘忠黨，1997b：40），具有邊緣突破的積極意義。在此，我們看到了他對西方理論資源所做的「創造性轉換」。

要想全面探討媒介社會學在中國學術界落地生根開花結果的過程，除了上面展示的標誌性學者和典範作品之外，我們還需要系統地分析中國媒介社會學本土知識生產聚焦的議題、取得的實績，但這超出了本文的篇幅和範圍，需要以不同的方法再做擴展討論。在此，我們僅以〈成名的想像〉為例，對本土媒介社會學的提問線索和

知識旨趣稍作討論。〈成名的想像〉由陸曄和潘忠黨合撰，於2002年刊登於台灣重要的新聞傳播學刊《新聞學研究》。該文被半數以上調查對象提名為在地媒介社會學的範例式作品，它與英美經典傳統中對於新聞專業主義的討論之間，構成了鮮明的對照。以前文討論的媒介社會學經典而言，無論塔克曼還是吉特林，都將新聞專業主義及其客觀性機制視為新聞媒體開展意識形態運作或者合法化的機制。與塔克曼吉特林面對的成熟新聞專業主義理念及其實踐不同，陸曄和潘忠黨面對的則是上世紀90年代中後期中國的媒體市場化與新聞改革，以及當時「碎片化的」新聞專業主義。正是在清楚意識到這種差異的情況下，他們才會在文末強調：「專業主義的理念，無論多麼零碎，已經並繼續成為新聞工作者從事改革實踐的一種召喚，成為新聞改革的動態發展的一個重要力量」（陸曄、潘忠黨，2002：46）。他們認為專業主義話語「在中國新聞改革過程中具有解放的作用」，並且「預示著更加深層的變革」。在未刊稿《〈成名的想像〉後記》中，他們這樣寫道：

> 專業主義的破碎，是體制的困境。要使得專業主義能夠成為抗衡市場導向的誘惑和政治控制的暴力的另一種模式在現實中得到實踐，需要的不僅僅是新聞從業者的努力，還需要體制的變遷，社會基本關係結構的變遷，文化的變遷。自然，始作俑者，還得是新聞從業者及其學術界的同盟。我們所看到、所分析的是實踐者們在非常局促甚至是艱險的歷史場景中的努力，是充滿了理想的衝動、情感的激奮的過程。它雖然沒有戰場上血與火、生與死的衝突，但絕不缺少大浪淘沙、滄海桑田式的變革。我們與新聞從業者一道，感受這變革的激奮、困惑、痛苦和希望（陸曄、潘忠黨，2016）。

這段不那麼客觀或理性的「自述」既強調了新聞專業主義的建構作用或解放潛力，也呼籲學術界充當其建設過程中的同盟。在〈成名的想像〉發表十幾年後，兩位作者又發表了〈走向公共：新聞專業

主義再出發〉(潘忠黨，陸曄，2017) 和〈在「後真相」喧囂下新聞業的堅持〉(潘忠黨，2018) 等文章。可以說，從 90 年代中後期的媒介商業化和新聞改革一直到 2010 年代媒體行業的巨大轉型過程中，這種知識立場始終貫穿著有關新聞專業主義的研究。

對於〈成名的想像〉及其後續研究的分析有助於我們更好地把握本土媒介社會學的總體學術立場或知識傾向。一方面，這一知識生產個案有助於燭照本土社會文化情境對於媒介社會學研究的影響，因為類似的情境也在以或隱或顯的方式作用於其他研究者。另一方面，〈成名的想像〉堪稱媒介社會學在中國落地生根過程中一個範例式的作品，其影響一直在持續。截至 2019 年，它已被九百多篇各類學術文獻引用，最多的一年 (2014) 被近百篇文獻引用。它也從理論視野、方法乃至敘事等方面，對年輕世代的媒介社會學者產生了深刻影響。譬如，一位 85 後學者就說，〈成名的想像〉「成為我誤打誤撞地在學術這種生活方式中行走的標竿與範例。入讀博士後，我反復閱讀此文，在欣賞流暢敘事之外，逐漸參悟了新聞專業主義這一核心概念的內涵，以及此文所處的歷史社會學、話語分析等研究領域及方法」。[8]

此外，我們也可透過某些英文著作被引入中國學術界以後的不同遭際，比較性地把握在地媒介社會學的學術取向與知識政治。羅伯特‧哈克特 (Robert Hackett) 和趙月枝合著的《維繫民主？西方政治與新聞客觀性》(1998) 和舒德森著《發掘新聞：美國報業的社會史》(1978) 就提供了兩個很好的比較案例。兩書都以新聞客觀性為研究主題，先後於 2005 和 2009 年被翻譯引進。如圖三所示，在受訪者對西方媒介社會學重要作品的理解和想像中，《發掘新聞》在受訪者的想像中居於核心位置，而《維繫民主？》卻完全未進入他們的視野。雖然我們不能就此武斷地衡量兩書的學術影響力，但這種巨大差異至少體現了它們在與在地學術實踐契合度上相去甚遠。《維繫民主？》「不僅批判了北美新聞客觀性的虛偽性和欺騙性，而且在更深層面批評北美新聞傳媒反民主話語霸權體系，以及新聞客觀性所依附的自由意識形態在 20 世紀末所面臨的危機」(哈克特、趙月枝，2005：2)。這讓該書的討論與國內新聞傳播學者和業者的訴求發生

錯位，因為「在許多新聞傳播學者和新聞工作者眼裡，新聞客觀性和以其為核心的專業主義可能還是一種可望而不可及的理想目標。在這種情況下，人們可能更注重客觀性精神與實踐相對於現有新聞制度的解放性意義」（趙月枝，2005：7）。而《發掘新聞》則講述了一個「美國新聞業的客觀性規範」「如何從無到有的故事」（舒德森，2009：2），因而可以被中國學者引為新聞專業主義的建設性資源。

結論與討論

在中國，無論是上世紀80年代的「新聞社會學」，還是新世紀頭20年的「媒介社會學」，都不是在地學術傳統中自然生長的果實，而帶有強烈的「舶來品」特徵。對歐美學術傳統的「想像」，對典範學術作品的「譯介」，以及在本國學術和社會文化情境下的「嫁接」或「移植」，共同塑造著媒介社會學落地生根的過程。

本文的經驗分析顯示，中國學界對媒介社會學的想像呈「經典化」趨勢，而在地化實踐則呈「當代化」趨勢，這構成了「馴化」媒介社會學的兩個基本維度。具體而言，在中國學者勾勒的歐美媒介社會學地形圖中，「新聞生產社會學」佔據最重要位置，而上世紀70、80年代媒介社會學「黃金時期」出版的一些著作更是想像之中心。「經典」想像與跨越時空的「再經典化」過程緊密關聯，受到中譯本和文化中間人的深刻影響。與此相應，媒介社會學的本土實踐大體上局限於新聞傳播學術界內部，聚焦新聞改革、傳媒轉型與新聞生產等議題。更重要的是，與英美媒介社會學展示出的批判性不同，中國學界將英美理論或理念視作「建設性」的話語資源，為新聞學和新聞業尋求解放的空間和潛力。無論是經典想像還是在地學術實踐，背後都貫穿著傳統新聞學為了突破原有的知識框架和藩籬，向外謀求理論資源、夯實知識根基以及強化新聞研究合法性之學術訴求。

本文的獨特貢獻表現在如下四個方面：首先，本文增進了對媒介社會學領域知識狀況和學術共同體內在結構的理解；其次，本文從「關係視角」考察中國新聞傳播學領域和歐美學術傳統之間的關聯，深化了有關「中西之間」的理解，有助於更好地把握全球與在

地、中心與邊緣之間的學術互動與權力關係；第三，就理論旅行而言，本文從「想像」和「實踐」兩個維度把握馴化，表明馴化未必意味著理論的「退化」，反而有可能在重新嵌入在地學術與社會情境的過程中煥發出新的理論可能性；最後，本文跳出「觀點」流動，從文化中間人、跨文化轉譯等學術實踐入手，令理論起點與終點之間的某些中介機制由「不可見」變得「可見」，從而更好地理解理論旅行的軌跡、機制和後果。

本文對於媒介社會學在中文學界的未來發展有何啓發？這恐怕需要結合我們針對當下的兩個觀察來談：一方面，以數字化和數據化為核心特徵的深度媒介化（Couldry & Hepp, 2016, p. 7）是傳播研究必須面對的新的學術場景和研究起點；另一方面，在中國大陸的學術場域內，與篳路藍縷的第一代媒介社會學者不同，在高度建制化的學科領域——甚至直接在英美學術界——接受過規範學術訓練的新一代研究者正在崛起，他們有望更好地與國際學術前沿展開互動。在此情形下，媒介社會學若要繼續成為一個生機勃勃的學術領域，恐需多方發力：一是突破「經典」，拓展多元的想像空間，豐富媒介社會學研究的理論資源，讓各種理論傳統與方法路徑相互激蕩；二是告別「提高新聞學學科地位」這一學術關切，回到「跨學科」的知識目標，從新聞傳播學和社會學的邊界地帶切實推動跨學科對話；三是跳出「新聞生產」的藩籬，既呼應當代多元化的媒介現實，納入林林總總的中介化傳播形態，也呼應「社會分層、秩序、集體身份認同、社會性、制度、支配/控制、人類能動性等問題」（Waisbord, 2014, p. 15）。惟此，媒介社會學或許才有望在對傳播研究做出原創性貢獻的同時，也增進對於「社會如何運行」的理解。

註釋

＊　本文曾刊登於《國際新聞界》，2020 年第 3 期，頁 129–154。本文曾在「再造傳統：媒介社會學的理論圖景與多元想像」工作坊和「中華傳播研究的傳承與創新」國際學術會議宣讀。感謝評議人蔡琰教授、臧國仁教授認真細緻、富有建設性的修訂意見。感謝接受調查和訪談的 60 多位

學者，若沒有他/她們的慷慨相助，本文根本無從完成。曹晉教授、李金銓教授、陸曄教授、潘忠黨教授、夏倩芳教授、王辰瑤教授閱讀論文初稿，訂正若干細節。感謝研究助理韓婕和孫甜甜的協助。

1 「譯叢策劃案」由陸曄教授提供，特此致謝。

2 2020年2月12日與曹晉教授私人交流。

3 2019年7月19日對陸曄的訪談。

4 資料來源為與出版社某位編輯的私人交流。

5 摘自TW對問卷第17題（「請簡要說說在您接觸媒介社會學著作過程中，對您具有重要意義的時間、渠道、人物、事件或者經歷。」）的回答。

6 2019年7月19日對陸曄的訪談。

7 摘自夏倩芳對問卷第12題（「請按照您自己的理解，簡要回答什麼是媒介社會學？」）的回答。

8 摘自MR對問卷第17題的回答。

參考文獻

白紅義（2020）。〈媒介社會學中的「把關」：一個經典理論的形成、演化與再造〉。《南京社會科學》，第1期，頁106–115。

李金銓（2003）。〈視點與溝通：中國傳媒研究與西方主流學術的對話〉。《新聞學研究》，第77期，頁1–21。

李紅濤、黃順銘（2020）。〈從「十字路口」到「中間地帶」：英美媒介社會學的邊界工作與正當性建構〉。《新聞與傳播研究》，第4期，頁39–57。

林宜潔、林怡潔（2019）。〈法式甜點的在地化：以雙北留法獨立法式甜點師傅作為文化中介者為例〉。《傳播研究與實踐》，第9卷第2期，頁201–227。

芮必峰（2009）。《政府、市場、媒體及其他——試論新聞生產中的社會權力》。復旦大學新聞學院博士論文。上海。

孫瑞祥（2004）。〈傳播社會學：發展與創新〉。《天津師範大學學報》，第2期，頁61–66、75。

徐培汀（1988）。〈新聞社會學初探〉。《新聞大學》，第1期，頁71–73。

張希聖（1985）。〈管窺新聞社會學〉。《延邊大學學報（社會科學版）》，第3期，頁80–86。

張志安、章震（2018）。〈重審語境與重新出發：新聞生產社會學的「本土化」脈絡和反思〉。《新聞記者》，第9期，頁42–55。

陳陽（2018）。〈為什麼經典不再繼續？——兼論新聞生產社會學研究的轉型〉。《國際新聞界》，第6期，頁10–21。

陸曄、潘忠黨 (2002)。〈成名的想像：中國社會轉型過程中新聞從業者的專業主義話語建構〉。《新聞學研究》，第71期，頁17–59。

陸曄、潘忠黨 (2016年5月10日)。〈《成名的想像》後記〉。微信公號「復旦大學信息與傳播研究中心」。

喻國明 (1985)。〈蘇運用新聞社會學方法的嘗試〉。《國際新聞界》，第1期，頁9–11。

童兵 (1986)。〈新聞社會學研究在蘇聯〉。《新聞知識》，第10期，頁49–50。

黃旦 (2018)。〈新聞傳播學科化歷程：媒介史角度〉。《新聞與傳播研究》，第10期，頁60–81。

黃旦、丁未 (2005)。〈傳播學科「知識地圖」的繪制和建構 —— 20世紀80年代以來中國大陸傳播學譯著的回顧〉。《現代傳播》，第2期，頁23–30。

黃典林 (2018)。〈媒介社會學的文化研究路徑：以斯圖亞特‧霍爾為例〉。《國際新聞界》，第6期，頁68–87。

黃雅蘭 (2019)。〈以communication的漢譯看傳播研究在中文世界的知識旅行〉。《新聞與傳播研究》，第9期，頁57–74。

葛嫻、陸宏德 (1982)。〈訪費孝通〉。《新聞戰線》，第1期，頁20–22。

趙月枝 (2005)。〈中文版序言〉。載羅伯特‧哈克特、趙月枝，《維繫民主？西方政治與新聞客觀性》(頁3–8)。北京：清華大學出版社。

劉海龍 (2006)。〈被經驗的中介和被中介的經驗 —— 從傳播理論教材的譯介看傳播學在中國〉。《國際新聞界》，第5期，頁5–11。

潘忠黨 (1997a)。〈新聞改革與新聞體制的改造 —— 我國新聞改革實踐的傳播社會學之探討〉。《新聞與傳播研究》，第3期，頁62–80。

潘忠黨 (1997b)。〈「補償網絡」：作為傳播社會學研究的概念〉。《國際新聞界》，第3期，頁34–46。

潘忠黨 (2018)。〈在「後真相」喧囂下新聞業的堅持 —— 一個以「副文本」為修辭的視角〉。《新聞記者》，第5期，頁4–16。

潘忠黨、陸曄 (2017)。〈走向公共：新聞專業主義再出發〉。《國際新聞界》，第10期，頁91–124。

邁克爾‧舒德森 (2009)。《發掘新聞：美國報業的社會史》(陳昌鳳、常江譯)。北京：北京大學出版社。

羅伯特‧哈克特、趙月枝 (2005)。《維繫民主？西方政治與新聞客觀性》(沈薈、周雨譯)。北京：清華大學出版社。

Bourdieu, P. (1984). *Distinction: A social critique of the judgement of taste* (R. Nice, Trans.). Cambridge, MA: Harvard University Press.

Couldry, N., & Hepp, A. (2016). *The mediated construction of reality.* Cambridge, UK: Polity Press.

Davis, K. (2014). Beyond the canon: Travelling theories and cultural translations. *European Journal of Women's Studies, 21*(3), 215–218.

Kuipers, G. (2012). The cosmopolitan tribe of television buyers: Professional ethos, personal taste and cosmopolitan capital in transnational cultural mediation. *European Journal of Cultural Studies, 15*(5), 581–603.

Matthews, J., & Smith Maguire, J. (2014). Introduction: Thinking with cultural intermediaries. In J. Smith Maguire & Julian Matthews (Eds.), *The cultural intermediaries reader* (pp. 1–11). London: Sage.

Qiu, L. (2016). Cultural translators of communication studies in Greater China. *International Journal of Communication, 10*, 1030–1053.

Said, E. W. (1983). Traveling theory. In *The world, the text, and the critic* (pp. 226–247). Cambridge, MA: Harvard University Press.

Said, E. W. (2000). Traveling theory reconsidered. In *Reflection on exile and other essays* (pp. 436–452). Cambridge, MA: Harvard University Press.

Smith Maguire, J., & Matthews, J. (2010). Cultural intermediaries and the media. *Sociology Compass, 4*(7), 405–416.

Smith Maguire, J., & Matthews, J. (2012). Are we all cultural intermediaries now? An introduction to cultural intermediaries in context. *European Journal of Cultural Studies, 15*(5), 551–562.

Smith Maguire, J. (2014). Bourdieu on cultural intermediaries. In J. Smith Maguire & Julian Matthews (Eds.), *The cultural intermediaries reader* (pp. 15–24). London, UK: Sage.

Tumber, H. (2014). Back to the future? The sociology of news and journalism from black and white to the digital age. In S. Waisbord (Ed.), *Media sociology: A reappraisal* (pp. 63–79). Cambridge, UK: Polity Pres.

Waisbord, S. (2014). Introduction: Reappraising media sociology. In S. Waisbord (Ed.), *Media sociology: A reappraisal* (pp. 1–21). Cambridge, UK: Polity Press.

10

發展傳播理論與「中國式」發展之間的張力 ——基於中國西南少數民族地區 三個研究案例的討論[*]

郭建斌、姚靜

導言

所謂發展傳播學一般指「傳播策略和原則在發展中國家的運用」（Waisbord, 2018, p. 2），強調「運用現代的和傳統傳播科技，以促進和加強社會經濟、政治和文化變革的過程」（轉引自徐暉明，2003：14）。發展是一個共識性的行為，「本質是知識共用，傳播媒介是完成這一過程的重要工具，人際傳播也起到基礎作用」（瑟韋斯、瑪麗考，2014：4）。它也同時是「人民通過參與傳播過程讓他們自己心聲被傾聽，同時與規劃者與發展專家建立對話，本著造福社區在影響他們自己生活的發展問題上做出決定」（Dagron, 2009, p. 453）。

1958年，美國學者丹尼爾‧勒納（Daniel Lerner）出版了《傳統社會的消逝：中東的現代化》，自此，由他開啟的「傳播與社會發展」研究，成為傳播學的一個重要分支 —— 發展傳播學。60多年來，儘管其研究版圖早已超出中東而擴大至各大洲的廣大發展中國家，聚焦的媒介亦從廣播變成了資訊傳播技術（Information Communication Technology, ICT）。但研究者們始終圍繞傳播與社會發展之間的關

係、傳播在社會發展中扮演的角色問題，嘗試從不同場景、個案、文化情境中去尋找答案。

中國的發展傳播學研究起步較晚，在經歷了短期的、以譯介國外發展傳播學最新成果的理論研究階段後，便進入了實證研究階段。在此期間，研究者一方面以西方理論闡釋中國問題，同時也於中國情境中對其理論適用性進行檢視，試圖回應「傳播學中國化」、「傳播學本土化」的問題。

在過去20年中，我們在中國西南少數民族地區進行問卷調查、田野調查收集到了一些相關的資料，也對近年來出現的新案例進行過實地調查。我們發現在傳媒與社會發展關係上，立足於中國的經驗材料與源自西方的發展傳播理論之間，存在諸多的「張力」，因此本文想結合實證資料予以說明。

文獻回顧

20世紀60年代，發展傳播領域一分為二，基於對主導範式批判的新範式形成。這時候，一方主張對主導範式前提和目標進行修正，另一方則轉而支持參與式傳播，新範式以依附理論、參與式理論、媒體倡議和社會動員為核心理論。兩者的分野主要是在對不發達的闡釋上是文化的還是環境的、干預發展是以個人還是以社區為中心、受眾認知是主動還是被動、參與是作為手段還是目的等七個方面 (Waisbord, 2018)。

科林・斯巴克斯 (Colin Sparks) 對發展傳播學的分類則更加詳細，他將主導範式、參與範式、帝國主義範式、全球化範式、以及新範式的範式轉換，置於當時的歷史條件與時代背景中，以期達成對各種範式的重點與複雜性的理解 (科林・斯巴克斯，2009)。儘管存在不同的範式分類標準，但學者們幾乎都達成了共識，即其他範式均是建立在對主導範式的反思、修正和拓展上的，因此本研究借鑒衛斯波德 (Silvio Waisbord) 的分類將60年來發展傳播學的研究分為發展傳播的傳統路徑與新路徑。

發展傳播研究的傳統路徑

所謂傳統路徑，即遵從主導範式，以現代化理論為研究視角，關注「傳統的」、「不發達的」地區，以展開發展與傳播關係的研究。勒納、施拉姆和羅傑斯都是該路徑的代表人物。

它的起源最早可追溯到1947年冷戰的開始（科林・斯巴克斯，2009；Shah, 2011），當時美蘇兩國都期待「將世界地緣政治的敏感地區的新興國家納入自己的勢力範圍」(Shah, 2011, p. 3)。雖然學術界都將1958年《傳統社會的消逝：中東的現代化》的出版作為範式形成的標誌，但直到1966年施拉姆開始在哥倫比亞大學開設發展傳播學的課程，美國大學如康奈爾大學等相繼開設相關課程，發展傳播學才開始成為顯學。

勒納將社會劃分為傳統社會、過渡性社會與現代社會，其中傳統與現代彼此對立。而所謂的現代社會，其實是以美國、歐洲為藍本的西方社會，現代的等同於西方的。傳統社會中的人排斥變化，重視過去，缺乏「定位於未來的生活態度」（科林・斯巴克斯，2009：25）而現代社會的人積極擁抱變化，擁有「移情能力」，這種能力是發展的動力所在。教育雖然是培養「移情能力」的有效手段，然而與大眾傳媒相比，它費時又費力。大眾傳媒不僅投入成本低，影響範圍廣，部分媒體如廣播對聽眾的識字率限制較低，因而是提升「移情能力」、培養現代性格的最佳選擇，可以幫助傳統社會快速過渡到現代社會，實現現代化。

現代化理論產生的後十年，施拉姆和羅傑斯的代表性理論和著作陸續出版，主導範式的地位進一步鞏固。這期間主導範式不僅使眾多學者關注傳播與社會發展的關係，現代化理論還被眾多機構如聯合國和美國眾多發展項目作為行動指南。如前所述，我國發展傳播學起步較晚，且早期以翻譯國外研究成果、介紹發展傳播學理論為主，較少開展實證研究。這一時期的研究，郭建斌、劉銳等做過研究綜述（郭建斌，2003；劉銳，2011），此處無需贅述。

回顧中國40年的發展傳播研究，我們發現，中國的發展傳播研究在早期亦沿著發展傳播的傳統路徑，關注「不發達」地區，20世紀

80、90年代的調查均是以農村為主要調查區域，以農民為主要調查對象，多以「現代化理論」為理論框架，在當時現代化建設話語如火如荼的時代背景下，以張學洪、陳崇山、裘正義為代表的研究者以「傳媒與人的現代化」作為研究主題（郭建斌，2003），更像是一種時代的召喚。而這樣一種理論視角反而成為當時「傳媒與鄉村社會研究」的「亮點」（郭建斌，2003：45）。

發展傳播研究的新路徑

發展傳播學沿著傳統路徑往前走了10多年後，理論大獲成功，但很快遭遇了理論與實踐的雙重挑戰。羅傑斯率先發文回應挑戰，認為主導範式已然消逝。因為該範式多把發展問題歸因為不發達國家或地區的內因（觀念傳統），而忽視了外在的制約因素，因此需要重新界定不發達的原因。羅傑斯認為應該關注「自力更生、傳播中的知溝效應、在發展中給予當地人參與的途徑與優先權」（Rogers, 1976, p. 234），以及關注「弱勢群體中的意見領袖」，並為欠發達地區的人建立專門的發展傳播項目。而來自實踐的直接挑戰首先是西方制定的發展目標的失敗，發展不僅沒有縮小、反而加劇了發展中國家與發達國家的差距。

由反思發展傳播學的主導範式出發，關注欠發達地區不發達的外部因素，從而形成的系列理論及實踐可稱為發展傳播學的新路徑。新路徑，從關注個體變革轉為關注社會變革，從主導範式的自上而下的擴散模式轉為自下而上的參與模式，關注傳播權以及「權力問題的中心化」，把視域由國家轉向國際最終轉向社區（韓鴻，2014：103–106）。

發展傳播學幾大範式輪番登場，但各個範式的主導理論缺乏持續性的影響力，很快便黯然退場。唯獨參與式傳播理論及其實踐，至今仍具有影響力。參與式傳播理論來自發展中國家，以拉美學者Beltran為代表，強調應當重視當地人在發展中的參與權利、當地人的發展理論與發展方法，突出草根作用，呼籲關注發展背後的社會結構力量。正態偏差方法（positive deviance approach）便產生於參與式

傳播的具體實踐中，且作為行動策略持續性地產生影響。然而該範式最大的悖論在於它重視本地人的參與，但決策者仍是外來的項目管理者，這也引發了對參與的定義和目的的追問。

伴隨對參與權的強調，愈來愈多的傳播實踐和理論被納入到發展傳播學的範疇中，如媒介賦權的理論與實踐、媒介與社會動員相關實踐與全球性的社會運動研究等，發展傳播學在開拓其學術領域的同時，也因為愈來愈多元的理論視角反而使其失去了重心。或許正因如此，進入21世紀的第二個十年，發展傳播學的理論研究甚至進入了低潮期。

進入21世紀，國內對發展傳播學理論的討論總體以綜述成果（劉銳，2011），引介、評述國外理論進展（韓鴻、阿爾文·辛文德，2012；韓鴻，2014）和反思國內發展傳播學困境（楊海濤，2004；胡翼青、柴菊，2013）為主。實證研究則以張國良主持的「中國發展傳播學」（張國良，2009）項目為代表。同時，還有一些媒介賦權項目關注到不發達地區的弱勢群體，希望通過項目提高目標對象的傳播能力，並對媒介賦權的影響進行追蹤。這些實證研究並未以一種發展傳播學的範式集體亮相，甚至也有研究者提出「超越發展傳播學的鄉村傳播」（沙垚，2017：13–16）的觀點，但他們關注草根群體、強調底層實踐的取向共同開啟了國內發展傳播學研究的新路徑。

研究方法

問卷調查

本研究的研究方法之一為問卷調查法。1999年，復旦大學新聞學院與當時的雲南大學新聞系合作開展「雲南少數民族地區資訊傳播與社會發展的關係研究」，項目經過較為嚴格的分層抽樣最終選擇了雲南省的14個縣作為樣本縣，縣下抽鄉，鄉下抽村，村內抽戶，入戶後隨機選擇受訪對象，共涉及13個少數民族（彝族、白族、哈尼族、傣族、壯族、苗族、傈僳族、回族、拉祜族、佤族、納西族、景頗族、藏族），共回收有效問卷1,990份。2015、2017年，我們對

1999年調查過的石林、大姚兩個縣進行回訪，採用固定樣本的方法，找到了所有還在當地居住的1999年調查過的樣本，對損失的樣本[1]，進行了增補。為了便於比較，我們捨棄了增補的樣本，最終獲取的有效問卷石林縣共199份，大姚縣共164份，總計363份。樣本人口統計學變數描述見表一。

表一　固定樣本的人口統計學變量描述（N = 363）

變量	屬性	頻數	比例	變量	屬性	頻數	比例
性別	男	210	57.9%	戶口	城市	6	1.7%
	女	153	42.1%		農村	357	98.3%
年齡	20歲以下	12	2.9%	受教育程度	不(初)識字	71	19.6%
	20–29歲	90	24.7%		初小	73	20.1%
	30–39歲	69	19.0%		高小	90	24.7%
	40–49歲	133	36.6%		初中	98	27.0%
	50–59歲	37	10.1%		高中或中專	26	7.2%
	60–69歲	19	5.2%		大專	3	0.8%
	70歲以上	3	1.5%		大學本科及以上	2	0.6%
民族	彝族	346	95.3%	宗教信仰	有宗教信仰	8	2.3%
	其他	17	4.7%		無宗教信仰	355	97.7%

註：數據以1999年問卷為基礎，部分缺失數據根據回訪數據由筆者代填後計入統計

為了更好地理解問卷調查的具體情況，需要對相關變量做一個簡要說明。

I. 因變量為觀念現代化水準、知識水準

觀念現代化的測量共有20個題項。通過對觀念現代化量表進行主成分因子分析，用最大方差法進行因子旋轉，得到因數分析的結果為KMO值為.664，Bartlett的球形度檢驗顯著性水準為.000，7個因子共解釋了61.9%的方差。信度檢測結果為：Cronbach's α = 0.523。本研究的信度和效度均不太理想，這或許是樣本量太小所致。知識水準測量1999年共有20個題項，回訪調查時共18個題項，以答對一題賦值1分，得分高的知識水準高。

II. 自變量為媒介接觸頻率

　　媒介接觸頻率包括電視、廣播、報紙和網路接觸頻率，其中電視、廣播、報紙的接觸頻率採用李克特五級量表編碼(1–每天，2–經常，3–有時，4–偶爾，5–幾乎不)，網路接觸頻率採用三級量表(1–經常，2–偶爾，3–幾乎不)。

田野調查

　　本文提供的兩個研究個案。一是本文作者之一自1994年開始關注的雲南省怒江傈僳族自治州貢山獨龍族怒族自治縣獨龍江鄉。在過去25年中，他十餘次到獨龍江進行田野調查，時間最長的一次是2001年10月至2002年4月，歷時半年。2019年1月至2月，他再次到獨龍江調查。通過長時間的觀察，作者較為完整地觀察到了當地近20多年來的發展，這也是獨龍江地區歷史上發展最快的20年。

　　另一個研究個案來自貴州省黔東南苗族侗族州黎平縣尚重鎮蓋寶村，本文作者之一自2018年對快手平台的「浪漫侗家七仙女」(後改名為侗族七仙女)帳號發布的短視頻以及網路直播進行了持續觀察，同時於2019年8月、11月對「七仙女」、帳號的管理者及運營團隊共計9人進行了面對面的半結構化深度訪談。

來自問卷調查的證據

研究變量的描述性統計和相關矩陣

I. 樣本的媒介接觸頻率狀況

　　從表二可知，在18年中，樣本的報紙、廣播的接觸頻率變化較小，總體呈下降趨勢，幾乎不接觸報紙和廣播的樣本分別增加了39個、19個，比例分別提高了9.6%和5.2%。而電視的接觸頻率則明顯提高，經常及每天接觸電視的樣本分別增加了22個、169個，比

例分別提升了6.6%和47.1%。通過手機接觸網絡的頻率總體不高，91.2%的樣本幾乎不接觸手機網路，僅有5.5%的樣本經常使用手機上網，這與大多數樣本擁有的手機為非智能手機，受教育程度整體偏低，缺乏手機上網的技能有較大關係。

表二 樣本媒介接觸頻率情況之比較

樣本屬性		媒介接觸頻率								
		幾乎不		偶爾		有時		經常		每天	
變量	年份	數量	比例	數量	比例	數量	比例	數量	比例	數量	比例
報紙	1999	297	81.8%	25	6.9%	26	7.2%	13	3.6%	2	0.6%
	2017	336	92.6%	14	3.9%	7	1.9%	3	0.8%	3	0.8%
廣播	1999	290	79.9%	17	4.7%	22	6.1%	30	8.3%	4	1.1%
	2017	309	85.1%	20	5.5%	13	3.6%	11	3.0%	10	2.8%
電視	1999	222	61.2%	29	8.0%	38	10.5%	25	6.9%	49	13.5%
	2017	25	6.9%	35	9.6%	34	9.4%	49	13.5%	220	60.6%
網絡	2017	331	91.2%	12	3.3%			20	5.5%		

註：第二次回訪調查分別於2015、2017年進行，為方便統計，對第二次回訪的樣本進行合併後的年份標註統一為2017年

兩次調查期間的資料顯示，電視接觸頻率的均值提升了2.07，報紙、廣播的接觸頻率均值分別減少了0.21、0.13（詳見附錄一）。

從1999年到2017年，當地人的知識得分均值由6.54減少到了4.18，而觀念得分均值則由60.66提高到了69.01，說明18年來，當地人的觀念有更加開放的趨勢，更具有「現代化觀念」（詳見附錄二）。

II. 媒介接觸頻率與知識得分、觀念得分之間的相關關係

由表三可知，1999年的報紙接觸頻率與當年的知識得分（$r = .179$, [**]$p < .01$）、觀念得分（$r = .122$, [*]$p < .05$）均成顯著的正相關關係；2017年的報紙接觸頻率與2017年的知識得分（$r=.160$, [**]$p < .01$）、觀念得分（$r = .104$, [*]$p < .05$）也呈顯著的正相關關係。2017年的廣播的接觸頻率與2017年知識得分（$r = .170$, [**]$p < .01$）、觀念得分均呈顯著（$r = .207$, [**]$p < .01$）的正相關關係。2017年的電視接觸頻率與2017年的知識得分（$r = .138$, [**]$p < .01$）呈顯著的相關關係，網路接觸頻率與當年的知識得分（$r = .493$, [**]$p < .01$）和觀念得分（$r = .173$, [**]$p < .01$）

均呈現顯著的正相關關係。1999年的廣播、電視接觸頻率與當年的知識得分、觀念得分均不存在顯著相關性。

表三 主要研究變量的均值、標準差和相關矩陣

變量	均值	標準差	知識得分 1999	知識得分 2017	觀念得分 1999	觀念得分 2017
報紙接觸頻率1999	1.34	0.807	.179**		.122*	
報紙接觸頻率2017	1.13	0.552		.160**		.104*
廣播接觸頻率1999	1.46	1.000	.065		-.007	
廣播接觸頻率2017	1.33	0.898		.170**		.207**
電視接觸頻率1999	2.04	1.487	.071		-.022	
電視接觸頻率2017	4.11	1.303		.138**		.099
網絡接觸頻率2017	1.14	0.483		.493**		.173**
知識得分1999	6.54	4.518	1			
知識得分2017	4.18	3.715		1		
觀念得分1999	60.66	7.809			1	
觀念得分2017	69.01	7.210				1

註：1.報紙、廣播、電視、網絡的媒介接觸頻率，最小值為1，最大值為5；2.知識得分1996年的最大得分為20，2017年的最大得分為18分，最小值均為0分，觀念得分最大值為100分，最小值為0分；3. $p < .05$, $p < .01$

　　雖然上表可見樣本在不同時間的媒介接觸頻率與知識得分、觀念得分之間的相關關係，但由於本研究旨在討論歷時性的變遷中，媒介接觸頻率與知識得分、觀念得分的關係，因此，研究者以知識得分(1999、2017)、觀念得分(1999、2017)分別與樣本對報紙、廣播、電視的媒介接觸頻率(1999、2017)，做了均值檢驗。結果發現：僅報紙的接觸頻率(1999)與知識得分(1999)($sig = .001$)、觀念得分(1999)($sig = .049$)之間具有統計上的顯著性，廣播、電視的媒介接觸頻率均與知識得分(1999)、觀念得分(1999)未達到統計上的顯著性(見附錄三、四)。

　　而到2017年，報紙的接觸頻率(2017)與知識得分(2017)($sig = .000$)、廣播的接觸頻率(2017)與知識得分(2017)($sig = .003$)、網路的接觸頻率(2017)與知識得分(2017)($sig = .000$)達到了統計上的顯著，而電視的接觸頻率與知識得分(2017)($sig = .032$)並未達到統計上的顯著。

報紙的接觸頻率 (2017) 與觀念得分 (2017) (*sig* = .016)、電視的接觸頻率 (2017) 與觀念得分 (2017) (*sig* = .177) 未達到了統計上的顯著，廣播的接觸頻率 (2017) 與觀念得分 (2017) (*sig* = .000)、網路的接觸頻率 (2017) 與觀念得分 (2017) (*sig* = .001) 達到統計上的顯著，也就意味著廣播、網路接觸頻率的提升可以促進觀念的現代化 (詳見附錄五、六)。

通過對比石林縣、大姚縣的固定樣本的媒介接觸頻率，可以發現，18年來，電視始終是鄉村接觸頻率最高的媒介，經常及每天觀看電視的樣本和比例均在大幅增加，電視的接觸頻率在不斷上升，當地人的廣播、報紙、網路接觸率一直處於較低的水準。較1999年，2017年當地人的知識得分有所下降，觀念得分有所提升。然而無論是1999年，還是2017年，資料顯示電視均不能有效促進當地人知識水準和觀念的現代化。

在18年中，報紙、廣播的接觸頻率與知識得分的顯著性得到了持續性的驗證，報紙接觸頻率與當地人的觀念得分之間的非相關關係也在歷時維度中得以持續，這也意味著報紙在促進人的觀念的現代化方面作用有限。1999年的資料顯示，報紙、廣播、電視對當地人的觀念現代化影響甚微，而到了2017年，除電視外，廣播、網路的接觸頻率對當地人觀念現代化的影響又呈現出統計上的顯著。

雖然廣播、報紙、網路的接觸頻率均與觀念得分的關係呈現顯著性，但是它們對於推動當地人的觀念現代化的作用依然有限，因為2017年經常及每天接觸報紙、廣播和網路的樣本僅佔總體樣本的1.6%、5.8%和5.5%。總之，通過對固定樣本的追蹤調查，我們發現傳媒對於當地人的觀念現代化的改變是極為有限的。

兩個田野研究案例

傳播「好消息」：傳媒之於獨龍江的發展

如前所述，本文作者之一親歷了獨龍江近20餘年來的發展，而這也是獨龍江地區歷史上發展最快的20多年。

　　獨龍江位於雲南省怒江傈僳族自治州貢山獨龍族怒族自治縣，北接西藏自治區，西接緬甸，是獨龍族最大的聚居地，也是新中國成立後雲南的八個「直過民族」之一。獨龍江鄉目前人口4,000餘人，幾乎都是獨龍族。

　　既往從個體層面展開的發展傳播研究局限性在於忽略了個體所生存的環境。所謂發展，更多地還是體現在個體所生存的環境方面。這就要求採用一種人類學的整體性視角，對社區進行較為全面的研究，在此基礎上，再來探討傳媒與社會發展之間的關係。基於人類學的整體性視角，本文從兩方面來展開對相關問題的描述：一是社會發展，二是媒介環境的變化，進而對傳媒與社會發展之間的關係進行討論。

I. 社會發展

　　本文將從交通、居住環境、物質生活及精神生活四方面來呈現獨龍江的社會發展。

　　交通。1994年至今獨龍江地區最大的變化，非交通莫屬。1994年本文作者之一第一次進獨龍江，沿著人馬驛道徒步三天，才到達當時的獨龍江鄉政府巴坡。1999年9月從貢山縣城到獨龍江鄉的公路(毛路)剛剛貫通。2006年底，獨龍江六個行政村全部通了公路。2014年4月，獨龍江公路隧道貫通，獨龍江徹底告別了一年中半年大雪封山的歷史。此後，從縣城到獨龍江，以及獨龍江各村之間的公路路況不斷改善。

　　居住環境。隨著1999年獨龍江公路通車，獨龍江全鄉的基礎設施建設隨之進入了快速發展的軌道。尤其是2010年開始實施「整鄉整族」幫扶以後，當地居住環境也發生了翻天覆地的變化。

　　物質生活。本文為了敘述方便，把前述的居住環境與物質生活分開，這裡的物質生活，主要涉及糧食和經濟收入兩個方面。

　　講到糧食，不得不講2002年開始在獨龍江實施的「退耕還林」政策。據相關資料：2003年初，在退耕還林工程實施之前，獨龍江鄉耕地總面積有14,804.2畝，其中：固定面積4,980.2畝(水田529畝，

梯田 672.8 畝，旱地 3,778.4 畝），輪歇地 9,824 畝。退耕還林實施後，除了保留水田和部分旱田外，其餘的旱地和輪歇地全部納入退耕還林的規劃之中，共 1.4 萬畝，人均退耕面積達 3.7 畝（李金明，2008：81–85）。

「退耕還林」實施前，獨龍江的耕地主要是山地，確有不少糧食不夠吃的家庭，且獨龍江上游的獻九當、龍元和迪政當村沒有水田，不產水稻，糧食主要是土豆、玉米、蕎等。實施「退耕還林」政策後，國家的糧食補貼基本上解決了缺糧的問題，同時也改變了當地人的飲食結構。

經濟收入。 2019 年 4 月，中共中央總書記，國家主席習近平給雲南省貢山縣獨龍江鄉群眾回信，祝賀獨龍族實現整族脫貧。在媒體報導中，我們看到：2018 年末，全鄉農民人均純收入 6,122 元，6 個行政村整體脫貧。自 2010 年以來，獨龍江的部分產業的確初見成效，草果是突出的一項。據相關資料，2017 年底，獨龍江全鄉種植草果 66,086.5 畝，草果收入接近 1,500 萬元，人均增收 4,134 元。但據本文作者之一從獨龍族那裡了解到的情況，在 2018 年，獨龍江草果收購價僅為 2017 年的三分之一，且獨龍江的草果種植，主要是下游的馬庫、巴坡、孔當三個行政村，北部的三個行政村幾乎沒有種植草果。2019 年底當地的草果收購價，和 2018 年大致相當。

如果從絕對的經濟收入數字看，獨龍江獨龍族的收入較之 10 年前，甚至是 20 年的確有較大變化。但是媒介的宣傳忽略了重要的一面，即消費支出。在獨龍江公路通車之前，當地人的現金收入的確較低，但他們的開支也相對較小，糧食、肉食、蔬菜等基本上能自給。現在他們的生活物資幾乎都來自市場，現金收入增加的同時，生活方面的開支也大大增加。因此，只算現金收入帳而不看消費支出的計算方法，明顯是有問題的。

精神生活。 精神生活是一個十分難以量化的方面，儘管有學者力圖去建構量化指標體系（廖小琴，2010）。一般來說，精神生活涉及個人的社會生存環境、知識及教育狀況，以及個體信仰三個層面（轉引自鄒詩鵬，2007：54）。本文無法對獨龍江獨龍族的精神生活

做出全面而完整的描述，只能選擇我們認為重要的方面來進行簡要說明。

本文作者之一與獨龍族學者合作，於2018年底寫了題為《獨龍江獨龍族自殺率觸目驚心　社會發展切莫忽視心理「扶貧」》[2]的一份諮詢報告。報告就獨龍江奇高的自殺率，給出了四方面的原因，分別是：(1) 高速社會轉型過程中群體性心理失衡；(2) 壓抑的民族心理；(3) 社會發展中當地人的主體性未得到應有的釋放；(4) 既往的發展過程中較多關注經濟指標，扶貧「民心」工作做得不夠。

當然，自殺只是精神生活其中一個方面的問題，據我們多年的觀察，雖然目前當地農民的物質生活在不斷豐富，但高速的社會轉型過程中的群體性心理失衡，是一個十分重要的方面，而這一問題恰恰是由社會發展所引發的。

II. 媒介環境的變化

傳媒是本文作者之一常年在獨龍江調研關注的重點，相關研究成果均已公開發表或是出版，此處僅做簡要說明。

2001年，獨龍江六個行政村的村委會所在地至少有了一個電視地面衛星接收站，可以說是實現了電視的「村村通」。

2004年獨龍江鄉開通了移動電話。2014年6月22日宣布開通獨龍江鄉4G網絡，成為雲南省首個開通4G網絡的鄉鎮。2015年5月31日，獨龍江鄉正式啟動首個「寬帶鄉村」試點工程。截至目前共建傳輸86桿公里，152皮長公里；家寬社區行政村、自然村覆蓋率達100%，接入帶寬具備從10M至1,000M的升級能力；六個行政村村委會覆蓋95%村莊，共計1,074戶寬帶用戶；所有村委會均已建設開通電子政務網，村民在家中也都能看到海量內容的4K高清電視。2015年12月，中國移動為全體獨龍族人民提供4G手機，使獨龍族成為全國第一個整族使用4G通信的民族，也成為第一個整族進入4G時代的民族。[3]

2019年5月14日，雲南省的第一個5G電話由獨龍江撥出。

至少從技術層面來看，獨龍江現在已經完全進入了「新媒體」時代。

現在獨龍江的家庭，電視機、手機等基本普及了，當地人也通過寬帶看電視，手機上網，電力方面也做到了基本覆蓋。電視機作為「象徵資本」(郭建斌，2005)的意義已大大減弱。網上購物等也成為當地部分年輕人的生活方式。獨龍江與外界世界的聯繫，較之20多年前的確密切多了。

III. 傳媒與獨龍江社會發展

獨龍江過去20餘年的發展，完全是一種由政府主導的自上而下的發展。這樣的發展過程中，當地人基本上處於被動地位。因此，這樣的發展模式下，傳媒是否提供了一些和社會發展有關的內容？這些內容是否對當地人產生了積極的影響，就顯得不是十分重要。

本文作者之一曾帶領一個研究小組對2002年4月至2016年3月的中文報紙上涉及於獨龍江(獨龍族)的報導進行過較為詳細的分析(郭建斌、王笑一、張馨月，2018)。研究發現，媒體關於獨龍江、獨龍族的新聞報導，幾乎都是與當地發展密切相關的「好消息」。但這些「好消息」多大程度反應了當地的真實情況？當地有多少人會接觸到這些「好消息」？如果接觸到，這些「好消息」又會對當地的社會發展具有怎樣的促進作用？這些均是有待進一步進行實證研究的問題。至少在目前，我們尚未找到傳媒在促進獨龍江社會發展方面的直接的證據。

中國其他「少邊窮」地區的近年來的發展，也有和獨龍江類似的情況。獨龍江既不是孤立個案，也不能成為中國近20餘年來發展模式的代表，它僅僅是「中國式」發展的一種類型。因此我們需要尋找其他的案例來進行考察，以便對傳媒與中國社會發展之間的關係做出相對全面的闡釋。

製造「鄉村網紅」：短視頻、直播與蓋寶村的脫貧之路

蓋寶村，是位於貴州省黔東南苗族侗族自治州黎平縣尚重鎮的一個侗族聚居村落，距縣城100公里左右，2013年由四個自然村合併而成，村裡共有35個村民小組逾千戶人家，以農業、外出務工為

主要生計。蓋寶同時是侗族五弦琵琶歌的發源地。2018年，蓋寶村成為網紅村，不僅由於該村利用短視頻平台快手實現了整村脫貧，進而成為包括中央電視台、新華社、《人民日報》、騰訊新聞、今日頭條等媒體的關注對象。由蓋寶村扶貧第一書記吳玉聖發起開通的快手帳號「浪漫侗家七仙女」，目前平台粉絲數量已達29.6萬，在各個短視頻平台如頭條號、抖音等的矩陣帳號粉絲數量已超過170萬，快手平台中最熱的短視頻，點擊率超過了700萬（截至2019年10月1日），「七仙女」也因此被稱為「最火民族女團」，快手平台的鄉村網紅代表。

蓋寶村的脫貧路被媒體稱為「網紅脫貧路」[4]，拍攝短視頻吸引粉絲、培育「七仙女」成為鄉村網紅，利用網絡直播幫助貧困戶銷售農產品，從幫助貧困戶脫貧來實現整村脫貧，是蓋寶村的脫貧路徑。短視頻、直播是蓋寶村脫貧的關鍵，媒體在這裡又成為推動鄉村發展、尤其是經濟發展的最重要力量。對於蓋寶村社會發展與傳媒之間的關係，我們主要從以下兩個方面來進行考察。

I.「鄉村精英」與「文化自覺」

蓋寶村成為「網紅村」，與該村的扶貧第一書記有直接關係。1987年出生的吳玉聖，是土生土長的黎平侗族人，大學畢業後通過公務員招考成為一名公務員，2018年初被派駐到蓋寶村任扶貧第一書記。

蓋寶村距離黎平縣城車程約四小時，村裡的青壯年多外出務工，村中以留守老人、兒童、婦女為主，村裡的農作物雖然有水稻、土豆、小米、小黃薑等，但由於交通不便也多是「養在深閨人未識」，銷路欠佳。

大學時期，吳玉聖是一名「文藝青年」，愛好彈吉他，工作後他也會把自己彈吉他的視頻自拍、剪輯，上傳到美拍這樣的視頻網站分享，粉絲多是單位的同事。

一天晚上，吳玉聖從老人即興而唱的侗族琵琶歌中聽到了關於七仙女的浪漫傳說[5]，加之他之前對於蓋寶村已有「浪漫」認知，於

是決定創建一個「浪漫侗家七仙女」的快手帳號。尋找仙女的過程媒體有過詳細報導，他首先說服了村裡的已婚女性 YYJ，成為七仙女中的大姐，後又找到幾名學生湊齊了「七仙女」。為了拍出的視頻效果更好，吳玉聖親自去縣城拜訪當時快手平台上黎平縣粉絲數量最多的網路紅人「鐮刀哥」——石青，請他給予關於視頻選題、拍攝與剪輯技巧上的指導。

打稻穀的視頻是組建「浪漫侗家七仙女」後拍攝的第一條視頻，視頻意外獲得了 80 多萬的點擊率，這給了吳玉聖極大信心，隨後團隊又策劃、拍攝了侗族鬥牛、抓稻花魚、製作侗族特色美食烏米飯等一系列主題的視頻，都獲得了不錯的點擊率。其中，團隊拍攝的仙女們赤腳去稻田、抓稻花魚的視頻——「人魚大戰」，點擊率超過700 萬，成為帳號點擊率最高的作品。

作為一名土生土長侗族大學生，吳玉聖熟悉侗族文化，具有某種「文化自覺」。這樣的文化自覺，使他意識到「七仙女」可以作為侗族文化的表徵。短視頻的主題以侗族特有的儀式、飲食、服飾、民俗為主，同時也將蓋寶村特有的侗族琵琶歌、侗族舞蹈作為特色，向粉絲展示並進行互動。

如果說基於「文化自覺」以及新媒體技術的掌握使得吳玉聖具有新時代的鄉村「文化精英」意味，那麼，作為駐村的扶貧第一書記，他還具有鄉村「政治精英」的意味。集「文化精英」與「政治精英」於一身，使得吳玉聖能夠獲得比普通人更多的資源。加之在「扶貧」的政策背景下，「典型」往往更容易得到媒體的關注。

II. 媒體循環與網紅的形成

學者在公共事件傳播、環境抗爭事件中發現新舊媒體之間互相引用內容，可以形成「媒體循環」（media loop），從而引發擴散效應（李立峯，2009；曾繁旭、戴佳等，2014；周裕瓊、楊雲康，2017）。「侗家七仙女」成為「網紅」，並非僅僅是新媒體技術賦權的結果，更是「媒體循環」的結果。

2018 年 7 月運營了近 4 個月的「浪漫侗家七仙女」帳號已經擁有3 萬粉絲，但 3 萬的粉絲數量與擁有百萬粉絲的「快手網紅」距離還比

較遠。2018年8月，快手平台發起了「快手幸福鄉村人」計劃，並通過平台的「端內篩選」機制發現了「浪漫侗家七仙女」帳號，雙方取得聯繫後，吳玉聖成為了首批入選的20位鄉村創業者。2018年9月，受快手資助，吳玉聖又參加了在清華大學舉辦的「快手幸福鄉村創業學院」，並作為代表講述了自己的扶貧故事，演講在平台同步直播吸引了百萬粉絲關注。除了在日常流量扶持外，快手平台推薦「七仙女」登上了湖南衛視《快樂大本營》(2018年9月)，借由快手在北京舉辦的「家鄉集市」活動，團隊成員還在《新聞聯播》中亮相(2018年9月24日)。到2018年9月底，帳號的粉絲數量從3萬翻倍至6萬最後上升到11.4萬(截至2018年9月29日)。

「80後」書記網路扶貧的故事也吸引了主流媒體的關注，多家中央級、地方級媒體對其進行過報導。

融媒體的報導形式使得「浪漫侗家七仙女」的帳號截圖、相關視頻，以非物質文化傳承、扶貧等主題，出現在不同媒體性質、不同節目類型的傳統媒體與新媒體中，每一次報導都是一次免費的植入性廣告。與此同時，「浪漫侗家七仙女」也有意識地將錄製節目的過程記錄下來，剪輯成短視頻在平台上播放，這樣就跨越了此前專業媒介內容生產者之間互相引用內容而形成的媒介循環，成為了媒介內容使用者生產與專業媒體生成內容之間互相引用而形成的新類型媒體循環。媒體的報導主要集中在2018年9月，2019年6月、9月三個時間段。每一次報導熱潮帶來的漲粉，相比內容吸引粉絲的方式速度更快，最快的一次出現在2019年6月5日，騰訊新聞頭條推送了《村書記帶7個姑娘拍視頻1年全村脫貧》的報導後，一天內，帳號粉絲增長超過8萬。

隨著粉絲數量的增多，直播中的打賞收入成為團隊穩定的收入來源，到後期，團隊日均所得的打賞收入超過1,000元。通過直播，團隊還幫助貧困戶推銷農產品。此外，吳玉聖還創新讓貧困戶以家中農產品作為股份，入股「浪漫侗家七仙女」的團隊項目，通過分紅團隊直播打賞、直播中的置入廣告及銷售的農產品收入實現脫貧。

同樣是「脫貧」，蓋寶村的方式與獨龍江完全不同，在蓋寶村「脫貧」過程中，我們更多看到的是「鄉村精英」出於某種「文化自

覺」，借助當下最新的媒體（傳播）形態，在「媒體循環」的「合力」之下實現了鄉村的發展。這樣的現象，似乎又使得前述發展傳播研究的某些理論觀點（如賦權、參與式傳播）具有一定的理論解釋力。但是，我們也要充分意識到蓋寶村案例的特殊性。

首先，它是一個被快手平台、主流媒體和政府「包裝」出來的時代典型。這樣的典型在全國不止蓋寶村一個，但並不意味著只要按照「蓋寶」方法去做就一定能夠獲得與其相同的發展。其次，因為智能手機的普及、快手等技術平台門檻低等原因，使得「媒體賦權」具有某種可能，而當地人的參與，也使得這樣的傳播具有了「參與式傳播」的意義。但是，通過對蓋寶村「網紅」之路的考察，我們發現，僅僅看到「媒體賦權」、「參與式傳播」還遠遠不夠，因為具備這樣的條件的村莊在當下中國也並非只有蓋寶村，最為重要的「推力」還是前面講到的方面。第三，至少在當下，「網紅」逐漸成為中國鄉村發展的一種新的方式，但是這樣的發展，可持續性到底如何？至少在目前，我們無法做出預測。

結語

在對發展傳播研究文獻進行簡要梳理的基礎上，本文結合三個具體的研究案例，對傳媒與社會發展之間的關係進行了討論。我們發現，由三個研究案例所提供的證據，與來自西方的發展傳播學理論之間存在某些張力。這並非是對西方發展傳播理論的簡單否定，而是要結合中國特定的社會現實進行具體討論。

在三個研究案例中，問卷調查所涉及的石林和大姚兩個縣，在10餘年中經濟有了較大發展，但是從個人層面來看，我們發現傳媒對於當地人的觀念現代化的改變是極為有限。貴州蓋寶村由於是一個新近的案例，本文未對其經濟發展進行縱向比較。

註釋

* 本文得到雲南大學一流大學創新團隊 (民族傳播研究與媒體人類學) 項目的資助。
1 樣本缺失的原因主要由受訪者過世以及外出務工、外嫁或移居 (大姚的樣本中) 別的鄉鎮，另外就是大量的樣本在回訪時缺失值過多問卷結構不完整，無法做分析所以剔除了這類樣本。
2 該諮詢報告的作者是郭建斌和曾學光 (雲南民族博物館館員，雲南省民族學會獨龍族研究委員會會員)。
3 資料來自〈獨龍江通信變遷記——中國移動 20 年深耕高山峽谷唯獨獨龍族百姓架設溝通世界的信息橋樑〉。取自雲南網，2019 年 4 月 21 日，http://yn.yunnan.cn/system/2019/04/21/030258209.shtml。
4 資料來自〈貴州黎平蓋寶村的網紅脫貧路〉。取自人民網貴州頻道，2019 年 3 月 27 日，http://gz.people.com.cn/n2/2019/0327/c381334-32782653.html。
5 傳說七仙女下凡到侗鄉洗澡，發現侗族人民勤勞勇敢，但卻不會唱歌，於是稟報玉帝，玉帝把仙歌撒到侗鄉，侗族人民只要喝了蓋寶河裡的水便都會唱侗族琵琶歌。資料來自本文作者之一 2019 年 8 月 10 日對吳玉聖的訪談。

參考文獻

李立峯 (2009)。〈範式訂定事件與事件常規化：以 YouTube 為例分析香港報章與新媒體的關係〉。《傳播與社會學刊》，第 9 期，頁 181–202。

李金明 (2008)。〈生態保護、民族生計可持續發展研究——以獨龍江地區獨龍族為例〉。《雲南社會科學》，第 3 期，頁 81–85。

沙垚 (2017)。《吾土吾民：農民的文化表達與主體性》。北京：中國社會科學出版社。

周裕瓊、楊雲康 (2017)。〈中國社會抗爭的媒介策略：基於環保與徵地事件的綜合比較分析〉。《傳播與社會學刊》，第 40 期，頁 169–201。

胡翼青、柴菊 (2013)。〈發展傳播學批判：傳播學本土化的再思考〉。《當代傳播》，第 1 期，頁 12–15。

科林·斯巴克斯 (2009)。《全球化、社會發展與大眾媒體》(常怡如譯)。北京：社會科學文獻出版社。

徐暉明 (2003)。〈我國發展傳播學研究狀況〉。《當代傳播》，第2期，頁14–16。

郭建斌 (2003)。〈傳媒與鄉村社會：中國大陸20年研究的回顧、評價與思考〉。《現代傳播》，第3期，頁44–47。

郭建斌 (2005)。〈電視、象徵資本及其在一個特定社區中的實踐：獨鄉個案之田野研究〉。《中國傳播學評論》，第1輯，頁1–28。

郭建斌、王笑一、張馨月 (2018)。〈「好消息」：中國大陸「民族新聞」的話語分析——基於中文報紙「獨龍新聞」的討論〉。《新聞記者》，第11期，頁48–65。

張國良 (2009)。《中國發展傳播學》。杭州：浙江大學出版社。

鄒詩鵬 (2007)。〈現時代精神生活的物化處境及其批判〉。《中國社會科學》，第5期，頁54–63、206。

曾繁旭、戴佳、王宇琦 (2014)。〈媒介運用與環境抗爭的政治機會：以反核事件為例〉。《中國地質大學學報(社會科學版)》，第4期，頁116–126。

楊海濤 (2004)。〈發展傳播學的困境及其在我國的本土化思路〉。《新聞界》，第5期，頁59–60、62。

瑟韋斯、瑪麗考 (2014)。《發展傳播學》(張凌譯)。武漢：武漢大學出版社。

廖小琴 (2010)。〈現代社會精神生活發展特殊規律研究〉。《西南農業大學學報(社會科學版)》，第2期，頁95–99。

劉銳 (2011)。〈2001–2010：中國發展傳播學研究現狀與前景〉。《國際新聞界》，第6期，頁52–57。

韓鴻 (2014)。〈發展傳播學近三十年的學術流變與理論轉型〉。《國際新聞界》，第36卷第7期，頁99–112。

韓鴻、阿爾文·辛文德 (2012)。〈超越創新擴散？——論發展傳播學中的正態偏差研究〉。《國際新聞界》，第34卷第2期，頁6–12。

Dagron, A. G. (2009). Playing with fire: Power, participation, and communication for development. *Development in Practice, 19*(4–5), 453–465.

Lerner, D. (1958). *The passing of traditional society: Modernizing the Middle East*. New York: Free Press.

Rogers, E. M. (1976). Communication and development: The passing of the dominant paradigm. *Communication Research: An International Quarterly, 3*(2), 1–43.

Shah, H. (2011). *The production of modernization: Daniel Lerner, mass media, and the passing of traditional society*. Philadelphia: Temple University Press.

Waisbord, S. (2018). Family tree of theories, methodologies, and strategies in development communication. In J. Servaes (Ed.), *Handbook of communication for development and social change* (pp. 93–132). Singapore: Springer.

附錄一　媒介接觸頻率（1999 vs 2017）成對樣本統計量

		均值	N	標準差	均值的標準誤
對 1	電視接觸頻率 1999	2.04	363	1.487	.078
	電視接觸頻率 2017	4.11	363	1.303	.068
對 2	報紙接觸頻率 1999	1.34	363	.807	.042
	報紙接觸頻率 2017	1.13	363	.552	.029
對 3	廣播接觸頻率 1999	1.46	363	1.000	.052
	廣播接觸頻率 2017	1.33	363	.898	.047

附錄二　知識得分與觀念得分（1999 vs 2017）成對樣本統計表

成對樣本統計量					
		均值	N	標準差	均值的標準誤
對 1	知識得分 1999	6.54	363	4.518	.237
	知識得分 2017	4.18	363	3.715	.195
對 2	觀念得分 1999	60.66	363	7.809	.410
	觀念得分 2017	69.01	363	7.210	.378

附錄三　媒介接觸頻率（1999）與知識得分（1999）的均值檢驗

			平方和	df	均方	F	顯著性
知識得分 1999 * 報紙接觸頻率 1999	組間	（組合）	378.668	4	94.667	4.835	.001
		線性	237.773	1	237.773	12.144	.001
		線性偏差	140.895	3	46.965	2.399	.068
	組內		7009.420	358	19.579		
	總計		7388.088	362			
知識得分 1999 * 廣播接觸頻率 1999	組間	（組合）	94.540	4	23.635	1.160	.328
		線性	31.240	1	31.240	1.533	.216
		線性偏差	63.299	3	21.100	1.036	.377
	組內		7293.549	358	20.373		
	總計		7388.088	362			
知識得分 1999 * 電視接觸頻率 1999	組間	（組合）	100.809	4	25.202	1.238	.294
		線性	36.932	1	36.932	1.814	.179
		線性偏差	63.878	3	21.293	1.046	.372
	組內		7287.279	358	20.356		
	總計		7388.088	362			

附錄四　媒介接觸頻率（1999）與觀念得分（1999）的均值檢驗

			平方和	df	均方	F	顯著性
觀念得分1999 * 報紙接觸頻率 1999	組間	（組合）	578.434	4	144.609	2.408	.049
		線性	330.450	1	330.450	5.503	.020
		線性偏差	247.984	3	82.661	1.377	.250
	組內		21495.723	358	60.044		
	總計		22074.158	362			
觀念得分1999 * 廣播接觸頻率 1999	組間	（組合）	89.588	4	22.397	.365	.834
		線性	.976	1	.976	.016	.900
		線性偏差	88.611	3	29.537	.481	.696
	組內		21984.570	358	61.409		
	總計		22074.158	362			
觀念得分1999 * 電視接觸頻率 1999	組間	（組合）	210.841	4	52.710	.863	.486
		線性	10.828	1	10.828	.177	.674
		線性偏差	200.013	3	66.671	1.092	.353
	組內		21863.317	358	61.071		
	總計		22074.158	362			

附錄五　媒介接觸頻率（2017）與知識得分（2017）的均值檢驗

			平方和	df	均方	F	顯著性
知識得分2017 * 報紙接觸頻率 2017	組間	（組合）	378.476	4	94.619	7.336	.000
		線性	128.483	1	128.483	9.961	.002
		線性偏差	249.994	3	83.331	6.461	.000
	組內		4617.524	358	12.898		
	總計		4996.000	362			
知識得分2017 * 廣播接觸頻率 2017	組間	（組合）	213.740	4	53.435	4.000	.003
		線性	144.438	1	144.438	10.813	.001
		線性偏差	69.302	3	23.101	1.729	.161
	組內		4782.260	358	13.358		
	總計		4996.000	362			
知識得分2017 * 電視接觸頻率 2017	組間	（組合）	144.965	4	36.241	2.675	.032
		線性	95.754	1	95.754	7.067	.008
		線性偏差	49.211	3	16.404	1.211	.306
	組內		4851.035	358	13.550		
	總計		4996.000	362			

			平方和	df	均方	F	顯著性
知識得分2017 * 網絡接觸頻率 2017	組間	（組合）	1274.840	2	637.420	61.667	.000
		線性	1215.236	1	1215.236	117.567	.000
		線性偏差	59.604	1	59.604	5.766	.017
	組內		3721.160	360	10.337		
	總計		4996.000	362			

附錄六　媒介接觸頻率（2017）與觀念得分（2017）的均值檢驗

			平方和	df	均方	F	顯著性
觀念得分2017 * 報紙接觸頻率 2017	組間	（組合）	627.356	4	156.839	3.087	.016
		線性	202.099	1	202.099	3.978	.047
		線性偏差	425.257	3	141.752	2.790	.040
	組內		18189.823	358	50.810		
	總計		18817.179	362			
觀念得分2017 * 廣播接觸頻率 2017	組間	（組合）	1272.000	4	318.000	6.489	.000
		線性	803.203	1	803.203	16.389	.000
		線性偏差	468.797	3	156.266	3.189	.024
	組內		17545.179	358	49.009		
	總計		18817.179	362			
觀念得分2017 * 電視接觸頻率 2017	組間	（組合）	327.635	4	81.909	1.586	.177
		線性	185.883	1	185.883	3.599	.059
		線性偏差	141.752	3	47.251	.915	.434
	組內		18489.544	358	51.647		
	總計		18817.179	362			
觀念得分2017 * 網絡接觸頻率 2017	組間	（組合）	770.765	2	385.383	7.688	.001
		線性	563.739	1	563.739	11.246	.001
		線性偏差	207.026	1	207.026	4.130	.043
	組內		18046.413	360	50.129		
	總計		18817.179	362			

11

中國互聯網治理研究的學術邏輯與範式流變——基於CNKI數據庫的文獻考察

徐敬宏、侯偉鵬、郭婧玉、楊波

引言

　　自1994年中國全功能接入國際互聯網以來，25年間，互聯網從根本上改變了中國的社會結構、運行方式和動力機制，由此帶來了社會、經濟、文化、生活和政治等各個層面的變化（方興東、陳帥，2019）。關於中國互聯網的相關研究，比如中國互聯網治理的研究等，也大致走過了25年的歷史。正如Jason Lacharite（2002）所言，中國將來肯定會成為網絡空間的超級大國，政府對於網絡的嚴格限制措施一定會逐步走向開放。25年來，伴隨中國對互聯網產業、互聯網內容、互聯網運行方式等的監管和治理實踐，中國學術界從對域外相關學術概念的引入到對國內互聯網治理對策的探討，再到當前對中國如何融入全球互聯網治理體系及其主張與方案的研究，產生了大量學術研究成果。考察該領域學術研究的流變歷程，對當下互聯網治理研究的學術傳承與創新都具有十分重要的意義。本研究通過對已有文獻的分析和梳理，系統描述中國互聯網治理研究的發展和現狀，並結合量化文獻分析、內容分析法以及文本分析等手段，回答我國學界互聯網治理研究涉及的主要議題、研究對象、研究範圍、階段特徵以及研究方法等具體問題，以期揭示25年來中國學術界對互聯網治理研究的脈絡走向及其內在邏輯，進而探討如何提升

中國互聯網治理研究的理論水平，如何加強中國互聯網治理研究及相關領域的研究方法。

研究方法

本文主要使用內容分析法，輔以文獻計量分析軟件Citespace，對中國知網(CNKI)數據庫中的相關文獻進行分析。Citespace是美國華裔學者陳超美基於java語言開發的一款可視化軟件，該軟件可以基於對高被引文獻、研究主題或關鍵詞等知識領域一種循序漸進的可視化呈現，進而對某一領域或者研究主題的發展脈絡、潛在動力機制以及發展前沿進行較為直觀的探索(Chen, 2006)。內容分析法作為傳播學研究領域常用的研究方法，在探討分析文獻的階段特徵，揭示文獻的隱性內容等方面具有獨到的優勢，兩種分析手段相結合，可以更好地回答本文的研究問題。

研究者以中國知網數據庫(CNKI)中的CSSCI和核心期刊為遴選依據，以「互聯網管理」或「互聯網治理」或「網絡監管」或「互聯網監管」或「網絡空間管理」或「網絡空間治理」或「因特網管理」或「因特網治理」或「賽博空間管理」或「賽博空間治理」等為主題詞進行檢索，得到文獻1,316篇，篩選去除與本領域不相關文獻(會議報導，訪談、活動紀實等)後，最終獲取有效文獻1,096篇，數據庫的檢索時間為2019年9月20日。需要指出的是，嚴格來講，網絡隱私、網絡輿情和網絡暴力等研究領域都屬互聯網治理研究的具體內容，但因互聯網內容層面的研究主題十分龐雜，限於篇幅和研究者的精力，本文只聚焦宏觀層面的互聯網治理研究，因此在文獻檢索時未將上述細分領域的主題詞納入其中。

在Citespace參數設置方面，除關鍵詞分期對比部分的時間設置有所不同外，其餘的「Time Slicing」統一設定為1997–2019年，「Years Per Slice」為一年。其他參數均遵從默認值設置。在1,096篇文獻樣本的基礎上，本文採用內容分析的研究方法，通過對樣本文獻的內容分析，對中國在1997–2019年期間網絡空間治理研究的走向進行系統性分析。我們按照相關文獻的「發表時間—研究方法—研究主

題—研究對象—研究範圍」這一框架進行類目建構。同時，結合文
獻的實際情況，確定了研究主題的二級和三級類目，最終形成本研
究的內容分析類目表（見表一）。

表一 中國互聯網治理研究文獻的內容類目表

一級類目	二級類目	三級類目
發表時間	—	—
研究方法	思辯研究	—
	實證研究	量化研究
		質化研究
		量化與質化相結合
研究主題	互聯網治理政策法律	—
	互聯網意識形態與國家安全治理	—
	互聯網行業運營治理	—
	互聯網政務運營治理	—
	互聯網傳播內容的引導和規制	—
	互聯網技術標準和傳輸規則制定	—
	其他	—
研究物件	政府主體	—
	企業主體	—
	公民主體	—
	互聯網技術主體	—
研究範圍	全球範圍內的互聯網治理	涉及美國（或中美）互聯網治理
		涉及韓國（或中韓）互聯網治理
		涉及日本（或中日）互聯網治理
		涉及新加坡（或中新）的互聯網治理
		涉及歐盟（或中國和歐盟）互聯網治理
		其他國家（或中國和其他國家）的互聯網治理
		涉及不包括中國在內的多國（3個及以上）互聯網治理
		涉及中國與多國（3個及以上）的互聯網治理
	中國範圍內的互聯網治理	

　　內容分析的編碼工作由三名編碼員共同完成，三名成員熟悉並
掌握變量的屬性定義，分別對隨機抽取的20份樣本進行編碼，通過
科恩的卡帕（Cohen's Kappa）係數來求證分析的可信度，經檢驗，三

表二 編碼員信度檢驗

	Kappa值
編碼員 1˙編碼員 2	0.775
編碼員 1˙編碼員 3	0.747
編碼員 2˙編碼員 3	0.781

名編碼員兩兩之間的卡帕值均大於0.7，即編碼的一致性較強（見表二）。

研究結果

主要研究者及合作網絡

如圖一所示，熊光清、胡泳、王國華、楊嶸均、王四新等是該領域的主要研究者。就研究者合作網絡來看，我們在 Citespace 中，「Node Types」選擇 Author 作為分析對象，得到圖一所示的主要作者合作網絡圖譜。互聯網治理研究的 Nodes（節點）= 115，Links（連線）= 42，Density（密度）= 0.0064。可以看出，互聯網治理領域作者共線網絡密度較低，表明作者之間的合作程度普遍較低，作者間的單次合作較少，尚未形成一定規模的研究合作團隊。根據譜圖數據，方興東、陳帥團隊合作發文5篇，形成合作節點。王國華和駱毅學術研究的聯繫較為緊密，張銳昕的學術合作網絡較為廣泛。其餘學者多為單獨研究，合作關係比較單一。

圖一 主要合作者網絡圖譜

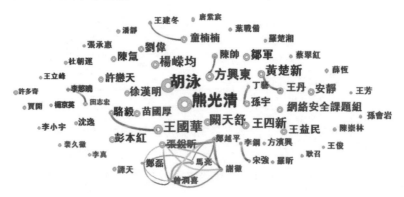

發文趨勢

　　如圖二所示，整體來看，與互聯網空間治理相關的文獻共有
1,096篇，涉及到的時間跨度從1997年一直到2019年。2014年之前
的文獻發表數量均未超過100篇，2014年的文獻數量出現了一次激
增，從2013年的40篇增長到了2014年的110篇。2016年的文獻數
量出現了一個巔峰（n = 218），隨後逐漸回落，但仍保持在年均發表
100篇以上。從發文周期來看，該領域最早的研究論文發表於1997
年，從1997年至2009年，相關研究的數量比較少，只有零星的論文
發表。自2010年開始至2013年，相關研究的發表數量逐步增多，從
2014年開始，該領域論文發表量開始大幅增多，至2016年達到頂
峰。近三年相關發文量呈現逐漸回落的態勢。

圖二 互聯網治理研究領域中文核心期刊年度發文量

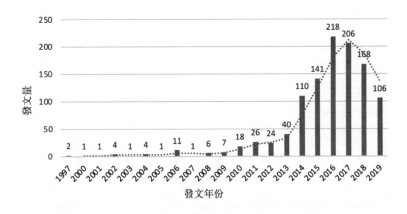

　　2013年被稱為「中國的互聯網金融元年」，互聯網支付、互聯網
借貸、互聯網理財等互聯網金融創新與服務的產業實踐和理論研究
的不斷增長，直接助推了2014年有關互聯網金融治理等議題的研究
大幅增長，加上2015年初互聯網產業界「互聯網＋」概念的推崇以及
國務院正式印發《國務院關於積極推進「互聯網＋」行動的指導意
見》，互聯網治理領域的相關研究進一步增多，2015年底，習近平
主席出席第二屆世界互聯網大會並提出推進全球互聯網治理體系的
「四項原則」與「五點主張」。在以上因素的綜合影響下，2016年相關
研究的數量達到頂峰。

研究主題

　　如表三所示，以互聯網治理研究領域排在前20的關鍵詞為分析對象，排名第一的是互聯網金融，可見互聯網金融是互聯網治理研究領域的熱點議題，且該議題自2013年開始集中突顯。與之類似地，排名第六的金融監管，以及互聯網金融監管、第三方支付、金融創新、金融風險等關鍵詞也在2014年前後開始突顯。可見，自2013年開始，互聯網金融監管問題成為我國互聯網治理研究領域關注的重點議題。

表三　互聯網治理研究關鍵詞

頻次	中心性	年份	關鍵字	頻次	中心性	年份	關鍵字
194	0.19	2013	互聯網金融	17	0.11	2015	大數據
138	0.24	2010	互聯網治理	17	0.03	2014	國家安全
96	0.11	2012	網絡空間	15	0.06	2014	協同治理
75	0.12	2011	網絡治理	15	0.02	2014	協力廠商支付
67	0.2	2013	網絡安全	15	0.02	2015	金融創新
62	0.04	2014	金融監管	15	0.08	2015	政府治理
41	0.13	2015	互聯網＋	14	0.02	2006	美利堅合眾國
39	0.14	2010	治理	14	0.03	2017	北美洲
36	0.06	2012	網絡空間治理	14	0.05	2014	互聯網思維
29	0.11	2010	網絡社會	14	0.02	2016	網絡空間命運共同體
29	0.05	2014	監管	14	0.06	2014	電子政務
29	0.09	2013	社會治理	13	0.01	2014	網絡社會治理
29	0.06	2013	全球治理	13	0.02	2015	網絡強國
26	0.05	2016	習近平	13	0.03	2016	風險
25	0.1	2016	網絡主權	12	0.01	2014	金融風險
22	0.09	2014	互聯網金融監管	11	0.04	2014	互聯網時代
21	0	2014	互聯網管理	11	0.02	2014	現代化
21	0.06	2006	國家治理	11	0.03	2014	電子治理
20	0.01	2004	網絡監管	10	0.02	2016	網絡輿情
19	0.04	2006	美國	10	0.01	2010	網絡謠言

　　從發表主題來看，中國學者對互聯網行業運營治理給予了最多的關注，同時互聯網意識形態和國家安全治理也是關注焦點之一。具體而言，與互聯網行業運營治理相關的文獻最多（n = 366），我們發現，在具體的行業細分中，互聯網金融的相關文獻佔據了互聯網行業運營治理文獻的大部分比例。因為互聯網金融最初作為一種新型民間金融

或者非正規金融進入中國民眾的視野，這是金融監管最寬鬆或者最薄弱的環節。加之2013年被視為「互聯網金融元年」，其後互聯網金融發展迅速（馮興元，2018）。所以2013年以後大量相關互聯網金融治理的論文大幅增長，帶動了互聯網行業運營治理領域文獻的數量。其次，數量較多的是與互聯網意識形態與國家安全治理相關的文獻（n = 215），特別是2016年之後相關主題文獻的數量增幅較大（n = 56）。這類文獻的主題注重國家主權，強調穩定主流價值觀在網絡空間的信息傳播不僅能夠維護國家政治文化安全，而且有利於維持並增強國家在網絡空間的權力（余麗、趙秀贊，2018）。另外，互聯網治理政策法律、互聯網傳播內容的引導和規制、互聯網技術標準和傳輸規則制定的文獻未超過200篇，分別為170篇、117篇和56篇（見表四）。

表四 發表時間與研究主題交叉表

發表時間	研究主題							總計
	互聯網治理政策法律	互聯網意識形態與國家安全治理	互聯網行業運營治理	互聯網政務運營治理	互聯網傳播內容的引導和規制	互聯網技術標準和傳輸規則制定	其他	
1997	0	0	0	0	0	2	0	2
2000	1	0	0	0	0	0	0	1
2001	1	0	0	0	0	0	0	1
2002	0	0	2	0	1	1	0	4
2003	0	0	0	0	0	1	0	1
2004	3	0	0	0	0	1	0	4
2005	0	0	1	0	0	0	0	1
2006	1	2	2	0	5	1	0	11
2007	0	0	0	0	0	0	1	1
2008	2	0	1	0	3	0	0	6
2009	3	1	1	1	0	1	0	7
2010	15	0	0	0	2	0	1	18
2011	11	1	3	0	9	0	2	26
2012	12	3	2	0	4	3	0	24
2013	17	3	10	1	9	0	0	40
2014	16	7	63	9	10	1	4	110
2015	32	9	59	13	13	4	11	141
2016	14	56	62	31	24	8	23	218
2017	19	48	68	30	17	13	11	206
2018	15	52	58	17	11	14	1	168
2019	8	33	34	13	9	6	3	106
總計	170	215	366	115	117	56	57	1,096

　　我們根據發文量的變化將整個互聯網治理研究大致分為四個階段，分別是：1997–2009 年的萌芽階段；2010–2013 年的發展階段；2014–2016 年的成熟階段；2017 年至今的穩定發展階段。如表五所示，本文對每個時期研究的關鍵詞進行考察，由於 1997–2009 年相關研究的數量比較少，只選取了排名前十的關鍵詞，其後的三個階段分別選取排名前二十的關鍵詞進行分析。

表五　互聯網治理研究關鍵字演變

1997–2009		2010–2013		2013–2016		2017–2019	
6	互聯網管理	19	互聯網	116	互聯網金融	75	互聯網金融
5	互聯網	14	互聯網治理	57	互聯網治理	67	互聯網治理
4	北美洲	10	互聯網管理	41	金融監管	54	網絡空間
4	網絡監管	9	網絡空間	39	互聯網	43	互聯網
4	美利堅合眾國	8	網絡治理	33	網絡空間	40	網絡治理
4	美國	7	網絡監管	27	網絡治理	38	網絡安全
2	ICANN	6	美國	25	網絡安全	29	網絡空間治理
2	內容監管	5	北美洲	21	互聯網＋	22	習近平
2	和諧社會	5	美利堅合眾國	18	監管	22	治理
2	網民	4	網絡安全	14	互聯網金融監管	21	金融監管
— ———		4	網絡社會	14	國家治理	20	互聯網＋
— ———		4	網絡謠言	13	協力廠商支付	19	網絡社會
— ———		4	互聯網金融	13	治理	19	社會治理
— ———		3	虛擬社會	11	互聯網思維	17	全球治理
— ———		3	全球治理	10	社會治理	17	網絡主權
— ———		3	有害信息	10	互聯網管理	14	網絡空間命運共同體
— ———		3	低俗內容	10	電子政務	13	網絡輿情
— ———		3	網絡政治	10	全球治理	11	網絡強國
— ———		3	中美關係	10	國家安全	9	大數據
— ———		3	微博客	9	網絡輿情	8	協同治理

　　1997–2009年的關鍵詞分別是：互聯網管理、互聯網、北美洲、網絡監管、美利堅合眾國、美國、ICANN、內容監管、和諧社會以及網民。可以看出，在互聯網研究的萌芽階段，研究者主要著眼於對互聯網的管理和監管，主要以美國為代表的北美地區作為研究對象，同時對ICANN（互聯網名稱與數字地址分配機構）的關注比較多。研究主要聚焦的主體為網民群體。

　　2010–2013年的主要關鍵詞有：互聯網治理、互聯網管理、網絡監管、網絡安全、網絡謠言、互聯網金融、虛擬社會、全球治理、有害信息、低俗內容、中美關係等。可以看出，該階段互聯網研究的議題更加豐富，聚焦的內容更加廣泛，涉及網絡謠言、有害信息、低俗內容等互聯網內容層面的話題較多。總體來看，該階段重點關注互聯網內容治理層面的議題。

　　2013–2016年的主要關鍵詞有：互聯網金融、金融監管、互聯網＋、國家治理、社會治理、電子政務、全球治理以及網絡輿情。可以看出，互聯網金融治理成為該階段的互聯網治理研究的主要內容，同時，網絡安全和「互聯網＋」也成為研究的焦點議題。

　　2017年至2019年的主要關鍵詞有：互聯網金融、網絡安全、網絡空間治理、習近平、互聯網＋、網絡主權、網絡強國、網絡空間命運共同體。可以看出，該階段互聯網治理研究仍以互聯網金融治理為重點。同時，網絡安全議題所佔的數量進一步上升，習近平總書記關於全球互聯網治理的網絡主權主張以及網絡空間命運共同體成為研究的熱點議題。學界對互聯網協同治理的關注度進一步增高。

　　從互聯網治理研究的四個發展階段來看，一方面，從1997年至2009年對國外相關產業發展實踐和學術研究前沿的經驗介紹，到2010年至2013年對網絡謠言、有害信息、低俗內容等互聯網內容領域的監管和治理研究，再到2013至2016年聚焦互聯網金融領域以及網絡安全、互聯網＋、社會治理、國家治理、全球治理等比較宏大的議題，最後到2017年至今對互聯網金融、習近平總書記主張的網絡主權原則以及網絡空間命運共同體等治理思想的聚焦，中國的互聯網研究經歷了從最初對國外經驗的推介到逐步融入對全球互聯網治理的思考，再到對全球互聯網治理的中國主張和中國方案的生成的跨越。另一方

面，中國的互聯網治理研究緊密結合我國互聯網政策和產業發展的實踐，和諧社會、網絡安全觀、互聯網＋、網絡強國戰略等一系列宏觀政策和頂層設計深深影響著相關理論研究，互聯網金融、電子政務、大數據等互聯網產業發展的實踐也引領著互聯網治理的學術研究。

地域範圍與主要涉及國家

從研究範圍來看，中國學術界在吸收域外治理經驗的同時，也在積極探索全球互聯網治理體系的建構，特別是中國如何參與全球互聯網治理體系的研究。表五顯示，美國、北美洲等關鍵詞出現的次數比較多，說明我國學者對國外相關領域研究的關注主要集中在以美國為主的北美地區。根據表六的分析結果，有超過七成的文獻關注僅限於中國範圍內的互聯網治理（n = 798），近三成的文獻關注全球範圍內的互聯網治理（n = 297）。

表六 發表時間與全球和中國範圍內互聯網治理研究交叉表

發表時間	研究範圍		總計
	全球範圍內的互聯網治理	中國範圍內的互聯網治理	
1997	0	2	2
2000	0	1	1
2001	1	0	1
2002	1	3	4
2003	0	1	1
2004	0	4	4
2005	0	1	1
2006	6	5	11
2007	1	0	1
2008	2	4	6
2009	2	5	7
2010	7	11	18
2011	7	19	26
2012	4	20	24
2013	16	24	40
2014	16	94	110
2015	31	110	141
2016	56	162	218
2017	68	138	206
2018	52	116	168
2019	27	79	106
總計	297	798	1,095

　　學術界對域外治理經驗的研究主要有三個特點，一是自2014年底召開的首屆世界互聯網大會以來，習近平倡導「建立多邊、民主、透明的國際互聯網治理體系」，指出了維護國家主權的重要性(何其生、李欣，2016)，2015年以後相關文獻的數量就出現了增長，學界的視野逐漸轉向國際層面的互聯網治理。二是涉及美國以及中美互聯網治理的對比研究成為域外治理的關注重點(見表七)。

表七　發表時間與全球範圍內互聯網治理研究交叉表

發表時間	研究範圍—全球							
	涉及美國或中美	涉及韓國或中韓	涉及日本或中日	涉及新加坡或中新	涉及歐盟或中國和歐盟	其他國家或中國和其他國家	不包括中國在內3個及以上	中國與多國(3個及以上)
1997	0	0	0	0	0	0	0	0
2000	0	0	0	0	0	0	0	0
2001	0	0	0	0	0	0	0	1
2002	0	0	0	0	0	0	0	1
2003	0	0	0	0	0	0	0	0
2004	0	0	0	0	0	0	0	0
2005	0	0	0	0	0	0	0	0
2006	5	0	0	0	0	0	0	1
2007	0	0	0	0	0	0	0	1
2008	0	0	0	0	0	0	0	2
2009	1	0	0	0	0	0	0	1
2010	3	1	0	1	0	0	0	2
2011	1	0	0	1	0	0	0	5
2012	2	0	0	0	0	0	0	2
2013	4	0	1	0	1	1	0	9
2014	4	0	0	1	0	0	0	11
2015	6	1	0	0	1	2	1	20
2016	12	1	0	0	0	5	1	37
2017	12	0	1	0	0	3	0	53
2018	14	0	0	1	0	5	0	34
2019	8	0	0	1	2	0	0	16
總計	72	3	2	5	4	16	2	196

　　這是因為網絡空間治理需要國家之間進行相互協調與合作，而這其中，網絡大國與網絡強國的作用更為突出。如果將網絡空間視為一個社會網絡，此網絡結構中最大的特點就是「中美兩國是兩個最重要的節點」(李艷，2018)。進一步來講，中美兩大國之間的網絡空間主導權的競爭衝突，主導了學界對衝突本身和治理策略的探

計。三是學界並不僅限於探討單一國家的域外治理經驗或者中外兩國對比，而更多涉及三個及以上國家的互聯網治理研究，包括對美國、英國和歐盟等國家互聯網治理經驗的總結與反思，以及在中國的實踐應用。這樣的研究雖然融入了更多域外國家的治理經驗，但也容易導致泛泛而談，限於篇幅原因只能達到蜻蜓點水的效果。

研究主體主要研究對象

從互聯網治理的主體來看，政府治理、國家治理等關鍵詞出現次數較多，可見研究者關注的主要治理主體為國家和政府。從互聯網治理的方式來看，2004 年突顯的關鍵詞為網絡監管，2010 年開始突顯的關鍵詞為互聯網治理，2012 年開始突顯的關鍵詞為網絡空間治理，2014 年開始突顯的關鍵詞為協同治理。可以看出我國互聯網領域從監管到治理再到協同治理的演化過程。

表八 發表時間與研究主體的交叉表

發表時間	政府主體	企業主體	公民主體	互聯網技術主體
1997	0	0	0	2
2000	1	0	0	0
2001	1	0	0	0
2002	3	1	1	1
2003	0	0	0	1
2004	3	0	1	2
2005	1	0	0	0
2006	9	1	0	2
2007	1	0	0	0
2008	6	0	0	0
2009	6	0	0	1
2010	17	0	2	0
2011	24	5	4	1
2012	20	4	3	5
2013	38	8	5	2
2014	108	6	5	4
2015	138	12	18	14
2016	212	41	61	39
2017	195	54	51	32
2018	158	76	40	29
2019	97	40	19	17
總計	1,038	248	210	152

　　從研究對象來看，相關研究主要圍繞「政府主導」的視角而展開。在一篇文獻中，往往會提及不同層面的互聯網治理主體。根據表八，涉及到政府作為互聯網空間治理主體的文獻最多（n = 1,038）。這是由於國家層面對「網絡主權」原則的倡導、支持和鼓勵，學界對基於「網絡主權」原則的互聯網治理方式和路徑的探討成果較多。這也印證了 Feng Yang 和 Mueller（2014）的研究，中國的互聯網政策主要側重於對國家安全、社會發展和公共利益等宏觀層面的關注，互聯網治理存在「強政府，弱市場」的特點，這也是中國互聯網治理主要聚焦於內容治理的原因之一。

　　涉及到企業主體的文獻有248篇，涉及到公民主體的文獻有210篇，從技術角度研究互聯網空間治理的文獻最少，僅有152篇。從另一個角度來看，探討企業、公民和互聯網技術相關的網絡空間治理的文獻雖然數量相對較少，但也呈現出了逐年遞增的趨勢。研究對象的多樣化說明了伴隨著互聯網逐漸開放等特點，多方力量得以獲取各自的話語權，這使傳統的以政府為主，自上而下的管理方式漸露弊端（楊舒航、董媛援，2016），研究視角也隨之走向開闊。特別是在一些文獻中，雖以政府作為互聯網治理對象，但結合當前我國社會治理的現實情況，提出政府應樹立基於「以用戶為中心」思維的服務型政府理念，基於「協同治理」思維的多元主體治理理念等，強調多元主體的共同治理（李春花，2017）。由於互聯網平台在內容發布等諸多層面享有豁免權（Hong & Xu, 2019），互聯網服務巨頭（ISPs）跟個人用戶之間存在巨大的權利不對等，它們不屑於提供更加透明的網絡隱私政策，而作為大數據的消費者和監督者的政府，對企業數據使用的監管既顯得能力不夠，也顯得不夠重視（Lv & Luo, 2018）。在此背景下，互聯網平台擁有廣泛的權利和能力（Keen, Kramer, & France, 2020），平台所擁有的這種權利與政府出於公共利益的監管和治理訴求之間存在天然的張力（Suzor, 2019），因此互聯網的平台治理也理所應當的成為當下學者們研究的重要內容。

研究方法使用情況

從研究方法來看，我國與網絡空間治理相關的研究方法多為思辯性研究，實證研究的數量相對較少。然而，實證研究於近些年來得到學者認可，正在受到網絡空間治理研究者的青睞。如表九所示，從數量上來看，思辯性研究的文獻佔據絕對優勢（n = 1,010），在所有文獻中佔比92.15%，實證研究的文獻佔比7.85%。從1997年起，與網絡空間治理有關的文獻就是採用了思辯的研究方法，直到現在仍然是該領域內主流的研究方法。我們發現，雖然2015年以後才連續出現相關的實證研究，但數量一直保持穩定增長，反觀2016年以後，思辯研究的數量出現了緩慢回落，這顯露了學者在網絡空間治理領域內研究方法的一個轉向。

表九 發表時間與研究方法交叉表

發表時間	研究方法		總計
	思辯研究	實證研究	
1997	2	0	2
2000	1	0	1
2001	1	0	1
2002	4	0	4
2003	1	0	1
2004	4	0	4
2005	1	0	1
2006	11	0	11
2007	1	0	1
2008	6	0	6
2009	7	0	7
2010	17	1	18
2011	25	1	26
2012	24	0	24
2013	40	0	40
2014	110	0	110
2015	138	3	141
2016	200	18	218
2017	183	23	206
2018	150	18	168
2019	84	22	106
總計	**1,010**	**86**	**1,096**

表十 發表時間與實證研究方法交叉表

發表時間	實證研究		
	量化	質化	質化與量化相結合
1997	0	0	0
2000	0	0	0
2001	0	0	0
2002	0	0	0
2003	0	0	0
2004	0	0	0
2005	0	0	0
2006	0	0	0
2007	0	0	0
2008	0	0	0
2009	0	0	0
2010	1	0	0
2011	1	0	0
2012	0	0	0
2013	0	0	0
2014	0	0	0
2015	0	0	3
2016	9	5	4
2017	17	4	2
2018	15	3	0
2019	21	1	0
總計	64	13	9

在實證研究中，中國學者最常用的是量化的研究方法。具體而言，量化方法在實證研究中的佔比為74.42% (n = 64)，質化方法在實證研究中的佔比為15.12% (n = 13)（見表十）。

從量化方法來看，不同主題的互聯網治理研究所採用的方法呈現出多樣化的特點。涉及互聯網內容的引導與規制時，學者多採用內容分析的手段研究某熱點事件的傳播情況，以對網絡空間治理提出改進措施。靖鳴和王勇兵 (2016) 根據2011–2014年間每年的熱點輿情事件排行榜，從中選取8起輿情熱值排名靠前的突發公共事件作為研究案例，從發帖數量、發帖形式和發帖關鍵詞等方面對「淨網」前後的輿情情況進行了分析。在研究受眾與互聯網治理的關係時，學者多採用了問卷調查的方法。如盧家銀 (2017) 基於中國互聯網治理調查 (CIGS2016) 數據，探討了中國公眾互聯網法治認知的影

響因素，採用StatsSE軟件對所有研究變量進行了逐步回歸分析。在涉及到網絡空間治理政策時，學者多使用了內容分析和文獻計量的研究方法。如魏娜、范梓騰和孟國慶 (2019) 就運用了政策文獻計量方法，以1994–2018年期間發布2,019份互聯網信息服務治理政策為數據樣本，對不同時期我國互聯網信息服務治理機構間互動網絡與演進機制進行分析與考察。我們注意到，也有少數學者開始基於大數據對網絡空間治理政策進行量化研究。張毅、楊奕和鄧雯 (2019) 結合了數據挖掘、主題建模、網絡分析等多源融合的大數據分析法，針對網絡空間治理政策及部門協同進行了研究。

　　而質化方法在網絡空間治理研究領域並不是一個熱門的研究方法，使用的頻率較少，具體質化方法的類別也比較分散。比如孫宇和馮麗爍 (2017) 針對互聯網治理政策的特徵和變遷邏輯，採用了文本分析的方法建構了政策議題、政策主體及公共政策價值取向三大分析單元。王瑾 (2019) 以網絡檢索方式對政府政策意見徵集的執行情況進行觀察，運用政府效能的理論視角分析網絡理政的政府能力。並且，質化方法有時作為量化方法的輔助相伴出現。比如劉怡君 (2017) 等人在研究中以中國政府20年間的255份網絡輿情治理政策為主要研究對象，採用了文本編碼、文本切詞、統計分析、歸納總結、社會網絡分析等方法對政策的治理主體和治理客體進行定性與定量結合的研究。

研究結論

　　本研究發現中國學術界對中國互聯網治理的研究大致分為四個階段，分別是：1997–2009年的萌芽階段；2010–2013年的發展階段；2014–2016年的成熟階段；2017年至今的穩定發展階段。

　　在互聯網研究的萌芽階段，研究者主要著眼於對互聯網的管理和監管，主要以美國為代表的北美地區為研究對象，同時對ICANN (互聯網名稱與數字地址分配機構) 的關注比較多。研究主要聚焦的主體為網民群體。互聯網治理研究的發展階段議題更加豐富，聚焦

的內容更加廣泛，涉及網絡謠言、有害信息、低俗內容等互聯網內容層面的話題較多。在成熟階段，互聯網金融治理成為該階段的互聯網治理研究的主要內容，同時，網絡安全和「互聯網＋」也成為研究的焦點議題。2017年至今，該階段互聯網治理研究仍以互聯網金融治理為重點，同時，網絡安全議題所佔的數量進一步上升，習近平總書記關於全球互聯網治理的網絡主權主張以及網絡空間命運共同體成為研究的熱點議題。學界對互聯網協同治理的關注度進一步增高。

　　中國學術界在吸收域外治理經驗的同時，也在積極探索全球互聯網治理體系的建構，特別是中國如何參與全球互聯網治理體系的研究。2015年以後域外治理經驗的文獻數量就出現了增長，學界的視野逐漸轉向國際層面的互聯網治理，其中涉及美國以及中美互聯網治理的對比研究成為域外治理的關注重點。另外，學界並不僅限於探討單一國家的域外治理經驗或者中外兩國對比，而更多涉及三個及以上國家的互聯網治理研究，包括對美國、英國和歐盟等國家和地區互聯網治理經驗的總結與反思，以及在中國的實踐應用。

　　研究主要圍繞「政府主導」的視角而展開。涉及到政府作為互聯網空間治理主體的文獻最多，這是由於國家層面對「網絡主權」原則的倡導、支持和鼓勵，使學界對基於「網絡主權」原則的互聯網治理方式和路徑的探討成果較多。探討企業、公民和互聯網技術相關的網絡空間治理的文獻雖然數量相對較少，但也呈現出了逐年遞增的趨勢，學界逐漸提出針對互聯網的多元主體的共同治理。

　　最後，中國與網絡空間治理相關的研究方法多為思辯性研究，實證研究的數量相對較少。從1997年起，與網絡空間治理有關的文獻就是採用了思辯的研究方法，直到現在仍然是該領域內主流的研究方法。然而，實證研究於近些年來得到學者認可，正在受到網絡空間治理研究者的青睞。雖然2015年以後才連續出現相關的實證研究，但數量一直保持穩定增長，反觀2016年以後，思辯研究的數量出現了緩慢回落，這顯露了學者在網絡空間治理領域內研究方法的潛在轉向。

討論

互聯網「監管」是一個不斷演化的概念，監管 (Regulation) 通常被理解為政府對市場和公民社會的干預和介入，因此談及監管的時候，它通常是一個行政或法律上的概念，其前提多是出於對安全和公共利益的考慮。相應地，互聯網監管 (Internet Regulation) 通常指政府對互聯網的干預和管理，尤其是涉及到公共領域的時候，互聯網監管顯得尤為重要。既然互聯網中的安全和公共利益部分都需要政府介入，那麼國家在這種制度化的、法制化的設計中不得不再次發揮其重要作用。在數據成為社會最為重要的生產要素的當下，政府加強對互聯網的監管似乎成為維護網絡秩序的必要之舉。在沒有邊界的網絡空間和有邊界的網絡行為之間，公共領域和私人領域的概念逐漸消弭，這使得法律層面的監管手段成為約束個人以及機構網絡活動的一種框架，由此，Münkler (2018) 所強調的從網絡治理到網絡空間治理的理論轉向顯得尤為必要，而中文學術界的研究歷程也印證了這一點。在互聯網治理範疇中，政治往往約束和引導技術，而技術也對政治有一定的建構作用 (Bendrath & Mueller, 2011)。中文學術界對互聯網治理的研究大多集中在政治和技術兩個方面。進一步來看，就互聯網治理的研究內容而言，網絡安全、互聯網＋、大數據、網絡輿情等都是比較熱門的話題，特別是習近平總書記提出的「網絡空間命運共同體」、「網絡主權」等關鍵詞從 2016 年開始成為研究熱點。

類似於英文學術界對內容治理，尤其是對網絡干預和審查機制研究的偏好 (Lacharite, 2002; Bendrath & Mueller, 2011; Hu, 2011; Yu, 2018)，中文學術界在該領域最初的研究也主要聚焦內容治理研究，與部分學者批評中國的互聯網治理政策帶有一定的「網絡民族主義」傾向 (Mueller, 2011) 不同，他們的研究取向較為溫和且富有建設性。這些研究大多不太關注英文學術界整體傾向於「多利益攸關方」(multistakeholder) 的治理範式以及基於「技術社會學」(sociology of technology) 與「行動中心主義」(actor-centered institutionalism) 的理論取向 (theoretical approaches) (Bendrath & Mueller, 2011; Mueller,

2011），在實踐層面也很少涉及對自由主義與實用主義治理概念的偏好（Van Eeten & Mueller, 2013）。需要指出的是，隨著網絡空間競爭態勢的不斷發展，英文學術界也有很多研究從中國發展道路的特殊性等方面闡釋中國的網絡政策，同時批判美國在冷戰後，特別是「後斯諾登時代」（The post-Snowden era）對網絡空間的威脅和反多邊主義的互聯網戰略（Galloway & He, 2014; Kiggins, 2015; Hong & Xu, 2019; Kuznetsov, 2020）。

中國提出的以「網絡主權」為基礎的全球互聯網治理方案比較複雜，它完全不同於以美國為中心的、以市場為導向的西方全球互聯網治理觀，是一種國家機構和其所開展的跨國業務之間互動的產物（Shen, 2016）。從全球政治和國際關係層面來看，中國的全球互聯網治理建構包含反霸權秩序、捍衛全球化秩序以及推動非傳統權力結構的重組等主要內容（Hong & Goodnight, 2020）。整體來看，中國正致力於在國內外推動一個協調一致的互聯網主權議程。其核心是對其民眾網絡使用的絕對控制，其重點有三個維度，分別是：互聯網治理、國家安全和內部治理（McKune & Ahmed, 2018）。所謂的對民眾互聯網連接的「絕對控制」是建立在安全基礎上的「可控」，在互聯網快速普及的現狀和網民整體網絡素養不高的大背景下，保持「安全可控」和對一部分網民的柔性「觸網限制」，本質上是一種面對發展矛盾的無奈之舉，梯次開放、循序漸進的趨勢是沒有變的。

中國學術界積極參與全球互聯網治理研究的努力與中國互聯網全球治理的實踐密不可分，中國一直在類似多利益攸關方等全球互聯網治理意見的建構中發揮著參與者和推動者的作用，也是全球互聯網治理能力建設（capacity building）的突出力量（Antonova, 2011）。在利用既有機制表達變革訴求和倡導新型治理理念方面，中國主要依托於ICANN、WSIS以及IGF等全球互聯網的技術治理機制，同時還積極利用雙邊和多邊國際對話機制來拓寬其影響力（Galloway & He, 2014）。從全球政治和國際關係層面來看，中國的全球互聯網治理建構包含反霸權秩序、捍衛全球化秩序以及推動非傳統權力結構的重組等主要內容（Hong & Goodnight, 2020）。

研究局限

　　本研究尚存在一些不足和局限，在檢索詞的設置方面，由於跟互聯網治理相關的很多具體領域，譬如網絡隱私、網絡輿情、網絡暴力等等，內容龐雜且零散，限於文章篇幅和研究者的精力，我們在檢索主題詞時只關照到了宏觀層面的互聯網治理，對具體的細分領域沒做涉及。因此嚴格意義上屬互聯網治理的部分研究，若沒能在標題、摘要或關鍵詞中包含「互聯網治理」等詞語，可能就未能納入本研究的分析之中。

參考文獻

王國華、駱毅 (2015)。〈論「互聯網＋」下的社會治理轉型〉。《人民論壇 · 學術前沿》，第 10 期，頁 39–51。

王瑾 (2019)。〈政府網理政能力建設研究 —— 基於對政策意見徵集的觀察分析〉。《領導科學》，第 8 期，頁 24–27。

方興東、張靜、張笑容 (2011)。〈即時網絡時代的傳播機制與網絡治理〉。《現代傳播 (中國傳媒大學學報)》，第 5 期，頁 64–69。

方興東、陳帥 (2019)。〈中國互聯網25年〉。《現代傳播 (中國傳媒大學學報)》，第 4 期，頁 1–10。

余麗、趙秀贊 (2018)。〈全球網絡空間「觀念治理」的中國方案〉。《鄭州大學學報 (社會科學版)》，第 1 期，頁 70–75。

何其生、李欣 (2016)。〈國際互聯網治理體系：中外差異與應對策略〉。《重慶郵電大學學報 (社會科學版)》，第 4 期，頁 30–36。

李春花 (2017)。〈政府社會治理呼喚互聯網思維〉。《人民論壇》，第 26 期，頁 84–85。

李艷 (2018)。〈網絡空間國際治理中的國家主體與中美網絡關係〉。《現代國際關係》，第 11 期，頁 41–48。

胡泳 (2016)。〈舊制度與數字大革命〉。《新聞戰線》，第 1 期，頁 59–61。

秦前紅、李少文 (2014)。〈網絡公共空間治理的法治原理〉。《現代法學》，第 6 期，頁 15–26。

孫宇、馮麗爍 (2017)。〈1994–2014年中國互聯網治理政策的變遷邏輯〉。《情報雜誌》，第 1 期，頁 87–141。

張毅、楊奕、鄧雯 (2019)。〈政策與部門視角下中國網絡空間治理 —— 基於 LDA 和 SNA 的大數據分析〉。《北京理工大學學報 (社會科學版)》，第 2 期，頁 127–136。

馮興元 (2018)。〈「三農」互聯網金融創新、風險與監管〉。《社會科學戰線》，第 1 期，頁 58–65。

楊舒航、董媛媛 (2014)。〈2013 年中國互聯網治理研究四大議題〉。《青年記者》，第 17 期，頁 22–23。

楊嶸均 (2016)。〈論網絡空間國家主權存在的正當性、影響因素與治理策略〉。《政治學研究》，第 3 期，頁 36–53、126。

靖鳴、王勇兵 (2016)。〈新浪大 V 傳播行為的變化與思考 —— 以突發公共事件為例〉。《現代傳播》，第 5 期，頁 69–75。

蔡翠紅 (2011)。〈國際關係中的網絡政治及其治理困境〉。《世界經濟與政治》，第 5 期，頁 94–111、158–159。

蔡翠紅 (2012)。〈網絡空間中的中美關係：競爭、衝突與合作〉。《美國研究》，第 3 期，頁 107–121、5。

劉怡君、蔣文靜、陳思佳 (2017)。〈中國網絡輿情治理的主客體實證分析〉。《管理評論》，第 11 期，頁 227–239。

盧家銀 (2017)。〈中國公眾互聯網法治認知的影響因素研究〉。《現代傳播》，第 12 期，頁 58–142。

謝金林 (2008)。〈網絡空間政府輿論危機及其治理原則〉。《社會科學》，第 11 期，頁 28–35、188。

魏娜、范梓騰、孟國慶 (2019)。〈中國互聯網信息服務治理機構網絡關係演化與變遷 —— 基於政策文獻的量化考察〉。《公共管理學報》，第 2 期，頁 91–173。

Antonova, S. (2011). "Capacity-building" in global internet governance: The long-term outcomes of "multistakeholderism." *Regulation & Governance, 5*(4), 425–445.

Bendrath, R., & Mueller, M. (2011). The end of the net as we know it? Deep packet inspection and internet governance. *New Media & Society, 13*(7), 1142–1160.

Chen, C. (2006). CiteSpace II: Detecting and visualizing emerging trends and transient patterns in scientific literature. *Journal of the American Society for Information Science and Technology, 57*(3), 359–377.

Galloway, T., & He, B. (2014). China and technical global internet governance: Beijing's approach to multi-stakeholder governance within ICANN, WSIS and the IGF. *China: An International Journal, 12*(3), 72–93.

Hong, Y., & Goodnight, G. T. (2020). How to think about cyber sovereignty: The case of China. *Chinese Journal of Communication, 13*(1), 8–26.

Hong, Y., & Xu, J. (2019). Toward fragmented platform governance in China: Through the lens of Alibaba and the legal-judicial system. *International Journal of Communication, 13*, 1–21.

Hu, H. L. (2011). The political economy of governing ISPS in China: Perspectives of net neutrality and vertical integration. *The China Quarterly, 207*, 523–540.

Keen, C., France, A., & Kramer, R. (2020). Exposing children to pornography: How competing constructions of childhood shape state regulation of online pornographic material. *New Media & Society, 22*(5), 857–874.

Kiggins, R. D. (2015). Open for expansion: US policy and the purpose for the internet in the post–cold war era. *International Studies Perspectives, 16*(1), 86–105.

Kuznetsov, D. (2020). ICANN's dot communities: Analysing the construction of DNS-appropriate communities in the new GTLD programme. *New Media & Society,* 1–17.

Lacharite, J. (2002). Electronic decentralisation in China: A critical analysis of internet filtering policies in the People's Republic of China. *Australian Journal of Political Science, 37*(2), 333–346.

Lv, A., & Luo, T. (2018). Asymmetrical power between internet giants and users in China. *International Journal of Communication, 12,* 3877–3895.

McKune, S., & Ahmed, S. (2018). Authoritarian practices in the digital age: The contestation and shaping of cyber norms through China's internet sovereignty agenda. *International Journal of Communication, 12,* 21.

Mueller, M. L. (2011). China and global internet governance: A tiger by the tail. In R. Deibert, J. Palfrey, R. Rohozinski, & J. Zittrain (Eds.), *Access contested: Security, identity, and resistance in Asian cyberspace* (pp.177–194). MIT Press Cambridge, MA.

Mueller, M. (2017). Is cybersecurity eating internet governance? Causes and consequences of alternative framings. *Digital Policy, Regulation and Governance, 6*(19),415–428.

Münkler, L. (2018). Space as paradigm of internet regulation. *Frontiers of Law in China, 13*(3), 412–427.

Shen, H. (2016). China and global internet governance: Toward an alternative analytical framework. *Chinese Journal of Communication, 9*(3), 304–324.

Suzor, N. (2019). A constitutional moment: How we might reimagine platform governance. *Computer Law & Security Review, 36,*1–4.

Van Eeten, M. J., & Mueller, M. (2013). Where is the governance in internet governance? *New Media & Society, 15*(5), 720–736.

Yu, W. (2018). Internet intermediaries' liability for online illegal hate speech. *Frontiers of Law in China, 13*(3), 342–356.

Yang, F., & Mueller, M. L. (2014). Internet governance in China: A content analysis. *Chinese Journal of Communication, 7*(4), 446–465.

12

中國大陸互聯網研究的「跨學科」迷思：
規訓與突破

曹小傑、李新

問題的提出：「跨學科」為何重要、因何可能

學科經常被假定為確切之物，存在清晰的意義和邊界（Foucault, 1975; 伊曼紐爾·沃勒斯坦，2008）。但學科定義的幾個基本向度，即研究對象、問題意識和理論關懷，隨時間在不斷變化（Donsbach, 2006），學科內涵也在不斷發生變化，學科間清晰的邊界共識幾乎是不存在的。與此同時，交叉地帶往往容易成為學科範式下的「三不管」地帶，一些有價值的問題容易被相關學科所忽視。在此語境下，針對部分「問題域」研究不足而展開的新式研究無法被某個具體學科覆蓋，解決方法便是新創一些帶有「跨學科」色彩的名詞（如傳播學、行政學和行為科學），在一些學者眼中（沃勒斯坦，1997），這反映了對學科知識生產和規訓的有意識抵抗。新創「跨學科」名詞通過開闢新話語來達成對既有學科話語體系的否定，但它真的是促使知識創新的有效形式？還是重新確認學科合法性的另類策略呢？

互聯網無疑是觀察和回應上述問題的絕佳例子。互聯網從一開始就吸引多學科的關注，帶給社會科學研究以豐富的「跨學科」話語和想像。1995年專業期刊 *Journal of Computer-Mediated Communication* 的推出標誌著CMC研究開始關注互聯網，從第二期開始變得非常多元，涉及哲學、藝術、文化、經濟、法律、社會等多學科議題。翌

年老牌傳播期刊 *Journal of Communication* 以六篇論文的專輯形式引領了傳播學界對互聯網研究的潮流。互聯網逐漸成為「各種學科加以解釋的主題」(安德魯‧查德威克，2010)，在二十餘年的時間裡累積了浩如煙海的學術文獻。

以中國大陸為例，據不完全統計，標題出現「互聯網」的知網論文已超過六萬篇、當當網圖書已逾五萬本、國家社科歷年項目早不止四百項。中國大陸互聯網研究的興起首先與互聯網資訊技術的發展緊密相關，後者深植於宏觀的社會政經結構，並與國家現代化議程綁在一起(Hughes & Wacker, 2003)。經濟、社會、教育等的資訊化成為早期互聯網研究的熱點議題因此並不奇怪。幾乎同時，圖書情報與檔案學、新聞傳播學、管理學等也開始討論資訊技術對學科發展和專業實踐的影響。社會不平等與資訊鴻溝、互聯網規制和管理、網路輿情、網路群體性事件和動員等，為更多學科轉向互聯網領域並開展持續的學術研究提供了契機和素材。近年來，一些新興領域的理論、方法和視角也不斷被引入互聯網研究，尤其是女性及性別研究、亞文化研究、區域研究、身份問題、日常生活及微觀社會學研究等，賦予互聯網研究更為鮮明的「跨學科」特徵。

本文無意對「跨學科」進行本質化討論(本質化恰恰是本文所批判的)，但從現象層面來看，中國大陸互聯網研究在使用「跨學科」這一話語時呈現出明顯的矛盾性。一方面，「跨學科」成為互聯網研究學者推進跨界研究的常用定語，與互聯網有關的各種學術會議上「跨學科」成為時髦話語，各大高校的數位時代人才培養計劃中該詞也成為考慮優秀人才的標配。在實然層面，不同學科的話語和議題事實上也在相互滲透。比如政治學者研究網路政治議題時也使用「新媒體政治」的概念(吳強，2015)，網路輿情、網路抗爭和行動主義早已是傳播學者關注的熱點，新近的網路文學研究顯示「媒介屬性已經植入文學本身」(文學評論，2018)。儘管面對互聯網衝擊所作的知識生產調整，不同學科在激進(抑或保守)程度上也存在明顯差異(陳志武，2016；王建朗，2016)。對跨界研究的熱切推崇，似乎意味著學科間的分界線將不斷模糊，對學科內部統一性和學術前提合法性的反思也是不言而喻的。

另一方面，「跨學科」儘管被廣泛用於描述並在事實層面滲透進互聯網研究，但「跨得不夠」的問題一直被詬病。從十多年前中國大陸互聯網研究「主要還是在傳播學的框架中進行的……跨學科的研究極少」（趙莉，2006），到十年前跨學科的研究「其實並不多見，多只限於學科自身的研究調整」（華汝國，2008），再到最近的國內新媒體研究「缺乏學術對話和合作」（張小強、杜佳匯，2017），即可得見。「跨得不夠」的現象在其他學科領域同樣存在。比如網路政治研究被指「學科視角單一」（童文勝、岳敏、王建成，2015）。而網路輿論研究雖有近40個學科方向參與，但過半文獻由新聞傳播學生產，各方「缺乏應有的整合與協同」（湯景泰，2015）。加強學科間合作、促使研究的跨學科碰撞和對話似乎仍是個漫長的過程。

中國大陸互聯網研究在「跨學科」上的矛盾性，從抽象的角度，互聯網研究話語和議題在不同學科間相互滲透，「跨學科」似乎是概括互聯網研究的天然定語；落腳到具體的研究中，互聯網研究「跨得不夠」的問題則反覆被學者質疑。但這裡有個關鍵問題被遮蔽了：互聯網研究與「跨學科」為什麼會相關？為什麼要相關？簡單來說就是「跨學科」為何重要的問題。與其說學科意味著負面和消極、跨學科意味著正面和積極，學科是規訓和束縛、跨學科是反叛和突破，學科連著因循守舊、跨學科對應解放和創新，不如說互聯網恰恰碰上了知識生產的學科化困境，裹挾而來的多元話語和議題，在「跨學科」這個點，耦合了20世紀以來知識生產的某種去學科化、去權威化的傾向。

互聯網研究是否承載得起諸多學科尋找自身出路的美好想像呢？從研究的角度來說，這裡有個明顯的困難。互聯網研究並不是個自為的研究領域，它本身是在與其他學科的互動或者說是從其他學科中產生的，現在也依舊處在不斷變動的過程中。換言之，沒有一個明確、給定的互聯網研究可讓研究者去挖掘，從而也無法準確研究它與既定學科的關係。但隨著知識生產的社會過程逐漸成為研究對象，探討「特定知識在某個歷史敘事中的位置、為什麼形成此種敘事序列而非其他」等問題（陳衛星、黃華，2017；周宏剛，2011）在互聯網研究的問題上也變得日益重要且無法迴避。

　　為了更好地討論上述問題，同時考慮到實證分析的操作便捷性，本文將從反思「學科」本身在互聯網研究中所打下的知識烙印入手，具體來說，即追問不同學科是如何研究互聯網的？它們在整體上表現出什麼特徵？如果「跨學科」是各學科互聯網研究所希望達成的狀態，究竟是何種原因導致「跨學科」變得艱難？如何應對？

基於「總體視角」的實證操作方法

　　如何操作化「跨學科」概念，至少存在兩種路徑。從主觀視角來看，可由學者的主觀判斷入手，即詢問不同研究者對特定研究是否「跨學科」的看法。問題是同一篇研究可能被一些人視作「跨學科」的，但被另一些人視作學科內的。從客觀視角來看，「跨學科」無外乎四個實證維度：多學科參與、跨學科合作、跨學科文獻引用、非正式的跨學科交流。其中多學科參與是跨學科的基礎，一個領域吸引愈多學科參與研究就愈可能產生跨學科的研究成果。跨學科合作可根據跨地域、跨機構等維度區分為多種形式（段京肅、白雲，2006）。相互引用關係能反映知識流動的情況（凌斌，2004），也能用於「辨識學科領域的研究趨勢」（方瑀紳，2016），跨學科的文獻引用可以反映知識在不同學科之間輸入和輸出的程度，亦即特定學科的「內眷化」程度。在本研究中，相互引用關係主要從主引情況和被引情況兩個層面來考察。學科間的非正式交流則對跨學科知識生產形成重要補充。本文取客觀視角。

　　針對互聯網知識生產，目前採用文獻分析法的成果大多以某一學科為中心，較少從多種學科的角度展開。以網路傳播研究和新媒體研究為例，許多分析（杜駿飛，2017；高雲微、李明哲，2014）只以新聞傳播類期刊為分析對象，並主要依靠「網路傳播」和「新媒體」等關鍵字來抽取樣本，這樣操作不僅可能漏掉關鍵字，也可能忽視了其他學科的相關研究文獻。確保樣本的多樣性和廣泛性變得很重要。基於上一章的討論，本研究在抽樣方法上將引入一種「總體視角」。對總體的強調意味著對局部的反思，在互聯網研究領域，即鼓勵跳出特定學科的視角，以求對知識生產形成某種整體性、總體性

的理解。在操作層面因此鼓勵將多學科互聯網研究納入分析，具體設計如下。

首先，因理工科和人文社科對互聯網的研究範式差異太大，本研究暫不考慮理工科文獻，而只分析人文社科對互聯網進行的研究。主要參考教育部2011年的學科分類目錄，涉及法學、管理學、教育學、經濟學、考古學、歷史學、民族學與文化學、社會學、文學、新聞學與傳播學、藝術學、語言學、哲學、政治學、馬克思主義和圖書館、情報與檔案學共16大學科。同時，因學科核心期刊論文能夠比較全面地反映該學科的研究熱點和水準（邱均平，2007），本研究重點關注核心期刊論文而對專著、學位論文、會議發表等其他文獻不作研究。另外，目前國內人文社會科學核心期刊數量龐大，不少期刊偏重業務實踐而非學術研究，全部納入分析的話工作量大亦無必要，故最終只分析各學科的頂級學術期刊（如表一所示，參考自中國社會科學評價中心2015年推出的《中國人文社會科學期刊評價報告》）。需要指出的是，在討論「跨學科」問題時綜合人文社科期刊很重要，故本研究也將《中國社會科學》納入分析。

表一 中國大陸人文社科頂級期刊抽樣目錄及論文數

	頂級期刊	所屬學科	創刊年份	取樣論文數
1	《法學研究》	法學	1954	35
2	《管理世界》	管理學	1985	130
3	《教育研究》	教育學	1979	112
4	《經濟研究》	經濟學	1955	29
5	《考古》	考古學	1955	5
6	《歷史研究》	歷史學	1954	2
7	《民族研究》	民族學與文化學	1958	1
8	《社會學研究》	社會學	1986	16
9	《中國圖書館學報》	圖書館、情報與檔案學	1957	348
10	《文學評論》	文學	1957	28
11	《新聞與傳播研究》	新聞學與傳播學	1994	369
12	《文藝研究》	藝術學	1979	72
13	《中國語文》	語言學	1952	2
14	《哲學研究》	哲學	1955	24
15	《世界經濟與政治》	政治學	1979	52
16	《中國社會科學》	綜合人文社科	1980	43

註：期刊級別、所屬學科、創刊年份等資訊參考中國社會科學評價中心《中國人文社會科學期刊評價報告(2014)》、國家哲學社會科學文獻中心等

其次，在中國知網檢索上述期刊1994–2019年間所收錄的學術論文，並根據文章標題是否有與「互聯網」相關的詞彙來進行初步篩選。相關詞彙主要包括：互聯網、網路、賽博空間、大數據、社交媒體、軟體、在線、手機、計算機、電腦、網上、IT、信息、科技、新技術、高新科技、因特網、電子、數字、網民等。此外還包括強國論壇、微博、微信、臉書、推特、谷歌等具體詞彙。這一定程度上可以避免只檢索幾個關鍵字所導致的片面性(Wei, 2009)。搜集後再通讀標題、摘要、關鍵字等並剔除非學術論文及重複論文，總共得到1,268個樣本。

具體到編碼及操作過程，本研究以單篇論文為編碼單元，涉及刊物來源、論文發表年份、作者、隸屬機構、學科屬性、引用情況等指標(何艷玲，2007)。其中刊物來源根據表一中16種刊物進行區分，作者及隸屬機構以實際名稱為準，學科屬性則根據作者的教育背景(檢索個人主頁)、發表期刊的專業屬性等綜合因素來衡量，分別對應表一中的16大學科。引用情況是分析重點之一，主引情況統計每篇入樣論文的參考文獻總數以及新聞傳播類參考文獻數。被引情況統計每篇入樣論文被不同學科論文所引的次數，以來自不同學科的期刊論文、優秀的碩博士論文、會議論文等的引用次數為依據。引用資料的採集分兩次於2017年9–10月、2020年6月進行。

以上量化操作分析，涉及多學者合作的情況均以第一作者為準，出現多個隸屬機構的也以排名第一的機構為準，無法確認的均歸入相應維度的「不確定」類別。編碼過程由包括筆者在內的兩名編碼員共同完成，編碼員間的斯考特信度為90.39%。對阻礙互聯網「跨學科」研究的深層原因、可能後果及方法啟示等的分析，除依據上述定量分析外，也會輔以對相關論文致謝辭等文本分析、學術界有關「跨學科」話語表述和筆者對中國大陸互聯網研究的觀察資料來支撐。

「跨學科」合作的迷思：學科規訓及其知識地圖

根據目前的實證資料，互聯網研究的確是一個多學科參與的研究領域，人文社會科學中的16大學科領域均對互聯網研究有涉足。但不同學科並非均等地對此領域進行研究，而是存在明顯的

主次分野。主導學科在數量上（一定程度上也是品質上）影響著互聯網研究的知識生產及其格局。新聞學與傳播學和圖書館、情報與檔案學這兩大學科是互聯網研究的重鎮，在過去二十多年分別刊發349篇、307篇論文，論文數之和佔總數過半（51.21%）。管理學（127篇）、教育學（111篇）、經濟學（97篇）、文學（74篇）等學科共同生產了31.93%的文獻。而法學（59篇）、政治學（51篇）、哲學（31篇）、藝術學（28篇）、社會學（27篇）等學科則共同生產了15.3%的文獻。馬克思主義、考古學、語言學、歷史學、民族學與文化學等目前對互聯網研究的關注仍較少，僅有的一些文獻主要涉及互聯網語境下的大資料技術、電子存儲技術等對相應研究帶來的方法啟示。相較於海外研究中國互聯網的兩個重要學科（即政治學與社會學）（曹小傑，2017），中國大陸政治學和社會學仍處於互聯網研究的周邊，來自這兩大學科的頂級期刊論文在過去二十多年的總量僅佔總論文數的6.09%（Kim, 2002）。

　　時間維度進一步反映了這種學科規訓的縱深面向，具體可從兩個層面來體現。第一，頂級期刊發文數量排在前十位的學科均在1998年以前就開始發表互聯網研究論文，尤其是新聞學與傳播學、圖書館情報與檔案學、管理學、教育學和經濟學早在1994年就有過互聯網研究論文發表。而關注互聯網較少的五大學科都是在2000年以後才逐漸生產互聯網學術論文的，尤其是歷史學更是遲至2015年才首次發表頂級期刊論文。第二，儘管中國大陸互聯網研究的頂級期刊論文數量由1994年僅有10篇到2016年高達105篇，總體呈增長趨勢（如圖一所示，線性擬合方程係數為2.5723，相關係數為0.78），但這種趨勢在很大程度上是由新聞學與傳播學（線性擬合方程係數為1.2557，相關係數為0.79）和圖書館、情報與檔案學這兩大學科的論文數量變化所決定的。資料顯示，圖書館、情報與檔案學主要在1994–2007年較好地擬合了該時段論文總數的變化情況（相關係數高達0.98），而新聞學與傳播學主要在2008–2017年更好地擬合了該時段論文總數的變化情況（相關係數高達0.95）。這意味著中國大陸的互聯網研究在1994–2007年很大程度由圖書館、情報與檔案學主導，而從2008年開始則存在由新聞學與傳播學主導的趨勢。

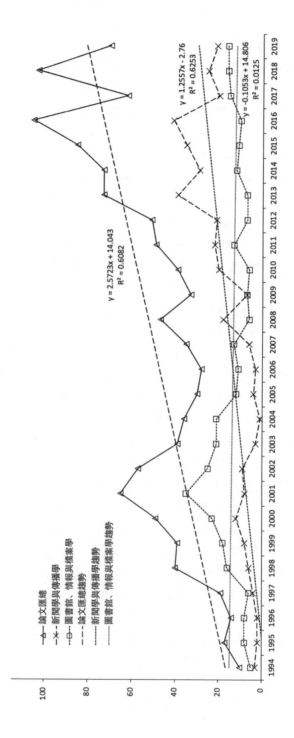

圖一 1994–2019 年中國大陸人文社科頂級期刊互聯網學術論文數量變化

　　需要說明的是，儘管圖書館、情報與檔案學和新聞學與傳播學
這兩大學科先後在數量上主導中國大陸的互聯網研究，從而對該領
域的研究形成某種隱性的學科規訓，以「新媒體研究」或「情報研究」
來取代「互聯網研究」未必是合理的。因為互聯網研究在學科背景和
研究主題上所呈現的多元化趨勢在互聯網引入中國的最初幾年就存
在。尤其是1995–1997年，來自經濟學和政治學領域的互聯網研究
論文比重較大，而管理學在2002–2009年之間（主要是2003–2006年）
生產的相關論文所佔比重甚至超過了新聞學與傳播學，僅次於由圖
書館、情報與檔案學論文的比重，文學和藝術學在2008–2009年、
2013年先後出現兩波頂級論文的生產高峰，教育學從2001年開始大
概每五年便出現週期性的生產高峰。以上事實說明，其他學科對互
聯網學術生產由兩大學科主導的格局所進行的抵抗並未消失。對主
導型學科規訓的抵抗實際上已取得一定成效：與2001年以前佔比超
過六成（64.82%）相比，新聞學與傳播學和圖書館、情報與檔案學
在互聯網知識生產上的主導優勢在2016年以後跌至五成以下
（48.24%）。因為圖書館、情報與檔案學論文數量的下跌態勢（線性
擬合方程係數為–0.1053，相關係數為0.0125），兩大學科主導優勢
的下跌趨勢非常明顯。

　　以上分析表明，中國大陸互聯網研究的「多學科」參與呈現兩極
主導、多元趨勢浮現的特徵。多學科知識生產無疑是跨學科知識生
產的鋪墊，不同學者之間的合作也為跨學科合作提供可能。目前中
國大陸互聯網研究的合作存在兩個特徵。第一，獨作仍是主流，但
合作發表成為趨勢。本研究收集的1,268篇論文共有533篇論文由合
作產生（佔比42.03%），合作比重從2001年以前佔比三成多（32.41%）
到2010年以來提高為四成多（45.03%），且有繼續穩步上升的趨勢。
第二，相對人文學科而言，社會學科頂級期刊合作論文現象更常
見。比如管理學和經濟學合作情況均逾六成（各為62.1%、60.43%），
圖書館、情報與檔案學的頂級期刊論文過半（51.79%）由合作產生，
教育學、社會學、新聞學與傳播學等的合作情況依次為49.1%、

48.15%、39.77%。而哲學、藝術學、文學的合作情況則較少見 (各為16.13%、7.14%、2.7%)。

進一步分析發現，上述合作以學科內合作為主，「跨學科」合作在頂級刊物中非常少見。在533篇合作生產的論文中，同學科合作的論文佔絕對主流 (共480篇，佔合作論文總數的90.1%)。跨國或跨境合作能在一定程度上反映研究的國際化程度，但僅12篇 (佔2.3%) 涉及跨國或跨境合作，而且全部是學科內合作 (其中7篇來自新聞學與傳播學，3篇來自圖書館、情報與檔案學，1篇來自法學，1篇來自管理學)。「跨學科」合作的頂級期刊論文數量非常少，僅45篇 (佔8.44%)，這個事實有兩點啟示：一方面說明不同領域的學者進行「跨學科」論文合作並不容易，另一方面也說明，在學科化知識生產為主流的今天，要在學科化期刊發表「跨學科」合作的論文同樣不易。[1] 尤其是經濟學、藝術學、哲學、考古學、語言學、歷史學等學科的頂級刊物幾乎從不發表互聯網「跨學科」合作論文。「跨學科」合作並不等於「跨學科」本身，因為獨作論文也可以體現「跨學科」思維和特性，但以上資料在相當程度上反映中國大陸互聯網研究的所謂「跨學科」目前仍是一種迷思。

學科近似作為邊界突破的可能路徑

從共性特徵來說，互聯網研究領域中的「跨學科」合作論文往往是近似學科間合作的產物。比如管理學多與經濟學、社會學、圖書館、情報與檔案學等一塊合作，教育學與管理學、馬克思主義、心理學等，政治學與教育學、馬克思主義等有較大的「跨學科」合作空間。[2] 若從新聞學與傳播學來看，其在互聯網研究領域適合與社會學、馬克思主義、文學、政治學、管理學等進行「跨學科」合作。

表二 跨學科論文代表作基本情況

年份	題目	作者	學科背景	主要路徑
2000	關注台海——網路媒體關於5‧20事件前後報導的對比分析	黃敏、張克旭	文學、新聞傳播學	議題近似、方法近似
2011	抗爭資訊在互聯網上的傳播結構及其影響因素——基於業主論壇的經驗研究	黃榮貴、張濤甫、桂勇	社會學、新聞傳播學	議題近似、概念近似
2011	微博客意見領袖識別模型研究	王君澤、王雅蕾、禹航、徐曉林、王國華、曾潤喜	電子資訊工程學、公共管理學	方法近似、文獻引用
2012	從「圍觀」到「行動」：情感驅策、微博互動與理性複歸	卞清、高波	新聞傳播學、政治學	議題近似
2013	微公益傳播的動員模式研究	瀋陽、劉朝陽、蘆何秋、吳戀	資訊管理學、新聞傳播學	議題近似、方法近似
2013	「生命在於運動 意義成於互動」——關於新媒介文化及思想路徑的對話	何道寬、溫平	英語、新聞傳播學	議題近似、概念近似
2015	媒介接觸對農村青年線下公共事務參與行為影響的實證研究——基於西北四省縣（區）農村的調查	李天龍、李明德、張志堅	馬克思主義、新聞傳播學	議題近似、方法近似
2016	互聯網環境下公眾議程與政策議程的關係及治理進路	曾潤喜、杜洪濤、王晨曦	新聞傳播學、公共管理學	議題近似、概念近似
2016	互聯網治理中的隱私議題：基於社交媒體的個人生活分享與隱私保護	殷樂、李藝	新聞傳播學、管理學	議題近似、概念近似
2016	作為意識形態技術的互聯網：執政黨的視角	陳建波、莊前生	馬克思主義、圖書館、情報與檔案學	概念近似、理論近似

註：除〈「生命在於運動 意義成於互動」——關於新媒介文化及思想路徑的對話〉發表在《文藝研究》、〈互聯網環境下公眾議程與政策議程的關係及治理進路〉發表在《管理世界》外，其他論文均發表在《新聞與傳播研究》上

　　但這種合作同樣取決於議題。根據各學科專業的頂級期刊，常見的互聯網研究議題往往成族聚集，比如網路傳播族群就包括新媒體研究、新媒介事件、社交媒體、自媒體、數據新聞、手機媒介、網路廣告、計算傳播等；網路政治族群涵蓋網路治理、網路法、網路反腐、網路政治參與、網路意識形態、電子政務、網路輿情、大數據治理等；網路社會族群囊括網路社會治理、網路公益、數位鴻

溝、網路抗爭、網路群體性事件、網路行動主義、網路欺凌、社交媒體焦慮、網路信任等；而網路文化族群常見議題有網路文學、網路語言、網路亞文化、網路文化安全、網路遊戲等。不同議題適合的跨近似學科合作是不一樣的，如網路傳播族群較適合新聞學與傳播學、社會學、經濟學等進行跨學科合作。

　　文獻引用情況可以對學科近似法則作進一步的說明。學術生產中的引證行為客觀表徵著「科學交流與共用、繼承與轉移、擴散與融合」等過程，既能反映學者的知識利用和吸收狀況，也能反映學術研究的總體面貌 (Kaplan, 1996)。研究論文是否引用其他學科的文獻一方面體現所在學科的開放程度，另一方面也體現被引學科的學術影響力 (包括提供創見、引發討論)。根據主引文獻資料，來自新聞學與傳播學的頂級期刊論文在涉及互聯網研究時，有近四成 (38.89%) 會引用新聞學與傳播學文獻，換言之，參考文獻有超過六成來自其他學科。近似學科在涉及互聯網研究時均不同程度地引用了新聞學與傳播學文獻，具體來說，馬克思主義研究引用佔19.74%、藝術學和社會學分別佔12.17%和11.61%。這說明在互聯網研究領域，新聞學與傳播學既吸納近似學科的知識，同時也向近似學科輸出知識。法學頂級期刊論文、政治學頂級期刊論文和管理學頂級期刊論文被近似學科引用的比重依次為16.7%、35.5%和43.6%。而社會學和哲學的頂級期刊論文被近似學科引用的比重高達60.9%和69.6%。文獻引用有時候可能也被用作突破學科化期刊規訓的一種具體策略，如表二〈微博客意見領袖識別模型研究〉這篇論文，其作者並不來自新聞傳播學背景，但卻發表在《新聞與傳播研究》，該文近半參考文獻來自新聞傳播學。

　　非正式的跨學科交流通常被忽略，但對相當一部分學科而言，這實際上是正式的論文合作、文獻引用、學術會議討論之外，進行「跨學科」互聯網研究的重要方式。本研究注意到部分論文在致謝辭中提及「感謝在不同場合給予本文寫作和修改以幫助的同仁」、「感謝與xxx的激烈討論」、「寫作過程中，曾與xxx作過多次討論，得到許多啟發幫助」等，許多致謝對象不乏來自其他學科的同仁，這無疑對

「跨學科」互聯網研究中的非正式合作做了很好的註解。同樣地，存在學科近似的學者之間非正式交流相對也會更多見。

在學科近似法則的基礎上，進一步從議題、概念、理論和方法層面進行細化分析(如表二)，我們可以發現，議題近似性、概念近似性、方法近似性是促成「跨學科」論文合作的常見指標。尤其是議題近似層面，許多論文涵蓋從線上線下政治參與、網路治理、互聯網與意識形態等熱點話題，容易引發「跨學科」的關注。在知網繼續檢索，發現這些作者在其學術成長過程中有較多論文是合作發表的。尤其〈抗爭資訊在互聯網上的傳播結構及其影響因素——基於業主論壇的經驗研究〉的黃榮貴和桂勇均來自社會學背景，長期合作研究互聯網與集體行動，並常與新聞傳播學者合作且在新聞傳播學刊物發表論文。而曾潤喜來自公共管理學背景，目前主要從事跨學科的政治傳播、互聯網治理相關研究。這說明跨學科合作與合作者的學術背景和訓練也存在關聯。

走向積極的「跨學科」：互聯網研究的未來

互聯網研究給學科發展帶來的機遇是顯而易見的。以新聞學與傳播學為例，儘管對新媒體研究給傳播研究帶來何種影響存在觀點分歧，比如一派認為新媒體給傳播研究帶來了機遇(楊伯溆，2014)，另一派認為新媒體研究的某些路徑束縛了傳播研究的想像力(吳飛，2014；張濤甫，2014)，但如何以「跨學科」知識生產重建新聞傳播研究的學科合法性或許已成共識。表二顯示新聞傳播學界1994年以來的互聯網研究，「跨學科」研究在2011年集中出現。非新聞學與傳播學對互聯網的研究也進入了新階段，比如在人類學領域，互聯網人類學或微信民族誌成了新熱點(姬廣緒、周大鳴，2017；趙旭東，2017)。儘管對於日益多元的互聯網研究議題是在「稀釋」(或者說「泛化」)學科內核，還是有助於相關學科在互聯網時代的重構與發展，需要另文討論，對「跨學科」維度的分析卻對理解互聯網研究的未來走向具有重要的方法意義。

　　「跨學科」分為應然與實然兩個層面，二者的區分很長時間被模糊。本研究從實證角度揭示，在實然層面「跨學科」遠未成為中國大陸互聯網研究的特徵。互聯網引入至今，諸多學科參與研究、但真正「跨學科」的成果卻極少。在應然層面，對「跨學科」的批判反思亦不夠。為什麼需要「跨學科」？不需要會有什麼後果？換一種反思角度即「跨學科」對知識生產和創新究竟有何改變？在本文中，「跨學科」既是一種思維方式，很大程度上也是一種檢驗工具，是檢驗知識創新和貢獻的維度——儘管不是唯一維度（下詳）。從學科中心主義視角出發，存在兩種「跨學科」。消極的「跨學科」是單純地了解、學習、吸收其他學科的知識，強調知識為我所用；而積極的「跨學科」，不但要了解、學習、吸收其他學科的知識，還要積極參與甚至影響其他學科知識的發展和走向，強調知識非我所有。本文強調在互聯網研究中要從消極「跨學科」轉向積極「跨學科」的知識生產。

　　在互聯網研究領域，「跨學科」命題之所以重要是與學科對知識生產的局限性相聯的。新興研究領域所顯示的研究對象和問題往往是「邊緣化的」，在建制化學科層面無法得到很好的回應，這不僅是指部分重要問題無法得到學科研究的有效回應，還指一些跨越學科邊界的創新研究無法在正式的學科化平台（如專業期刊、專業學術會議等）獲得對等的呈現空間。本文因篇幅所限沒能對互聯網研究所受學科規訓的深層原因作探討（留待未來研究），而更多是對學科規訓作描述性研究。互聯網作為新興研究領域呼籲更為開放、包容的思路和分析框架，這才是宣導「跨學科」研究的意義。需要注意的是，「跨學科」與學科並不針鋒相對，在當前要一步到位做到「跨學科」並不容易，從策略層面，可以先做到「跨近似學科」（張國良，2018），從文獻引用、非正式學術交流開始，不斷尋求不同學科在互聯網研究議題、概念、方法和理論層面的合作空間和可能性，進而打破學科藩籬對知識創新所帶來的限制和束縛。

　　在這個過程中，培育具有開放、包容的「跨學科」研究意識很重要，正常的學術代際更迭能夠聚集一批具有「跨學科」研究意識的學術力量。當然我們對代際更迭給學術生產所帶來的影響預估也不能太樂觀。因為學科化不僅僅是知識生產的既定語境，同時也是制度

力量，對新生代研究者存在拉力和壓力這兩種相反相成的規訓 ——
這意味著新生代研究者也存在體制化的趨勢(李紅濤，2013)。從另
一個角度來說，學術界面對新興研究領域的複雜姿態並不是自互聯
網出現後才有的新現象，在文化研究、區域研究、性別研究等領域
就早有表現。這些領域之所以能夠成長為重要的研究領域，關鍵在
於問題導向，並在不斷拓展的過程中，推動理論創新，為新的知識
生產貢獻原創性的概念、框架和論述，並引領新的研究範式。這不
是說針對新興研究領域的制度設計不重要，但成立互聯網治理中
心、設立互聯網跨學科研究經費等只是一些工具性措施，如果缺乏
真正的問題意識和理論創新的衝動，到最後只能淪為新的規訓力
量。[3]需要做的工作還有很多，這些工作包括但不限於展開跨學科的
聯合研究、學者的聯合聘用以及人才的聯合培養等(沃勒斯坦等，
1997)。為了突破學科專業內部長期形成的無形「城牆」，既需要警
惕聯合研究成為「庸才的遊戲」(王升平，2012)，也需要涉足互聯網
研究的各大學科及相關學者共同努力，在學術研究方式、專業設置
邏輯和思維方式上來一場深刻的「整體轉型」(黃旦，2014)。唯有如
此才能避免互聯網研究的「跨學科」知識生產出現類似區域研究目前
所面臨的困境。

　　在結束之前有必要說明的是，學科化與「跨學科」並非分析知識
創新的唯一維度，在人文社會科學領域常見的維度還包括西方化與
本土化的討論。事實上對互聯網研究的「跨學科」討論也應與本土化
的問題聯繫在一起。當前有關中國大陸互聯網的許多非常具有前沿
性的經驗研究(往往由具有開放、包容意識的年輕學人做出)，可能
只是在用新的、中國化的經驗材料，隱性地複述著西方的概念、理
論和分析框架。限於篇幅，本文無法完整地對這一問題進行討論，
但本研究在聚焦中國個案分析的同時的確已經意識到，中國未來的
互聯網研究，在創新性的評價上不能只從「跨學科」入手，還應以是
否能在理論、話語、體系等方面總體性地彰顯中國特色為標準，拒
絕中國研究淪為西方理論、話語、體系的簡單派生和延伸。與西方
理論一道，對互聯網研究做出原創性的貢獻，正是宣導積極「跨學
科」的題中應有之義。另外，本研究以16門學科的頂級期刊為例，

對中國大陸互聯網「跨學科」知識生產的現狀進行分析，抽樣局限對結論的影響，未來或可做進一步的比較分析。

註釋

1 考慮到中國大陸學界的合作大多數是師生合作，「跨學科」合作總體上難能可貴。當然有時候合作署名可能只是一種學術生存的策略，比如為了應對學術考核、職稱晉升等方面的壓力。這種情況下的合作是缺乏實質性內涵的，也並不等於知識創新。另外一種情況也可能存在，即部分高校從學科評價體系的角度考慮可能不鼓勵本機構學者合作署名，也就是說一篇論文可能存在實質意義上的跨學科合作（包括跨學科引用、非正式交流等方式），但在署名上不能得到體現。這些因素反映學科規訓對「跨學科」知識生產的隱性制約影響。

2 但隨著技術的發展，也會更多地出現一些跨度比較大的學科之間的合作，比如腦科學與互聯網技術、倫理學與互聯網等議題/問題驅動型的「跨學科」合作。因此學科相似法則與相異法則也是相對的。

3 比如參考歐美國家的亞洲研究、東亞研究或中國研究而設立專門研究所抑或參考近年來中國大學建立的「跨學科」高等研究院的做法成立研究院。事實上單以中國研究為例，美國學者歐博文認為該領域在「變得愈發空洞」，主要是「由於兩大潮流：一是課題專門化，也就是說，我們在研究一個個小小的孤島，它們之間幾乎沒有橋樑連接；二是學科專門化，也就是說，在中國研究內部，不同學科的研究者愈來愈難相互對話。」來自歐博文 2016 年 1 月在香港中文大學中國研究服務中心第十二屆國際研究生「當代中國」研討班上的主旨發言稿〈中國研究是應該面向理論，還是應該面向中國？〉。

參考文獻

文學評論（2018 年 12 月 30 日）。〈新刊《文學評論》2018 年第 1 期編後記〉。取自《文學評論》雜誌官方微信。

方瑀紳（2016）。〈科技教育研究主題發展趨勢的引文分析：1994–2013〉。《中國圖書館學報》，第 1 期，頁 109–125。

王升平（2012）。〈社會科學的發展趨勢：分化抑或整合？——評沃勒斯坦等《開放社會科學——重建社會科學報告書》〉。《社會科學管理與評論》，第 2 期，頁 104–109。

王建朗 (2016)。〈2015年中國近代史研究綜述〉。《近代史研究》，第4期，頁140–159。

伊曼紐爾‧沃勒斯坦 (2008)。《否思社會科學：19世紀範式的局限》(劉琦岩譯)。北京：三聯書店。

安德魯‧查德威克 (2010)。《互聯網政治學：國家、公民與新傳播技術》。(任孟山譯)。北京：華夏出版社。

何艷玲 (2007)。〈問題與方法：近十年來中國行政學研究評估 (1995–2005)〉。《政治學研究》，第1期，頁93–104。

吳飛 (2014)。〈何處是家園 ？——傳播研究的邏輯追問〉。《新聞記者》，第9期，頁40–47。

吳強 (2015)。〈互聯網時代的政治漲落：新媒體政治前沿〉。《國外理論動態》，第1期，頁65–74。

李紅濤 (2013)。〈中國傳播期刊知識生產的依附性：意識形態、機構利益與社會關係的制約〉。《傳播與社會學刊》，第23期，頁81–112。

杜駿飛 (2017)。〈我們研究了什麼 ？—— 1994年以來中國大陸網路傳播領域學術進展與趨勢分析〉。《中國網路傳播研究》，第1期，頁3–32。

沃勒斯坦 (1997)。《開放社會科學》(劉鋒譯)。北京：三聯書店。

周宏剛 (2011)。〈知識社會學視野下的傳播學危機〉。《新聞與傳播研究》，第5期，頁24–28、110。

邱均平 (2007)。《資訊計量學》。武漢：武漢大學出版社。

段京肅、白雲 (2006)。〈新聞學與傳播學學者、學術機構和地區學術影響研究報告 (2000–2004) ——基於CSSCI的分析〉。《現代傳播 (中國傳媒大學學報)》，第6期，頁25–34。

凌斌 (2004)。〈中國主流法學引證的統計分析 ——以CSSCI為資料基礎的一個探索性研究〉。《中國社會科學》，第3期，頁97–107、207。

姬廣緒、周大鳴 (2017)。〈從「社會」到「群」：互聯網時代人際交往方式變遷研究〉。《思想戰線》，第2期，頁53–60。

高雲微、李明哲 (2014)。〈中國新媒體研究述評 (2000–2013)〉。《新媒體與社會》，第1期，頁79–105。

張小強、杜佳匯 (2017)。〈中國大陸「新媒體研究」創新的擴散：曲線趨勢、關鍵節點與知識網路〉。《國際新聞界》，第7期，頁30–57。

張國良 (2018)。〈中國傳播學40年：學科特性與發展歷程〉。《新聞大學》，第5期，頁36–44。

張濤甫 (2014)。〈新聞傳播理論的結構性貧困〉。《新聞記者》，第9期，頁48–53。

曹小傑 (2017)。〈中國互聯網政治研究的海外學派：知識生產圖景及代際轉向〉。《新聞與傳播研究》，第2期，頁33–50。

陳志武 (2016)。〈量化歷史研究的過去與未來〉。《清史研究》，第4期，頁 1–16。

陳衛星、黃華 (2017)。〈2014–2016年中國的傳播思想史研究〉。《國際新聞 界》，第1期，頁77–100。

湯景泰 (2015)。〈我國網路輿論研究的知識圖譜與研究主題 —— 基於CNKI (1998–2014) 的資料分析〉。《現代傳播（中國傳媒大學學報）》，第9期， 頁65–71。

童文勝、岳敏、王建成 (2015)。〈我國網路政治研究議題設置述評 —— 以 CSSCI資料庫1999–2014年資料為樣本〉。《情報雜誌》，第5期，頁 134–140、179。

華汝國 (2008)。〈2005–2007年我國網路傳播研究狀況綜述 —— 以七種新聞 傳播核心期刊相關論文為依據〉。《寧波廣播電視大學學報》，第1期， 頁5–10、119。

黃旦 (2014)。〈整體轉型：關於當前中國新聞傳播學科建設的一點想法〉。 《新聞大學》，第6期，頁1–8。

楊伯漵 (2014)。〈新媒體傳播：中國傳播學的發展機遇〉。《新聞記者》，第 12期，頁59–63。

趙旭東 (2017)。《微信民族誌：自媒體時代的知識生產與文化實踐》。北 京：中國社會科學出版社。

趙莉 (2006)。〈十年來我國網路傳播研究的進步與不足 —— 對1996–2005年 網路傳播研究的實證分析〉。《國際新聞界》，第11期，頁54–58。

Donsbach, W. (2006). The identity of communication research. *Journal of Communication, 56*(3), 437–448.

Foucault, M. (1972). *The archaeology of knowledge and the discourse on language.* New York: Pantheon.

Hughes, C. R., & Wacker, G. (Eds.) (2003). *China and the internet: Politics of the digital leap forward.* London: Routledge.

Kaplan, N. (1996). The norms of citation behavior: Prolegomena to the footnote. *American Documentation, 16*(3),179–184.

Kim, S. T. (2002). Communication research about the Internet: A thematic meta-analysis. *New Media & Society, 4*(4), 518–538.

Wei, R. (2009). The state of new media technology research in China: A review and critique. *Asian Journal of Communication,19*(01), 116–127

13
流行文化研究的若干新趨勢

朱麗麗、蔡竺言

　　流行文化研究是一個各種話語、學科範式博弈角力的領域，長期以來，流行文化研究無論在文學、社會學還是新聞傳播學的學科內部都屬邊緣的境地，但這種邊緣性也賦予了流行文化研究學者更多「跨界」與「流動」的可能性。審視流行文化研究在中國大陸的發展歷程，整體而言，正如英國文化研究學派一樣，流行文化研究是從文學學科走出，並逐漸與社會學、傳播學、藝術學等學科彙聚，形成一種跨學科的整合的取向。從研究對象上看，流行文化研究多以大眾文化產品和流行文化現象為主，諸如電影、電視劇、流行音樂、遊戲、綜藝、短視頻、亞文化、粉絲文化等等，從研究範式來看，從上世紀末以來，流行文化研究普遍採用的不再是傳統哲學及文化史學研究取向，而是社會學和文化人類學取向，該取向的流行文化研究常常與亞文化、青年文化、意識形態和大眾傳媒的研究相重疊（夏建中，2000）。隨著數字時代的到來，流行文化研究日益體現出一些值得關注的新的趨勢與特質。

　　本質上有關媒介文化的研究，西方學術思想可以分為兩大陣營：一個是源於歐洲的批判學派，一個是美國的實證主義學派。在歐洲，最經典的媒介文化研究是延續英國文化研究的範式，對邊緣亞文化群體和青年文化進行深描。當代青年文化研究的主流無疑是文化研究學派，經典理論從霍爾（Hall, Hobson, Lovve, & Willis, 1980）的「編碼解碼」理論伊始，《反抗如儀》（*Resistance through Rituals*）的出

版將亞文化概念引入文化研究（Hall & Jefferson, 2006），它將原本不被重視的青少年另類文化現象如流行音樂、風格、時尚等置於媒介與文化關係的視域之下。尤其在探討社會生活方式的一些次（sub）單元或差異文化空間（spaces of deviant cultures）層面有里程碑式的意義，影響了其後青年文化研究的主流。按照馮應謙（2014）的總結，媒介與當代青年文化或曰流行文化研究的核心議題有如下幾種路徑：前兩類以文化生產（cultural production）為核心。其一，集中分析流行文化生產工業的性質，如瓦斯柯（Wasko, Phillips, & Meehan, 2001）對跨國公司文化、政治和經濟影響的研究，格瑞沃（Grewal, 1999）對美泰（Mattel）玩具商芭比（Barbie）的跨國性及其霸權的研究。其二，集中處理流行文化的政治經濟推廣過程，如馮應謙（2004）分析歌手劉德華的形象塑造。其三，注重流行文化文本內的意識形態；其四和其五是以受眾和流行文化消費者為中心，前者比較注重文化消費過程的習慣與行為，如詹金斯（Jenkins, 1991）的粉絲文化研究；後者重點在於文化消費學挪用流行文化的目標和表現，不同的弱勢群體如何通過文化展演維繫社群身份認同，抵抗社會規訓。西方比較權威的研究有赫布迪齊（Hebdige, 1995）的《次文化》（Subculture）。這些流行文化研究領域的經典研究為這個領域的持續發展奠定了基礎。

長期以來，流行文化研究的概念在很大程度上被歸入一個更廣泛的大眾媒介類別的名下（格羅斯伯格，2017）。這既造成了流行文化研究與媒介研究領域的疊加，又在某種程度上使得流行文化研究的政治與文化內涵被或多或少地忽略，而呈現出一系列相對破碎的媒介研究界面。

數字文化轉向

談起流行文化研究領域的新趨勢，最引人注目的首先是數字文化轉向。數字轉型是21世紀最深刻、最基本的變化。社交網絡作為數字社會的重要表徵，對人類社會整體的生活方式和文化圖景都產

生了劇烈影響。微博、微信、QQ、抖音、快手等社交網站已經成為中國網民的主導型生活形態。社交網絡作為一種「新技術」和「新經濟」日益滲透到普通人尤其是青年群體的日常生活中,也不可避免地成為一種「新文化」。

　　楊國斌指出當代文化研究的數字文化 (digital culture) 轉向,而「數字文化」概念是建立在對「新媒體」話語的反思基礎之上的。正如潘忠黨所言,「新」預設了一種理解媒介技術的線性歷史發展觀,任何以「新」作為標籤的學術生產潮流,都可能包含著權力結構自我複製和再生產的內在話語邏輯 (潘忠黨、劉于思,2017)。數字文化研究的提出,目的就在於重視那些被「新媒體」概念所遮蔽的研究對象和領域。數字文化研究的範疇極廣,包括「視覺文化、抗爭文化、網絡視頻、博客、微博客、手機、客戶端、數字勞工、數字鴻溝、隱私、網絡審查、監控、自我認同、親密關係、網絡公共參與、遊戲等等,從媒介和傳播的生產、流通、到消費和使用的各個環節和層面」(楊國斌,2018)。依照 Gere (2009) 在《數字文化》中的定義,數字文化是當代生活方式的顯著特徵。而 Deuze (2006) 對數字文化的定義則是:「正在形成的一套關乎人們在當代網絡社會中如何行動和互動的觀念、實踐、期待」,他強調的是數字文化的觀念和實踐。

　　這種數字文化研究,借鑒了威廉斯在《文化與社會》等著作的基本思路,即認為文化與社會存在緊密聯繫,同時社會總處於持續變動之中,需要關注文化與社會的動態發展過程。正如威廉斯提倡的把文學、藝術、戲劇等文化變遷的諸方面,與社會、制度、情感結構的變遷相聯繫的分析方法 (楊國斌,2018)。楊國斌同時指出,這種思考方法富有啓發,但「落到學術寫作的實處比較難,有時候有一種可意會而不可言傳的無奈」(徐桂權,2020)。從國內學者的現有探索來看,偏向人文取向的大眾傳播研究或許是一條可行路徑。人文視角下的世界既互為主觀 (intersubjective),又是多重真實 (multiple realities),不同主體的詮釋與建構相互對話,以形成「和而不同」的認識與理解 (李金銓、于淵淵,2018)。蔡琰和臧國仁 (2017) 多年來推崇人文取向的「敘事傳播」,即在關注「故事」如何通過不同數字媒

介再述、轉載、流傳，進而成為日常話題並隨之創造了生命的共同意義。藏族學生扎西記錄並探討不同類型的媒介在其不同的生命階段，對其人生觀、價值觀的形成以及文化適應、民族認同等方面所產生的影響（鄭欣、次仁群宗，2018）。此研究引發的學界討論，可透視傳播學學科內部兩種詮釋社群——詮釋主義與實證主義的範式差異（朱麗麗，2017），也顯示出媒介文化研究的版圖拓展。

在數字文化研究中，孫信茹專注媒介化社會中的民族傳播研究，借用人類學田野調查方法，重點探究少數民族村寨社會生活、文化和現代傳媒及傳播的關聯與互動，並進一步探析媒介化社會下的少數民族社會文化變遷或轉型等問題（孫信茹、楊星星，2012）。以少數民族社群的微信使用為例，孫信茹（2016）對雲南普米族鄉村一群年輕人的民族誌考察發現，微信既是一種完全自我參與式的文化「書寫」和實踐過程，又通過西爾弗斯通所說的「雙重勾連」而成為人們日常生活的有機構成；借助微信，個體在生活空間與網絡虛擬空間之間可以自由轉換，其鄉村個體意識與族群信念得以交織融合。再如白族傳統對歌所經歷的媒介化過程——源於村落文化傳統和日常生活的對歌活動，經由媒介技術得以再生產和再創造（孫信茹、王東林，2019）；外出務工青年群在離土離鄉農民工群體中建構起的「移動主體熟人社會」（高莉莎，2018）；白族村莊的司機群體通過「石龍老司機」群，在車輛和微信之上構築的流動空間及彈性生活的可能（孫信茹、葉星，2019）。作為描寫和呈現媒介文化的必要方式，媒介人類學的田野筆記就是研究者創造意義的一種過程（方惠、劉海龍，2019），再如朱麗麗的《數字青年》（2017），也是以日常生活經驗脈絡，介入青年群體社交空間的流動變遷與意義建構過程，深描青年群體的「數字生活」。

遊戲研究也是數字文化研究的一個新方向。何威（2018）嘗試建構遊戲批評的理論建構和話語實踐的八個維度，即美學、故事、機制、技術、文化、影響、歷史、產業；前四個維度對應著遊戲本體即文本；文化和影響維度，對應著遊戲文本和玩家的關係；歷史和

產業維度，對應著遊戲文本和遊戲社會語境的關係。何威和曹書樂（2018）分析了《人民日報》關於「遊戲」的話語變遷，並進而剖析遊戲報導話語從「電子海洛因」變身為「中國創造」所折射出的意識形態變遷，何威和李玥（2020）通過抽樣問卷調查證實《王者榮耀》遊戲，確實影響了玩家對歷史人物的態度與認知，尤其是熟練使用特定英雄的玩家，並嘗試「戲假情真」效應來闡釋玩家的喜愛之情從遊戲角色遷移到真實歷史人物的現象。劉夢霏（2020）認為遊戲可以被視為一種文化的載體、一種時代的數字文化遺產，她通過對德魯伊復興過程中遊戲（如《龍與地下城》、《魔獸世界》等）所發揮作用的分析，論證遊戲不僅是「文化身份的符號具象化」，也從根本上揭示出社會的渴望；遊戲不僅僅是一種「再現」或「折射」，也是形塑現實、影響歷史的重要動因。章戈浩（2018）引入身體姿態（gesture）作為分析遊戲的新視角，探討了格鬥類遊戲的數字現象學。他認為格鬥遊戲中的身體姿態不僅是屏幕畫面，而是與遊戲玩家對遊戲界面的使用相結合的一種具身實踐。曹書樂、董鼎（2018）從遊戲與性別視角出發，聚焦性別偏見最為嚴重的競技類電子遊戲類型，分析年輕玩家群體內針對女遊戲玩家的性別刻板印象狀況。

　　這些研究都有相對鮮明的「數字文化」的研究意識。需要特別指出，上述「數字文化」研究路徑與文藝界熱烈討論的「數字人文」理念存在本質區別，「數字文化」更偏向於詮釋主義範式，而「數字人文」更偏向於實證主義範式。數字人文的核心指向是「改變人文知識的發現、標註、比較、引用、取樣、闡釋與呈現」；換言之，數字人文在某種程度上就是引入社會科學領域的實證主義研究方法，看重信息技術工具軟件或規模化數據的使用（朱本軍、聶華，2016）。2013年《文化研究》輯刊組織了一期「數字人文研究專題」，專題文章的代表性觀點包括數字人文研究有助於提升人文社科研究的精確性、客觀性和科學性，但數字人文也有被規約為「計算」和「工具」的可能（曾一果，2019）。從上述代表性觀點中，我們也可以看到「數字文化」與「數字人文」的概念區別。

在地經驗的踐行與反思

陶東風（2018）指出，西方以法蘭克福學派和後現代主義為主要代表的大眾文化批判理論和方法，與中國本土的大眾文化實踐存在相當程度的脫節和錯位；他提倡「回到歷史現場的中國大眾文化發生學研究」，這種研究既是對機械搬用西方文化研究的理論方法與價值取向的質疑和超越，也是本土化、在地化的中國大眾文化研究範式建構的前提。

跨國理論與本土現實之間的矛盾日漸突顯，但解決之道尚未明瞭。一方面，西方的理論和話語佔據了大眾文化研究的主流。另一方面，文化研究者對「本土性」的強調，似乎也在某種程度上指引研究者將中國現實作為西方理論的註腳，本土性便成為了全球化理論的修正，亦即「全球本土化」（globalization）的一種話語。陳光興（Chen, 2010）在《去帝國：作為方法的亞洲》中，批判東亞知識圈的自我禁錮，以及「帝國」、「殖民」等規則陰影對於華人學術圈的影響。馮應謙、楊潔和戴佳（2016）在研究亞洲流行音樂的實踐中，對陳光興「亞洲作為一種研究方法」進行了辯證性拓展——既有西方學術資源或許不適用於亞洲流行音樂的研究，我們需要開啟想像力創新方法；但也必須承認西方理論並不都是不成熟的，它們仍然具有對所有現象進行概括的理論力量，在亞洲方法尚未建立的當下，一味與西方理論和方法脫鉤也是一種草率舉動。

在流行文化領域，某些民族誌研究成為較好的在地研究範例。張瀟瀟和馮應謙（2016）對電視生產社群進行了民族誌探索，剖析「醜女貝蒂」模式在中國的本土化過程，他們發現模式引進和轉譯偏差的共存狀態，反映出全球電視模式與地方性知識的相遇和碰撞。馬傑偉的《酒吧工廠》，憑藉田野調查方式，深入珠三角城市，描摹出南中國城市文化與全球化勞動、消費文化的勾連，並以「壓縮的現代性」概念概括中國城市文化的獨特經驗（馬傑偉，2006）。馬傑偉、吳俊雄和呂大樂（2009）也曾從「香港文化政治」的視角講述香港故事，他們認為，「文化」概念傾向於軟性的價值與意義，「意識形態」

概念則傾向於政治、權力、意識，但兩者都指向社會運作中的符號與象徵活動，從而是密不可分的。

流行文化研究往往與社會政治和文化領域聯繫在一起，或者說它始終存在著「激進語境性質」(格羅斯伯格，2017)。華人新聞傳播學者近年紛紛聚焦青年文化、網絡文化與民族主義、官方意識形態的接合趨勢，例如2016年發生在漢語互聯網空間的「帝吧出征」事件。研究興趣點集中在這場「網絡戰爭」中所體現的政治娛樂化傾向(馬中紅，2017)，以及「帝吧出征」中的表情包採用。張寧 (2016) 認為表情包的遊戲本質消解了原主題；湯景泰 (2016) 認為「表情包大戰」表明圖像政治在互聯網時代的新特徵；周逵和苗偉山 (2016) 指出，今天的視覺圖像已經成為了網絡民族主義重要的「喚起機制」，是多元主體所爭相競爭的象徵性符號資源。

學界的討論還包括青少年網絡集體行動的更多意涵，並由此深化了對當代「網絡民族主義」的理解。王洪喆、李思閩和吳靖 (2016) 通過在線民族誌與生活史訪談，發現這些從「迷妹」到「小粉紅」的轉變者，是「後現代商業文化語境下知情的民族主義者」，表現出較高的駕馭媒體內容、把握政治力量對媒體進行操弄的套路的能力。李紅梅 (2016) 認為，帝吧出征不僅僅是一種網絡民族主義的宣洩，更是一種有關身份政治的表演，它不僅根植於現代史中國與西方關係的勝利者與受害者情結，也是對中國在全球化過程中所遇挫折(如主權和領土完整以及身份認同等)的反應。楊國斌 (2016) 認為，「帝吧出征」首先是青少年的一場「自我表演」，其表演的主要特徵是後英雄主義時代的英雄想像。在上述研究基礎上，劉海龍(2017)提出「粉絲民族主義」(fandom nationalism) 理念，即「像愛護愛豆 (idol) 一樣愛國」；它是新媒體技術、商業文化與民族主義之間的互動結果，新媒體技術不僅改變了民族主義運動的表達方式、組織動員方式、實施方式，而且還消融了政治運動、追星、遊戲、個人身份建構等行為的邊界，使得民族主義以新面貌出現；新一代網絡民族主義者也在時間、空間和語言三個方面成功地馴化了新媒體，使之成為民族主義的一部分。

在城市傳播研究領域，曾一果、顏歡 (2018) 以「新都市電影」入手，探討在全球化語境下影像世界所展現的城市生活和都會景觀，以進一步表達新一代都市青年對摩登都會生活的文化想像。他通過對蘇州城市影像片的研究，分析由《小城之春》所建構的具有懷舊詩學特徵的蘇州城市形象，在當代社會是如何隨著全球消費浪潮而改變，充滿詩意的「視覺懷舊」逐漸演變為全球消費的「後懷舊」，城市影像空間變身為傳統與現代、區域和國家、本土與全球等不同景觀的交織 (曾一果，2017)。

遊戲研究領域也充分體現了本土化的努力。2001 年艾斯本・阿爾薩斯在《遊戲研究》(Game Studies) 雜誌卷首語中，將數字遊戲與媒體研究相分離，遊戲研究領域由此正式成為一個跨學科學術陣地 (馮應謙，2020)。所謂的數字遊戲，是指依托於計算機軟硬件技術和設備開展的數字化遊戲活動，是「電子遊戲」、「視頻遊戲」、「網絡遊戲」、「手機遊戲」、「家用遊戲機遊戲」等遊戲形態概念的統稱，國際上最知名的遊戲研究學術組織之一 DIGRA 也採用了這一統攝性概念 (何威、曹書樂，2018)。西歐和北美長期佔據著國際遊戲研究的核心地位，區域遊戲研究 (Regional Games Studies) 是該學科空間化擴展的重要議題；對於中國遊戲產業，國際學術界的研究關鍵詞包括愛國休閒 (patriotic leisure)、電子競技和身份認同 (identity) 等，具有學理批判的山寨 (Shangzhai)、盜版 (piracy) 和對日本遊戲產業的跟隨式繼承關係也成為關注核心。中國大陸學者的遊戲研究，集中在「病」、「財」、「法」、「文」四範式 (胡一峰，2018)。「病」的範式是指圍繞網絡遊戲對玩家身心影響及社會後果而開展的研究，典型關鍵詞是「成癮」；「財」的範式即產業或經濟角度的研究；「法」的範式是指從法律層面對網絡遊戲的研究；「文」的範式即文化研究，但這一範式較前三種範式更為少見。在既有研究範式之外，近年來中國學者也逐漸踐行著遊戲研究的更多可能性，跳出國際遊戲研究中長期存在的「遊戲學與敘事學之爭」(ludology vs. narratology) 框架進行學術探討 (泰勒、曹書樂，2020)。

　　相關研究還包括對「二次元」文化的「破壁」探討。以動畫、漫畫、遊戲及其粉絲再生產所構成的青年亞文化通常被稱之為「二次元／虛擬世界」，有不同於「三次元／現實世界」的旨趣、語言、思維方式和價值觀，兩種世界意味著兩種人、兩種文化，其間障礙被稱為「次元之壁」（馬中紅，2017）。百科全書式的總結開始出現。《破壁書：網絡文化關鍵詞》共收錄200多個網絡文化關鍵詞（邵燕君，2018）。這是一部旨在打破「次元之壁」、同時也打破各個網絡部落文化壁壘的詞典，被稱為「當代網絡文化的百科全書」。類似研究還有趙菁（2019）、林品（2016）聚焦的「二次元民族主義」個案等等。這種「次元之壁」的破解，一方面是日益成長為社會中堅力量的80後、90後尋求自身愛好合法性、主流化的主動選擇，另一方面也折射出了官方意識形態徵用青年亞文化的新嘗試。

　　邵燕君借助麥克盧漢媒介理論視角去解讀中國網絡文學。她的系列研究以「網絡性」界定網絡文學概念，認為網絡文學並不是通俗文學的「網絡版」，而是專指在網絡上生產的文學，是一種新媒介文學形態（邵燕君，2015a）。所謂的「網絡性」，一方面意味著網絡文學是一種不同於「文本」（text）或「作品」（work）的「超文本」（hypertext），另一方面還指出網絡文學根植於消費社會的粉絲經濟中，它同時具有與ACG（Animation動畫、Comic漫畫、Game遊戲）文化的連通性（邵燕君，2015b）。沿襲著上述概念與屬性界定，她剖析了網絡文學生產機制以及生產機制所催生的文學價值變遷。邵燕君、吉雲飛和肖映萱（2018）認為「中國特色」的出版制度和文化環境意外地給予了網絡文學一個得天獨厚的發展空間，呼籲對網絡文學「經典化」議題的關注，並嘗試對中國網絡文學20年的發展史進行「斷代史」性質的考察（邵燕君，2019）。

　　這些研究部分打破了以往流行文化研究或青年亞文化研究慣常聚焦的「趣緣群體」和亞文化領域，將流行文化視為動態地反映當下中國政治文化衝突的一個多變與敏感的領域，並予以了建構在本土現實基礎上的理論對話與建構。從這個意義而言，這正是李金銓

(2014)呼籲的韋伯式的現象學取徑。具體而言，研究第一步從了解社會演員解釋他們自己的「生命世界」開始——即人類學家格爾茨說的「在地知識」(local knowledge)、現象學家伯格說的「相關結構」(relevance structure)、文化研究學者威廉斯說的「過往和活生生的經驗」(lived and living experience)；第二步，學者運用有洞察力和概括力的學術概念，協助社會演員在更大的脈絡下重釋「生活世界」的意義，這是主觀解釋的客觀化，現象學稱為「類型化」(typification)。這或許可為今天的流行文化研究提供啟示，如何兼顧「在地經驗」與「全球視野」。

理論視角的變遷

學術界對流行文化的探討，很長時間以來集中在青年亞文化領域。今天，關於青年亞文化的主流研究，已經很難與新媒體文化完全劃清界限。以互聯網為代表的新媒介及借此形成的各種媒介平台，諸如網絡社區、即時通信、社會化媒體等成為研究青年亞文化的重要切入視角，由此也反映出青年亞文化與新媒介之間那種天生的異型同構的特點(馬中紅、丘天嬌，2012)。陳霖(2013)總結了國內80、90年代的亞文化研究，指出當時的青年亞文化集中於代溝、搖滾樂、「越軌」行為、校園亞文化等方面，在對具體的青年亞文化現象的原因分析中，普遍遵循著「青年受挫——產生隔閡與對抗——形成亞文化表達」的邏輯。而在這一邏輯鏈中，並未強調大眾媒介與傳播這一環。這一時期的青年亞文化研究中，以社會學視角與方法作為絕對主導，而對關乎青年亞文化的政治、語言、媒介傳播現象，雖然有所涉及，但未能形成集中、持續的研究。新媒體不但催生了當代青年亞文化的蓬勃發展，更進一步地成為亞文化的再現與表徵鏡像。在網絡青年亞文化範疇，代表性的研究包括馬中紅和丘天嬌(2012)、曾一果(2012)、陳霖(2013)、易前良和王凌菲(2013)等學者的御宅、COSPLAY、惡搞、網絡遊戲、拍客研究等，蔡琪(2015)、朱麗麗(2017)、楊玲(2012)的粉絲研究等。同人文

化、御宅族文化、視頻分享文化、網絡遊戲文化、網絡語言文化、網絡文學文化、耽美文化、粉絲文化等是網絡青年亞文化研究的主要對象。正如有研究者在考察了青年「御宅族」媒介使用後所指出的，新媒介的廣泛應用為亞文化的壯大提供了機會，而亞文化的壯大反過來又為媒介技術的發展創造新的需求。

總體來說，主流的流行文化研究的理論話語局限於英國伯明翰學派的青年亞文化理論。伯明翰學派討論青年文化的主要術語是「抵抗」、「風格」、「收編」，這些術語強調了亞文化的從屬性 (subordinate) 和被置於從屬地位 (subordinated) 的狀況，戰後青年亞文化群體在抵抗和反叛過程中發展出了獨特的風格和話語表達方式 (曾一果，2020)。而隨著互聯網和全球消費主義的興起，當代青年亞文化的反叛精神和政治抵抗色彩逐漸退化，新媒體的快速發展促使青年文化從強調反叛、抵抗和風格的「亞文化」，走向流動、區隔和部落化的「後亞文化」(曾一果，2016)，其理論關鍵詞包括「生活方式」、「場景」、「新族群」等 (馬中紅，2010a)。

一方面，後亞文化研究反對伯明翰學派對待青年亞文化的「英雄主義」態度，並糾正了早期研究對媒體建構文化功能的忽視，鮮明的媒體意識是後亞文化的典型特徵 (陸揚，2012)。後亞文化理念的支持者認為，「在亞文化族群身上已經看不到那種與社會對立的激烈情緒，而是以相同的興趣愛好集合到一起，或是借助網絡、手機等新興媒介遊戲發洩，或是在自己的虛擬社區裡持續狂歡」，互聯網、手機等新興媒介在此過程中扮演了相當重要的角色。另一方面，後亞文化認為，當代青年亞文化對待權威的方式也不再是公然地抵抗和反對，而是採用拼貼、戲仿、挪揄、反諷的手段盡情調侃和譏刺，同時獲取自我的愉悅和狂歡 (馬中紅，2010b)。這種對經典、權威的解構、重組、顛覆，具有明確抵抗性與草根性，它為社會矛盾提出象徵性的解決方式 (胡疆鋒，2008)。愈來愈多學者指出，與其關注「階級」與「抵抗」意味，不如關注亞文化的族群意義與生活方式表徵 (趙陳晨、吳予敏，2011)。青年亞文化群體以其文化實踐建構了屬其自身的新媒介空間，新媒介空間中的青年亞文化與主文化

之間是一種抵抗而依存、區隔又融合的狀態，如果沿用過去「抵抗／收編」的模式來看待上述情況，必然會陷入圓鑿方枘的尷尬（陳霖，2013）。

理論話語的變遷也突出地表現在由「抵抗」向「生活方式」的轉變。蔣建國等（2014）指出，小清新亞文化已成為網絡社群新的展演方式，呈現出了網絡時代一種風格的巨大轉變，即由一種激烈的對抗轉向了一種溫和的表達：青年依舊擁有屬自己獨特的風格特徵，但是這種風格已經不再具有儀式感，反而與日常生活融合在一起，成為一種生活方式。而「果粉」由小眾亞文化轉變為大眾消費時尚的過程中，也突顯出技術、消費主義對亞文化的形塑作用，以及青年亞文化的生活方式與消費方式取向。這就揭示出當下亞文化總體的發展脈絡，即在商業化、產業化的浪潮中逐漸實現著從小眾到大眾、從特殊化到日常化、從邊緣到中心的蛻變，於分裂與融合之中並行生長，由此構建的多元亞文化圖景已成為人類「整體生活方式」的重要組成部分（蔡騏，2015）。這些研究趨勢的取向恰恰反映了文化研究學者格雷（2009）的斷言：在文化研究領域中存在著一個主要關注的核心焦點，亦即，試圖關注於研究團體、使用者、消費者與主體的「生活世界」。

馬中紅（2010b）認為，網絡媒介的全面覆蓋、低廉成本及便捷使用，使中國青年群體的日常行為和生活方式與其牢固地綁定在一起，也必將引致青年亞文化嶄新的文化實踐意義；最典型的莫過於青年亞文化「抵抗」精神的弱化乃至失落。周志強（2013）有著更強烈的批判，認為消費主義推動著30年間中國青年亞文化的重要轉變，也將其推入明顯的困境，當下亞文化的抵抗性的主張和娛樂化經驗已經成為一組極其尖銳的矛盾；青年亞文化遭遇了複雜表意困境，變成消費主義時代的個性化標籤，正在逐漸喪失其批判性品格。總而言之，亞文化與後亞文化的理論之爭，體現出學界面臨日漸複雜的當代文化現象的迷茫與嘗試。筆者同意胡疆鋒（2018）的看法，亞文化理論和後亞文化理論都是為了更準確闡釋亞文化而提出的，只要能夠解決那些困擾著青年亞文化理論家的複雜的文化現象和理論難題，使用哪一種理論並不重要。

　　流行文化研究中理論視角的遷移與流變，也反映出既有的理論框架闡釋當下流行文化時的某種力不從心。必須指出的是，當下流行文化研究，在學科核心問題和核心研究範式的確立上，還處於一個長期的探索的歷史過程，其邊界模糊以及研究範式的鬆散，既是流行文化研究領域的歷史遺產，也為其內部各種學科範式的「跨界」和「流動」帶來了多元主義的面向。其次，既有研究成果顯示出「歷史向度」的匱乏。即時性的現象性的研究多，歷時性的理論性的研究少。再次，在提供理論闡釋和社會事實的洞見的層面，流行文化研究只是更大的人文社會科學脈絡中的一環。筆者認為，不對流行文化研究設立學科的界限反而是更為明智的做法。但這並不意味著對這個研究領域的學術期望有所降低，相反，流行文化研究，作為天然的跨學科的一個接合 (articulation) 領域，應該更為鮮活、有力、深度地介入到當代社會研究中，這或許也為未來的研究提出了某種展望。

　　流行文化研究領域作為當代跨學科研究的一個突出的領域，如同它的研究對象一樣，也一直處於一個動態的發展過程。無論是數字文化的轉向，在地經驗的踐行與反思，還是從亞文化到後亞文化的理論變遷，此間的若干新趨勢都只是一個概括與描述，並無法給出一個標準的發展方向與展望。唯一可以肯定的是，流行文化研究學者的學術實踐，正在活生生地構建出當下學術界的研究圖景。薩義德 (2009) 曾提出「環流」(circulation) 的概念。他在〈旅行中的理論〉開篇便指出：「正像人們和批評學派一樣，各種觀念和理論也在人與人、境域與境域，以及時代和時代之間旅行。文化和知識生活通常就是由觀念的這種流通 (circulation) 所滋養，往往也是由此得到維繫的，……觀念和理論由一地到另一地的運動，既是活生生的事實，又是使知識活動成為可能的一個不無用途的條件」。作者認為，正如所有的人文社科領域一樣，我們需要藉由方法的環流、範式的環流和觀念的環流，打破學術「內眷化」，對新的研究範式、研究取向予以開放的態度。究其根本，人文社會科學的價值在於詮釋多重現實的「意義之網」。按照米爾斯 (Mills, 2000) 的設想，社會學想像力涉及三個維度，即社會結構 (social structure)、歷史 (history) 以及個人

生活歷程 (biography)。在對社會結構進行大的觀照的同時，需要兼顧歷史的時空維度和個人生活浩瀚的複雜性與多元性。在流行文化研究領域，尤其需要建構研究者學術及文化的雙重主體性。既著力於闡釋動態的個人經驗的複雜性，又著力於地方知識生產的特殊性的文化意義。

參考文獻

方惠、劉海龍 (2019)。〈2018 年中國的傳播學研究〉。《國際新聞界》，第 1 期，頁 23–40。

王洪喆、李思閩、吳靖 (2016)。〈從「迷妹」到「小粉紅」：新媒介商業文化環境下的國族身份生產和動員機制研究〉。《國際新聞界》，第 11 期，頁 33–53。

安‧格雷 (2009)。《文化研究：民族誌方法與生活文化》(許夢芸譯)。重慶：重慶大學出版社 (原書 Gray, A. [2002]. *Research practice for cultural studies: Ethnographic methods and lived cultures.* London: SAGE Publications.)

朱本軍、聶華 (2016)。〈跨界與融合：全球視野下的數字人文——首屆北京大學「數字人文論壇」會議綜述〉。《大學圖書館學報》，第 5 期，頁 16–21。doi:10.16603/j.issn1002-1027.2016.05.003。

朱麗麗 (2017)。〈學術的環流：敘事、地方知識與主體性——對一場學術討論的學理反思〉。《新聞與傳播研究》，第 4 期，頁 25–40、126–127。

朱麗麗 (2017)。《數字青年：一種文化研究的新視角》。南京：江蘇人民出版社。

朱麗麗、韓怡辰 (2017)。〈擬態親密關係：一項關於養成系偶像粉絲社群的新觀察——以 TFboys 個案為例〉。《當代傳播》，第 6 期，頁 72–76。

何威 (2018)。〈數字遊戲批評理論與實踐的八個維度〉。《藝術評論》，第 11 期，頁 26–37。

何威、李玥 (2020)。〈戲假情真：《王者榮耀》如何影響玩家對歷史人物的態度與認知〉。《國際新聞界》，第 7 期，頁 49–73。

何威、曹書樂 (2018)。〈從「電子海洛因」到「中國創造」：《人民日報》遊戲報導 (1981–2017) 的話語變遷〉。《國際新聞界》，第 5 期，頁 57–81。

李金銓 (2014)。〈在地經驗，全球視野：國際傳播研究的文化性〉。《開放時代》，第 2 期，頁 133–150、8。

李金銓、于淵淵 (2018)。〈傳播研究的「跨界」、「搭橋」與「交光互影」——與李金銓教授談方法論〉。《新聞記者》，第 7 期，頁 42–52。

李紅梅 (2016)。〈如何理解中國的民族主義？：帝吧出征事件分析〉。《國際新聞界》，第 11 期，頁 91–113。

周志強 (2013)。〈消費主義時代的「青年」亞文化〉。《文化研究》，第2期，頁25–40。

周逵、苗偉山 (2016)。〈競爭性的圖像行動主義：中國網絡民族主義的一種視覺傳播視角〉。《國際新聞界》，第11期，頁129–143。

易前良、王淩菲 (2013)。《御宅：二次元世界的迷狂》。蘇州：蘇州大學出版社。

林品 (2016)。〈青年亞文化與官方意識形態的「雙向破壁」——「二次元民族主義」的興起〉。《探索與爭鳴》，第2期，頁69–72。

邵燕君 (2015a)。〈網絡時代：如何引渡文學傳統〉。《探索與爭鳴》，第8期，頁113–116。

邵燕君 (2015b)。〈網絡文學的「網絡性」與「經典性」〉。《北京大學學報 (哲學社會科學版)》，第1期，頁143–152。

邵燕君 (2018)。〈網絡文化的破壁之旅 ——《破壁書：網絡文化關鍵詞》導讀〉。《文藝理論與批評》，第5期，頁125–127。

邵燕君 (2019)。〈網絡文學的「斷代史」與「傳統網文」的經典化〉。《中國現代文學研究叢刊》，第2期，頁1–18。

邵燕君、吉雲飛、肖映萱 (2018)。〈媒介革命視野下的中國網絡文學海外傳播〉。《文藝理論與批評》，第2期，頁119–129。

胡一峰 (2018)。〈廿年面壁圖破壁：我國網絡遊戲研究 (1998–2018) 的軌迹、範式與趨向〉。《藝術評論》，第10期，頁22–30。

胡疆鋒 (2008)。〈惡搞與青年亞文化〉。《中國青年研究》，第6期，頁5–12。

胡疆鋒 (2018)。〈主持人語〉。《文化研究》，第1期，頁63–66。

夏建中 (2000)。〈當代流行文化研究：概念、歷史與理論〉。《中國社會科學》，第5期，頁91–99。

孫信茹 (2016)。〈微信的「書寫」與「勾連」——對一個普米族村民微信群的考察〉。《新聞與傳播研究》，第10期，頁6–24、126。

孫信茹、王東林 (2019)。〈微信對歌中的互動、交往與意義生成 ——對石龍村微信山歌群的田野考察〉。《現代傳播 (中國傳媒大學學報)》，第10期，頁19–25。

孫信茹、楊星星 (2012)。〈媒介在場·媒介邏輯·媒介意義 ——民族傳播研究的取向和進路〉。《當代傳播》，第5期，頁15–20。

孫信茹、葉星 (2019)。〈嵌入日常的流動空間 ——「石龍老司機」的微信生活考察〉。《當代傳播》，第5期，頁26–29。

徐桂權 (2020)。〈數字文化研究的開放視野與問題意識 ——賓夕法尼亞大學安納伯格傳播學院楊國斌教授訪談〉。《新聞記者》，第4期，頁80–85。

泰勒、曹書樂 (2020)。〈遊戲的組合〉。何威、劉夢霏 (編)，《遊戲研究讀本》(頁41–47)。上海：華東師範大學出版社。

馬中紅 (2010a)。〈西方後亞文化研究的理論走向〉。《國外社會科學》，第1期，頁137–142。

馬中紅 (2010b)。〈新媒介與青年亞文化轉向〉。《文藝研究》，第 12 期，頁 104–112。

馬中紅 (2017)。〈文化政治成為學術焦點，研究方法亟待與時俱進——2016 年青年亞文化研究論略〉。《青年探索》，第 6 期，頁 71–81。

馬中紅、丘天嬌 (2012)。《COSPLAY：戲劇化的青春》。蘇州：蘇州大學出版社。

馬傑偉 (2006)。《酒吧工廠：南中國城市文化研究》。南京：江蘇人民出版社。

馬傑偉、吳俊雄、呂大樂 (2009)。《香港文化政治》。香港：香港大學出版社。

高莉莎 (2018)。〈「移動主體熟人社會」：基於少數民族農民工手機微信使用的研究〉。《新聞大學》，第 2 期，頁 36–45、150。

張寧 (2016)。〈消解作為抵抗：「表情包大戰」的青年亞文化解析〉。《現代傳播 (中國傳媒大學學報)》，第 9 期，頁 126–131。

張瀟瀟、馮應謙 (2016)。〈全球模式與地方性知識：電視生產社群的民族誌闡釋〉。《國際新聞界》，第 7 期，頁 138–149。

曹書樂、董鼎 (2018)。〈傲慢與偏見——對女遊戲玩家性別刻板印象的研究〉。《藝術評論》，第 11 期，頁 38–49。

章戈浩 (2018)。〈數字功夫：格鬥遊戲的姿態現象學〉。《國際新聞界》，第 5 期，頁 27–39。

陳霖 (2012)。《迷族：被神召喚的塵粒》。蘇州：蘇州大學出版社。

陳霖 (2013)。〈青年亞文化的新媒介空間〉。《「傳播與中國·復旦論壇」(2013)——網絡化關係：新傳播與當下中國論文集》，頁 151–160。

陶東風 (2018)。〈回到發生現場與中國大眾文化研究的本土化——以鄧麗君流行歌曲為個案的研究〉。《學術研究》，第 5 期，頁 147–156、178。

陸揚 (2012)。〈從亞文化到後亞文化研究〉。《遼寧大學學報 (哲學社會科學版)》，第 1 期，頁 121–127。

勞倫斯·格羅斯伯格 (2017)。《文化研究的未來》(莊鵬濤、王林生、劉林德譯)。北京：中國人民大學出版社。(原書 Grossberg, L. [2010]. *Cultural studies in the future tense.* Durham NC: Duke University Press.)

曾一果 (2012)。《惡搞：反叛與顛覆》。蘇州：蘇州大學出版社。

曾一果 (2016)。〈新媒體與青年亞文化的轉向〉。《浙江傳媒學院學報》，第 4 期，頁 2–8、151。

曾一果 (2017)。〈從「懷舊」到「後懷舊」——關於蘇州城市形象片的文化研究〉。《江蘇社會科學》，第 4 期，頁 170–177。

曾一果 (2019)。〈回到本土發生現場和多維度地考察當代文化現象——近年來我國文化研究的前沿熱點剖析〉。《藝術評論》，第 8 期，頁 40–48。

曾一果 (2020)。〈網絡社會的「新俗信」：後亞文化視角下的「星座控」〉。《西北師大學報 (社會科學版)》，第 4 期，頁 20–28。

曾一果、顏歡(2018)。〈全球化語境下新都市電影的「城市想像」〉。《文化研究》,第2期,頁93–107。

湯景泰(2016)。〈網絡社群的政治參與與集體行動——以FB「表情包大戰」為例〉。《新聞大學》,第3期,頁96–101、151。

馮應謙(2004)。《香港流行音樂文化:文化研究讀本》。香港:麥穗出版有限公司。

馮應謙(2014)。〈流行文化研究前沿評析〉。洪浚浩(編),《傳播學新趨勢》(頁628–639)。北京:清華大學出版社。

馮應謙(2020)。〈遊戲研究的國際新近趨勢〉。何威、劉夢霏(編),《遊戲研究讀本》(頁3–14)。上海:華東師範大學出版社。

馮應謙、楊潔、戴佳(2016)。〈亞洲流行音樂的研究路徑、理論和方法〉。《全球傳媒學刊》,第2期,頁84–92。

愛德華‧薩義德(2009)。《世界‧文本‧批評家》(李自修譯)。北京:生活‧讀書‧新知三聯書店。(原書Said, E. W. [1983]. *The world, the text , and the critic.* Cambridge, Mass.: Harvard University Press.)

楊玲(2012)。《轉型時代的娛樂狂歡:超女粉絲與大眾文化消費》。北京:中國社會科學出版社。

楊國斌(2016)。〈引言 英雄的民族主義粉絲〉。《國際新聞界》,第11期,25–32。

楊國斌(2018)。〈轉向數字文化研究〉。《國際新聞界》,第2期,頁99–108。

趙陳晨、吳予敏(2011)。〈關於網絡惡搞的亞文化研究述評〉。《現代傳播(中國傳媒大學學報)》,第7期,頁112–117。

趙菁(2019)。〈愛國動漫《那兔》粉絲群像與「二次元民族主義」〉。《文藝理論與批評》,第5期,頁11–24。

劉海龍(2017)。〈像愛護愛豆一樣愛國:新媒體與「粉絲民族主義」的誕生〉。《現代傳播(中國傳媒大學學報)》,第4期,頁27–36。

劉夢霏(2020)。〈遊戲入史——作為文化遺產的遊戲〉。何威、劉夢霏(編),《遊戲研究讀本》(頁165–184)。上海:華東師範大學出版社。

潘忠黨、劉于思(2017)。〈以何為「新」?「新媒體」話語中的權力陷阱與研究者的理論自省——潘忠黨教授訪談錄〉。《新聞與傳播評論》,第1期,頁2–19。

蔡琰、臧國仁(2017)。〈數位時代的「敘事傳播」:兼論新科技對傳播學術思潮的可能影響〉。《新聞學研究》,第131期,頁1–48。

蔡騏(2015)。〈從蘋果效應透視青年亞文化的演進〉。《蘇州大學學報(哲學社會科學版))》,第1期,頁171–176。

蔣建國、化麥子(2014)。〈網絡「小清新」亞文化的展演與魅惑〉。《現代傳播(中國傳媒大學學報)》,第7期,頁13–17。

鄭欣、次仁群宗(2018)。〈尋找家園:少年扎西的媒介之旅〉。《開放時代》,第2期,頁198–223、10。

Chen, K. H. (2010). *Asia as method: Toward deimperialization*. Durham NC: Duke University Press.

Deuze, M. (2006). Participation, remediation, bricolage: Considering principal components of a digital culture. *The Information Society, 22*(2), 63–75.

Gere, C. (2009). *Digital culture*. Reaktion Books.

Grewal, I. (1999). Traveling Barbie: Indian transnationality and new consumer subjects. *Positions: East Asia Cultures Critique, 7*(3), 799–827.

Hall, S., & Jefferson, T. (Eds.). (2006). *Resistance through rituals: Youth subcultures in post-war Britain*. London: Routledge.

Hall, S., Hobson, D., Lowe, A., & Willis, P. (1980). Coding/decoding. *Culture, Media, and Language*, 63–87.

Hebdige, D. (1995). Subculture: The meaning of style. *Critical Quarterly, 37*(2), 120–124.

Jenkins, H. (1991). Star trek rerun, reread, rewritten: Fan writing as textual poaching. In C. Penley, E. Lyon, & L. Spigel (Eds.), *Close encounters* (pp. 170–203). Minneapolis: University of Minnesota Press.

Mills, C. W. (2000). *The sociological imagination*. Oxford University Press.

Wasko, J., Phillips, M., & Meehan, E. R. (Eds.). (2001). *Dazzled by Disney: The global Disney audiences project*. Burns & Oates.

14

新聞專業主義的理想與現實（1997-2020）
——中國大陸研究的回顧[*]

王海燕

　　回顧中國新聞學研究40年幾乎是不可能完成的任務，這不僅因為中國與新聞有關的研究文獻浩如煙渺，任何縝密的回顧和評述都可能掛一漏萬，而且因為「新聞學」作為一個邊界模糊的學科，任何對其研究範圍和回顧框架的劃定都可能包含研究者自身偏見。尤其在中國語境下，新聞與政治之間關係緊密，新聞是政治的一部分，或者，新聞本身即是政治，使得「新聞學」往往既是學術又是政治，政治話語與學術話語雜交糅合，難以拆解，有時相互印證，有時相互衝突。在這樣一個繁雜圖景中，要找到一個合適的落腳點實屬不易。作為折衷，本文擬對中國學界圍繞「新聞專業主義」展開的研究進行梳理和回顧。

　　「新聞專業主義」作為一個學術概念進入中國新聞學研究的圖景，目前公認的看法是在上世紀末本世紀初經李金銓（1997）、郭鎮之（1999，2000）、陸曄、潘忠黨（2002）等一批學者從海外引介而來。之所以說是從「海外引介」，是因為一方面「新聞專業主義」是作為英文「journalistic professionalism」這一短語的直接翻譯而進入中國學界語彙的，其內涵和外延均以該概念的英文為直接參照；另一方面是因為早期論述採取的都是從海外反觀中國的姿態，作者或本身即是海外華裔學者，或是中國學者在與海外交流過程中受到海外影

響而作。這一背景使得「新聞專業主義」在中國學術界一入場就帶著中西交流的氣息，呼應了世紀之交的中國在各方面（包括學術）意與世界接軌的時代背景和緊密需求。因此，新聞專業主義一出場就被中國學界熱情擁抱，立即掀起一股新聞專業主義研究的熱潮，並在此後二十多年裡熱度不減，至今仍在持續，形成中國新聞學研究圖景中一道耀眼的景觀。一個例證是，在中國學術資源收錄最完備的中國知網（CNKI）上，以「新聞專業主義」為搜索詞進行期刊論文全文檢索，結果發現，從1997年第一篇論文出現到2020年底[1]，相關論文數量高達9,489篇。也就是說，在過去24年裡，中國學界平均每天就有1.08篇談論「新聞專業主義」的論文發表。作為對比，如果我們以「馬克思主義＋新聞」進行同樣的檢索，得到的結果是15,297篇，若從第一篇論文出現的1984年算起，過去37年裡平均每天相關論文發表數約為1.13篇。可見，中國學界談論新聞「專業主義」的熱情幾可媲美「馬克思主義」，而後者在中國新聞學界可謂至高無上的權威。這側面證明了「新聞專業主義」在中國新聞學研究中的顯要地位，也說明本文基於此進行回顧有一定的代表性和說服力。

另一方面，中國新聞學研究長期以來飽受「新聞無學」說法的困擾，經常被批評為學術性不足當不起「學」，從上世紀70年代末文革結束後重新恢復以來，學界做了不少努力，包括對馬、恩、列、毛和中國共產黨新聞思想進行系統性整理和闡述、開辦新聞學博士課程、出版新聞學研究期刊等，但學術身份的突破畢竟有限，研究多年來圍繞著「什麼是新聞」、「真實應不應該是新聞的生命」、客觀性、新聞與宣傳的關係等問題打轉，始終未能擺脫實踐性強而理論性弱的社會認知（陳力丹，2004；李良榮，2008）。在這一背景下，「新聞專業主義」概念的出現，為迫切尋求學術身份的中國新聞學界提供了一個難得的理論資源，如李良榮（2017：37）所說，它的到來使中國的「新聞專業終於找到了一個『主義』」。也就是說，對於中國新聞學界，新聞專業主義概念的引入和相關研究的開展一定程度上代表著新聞從「無學」向「有學」邁出的關鍵一步。從這個意義上來

看，要理解中國「新聞學」的發展歷程，對新聞專業主義研究的梳理和回顧不僅是合理、而且是必須的環節。

　　基於以上考量，本文將從三個層次展開：第一層次是對中國學界發表的所有涉及「新聞專業主義」的現有文獻進行的整體性概貌描述；第二層次是對部分核心文獻進行內容分析，對其研究取向和話題偏好進行審視；第三個層次是對中國學界圍繞新聞專業主義展開的幾個主要論爭議題進行回顧和評述，包括新聞專業主義與新聞改革、新聞專業主義的意識形態之爭、以及新媒體時代的新聞專業主義。最後，本文簡要討論新聞專業主義研究二十多年來的得失及其對中國新聞學研究的啟示。

新聞專業主義研究概貌

　　為了解中國新聞專業主義研究的全貌，我們依托CNKI中國知網對「全文」包含「新聞專業主義」的論文進行了檢索，共得到中文期刊論文9,489篇，時間跨度為1997年至2020年[2]，共24年。在此基礎上，我們利用CiteSpace文獻可視化軟件[3]進行計量分析，勾勒中國學界新聞專業主義研究的發展脈絡。

　　中國學界第一篇關於新聞專業主義的論文出現在1997年，作者為當時任教香港中文大學的李金銓教授，題為〈香港媒介專業主義與政治過渡〉，之後，時任北京廣播學院[4]的郭鎮之教授接連於1998、1999、2000年發文對新聞專業主義在西方國家的發展進行了介紹。這些論文標誌著新聞專業主義研究在中國學界的開端，此後相關研究蓬勃發展。圖一是對論文發表年度趨勢的描述，可以看出，從2003年起論文數量開始大幅增多，到2005年，論文數量突破了百篇，繼而，2010年突破500篇，2014年突破800篇，2015年到達一個階段性高點，年發表量近900篇；之後這一單邊上升的勢頭才暫告停止，論文數量在2016年出現首次回落；但2017、2018年又重拾上升勢頭；2019再次回落，幅度較大；2020年有小幅度回升，但離

前期高點尚有一定差距。從這一趨勢看，近五年來新聞專業主義研究可謂進入一個震盪期。不過在波動之外，我們也看到，論文發表數量總體上處於高位，年均論文數都在800篇以上，說明新聞專業主義持續吸引著學界的高度注意。

圖一「新聞專業主義」文獻發表年度趨勢

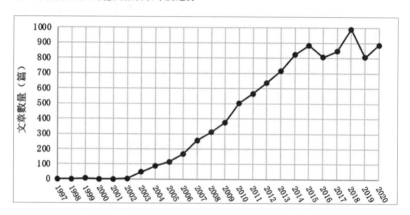

從機構從屬來看，中國知名度較高的新聞院系是論述的主要陣地，發文量最多的十所大學是：中國人民大學(412篇)、中國傳媒大學(384篇)、復旦大學(341篇)、武漢大學(313篇)、清華大學(244篇)、暨南大學(208篇)、南京大學(164篇)、四川大學(151篇)、浙江大學(142篇)、安徽大學(140篇)；發文量最多的十位作者是：陳力丹(77篇)、張志安(46篇)、楊保軍(40篇)、吳飛(29篇)、李彬(29篇)、白紅義(19篇)、胡翼青(18篇)、范以錦(17篇)、李良榮(16篇)、陳昌鳳(16篇)。

除了數量和年度趨勢，我們也對文獻的關鍵詞進行了分析。關鍵詞是研究熱點與重點的體現，對關鍵詞的分析有助於了解一個研究領域的發展方向。如圖二所示，「新聞專業主義」及「專業主義」是頻率最高的關鍵詞，這與本文的研究目的和文獻選取方式有關，是在意料之中。除此之外，出現頻率較高的關鍵詞大致可以分為三類：一類是與媒體技術相關的詞彙，如「新媒體(時代)」、「媒體(介)融合」、「社交媒體」、「自媒體」、「人工智能」等，說明技術的發展帶

來的新聞業發展變化是新聞專業主義研究者關注的焦點問題；第二類是與新聞生產相關的關鍵詞，包括：「新聞從業者」、「新聞生產」，以及與之相關的「主流媒體」、「傳統媒體」等，是新聞專業主義的概念背景的印證；第三類是與規範性理論相關的詞彙，包括：「新聞自由」、「新聞倫理」等，說明中國學界對新聞專業主義研究有著較強的規範性色彩。

圖二「新聞專業主義」文獻主要關鍵詞及聚類特徵

不過，如果分時期進行切片分析的話，可以發現高頻詞彙在不同的時期有不同的特點。根據前述論文年度數量趨勢，我們除第一階段外均以五年為間隔對現有文獻進行時間切片，分別為1997–2000、2001–2005、2006–2010、2011–2015、2016–2020。如圖三所示，在上世界90年代末的起步期，學界主要從「新聞從業者」或「新聞工作者」的角度談論新聞專業主義；在2001–2005年的發展期，學界對新聞專業主義的興趣主要在與之相關的「新聞自由」、「新聞真實」等議題上，其中，《紐約時報》作為踐行新聞專業主義的西方媒

體範例受到密切關注，說明當時中國學界對借鑒西方經驗的熱切；
2006–2010 年間，「新媒體」成為新聞專業主義的研究熱點，與之相
關的「媒體融合」以及相對應的「傳統媒體」也是熱點，同時，學界對
於「新聞倫理」、「公信力」、「客觀性」等經典議題的討論也更加豐
富；2011–2015 年間，由於技術的發展而帶來的新聞業變革使得相
關研究更加集中於不同形式的新媒體，「新媒體」進一步具體化為「社
會化媒體」或「社交媒體」，而「轉型」和「對策」是學界主要考慮的問
題；在最近的 2016–2020 年，「後真相」、「新聞反轉」等新媒體現象
成為研究熱點，同時「自媒體」、「短視頻」、「融媒體」等新媒體技術
形態也吸引著學界注意，不過，值得注意的是，「馬克思主義新聞
觀」也是這一時期最為重要的關鍵詞之一，這提示著中國新聞專業主
義研究可能面臨的意識形態壓力。

圖三　不同時期的「新聞專業主義」文獻高頻關鍵詞

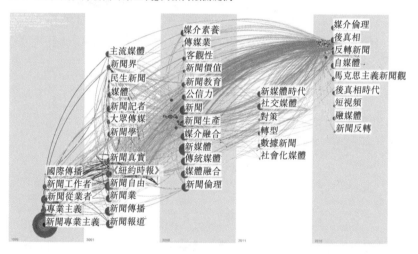

核心文獻的研究取向

在基於全面搜索所有涉及「新聞專業主義」的論文並進行發表
趨勢和關鍵詞概貌描述的基礎上，我們進一步對其中的核心文獻進

行了抽樣分析。按照本文的研究目的（即對中國學界的新聞專業主義研究進行回顧），核心文獻被定義為作者為來自高校或學術研究機構、同時主題含「新聞專業主義」、並且標題含「專業」的論文，在剔除低相關度和重複內容後，論文數量共計622篇。這些論文在時間分布上與所有論及新聞專業主義的文獻一致，但作為「核心文獻」，被引率相對較高，平均每篇論文的被引次數為7.9次，其中最高的一篇被引274次，被引100次以上的有6篇，50–99次的有14篇，20–49次的有42篇，10–19次的有55篇，其餘為10次以下。

對於這些論文，我們對其論文類型、研究方法、話題領域、涉及的媒介類型、以及涉及的媒體地域等進行了編碼和分析。其中，我們把論文類型分為五類：思辯論述型、回顧綜述型、實證研究型、業務探討型、其他／不清楚；研究方法分為七類：綜合回顧、問卷調查、深度訪談、民俗誌／田野觀察、內容分析、文本／話語分析、其他／不清楚；話題領域分為九類：政策規範、倫理法規、新聞教育、經營管理、新聞生產、新聞工作者、新媒體、新聞史、其他／不清楚；涉及的媒介類型分為五類：報紙、廣電、新媒體、混合、其他／不清楚；涉及的媒介地域分為五類：中國大陸、港澳台、國際、混合、其他／不清楚。

如圖四所示，這些論文中絕大部分為非實證研究型論文，其中51.1%（318篇）為思辯論述型，37.4%（233篇）為回顧綜述性，另有3.7%（23篇）為其他類型或無法判斷，而實證研究型論文僅佔7.7%（48篇）。與此相對應的是，如圖五所示，僅有12.2%的論文使用了一定的社科研究方法，其他為沒有使用社科研究方法的綜合回顧性論文（佔比84.7%）或者研究方法不明確的其他類（佔比3.1%）。而在使用了一定研究方法的論文中，質化的文本／話語分析最受歡迎，有29篇（總佔比4.7%），量化的內容分析次之，26篇（總佔比4.2%），隨後是問卷調查，有12篇（總佔比1.9%），深度訪談和民俗誌／田野觀察使用較少，分別為6篇和3篇。若按量化取向和質化取向進行區分的話，可見各類研究方法中，量化與質化比重相當，分別為總量的6.1%、6.2%。

圖四 「新聞專業主義」核心文獻的論文類型及佔比

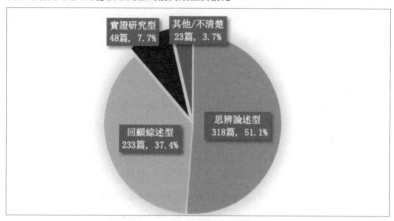

圖五 「新聞專業主義」核心文獻的研究方法及佔比

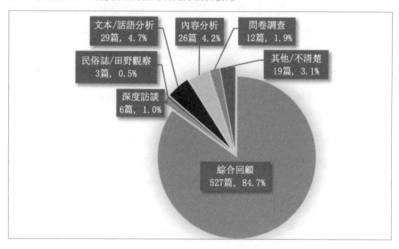

　　從話題領域看，如圖六所示，對新聞生產中涉及的新聞專業主義議題的關注最為密集，有147篇（佔比23.6%）；其次是新媒體（105篇，佔比16.9%）、新聞史（80篇，佔比12.9%）；對新聞工作者的關注緊隨其後，有61篇，佔比9.8%；同時，倫理法規（35篇，佔比5.6%）、經營管理（31篇，佔比5.0%）、新聞教育（29篇，佔比4.7%）、政策規範（18篇、佔比2.9%）也有較多論述。此外，有相當

一部分論文為無法歸入以上類別的其他議題，有116篇，佔比18.6%。

圖六「新聞專業主義」核心文獻的話題領域

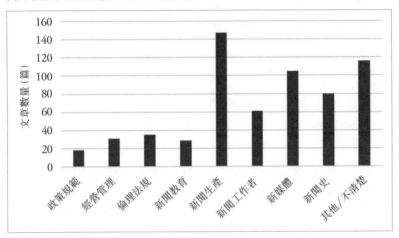

這些論文涉及不同的媒體形式，其中，報刊雜誌仍是學界談論新聞專業主義時涉及最多的媒體，佔所有論文的29.6%（184篇）；其次是互聯網新媒體，佔比21.9%（136篇）；廣電最少，僅佔5.8%（36篇）；另有32.6%的論文（203篇）涉及上述三類中的兩個或以上媒體形式。而研究涉及的媒體地域，絕大部分為中國媒體，佔所有論文的65.6%，有408篇；國際媒體也佔相當比例，佔比15%，有93篇；極少數研究關注了港澳台地區媒體，僅有3篇，佔比0.5%。此外，鑒於這些文獻中較高比例的抽象思辯式論述，很多論文僅是泛泛而談媒體的專業主義，無法判斷其涉及的媒體形式和媒體地域。

新聞專業主義研究的主要論爭

「新聞專業主義」的出現，對於中國學界來說，不僅是增加了一個詞彙和概念，更重要的是，它開啟了一種學術想像力，引起了學者們的研究熱情，在短短二十多年的時間裡掀起了一場又一場學術

論爭的高潮，創造了中國新聞學研究的一個繽紛片段。如上文所述，中國學界圍繞新聞專業主義展開的討論涉及諸多議題，但在這些討論中，筆者認為對中國新聞學研究和發展產生較大影響的是三個方面：新聞專業主義與新聞改革、新聞專業主義的意識形態之爭，以及新媒體時代的新聞專業主義。

新聞專業主義與新聞改革

以1992年鄧小平發表系列南巡講話和中共十四大的召開為標誌，中國確立了建立社會主義市場經濟體制的目標，隨著一系列相關國家政策的出台，媒體被正式列入「第三產業」，同其他生產部門一樣也成為市場經濟的發展目標，從而開啓了以市場化為主要訴求的新一輪新聞改革。如果説前一輪新聞改革（1978年改革開放以來）主要突破的是媒體從「宣傳本位」到「新聞本位」的思想轉變，那麼90年代開始的這一輪新聞改革的關鍵問題則是，媒體如何處理政治與市場之間的關係，以及如何能夠追求社會效益與經濟效益的統一。「新聞專業主義」出現得恰逢其時，不僅為新聞學界論述這些問題提供了一種理論視角，同時也為新聞業界的實踐探索提供了一種行動理念，成為90年代末到本世紀初這場新聞改革的一面旗幟。

很多學者抱著借鑒西方經驗發展中國新聞事業的態度來論述新聞專業主義。郭鎮之的開篇之作〈輿論監督與西方新聞工作者的專業主義〉（1999：37）中就這樣寫道：「在西方新聞學中，涉及新聞工作者地位和作用的問題，有一些相當集中的討論，那便是新聞的專業主義……了解西方新聞專業主義思想的歷史、意義及其發展變化，權衡輕重，揚長避短，對於中國的新聞工作也許不無裨益。」而她希望有所裨益的是「輿論監督」在中國的發展，尤其是類似當時風頭正勁的央視《焦點訪談》這樣的揭露社會問題和行政弊端的批評性報導的發展。這樣的報導後來有了一個特定的名字——「調查報導」或「調查性報導」，對應西方媒體實踐中的 investigative journalism。在當時的中國，除了《焦點訪談》，陸續興起的還有《新聞調查》、《中國青年報》、《中國新聞週刊》、《瞭望東方週刊》、《財經》、《南方週

末》、《南方都市報》、《東方早報》、《新京報》、《華商報》、《大河報》、《成都商報》等，都先後成立了專門的調查報導部門。一時之間，調查記者遍布大江南北[5]，他們中湧現了一批「風雲記者」，如崔永元、白岩松、柴靜、王志、王克勤等，報導了一批具有重大社會影響的新聞事件，如「南丹礦難真相」、「焦作大火調查」、「孫志剛案」、「SARS調查」、「雲南躲貓貓事件」、「三鹿奶粉事件」等，形成了一股令人矚目的「調查報導熱」，體現著中國新聞改革的氣息（Wang & Lee, 2014）。學者們以新聞專業主義為概念工具來理解和闡釋這一現象，認為這樣的報導無論是採訪風格還是報導形式都愈來愈接近西方的新聞專業主義，或者乾脆就是「新聞專業主義的踐行者」。

學者們充滿激情地談論新聞專業主義對中國新聞業和社會的意義，論述中往往充滿理想主義的光芒。如喻國明（2003）從傳媒人力資源管理的角度論述新聞改革，用「專業主義」來形容新聞工作者應具備的素質，認為這意味著其在人格上應具有「俯仰天地的境界、悲天憫人的情懷和大徹大悟的智慧」，在工作風格上「不衝動、不破壞、不媚俗、不虛偽、不偏激、不炒作、不盲從、不驕傲，……務實、開放、求證……報導『一切值得報導的新聞』」（喻國明，2003：6–7）。李良榮也為新聞專業主義鼓與呼，認為「一張報紙辦得好不好的標準，就是新聞專業主義……必須高舉新聞專業主義的大旗，弘揚新聞理念的主旋律」（轉引自莫繼嚴，2003：78）。甚至有學者提出，面對轉型期的社會發展態勢，新聞專業主義是中國媒體「生存的根基和希望」，只有恪守新聞專業主義才能捍衛「中國社會改革和經濟文化發展的精神家園」（侯迎忠、趙志明，2003：57），可見當時學者們對「新聞專業主義」期冀之深。

但與此同時，媒體市場化改革也有負面效果，伴隨著商業主義和消費主義的崛起，媒體出現了大量以低俗趣味迎合市場需求的「黃色新聞」、「娛樂新聞」、甚至虛假新聞，媒體權力的擴張也帶來「新聞炒作」、「新聞腐敗」以及其他新聞工作者職業道德失範行為的頻繁發生。新聞專業主義作為一種規範性力量，也成為討伐這些不良媒

體現象的話語工具，學者們一方面從相對抽象的層面論述新聞專業主義與商業主義和消費主義的關係（吳紅霞、葛豐，2004），另一方面以「專業主義」為衡量標準展開新聞批評（徐鋒，2003）。普遍的看法是，新聞專業主義是對隨著商品經濟的發展而出現的新聞腐敗的一種「制衡」，是中國新聞業面對頻繁發生的新聞失範現象的一場「救贖」（王申璐、周海燕，2009）。因此，一方面是對進步性新聞實踐的宣揚，一方面是對不良新聞實踐的鞭撻，新聞專業主義對於中國新聞改革的意義，不僅起著「鼓與呼」的助力作用，同時也起著「懲與戒」的矯正作用。

　　另一方面，一些實證研究主要關注於對新聞工作者及其角色認同和表現、工作滿意度及影響因素等問題的研究。如：陳陽（2008）基於新聞改革中崛起的兩個公認的優秀媒體案例（《南方週末》和《財經》雜誌）的個案研究，發現兩家媒體儘管都宣稱是新聞專業主義的踐行者，但其「記者觀」有較大不同，一個強調記者作為社會事件「參與者」的角色，一個強調記者作為社會事件「觀察者」的角色，進而指出，這兩種角色不僅為兩家媒體所特有，而是具有一定的代表性和普遍性，說明中國媒體的新聞專業主義實踐存在著內部差異性。周裕瓊（2008）基於全國性分層抽樣調查了中國大陸16個城市的813名記者，考察了中國記者角色的總體變化，與Chen等（1998）的發現相對照，發現記者的角色認知經歷了由以宣傳教化為主導的「傳統角色」到以信息監督為主導的「現代角色」的轉變，記者們對信息發布與信息解釋角色的重要性認知保持不變，但對社會批評和輿論監督角色的認同度變高，而對喉舌和教化角色的認可度降低。王海燕等（2017）則從內容分析的角度考察了新聞報導表現出來的記者角色，基於對中國大陸五份代表性報紙共3,264篇報導的分析，發現不同媒體屬性的記者表現出不同的角色偏好，官方媒體的記者更重視喉舌角色和干預者角色，而市場化媒體的記者則更重視監督者角色和客觀報導者角色。

　　同時，張志安與沈菲（2011）針對中國調查記者群體進行的問卷調查探究了記者的擇業動機、職業滿意度、職業忠誠度及其影響因素等問題，發現中國的調查記者們總體而言具有相似的價值觀和職

業意識，高度認同「準確、客觀、全面等新聞專業主義規範」，同時強調媒體的監督、啓蒙作用，「揭露社會問題、維護公平正義」是其擇業的最主要原因。不過，調查記者們在現實中的總體生存狀況並不樂觀，職業滿意度一般，對職業前景有較強的不確定感，尤其對政治管制感到焦慮，六年之後他們對同一群體進行的第二輪問卷調查顯示，調查記者行業面臨著嚴重的人才流失趨勢，從業人數減少幅度高達58%，記者們自我報告的工作自主空間有所收縮，同時職業認同感顯著下降，職業忠誠度更低，工作前景更加充滿不確定性（張志安、曹艷輝，2017）。

新聞專業主義的意識形態之爭

關於新聞專業主義的意識形態之爭，幾乎從這一概念一開始引進中國學界就開始了。如上所述，隨著「輿論監督」在90年代末、21世紀初成為業界實踐的焦點，一些學者借助新聞專業主義的話語為其鼓與呼，但不可忽視的是，也有另外一部分人質疑此舉存在著「嚴重悖謬」。在這部分學者看來，新聞專業主義宣揚的是「西方新聞自由」，在其旗幟下進行的新聞實踐與中國媒體的輿論監督有著本質的不同。最大的差異在於媒體與政黨關係的不同，因為，「在我國，新聞媒體的輿論監督與黨和政府的工作不是根本對立的，它本身就是黨和政府工作的一部分……我們的新聞媒體既是黨和政府的喉舌，也是人民的喉舌……輿論監督既是黨的批評與自我批評的作風通過新聞手段的反映，也是人民群眾依法行使的民主監督權力」（王永亮，2002：10）。這使得新聞專業主義甫一進入就面臨著國情的挑戰，其能否在中國落地生根成為學界討論的熱點。雖然一些學者主張「中學為體、西學為用」，「立足於我國新聞事業的社會主義性質，發揮新聞的社會功效；同時參考西方新聞專業主義中合理的成分，營建具有中國特色的新聞自由理論系統和氛圍」（吳飛，2003：31），但一部分學者認同新聞專業主義倡導的媒體自由觀可能對社會主義新聞事業帶來傷害的觀點，認為「必須警惕由於過度自由而出現的各種問題……保證我國新聞事業得以健康發展」（徐鋒，2003：33）。

在這一意識形態之爭中，馬克思主義新聞觀成為批判新聞專業主義的不二法門。馬克思主義新聞觀是馬克思主義對於「新聞的本質是什麼、應該是什麼、應該如何做新聞」的一套系統性看法（楊保軍，2017：19），核心內容之一是「堅持正確的輿論導向」，是國家對新聞業界日常實踐和新聞學界教育科研提出的導向性要求。而「學習和堅持馬克思主義新聞觀」，正如一位學者所說，「首先必須釐清它與西方新聞理念的不同之處」（陳建雲，2011：6）。作為「西方新聞理念」的代表，新聞專業主義難免首當其衝。

童兵認為，新聞專業主義作為「資產階級意識形態話語」在中國新聞學界和業界的流行是一個「嚴重錯誤」，是在「混淆是非」，「衝擊馬克思主義新聞觀」（童兵，2018：13），是「要通過這種『特殊的意識形態』來內化新聞從業者的成名想像，用這種特殊的方式來『改編』所謂黨國體制下的用人機制」（童兵，2015：47）。陳信凌、王娟（2019）呼籲對「西方新聞專業主義」進行「理論祛魅」，認為其存在著「結構性缺陷」、具有「封閉性和空洞性的痼疾」、包含著「邏輯悖論」，與具備「邏輯自洽性」、「開放性」、「實效性」的馬克思主義新聞觀之間有著根本衝突，而批判新聞專業主義「不僅是專業研究範圍內的一次學術操作，而且也是對一個具有迷惑性與挑戰性的政治性議題的現實處置」，關於新聞專業主義的討論是落入了西方的「學術圈套」，「與中國特色社會主義道路自信、理論自信、制度自信、文化自信的大氣象大格局大氛圍格格不入」（p. 95）。

對此，李金銓（2018）認為，「不分青紅皂白地跨文化移植，而在匱乏媒介專業主義的社會否定媒介專業主義，則無非是犯了『具體錯置的謬誤』」；潘忠黨、陸曄（2017：100）表示，這些「雖有不少是嚴肅的學理批判，但在很多時候只是粗暴的政治宣判而非學術探討」；李良榮（2017）認為，學界討論愈來愈複雜化和政治化，實為新聞專業主義不能承受之重。

新聞專業主義與新媒體

與意識形態之爭同時進行的是對新媒體環境下新聞專業主義是否繼續適用的討論。學者們指出，基於計算機處理技術的新媒體為

新聞傳播帶來新的傳播生態，其中最顯著的變化是傳統媒體「單對多」的傳播模式變成了「多對多」或者「所有人對所有人」的傳播，社會進入「人人都是記者」的「自媒體時代」，普通公民借助新媒體走上新聞傳播的前台，消解了傳統大型新聞傳播機構的壟斷權和權威性，也消弭了傳受之間的界限。在這樣的環境下，隨之而來的問題是，「在新的傳播生態下，大眾傳媒生態背景下提出的新聞專業主義是否還有存在的必要」（吳飛、孔祥雯，2017：16）。

對此，一些學者持悲觀態度，認為新媒體「顛覆了」傳統媒體的傳播霸權，「瓦解了」新聞專業主義的基石，為新聞專業主義唱起了「輓歌」（鐘大年，2014；王維佳，2016）。另外一些學者持樂觀態度，認為新媒體的到來可能使「新聞專業主義的實現看起來更加容易」，「因為發布渠道多，使得對問題報導的人多了，視角也相應增加⋯⋯使得我國媒體具備了更好的為黨和人民的利益客觀、公正、負責任地報導新聞、傳播信息的條件」（楊一、黃超，2009：75）；也有人認為，「『人人都是記者』不會導致記者職業的消亡，反而會使新聞專業知識和操作技能得到大眾化普及，更多的人在掌握信息發布技巧的同時會自覺擔當社會責任，自覺地做社會的監督者和守望者」（王晴川，2012：137）；因此，在他們看來，新聞專業主義對當下的中國而言「仍然有著相當的意義」（李沛，2012：135）。

不過，更多人持「重構」觀點，認為在新媒體環境下，新聞專業主義並非消亡，而是遇到了「困難」，遭受了「挑戰」，需要在新的傳播生態中進行「重構」或「重塑」，促使「新聞專業主義2.0」的出現（吳飛、田野，2015）。在重構過程中，媒體仍然需要堅持「求真本質、專業精神和社會責任」（鐘大年，2014）；而且，不僅媒體的新聞專業主義需要重塑，各種參與公共信息生產與傳播的主體都要具備一定的專業素養和專業倫理，這包括如今愈來愈頻繁出現的非人行動者（比如機器和智能化技術），也需要用專業價值引導其發展，因此「這種重塑的專業性是一種多元主體共同實踐的專業性」（彭蘭，2018：1），或者說，未來的新聞專業主義，是「所有參與新聞傳播活動中的個體普遍需要遵守的交往信條和基本精神」（吳飛、田野，2015：22）。

　　與思辯性論述相映照，一些實證研究則對新技術環境下媒體專業實踐的變化進行考察。如：李艷紅、陳鵬 (2016) 基於 2013–2016 年間新聞業者針對數字化挑戰發表的公開言說文本的分析，考察了在新媒體技術的衝擊以及由此帶來的傳統媒體生存環境變化的情境下，中國大陸新聞場域中的實踐者在面對「不確定性時刻」如何重構和概念化他們的行為，發現當代中國新聞從業者轉向市場話語、採納商業主義作為支配其言說的基本框架，而上世紀 90 年代新聞改革以來曾經湧現的專業主義語彙則日益邊緣化、甚至問題化，這一變化堪稱「『專業主義』離場」、「『商業主義』統合」。尹連根、王海燕 (2017) 依托對 2015–2017 年間所進行的記者訪談材料的分析，發現在新媒體的衝擊下，新聞工作者的詮釋社群在對其工作的平台、所從事的職業和所生產的產品進行的話語實踐中，均出現闡釋話語「去專業化」的趨勢，在數字化和商業化的邏輯支配下，似乎開啓了流量決定新聞的時代，並相應開啓了一個壞新聞才是新聞、娛樂性才是新聞的詮釋話語轉向。陸曄、周睿鳴 (2016) 以澎湃新聞對「東方之星」長江沉船事故報導為個案，通過參與式觀察和深度訪談研究了職業記者與社會公眾如何共同參與對這一事件的報導、傳播和意義的建構，使組織化的新聞生產轉向協作式的新聞策展，借此他們試圖回應新聞專業主義在新媒體時代的理論關照，認為在當下的「液態」新聞業中，新聞專業主義不僅是有關媒介公共性和記者職業角色的期許，也是以自由表達和公共參與為核心的社會文化價值體系的組成部分，其理念和話語實踐依然是推動社會進步的重要話語資源。而這正回應了潘忠黨、陸曄 (2016) 所指出的，新聞業為民主的公共生活所不可或缺，而新聞專業主義蘊含理性交往模式，構成民主的公共生活，在媒體業態及傳播生態發生深刻變化的當下，新聞專業主義仍然具有規範新聞實踐的意義；但同時，「新聞專業主義理念需要走向公共，不僅在更加廣闊的空間發揮其成就公共生活的作用，而且在形構公共生活的過程中不斷豐富自身的內容」(117)。

結語

　　中國新聞學研究的歷史，如果從1918年北京大學新聞學研究會成立算起，至今已進行了一個多世紀；如果從1978年改革開放後新聞專業恢復辦學算起，至今也有四十餘載。在這一歷程中，從1997年才開始的新聞專業主義研究不過只是其中一個片段。但不可否認的是，這是一個重要的片段，代表著中國新聞學研究與國際學術話語的接軌與交融，也代表著中國新聞學獨立發展的嘗試。正如本文所呈現的，24年來中國學界圍繞新聞專業主義進行了大量研究，發表了大量論文，所積累的文獻數以萬計，為人們理解中國新聞傳媒業提供了必要的參考，同時也不斷啓發和激勵著年輕一輩學人走上新聞學研究之路。從這個意義上來說，新聞專業主義研究可謂是中國新聞學中值得濃墨重彩的一筆。

　　不過，瑕不掩瑜，我們也不能忽視其中存在的問題。這首先體現在重複性研究的大量存在上，很多論文雖然出自不同的作者，但是探討相同的現象，援引相同的案例，表達相同的觀點，甚至標題都相差無幾，只是內容組織的不同，使得這些文章帶來的知識增量和理論貢獻有限。其次，研究的規範性有待提高，大部分論文為思辯論述型或綜合回顧型，而實證性研究論文佔比不足十分之一；很多期刊缺乏匿名評審制度，不少長度不足一頁、內容空泛的文字或通篇沒有一篇文獻引用的感想式文字也得以登載，使得一個共識性的學術共同體難以形成。

　　最後，新聞專業主義研究的持續推進受限，如黃旦（1994）指出，中國新聞學研究長期以來的主導形態是「政治為體，新聞為用」，主要研究都是圍繞新聞的政治性問題展開，新聞專業主義研究也未能擺脫這一局限。作為與政治緊密結合的學科，新聞學研究在內容上不可能做到「去政治化」，但至少在論述姿態和研究方法上可以努力做到以「社科化」取代「政治化」，以激發更強的新聞學研究活力和學術想像力。

註釋

* 感謝吳琳、沈軒為本研究進行文獻搜集和編碼工作。

1 文獻搜索截止日期為 2020 年 12 月 10 日。

2 數據最後採集日期為 2020 年 12 月 10 日。

3 CiteSpace 由美國德雷克大學陳超美教授開發，是一款基於 JAVA 語言的文獻分析軟件。該軟件可以根據研究者需求對文獻作者、摘要、關鍵詞、引文等進行分析與可視化呈現。此外，CiteSpace 還帶有關鍵詞共現、關鍵詞聚類趨勢、高頻詞時區等功能，可用於梳理學科研究熱點、一定時間內的學科研究重點以及學科研究脈絡演變。

4 今為中國傳媒大學。

5 根據張志安、沈菲在 2010 年 9 月 24 日至 2011 年 3 月 14 日進行的全國性普查的數據，中國調查記者總數為 334 名，分布在中國大陸範圍內的約 80 家媒體。

參考文獻

王永亮 (2002)。〈中美輿論監督比較研究〉。《山東視聽》，第 12 期，頁 8–10。

王申璐、周海燕 (2009)。〈新聞專業主義的救贖 —— 對中國式克朗凱特缺失現狀的反思〉。《視聽界》，第 6 期，頁 18–22。

王晴川 (2012)。〈自媒體時代對新聞專業主義的建構和反思〉。《上海大學學報》，第 6 期，頁 128–138。

王維佳 (2016)。〈專業主義的輓歌：理解數位化時代的新聞生產變革〉。《新聞記者》，第 10 期，頁 34–40。

王海燕、科林·斯巴克斯、黃煜、呂楠 (2017)。〈中國傳統媒體新聞報導模式分析〉。《國際新聞界》，第 6 期，頁 105–123。

尹連根、王海燕 (2017)。〈失守的邊界：對我國記者詮釋社群話語變遷的分析〉。《國際新聞界》，第 8 期，頁 6–24。

吳紅霞、葛豐 (2004)。〈新聞專業主義與傳媒消費主義之張力分析 —— 從市場化媒體的「娛訊」現象談起〉。《人文雜誌》，第 1 期，頁 176–179。

吳飛 (2003)。〈重構專業理念，完善監督機制〉。《傳媒觀察》，第 11 期，頁 29–31。

吳飛、田野 (2015)。〈新聞專業主義 2.0：理念重構〉。《國際新聞界》，第 7 期，頁 6–25。

吳飛、孔祥雯 (2017)。〈反思新聞專業主義〉。《新聞記者》，第 10 期，頁 16–28。

李沛 (2012)。〈新媒體技術環境下的新聞專業主義〉。《今傳媒》，第 1 期，頁 133–135。

李良榮 (2008)。〈新聞改革 30 年：三次學術討論引發三次思想解放〉。《新聞大學》，第 4 期，頁 1–5。

李良榮 (2017)。〈新聞專業主義的歷史使命和當代命運〉。《新聞與寫作》，第 9 期，頁 36–37。

李金銓 (1997)。〈香港媒介專業主義與政治過渡〉。《新聞與傳播研究》，第 2 期，頁 38–43。

李金銓 (2018)。〈「媒介專業主義」的悖論〉。《國際新聞界》，第 4 期，頁 119–125。

李艷紅、陳鵬 (2016)。〈「商業主義」統合與「專業主義」離場：數位化背景下中國新聞業轉型的話語形構及其構成作用〉。《國際新聞界》，第 9 期，頁 136–153。

周裕瓊 (2008)。〈互聯網使用對中國記者媒介角色認知的影響〉。《新聞大學》，第 1 期，頁 90–97。

侯迎忠、趙志明 (2003)。〈西方新聞專業主義初探〉。《當代傳播》，第 4 期，頁 55–57。

郭鎮之 (1999)。〈輿論監督與西方新聞工作者的專業主義〉。《國際新聞界》，第 5 期，頁 32–38。

郭鎮之 (2000)。〈輿論監督、客觀性與新聞專業主義〉。《電視研究》，第 3 期，頁 70–72。

陸曄、潘忠黨 (2002)。〈成名的想像：中國社會轉型過程中新聞從業者的專業主義〉。《新聞學研究》，第 71 期，頁 17–59。

莫繼嚴 (2003)。〈重提新聞專業主義：從媒體報導高楓實踐說起〉。《當代傳播》，第 1 期，頁 78–89。

徐鋒 (2003)。〈「新聞專業主義」對我國新聞業的參照意義〉。《新聞記者》，第 5 期，頁 32–33。

陳力丹 (2004)。〈新聞理論研究的回顧與展望〉。《國際新聞界》，第 3 期，頁 39–42。

陳陽 (2006)。〈當下中國記者職業角色的變遷軌跡 —— 宣傳者、參與者、營利者和觀察者〉。《國際新聞界》，第 12 期，頁 58–62。

陳建雲 (2011)。〈馬克思主義新聞觀與西方新聞理念的根本區別〉。《社會主義研究》，第 3 期，頁 6–11。

陸曄、周睿鳴 (2016)。〈「液態」的新聞業：新傳播形態與新聞專業主義再思考〉。《新聞與傳播研究》，第 7 期，頁 24–46。

陳信凌、王娟 (2019)。〈馬克思主義新聞觀與西方新聞專業主義的基本分歧〉。《馬克思主義研究》，第 5 期，頁 86–95。

張志安、沈菲 (2011)。〈中國調查記者行業生態報告〉。《現代傳播》，第 10 期，頁 51–55。

張志安、曹艷輝 (2017)。〈新媒體環境下中國調查記者行業生態變化報告〉。《現代傳播》，第 11 期，頁 27–33。

黃旦 (1994)。〈20世紀中國新聞理論的研究模式〉。《現代傳播》，第4期，頁 50–53。

喻國明 (2003)。〈新聞人才的專業主義「標準像」〉。《新聞實踐》，第3期，頁 6–7。

童兵 (2015)。〈釐清對「新聞專業主義」的認知 —— 兼論對美國「新聞專業主義」的質疑〉。《新聞與寫作》，第9期，頁 45–47。

童兵 (2018)。〈中國新聞話語的來源和批判地吸納西方新聞話語〉。《新聞愛好者》，第2期，頁 9–13。

彭蘭 (2018)。〈無邊界時代的專業性重塑〉。《現代傳播》，第5期，頁 1–8。

楊一、黃超 (2009)。〈新媒體時代下的新聞專業主義〉。《傳媒觀察》，第7期，頁 39–40。

楊保軍 (2017)。〈當前我國馬克思主義新聞觀的核心觀念及其基本關係〉。《新聞大學》，第4期，頁 18–25。

潘忠黨、陸曄 (2017)。〈走向公共：新聞專業主義再出發〉。《國際新聞界》，第10期，頁 91–124。

鍾大年 (2014)。〈「顛覆」還是「重構」：關於新媒體環境下的新聞專業主義〉。《現代傳播》，第9期，頁 140–144。

Chen, C., Zhu, J., & Wu, W. (1998). The Chinese journalists. In D. Weaver (Ed.), *The global journalist: News people around the world* (pp. 9–30). Cresskill, NJ: Hampton Press.

Wang, H. Y., & Lee, L. F. (2014) Research on Chinese investigative journalism, 1978–2013: A critical review. *The China Review, 14*(2), 215–250.

15

中國大陸健康傳播研究(2004–2015):
12年再回顧[*]

韓綱、張迪、胡宏超

概述

上世紀80、90年代,傳播學逐漸在中國大陸學界確立起自己的學科地位。由於傳播學研究起步晚,且以「新聞傳播學」為重心,對大眾傳播以外或與之相交叉的傳播學領域,如健康傳播等的研究尚缺乏必要的關注;研究投入也亟待加強。在這樣的背景下,有學者於2004年發表了對中國大陸在1991–2002年的12年間有關「健康傳播」研究進行的梳理與回顧(下文簡稱「04研究」)(韓綱,2004),從總體上把握了大陸健康傳播研究的歷史和截至當時的狀況,並由此引起國內傳播學者對健康傳播領域的重視。通過對傳播學者在其中的參與情況的關注,該文回答了三個研究問題:(1)誰是大陸健康傳播的主要研究人員?(2)大陸健康傳播研究最為重視的議題是什麼?以及(3)大陸健康傳播所採用的主要研究方法是什麼?結果發現:大陸健康傳播研究的相關學術論文主要刊登在醫學、衛生專業期刊上;主要研究者為醫學、衛生專業(研究與實務)人員;大陸健康傳播研究的主要議題是傳播效果及大眾媒介的編輯、報導業務;方法上以實證研究為主;艾滋病是我國早期健康傳播研究的主要議題之一。該文揭示,「傳播學者的缺席」是當時大陸健康傳播研究的重要特徵。

　　從上篇論文發表至今又一個12年以來，傳播學研究和學科發展在中國得到了進一步的繁榮。本文作者認為對第二個「12年」期間健康傳播研究在中國的發展和深化再進行一次回顧和總結，乃適逢其時。

　　本文因此以「04研究」為出發點，沿用該研究的分析思路及方法，從論文發表年份及期刊分布、作者單位、主要研究議題和主要研究方法等幾個方面了解大陸健康傳播研究在2004–2015年期間的整體狀況，並側重於探討研究者的地域分布、合作情況，以及研究採用的主要理論。此外，除與「04研究」進行縱向比較外，本文還就分析結果與國外同時期的研究進行橫向比較。通過兩個維度的比較，以期提供有關近年來中國健康傳播研究稱得上有某種「承前啓後」意義的發現。

研究背景及文獻探討

健康傳播研究的發展

　　健康傳播側重於健康信息傳遞和分享的行為與過程（北京醫科大學，1993）。其運用一切傳播渠道和手段，包括大眾媒介、人際渠道、網絡通路等傳播保健知識或信息，以預防疾病、促進健康或改變非健康的行為。健康傳播學或健康傳播研究，是以傳播學的原理與方法，研究健康信息的傳播規律。總的來說，健康傳播的研究不僅與大眾傳播或人際傳播等傳播學本身的領域相關，如有關信息傳播技術的發展對醫療衛生和健康的影響等，而且與公共衛生密切相關，如目前健康傳播研究中廣泛討論的醫療成本、醫保政策、疾病預防、患者賦權、全球醫療需求、人口學結構差異與醫療不平等問題也是醫學社會學和公衛領域長期關注的課題。

　　健康傳播作為獨立的研究領域的興起，始於上世紀70年代初的美國。健康傳播與健康促進運動相結合，推動了美國健康傳播研究的迅速發展和高層次健康傳播人才的培養。據統計，截至目前

全美各高校中約有27個主要的健康傳播的博士項目 (National Communication Association, 2015)。主要的傳播學學術研究團體，如國際傳播學會和全美傳播學會也從70年代中期後，相繼成立了健康傳播分會 (Thompson, 2003)。

在美國，健康傳播研究論文主要發表在傳播學相關期刊中。1989年第一本專注於健康傳播研究的學術期刊——《健康傳播》(*Health Communication*) 創刊。七年後另一本同樣重要的期刊《健康傳播季刊》(*Journal of Health Communication*) 創刊。健康傳播研究成果也常常發表於並不側重健康傳播論題、但與傳播學研究相關的期刊，如《傳播學季刊》、《傳播研究》、《新聞與大眾傳播研究》、《應用傳播學研究季刊》等。有一些健康傳播論文還會刊發在醫學或公共衛生領域的專業期刊上，如《美國醫學協會雜誌》、《公共健康雜誌》等 (韓綱，2004)。近年來開放獲取期刊和網上優先期刊也新增不少以健康傳播為主的期刊，如《醫學互聯網傳播學刊》等等。

中國健康傳播研究的發展

追溯歷史，古代中國的健康傳播早就在富有文化意涵的醫學研究、尋醫問藥和保健行為中初露端倪。比如春秋戰國時代神醫扁鵲的「望聞問切」四字訣可能就是最早的醫患間人際傳播的例子。從傳統的太極拳、氣功到如今的廣場舞，從中醫中藥，到婦女產後「坐月子」、感冒上火「拔火罐」等保健習俗都富含健康傳播的因子。多年來開展的「愛國衛生運動」、衛生與計劃生育宣傳都是健康傳播中健康促進和教育活動的典型。改革開放後隨著人民生活水平的提高，各種營養保健品、家用醫療器材，甚至醫療健康、飲食類廣播電視節目的流行都成為健康傳播的平台。同樣，近年層出不窮的醫療糾紛、緊張的醫患關係和衛生體制改革等，都可以從健康傳播的角度加以分析探討 (韓綱，2016)。

健康傳播概念引入中國首先得益於健康教育學者和工作者的長期努力。我國衛生界、新聞界歷史上都有意識地利用報刊等大眾傳播媒介介紹衛生及健康知識。但長期以來，有關健康信息的「知」、

「信」、「行」基本上局限於「衛生宣傳」和「健康教育」的範疇。健康傳播概念在大陸的確認，以及「健康傳播學」的提出，最初並不是源自傳播學界，而是始自健康教育學術界（韓綱，2004）。直到 21 世紀初，中國還沒有建立完整意義上的健康傳播學研究體系。

上世紀 80 年代中後期，健康傳播的概念在健康教育界和公共衛生界逐步獲得接納。1985 年後，以《中國健康教育》期刊為代表的側重健康教育的公共衛生專業性期刊開始刊載健康傳播相關學術研究論文。各級衛生系統中健康教育組織機構也逐步得到建立和發展（韓綱，2004）。此後，艾滋病的流行和「非典」的爆發在客觀上推動了中國傳播學者對健康信息和行為的關注（陳小申，2009）。與國外相似的是，大陸對艾滋病的疫情控制和預防工作客觀上促進了健康傳播實踐。而實踐的成果自然也會反映在學術研究中。應當指出，健康傳播的概念在 90 年代初方在大陸得到明確。儘管健康傳播實踐開展得更早，但作為健康傳播研究而加以學術探討，則是 90 年代以後的事了（韓綱，2004）。

同時我們也注意到，國外健康傳播學研究直到 80 年代末才真正繁榮起來。從學術研究發展上看，我們起步的時間並不太晚。但國外的健康傳播研究一開始就源於傳播學研究領域，傳播學專業人員的參與和傳播學研究方法的大量採用是其顯著特點之一。這就確立了傳播學研究人員在該領域中的地位。中國的健康傳播也曾引起過國際學術界的關注。1999 年，美國的《健康傳播》期刊曾出版過一期題為「健康傳播在中國」的特刊，其中的論文涉及到了中國的醫療衛生體制、醫患溝通、臨終關懷、醫藥知識傳播、醫療決策行為等，但作者中鮮有新聞傳播學者。應證了本文作者之一對當時中國健康傳播研究特徵的基本判斷，即：專業的傳播學者在中國的健康傳播研究中是「缺席」的（韓綱，2004）。

有學者認為，2003 年爆發的「非典」作為我國在新世紀經歷的一場重大的公共衛生事件，「催生了新聞媒體和傳播學者對健康傳播……的高度關注和反思」。同年 11 月，「中國健康教育與大眾傳媒論壇」在北京召開，標誌著大陸的健康傳播研究開始進入一個新的階段

（任景華，2010：89–91）。近12年來，健康傳播在中國從被逐步接納到逐漸認同再到漸趨「流行」，獲得了長足發展。例如，2006年，全國億萬農民健康促進行動辦公室與聯合國兒童基金會合作進行「預防人感染高致病性禽流感健康傳播」項目，在全國16個省區、96個縣、1,344個鄉鎮的社區和學校，採取大眾傳播和人際傳播相結合的策略開展健康促進活動（全國億萬農民健康促進行動辦公室，2006）。2006–2010年，衛生部和聯合國兒童基金會在華聯合開展「母子系統保健健康促進與健康傳播項目」（全國億萬農民健康促進行動辦公室，2007）。以健康生活方式觀念的逐步深入、健康教育項目的投入加大、健康傳播和公益活動相結合的成功嘗試為先導，隨之而來的是健康傳播研究被傳播學界和公衛界所普遍接受。2006年，衛生部新聞辦公室與清華大學國際傳播研究中心共同主辦的首屆「中國健康傳播論壇」（後稱「中國健康傳播大會」）在清華大學舉行，會議主要探討了媒體在公共衛生傳播中的角色，健康傳播的語言研究，和公共衛生危機傳播策略等幾個議題。這次論壇被認為是醫學和新聞傳播學相互合作研究的開始（趙飛，2006），迄今已連續召開12屆。2010年夏，中國人民大學舉辦健康傳播與新聞傳播學前沿問題研究暑期學校（中國人民大學，2010）。2017年夏，北京大學新聞與傳播學院開辦健康傳播碩士專業（北京大學，2017）。

　　考察大陸傳播學界的現狀，我們發現：傳播學作為一門正式的學科引進大陸迄今已有整整40年（張國良，2017）。儘管發展過程中有起伏，研究領域仍有待拓展和深化，但傳播學本身學科「合法性」地位的確立和鞏固似已成不爭的事實。目前中國高校的新聞或傳播學專業中單獨設立的「健康傳播」專業屈指可數，這在一定程度上制約了教學、科研和專業人才培養。早年有學者對大陸是否存在完整意義上的健康傳播學研究體系的存疑並未消除（張自力，2001）。然而，與第一個「12年」不同的是，從事傳播學研究的主要學者的學科背景已逐步從新聞學向其他學科領域拓寬，有興趣或專門從事健康傳播研究的學者人數日增，形成了基礎人才隊伍。各主要高等院校也成立了若干跨學科的健康傳播研究所或中心，形成了基礎研究平

台。中國國家社會科學基金的新聞傳播類課題也開始給予健康傳播、健康教育相關課題立項。顯然，有理由相信專業的傳播學者在中國的健康傳播研究中的確已經不再「缺席」（清華大學國際傳播研究中心，2011）。

關於中國健康傳播研究的研究

「04 研究」發現，當時我國從事健康傳播工作的主要力量來自於醫學、衛生或健康教育專業人員。其發表健康傳播研究的論文總數是 168 篇，佔總數量的 75.3%，基本沒有與傳播專業人員合作研究撰寫的論文（韓綱，2004）。多年以來的相關研究是「以學者缺乏、成果不多且公共衛生與大眾傳媒各自獨立、聯合協作不夠為特點來進行的」（郭玥，2007：152–153）。

繼「04 研究」之後，對「中國健康傳播學研究」的研究引起了各界學者的廣泛興趣。除卻綜述性的文章外，值得關注的是若干跨年度研究。例如，學者通過分析 1999–2009 年期間的健康傳播 412 篇相關論文，指出我國健康傳播研究以實踐應用為導向，新聞傳播學者的相關研究「蹣跚起步」。研究主題以個人層級知信行和人際層級健康教育為重點；「艾滋病」相關研究較多見，公共政策層級亟待關注；新聞傳播學者使用規範研究方法的比例不足（喻國明、路建楠，2011）。

還有學者對 2002–2012 年我國健康傳播研究文獻的年度分布、期刊分布、作者分布、機構分布、主題分布進行統計（師棟楷、何小峰、袁芳，2013）。文獻樣本為 502 篇論文，包括博碩士學位論文 81 篇。結果發現，我國健康傳播研究文獻數量逐年上升，基本仍集中於健康教育類及醫藥衛生類期刊上，健康教育／疾控中心機構仍是健康傳播研究的主要力量，但新聞傳播類機構的重要性日益增強。健康傳播研究主題主要集中在健康教育與健康意識、健康傳播方式與傳播途徑、重大公共衛生事件和流行性疾病防控等三個方面。

另一項研究對 1999–2014 年國內健康傳播學的研究發展進行分析，文獻樣本包括期刊文獻、碩博士論文、國內外會議論文等共

503篇（葉盛珺、陸智輝，2016）。結果發現，基於公共衛生與醫學為研究背景的文獻佔到總數的57%，研究成果主要刊登在醫學、衛生相關的專業期刊上，研究者的背景主要以醫學、衛生專業背景學者為主。新聞傳播學者對該領域有所「介入」：從新聞傳播學視角對健康傳播的研究佔到32%，其他社會科學類如經濟學、人口學等的研究佔到9%。同時，各類研究基金，如人文社科研究基金、醫藥衛生組織基金、國家自然科學基金、跨世紀人才培養計劃、國家留學基金、中國博士後科學基金等都資助了一定數量的健康傳播研究項目。

最近期的一篇論文將考察範圍集中於中國大陸新聞傳播學領域，以2000-2016年九本CSSCI引文收錄的新聞傳播類期刊中有關健康傳播的143篇論文為研究對象（金恆江、聶靜虹、張國良，2017）。結果發現，論文中使用了新聞傳播學理論的佔總體的23.33%；而健康傳播理論使用較少。沒有理論基礎的論文佔總體58%。此外，國家社科基金、教育部、省市級資助以及高校資助的文章佔總體的35.7%。新聞傳播學領域的健康傳播研究項目主要集中於省級和高校層面，而獲國家社科項目資助較少。項目基金資助發表的文章數量均高於或等於當年未獲資助的文章數量，促進了中國大陸新聞傳播學領域的健康傳播研究。

研究問題

綜上所述，繼「04研究」發表12年以來，大陸健康傳播研究的相關學術論文仍然主要發表在醫學、衛生專業期刊上，但新聞傳播專業期刊上的相關論文有所增加。健康傳播的主要研究者仍為醫學、衛生專業研究人員，但新聞傳播專業學者已不再「缺席」。

應當指出，上文論及的前三項跨年研究的分析中並沒有完全將已正式發表的期刊論文和其他類型的未發表論文區分開來。而第四項跨年研究側重於新聞傳播領域，缺少與公衛或醫學類期刊進行的全面比較。此外，旨在揭示中國大陸健康傳播研究歷史與發展的這

些研究考察的時間段多少有所重疊。在其結論基本印證了「04研究」
並提出了進一步發現的同時，提供一項延續「04研究」並可以進行比
較的分析成為本文的主要目的之一。

　　針對近12年中國健康傳播的學術發展狀況，在同類研究及相關
文獻的基礎上，本文擬將分析重點集中在如下幾項需要進一步釐清
的研究問題上：

　　　問題1：新聞傳播學界和醫學公衞界在大陸健康傳播研究領域
　　　　　　　中的合作情況如何？
　　　問題2：大陸健康傳播研究中的主要議題為何？
　　　問題3：大陸健康傳播研究中的主要健康關切為何？
　　　問題4：大陸健康傳播論文中的具體研究方法為何？
　　　問題5：大陸健康傳播研究中的理論應用情況如何？

研究方法

樣本

　　本文延續「04研究」，側重對主要學術專業期刊相關內容的考
察。首先，本文繼續選擇了包括在當時研究中的五本主要的公共衛
生或醫學專業期刊，即《中國健康教育》、《中國公共衛生》、《中國學
校衛生》、《中國預防醫學雜誌》和《中國心理衛生雜誌》，以及五本
主要的新聞學與傳播學專業期刊，即《新聞與傳播研究》、《新聞大
學》、《現代傳播》、《中國廣播電視學刊》、《電視研究》。其次，本文
增加了一本2006年創刊的《健康教育與健康促進》，以及七本其他
CSSCI引文收錄的新聞傳播學核心期刊，包括《國際新聞界》、《當代
傳播》、《新聞界》、《中國出版》、《編輯學報》、《編輯之友》和《科技
與出版》等作為考察大陸健康傳播研究的論文樣本來源。CSSCI引文
期刊中包括的若干高校學報、非核心期刊及國內近年出版的若干健
康傳播相關書籍暫不列入本文考察範圍。

操作定義

本文沿用過往研究中的操作定義（韓綱，2004）：（1）凡涉及各類傳播媒介或渠道以及健康信息的產生、獲取、擴散、接受、使用及效果的研究的論文均定義為「健康傳播」研究。包括了部分（a）雖以健康教育或衛生狀況調查為主題，但實際涉及健康傳播，或以研究健康傳播及其效果為主的論文；（b）主要探討保健衛生知識和受眾態度，但涉及了健康知識的擴散、選取或來源渠道的論文。剔除了工作總結、工作心得、單純的健康促進活動新聞報導、以及經驗交流性質的文章。（2）本文指稱的「傳播學者」，包括專業或學科背景為新聞學或傳播學，並在新聞或傳播學相關領域的研究機構（如高校、研究所）中從事教學與科研的人員。不包括在醫療健康領域從事醫療保健專業人士、健康教育實踐和研究工作的人員。

測量及編碼

本文運用內容分析方法對2004–2015年發表在上述期刊中的所有有關健康傳播的論文進行了梳理。分析單位為「篇」（文章）。測量的變量包括：（1）發表年份；（2）期刊分布；（3）主要理論；（4）主要研究方法；（5）主要研究議題；（6）主要涉及的健康關切（如特定疾病或健康問題）；（7）作者單位；（8）作者合作情況；及（9）作者地域分布。編碼由作者和研究助理合作完成。採總樣本數10%根據Holsti方法（1969）計算編碼者間信度為.91。編碼者之間不一致處及不確定處，通過討論達成一致標準，並在正式編碼中執行。

研究發現

論文發表年份與期刊分布

本研究考察的12年間，共有196篇有關健康傳播的論文發表於上述期刊。每年發表的與健康傳播有關的論文平均約16篇。其中自

2007 年起連續九年每年的論文數量穩定在兩位數以上。從 2012 年起，論文數量連續四年超過 20 篇。數量最多的 2013 年，共有 30 篇；其次為 2014 和 2015 年，均為 27 篇，2012 年為 22 篇。

如不考慮論文發表的具體期刊，論文總數相較前一個「12 年」的 223 篇略有減少。這個結果可能部分地與樣本來源及數據收集方法有關。例如，「04 研究」開展時，缺乏網絡和文獻數據庫資源，而主要依賴於作者利用圖書館以「人工」方法翻閱期刊查找相關論文。而本研究使用「中國知網」的「中文期刊全文數據庫」以主題和期刊名相匹配來查詢相關論文。另外，如前所述，由於期刊本身出版情況和其發表的文獻可獲得性的變化，「04 研究」和本研究涵蓋的期刊略有不同。儘管不同的查詢或檢索方法及內容來源可能對兩次研究中論文數量的合計帶來一些差別，但不會影響我們對論文發表的總的年度分布和歷年趨勢的判斷。應當指出，若不考慮不同期刊的特質，在本研究包含的期刊種類略有增加的情況下，健康傳播論文在每年這些期刊發表的所有論文中所佔的比例仍是偏少的。

結合論文發表年份和期刊分布，從圖一各圖可以看到，公衛、醫學類期刊在 12 年間共發表 135 篇健康傳播研究論文，佔所有收集在本文中的論文總數的 68.9%。《中國健康教育》依然一枝獨秀，發表了醫學公衛類期刊中的 91 篇論文，佔 67.4%，並且有五個年份每年發表的論文數超過 10 篇。《健康教育與健康促進》作為後起之秀，發表了其中 36 篇論文，佔 26%，這使得前者的比例比「04 研究」減少了。但兩者相加比例高達 93%。其次，「04 研究」發現除《新聞大學》外，在前「12 年」間，新聞傳播類期刊上的健康傳播論文幾為空白。而在本研究中，該類期刊在近 12 年間發表的相關論文已有 50 篇。《國際新聞界》和《現代傳播》異軍突起，形成同類期刊中刊發最多健康傳播研究論文的「第一梯隊」。《新聞大學》、《新聞與傳播研究》和《當代傳播》則形成刊載健康傳播論文數量相近的「第二梯隊」。就發表年份看，《現代傳播》上的論文分布最為均勻；12 篇論文分布在九年當中。《新聞大學》上的論文在 2008 年之後的分布也相對比較平均。而《國際新聞界》上的論文集中在 2012 年之後，數量最多；在

圖一　2004–2015年大陸健康傳播研究論文發表的年度和期刊分布

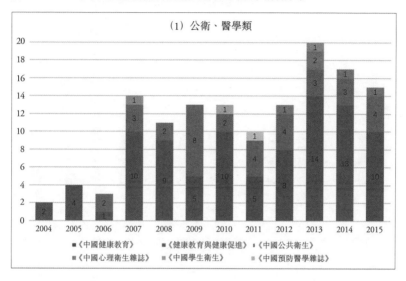

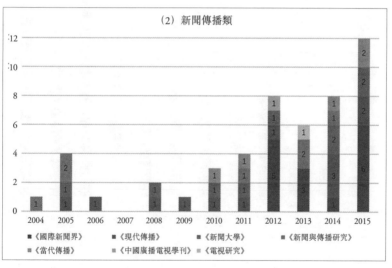

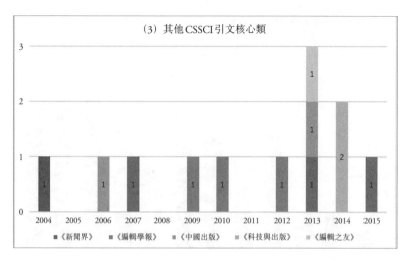

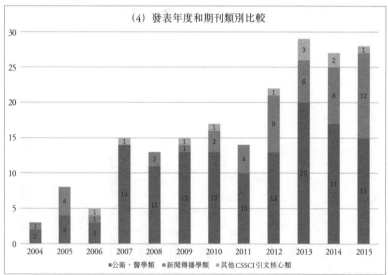

2004–2011年期間則為空白。《當代傳播》也是從2010年開始出現健康傳播論文。另外，《新聞與傳播研究》在2006–2010年間連續五年沒有發表健康傳播相關論文。與「04研究」相比，這五本新聞傳播類期刊連同《中國健康教育》和《健康教育與健康促進》一起成為國內報告健康傳播研究成果最主要的學術園地。同時值得注意的是，其他CSSCI新聞傳播類引文核心期刊也自2006年起從無到有、開始零星出現健康傳播研究論文；共發表11篇，佔全部論文數的5.6%。

作者情況

儘管近年來的若干研究宣告，傳播學者在中國健康傳播研究領域已經不再缺席，但傳播學者在其間的地位如何，在全國的地域分布如何，以及和同儕之間的合作關係如何等等，這些有可能構成近年來中國健康傳播學者的新特點，成為本文考察作者情況的重點。

I. 作者單位

應當明確，「作者單位」並不能完全精確地反映作者的具體工作性質，但在「04研究」和本研究中，「作者單位」這個變量起碼可以幫助我們將本研究指稱的「傳播學者」從中區分出來。由於在內容分析中無法直接考察作者的學科背景和學術研究興趣，因此本研究試圖通過論文發表時的作者單位來對此加以確定，將區分作者單位作為考察作者情況的一個起點。

同時，根據「04研究」的判斷，健康傳播的跨學科特徵比較明顯，一方面，醫學衛生研究者或健康傳播或教育實踐者可能會將相關論文發表在新聞傳播學期刊上——但該研究發現當時並不存在這種情況；另一方面，撰寫健康傳播論文的新聞或傳播學者可能將稿件發表在醫學公衛期刊上。為此，結合「期刊分布」和「作者單位」兩個變量考察，可以對傳播學者在健康傳播研究領域的地位達到一定程度的把握。

從表一，以及納入發表論文的各期刊的圖二可以發現，在醫學、公衛類期刊中，隸屬各地的健教中心/疾控中心、國家健教中

心/疾控中心、大學公衛系所和大學新聞傳播系所的作者是《中國健康教育》和《中國公共衛生》上論文主要發表者。各地的健教中心/疾控中心更是《健康教育與健康促進》上作者最主要的單位隸屬類別。《中國心理衛生雜誌》和《中國學校衛生》上的作者則主要隸屬大學公衛系所。在新聞傳播學期刊中，大學新聞傳播系所是論文作者最主要的單位。同時新聞傳播以外的人文社科系所也是作者們主要的單位類別。

總的來說，各地的健康教育中心 (所) 和疾控中心仍是進行健康傳播實踐和研究的主要參與機構。三分之一強的健康傳播論文的作者隸屬該類機構。大學新聞傳播系所的「傳播學者」緊隨其後，佔了近三分之一。這兩類單位中的作者可稱為中國健康傳播研究的「第一梯隊」。其次為健康教育和疾控中心的「國家隊」，佔四分之一強；大學公衛系所佔五分之一強。這兩類可視為「第二梯隊」。顯見傳播學者在健康傳播領域的崛起。

表一 作者單位類別分布

作者單位類別	數量	比例(%)
各地健康教育(研究)所/中心/疾控中心	71	36.2
國家健康教育中心/疾控中心	26	13.3
大學新聞傳播系所(含香港/台灣)	60	30.6
大學公衛系所	21	10.7
大學人文/社科/法律/管理系所	7	0.5
海外大學新聞傳播系所	2	0.5
媒體(包括出版社/期刊)	10	1.5
醫院	3	0.5
衛生行政機構(衛生局/愛衛會)	2	1.0
街道辦事處/社區服務中心	3	1.5
其他研究機構(研究院/所/醫學會)	2	1.0
國際組織(聯合國機構)	1	0.5
軍隊系統	2	1.0
未列明	3	0.5
合計	214	≈99.3

註：統計中，(1) 單篇論文的多位作者，如屬同一單位，只統計為一類；(2) 同一作者在同一論文中列明兩個或以上工作單位的，採第一工作單位；(3) 屬同一單位的同一作者如在不同論文中列出不同學位或職稱的，在此不加以區分，只按同一單位統計

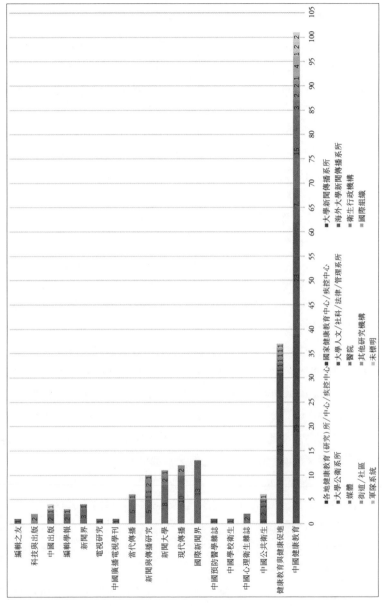

圖二 各刊發表論文作者單位類別

II. 合作關係

此外，考察不同領域和地域間作者的合作關係，以及結合「期刊分布」和「合作關係」兩個變量，可以進一步幫助我們大致了解傳播學者在目前國內健康傳播研究中所處的地位。圖三根據隸屬單位列出作者的合作類別以及在各期刊中的分布。結果發現，絕大多數（152 篇，77.6%）的論文無不同性質的單位合作。不同單位作者的主要研究合作是在校際間、不同公衛單位間、高校傳播系所間或非傳播系所與衛生醫療單位間，以及高校的同校傳播與非傳播系所間進行的，但合作數量有限。

再就作者單位的地區分布而言，根據表二，超過 40% 的作者來自北京、上海兩地。其次是國家級的單位、廣東省和國家級單位與地方單位合作，各佔 9.7%、6.6%、5.1%。其餘均在 5% 以下。如果將不同單位作者的合作類型與分布的地區級別相結合來看（圖四），無不同單位合作的論文主要是來自直轄市和地市區縣的作者發表，兩者相加佔 76.3%；來自國家級單位的作者發表的論文佔 11.2%。不同學校的校際合作發表的論文，主要來自兩個或多個不同地區，佔87.5%。此外，在不同公衛單位的合作中，國家和地方的合作佔了37.5%。大學非傳播系所和衛生單位的合作主要在地市區縣一級進行，佔 71.4%。大學同校傳播系所和非傳播系所的合作主要在位於直轄市的高校中進行，佔 80%。而大學傳播系所和衛生單位的合作全部為國家級的公衛單位和各地高校間的合作。

以上分析可以看出，在第二個「12 年」裡，雖然「傳播學者」在中國健康傳播研究領域已經不再「缺席」，但傳播學者與公衛及傳統健康教育領域的研究者之間基本仍是「涇渭分明」。可以說，這兩類學者之間的「『分野』為主、合作為輔」成為近 12 年來中國傳播學研究的新特徵之一。

除卻以作者身份為視角的探討，本文接著將關注點轉移到與論文內容有關的分析。從研究議題、主要健康關切、主要研究方法、主要理論等四個方面探討中國健康傳播研究在第二個「12 年」裡可能體現出來的其他特徵。

表二 作者單位地區分布

地區	論文數量	比例（%）
北京	50	25.5
上海	34	17.3
國家	19	9.7
廣東	13	6.6
國家＋地方	10	5.1
多地	7	3.6
江蘇	6	3.1
浙江	6	3.1
湖南	5	2.6
江西	5	2.6
福建	4	2.0
安徽	3	1.5
山西	3	1.5
四川	3	1.5
陝西	3	1.5
香港	3	1.5
吉林	2	1.0
河北	2	1.0
青海	2	1.0
雲南	2	1.0
河南	2	1.0
重慶	2	1.0
湖北	2	1.0
國家＋國際	1	.5
天津	1	.5
山東	1	.5
甘肅	1	.5
西藏	1	.5
國家＋地方＋國際	1	.5
地方＋國際	1	.5
海外	1	.5
合計	**196**	**100.0**

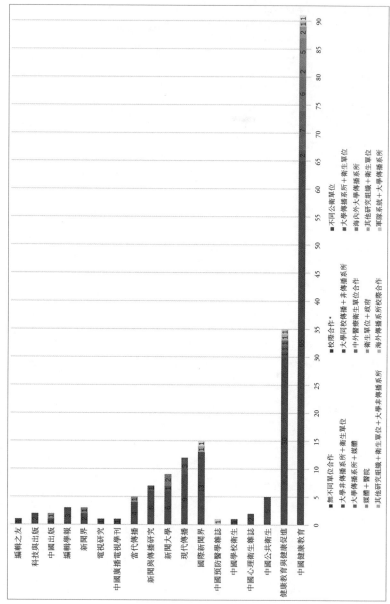

圖三 作者合作研究類別及期刊分布

圖四 作者合作研究類別及地區級別

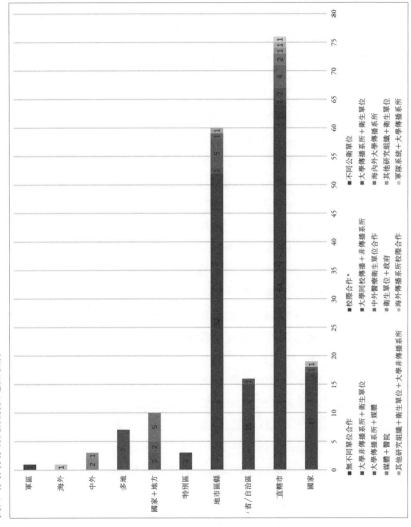

研究議題

　　根據「04研究」，第一個「12年」的健康傳播研究側重於 (1) 效果研究和媒介業務；(2) 艾滋病相關研究；(3) 健康教育；以及 (4) 傳播渠道和傳播方式。與此相比，本次研究中的論文涉及的議題範圍有所拓寬。如表三所列，與健康認知、知識及健康信息獲取相關的議題佔最大比例。其次為媒體在健康傳播中的角色。如果不考慮媒體形態，第4、5兩項相加，涉及54篇論文，佔比最大。再次是內容研究。如果把不同媒體形態都包括在內，即第2、17、18三項相加，共涉及50篇論文，佔比為次多。同時，有關傳播效果、傳播策略、傳播渠道的研究有近30篇；有關健康相關新聞、傳播方式、受眾研究的也超過10篇。這一方面反映了健康傳播研究在第二個「12年」出現了更多側重於傳播過程自始至終各個環節的論文，另一方面，這也可能是更多的傳播學者加入健康傳播研究後的結果。

　　另外值得注意的是，隨著健康傳播研究在國內的發展，近「12年」研究中「對健康傳播研究的研究」也成為一個熱點。此外，曾經是「04研究」發現的主要側重議題——健康教育、「知信行」和傳播活動 (運動)——仍然維持足夠的數量 (52篇)，而這幾個主題是公衛學者的主要領域。儘管研究議題日漸豐富，但一些健康傳播研究傳統的主要議題，尤其是醫患關係和人際傳播兩類，數量卻明顯偏少。這從另一個側面反映了——第一，國內的健康傳播學者，無論是來自新聞、大眾傳播學科，還是來自公衛系統，可能缺乏人際傳播的學科背景。第二，具有非大眾傳播的傳播學科背景的研究者在健康傳播研究領域依然是「缺席」的。第三，健康傳播學者尚未把研究焦點更多地投入健康傳播中的人際次領域。就此也可視為國內健康傳播研究的起源與美國的健康傳播研究起源的某種主要差異。

表三　**2004–2015年大陸健康傳播論文主要研究議題**

	主要研究議題	論文涉及數	比例（%）
1	健康認知／信息與知識／健康需求與信息獲取	34	17.3
2	傳統媒體內容研究	30	15.3
3	特定人群	28	14.3
4	新媒體	27	13.8
5	媒介／媒體	27	13.8
6	傳播效果	27	13.8
7	傳播策略	27	13.8
8	健康教育	26	13.3
9	對健康傳播研究的研究	25	12.8
10	傳播渠道	21	10.7
11	健康相關新聞	16	8.2
12	受眾研究	14	7.1
13	知信行	14	7.1
14	傳播方式	13	6.7
15	傳播活動／健康促進運動	12	6.1
16	傳者	11	5.6
17	新媒體內容研究	10	5.1
18	傳播材料內容研究	10	5.1
19	廣告	7	3.6
20	風險傳播／危機管理／應急傳播	5	2.6
21	醫患關係	4	2
22	信源研究	4	2
23	教學研究	2	1
24	研究方法	2	1
25	人際傳播	1	0.5
26	健康素養	1	0.5
27	大數據	1	0.5

註：論文中凡明確涉及了兩種或以上議題的，分別歸類。故合計比例超過100%

主要健康關切

「04研究」的作者發現，健康論文中反映的主要健康關切集中在艾滋病、性病、母嬰保健、兒童營養和飲食健康等有限的幾個方面。和第一個「12年」相比，儘管沒有提及特定疾病或健康關切的論文仍超過60%，但近12年來學者們涉足的特定疾患和健康關切範圍確已有所拓寬。如表四顯示，探討人畜共患型流感，如禽流感、甲型H1N1等的論文佔6.6%，相應地有關疫苗接種的論文也佔3.6%。

有關艾滋病的論文在維持一定數量的同時 (3.1%)，也出現了對控煙和突發公衛事件的關注 (分佔3.1%)。營養和食安兩者相加佔5.7%，也延續了健康傳播研究中的傳統關注點。此外，對心理健康的關注 (3.6%) 首次出現在健康傳播研究者的視野。

表四 2004–2015 年大陸健康傳播論文主要健康關切

主要健康關切	論文涉及數	比例 (%)
人畜共患型流感	13	6.6
疫苗接種	7	3.6
心理健康	7	3.6
艾滋病	6	3.1
突發公衛事件	6	3.1
控煙	6	3.1
營養	6	3.1
食品安全	5	2.6
母嬰保健	5	2.6
糖尿病	4	2
腫瘤／癌症	3	1.5
傳染病	3	1.5
慢性病	2	1
一般流感	2	1
自然災害	2	1
結核病	1	0.5
計劃生育	1	0.5
其他	1	0.5
無特定關切	124	63.3

註：論文中凡論及了兩種或以上中心議題或主題的，分別歸類。故合計比例超過 100%

主要研究方法

表五列出了近12年所有論文採用的研究方法。其中有40%的論文為綜述性質的文章，並沒有採用嚴格、規範的研究方法。抽樣調查是最主要的研究方法，論文數量佔近三分之一 (31.1%)。其次，內容分析方法的採用與「04研究」相較成長幅度較大，佔近五分之一 (18.4%)。文獻或理論探討類的論文數量和業務探討類的論文數量相當，各佔近18%。再次，焦點小組討論等定性研究佔9.7%。同樣

並沒有明確特定研究方法的「應用分析」佔6.6%，實驗和干預試驗佔5.1%。

在納入「04研究」的論文中，「定性研究」佔55.1%，「定量研究」佔43.1%。總體來說在前個「12年」裡，中國健康傳播研究以實證研究方法為主。儘管實證研究既可為定性研究，也可為定量研究，但如果按「04研究」的思路對此做一個大致的歸類——將表九中的第1、4、5、6、7、9、10、13、14、15項歸為「質化研究」，將餘下的幾類歸為「量化研究」——則可以大致斷定近12年來，健康傳播研究論文的研究方法基本仍以「定性為主，定量為輔」。

表五 2004–2015年大陸健康傳播論文採用的主要研究方法

	主要研究方法	論文數量	比例(%)
1	綜述	79	40.3
2	抽樣調查（包括問卷、電話）	61	31.1
3	內容分析	36	18.4
4	文獻／理論探討	35	17.9
5	業務探討	35	17.9
6	訪談／專題、焦點小組討論	19	9.7
7	應用分析	13	6.6
8	實驗法／干預試驗	10	5.1
9	案例分析	7	3.6
10	專家講座／論述／咨詢	6	3.1
11	觀察法／實地考察法／社區參與	6	3.1
12	隨機攔訪	2	1
13	敘事分析	2	1
14	網絡非參與觀察／虛擬民族誌	2	1
15	檔案分析	1	0.5
16	知識圖譜	1	0.5

註：論文中凡使用了兩種或以上研究方法的，分別歸類。故合計比例超過100%

主要理論

表六中絕大多數論文(92.3%)並沒有採用任何理論或理論框架。整體而言，現階段中國健康傳播研究的重心似非理論建構或創新。這既可能與研究者關注的議題實踐性比較強有關，也可能與研究者的學科背景以及論文發表的規範和要求有關。健康傳播因其學

科特性，一方面秉承「從實踐中來、到實踐中去」的思路，緊貼健康傳播實務、因應疾病發生發展和公衛情況的變化而提出思考、對策。另一方面又因此而缺乏「從理論出發、再到理論昇華」的學術訴求。由此可見，第二個「12年」中國健康傳播研究面臨的主要挑戰是或可稱為是「傳播理論的缺席」。

表六 2004–2015 年大陸健康傳播論文採用的主要理論

理論	數量	比例（%）
無理論	181	92.3
框架理論	4	2.0
認知心理學	4	2.0
創新擴散	2	1.0
健康信念理論	1	0.5
信息需求模式	1	.5
健康信息獲取行為理論	1	.5
醫患關係理論	1	.5
新聞敘事理論	1	.5
理性行為理論	1	.5
Elaboration Likelihood Model	1	.5
議程設置	1	.5
媒介依賴	1	.5
勸服策略	1	.5
知識生產	1	.5

註：論文中凡使用了兩種或以上理論的，分別歸類。故合計比例超過100%

結論與討論

通過對2004–2015年間中國大陸發表在主要醫學、公衛及新聞傳播學術期刊中健康傳播研究論文的分析，本研究與「04研究」相銜接，探討了中國健康傳播近12年的發展狀況，以期更新既有研究並提供新的發現。本研究側重探討與中國大陸健康傳播學術有關的作者研究合作、主要議題、主要健康關切、研究方法和主要理論運用等五個方面。通過對與作者或研究者相關背景的考察，本研究確認了專業的傳播學者在中國大陸健康傳播研究中已經不再「缺席」；健康傳播在大陸傳播學領域中亦不再「缺席」。然而，來自新聞傳播學

界的學者與來自公衞及傳統健康教育領域的作者之間難得的合作關
係也促成了兩者「『分野』為主、合作為輔」的新特徵。此外，通過
對健康傳播研究論文內容——主要是理論運用和研究方法——的
考察，在確認主要研究方法仍以「定性為主，定量為輔」的同時，本
文進一步提出中國傳播學研究的另一主要特徵已經從傳播學者的「缺
席」轉變為「理論缺席」的判斷。

　　除了延續「04研究」並與其進行縱向比較外，和國外同時期的
研究進行橫向比較也可以提供另一維度的信息。首先，美國的健康
傳播研究中的議題側重和論文中體現的健康關切較為集中。例如，
Beck等在對1990–2000年間期刊發表的850篇健康傳播論文進行內
容分析後（Beck et al., 2004），發現美國健康傳播研究側重於(1)健
康信息的尋求、處理和分享；(2)公衞健康活動（運動）；(3)「醫患
關係」；及(4)社會支持（social support）等四個方面。Freimuth等
（Freimuth, Massett, & Meltzer, 2006）針對1996–2006年間發表在《健康
傳播季刊》的321篇論文的內容分析，和Kim等（Kim, Park, Yoo, &
Shen, 2010）對1989–2010年期間發表在《健康傳播》上的642篇論文
分析都注意到美國學者的研究側重於控煙、艾滋病、癌症及醫學傳
播（medical communication）；更注重大眾傳播（而非人際傳播）、受眾
分析、傳播材料和傳播干預效果。Nazione等（Nazione, Pace, Russell,
& Silk, 2013）的一項跨度10年（2000–2009）、包含了《健康傳播》和
《健康傳播季刊》兩冊本領域主要期刊的776篇論文的內容分析提供
了類似的發現：癌症是美國健康傳播研究最主要的議題，大眾媒體
在健康中的角色是研究焦點。

　　其次，研究方法上，Freimuth等認為論文多以定量的實證研究
為主，尤其是調查。Kim等也注意到，傳統的社會科學定量研究方
法，即調查、實驗和內容分析，仍是健康傳播研究中的主流方法。
Nazione等稍後也證實美國的健康傳播研究極其依賴於調查數據。

　　再次，也是最值得關注的是健康傳播研究缺乏理論驅動和指
導的狀況也許非我國獨有。美國同行的研究也多少反應了這樣一個
困境。例如，Beck等文中的77%的研究沒有提及或借助任何理論概
念。Freimuth等也發現其分析中收錄的論文的研究出發點並非必然

是由理論驅動 (theory-driven) 的。Kim 等的研究注意到有超過一半的論文並沒有理論框架或明確的理論先導。而 Nazione 內容分析也提供了類似的發現，即這些研究「常常缺乏理論框架」(often lack a theoretical framework)（Nazione et al., 2013, p. 223）。

應當指出，本研究側重與「04 研究」進行比較和更新，掛一漏萬，勢必存在諸多不足。為此有必要提及起碼以下兩點，以求在未來的同類研究中加以彌補或改進：

一是研究樣本僅限於歷年發表在國內主要研究期刊上的中文論文，而沒有包括中國大陸傳播學者可能已經發表在國際英文期刊的研究成果。未來的研究在樣本的考量上應更為全面。

二是本文在研究思路、研究設計、研究方法的運用及研究問題的提出上相對地受限於「04 研究」，故全文仍然側重於描述性分析。未來的研究應深入探討數據背後所體現的學科發展的政經深層意義。尤其是健康傳播是否及如何在中國大陸成為一個在學術場域中具有合法性的傳播學研究或跨學科研究分支。

總之，結合縱向（「04 研究」和本研究）與橫向（中外）比較，本文為中國健康傳播學的發展和現狀總結了新的特徵、提供了某種意義上的新「素描」。四分之一世紀以來，中國健康傳播學從無到有；中國傳播學者也從「缺席」於健康傳播領域、逐步發展到雖未能與新聞傳播領域以外研究者「分庭抗禮」，但已可齊頭並進的「新常態」。隨著社會進步、健康觀念的深入、醫療健保事業的發展，中國的健康傳播學不僅在某種意義上遵循了中國的傳播學科的必然發展路徑，更有可能成為整個學科領域中最為活躍、最接「地氣」和最吸引傳播研究人才的亞學科之一。當然，其理論創新之路仍然任重道遠。

註釋

* 本文曾發表於張國良（編），《回眸 40 年：中國學人的聲音》（上海：上海人民出版社，2021）。

參考文獻

中國人民大學 (2010)。〈中國人民大學舉辦健康傳播與新聞傳播學前沿問題研究暑期學校〉。《國際新聞界》，第7期，頁82。

北京大學 (2017)。《北京大學召開健康傳播專業碩士培養研討會》，取自 http://pkunews.pku.edu.cn/xwzh/2017-06/18/content_298292.htm。

北京醫科大學 (主編) (1993)。《健康傳播學》。北京：人民衛生出版社。

任景華 (2010)。〈健康傳播研究的回顧與展望〉。《新聞傳播》，第9期，頁89–91。

全國億萬農民健康促進行動辦公室 (2006)。〈預防人感染高致病性禽流感健康傳播項目啓動會暨培訓班掠影〉。《中國健康教育》，第10期，頁722–723。

全國億萬農民健康促進行動辦公室 (2007)。〈衛生部/聯合國兒童基金會「母子系統保健健康促進與健康傳播項目工作會議在廣州召開」〉。《中國健康教育》，第8期，頁560。

金恆江、聶靜虹、張國良 (2017)。〈新聞傳播學領域的健康傳播研究：誰做什麼？引用誰和被誰引用？——以九本新聞傳播類期刊收錄的論文為例 (2000–2016)〉。《西南民族大學學報 (人文社科版)》，第9期，頁151–158。

師棟楷、何小峰、袁芳 (2013)。〈2002–2012年我國健康傳播研究的計量分析〉。《中華醫學圖書情報雜誌》，第22卷第11期，頁77–80、III。

張自力 (2001)。〈論健康傳播兼及對中國健康傳播的展望〉，《新聞大學》，秋 (第3期)，頁26–31。

張國良 (2017)。《中國傳播學40年的回望與前瞻》，取自 http://www.cssn.cn/zx/201708/t20170803_3599535.shtml。

清華大學國際傳播研究中心 (2011)。〈傳播學者不再缺失——2011年國內外健康傳播研究現狀分析〉。《2011年度中國健康傳播大會優秀論文集》，頁1–12。

郭玥 (2007)。〈我國健康傳播現狀分析〉。《中國健康教育》，第23卷，第2期，頁152–153。

陳小申 (2009)。《中國健康傳播研究：基於政府衛生部門的考察與分析》。北京：中國傳媒大學出版社。

喻國明、路建楠 (2011)。〈中國健康傳播的研究現狀、問題及走向〉。《當代傳播》，第1期，頁12–13、21。

葉盛珺、陸智輝 (2016)。〈走向變革的我國健康傳播研究——基於對1999–2014年CNKI (中國知網) 相關文獻計量分析〉。《東南傳播》，第2期，頁32–35。

趙飛（2006）。〈首屆中國健康傳播論壇會議綜述〉。《國際新聞界》，第 11 期，頁 39。

韓綱（2004）。〈傳播學者的缺席：中國大陸健康傳播研究十二年〉。《新聞與傳播研究》，第 11 輯第 1 期，頁 64–70、96。

韓綱（2016）。〈健康傳播與國家形象〉。《對外傳播》，第 3 期，頁 43–45。

Beck, C. S., Benitez, J. L., Edwards, A., Olson, A., Pai, A., & Torres, M. B. (2004). Enacting "health communication": The field of health communication as constructed through publication in scholarly journals. *Health Communication, 16*(4), 475–492.

Freimuth, V. S., Massett, H. A., & Meltzer, W. (2006). A descriptive analysis of 10 years of research published in the *Journal of Health Communication. Journal of Health Communication, 11*(1), 11–20.

Holsti, O. R. (1969). *Content analysis for the social sciences and humanities.* Reading, MA: Addison Wesley.

Kim, J. N., Park, S. C., Yoo, S. W., & Shen, H. (2010). Mapping health communication scholarship: Breadth, depth, and agenda of published research in *Health Communication. Health communication, 25*(6–7), 487–503.

National Communication Association. (2015). Doctoral programs by research area. http://www.natcom.org/ResearchArea/.

Nazione, S., Pace, K., Russell, J., & Silk, K. (2013). A 10-Year content analysis of original research articles published in *Health Communication* and *Journal of Health Communication* (2000–2009). *Journal of health communication, 18*(2), 223–240.

Thompson, T. L. (2003). Introduction. In Teresa L. Thompson, Alicia Dorsey, & Katherine I. Miller (Eds.), *Handbook of health communication* (pp.1–5). Mahwah, NJ: Lawrence Erlbaum Associates.

16

香港政治傳播研究40載：
歷史脈絡與邏輯演進

徐來、黃煜

引言

作為亞太區的資訊中心之一，香港傳媒業的發達令人稱奇。彈丸之地卻坐擁百花齊放的傳媒實體，[1]是亞洲新聞最開放的地區之一。由於大眾傳媒在香港的政治發展進程中扮演十分重要的角色，不僅充分反映出香港社會政治變遷、權力轉型過程中的具體特點，也反向影響著本土政治生態，形成獨具特色的政治傳播（political communication）現象。40年來，以香港傳播學者為主的研究者們對香港政治傳播現象進行了不懈的探索，發表了一批值得關注的論文（或論著）。隨著香港九七回歸以後香港政治社會的急劇變遷，香港政治傳播愈加成為學者關注和考察的熱點話題。

本文以「歷時性」的分析視角，回顧1980年代初至今研究學者們關於香港政治傳播的主要論著，以九七香港回歸為界，將研究階段大致劃分為四個時期：起步期、發展期、蓬勃期及多元期。儘管隨著香港社會政治情境的變遷，不同研究階段湧現出不同的研究重點與特點，香港政治傳播研究始終與「新聞自由」、「新聞專業主義」、「政治意識形態」、「權力重組」、「建構現實」等主題聯繫在一起。總體而言，自政治傳播研究在香港扎根伊始，香港便有一群與國際學界保持緊密對話的較為活躍的研究者，注重實證研究，在研究時借

用社會學、政治學、心理學和其他社會科學的相關理論，衍發出頗具操作性的中層概念或理論，如「傳媒的代議功能」、「非組織性集中化」、「文化共向」、「強化客觀性」、「迷糊策略」、「民意激盪」、「新聞範式的更迭」等（陳韜文、黃煜、馬傑偉、蕭小穗、馮應謙，2007），近期更衍化出「公民抗命」、「局部審查下的公眾屏幕」、「社會運動媒介化」等概念，為建構更高層次的傳媒與政治互動模式提供了理念和實證的根據。

如今，香港政治傳播研究已綿延40載，回溯、梳理與審視這一研究領域，既填補相關學術空白，又具有重要的階段性意義。本文將圍繞香港社會政治變遷的背景與特點，從以下四個方面對過往研究文獻進行述評：一、何謂政治傳播研究；二、香港政治傳播研究的社會政治背景；三、香港政治傳播研究的階段性歷程，以及不同階段的研究內容、主題及特點；四、香港政治傳播研究的前景展望。通過歸納和梳理不同研究階段的代表性觀點與發現，以探尋香港政治傳播本土化研究的新座標與新起點。

何謂政治傳播研究

在人類歷史中，政治傳播可謂「古老的現象、年輕的學問」。雖然西方政治傳播現象早在古希臘、羅馬時期便已出現，古希臘修辭學、演講術的興起和發展，也在客觀上成為西方政治傳播研究的源頭（張曉峰、荊學民，2009）。然而，西方學術界普遍認為現代意義上的政治傳播研究源於1922年，Walter Lippmann 在著作《公共輿論》（*Public Opinion*）中關於新聞自由與公共輿論良性互動的研究，這「在當時極大地鼓舞了學者們對於政治傳播研究的熱情」（Mcleod, Kosicki, & Mcleod, 2002）。從早期 Lazarsfeld 等人（1944）通過對小社區的選舉投票觀察傳媒對候選人之態度及行為影響，到 Deutsch（1963）用系統理論的觀念來探討政治溝通理論，政治傳播研究一開始側重於從將政治傳播視為一種政治現象與政治行為，學者也往往從政治學角度出發，把政治傳播界定為「以話語為中介的政治過

程」，包括：(1) 政治系統本身與政治環境間的信息交流；(2) 政治系統本身與政治環境內各分子間的相互影響；以及 (3) 政府與民眾間包括訊息、意見、經驗、態度等在內的交流與分享，以發揮政治系統之管理眾人之事的功能 (Kaid, 2004; McNair, 1995; Mueller, 1973; Pye, 1963)。

70年代以後，西方政治傳播研究開始突破原有的側重微觀領域研究和分析影響選民個人行為的媒體效果研究，日漸轉向大眾媒體在民主政治體系中的宏觀系統性角色研究 (Nimmo, 1976; Nimmo, & Sanders, 1981)。學者開始從傳播學角度對政治傳播研究進行探索 (McNair, 1995)。人們愈來愈意識到，「傳播行為不一定是政治行為，但政治行為一定是傳播行為」(Nimmo & Combs, 1990)，政治上的溝通離不開傳播，動態的傳播行為又促使政治權力關係不斷被定義、重構，兩者緊密結合構成的政治傳播研究成為一個獨立的研究領域，出現在美國最大的傳播學及政治學學術組織——國際傳播學會 (International Communication Association) 與美國政治科學學會 (American Political Science Association) 的學術分組之中 (黃智誠、李少南，2003)。

隨著當今互聯網等新媒體的興起，「媒介富餘」時代的來臨，專業化需求的加劇、競爭性壓力的增強、反精英民粹主義與「離心多元化」(centrifugal diversification) 的政治變遷過程 (Blumler & Kavanagh, 1999)，政治傳播研究日益呈現出學派林立的盛象，研究內容擴及政治修辭、政治宣傳、公眾態度變遷與傳播效果、媒介與政府關係、政治傳播技術變遷、新媒體等多個領域，進入更加多元化的時期。

然而，需要指出的是，雖然政治傳播研究發展早已成為一門獨立的研究領域，但由於其轄下的「政治」學科有狹義及廣義之分，而「傳播」也有社會形構 (social formation) 為本及個人心理為基礎的分野 (黃智誠、李少南，2003)，加之政治傳播研究本身呈現的研究範疇的寬泛性與延展性，如何界定政治傳播研究始終成為學者們懸而未決的課題，無論是從政治學面向、抑或是傳播學角度，都難以以一概全，達成學界統一的認知 (McQuail, 2000; Nimmo & Sanders, 1981;

Nimmo & Swanson, 1990），成為政治傳播學者不斷探索的議題。同時，由於政治傳播研究誕生和發展於西方，其研究主體與理論具有很強的地域性特徵。照搬西方的政治傳播框架與理論來考察其他不同歷史文化地區的政治傳播研究發展與特點是不現實的。具體到香港而言，香港在政治傳播體制上具有自身獨特性，梳理香港政治傳播研究，需要從香港本土的政治社會場景、尤其是具有重大影響力的事件或趨勢出發，來考察香港政治傳播的研究背景。

香港政治傳播研究的社會政治背景

香港歷經百年殖民統治，形成獨特的社會政治特性。上世紀70年代學者金耀基 (1975) 從社會學和政治學的理論架構出發，提出港英治下的香港政治模式為行政吸納政治 (administrative absorption of politics) 模式，即港英統治主要限於精英層的力量吸納、共識建構與行政管理。在精英及其利益集團的管制下，香港呈現出「無黨行政邦」(Harris, 1978) 的特點，港民政治意識淡薄、政治參與度低，沒有本土政黨。然而，儘管華人社會與港英政府治下的官僚政體基本互相隔絕，但出於官僚政體與華人社會共同的實用性基本價值傾向，雙方各自恪守職責，使香港得以在複雜的條件下維持著「最低整合的社會—政治系統」(minimally-integrated social political system) (Lau, 1982)，保持了持續的政治穩定與經濟發展。

這樣的社會結構與模式隨著中英談判的到來受到極大衝擊。上世紀80年代，中英雙方拉開香港回歸的談判進程，兩國勢力在港權力角力過程徐徐展開，香港進入1984至1997年十數年的「二元權力結構」(dual power structure) 階段。一方面，中英談判大局已定，英國謀求「光榮撤退」，並在撤出前加快推行包括代議政制在內的一系列「非殖化」措施，大力推動香港的民主改革和「還政於民」，銳意扶植反共和民主派勢力 (劉兆佳，2013)；另一方面，中方為確保順利過渡，著力維護香港寬鬆良好的政治經濟環境，培養「愛港愛國力量」，以換取支持和達至統戰的目的。隨著「中英權力漸變模式」(陳

韜文，2002）的演變、經濟的發展、教育水準的改進、社會矛盾的增加和民眾對香港回歸後的政治憂慮，「九七」問題初顯。香港民眾政治訴求不斷上升，香港的政治權力架構日趨多元化。1989年北京發生的「六四事件」，更對香港造成前所未有的衝擊（黃智誠、李少南，2003），衍生出若干重要而又獨特的政治事件與現象。

1997年香港順利回歸中國，中國成為香港唯一的權力中心，香港所面臨的處變之道剛剛開始（王賡武，1997）。隨著主權移交、公營事業市場化、香港的經濟結構轉型，加之數次社會危機如亞洲金融風暴、失業、新移民、禽流感、沙士等突發事件的衝擊，香港社會貧富差距擴大，社會結構僵化，民眾心情低落。同時，回歸後香港中產階級的質變在頗大程度上改變了特區的政治形勢和生態，一定意義上在回歸之初造成政治動盪、管治艱難的局面（劉兆佳，2013）。如果說90年代初，香港人基於政治的表現都還只是「積極的旁觀者」（attentive spectator）（Lau & Kuan, 1995），[2] 這一情況到九七前後出現明顯轉變，各種與港人利益息息相關的政治事件不斷，在改變香港社會政治文化的同時，也撩撥著香港傳媒的政治神經。尤其在2014年「佔領中環」運動發生後，香港社會政治訴求層級驟然上升，尋找自身政治認同、探求合意政治安排的舉動激進（張健，2015），香港社會政治傳播形態更顯風雲激蕩。

獨特的香港政治變遷過程，為香港政治傳播研究提供了極大的誘因。可以肯定，對香港政治傳播的研究與探討將有助於擴充當前中華政治傳播及全球政治傳播的研究空間，成為現有西方政治傳播理論框架與模型的重要補充。

香港的政治傳播研究

香港報紙的源頭要追溯到19世紀中葉。從1841年發行第一份英文報紙《香港公報》（*Hong Kong Gazette*）、1858年出版第一份中文報紙《中外新報》到上世紀50、60年代，香港紙質媒體早已呈現「百花齊放」的局面，包括《明報》、《大公報》、《文匯報》、《新晚報》、《香港

商報》、《天天日報》、《晶報》、《正午報》、《香港夜報》、《新生晚報》等在內的新聞媒體在輿論引導上各抒己見，政治立場鮮明。香港第一篇政治傳播學術論文、1969年Mitchell的〈香港報業如何面對十五年來急劇社會轉變〉("How Hong Kong newspaper have responded to 15 years of rapid social change")便是在這樣的時代背景下應運而生。然而，雖然香港傳媒在中國新聞史上佔有重要的地位，並擁有豐富的媒介生態——既兼具西方傳媒制度的理論模型，又承接本土特殊的現實語境，但上世紀80年代以前對它的政治傳播解讀與研究卻乏善可陳。原因有二，一是在80年代以前，政治議題仍是十分敏感的課題，港民普遍政治冷感；而80年代以後的香港急速政治化（黃智誠、李少南，2003），相應影響了香港的社會政治生態，改變了香港的政治傳媒生態；二是傳播學本身也是80年代才開始在香港各大專院校推廣普及，使香港政治傳播研究自此興起並活躍起來，產生不少學術論著。曾有學者（陳韜文，1992；陳韜文、蘇鑰機、馬傑偉，1997；黃智誠、李少南，2003）或以時間為線、或以研究對象為限，對不同時期的香港政治傳播研究進行過梳理。

　　如今，香港回歸23載，香港政治傳播研究也在日新月異的社會變遷與政治事件下不斷推陳出新。九七回歸作為香港社會、政治、文化的一個重組過程，意味著權力結構、文化結構、經濟動力等方面的重大改變（陳韜文、黃煜、馬傑偉、蕭小穗、馮應謙，2007），是啟動香港社會變遷的重要的分水嶺，引導著香港政治傳播研究的主題與動向。如80年代至九七回歸前，傳媒如何適應和影響政治過渡是香港政治傳播研究的重要研究課題；九七回歸前後，民心浮動，民情激蕩，香港政治傳播研究更集中圍繞著權力關係、新聞自由與民意問題展開積極研究；回歸之後，香港社會政治不斷衍生新事態，2014年「佔中運動」以來運動激盪與媒介變遷相交相織，政治傳播研究進一步進入多元發展的新階段，因此，本文將上世紀80年代初至今的香港政治傳播研究分為起步期、發展期、蓬勃期及多元期四個階段，通過「歷時性」考察，對每一時期相關研究作較為全面的總結與梳理，以期展望未來香港政治傳播研究趨勢。

起步期

香港政治傳播研究興起於上世紀80年代初至九七回歸前這一香港政權交接過渡期。在此期間，中英政治角力，雙方影響力此消彼長。正因為中英兩權對立和相互制衡，使得港人有空間尋求本土的身份認同，並展現強烈的民主訴求。媒體總體呈現「百家爭鳴」的局面，政治傳媒研究興起。彼時以李金銓、關信基、陳韜文、蘇鑰機為代表的傳播學者便已立足於香港當時的政治與傳媒發展，圍繞殖民統治與新聞自由、傳媒報導與政黨政治、受眾參與與公眾輿論、社會結構與傳媒專業意理、香港政治過渡期的權力架構與媒介變化等議題展開研究 (Chan & Lee, 1984, 1988, 1991; Chan, 1992; Kuan & Lau, 1989; Lee, 1985; So, 1987; etc.)。其中，「權力架構與新聞自由」、「政權轉移與媒介角色轉移」成為這一階段討論的重點。

I. 權力架構與新聞自由

1997年香港主權移交前，香港是亞洲新聞自由度最高的地區之一。香港媒體具有西方傳媒制度的現實模型，上世紀80年代初，報章的意識形態甚至支持它們對香港政府發出的新聞稿件進行處理或刪改 (Lee, 1985)。西方的法治、民主、自由、人權等觀念影響香港媒體至今，在1990年、1996–2006年進行的三次新聞工作者調查中，香港新聞工作者認為「堅持依據事實報導新聞」、「迅速為大眾提供最新資訊」，以及「報導可靠資訊防止流言散播」這三項是新聞媒介最重要的社會功能，十年來都未曾改變 (Chan & Lee, 2007)。

中英聯合聲明簽署之後，香港新聞自由何去何從成為輿論研究的焦點。這一時期集中探討港英統治時期新聞自由權在媒體訴求和政府權力的博弈中推進和維護，從權力架構基礎預測新聞自由的前景 (陳韜文、邱誠武，1987；Chan & Lee, 1984, 1988, 1991; Kuan & Lau, 1989)，成為香港主權移交前政治傳播研究的熱點之一。研究普遍認為，權力架構的改變會對香港新聞自由產生影響，如1990年的調查中有69%的新聞記者認為九七回歸後的香港自由不甚樂觀(Chan,

Lee, & Lee, 1996)。但 Chan 及 Lee（1991b）亦提出，新權力中心突顯的同時，相反的力量仍舊存在，例如天安門事件，不同意識形態的傳媒報導統一口徑，後殖民統治時期的新聞自由尚可維持相對獨立的狀態。

II. 政權轉移與媒介角色轉移

　　政權轉移與媒介角色轉移是這一時期政治傳播研究的另一重點（Bonnin, 1995; Chan & Lee, 1984, 1991a, 1991b; Chan, 1992; Fung, 1995）。1984 年 12 月中英簽訂聯合聲明，香港自此進入權力架構「過渡期」（Chan & Lee, 1991b）。對香港未來的不確定性，使香港政治過渡期的媒介角色轉移成為時代的研究課題。 Chan 及 Lee（1991a）通過比較研究，提出凡是權力結構有過改變的地方或時期，無論是法國大革命、辛亥革命、中國 1949 年易權，及至東歐解體、菲律賓人民革命、台灣地區和韓國的民主化，這一主題都適用。香港是當中一個案例，它所「代表」的是權力漸變的模式，有別於革命的劇變。其所撰《大眾傳媒和政治變遷》作為香港回歸之前唯一一本論述香港傳媒與政權轉移的學術專著，以「傳播媒介不規則地反映權力結構，因此對社會權力關係的轉變亦作出不規則的回應」為理論前提，探討權力結構重組與「新聞範式」轉變的呼應關係。Chu 及 Lee（1995）對此問題進一步深化，將政府與媒介關係分為宣傳、公關、市場、改革與革命五大類，認為回歸前後的香港媒介模式極有可能完成從改革到宣傳或公關的模式轉變。這一議題延續到香港回歸以後，不少學者都檢視了香港回歸後傳媒如何響應政治、社會和文化變遷（Chan & To, 1999; Lee, 1998; etc.）。

　　總體而言，起步時期的香港政治傳播研究，研究內容受限於研究人員的數量與香港社會政治的事件突變，尚處於被動的研究階段。所幸在興起之初便有一批優秀的本土傳播學者加入，為香港政治傳播研究的品質提供了保障。

發展期

　　九七回歸前後，回歸臨近的緊張感與「一國兩制」下的觀念衝擊與意識形態撞擊，使得香港問題研究成為愈來愈迫切的實際需要。這一時期為香港政治傳播研究的發展期，當局與傳媒的權力關係、政權交接下的香港新聞自由、政治變遷與香港傳媒表現、角色及新聞倫理道德、「九七問題」引發的民意問題等議題，成為政治傳播研究的主要內容。

I. 當局與傳媒的權力關係

　　研究學者發現，香港回歸前後，當局與傳媒的權力關係發生了變化。這一權力與傳媒之間的關係變化直接投射到傳媒意識形態、新聞自由、媒體角色與表現當中（陳韜文、蘇鑰機、馬傑偉，1997；Atwood & Major, 1996; Bonnin, 1995; Chan & To, 1999; Lee, 1997, 1998; McIntyre, 1995; So, 1996, 1999）。具體來講，在中英聯合聲明簽署之前，港英當局與傳媒只是一種「低度整合」的權力關係（Kuan & Lau, 1989），很大程度上只透過控制當局資訊的發放和籠絡傳媒老闆（例如給予他們殖民地的勳銜之類）來影響民意，很少直接以行政命令或法規控制傳媒（陳韜文、蘇鑰機、馬傑偉，1997）。相比之下，中方與傳媒的權力關係更為密切（陳韜文、李立峯，2009a）。無論在政治上、還是經濟上，中方都與香港傳媒機構保持積極互動，或通過邀請傳媒機構老闆和高層加入《基本法》起草委員會或特區籌備委員會、或委任以政協代表名銜、或假以生意關照的方式，籠絡收編媒介力量以維護香港回歸過程中的媒體輿論環境。另一方面，Chu及Lee（1995）發現回歸前後香港原本親英的主流媒體有接近北京方面並接受其管治的強烈傾向，陳韜文、李立峯（2009a）指出這種密切聯繫在回歸後亦未發生改變。馮應謙（2007）將此稱為「非機構性的媒介擁有權集中」。正由於香港傳媒機構持有者與大陸當局的聯繫普遍割捨不斷，進而對香港傳媒表現、角色、新聞倫理道德及所有制和競爭產生影響（黃煜、俞旭，1996；陳韜文、蘇鑰機、馬傑偉，1997；Chu & Lee, 1995）。

II.「九七問題」引發的民意問題

　　「九七問題」引發的民意問題 (王家英、孫同文，1996；羅永生，1997；Atwood & Major, 1996; Willnat & Wilkins, 1997) 此間亦受到學界關注。二戰後出生的香港新生代經歷了港英治下的香港經濟起飛及日益完善的社會制度，具備身份上的優越感；九七回歸前後於未來政治社會發展之不確定性，加上九七金融風暴，香港民眾產生回歸後身份認同危機，身份訴求又引發民主訴求，形成一系列政治事件。學者集中探討了媒體對民意問題的影響 (Wilkins & Bates, 1995; Willnat, 1996; Atwood & Major, 1996; Willnat & Wilkins, 1997)，認為媒體播報內容所呈現的「焦灼感」直接影響了「九七問題」下的民意，引發身份思考和政治認同的討論熱潮。

　　社會的種種不確定性彙聚激盪，致使發展期的香港政治傳播研究緊緊圍繞著九七回歸下的政治權力與民情民意展開。一方面，這一時期的研究具有較強的時效性與針對性，另一方面，接二連三的社會政治事件在為本土政治傳播研究提供動力與源泉的同時，也客觀局限了研究的總體視野。

蓬勃期

　　九七以後的香港政治傳播研究進入了蓬勃發展的新階段。至2014年「佔中運動」前，香港在回歸 17 年間歷經包括金融海嘯、「新移民」、「非典」、50 萬人七一遊行、特首更迭、香港公營廣播檢討、「反國教」等在內的重要政治經濟事件，使得媒體熱點頻出，報導呈現出一種「沒落的焦慮」(陳韜文、李立峯，2009b)；另一方面，大陸和香港兩地接觸和影響愈發頻密，出現「國族化」和「本土化」的角力 (陳韜文、李立峯，2007a)。在此期間，香港的社會、政治以及傳媒變遷、回歸後的新聞自由、自我審查、傳媒與國家民族論述、國家認同、身份認同、公民社會之形成、傳媒與社會運動、選舉與民意、傳媒的「代議」功能等成為新時期的政治傳播關注焦點。代表學者有陳韜文、馮應謙、李立峯、馬傑偉、郭中實、杜耀明等。

I. 關於香港的社會、政治與傳媒變遷

關於香港的社會、政治與傳媒變遷的討論，依然是圍繞著「香港回歸」這一重要座標展開。2007年，香港學界及大眾傳媒都捲起過一陣研討風潮，討論回歸十年給香港社會帶來的種種影響。陳韜文、李立峯 (2009b) 提出回歸後的香港傳媒與政治權力互動的「再國族化、國際化和本土化」[3] 分析框架，將各種各樣影響著傳媒的表現和運作的因素歸納為以上三股力量，指出它們之間的角力和牽扯，令香港傳媒的形態和運作複雜多變。李立峯 (2007) 提出，回歸後的香港「再國族化」是一個整體的社會趨勢，可以說是一個「文化共向」[4] 的過程。這一過程可能令新聞工作者對事物的判斷有所改變，令香港新聞界和中央政府某些議題的判斷有所改變。

II. 回歸後的新聞自由與自我審查問題

同時，回歸後的新聞自由與自我審查問題引發關注。香港中文大學新聞與傳播學系在1990年和1996年曾分別對香港的新聞工作者作出調查，顯示過半人數認為同行曾施行某種自我審查，約四分之一的受訪者承認他們自己害怕批評中國 (Chan, Lee, & Lee, 1996)。在2001年一次新聞工作者調查研究中，發現13.2%的新聞工作者認為自我審查在香港是一個嚴重的問題，而另外57.4%的新聞工作者則認為問題存在但不算太嚴重 (李立峯、陳韜文，2009a)。但當2006年再次進行同類調查時，認為自我審查嚴重的新聞工作者就上升至26.7%。同年在香港市民調查研究中發現，接近半數香港市民認為，當中國大陸和香港有利益衝突時，香港傳媒是應該站在香港一邊的。而這些認為香港傳媒應該維護本土利益的市民，同時傾向認為香港傳媒在中港衝突問題上有自我審查的情況 (陳韜文、李立峯，2007a)。另外，同一研究發現，愈是認同傳媒在有民意基礎及事實根據時不必保持中立的香港市民，愈覺得香港的新聞自由正在減退中 (李立峯，2007)。在如非典爆發、國家安全法爭議、國民教育等涉及中港衝突的議題上，「客觀中立」的報導已不能令絕大部分市民

感到滿意。陳韜文、李立峯（2007a）認為，一方面，在可見的將來，涉及中港衝突的議題將為香港傳媒帶來很大挑戰；另一方面，在傳媒表現上，政權易手固然令媒體在一些問題上有所顧忌，甚至向權力傾斜，但商業傳媒同時也有自身市場考量，香港電台沒有變成政府喉舌，《蘋果日報》繼續暢所欲言。不少傳媒工作者依然堅守新聞專業主義，中國和特區政府也表示維護香港的新聞自由，再加上國際間對香港新聞自由的關注，都使得香港傳媒並未完全臣服於中港權力架構之下。

然而，亦有學者指出，風光表面的背後卻是政經權力滲透而傳媒日漸馴化的景象：回歸十年來，香港報業的格局基本沒有太大變化，但是很多報紙的所有權都發生了轉換（轉引自楊麗娟對黃煜的訪談稿），呈現愈來愈多媒體擁有權易手親中商人、烽煙節目衰落、自我審查加劇等現象。隨著中港「文化共向」的不斷推進，新聞從業員和市民大眾對大陸態度的轉變，香港傳媒處理中國新聞時亦不如以往具有批判性。在這種大環境下，香港傳媒的言論空間正慢慢收窄。伴隨內地的經濟發展，香港會進一步倚靠中國，香港傳媒面對的政經壓力只會有增無減。香港能否保住新聞自由，固然要看一國兩制能否貫徹執行和香港的政制是否真的實行民主化，同時視乎傳媒機構和新聞工作者能否堅守新聞專業和市民大眾是否擁有捍衛新聞自由的決心（李立峯，2007；Lau & To, 2007; Lee,1998; Lee & Chan, 2009）。

III. 民意調查研究

民意調查研究亦是此階段研究的重點。民意調查是成熟的公民社會獲取大眾意見必備的環節。注重民調的傳統在港英時期就已形成，發展至今成為每個香港人常常掛在嘴邊的日常詞彙。香港民調能夠有今日備受關注和信任的地位，全憑數十年來苦心經營不斷積累起來的口碑。香港大學民意調查研究計劃給自己設立的第一條規定就是：無論誰給錢做調查，調查的學術範圍問題任何其他人不得插手。這也是全港民調共同認可的原則。其次，自己所做的調查，

不予評價；如果需要評價，則需請其他教授學者，也是為了避嫌。
第三是不會給媒體獨家新聞的機會，最後則是如果需要公布結果，
必須完整地、全面地把調查公布出來。[5]羅文輝認為之所以民調值得
重視，是因為它採用了科學的方法來反映民意，所以調查是否科學
中立也是民調口碑的成敗所在。[6]

　　然而，民調必須中立，民意卻可塑造。陳韜文、李立峯 (2007)
談到傳媒運作、民調及民意三者關係時指出，香港是個非常多元化
的社會，如何判斷真正民意不是易事：一方面，在市場和專業主義
的考慮之下，一些香港傳媒機構發展出一套包括增加採用民意調查
作為「客觀」民意指標的應變策略；另一方面，從某種意義上說，這
樣那樣的民意在傳媒上聚焦，媒體加以報導評論，發揮了「代議」功
能。此間傳媒發揮了塑造民意的功能，因而有人認為民意是傳媒
「造」出來的。正如香港中環天星碼頭鐘樓清拆引發「集體回憶」，民
意的瞬間爆發，傳媒的功能顯而易見 (李立峯，2006)。當然，傳媒
也不可能偏離真正民意去胡亂製造波及全民的社會運動，如2003年
七一遊行、2012年反國教運動等，當中傳媒即反映出社會結構性民
意，當引起政府重視。

　　雖然傳媒在影響民意方面的作用舉足輕重，但是社會運動中大
眾的民意反過來也會影響傳媒的運作。陳韜文、李立峯 (2006) 曾以
「修正政治平行」[7]來形容傳媒如何受民意影響。他們在研究中發
現，在「民意激盪」(energized public opinion) 的狀況下，傳媒需要回
應民意，因而不同報紙的論述會變得類似，政治平衡會減弱，甚至
暫時消失。

IV. 媒體「代議功能」與社會運動

　　Chan 及 So (2003) 曾以「代議功能」的概念來解釋回歸後的香港
傳媒如何消除社會繃緊的狀態和一觸即發的衝突，以此說明香港傳
媒對社會結構缺乏民主的補充作用。由於民主低度發展，香港只有
部分民選的議會代表，且權力受制於行政主導的政府，市民意見不
能從議會反映，大眾媒介因而變成民意代表，承擔著提供討論平

台，促進官民溝通、批評政府、提出政策建議和鼓勵社會改革的功能。傳媒的「代議功能」既填補了香港政治現實的不足，同時也為自己找到定位，以抵消「再國族化」的衝擊。一些傳媒以維護本土利益為賣點，批評特區和中央政府。它們強調以公民社會為本，而非以高高在上的官商巨賈為重；其中，電台節目經常邀請政府官員出席回答觀眾提問，主持人更不時向官員質詢，因而深受廣大市民歡迎，並對民意產生一定的影響 (李立峯，2007)。

這一階段傳媒「代議功能」影響政治最重要的案例就是 2003 年的七一大遊行。一些中央政府官員事後點名指《蘋果日報》和電台烽煙節目動員市民上街遊行。原因在於，首先，傳媒報導社會領袖和政治團體上街的呼籲，將這些意見領袖如天主教主教陳日君或教協等的呼召放大，無形中將示威合法化；第二，傳媒大量報導有關民主遊行的資訊，使遊行成為市民大眾廣泛討論的議題；第三，媒介傳達「促進行動」的資訊十分重要，有助於讀者的具體參與 (陳韜文、李立峯，2006)。

固然，傳媒提供大量資訊，電台、電視及報紙迴圈報導，令本土民主運動成為大眾輿論的焦點，但是傳媒如何報導遊行更能影響大眾對事件的觀感 (Kuan & Lau, 1989)，構成公共論述最重要的一環。例如，在 50 萬人上街之後，不同傳媒紛紛以和平、理性來肯定遊行，正面的評價令集體行動變得合理。2003 年七一遊行後，第二十三條立法擱置，一些主要官員下台，甚至後來更迭特首，這些都被視為人民力量的勝利，「七一效應」的論述成為民意影響政治的象徵。

V. 本土意識與利益

回歸之後，政治體制的發展未能滿足部分香港民眾的民主訴求，港民本土意識時而高漲，而傳媒的運作與所在地的經濟、政治和文化環境互相影響，傳播內容亦要顧及本土利益 (陳韜文、李立峯，2009a)。因此，在本土意識和利益高漲期間，傳媒或被動響應，或推波助瀾，對公民社會的形成產生愈來愈重要的影響 (陳韜文、李立

峯，2009b）。谷淑美（2007）以三次公民權利的事件為個案，研究媒體如何利用本土意識製造和爭奪對於「秩序」的論述，而「秩序」論述又如何影響公民社會。研究發現，香港社會的意識形態雖然強調法治和秩序，傳媒亦對此認同，但在輿論爭議中又提倡公民抗命，使得「秩序」在公民社會運動的衝擊下時有改變。新媒體的崛起，成為公民社會運動傳播的新媒介，不同的公民行動亦令媒體反主流論述得以冒起，認同公民抗爭的詞彙在公眾媒體領域出現，進一步豐富與促進了強調本土意識與利益的公民社會運動（陳韜文、李立峯，2007a；Lee & Chan, 2013; So, Chan, & Lee, 2000）。

多元期

2014年持續79天的「佔領中環」運動（Occupy Central Movement），是香港有史以來最大規模的「公民抗命」事件（Lee, 2016），成為國際矚目的焦點和香港政治生態的分水嶺（鄭煒、袁瑋熙，2015）。「佔中」運動後，香港本土自決派崛起，舊有政治勢力版圖受到衝擊，「自由」與「威權」失衡，[8]社會運動開始「非常態化」與「泛政治化」，以致發展到2019年帶有巨大規模暴力衝突的反修例運動，抗爭手段呈現出非傳統特點（張健，2015；劉兆佳，2020；Lee, 2015a），香港政治傳播研究由此進入多元期。其間一批香港政治傳播學者從不同研究視角，對「公民抗命」、新聞自由、「局部審查下的公眾屏幕」、社會運動媒介化、媒介技術在社會運動中的角色及局限性、社會運動和青年政治參與、大陸與香港媒體輿論區隔等議題，進行了多元化的政治傳播議題研究與探討。

I. 「公民抗命」：從「和理非」到「激進主義」

近年來，主張「本土優先」和「香港人利益優先」的經濟利益分殊，繼而演化為更具超越性的價值觀對立，逐漸成為不少香港市民眼中共同的原則及社運動員的道德資源（張健，2015；Chan, 2017）。尤其在2016年立法會選舉之後，「青年新政」、「熱血公民」、「香港眾志」等本土自決派正式進入制度性政治活動，在選舉動員、政黨形象

塑造和自我定位上與過往抗爭表現大不相同 (袁瑋熙、鄧鍵一等，2019)。有別於先前運動中主張「和平、理性、非暴力」的「和理非」理念，一些政治運動組織者試圖採取一些新方法和更為激烈的行動模式來產生新的衝擊 (Lee, 2015b)；社交媒體的融入和公民自我動員 (citizen self-mobilisation) 的興起，亦為運動的激進主義 (activism) 創造了空間，此間香港社會運動明顯呈現出激進趨勢，「公民抗命」(civil disobedience) 概念受到媒體輿論的激烈討論。在這一「批判性話語時刻」(critical discourse moment) 下，香港民眾對運動的態度支持、實質性參與、對社交媒體的政治化使用，以及與其他異見者的討論都顯著預示著社會對「公民抗命」的理解 (Lee, 2015c)。從「和理非」到「激進主義」的運動策略及理念，是一些集體行動的組織者力圖保持其行動震撼力的結果，但很可能對市民如何看待社會運動和集體行動產生影響 (李立峯、陳韜文，2013)。

II. 新聞自由

新聞自由在香港是一個敏感詞，也是一個民意的引爆點 (陳薇，2020)。無國界記者組織 (Reporters Sans Rrontières, RSF) 2020年世界新聞自由指數報告指出，香港新聞自由在全球180個國家和地區的排名已由2002年的18位下降到第80位。[9] 地緣政治、科技危機、民主危機、信任危機以及經濟危機成為威脅新聞業未來發展的主要因素 (RSF, 2020)。

地緣政治依然是影響香港新聞自由的主因。由於香港主流媒體深嵌於政治經濟結構中，回歸後新聞工作者大多關心意識形態及權力的轉換，導致新聞自由空間縮減；政治力量也借助科技力量，操控新聞資訊的來源和產製，對新聞媒體造成壓力 (Luqiu, 2017)；除此之外，媒體的高度政治平行加上傳統公共傳播規範的失效，亦為謠言和假新聞的流通提供了基礎。儘管謠言的傳播有時可能只是政治精英忽視公共傳播規範而造成的「無心之失」，卻也有可能是一種有意識的政治策略 (李立峯，2020)，然而，當大眾懷疑某些媒體播送或刊出的新聞報導遭到不可靠資訊污染時，公共信任危機的突顯

或導致記者成為大型抗議活動中網軍洩憤的對象 (RSF, 2020)。在此過程中，被犧牲的不是 (從不存在的) 單一真相，而是新聞追求和重視真相的價值和文化 (李立峯，2020)。

　　儘管如此，新聞自由並未完全消失 (Lee, 2018a)。政治經濟體系內部的緊張局勢為香港媒體從業者打開了反抗的空間，媒體和政治權力的談判 (Lee, 2000; Ma & Fung, 2007) 及媒體組織內部的新聞抵制 (Lee & Chan, 2009) 持續存在，不少新聞記者視自己的職責為報導事實，秉承新聞工作者的專業理念，使媒體仍然在一定程度上行使著資訊傳播和監察社會的「局部審查下的公眾屏幕」(partially censored public monitor)[10] 功能 (李立峯，2016a)。在大型社會運動發生時，一些記者對遊行集會作為民意表達方式持有正面評價 (Tang & Lee, 2018)，並通過拍攝、傳送一些震撼人心的影像，引發民眾參與到運動中 (李立峯，2016b)。記者對新聞和言論自由的重視，始終源自政治自由主義的價值觀 (李立峯，2020)。

III. 社會運動媒介化

　　過去十年，是香港歷史上第一次能名正言順地用「社會運動」來界定的年代 (葉蔭聰，2018)。隨著社交媒體對香港社會運動和集體抗爭的影響日益顯著，引發政治傳播學者對社交媒體之於社會運動作用的關注 (丹尼爾‧胡德，2020；Chu & Yeo, 2020; Lee & Chan, 2016a, 2018)。自 2014 年「雨傘運動」起，社交媒體可被視為抗爭公共領域 (Lee et al., 2015)，維權人士逐漸擺脫傳統的、試圖發動大批民眾上街抗議的運動模式，以網絡媒體作為溝通協調的科技基礎，完成「集體行動」(collective action) 到「連結行動」(connective action) 的社運範式轉移，反映出香港「社會運動媒介化」的趨勢 (Lee & Ting, 2015; Lee, 2016; Lin, 2016)。

i.　社交媒介在社會運動中的角色及動力因素

　　作為亞洲較早進入互聯網時代的地區，香港近年來湧現大批自媒體和另類網絡媒體，傳媒生態更為複雜 (Lee, 2020)。基於計算機技術的傳播方式促成愈來愈多的對話和討論在賽博空間 (cyberspace)

中進行，使抗議和罷工的發生率增加，新的抗議組織和新的抗議參與方式產生 (Lee & Chan, 2018)。對一些社會政治議題而言，社交媒體已成為繼年齡、教育、政治取向之外的「第四影響勢力」，構成當今香港社會運動和集體行動傳播基礎的重要組成部分 (李立峯、陳韜文，2013；蘇鑰機，2014)。

Lee 及 Chan (2016) 以「佔中運動」為例研究發現，運動參與者活躍於在線表達、在線辯論、在線解釋性活動以及移動通訊聯繫這四種數字媒體活動中，活躍頻率與參與者的參與積極程度呈正相關。同時，具有相似政治偏好的社交媒體用戶會更頻繁地選擇共享信源消息，內容或關涉對運動的積極支持，以及對包含特區政府、香港警察及中央政府在內的當下政治當局的信任缺失與不滿 (Chan et al., 2019)。這種在線活動與行動個體的連結在網絡上形成龐大的輿論場域，為線下社會運動的動員提供情感、心理和認知的基礎 (張翔，2015)，當社會上大部分人對政府持批判態度時，社交媒體為「反公眾」(counter-public) 傳播提供平台，成為抗議運動中「反抗者的公共領域」(insurgent public sphere) (Lee et al., 2015)。

社交媒體之於社會運動的作用不僅在於能夠為其賦權，即便一段時期內社運處於停滯狀態，社交媒體依然可以起到維持其資源及基礎設施 (例如維繫政治參與者間的聯繫、保持對抗議活動的積極看法) 的作用，以待下一波抗爭浪潮的來臨 (Lee et al., 2018)。「反修例運動」便是其中一例。自2014年到2019年，社交媒體持續增長 (Lee et al., 2020)，「反修例運動」作為人類歷史上被網絡直播最多的一場社會運動，運動本身的現實效應及直觀感受被網絡的傳播速度極大增強，即標誌著社交媒體對香港政治運動的影響力達到歷史新高 (丹尼爾・胡德，2020)。

ii. 社交媒體與青年政治參與

社交媒體被廣泛認為有助於促進青年人的政治參與 (Lee & Chan, 2016b; Lee et al., 2017; Lin, Cao, & Zhang, 2017)。Facebook、微博客等社交媒體及網絡另類媒體的使用對社會主流主導力量形成批判態度，對網絡政治傳播活動起到促進作用，反過來又促成網絡政治活

動的參與式領導 (Lee, 2015b; Lee & Chan, 2016b)。Chu (2018) 的研究發現，網絡對參與式領導的影響促成僅存在於年輕的集會參與者中。作為「後物質主義」價值觀 (Inglehart, 2005) 中成長起來的一代，香港青年更加關注公共政策中事關環境、人權、文化多樣性和精神生活等公共議題 (張健，2015)，他們生於資訊爆炸年代，擅長應用數碼科技，習慣隨時隨地上網，以互動及全天候形式與朋友保持緊密聯繫，並喜歡以「集郵」方式交友，群組力量 (香港集思會，2013)。Lee 及 Ting (2015) 運用「社會運動的媒介與信息實踐」(media and information praxis of social movements) 分析框架，亦指出青年作為香港「雨傘運動」主要參與者，利用媒介技能發起、組織和動員集體行動的行為模式。在2019年「反修例運動」中，他們更運用 (且不止於運用) 各類社交 (及全球) 媒體和技術以分享資訊、與其他政治運動參與者直接建立聯繫，使這場由媒體驅動的上鏡式的民眾運動呈獻出全球矚目的媒介景觀 (media spectacle) (丹尼爾・胡德，2020)。

即便如此，社交媒體賦予青年的優勢不應過份樂觀。Chu 及 Yeo (2020) 的研究指出，抗議活動中的青年對在社交媒體上積極開放地分享信息、表達政治觀點的方式持謹慎態度，認為這種方式消磨能量 (de-energization)、缺乏聯繫 (disconnectedness) 和無實體感 (disembodiment)，因而更傾向於採取「分離的作法」，包括線上被動參與 (網絡潛伏)、選擇性表達 (適度表達和曝光限制) 及線下參與 (體現集體行動) 的方式，以避免壓倒性的、難以控制的、不真實的網絡虛擬空間表達行為。

iii. 數字媒體的局限性

數字媒體的「大眾化趨勢」具有其民主化的潛力，但社交媒體和新技術並非天生帶有進步性或解放性，亦帶有其自身局限。首先即體現在社會運動中謠言和假新聞在新媒體平台之間的持續流傳 (李立峯，2020；Chan & Fu, 2017)。社交媒體私密化的傳播網絡往往具有頗高的同質性，一方面，傳播科技的能供性 (affordance) 愈偏向支援私密化的訊息傳播，其愈有可能成為各種謠言和假新聞的有效載體；另一方面，愈依賴通訊程式的受訪者，往往愈缺乏對各種假新

聞的正確認知 (李立峯，2020)。這種社交媒體所具有的「迴聲室」
(echo chamber) 效應，或有助於加速「後真相」時代的崛起 (Lee et al., 2018)。

同時，社交媒體的興起和「高選擇的媒體環境」(high-choice media environment) 促進了信息的選擇性曝光，卻並不能說服之前未表明態度的公民 (Agur & Frisch, 2019)；相反，Lee等 (2017) 指出，政治動盪時期下，具有相同意識形態偏好的共同體 (如反建制派人士) 更易聚於相同主題信源下，在吸引共同體內其他成員的同時，協同過濾掉異己之意見與信息，形成「反建制派偏見」(anti-establishment bias)，並展開對政治對手的抨擊和詆毀。這種「相互忽視」(mutual ignoring)、「回音抨擊」(echoslamming) 和「網絡無禮」(online incivility) 的線上行為隨「網絡巴爾幹化」(cyberbalkanization) 現象水平的增加而增，導致網絡政治觀點兩極分化的惡性循環 (Chan et al., 2019)。

第三，互聯網、尤其是社交媒體，通過提供避免審查和社會控制的手段為運動參與者賦權。然而，數字媒體作為一種媒介工具，與傳統媒體一樣，存在被政府利用的可能 (Lee & Chan, 2018b; Luqiu, 2017)。中央政府利用政治權力與資本審查重塑香港的媒體景觀，對新媒介技術的運用回應包括監視、審查及國外影響的網絡妖魔化，無疑對新技術的解放潛力、尤其是互聯網的匿名性、分散性和自主性產生影響 (Tsui, 2015)。

最後，最為重要的是，儘管數字媒體的技術架構為運動中的活躍份子和網絡化的反公眾組織提供了挑戰主流話語的機會，但隨著時間的推移和輿論熱點的轉移，反對話語的強度總體上呈減弱的趨勢 (Chan, 2018)。因此，基於數字媒體的零散化、短期化、非正式化、非中心化的網絡組織和行為方式雖然有時具有極大的衝擊秩序的能力，卻似不足以建設其自身作為一種政治秩序的民主生活 (張健，2015)。相反，過分強調社交媒體在運動中的中心地位，或導致互聯網中心主義或網絡烏托邦主義，從而忽視媒體生態和社會多維性 (Fuchs, 2012)。因此，對民眾如何認知運動而言，傳統新聞機構仍具有不可替代的重要性。

IV. 大陸與香港媒體的輿論區隔

　　過去 20 年，香港社會發生巨變，「一國兩制」實踐的內在矛盾與衝突導致了合作與緊張的波動，在媒體和傳播領域得以集中呈現 (Huang & Song, 2018)。香港傳媒的向心力和離心力都顯而易見：在媒體與權力中心的互動下，「拉」的因素涉及權力結構、各方社會互動及香港與中國內地共同的文化取向；「推」的因素則是商業市場力量、媒體專業化和多元化。然而，隨著近年來制度文化的矛盾激化，大陸與香港的媒體輿論區隔日漸明顯，「一國兩制」的矛盾性在香港語境中得到了闡釋 (So, 2017a)。

　　政治傳播學者運用框架分析 (framing)、關鍵詞分析和話語修辭分析等方法，對香港與內地媒體採取的不同報導框架及其背後的中心構想進行研究。陳薇 (2020) 選取《明報》、《星島日報》和《蘋果日報》分析發現，三份報紙關涉包括中國內地民主和人權現狀、言論和新聞自由在內的「民主/人權/自由」主題能見度最大，報導量佔其政治新聞主題比超過三成；「政體運作」的主題能見度次之，中國整體政治形象呈負面。Tang (2017) 則從話語修辭手法分析，認為香港媒體通過民粹主義框架，建構暗含富國政府與「被剝奪者」人民間的對立關係；社運中部分香港媒體更採取「『陸港區隔』—『守護』香港人利益」的動員模式 (段儀姿，2020)，社運熱詞與媒體熱詞交相呼應，例如「佔中運動」後《蘋果日報》、《文匯報》和《明報》在 2015–2016 年間頻繁提及的熱詞之首即「香港獨立」(Hong Kong independence) (Luqiu, 2018)，「反修例運動」中部分港媒亦大量採用「民主」或反殖民主義修辭，將矛頭指向中國內地和特區政府 (丹尼爾·胡德，2020)。

　　與香港媒體輿論相對應的是大陸以《人民日報》、《人民日報 (海外版)》、《參考消息》等主流報刊在報導近年香港社會運動時所側重運用的「一國兩制」框架和責任歸因框架。如在報導「反修例運動」時，內地主流媒體將其定義為「一場衝擊『一國兩制』底線的政治運動」，以「反暴力」為關鍵詞，採用強硬的政治話語，集中報導運動中香港內部反對派勢力與外部反華勢力共同製造違法暴力活動帶來

的消極影響，主要援引香港左派和中立媒體的報導，對香港多元的輿論進行選擇性呈現（段儀姿，2020），顯現出大陸與香港媒體間存在的輿論區隔與信息屏蔽傾向。對此，不少學者（陳韜文，2013；段儀姿，2020）提出，香港是中國不可分割的一部分，內地和香港雙方既有對立性輿論也有共鳴性輿論，雙方的輿論場應該是互通的，或可將探索對方話語建構歷史作為一種溝通策略，加深相互之間更為多元化的理解。

「公民抗命」與社運激盪所引發的一連串大型示威遊行與抗爭行動，使多元期的香港政治傳播研究緊密圍繞媒介與社會運動/社會抗爭的關係展開，為全球政治傳播研究領域提供了最具時效性和本土性的研究成果。然而，香港政治傳播學者並未完全囿於運動研究，而是將視野投向更為廣闊的政治傳播研究領域，對包括香港政治選舉、政治醜聞、社會動員與集體記憶，及女性記者在報導香港抗爭行動時所遭受的性別歧視等研究均有涉足，香港政治傳播正朝著多元化的研究視角及研究主題邁進。

研究軌跡與前景展望

香港政治傳播研究基於其自身獨特性，具有十分重要的研究價值與拓展空間。自上世紀80年代以來，香港政治傳播生態一直處於演變之中，但研究的邏輯主線始終與「新聞自由」、「新聞專業主義」、「政治意識形態」、「權力重組」、「建構現實」等主題相關。正如學者金耀基（2004）所言，「香港真正的意義，對於華人世界，特別是對內地的華人社會來說，不是它狹義的經濟影響，而是它在現代化道路上所積累的具有示範性的成就」，香港政治傳播研究對於港人、乃至整個華人世界亦具重要的本土性及全球化意義。總體而言，自上世紀80年代起，香港有一群活躍的政治傳播研究學者與國際學界保持緊密的對話，根據香港政治變遷與傳媒發展的獨特性，展開了深具學術意義的政治傳播研究，迄今已40載春秋。這一關涉香港未來發展前景的研究領域，如何在嶄新的媒體時代獲得更大更

深遠的進步？本文認為，香港政治傳播研究可以朝著研究廣度與深度的面向不斷發展。首先，從廣度上看，應考慮下列三個部分：

研究方法的整合

　　如前所述，政治傳播研究是一門跨學科的交叉研究領域，兼具對政治的傳播學分析、以及對傳播的政治學分析。因此，最為理想的政治傳播研究，是打破固有傳播學與政治學的學科壁壘，站在高於政治學和傳播學的學科高度，來審視政治傳播學，實現政治學與傳播學的「視界融合」。具體而言，隨著政治傳播研究的不斷擴展，將政治學、傳播學，乃至社會學、心理學、歷史學、計算機科學等先後與政治傳播研究相結合的社科／科學領域研究方法融入政治傳播研究的學術場域，有助於更好地透視當下及未來的政治傳播事件。例如，隨著人工智能和大數據的發展，Chan等 (2019) 通過使用機器學習模型 (machine learning models) 分析香港「佔中運動」中社交媒體用戶頻繁互動的Facebook頁面全部內容，以預測其政治偏好；師文、陳昌鳳 (2020) 對社交機器人參與「反修例運動」專業媒體報導擴散行為的研究等，都對建構一種方法融合下的新形態的「政治傳播學」，蘊含深遠意義和學術價值。總之，學科交叉性與合作性將成為今後政治傳播研究一大趨勢，亦是對香港政治傳播研究學者研究與整合能力的一大挑戰。

研究視野的擴展

　　所謂「往裡去，向外走」(蕭小穗，2015)，香港政治傳播學主要面向雖應立足於本土場景，但不受縛於「本土性」的視野，以「立足本土，放眼天下」為旨，通過縝密的思考，找尋一些對香港研究有意義或有價值的比較對象進行異同比較，更有助於發現個案的獨特性及普遍性，並提出具有理論意義的問題。通過一些跨地域、跨文化的比較性研究，反而可以更加清晰地探掘出香港目前問題之所在。例如，陳韜文 (1997b) 從國家和地區政治經濟制度的角度對香港與

新加坡的新聞體制特點進行比較，獲知兩地新聞自由的高低差異主
要出於彼此不同的總體權力結構；再如張健 (2015) 將香港社會運動
與歐美成熟民主國家社會運動進行比較分析，由此總結出當前香港
社會運動的特徵。通過對不同地域、文化地區的比較性研究，使研
究的意義超越區域背景的囿限，在國際學術領域找到對應的位置。

研究對象的更新

　　新聞消費模式正在發生改變。首先，在全球媒體邁向「數位化」
的步伐之中，香港緊跟風潮，民眾新聞消費從廣播、報紙轉移到互
聯網、移動電話等新媒體及自媒體之上。隨著香港社會對抗的日益
加重，社交媒介在香港政治傳播過程中的作用、機制、發生場域及
相應的發展模式必然成為香港「新媒體時代社會運動」(徐海波、婁
馨文，2018) 研究下新的開拓領域；其次，網路的使用關涉政治參與
受眾的改變 (李立峯、陳韜文，2014)，港人作為一個整體，尤其是
以「第四代」(呂大樂，2007)、「第五代」乃至「第六代」香港人為代
表的年輕一輩，儼然已成為目前香港政治傳播運動的重要組成部
分。他們在獲得互聯網賦權的同時，往往更傾向於非邏輯、非理性
情感關係的網絡連結 (Chan & Fu, 2017; Chu, 2018)，換言之，偏重
情感的非理性已成為政治傳播機制當中極為重要的影響性因素；此
外，大數據和人工智能算法的出現，已成為影響和控制政治傳播領
域的一大要素，社交機器人和深度合成等新數字技術手段將對未來
政治傳播及社會輿論產生日益重要的影響。因此，隨著社會發展和
媒介變遷不斷「更新」香港政治傳播研究的對象，將研究著眼點投放
至新媒體、自媒體、人工智能，以及以八零後、九零後乃至零零後
為主的「新一代」香港人身上，是實證研究與時俱進之要求，亦是學
者們需要不斷面對的新的研究對象。
　　其次，香港政治傳播研究在深度上則面臨如下問題：

研究問題的微觀化

正因為「政治傳播是社會階級、語言及社會化形態的政治結果」
（Mueller, 1973），因此，不論「政治傳播」被界定為側重傳播面向的
「關於政治的有目的的傳播」，還是側重政治面向的「以話語為中介的
政治過程」，其過程都離不開政治活動參與主體間的資訊交往實踐，
而資訊交往的實踐又必然涉及對政治傳播的微觀層面——話語的研
究。考察不同社會階層／活動主體間圍繞各種利益議題所展開的話
語溝通行為，探索蘊含其中的各類修辭技巧的傳播與運用，如谷淑
美（2007）對於媒體之於「秩序」的話語權力建構與爭奪的研究，黃盈
盈（2007）對董建華時期學生運動話語權力建構的考察，Tang（2017）
以關乎香港公共財政問題的社論和新聞報導為切入點，對主權移交
後香港媒介民粹主義修辭手法的研究等，不僅能夠獲取對政治傳播
事件個案研究獨闢蹊徑的觀察視角與結論，更具有很大的研究實用
性與針對性。

研究層面的深度化

從整體上看，香港政治傳播研究更多集中於「新聞、媒介」領
域，相對缺乏在政治傳播更為內在的本質內涵即「政治內容」上的縱
深推進，而媒體所發生的一切都緣由社會、政治、意識形態、經濟
和技術領域中正在發生的深刻而多樣的變化所致（Huang & Song,
2018）。換言之，政治傳播研究本身之於政治選舉、社會精英、媒體
所有權、社會等級等對政治傳播控制與影響的現象考察，必然會涉
及政治、經濟制度層面的深層次社會結構問題。若能涉及更深層面
的分析，在羅列現象、分析學理的同時，作出實際的應對選擇，以
期達到促進人類政治文明的目標。這也是香港政治傳播研究的未來
目標之一。

研究理論的探索

　　正如哲學家康德所言，要想成為一種「學」，必須具備四個成熟的要件——研究對象、基本範疇、基本原理、基本規律。如前所述，政治傳播研究距離「學」還相差甚遠。然而，即便政治傳播研究的社會生態如何變動、地域特性如何不同，事件的發生總有一定法則或模式可尋，對理論的探索與追尋應始終是傳播研究學者的主要責任。如何將政治傳播理論重新置於學術場域進行嚴謹的學理性探索，或勇於挑戰主流理論，針對問題提出新的詮釋，或系統性地建構、闡述新的概念，不僅能促進華人社會政治傳播理論的概念得到更多世界學者認同，亦有利於加強東西方學界在政治傳播理論上的彼此交流，使香港政治傳播研究真正從「本土化」邁向「國際化」，具有更為深遠的研究意義和學術價值。

註釋

1　截至2018年年底，香港的大眾傳播媒介包括80份日報（已計及電子報章）、557份期刊、三家本地免費電視節目服務持牌機構、兩家本地收費電視節目服務持牌機構、14家非本地電視節目服務持牌機構、一家公共廣播機構，以及兩家聲音廣播持牌機構。資料來源：2018年《香港年報》。

2　關信基、劉兆佳（1989）指出香港政治傳播的受眾對政治資訊有強烈的需求，是「專注的公眾」（attentive public），後對此概念進行修正，認為此種專注並未能化為政治行動，因此應是「專注的旁觀者」（attentive spectator）。

3　指香港在上世紀70年代本土社會和意識成形之後，在過去20年來又再次跟中國大陸在政治、經濟，以及文化上整合的過程。

4　李立峯（2007）提出，回歸後大陸和香港社會交流更趨頻繁，愈來愈多香港人北上消費、工作甚至成家立業，而新移民及內地遊客亦隨投資移民及旅遊政策的放寬而增多。再加上中央政府透過傳媒對香港民眾進行愛國教育，可謂是一個「文化共向」的過程。

5　轉引自2012年《南方都市報》對香港大學民意研究計劃總監鍾耀庭的採訪稿。具體內容參見：《南方都市報》（2012年12月31日）。〈連小學生都把「民意調查」當功課，了解民意，成了每個香港人當仁不讓的權利〉，取自搜狐網：http://roll.sohu.com/20121231/n362069383.shtml。

6　同註5。

7　所謂「政治平行」，即香港報章的政治意識分布和政壇上的政治光譜是
　　平衡對應的。政治上若有保守和開放兩派，那麼在媒體間也有保守和
　　開放的機構。

8　劉兆佳(2020)指出，香港政治體制在回歸前後基本都是「行政主導」體
　　制，屬「威權體制」類別，九七前為回應不少港人對「民主」的訴求，香
　　港基本法加入許多對人權、自由、法治、民主等「自由」成分的保障，
　　並為行政長官和立法會的產生辦法逐步走向普選定出路線圖，因此，
　　回歸後的香港政治體制為「自由」與「威權」成分並重的「自由權威政
　　體」。然而以「自由」為其生存和壯大基礎的香港反對勢力，鍥而不捨推
　　動政治制度、特別是選舉辦法的改革，來提升「自由」成分在混合政體
　　中的比重，故此「自由」成分不斷衝擊「威權」成分，成為回歸後香港政
　　治的常態。

9　數據取自〈2020世界新聞自由指數：新聞業進入關鍵十年，冠狀病毒使
　　情況更加惡化〉，https://www.mediawatch.org.tw/sites/default/files/files/2020
　　無國界記者世界新聞自由指數_新聞稿.pdf。

10　李立峯(2016a)指出，「局部審查下的公眾屏幕」即一方面，新聞傳媒承
　　擔公眾屏幕的功能，履行著訊息傳播和報導事實的基本責任，同時也
　　扮演著監察當權者的角色，尤其當運動過程中出現明顯濫權行為時，
　　傳媒的直擊報導就成為有力佐證，對權力擁有者構成壓力；但另一方
　　面，主流媒體始終處身在政經架構之中，尤其是香港媒體，更是長期
　　處於一種局部的審查狀態之下。

參考文獻

丹尼爾·胡德 (Daniel Vukovick) (2020)。〈喧嘩與騷動背後的媒體化浪
　　潮—— 2019年香港「反修例事件」的啟示〉。《經濟導刊》，第7期，頁
　　63–67。

王家英、孫同文 (1996)。《兩岸關係的矛盾與出路》。香港：香港中文大學
　　亞太研究所。

王賡武 (1997)。〈談香港政治變遷〉。《二十一世紀雙月刊》，第41期，頁
　　76–82。

呂大樂 (2007)。《四代香港人》。香港：進一步多媒體有限公司。

李立峯 (2006)。〈政治轉變中的選舉詮釋和制度修正：2004香港立法會選舉
　　「後選戰」個案研究〉。《傳播與社會學刊》，第1期，頁69–90。

李立峯 (2007)。〈策略互動、文化共向和九七回歸後香港新聞自由的發
　　展〉。《傳播與社會學刊》，第3期，頁31–52。

李立峯 (2016a)。〈新聞媒體在社會運動中的公眾屏幕功能和影響：香港雨傘運動之「暗角事件」個案分析〉。《傳播與社會學刊》，第 38 期，頁 165–232。

李立峯 (2016b)。〈網絡媒體和連結型行動的力量與挑戰：以 2014 香港雨傘運動為例〉。《傳播研究與實踐》，第 6 期，頁 11–44。

李立峯 (2020)。〈後真相時代的社會運動、媒體和資訊政治：香港反修例運動的經驗〉。《中華傳播學刊》，第 37 期，頁 3–41。

李立峯、陳韜文 (2014)。〈初探香港「社運社會」：分析香港社會集體抗爭行動的形態和發展〉。張少強、梁啟智 (主編)，《香港，論述，傳媒》(頁 243–263)。香港：牛津大學出版社。

李金銓 (1997)。〈香港媒介專業主義與政治過渡〉。《新聞與傳播研究》，第 2 期，頁 38–43。

谷淑美 (2007)。〈「社會秩序」Vs.「公民空間」——香港傳媒論述的比較分析〉。《傳播與社會學刊》，第 3 期，頁 73–87。

金耀基 (1975)。〈行政吸納政治：香港的政治模式〉。《中國政治與文化》(頁 21–43)。香港：牛津大學出版社。

金耀基 (2004)。〈香港：華人社會最具現代性的城市〉。《中國的現代轉向》(頁 161–167)。香港：香港牛津大學出版社。

香港集思會 (2013)。《第五代香港人調查報告》。取自香港集思會網頁，http://www.ideascentre.hk/wordpress/?m=201301&lang=ja.

段儀姿 (2020)。《內地與香港媒體在修例風波中的報道框架分析》。外交學院碩士研究生學位論文。

師文、陳昌鳳 (2020)。〈社交機器人在新聞擴散中的角色和行為模式研究〉。《新聞與傳播研究》，第 5 期，頁 5–20、126。

徐海波、婁馨文 (2018)。〈香港本土主義思潮及其與新媒體的相互影響研究〉。《嶺南學刊》，第 3 期，頁 51–55、118。

袁瑋熙、鄧鍵一、李立峯、鄭煒 (2019)。〈示威現場：香港反修例運動的現場調查方法〉。《台灣社會學》，第 38 期，頁 163–174。

張健 (2015)。〈香港社會政治覺醒的動因：階級關係、參政需求、族群認同〉。《二十一世紀》，第 2 期，頁 33–47。

張翔 (2015)。〈政治運動中情感、民意與股市的相關性研究 ——香港「佔領中環」運動中推特情感指數與民意測驗、股市指數的比較〉。《新聞春秋》，第 4 期，頁 68–86。

張曉峰、荊學民 (2009)。〈現代西方政治傳播研究述評〉。《教學與研究》，第 7 期，頁 76–85。

陳薇 (2020)。《國家形象建構與傳媒話語的權力場 ——香港商業報紙對中國形象建構的實證研究》。武漢：華中科技大學出版社。

陳韜文 (1992)。〈香港傳播研究的回顧與前瞻〉。朱立、陳韜文 (主編)，《傳播與社會發展》(頁 417–442)。香港：香港中文大學新聞與傳播學系出版。

陳韜文 (1997a)。〈香港的權力結構與新聞開放格局〉。《新聞與傳播研究》，第 2 期，頁 31–37。

陳韜文 (1997b)。〈權力、經濟發展與新聞體制：香港與新加坡的比較〉。《現代傳播》，第 3 期，頁 1–11。

陳韜文 (2002)。〈理論化是華人社會傳播研究的出路：全球化與本土化的張力處理〉。《中國傳播學：反思與前瞻 —— 首屆中國傳播學論壇文集》(頁 146–156)。上海：復旦大學出版社。

陳韜文 (2013 年 7 月)。〈內地輿論與香港輿論的互動關係〉，第三屆「新媒體與社會發展」全球論壇發言稿，上海。

陳韜文、李立峯 (2006)。〈民意激盪中的趨同與修正政治平行：香港 2003 年七一大遊行個案分析〉。《香港社會科學學報》，第 31 期，頁 71–96。

陳韜文、李立峯 (2007a)。〈再國族化、國際化與本土的角力：香港的傳媒和政治〉。《二十一世紀雙月刊》，第 101 期，頁 43–57。

陳韜文、李立峯 (2007b)。〈序言：香港回歸後的傳媒與政治〉。《傳播與社會學刊》，第 3 期，頁 17–30。

陳韜文、李立峯 (2009a)。〈香港的傳媒、政治與社會變遷〉。《國際新聞界》，第 182 期，頁 11–16。

陳韜文、李立峯 (2009b)。〈從民意激盪中重構香港政治文化：七一大遊行公共論述分析〉。馬傑偉、吳俊雄、呂大樂 (主編)，《香港文化政治》(頁 53–78)。香港：香港大學出版社。

陳韜文、邱誠武 (1987)。〈從權力基礎看香港新聞自由前景〉。《明報月刊》，5 月號，頁 10–14。

陳韜文、黃煜、馬傑偉、蕭小穗、馮應謙 (2007)。〈寫在卷首 —— 追尋香港回歸傳媒與政治的理論意義〉。《傳播與社會學刊》，第 3 期，頁 iii –vi。

陳韜文、蘇鑰機、馬傑偉 (1997)。〈回到未來：香港大眾傳媒的回顧與前瞻〉。鄭宇碩 (主編)，《香港評論一九九七》(頁 415–438)。香港：香港中文大學出版社。

馮應謙 (2007)。〈媒體競爭、擁有權及政治過渡〉。《香港傳媒新世紀》，頁 71–98。

黃盈盈 (2007)。《董建華時期的學生運動：權力修辭分析》。浸會大學傳理學院博士論文。

黃智誠、李少南 (2003)。〈香港的政治傳播研究〉。《新聞學研究》，第 74 期，頁 1–17。

黃煜、俞旭 (1996)。〈惡性競爭下的香港新聞業〉。《國際新聞界》，第 1 期，頁 18–23。

無國界記者組織 (RSF) (2020)。〈2020 世界新聞自由指數報告〉。取自 https://rsf.org/en/2020-world-press-freedom-index-entering-decisive-decade-journalism-exacerbated-coronavirus?nl=ok。

葉蔭聰（2018）。〈社運年代是昨天、今天還是明天？〉。《文化研究@嶺南》，62，取自 http://commons.ln.edu.hk/mcsln/vol62/iss1/11/。

劉兆佳（2013）。《回歸後的香港政治》。香港：商務印書館。

劉兆佳（2020）。〈香港修例風波背後的深層次問題〉。《港澳研究》，第1期，頁 3–12、93。

鄭煒、袁瑋熙（2015）。〈中國邊陲的抗爭政治〉。《二十一世紀》，第2期，頁 22–32。

蕭小穗（2015）。〈往裡去，向外走：開拓學術對話的國際空間〉。《中國跨文化傳播研究年刊》，第1期，頁 28–53。

羅永生（1997）。《誰的城市？——戰後香港的公民文化與政治論述》。香港：牛津大學出版社。

關信基、劉兆佳（1989）。〈香港的傳播與政治〉。《明報月刊》，1月號，頁 18–26。

蘇鑰機（2014年11月20日）。〈社交媒體成為第四影響勢力〉。《明報》。

Agur, C., & Frisch, N. (2019). Digital disobedience and the limits of persuasion: Social media activism in Hong Kong's 2014 Umbrella Movement. *Social Media + Society, January–March*, 1–12.

Atwood, L. E., & Major, A. M. (1996). *Good-bye, gweilo: Public opinion and the 1997 problem in Hong Kong*. Cresskill, New Jersey: Hampton Press.

Blumler, G., & Kavanagh, D. (1999). The third age of political communication: Influence and features. *Political Communication, 16*(3), 210.

Bonnin, M. (1995). The press in Hong Kong—Flourishing but under threat. *China Perspectives, Sep.* (1), 48.

Chan, C. H., Chow, S. L., & Fu, K. W. (2019). Echoslamming: How incivility interacts with cyberbalkanization on the social media in Hong Kong. *Asian Journal of Communication, 29*(4), 307–327.

Chan, C. K. (2017). Discursive opportunity structures in post-handover Hong Kong localism: The China factor and beyond. *Chinese Journal of Communication, 10*(4), 413–432.

Chan, C. H., & Fu, K. W. (2017). The relationship between cyberbalkanization and opinion polarization: Time-Series analysis on Facebook pages and opinion polls during the Hong Kong Occupy Movement and the associated debate on political reform. *Journal of Computer-Mediated Communication, 22*, 266–283.

Chan, J. M. (1992). Mass media and socio-political formation in Hong Kong, 1949–1992. *Asian Journal of Communication, 2*(3), 106–129.

Chan, J. M., & Lee, C. C. (1984). Journalistic paradigms on civil protests: A case study of Hong Kong. In A. Arno & W. Dissanayake (Eds.), *The news media in national and international conflict*. Boulder, Colorado: Westview and University of Hawai'i Press.

Chan, J. M., & Lee, C. C. (1988). Press ideology and organizational control in Hong Kong. *Communication Research, 15*(2), 185–197.

Chan, J. M., & Lee, C. C. (1991a). *Mass media and political transition: The Hong Kong press in China's orbit.* New York: Guildord Press.

Chan, J. M., & Lee, C. C. (1991b). Power change, co-optation, accommodation: Xinhua and the press in transitional Hong Kong. *The China Quarterly, 126*, 290–312.

Chan, J. M., & Lee, F. L. F. (2007). Media and politics in Hong Kong: A decade after the handover. *China Perspectives*, 2007(2), 49–57.

Chan, J. M., & Lee, F. L. F. (2011). The primacy of local interest and press freedom in Hong Kong: A survey study of Journalists. *Journalism, 12*, 89–105.

Chan, J. M., & So, C. Y. K. (2003). The surrogate democracy function of the media: Citizens' and journalists' evaluations of media performance. In S. K. Lau, M. K. Lee, P. S. Wan, & S. L. Wong (Eds.), *Indicators of social development: Hong Kong* (pp. 249–276). Hong Kong: Hong Kong Institute of Asia-Pacific Studies, The Chinese University of Hong Kong.

Chan, J. M., & To, Y. M. (1999). Reunification and press freedom in Hong Kong: The Xi Yang case. In C. L. Chiou & L. Leong (Eds.), *Uncertain future: Taiwan-Hong Kong-China relations after Hong Kong's return to Chinese sovereignty.* Aldershot, UK: Ashgate.

Chan, J. M., Lee, P. S. N., & Lee, C. C. (1996). *Hong Kong journalists in transition.* Hong Kong: The Chinese University of Hong Kong.

Chan, M. (2018). Partisan strength and social media use among voters during the 2016 Hong Kong legislative council election: Examining the roles of ambivalence and disagreement. *Journalism Mass Communication Quarterly, 95*(2), 343–362.

Chu, D. S. C. (2018). Media use and protest mobilization: A case study of umbrella movement within Hong Kong schools. *Social Media + Society, 4*(1). Doi: 205630511876335.

Chu, L. L., & Lee, P. S. N. (1995). Political communication in Hong Kong: Transition, adaption, and survival. *Asian Journal of Communication, 5*(2), 1–17.

Chu, T. H., & Yeo, Dominic T. E. (2020). Rethinking mediated political engagement: Social media ambivalence and disconnective practices of politically active youths in Hong Kong. *Chinese Journal of Communication, 13*(2), 148–164.

Deutsch, K. W. (1963). *The nerves of government: Models of political communication and control.* New York: Free Press.

Fuchs, C. (2012). Some reflection on Manuel Castells' book networks of outrage and hope. Social movement in the Internet age. *Triple C, 10*(2), 775–797.

Fung, A. Y. H. (1995). Parties, media and public opinion: A study of media's legitimation of party politics in Hong Kong. *Asian Journal of Communication, 5*(2), 18–46.

Harris, P. (1978). *Hong Kong: A study in bureaucratic politics.* Hong Kong: Heinemann.

Huang, Y., & Song, Y. Y. (2018). *The evolving landscape of media and communication in Hong Kong.* Hong Kong: City University of Hong Kong Press.

Inglehart, R. (2005). *Modernization, cultural change, and democracy: The human development sequence.* New York: Cambridge University Press.

Kaid, L. L. (2004). *Handbook of political communication research.* New Jersey: Mahwah. Lawrence Erlbaum Associates, Inc.

Kuan, H. C., & Lau, S. K. (1989). Mass media and politics in Hong Kong. *Media Asia, 92*(4), 185–199.

Lau, S. K. (1982). *Society and politics in Hong Kong.* Hong Kong: The Chinese University Press.

Lau, S. K., & Kuan, H. C. (1995). The attentive spectators: Political participation of the Hong Kong Chinese. *Journal of Northeast Asian Studies, 14*(1), 3–24.

Lau, T. Y., & To, Y. M. (2007). Walking a tight rope: Hong Kong's media facing political and economic challenges since sovereignty transfer. In K. M. Chan & A. Y. So (Eds.), *Crisis and transformation in China's Hong Kong* (pp. 322–342). Florence: Routledge.

Lazarsfeld, P. F., Berelson, B., & Gaudet, H. (1944). *The People's Choice: How the voter makes up his mind in a presidential campaign.* New York: Columbia University Press.

Lee, A. Y. L., & Ting, K. W. (2015). Media and information praxis of young activists in the Umbrella Movement. *Chinese Journal of Communication, 8*(4), 376–392.

Lee, C. C. (1985). Partisan press coverage of government news in Hong Kong. *Journalism Quarterly, 62,* 770–776.

Lee, C. C. (1997). Media structure and regime change in Hong Kong. In Chan M. K. (Ed.), *The challenge of Hong Kong's reintegration with China* (pp. 113–147). Hong Kong: Hong Kong University Press.

Lee, C. C. (1998). Press self-censorship and political transition in Hong Kong. *Harvard International Journal of Press/Politics, 3*(2), 55–73.

Lee, C. C. (2000). The paradox of political economy: Media structure, press freedom and regime change in Hong Kong. In C. C. Lee (Ed.), *Power, money and media* (pp. 288–336). Illinois: Northwestern University Press.

Lee, F. L. F., & Chan, M. (2018). Social mobilization for large-scale protests: From the July 1 demonstration to the Umbrella Movement. In T. Lui, S. W. K. Chiu, & R. Yep (Eds.), *Routledge handbook of contemporary Hong Kong* (pp. 170–184). London: Routledge.

Lee, F. L. F. (2014). Internet, citizen self-mobilization, and social movement organizations in environmental collective action campaigns: Two Hong Kong cases. *International Communication Association Annual Convention.*

Lee, F. L. F. (2015a). Media communication and the umbrella movement: Introduction to the special issue. *Chinese Journal of Communication, 8*(4), 333–337.

Lee, F. L. F. (2015b). Social movement as civic education: Communication activities and understanding of civil disobedience in the Umbrella Movement. *Chinese Journal of Communication, 8*(4), 393–411.

Lee, F. L. F. (2015c). Internet alternative media use and oppositional knowledge. *International Journal of Public Opinion Research, 27*, 318–340.

Lee, F. L. F. (2016). Impact of social media on opinion polarization in varying times. *Communication and the Public. 1*, 56–71.

Lee, F. L. F. (2018a). Changing political economy of the Hong Kong media. *China Perspectives, 3*, 9–18.

Lee, F. L. F. (2018b). The spillover effects of political scandals: The moderating role of cynicism and social media communications. *Journalism & Mass Communication Quarterly, 95*(3), 714–733.

Lee, F. L. F., & Chan, J. M. (2009). The organizational production of self-censorship in the Hong Kong media. *The Harvard International Journal of Press/Politics, 14*, 112–133.

Lee, F. L. F., & Chan, J. M. (2013). Activating movement support: Internet and public opinion toward social movements in Hong Kong. *Taiwan Journal of Democracy, 8*(1), 145–167.

Lee, F. L. F., & Chan, M. (2016a). Collective memory mobilization and Tiananmen commemoration in Hong Kong. *Media, Culture & Society, 38*(7), 997–1014.

Lee, F. L. F., & Chan, M. (2016b). Digital media activities and mode of participation in a protest campaign: A study of the Umbrella Movement. *Information, Communication and Society, 19*(1), 4–22.

Lee, F. L. F., & Chan, M. (2018). *Media and protest logics in the digital era: The Umbrella Movement in Hong Kong.* Oxford University Press.

Lee, F. L. F., Chan, M., et al. (2020). Social media and protest attitudes during movement abeyance: A study of Hong Kong university students. *International Journal of Communication, 14*, 4932–4951.

Lee, F. L. F., Lee, P. S. N., et al. (2017). Conditional impact of Facebook as an information source on political opinions: The case of political reform in Hong Kong. *Asian Journal of Political Science, 25*(3), 365–382.

Lee, F. L. F., & Chan, J. M. (2016). News media, movement organization, and collective memory mobilization in Tiananmen commemoration in Hong Kong. *Media, Culture & Society, 38*(7), 997–1014.

Lee, P. S. N., So, C. Y. K., & Leung, L. (2015). Social media and Umbrella Movement: insurgent public sphere in formation. *Chinese Journal of Communication, 8*(4), 356–375.

Lee, P. S. N., So, Y. K., et al. (2018). Social media and political partisanship—A subaltern public sphere's role in democracy. *Telematics and Informatics, 38,* 332–358.

Lin, W. Y., Cao, B., & Zhang, X. (2017). To speak or not to speak? Predicting college students' outspokenness in the pro-democracy movement in Hong Kong. *International Journal of Communication, 11,* 3704–3720.

Lin, Z. X. (2016). Traditional media, social media, and alternative media in Hong Kong's Umbrella Movement: Media reviews. *Asian Politics Policy. 8*(2), 364–372.

Luqiu, R. L. W. (2017). The elephant in the room: Media ownership and political participation in Hong Kong. *Chinese Journal of Communication, 10*(4), 360–376.

Luqiu, R. L. W. (2018). *Propaganda, media, and nationalism in Mainland China and Hong Kong.* London: The Rowman & Littlefield Publishing Group, Inc.

Ma, E. K.W., & Fung, A. Y. H. (2007). Negotiating local and national identifications: Hong Kong identity surveys 1996–2006. *Asian journal of Communication 17*(2), 172–185.

McIntyre, B. T. (1995). Public perceptions of newspapers' political positions: A perceptual map of Hong Kong newspapers. *Asian Journal of Communication, 5*(1), 126–135.

Mcleod, D. M., Kosicki, G. M., & Mcleod, J. M. (2002). Resurvey the boundaries of political communication effects. In J. Bryant & D. Zillmann (Eds.), *Media effects: Advances in theory and research.* New Jersey: Mahwah Lawrence Erlbaum Associates, Inc.

McNair, B. (1995). *An introduction to political communication.* London and New York: Routledge.

McQuail, D. (2000). *McQuail's mass communication theory.* London: Sage.

Mueller, C. (1973). *The politics of communication.* London: Oxford University Press.

Nimmo, D. (1976). Role of the mass media in American Politics. *Annals of the American Academy of Political and Social Science, 8,* 33–44.

Nimmo, D., & Combs, J. E. (1990). *Mediated political realities.* New York: Longman.

Nimmo, D., & Sanders, K. R. (1981). *The handbook of political communication.* California: Sage Publications Inc.

Nimmo, D., & Swanson, D. L. (1990). The field of political communication: Beyond the voter persuasion paradigm. In D. L. Swanson & D. Nimmo (Eds.), *New directions in political communication: A resource book* (pp. 7–47). London: Sage.

Pye, L. W. (Ed.) (1963). *Communications and political development.* Princeton, N. J., Princeton University Press.

So, C. Y. K. (1987). The summit as war: How journalists use metaphors. *Journalism Quarterly,* (64), 623–626.

So, C. Y. K. (1996). Pre-1997 Hong Kong press: Cut-throat competition and the changing journalistic paradigm. In M. Nyaw & S. Li (Eds.), *The Other Hong Kong Report 1996* (pp. 485–505). Hong Kong: The Chinese University Press.

So, C. Y. K. (1999). Dialectic of journalistic orientation: A study of the treatment of government news by the Hong Kong press. In C. Y. K. So & J. M. Chan (Eds.), *Press and politics in Hong Kong: Case studies from 1967 to 1997* (pp. 95–136). Hong Kong: Hong Kong Institute for Asia-Pacific Studies, Chinese University of Hong Kong.

So, C. Y. K. (2017a). Hong Kong media and politics revisited in 2017: Introduction. *Chinese Journal of Communication, 10*(4), 333–337.

So, C. Y. K. (2017b). More coverage is less confidence? Media portrayal of "one country, two systems" in Hong Kong. *Chinese Journal of Communication, 10*(4), 377–394.

So, C. Y. K., Chan, J. M., & Lee, C. C. (2000). [Mass Media of] Hong Kong SAR (China). In S. Gunaratne (Ed.), *Handbook of the media in Asia* (pp. 527–551). New Delhi: Sage.

Tang, G. (2017). Media populism in post-handover Hong Kong: An investigation of media framing of public finance. *Chinese Journal of Communication, 10*(4), 433–449.

Tang, G., & Lee, F. L. F. (2018). Social media campaigns, electoral momentum, and vote shares: Evidence from the 2016 Hong Kong Legislative Council election. *Asian Journal of Communication, 28*(6), 579–597.

Tsui, L. (2015). The coming colonization of Hong Kong cyberspace: government responses to the use of new technologies by the umbrella movement. *Chinese Journal of Communication, 8*(4), 447–455.

Wilkins, K. G., & Bates, B. J. (1995). Political distrust in Hong Kong: News media use and political beliefs regarding the 1997 transition. *Asian Journal of Communication, 5*(2), 62–89.

Willnat, L. (1996). Public opinion and politician outspokenness in Hong Kong: Testing the interaction of the third-person effect and the spiral of silence. *International Journal of Public Opinion Research, 8*(2), 187–212.

Willnat, L., & Wilkins, K. (1997). International and local mass media impact on cultural values and political attitudes: The case of Hong Kong. In B. T. McIntyre (Eds.), *Mass media in the Asiam Pacific* (pp. 29–43). Clevedon: Multilingual Matters Ltd.

第四部分

華人傳播未來方向的展望

17

從邊陲到主流的一條自然路徑：
華人計算傳播學者的參與和體驗[*]

張倫、彭泰權、王成軍、梁海、祝建華

引言

　　中華傳播研究如何得到國際傳播學主流的關注、認可和尊重，是數代華人傳播學者長期追求和探討的熱門話題。中華文化歷史悠久，其傳播學應該、也必須在國際傳播學中佔據重要地位。然而，中華文化又獨具特色，往往難以與追求普適性的國際傳播學主流直接對接。因此，華人傳播學者中長期存在兩種相背的路徑：一是獨立門戶、自成一體；二是緊跟主流、亦步亦趨。半個多世紀過去了，兩派各自努力不倦，但可惜成效均有限。其中的經驗教訓，自然值得包括本文作者在內的所有華人傳播學者重視和借鑒。我們從事計算傳播學研究和教學，這在國際傳播學界是個小分支、在中華傳播學界更是邊緣，所以從一開始並沒有力爭林立於國際主流的雄心大志。然而，十餘年間星移斗轉，計算傳播學已成國際主流中的一個熱點，而身處邊陲的華人學者群也無意間成為其中的一支主力，以較具規模、有特色的研究產出，獲得了較大的國際學術聲譽。這在傳播學學科發展中，實屬罕見。這既是一個機緣巧合的故事，也是中華傳播學走向國際主流的另一路徑。

　　計算傳播學是計算社會科學應用於傳播學的研究分支（祝建華等，2014；王成軍，2015，2017）。它主要關注人類傳播行為的可計

算性基礎，以傳播網絡分析、傳播文本挖掘、數據科學等為主要分析工具，(以非介入的方式)大規模地收集並分析人類傳播行為數據，挖掘人類傳播行為及過程背後的模式和法則，分析模式背後的生成機制與基本原理，可以被廣泛地應用於數據新聞、健康傳播、政治傳播、計算廣告等場景。計算傳播學的重要應用領域是計算傳播產業(王成軍，2016)，例如，數據新聞、計算廣告、媒體推薦系統、算法新聞等。事實上，在計算社會科學引起傳播學者的注意之前，計算傳播產業早已隨數字媒體之風潛入人類生活的日與夜。因此，計算傳播學研究背後是計算傳播產業的發展，而產業的發展催生了培養計算傳播從業者的迫切需求和學術研究，推動了產學研的協同發展。

　　本文的作者都是從事計算傳播學研究的華人學者，通過回顧和反思過去十年計算傳播學在華人學者／學術共同體中的緣起和研究進路，試圖揭示在這個學術發展浪潮中，華人學者與傳播學的這一新興研究領域相互成就的過程。

從「新媒體研究」到「互聯網挖掘」

Web 1.0 研究

　　計算傳播學的出現與互聯網的發展密不可分。早期的互聯網研究也伴隨著新的教學和科研機構而出現。比如，1997 年建立的以「為我國互聯網絡用戶提供服務，促進我國互聯網絡健康、有序發展」為宗旨的中國互聯網絡信息中心 (CNNIC)，每半年發布中國互聯網統計信息，也為新媒體研究提供了數據支持。同時，以互聯網為核心的課程和相關專業也開始普及起來，直至 2010 年教育部批准設立第一批本科專業。在華人社會中，早在 1998 年，祝建華在香港城市大學開設了最早的新媒體碩士學位課程 (MA in New Media and Communication)，旨在培養傳播理論與新媒體技術兼具的人才。該專業的課程設置包括互聯網傳播、新媒體設計、網絡數據庫技術、

社會網絡分析、電子營銷數碼媒體等。從2016年起，增加了更加貼近計算社會科學理論、技術與應用的課程。這個碩士學位課程培養了多名目前計算傳播學研究和實踐領域的專業骨幹人才，例如現任香港中文大學副教授陳志敏（Michael Chan）博士（香港中文大學新媒體碩士項目負責人）、香港浸會大學助理教授張昕之博士（香港浸會大學人工智能與數字媒體碩士項目負責人）、新加坡國立大學助理教授蔣少海博士等。

2008年，祝建華在香港城市大學媒體與傳播系建立了互聯網挖掘實驗室，屬於當時國際傳播學界內少有的大數據實驗室之一。12年來，實驗室通過培養博士和博士後人才、進行跨學科合作研究、舉辦國際會議與工作坊、組團參與數據競賽等活動，有效推進了華人計算傳播學的創建與發展。

基於香港城市大學的新媒體碩士學位課程和互聯網挖掘實驗室，我們專注於新媒體研究。在「前計算時代」，我們的研究興趣集中在新媒體技術的採納、使用以及影響。在新媒體技術的採納層面，實驗室一直關注互聯網採納的數字鴻溝、互聯網採納意願（Peng et al., 2012; Peng & Zhu, 2011; Zhu & He, 2002a; Zhu & Wang, 2005）、互聯網的社會擴散過程（Zhu & He, 2002b），以及青少年與新媒體使用（Peng & Zhu, 2010）等議題。與此同時，我們還對互聯網的採納與使用帶來的社會影響進行了大量的實證研究，其中包括互聯網對社交活動和社會資本的影響（Zhong, 2011）、對傳統媒體使用的影響（Peng & Zhu, 2011）、對政治效能（political efficacy）的影響（Peng & Zhu, 2008）、第三人效應（Zhong, 2009）等。

總結而言，當時計算社會科學研究範式尚未出現，在線數據的獲取還很困難。我們側重於利用社會科學量化研究方法（例如社會調查），分析以互聯網為代表的新媒體使用與社會影響的問題。在這些研究中，我們一直試圖突破現存的分析框架，採用更為恰當、更有統計效力的研究設計（如歷時性視角〔longitudinal design〕和比較視角〔comparative design〕）和統計方法（如結構方程模型、代群分析等），來更好地回答「貌似簡單，但非常基礎」（seemingly simple but not trivial）的理論問題。這種研究思路一致貫穿在我們實驗室的所有研究中，這在某種程度上也是我們能夠在「計算社會科學」的時代開風氣之先的重要基礎。

Web 2.0 研究與計算傳播學的雛形

21 世紀的最初十年奠定了計算社會科學的基礎。一方面，一大批重要的社交媒體開始出現（Facebook、Twitter、校內網、YouTube、優酷等）；另一方面，複雜網絡科學的研究興趣從物理學中擴散到工程學和社會科學、甚至人文學科（比如歷史學）。這兩方面的發展導致網絡科學的方法成為社交媒體研究的主流方法。2009 年，互聯網挖掘實驗室和「校內網」（後改名為「人人網」）以學術合作的方式，分析「校內網」建立之初前兩年的用戶交友行為，其數據涉及上千萬用戶、幾億對關係。當時「大數據」概念還不普及，但我們面對如此巨大的數據，馬上意識到，在線數據的結構和體量，都與傳統的社會科學數據有本質的不同。首先，數據量巨大。這導致傳統的數據分析軟件無法進行數據分析，數據處理速度過慢（例如，一個簡單的網絡拓撲結構計算，可能需要耗時一周甚至更長）。此外，海量數據以及以冪律分布為基本特徵的互聯網行為數據，挑戰了傳統的統計模型的前提假設，使得統計分析的結果容易產生偏差。再次，數據結構複雜，包含了大量的非結構化的數據。自然語言處理領域現在已經廣泛使用的文本分析工具和方法當時還沒有被傳播學者所知悉。對於海量的文本數據，我們不知從何下手。我們意識到，傳播學的傳統工具與方法已經無法有效地解決我們的研究問題，需要新視野、新方法和新工具。在這樣的背景下，我們自然而然地邁出了計算傳播學的第一步。

怎麼借鑒新視野、新方法和新工具？一個最直接和可行的辦法是「走出去」和「請進來」——我們邀請相關領域的學者來進行合作研究。從 2008 年開始，祝建華邀請了多位計算機科學或複雜網絡領域的研究者來實驗室短期工作，先後有南開大學的項林英、大連民族大學許小可、杭州師範大學韓筱璞、華東理工大學胡海波等人；此

外，北京大學李曉明、上海大學史定華、電子科技大學周濤、杭州師範大學張子柯、上海財經大學劉建國、華南理工大學楊建梅和唐四慧等人也應邀來實驗室講學交流。同時，實驗室的研究生還選修了香港城市大學陳關榮教授開設的複雜網絡相關課程。

通過與這些學者的交流和我們自己不斷的摸索，我們對於在海量數據下如何開展傳播學研究，逐漸形成了一些共識。第一，跨學科成為必然趨勢。例如，我們在《社會計算：大數據時代的機遇與挑戰》（孟曉峰、李勇、祝建華，2013）中寫到，信息革命使得自然科學和社會科學的邊界變得模糊；信息技術也使得人類社會出現了需要解決的新問題。與此同時，信息技術也為人類社會固有的問題提供了可供追蹤的數據和潛在解決途徑（例如，社會不平等、階級衝突、宗教衝突、國家衝突、環境與公共衛生危機事件）。對於傳播學研究而言，這無疑是一個挑戰，也是重大機遇。第二，客觀地面對「大」數據。大數據不等於總體數據，也和樣本數據有著本質差別。拿到「大」數據，不等於拿到了總體數據。第三，基於新媒體技術的人類信息傳播行為，引發了信息傳播模式、人類信息傳播行為特徵、信息傳播結構可能的重大變革，我們需要關注重要的、基礎的研究問題。

因此，雖然當時還沒有「大數據」概念，計算社會科學的發展還沒成氣候，但「計算傳播學」就在這樣的共識及其所面臨的技術挑戰中，緩慢前進了。用祝建華的話說，我們「先做起來」。

計算社會科學時代的來臨

從在線社交網絡數據的獲取、到海量文本數據的獲取逐漸成為可能，特別是在計算社會科學研究成為新的研究範式之時，我們進一步開始了以回答「重要研究問題」為使命的前沿研究。現在回過頭來看，我們的研究側重於「傳承」和「創新」兩個層面。「傳承」指的是，以經典的定量研究方法和經典傳播學理論為基本出發點、目標和方向。「創新」指的是：(a) 與經典研究方法融合，回答新媒體技術下產生的新問題；(b) 探究傳統的數據獲取方式與分析方法無法回

答而必須借助於新數據、新方法才能回答的問題；以及 (c) 探究傳
統方法與新方法如何互補、改進。

I. 與主流理論對話

我們通過與主流傳播學、經典傳播理論對話來用新方法傳承傳
播學研究。例如，我們先後做了社交媒體的議程設置研究（Sun et al.,
2014; Xu et al., 2013）、在線信息擴散與傳播研究（Wang & Zhu, 2019;
Wang & Zhu, 2021; Zhang et al., 2014），以及在線政治傳播效果研究
（Liang, 2014; Peng et al., 2016）。這些研究旨在新的語境和媒體環境
中探究傳播學經典理論的適用性。換言之，在新的媒體環境中，經
典傳播理論是否還具有解釋力？人類信息傳播行為在新的媒體環境
中，發生了哪些變化？以及哪些方面沒發生變化？例如，在線社交
媒體的人際間政治信息傳播，依然彰顯了其傳播網絡的同質性和互
惠性（Zhang et al., 2014）。社交媒體的議程設置，依然呈現出議題競
合關係；用戶對於議題的關注，依然是「零和」遊戲。在線信息傳
播，其信息傳播速度被提高之後，其信息的傳播廣度呈現出典型的
冪律分布，而其傳播規模的中位數依然和線下的人際信息傳播規模
不相上下。

II. 創新：與經典方法融合

與此同時，我們更關注計算傳播學對於傳統主流理論的創新以
及對重要的、基於新的媒體環境產生的新問題的回答。

第一，新的數據獲取形式，有助於我們更細緻地觀測傳統信息
傳播行為。這個領域和「前計算時代」我們持續關注的研究領域——
新媒體技術的採納行為一脈相承。在線行為研究是新媒體採納行為
的拓展。傳統的調查方法使得我們只能研究用戶「用或不用」，而計
算社會科學時代，數據的豐富讓我們可以進一步探究「怎麼用」這個
問題。例如，我們進行了一系列在線用戶行為研究（user analytics/
news consumption），來探討用戶在線基本的信息傳播行為模式。從
2017年開始，我們開始關注用戶在使用移動媒體上的行為模式。鑒

於移動媒體行為數據豐富的時間戳信息，我們採用了一種全新的研究視角，即序貫分析（sequential modeling），對用戶的媒體使用行為重新進行了概念界定和實證分析（Peng et al., 2020; Peng & Zhu, 2020; Zhu et al., 2018）。與此同時，我們從序貫分析（sequence analysis）進一步對用戶移動新聞消費的時序特徵進行探究（Zhang, Zheng, & Peng, 2020）。序貫分析視角不僅僅是方法上的新嘗試，更重要的是讓傳播學研究能夠打破「用戶是時間的消費者」（time consumers）的單一觀念，將用戶定義為「既是時間的消費者，也是時間的擁有者（time owners）」（Peng & Zhu, 2020），把用戶的媒體使用行為還原到跟現實生活更為接近的時間維度上，讓我們更深入和細緻地理解用戶在移動媒體上是如何對各種行為進行選擇、組合和排列，為我們更好的理解移動媒體使用對人類生活帶來的影響提供了新的角度。

第二，探究傳統的數據獲取方式與方法無法回答、而必須借助於新數據、新方法得以回答的問題。比如，傳統傳播學研究對於公共議題的研究，多基於民意調查。搜索引擎和在線社交媒體的廣泛使用，使得愈來愈多的學者關注並將新的媒體平台作為民意調查的新渠道。但是，新的媒體平台是否可以替代民意調查？我們利用Google Trends和公共調查數據，對比了二者的異同。研究以環境議題為例，在Google中提取了39個搜索詞（niche queries）。研究發現，在為期一年的時間內，基於搜索引擎搜索詞與蓋洛普調查公眾對環境議題的關注，二者呈現正相關關係。但是，搜索詞只能作為傳統民意調查的延伸和補充，而無法替代民意調查（Qin & Peng, 2016）。面對紛繁複雜、層出不窮的新數據和新方法，傳播學研究者不能妄自菲薄，也不能固步自封。我們可以通過嚴謹的實證分析，對新數據和新方法做實證客觀判斷。這既可以防止我們對「大數據」和計算方法的誤用或濫用，也有助於計算方法的改進和提高。

此外，搜索引擎數據可以彌補民意調查的一些缺陷。例如，民意調查由於是用戶自我報告信息，只能用於研究個體「關注什麼」，而很難發現個體「關注多久」。我們基於百度指數，分析了2010至2016年間公眾對121個公共議題注意力週期的分析，揭示了近年來

公眾對議題的關注週期在緩慢但顯著地縮短(李永寧、吳曄、張倫，2017)。與此類似，我們還通過從媒體後台提取數據，分析了在有推薦算法的移動新聞客戶端，用戶一段時間內新聞消費多樣性的變化。我們發現，用戶新聞興趣的多樣性在緩慢但顯著地下降(Zhang et al., 2017)。

總結來說，借助於新數據、新方法，我們得以觀測用戶在較長時間內不易為人覺察、且傳統數據獲取方式與分析方法無法觀測的規律——例如上文提到的「緩慢但顯著」效果。這種基本規律的發現，使得計算傳播學能夠回應新媒體傳播「有限效果論」。以社交媒體、移動新聞媒體為代表的新媒體，正在以個體可能察覺不到的緩慢速率改變人們的信息消費行為。

第三，經典的社會科學量化研究方法，還能夠彌補計算社會科學背景下數據獲取的一些弊端。我們對於海量數據保持著「警惕心」。海量數據，並非全域數據，其本身可能具有樣本的系統偏差。早在2011年，祝建華就從傳統電話抽樣(Random Digit Dialing, RDD)方法的啓示中，提出了基於博客用戶ID的用戶隨機抽樣方法(Random Digit Search, RDS)(Zhu et al., 2011)。RDS隨機抽樣方法和廣泛採用的隨機遊走(random walks)方法相比，能夠更準確地估計用戶總體參數。計算社會科學發展至今的路經，大部分是由計算方法指導社會科學。 而我們從傳統的電話抽樣(RDD) 到用戶隨機抽樣方法(RDS)，走的是一條相反的路經，即由社會科學指導計算方法。

總結這個階段，我們做到了與國際主流「雖不領先、但是同步」。我們為自己設立一個大目標和一個小目標。大目標是將我們的研究成果發表於國際跨學科的頂級期刊(如《科學》、《自然》、《美國科學院院刊》等)。雖然我們有過失敗的嘗試，但並不沮喪，因為我們能夠借此來尋找重大而未解決的課題，並檢驗我們與國際頂級團隊的差距。事實上，我們至今先後有三五個研究與這些頂級期刊的最新論文選題相似，說明我們理念上已能同步，但在執行力上還有明顯差距。我們的小目標則是參與國際傳播學期刊的一些主題特刊徵文。這些特刊，可以視為傳播學主流學界關心的前沿問題。近十年裡，我們先後參與了五、六次特刊的組稿工作，涉及互聯網研

究綜述、傳播學範式轉移、移動媒體研究新方法等主題。結果成敗各半，雖不完美，但也可見江東父老。

計算傳播學在大中華區的學科發展

近年來，計算傳播學在中國大陸，乃至大中華區發展迅速。其主要表現為，第一，學生培養模式的改變，逐步引入了「實驗室」模式；第二，專業學術組織的成立；第三，教學體系日趨完善；第四，跨學科合作初現成效；以及第五，學術傳承與學術共同體逐漸形成。

新的人才培養模式：實驗室「傳—幫—帶」項目制形式

我們的學術研究得益於香港城市大學互聯網挖掘實驗室。實驗室成員畢業後，也相繼把這種人才培養模式帶到了各自工作的科研機構。與此同時，在大中華區，特別是大陸地區，近年來多個新聞傳播院系建立了計算傳播學實驗室，來適應新環境下的計算傳播學研究，例如，南京大學計算傳播學實驗中心、中山大學計算傳播學實驗室、中國傳媒大學大數據挖掘與社會計算實驗室以及北京師範大學計算傳播學研究中心等。

實驗室的運行和管理，是計算傳播學領域在中觀層面的重要基礎，為提高學科科研產出、生產知識起到了非常重要的推動作用。其既彌補了微觀個體單打獨鬥的局限，又避免了龐大建制性機構（例如學部院系）繁雜的行政管理成本。總結來說，以張倫和北京師範大學吳曄所在的實驗室為例，實驗室運行和管理，大概可以遵循以下原則。

第一，「興趣導向＋項目制」。實驗室的運行以每一個正在進行的科研項目（往往以論文為單位）為基本單位。重要項目導師親自作「項目經理」，目標是帶領學生對重要問題進行研究，成果多發表在重要期刊上。另外，每個學生根據能力差異和個人興趣，自己提出可行性強的研究問題，並以組員招募的形式領導一些小項目，學生作為項目經理，負責項目推進，碰到問題導師及時輔助。

　　第二，以大帶小，分層設定目標。實驗室往往由本科生、研究生、博士生、博士後和青年教師組成。對於每個階段的學生，導師做分層次要求。例如，對於高年級本科生和研究生一年級的學生，要求「參與」項目，做一些義務性（例如人工編碼）或者輔助性工作（例如撰寫文獻綜述），觀察項目負責人對項目的推進過程中所碰到的困難以及解決辦法，從而感受和理解從事「計算傳播學研究」的基本流程。對於高年級研究生和博士生，要求其逐步成長為可以獨當一面的「項目負責人」，在 2–4 年的實驗室工作經驗中，形成自己的學術興趣，逐步取得一定的學術成果。在這個過程中，實驗室內部鼓勵互相分享「失敗經驗」。觀摩同伴如何從失敗中找到破局的辦法，是非常重要的學術支持方式。

　　第三，問題導向。通過關注當前相關領域的前沿學術成果，定期組織討論，來培養實驗室成員學會問「大問題」、「好問題」，形成問題庫。這樣，在碰到合適的數據時，可以迅速啟動研究項目。

　　第四，合作導師制度，跨學科合作。張倫所在的北京師範大學計算傳播學研究中心，由具有物理學背景的吳曄和傳播學背景出身的張倫兩位老師共同指導學生。實驗室成員也是來自校內校外多個院系（例如新聞傳播學院、系統工程學院、藝術與傳媒學院和北京郵電大學理學院）。實驗室成員在理論把握、數據處理技術等方面碰到問題時，能夠得到來自多個學科資源的支持。

　　第五，「先做起來」，想法「落地」。從學生進入實驗室第一天，就灌輸給學生一個核心的工作原則：在每周的例行組會上，「有進展說進展，沒進展說困難」。借鑒這種理工科實驗室工作方式，把科研問題和困難變得「可操作」，讓學生避免在開會的時候說空話。

　　第六，學術為主、實踐為用。在對學生進行基礎知識和數據分析技術的訓練基礎上，要求學生參與多元實踐活動（例如數據新聞競賽、數據分析競賽等），從而理解如何利用計算技術解決新聞傳播學領域的現實問題。學生的實踐經驗，得益於學術共同體促進產學研結合的努力。例如，中國新聞史學會計算傳播學研究委員會自 2018 年正式成立以來，已經連續與業界共同舉辦了三屆傳播數據挖掘競賽。

在中國大陸地區建立學術共同體：史學會計算分會的創立
及活動

　　近年來，日益增多的國內外知名大學開始將計算傳播學研究作為新興的學科發展領域，以計算傳播學為主題的會議不斷湧現。2016年9月，第一屆計算傳播學論壇在南京大學舉辦，40多位海內外專家學者和數百名學生參加。2017年9月，第二屆計算傳播學論壇增加了一天半的工作坊，以講習班的形式介紹計算傳播學基礎知識。其中，工作坊學員超過60人，聽眾超過百人，來自中國大陸、香港、美國等地區的二十餘所高校和數據工場、百度、今日頭條、中央電視台、騰訊等業界公司。2017年12月23日，「計算傳播學跨學科高峰論壇」在重慶大學虎溪校區舉行。會議由重慶大學青年教師科學技術協會主辦，邀請了來自新聞傳播、計算機、網絡科學和業界等不同學科的研究者共同探討計算傳播學研究的基礎和應用問題。這些會議促進了與會學者對於計算傳播學科發展問題的反思。在這幾次會議中，與會學者逐漸意識到，為全面推進中國計算傳播學領域的教學、科研和學科水平，促進學科內外交叉與優勢互補，促進中外傳播學界交流並提升中國傳播學的國際地位，有必要成立全國性的學術團體。

圖一 2017年第二屆計算傳播學論壇（左起：張昕之、王成軍、祝建華、張倫、汪臻真）

　　2017 年 8 月 18–19 日在鄭州舉辦的中國新聞史學會學術年會吸引了來自國內外 100 餘所高校和機構的 1,300 餘名專家學者參會。「千人大會」的成功舉辦讓很多人在中國新聞史學會身上看到國際傳播學會 (簡稱 ICA) 的影子。在祝建華的代表下，南京大學新聞傳播學院、香港城市大學傳播研究中心等中國 28 所新聞院校、共計 66 位申報發起人聯合發起，申請設立中國新聞史學會計算傳播學研究委員會。中國新聞史學會常務理事會第五屆第六次會議於 2018 年 4 月 21 日在西安召開，審核了建立計算傳播學研究委員會的申請報告，經過充分的陳述答辯和討論，與會的常務理事通過投票表決，同意成立計算傳播學研究委員會。

　　計算傳播學研究委員會 (Computational Communication Research Association, CCRA) 是由從事計算傳播學研究的單位和個人自願結成的全國性學術團體，隸屬於中國新聞史學會。在祝建華的倡議下，學會制定了《計算傳播學研究委員會管理規定》，進一步明確了學會的基本管理章程 (性質、業務範圍、資產管理和使用原則、管理規定的修改程序、終止程序)、會員發展和管理、組織機構、學術年會等問題，明確了採用主席團制度。

　　2018 年 7 月，學會由理事會選舉，產生三位輪值主席 (深圳大學巢乃鵬、北京師範大學張洪忠、中山大學鍾智錦)，共同擔任負責人，致力於全面推進中國計算傳播學領域的教學與科研，尤其注重跨學科與國際化發展。計算傳播學研究委員會的成立標誌著中國計算傳播學與國際計算傳播學之間的同步發展。學會嚴格遵循開放、透明、民主、公平的基本原則，推動計算傳播學研究朝向跨學科和國際化的方向健康持續發展。學會常規活動包括：召開計算傳播學年會；制定有關計算傳播學研究的全國性科研規劃；出版計算傳播學研究刊物；組織計算傳播學的專項調查諮詢活動；搜集整理有關計算傳播學資料；評選優秀的計算傳播學研究成果；組織計算傳播學研究相關培訓工作；開展計算傳播研究方面的國際和國內學術交流活動等。委員會設立秘書處、發佈成立公告、發展會員和理事單位、做好章程擬定等日常文檔整理和外聯組織工作、組織計算傳播學論壇暨工作坊，按時召開成立大會並進行選舉工作。

搭建教學體系

　　為促進計算傳播學在中國(特別是大陸地區)的發展,許小可、王成軍、張倫和胡海波相繼合作撰寫了專著和教材。專著題為《社交網絡上的計算傳播學》(高等教育出版社,2015),該書側重於探究社交網絡中影響傳播行為的各種可計算因素,以網絡科學為理論框架,探討計算傳播學的重要研究領域(例如在線新聞實踐和計算廣告學),並介紹了相關的研究方法和數據處理手段。2020年3月,該書重印發行。《計算傳播學導論》(北京師範大學,2018)更側重於服務國內對計算傳播學感興趣的學生和教師,希望能夠通過淺顯易懂的初步方法講解,使讀者具備利用跨學科方法進行傳播學研究的基本能力,為日後志在進入相關領域攻讀碩士或博士學位打好堅實的理論和技術基礎。該書介紹了國際學術界在相關領域的相關研究,以跨學科視角,強調數據處理與分析實踐環節。2020年4月,該書重印發行。

　　這兩本教材在「計算社會科學」發軔十年之際,將「計算思維」系統引入新聞傳播學。兩部教材立足傳播學,將「立足傳播學、定位理論問題、回答解決現實問題」為基本學術定位,強調了新聞傳播學者在計算傳播學領域的主體意識與引領作用,從而有效構建未來從事計算傳播學研究的青年教師和學生的學術自覺。此外,教材強調學科專業交叉融合的前沿性。幾位作者來自傳播學和計算機科學領域。教材的編寫援引了大量發表在國際、國內跨學科高水平期刊的論文,並系統介紹了自然語言處理和複雜網絡等相關學科數據分析技術在新聞傳播學領域的方法與應用。第三,教材提供了框架性教案,為教師提供了可供拓展的基本課程體系。同時,本教材提供了書中所有案例的Python代碼實現,為教師和學生入門計算傳播學領域提供了一套可執行的操作方案。

跨學科合作

　　計算傳播學在尋求研究方法的過程中,參與了多個計算機、複雜物理等領域的學術活動。在這個互動過程中,收到了來自其他學科同仁的邀約,開始跨學科合作的嘗試。

I. SMP傳播分會的活動

　　中國中文信息學會「社會媒體處理」專業委員會 (Social Media Processing, SMP) 成立於2013年4月。SMP強調學科交叉與跨學科合作；專委會涉及計算機科學 (自然語言處理、信息檢索、數據庫、多媒體、可視化)、社會學、管理科學、傳播學、複雜系統等多個學科。計算傳播學小組在專委會成立之初於2013年設立。

　　在2013至2020的八年間，計算傳播學專業組開展了八次計算傳播學論壇，邀請了來自傳播學、數據收集和挖掘從業人員，和計算機其他相關領域學者進行學術分享。例如，2017年，計算傳播學專業組在SMP年會中組織了《計算社會科學視角下的計算傳播學》工作坊，聽眾達400人。2020年，計算傳播學專業組進行了SMP線上學術論壇《不確定性時代的計算傳播學研究》，單一IP訪問量達3,000餘次。同時，以SMP年會為契機，計算傳播學專業組充當了「結構洞」角色，促進傳播學與自然語言處理兩個領域的學術合作。

II. 參與跨學科競賽

　　技術競賽是計算／數據科學近年日益流行的一項活動。我們很早就意識到鼓勵學生參與相關競賽有檢驗實戰能力、獲取競賽數據 (當然在相關數據使用的規定之容許範圍)、測試就業市場水溫等多種收穫。然而，直至2016年，我們只是鼓勵、並無任何實質性投入，所以在高手如雲的競賽中我們的學生團隊每次只是陪跑而已。當2017年中國計算機學會 (CCF) 主辦的年度大數據與計算智能競賽 (CCF-BDCI2017) 開始報名時，我們決定認真備戰，爭取在這個號稱全球最大規模的大數據競賽 (共有6,000多支團隊) 有所成績。考慮到競爭對手全是計算機／數據科學背景出身，我們採取了「數據技術上合格、研究設計上創新」的策略，結果喜出望外，共獲分組第一名、大賽創新獎、最佳導師獎等三項獎，創造了CCF史上首次由社會科學學生團隊拿大獎的歷史。祝建華用「算法是入場券、數據是故事、理論是靈魂」三句話，總結了我們此項成功的訣竅，也反映了華人計算傳播學如何走向世界一流的路徑之一。

III. 跨學科合作機制的建立

　　以上述各種形式的跨學科合作學術組織為紐帶，計算傳播學逐漸開始了真正意義的跨學科合作。所謂「真正意義」，指的是傳播學學者和其他相關領域的學者合作撰寫學術論文，生產學術知識。例如，祝建華、彭泰權和微軟亞洲研究院／浙江大學巫英才團隊，在計算機可視化分析和傳播學領域的頂級期刊上發表了多篇論文（例如，*IEEE Transactions on Visualization and Computer Graphics*、*Communication Research*）。總結下來，跨學科合作機制的建立，大概需要以下幾個前提條件。首先，理解對方學科的基本知識、基本邏輯。其次，對對方的研究問題或方法感興趣。在了解對方學術興趣的基礎上，提出「雙贏」的選題。第三，雖然知識和現實問題是沒有學科之分的，但論文發表是有著比較清晰的學科分野的，主要表現在研究範式不同、「講故事」的方式不同、以及寫作體例不同。因此，在每一個研究項目開始時，應該對論文發表期刊、主導者等有明確的定位。

學術傳承與學術共同體的形成

　　我們實驗室在12年間，先後培養了12位博士，其中彭泰權、吳令飛和秦潔分別在美國密歇根州立大學、匹茲堡大學和薩凡納藝術與設計學院（Savannah College of Art and Design, SCAD）任正式教職，刷新了國際傳播學界「逆向輸出」（即由一個非美國大學向美國大學提供師資）的紀錄。

　　我們的畢業生一部分回到中國大陸，成為大陸地區發展計算傳播學的主力（例如，中山大學鍾智錦、深圳大學汪臻真等）。與此同時，隨著計算傳播學的發展逐漸壯大，一批志趣相投的學者相繼進入這個領域。例如，復旦大學周葆華、中國傳媒大學沈浩、北京師範大學張洪忠、吳曄、深圳大學巢乃鵬，都逐步建立了一批研究團隊，來從事和計算傳播學相關的研究工作。在這些團隊中，一批博士生、碩士生迅速成長起來，相信假以時日，更多年輕學者即將走向學術舞台。

從中華傳播學進入國際傳播學研究主流

ICA 專業學術組織：國際傳播學會計算方法分會的創立

我們發起創建的國際傳播學會計算方法分會 (Computational Method Division at International Communication Association) 是另一項新紀錄。我們自 2013 年起，每年在國際傳播學會的年會上舉辦計算方法工作坊，場場爆滿。2015 年國際傳播學會年會結束時，學員們紛紛建議我們進一步向國際傳播學會申報成立一個興趣小組。我們起草了申報書，並聯絡了 50 多位國際傳播學會會員作為創組成員聯署，遞交給國際傳播學會理事會。當時，創組成員中最大的爭議是我們這個興趣小組取什麼名。通信調查結果有 5–6 個版本，如 Computational Communication Research (CCR)、Social Media Analytics (SMA) 等。CCR 其實更準確反映我們這夥人的興趣，但是可能被已有分會否決。如 CAT (傳播與技術，其為 ICA 最大分會) 可能會説他們也做計算傳播研究。為了爭取拿到「出生證」，我們建議叫「國際傳播學會計算方法小組」(Computational Methods, CM)，以避免各分會大佬的反對。這一策略果然奏效，首次申報當即成功。

2016 年國際傳播學會年會在日本福岡舉行。國際傳播學會計算方法小組正式成立並選舉了第一屆小組領導，由剛從新加坡南洋理工大學轉到美國密歇根州立大學任教的彭泰權任主席、荷蘭阿姆斯特丹大學的 Wouter van Atteveldt 任副主席。2018 年國際傳播學會年會期間，van Atteveldt 接任主席。時至 2020 年國際傳播學會年會，「國際傳播學會計算方法小組」成員超過 300 人，被 ICA 升格成國際傳播學會計算方法分會，加州大學戴維斯分校的華人學者沈粹華當選為第三任主席。ICA 史上早有其他華人擔任過分會或小組主席，但由一批華人創導一個小組/分會卻屬首次。這其中既有偶然機遇，同時也説明，由華人主導的傳播學研究走上國際舞台，需要與國際主流的對接對話。

圖二　**2017年ICA會場（左起：梁海、David Weaver、Gail Weaver、張倫、祝建華、彭泰權）**

學術期刊的論文專刊

　　此外，我們還以多種方式引領和參與了國際傳播學界關於計算方法的發展方向和前景的討論。最主要的就是在主流學術期刊編輯了兩份關於計算方法的特刊，其中包括Wouter van Atteveldt和彭泰權在 *Communication Methods and Measures* 主編的「When Communication Meets Computation」特刊和祝建華、彭泰權和梁海在 *Asian Journal of Communication* 主編的「亞太地區傳播研究中的計算方法運用」特刊，這兩份特刊都在整個國際傳播學界引起了熱烈反響。通過在主流傳播研究刊物編輯特刊和發表「編首語」（editorial），我們向國際學術界清晰地傳達了我們對於計算傳播學的現狀、前景和挑戰的認識，也為計算傳播學在未來五至十年內的發展方向提供了建議。此外，我們還參與了關於計算傳播學發展的跨學科研討，其中祝建華和彭泰權應邀參加了2016年在美國加州大學戴維斯分校舉辦的一場關於計算傳播研究的專題研討會，這場研討會邀請了十幾位活躍在計算傳播學研究前沿的國際學者，對計算傳播學的發展方向進行了開放式的研討，最後的討論結果集結在一篇論文中，意圖作為David Lazar等人（2009）的「計算社會科學宣言」的傳播篇，發表在 *International*

Journal of Communication (Hilbert et al., 2019)。論文的 15 位合作者中有三分之一為華人傳播學者 (Jennifer Pan 潘婕、彭泰權、沈粹華、張競文、祝建華)，反映了華人計算傳播學者對國際傳播學主流作出的貢獻。

結語

本文簡要回顧了以香港城市大學互聯網挖掘實驗室為起點，過去十多年間，我們所參與的計算傳播學的發軔與發展。近幾年來，計算傳播學在國際傳播學界及大中華區均逐步發展壯大，凝聚了一批中青年學者、產出了一批有影響力的學術論文、形成了固定的專業學術組織，在國際傳播學界產生了較為深遠的影響。

中華傳播學走向國際主流應該有多種路徑。那麼，我們通過計算傳播學走進國際主流的路徑到底是什麼呢？用「高大上」的術語來表述，可稱之為一種「自然路徑」(a natural course)。具體一點，則大概包括順應大勢、勤練內功、借助外力、不離主流四項。冠之為「自然」，是因為這一切並非來自高瞻遠矚的精心設計或刻意追求，而是無意插柳、水到渠成的事後總結。「自然」，其實也是對中華文化智慧中「大道無道」之傳承。

註釋

* 本文為國家社科基金重大專案「大數據時代計算傳播學的理論、方法與應用研究」(專案號：19ZDA324) 下屬研究項目之一。

參考文獻

王成軍 (2015)。〈計算傳播學：作為計算社會科學的傳播學〉。《中國網絡傳播研究》，第 8 期，頁 193–208。

王成軍 (2016)。〈計算傳播學的起源、概念與應用〉。《編輯學刊》，第 3 期，頁 59–64。

王成軍 (2017)。〈計算社會科學視野下的新聞學研究：挑戰與機遇〉。《新聞大學》，第4期，頁26–32。

李永寧、吳曄、張倫 (2019)。〈2010–2016年公共議題的公眾注意力週期變化研究〉。《國際新聞界》，第5期，頁27–38。

孟曉峰、李勇、祝建華 (2013)。〈社會計算：大數據時代的機遇與挑戰〉。《計算機研究與發展》，第50卷第12期，頁2483–2491。

祝建華、彭泰權、梁海、王成軍、秦潔、陳鶴鑫 (2014)。〈計算社會科學在新聞傳播研究中的應用〉。《科研信息化技術與應用》，第5卷第2期，頁3–13。

Hilbert, M., Barnett, G., Blumenstock, J., Contractor, N., Diesner, J., Frey, S., González-Bailón, S., Lamberson, P. J., Pan, J., Peng, T.-Q., Shen, C., Smaldino, P. E., van Atteveldt, W., Waldherr, A., Zhang, J., & Zhu, J. J. H. (2019). Computational communication science: A methodological catalyzer for a maturing discipline. *International Journal of Communication, 13*, 3912–3934.

Lazer, D., Pentland, A., Adamic, L., Aral, S., Barabasi, A. L., Brewer, D., & Jebara, T. (2009). Computational social science. *Science, 323*(5915), 721–723.

Liang, H. (2014). The organizational principles of online political discussion: A relational event stream model for analysis of web forum deliberation. *Human Communication Research, 40* (4), 483–507.

Peng, T. Q., & Zhu, J. J. H. (2008). Cohort trends in perceived Internet influence on political efficacy in Hong Kong. *Cyberpsychology & Behavior, 11*(1), 75–79.

Peng, T. Q., & Zhu, J. J. H. (2010). Youth and the Internet in East Asia. *Journal of Youth Studies, 13*, 13–30.

Peng, T. Q., & Zhu, J. J. H. (2011). A game of win-win or win-lose? Revisiting to the Internet's influence on sociability and use of traditional media. *New Media & Society, 13*(4), 568–586.

Peng, T. Q., Zhu, J. J. H., Tong, J. J., & Jiang, S. J. (2012). Predicting Internet nonusers' adoption intention and adoption behavior: A panel study of theory of planned behavior. *Information, Communication & Society, 15*(8), 1236–1257.

Peng, T. Q., Liu, M. C., Wu, Y. C., & Liu, S. X. (2016). Follower-followee network, communication networks and vote agreement of U.S. Members of Congress. *Communication Research, 43*, 996–1024.

Peng, T. Q., & Zhu, J. J. H. (2020). Mobile phone use as sequential processes: From discrete behaviors to sessions of behaviors and trajectories of sessions. *Journal of Computer-Mediated Communication, 25*(2), 129–146.

Peng, T. Q., Zhou, Y. X., & Zhu, J. J. H. (2020). From filled to empty time intervals: Quantifying online behaviors with digital traces. *Communication Methods and Measures, 14*(4), 219–238.

Qin, J., & Peng, T. Q. (2016). Googling environmental issues: Web search queries as a measurement of public attention on environmental issues. *Internet Research, 26*(1), 57–73.

Sun, G., Wu, Y., Liu, S., Peng, T. Q., Zhu, J. J. H., & Liang, R. (2014). EvoRiver: Visual analysis of topic coopetition on social media. *IEEE Transactions on Visualization and Computer Graphics, 20*(12), 1753–1762.

Xu, P. P., Wu, Y. C., Wei, E. X., Peng, T. Q., Liu, S. X., Zhu, J. J. H., & Qu, H. M. (2013). Visual analysis of topic competition on social media. *IEEE Transactions on Visualization and Computer Graphics, 19*(12), 2012–2020.

Wang, C. J., & Zhu, J. J. H. (2019). Jumping onto the bandwagon of collective gatekeepers: Testing the bandwagon effect of information diffusion on social news website. *Telematics and Informatics, 41*, 34–45.

Wang, C. J., & Zhu, J. J. H. (2021). Jumping over the network threshold of information diffusion: Testing the threshold hypothesis of social influence. *Internet Research*. doi:10.1108/INTR-08-2019-0313

Zhang, L., Peng, T. Q., Zhang, Y. P., Wang, X. H., & Zhu, J. J. H (2014). Content or context: Which matters more in information processing on microblogging sites? *Computers in Human Behavior, 31*, 242–249.

Zhang, L., Zheng, L., & Peng, T. Q. (2017). Structurally embedded news consumption on mobile news applications. *Information Processing & Management, 53*, 1242–1253.

Zhang, L., Zheng, L., & Peng, T. Q. (2020). Examining familial role in mobile news consumption as a sequential process. Telematics and Informatics, 56, 101502.

Zhong, Z. J. (2009). Third-person perceptions and online games: A comparison of perceived antisocial and prosocial game effects. *Journal of Computer-Mediated Communication, 4*, 286–306.

Zhong, Z. J. (2011). The effects of collective MMORPG (Massively Multiplayer Online Role-Playing Games) play on gamers' online and offline social capital. *Computers in Human Behavior, 27*(6), 2352–2363.

Zhu, J. J. H., & He, Z. (2002a). Perceived characteristics, perceived needs, and perceived popularity: Diffusion and use of the Internet in China. *Communication Research, 29*(4), 466–495.

Zhu, J. J. H., & He, Z. (2002b). Diffusion, use and impact of the Internet in Hong Kong: A chain process model. *Journal of Computer-Mediated Communication, 7*(2).

Zhu, J. J. H., & Wang, E. H. (2005). Diffusion, use, and effect of the Internet in China. *Communications of the ACM, 48*(4), 49–53.

Zhu, J. J. H., Mo, Q., Wang, F., & Lu, H. (2011). A random digit search (RDS) method for sampling of blogs and other web content. *Social Science Computer Review, 29*(3), 327–339.

Zhu, J. J. H., Chen, H. X., Peng, T. Q., Liu, X. F., & Dai, H. X. (2018). How to measure sessions of mobile phone use: Quantification, evaluation, and applications. *Mobile Media and Communication, 6*(2), 215–232.

作者簡介

（按筆劃排序）

王成軍

南京大學新聞傳播學院副教授。研究興趣：計算傳播學、信息擴散、注意力流動、公共討論、互聯網數據挖掘。

王海燕

澳門大學傳播系副教授。研究興趣：媒體融合、新聞創新、記者角色全球比較、國際新聞傳播、媒體與性別研究。

朱立

台灣國立政治大學傳播學院榮休教授、香港浸會大學傳理與影視學院前院長、香港中文大學新聞與傳播學系前系主任。研究興趣：傳播理論、比較傳媒制度、國際傳播、中共新聞傳播制度。

朱麗麗

南京大學新聞傳播學院教授。研究興趣：媒介文化研究、青年亞文化研究、粉絲文化研究、影視研究。

李立峯

本書主編。香港中文大學新聞與傳播學院教授兼院長。研究興趣：
新聞學研究、政治傳播、公眾輿論與公共話語、媒體與社會運動、
文化價值觀變遷等。

李金銓

台灣教育部玉山學者、國立政治大學傳播學院兼任講座教授、明尼
蘇達大學和香港城市大學榮休教授。研究興趣：國際傳播、政治傳
播、新聞史、社會理論與傳播研究。

李紅濤

浙江大學傳媒與國際文化學院教授。研究興趣：國際傳播、媒介社
會學、媒體與集體記憶、媒體話語。

李新

華南理工大學新聞與傳播學院碩士研究生。研究興趣：新媒體研究。

汪琪

台灣國立政治大學傳播學院榮休教授、香港浸會大學傳理與影視學院
前院長。研究興趣：文化產業與全球化、歐洲中心主義與傳播研究。

姚靜

雲南大學新聞學院博士研究生。研究興趣：環境傳播、媒體人類學。

胡宏超

中國人民大學新聞學院博士研究生。研究興趣：社交媒體與虛假信
息傳播、健康傳播。

胡翼青

南京大學新聞傳播學院副院長、教授、博士生導師。研究興趣：傳播理論、傳播學史。

祝建華

香港城市大學媒體與傳播系及數據科學學院講座教授。研究興趣：社會化媒體用戶行為、社會網演化機制、社會網抽樣方法。

侯偉鵬

北京師範大學新聞傳播學院博士研究生，北京師範大學－密蘇里大學聯合培養博士研究生。研究興趣：網絡隱私、互聯網治理、社交網絡與社會等。

郭建斌

雲南大學民族學與社會學學院教授、博士生導師，媒體人類學研究所所長。研究興趣：民族文化傳播、媒體人類學。

郭婧玉

國務院港澳事務辦公室港澳研究所職員。研究興趣：互聯網治理、港澳輿情等。

陳韜文

香港中文大學新聞與傳播學院榮休教授。研究興趣：國際傳播、比較傳播研究、政治傳播、新聞學研究。

徐來

廣州大學新聞與傳播學院講師。研究興趣：政治傳播、傳播文化、媒介技術與社會變遷。

徐敬宏

北京師範大學新聞傳播學院教授。研究興趣:新媒體研究、傳播倫理與法規、傳播理論與研究方法、媒介融合、互聯網治理與網絡法、傳播法與信息法、影視傳播、國際傳播與跨文化傳播等。

秦琍琍

世新大學口語傳播暨社群媒體學系教授。研究興趣:組織傳播、傳播管理、組織論述與語藝研究、科學傳播、社會企業與創新溝通。

張迪

中國人民大學新聞學院教授。研究興趣:公共關係、健康傳播、危機傳播管理、媒介社會學、量化研究方法。

張倫

北京師範大學藝術與傳媒學院副教授。研究興趣:社會化媒體、新媒體信息傳播。

張國良

上海交通大學媒體與傳播學院教授。研究興趣:傳播學理論與實證研究、中外傳播史。

張婧妍

南京大學新聞傳播學院博士候選人。研究興趣:傳播理論、傳播學史。

曹小傑

華南理工大學新聞與傳播學院副教授。研究興趣：互聯網知識生產、移民媒介與身份認同、新媒介政治與文化。

梁海

香港中文大學新聞與傳播學院助理教授。研究興趣：計算社會科學、社交媒體分析、政治傳播、健康傳播。

彭泰權

美國密歇根州立大學（Michigan State University）傳播系副教授。研究興趣：計算社會科學、健康傳播、政治傳播、移動媒體分析。

黃順銘

四川大學文學與新聞學院教授。研究興趣：新聞社會學、榮譽社會學、媒介與集體記憶，比較媒介研究，以及新媒介與社會等。

黃煜

本書主編。香港浸會大學傳理與影視學院教授兼院長。研究興趣：新聞與媒體表現、傳播政治經濟學。

楊波

北京師範大學新聞傳播學院碩士研究生。研究興趣：新媒體與互聯網治理。

劉海龍

中國人民大學新聞學院教授。研究興趣：政治傳播、傳播思想史、傳播文化。

蔡竺言

南京大學新聞傳播學院博士研究生。研究興趣：媒介文化研究。

韓綱

美國愛荷華州立大學（Iowa State University）Greenlee新聞與傳播學院教授、營養與健康研究中心兼任教授。研究興趣：健康傳播、戰略傳播、社交媒體與社交網絡、公共關係。

蘇蘅

台灣國立政治大學傳播學院教授。研究興趣：傳播產業研究、傳播理論、研究方法、閱聽人分析。